安徽师范大学中国诗学研究中心学术专刊

安徽师范大学文学院高峰学科建设经费资助项目

李商隐诗歌接受史

刘学锴文集

第六卷

安徽师范大学出版社

ANHUI NORMAL UNIVERSITY PRESS

· 芜湖 ·

图书在版编目(CIP)数据

李商隐诗歌接受史 / 刘学锴著. — 芜湖:安徽师范大学出版社,2020.12
(刘学锴文集;第六卷)
ISBN 978-7-5676-4974-3

Ⅰ.①李… Ⅱ.①刘… Ⅲ.①李商隐(812—约858)—唐诗—诗歌研究 Ⅳ.①I207.22

中国版本图书馆CIP数据核字(2020)第260210号

李商隐诗歌接受史
LI SHANGYIN SHIGE JIESHOU SHI

刘学锴◎著

责任编辑:房国贵
责任校对:王　贤
装帧设计:丁奕奕
责任印制:桑国磊
出版发行:安徽师范大学出版社
　　　　　芜湖市北京东路1号安徽师范大学赭山校区　　邮政编码:241000
网　　　址:http://www.ahnupress.com
发 行 部:0553-3883578　5910327　5910310(传真)
印　　　刷:安徽新华印刷股份有限公司
版　　　次:2020年12月第1版
印　　　次:2020年12月第1次印刷
开　　　本:700 mm×1000 mm　1/16
印　　　张:22.75
字　　　数:350千字
书　　　号:ISBN 978-7-5676-4974-3
定　　　价:120.00元

弁言　一个特殊的接受对象

我在《古典文学研究中的李商隐现象》①这篇文章的开头说过这样一段话：

> 在中国文学史的大作家行列中，李商隐是非常特殊的存在。这不仅是指举凡杰出作家都具有的独特艺术内容、形式、风貌与个性，而且是指超越乎其上的更加持殊的东西。例如他那种不以"下师孔氏为非"的思想（见《樊南文集·元结文集后序》），发乎情而不大止乎礼义、极端感伤缠绵而执著的感情，都带有明显偏离封建礼教、诗教的倾向。特别是他那种既具古典诗的精纯又颇具现代色彩的象征诗风，和朦胧迷离、如梦似幻的诗境，更明显逸出中国古典诗发展的常轨，成为前无古人、后乏来者的独特诗国景观。这种超常的特质，导致了长期以来人们对他的诗感受、理解、把握、评价的不一致、不确定，乃至相矛盾、相对立，形成了古典文学研究中少有的"李商隐现象"。

这里实际上也揭示了古典诗歌接受史上一个特殊的接受对象李商隐的诗歌创作特点，和它在接受历程中产生的复杂纷纭现象。一般地说，接受对象的情况越是特殊，后世的接受情况也越复杂纷纭，而这些复杂纷纭的情况所反映的问题也越值得思考与研究。从这个意义上说，研究李商隐这样一个特殊对象的诗歌接受史，有其特殊的意义与价值。

这部《李商隐诗歌接受史》是安徽师范大学中国诗学研究中心"唐代大诗人接受史系列"的一个子项目。根据统一的构想，每个大诗人的接受史大体上分为"历代接受概况""阐释史""影响史"三个部分。结合每个诗人的不同特点，在具体设置各部分及章节时，可能会有不同的侧重。就李商

---

① 原载《社会科学辑刊》1998 年第 1 期。收入《文学遗产》编辑部、黑龙江大学中文系编：《百年学科沉思录：二十世纪中国古代文学研究回顾与前瞻》，人民文学出版社，1998 年版。

隐这个具体接受对象而言，最引人注目和发人深思的莫过于其诗歌阐释史上所产生的种种令人眼花缭乱的纷歧阐释，因此"阐释史"将成为这部接受史的一个侧重点。但从篇幅看，"历代接受概况"部分由于要论述一千一百余年的接受历程，内容既多，跨度又大，因此在全书中仍占有主体的位置。

目　录

上　编　李商隐诗的历代接受概况

中　编　李商隐诗的阐释史

上　编
李商隐诗的历代接受概况

这一编主要论述自晚唐至二十世纪末李商隐诗歌的接受历程。按时代先后，分为晚唐五代，两宋，金元明，清代前期、中期、后期，二十世纪，七律七绝，共十章，勾画出千余年来李商隐诗接受的发展变化历史，包括评价的高低、地位的升降、不同的侧重等诸多方面，并结合各个时期的政治学术文化背景探讨引起这些变化的原因。

第一章 晚唐五代时期对李商隐诗的接受

第一节 同时代人对李商隐诗的接受

李商隐的诗歌创作大约开始于唐敬宗末年，贯串了文宗、武宗、宣宗三朝。从最早可以确切编年的《隋师东》（作于大和三年）到最晚可以确切编年的《寄在朝郑曹独孤李四同年》（作于大中十一年），前后的创作历程长达二十九年。

和唐代其他大诗人如王维、李白、杜甫、白居易、韩愈在他们生活的时代就有许多著名诗人与之交往唱酬的情况不同，李商隐与同时代的诗人杜牧、温庭筠之间虽然也有一些交往，但记录他们交往情况，特别是彼此酬赠唱和的诗作却很少，其中涉及对商隐诗的评论者更少。李商隐有《赠司勋杜十三员外》《杜司勋》二诗，是赠杜牧、评小杜诗的，但现存杜牧诗中却没有一首提到李商隐。与温庭筠的交往酬赠，商隐有《有怀在蒙飞卿》《闻著明凶问哭寄飞卿》，庭筠也有一首《秋日旅舍寄李义山侍御》，但只是叙写彼此情谊而不涉及对商隐诗的评论。同时代人评论材料的缺乏，使我们今天很难具体了解李商隐诗在当时的接受情况。但根据商隐诗文所提供的一些材料，仍可从中约略窥见商隐诗在同时代人中阅读流传的大体情形。

据《樊南甲集序》，商隐年十六即能为《才论》《圣论》，"以古文出诸公间"，少年即有文名。后入令狐楚郓州幕，楚亲自指点其作骈体章奏的技艺。在郓幕期间，"每水槛花朝，菊亭雪夜，篇什率征于继和，杯觞曲赐其尽欢"（《上令狐相公状一》），其中自然包括诗歌的献酬（像《天平公座中呈令狐相公》即其例）。从"沈约怜何逊，延年毁谢庄，清新俱有得，名誉底相伤"，"雾夕咏芙蕖，何郎得意初。此时谁最赏，沈范两尚书"（《漫成三首》之二之三）及"人誉公怜，人谮公骂"（《奠相国令狐公文》）等诗文来看，他的诗得到了令狐楚、崔戎（即所谓"沈范两尚书"）的称赏①。当然，这种称赏可能包含着前辈显贵对后进的鼓励。但商隐的诗歌，最晚在文宗大和末已经相当出名。《偶成转韵七十二句赠四同舍》叙及他和卢弘止初次交往的情况时说：

> 忆昔公为会昌宰，我时入谒虚怀待。
> 众中赏我赋《高唐》，回看屈宋由年辈。

这里提到的"赋《高唐》"之事，联系商隐《有感》诗"一自《高唐》赋成后，楚天云雨尽堪疑"之句，当指其抒写男女之情的诗作。卢弘止大和八年由兵部郎中出为昭应县令（即所谓"会昌宰"），商隐在昭应县的大庭广众中写这一类作品，并得到弘止的称赏，他自己也颇感得意，认为可与屈宋比并。可见至少在这时，商隐的爱情诗已经写得相当出色，在同时代的文人中已有相当知名度。这一点，还可以从此后不久写的《柳枝五首序》中得到进一步证明：

> 柳枝，洛中里娘也。父饶好贾，风波死湖上。其母不念他儿子，独念柳枝。生十七年，涂妆绾髻，未尝竟，已复起去，吹叶嚼蕊，调丝擪管，作天海风涛之曲，幽忆怨断之音。居其旁，与其家接故往来者，闻十年尚相与，疑其醉眠梦物断不娉。余从昆让山，比柳枝居为近。他日春曾阴，让山下马柳枝南柳下，咏余《燕台诗》。柳枝惊问："谁人有此？谁人为是？"让山谓曰："此吾里中少年叔耳。"柳枝手断长带，结让山为赠叔乞诗。明日，余比马出其巷，柳枝丫鬟毕妆，抱立扇下，风障一袖，指曰："若叔是？后三日，邻当去溅裙水上，以博山香待，与郎俱过。"余诺之。会所友有偕当诣京师者，戏盗余卧装以先，不果留。雪中让山至，且曰："为东诸侯取去矣。"明年，让山复东，相背于戏上，因寓诗以墨其故处云。

4

这可能是反映唐诗在同时代人中接受情况的一段最生动鲜活的珍贵材料。在这场刚开头就煞了尾的没有结果的爱情中，诗成了沟通青年男女心灵的媒介。"谁人有此？谁人为是？"清楚地显示出，这位天资聪慧的少女的芳心既被《燕台诗》中哀感顽艳的悲剧性爱情及男女主人公的深情所感动，又被

---

① 参《李商隐诗歌集解》第三册《漫成三首》编著者按语，中华书局1988年版。

《燕台诗》的作者出众的才华所折服，因而迅即产生了对商隐的爱慕之情，主动赠带乞诗，提出约会的时间地点。值得注意的是，这篇序反映出商隐的爱情诗在当时的平民社会中不但有受众，而且有柳枝这样的知音。如果不是出于商隐自己的记载，今天的读者恐怕很难相信会有这样的情事。因为《燕台诗》这样的作品，即使是今天具有较高文学修养的读者在案头上反复吟咏，也不免有不少地方感到如雾里看花。实际上，柳枝的这种强烈感受，未必是对《燕台诗》的每字每句都有确切具体的理解，而是像听一部具有强烈震撼力的音乐作品那样，所获得的是一种整体的直觉的感受。这固然由于柳枝爱好音乐，能"作天海风涛之曲，幽忆怨断之音"，因而极易与具有"幽忆怨断"情调的《燕台诗》产生心灵上的共振[①]，恐怕也跟整个唐代社会弥漫的对诗歌爱好的接受氛围分不开。而《柳枝五首序》所反映的商隐爱情诗在受众中审美效应之强烈，也使我们对商隐诗的接受效果有了非常深切的了解。这种记载，比白居易在《与元九书》中所说的倡妓以诵得白学士《长恨歌》自夸，以及"自长安抵江西三四千里，凡乡校、佛寺、逆旅、行舟之中，往往有题仆诗者；士庶、僧徒、孀妇、处女之口，每每有咏仆诗者"等记述还要生动深刻得多，因为它反映了商隐爱情诗深入影响于人的心灵的情况。只可惜像这样生动鲜活的接受史料太少了。

除了《燕台诗四首》及其他一些"赋《高唐》"之作外，商隐诗中一种贯串性的基调——"伤春"之情，也引起了当时读者的注意。商隐曾以"刻意伤春复伤别"推许杜牧，实际上这也是商隐诗的基调。"天荒地变心虽折，若比伤春意未多"（《曲江》），"年华无一事，只是自伤春"（《清河》），"莫惊五胜埋香骨，地下伤春亦白头"（《与同年李定言曲水闲话戏作》），"我为伤春心自醉，不劳君劝石榴花"（《寄恼韩同年时韩住萧洞二首》之二），这一系列具体内涵不同的"伤春"意绪都贯串着一个共同的基调——对美好事物消逝的哀挽与无奈。可能是由于这类渗透了伤春意绪的诗引起了当时读者的注意，有人建议商隐在诗卷中删去此类作品或诗句，对此商隐在《朱槿花二首》其二中明确表示：

　　　　君问伤春句，千辞不可删。

---

① 清徐德泓在其与陆鸣皋合解的《李义山诗疏》中曾借用《柳枝五首序》中的"幽忆怨断"四字分别解《燕台诗》春、夏、秋、冬四诗的题意。详《李商隐资料汇编》下册第490—492页，中华书局2002年版。

从"千辞不可删"的坚决口气中，既可看出商隐对自己"伤春"之作的重视，也可窥见同时代读者对这类作品反应的强烈。

商隐诗多比兴寄托与微辞寓讽，他自己曾说："盖以徘徊胜境，顾慕佳辰，为芳草以怨王孙，借美人以喻君子"（《谢河东公和诗启》），"非关宋玉有微辞，却是襄王梦觉迟"（《有感》）。他那首"徘徊胜境，顾慕佳辰"，借春物与夕阳寄慨的《西溪》深得府主柳仲郢的推许，写诗属和；他的微辞寓讽的诗作则更在读者中引起强烈反响，《有感》诗说：

> 一自《高唐》赋成后，楚天云雨尽堪疑。

杨守智说："此为无题作解。"（冯浩笺引）屈复说："玉谿无题诸作，即微辞也。当时必有议者，故此诗寄慨。"（《玉谿生诗意》）而纪昀则认为："乃为似有寓托而实不然者作解，非解无题也。"（《玉谿生诗说》）不管哪一种看法更接近商隐的本意，有一点可以肯定：商隐这类微辞托寓的诗引起了同时代读者的广泛注意，以致不少读者对它们有猜测、有议论，甚至一些并无寓托意图的诗也被疑为有寓托。如果纪昀的推断比较接近实际，那就说明，商隐部分诗写男女之情而别有寓托的现象，在一些读者那里被进一步引申、泛化了。这种事出有因、连类而及的误读是一种很有意思的接受现象。商隐诗阐释史上泛寄托的解诗法，商隐在世时就已经开始了。而这，又和商隐有些诗意蕴比较虚泛，容易引起由此及彼的联想有密切关系。商隐另有一首《谢先辈防记念拙诗甚多异日偶有此寄》则反映了同时代读者借商隐诗"传恨"的情况：

> 晓用云添句，寒将雪命篇。
> 良辰多自感，作者岂皆然。
> 熟寝初同鹤，含嘶欲并蝉。
> 题时长不展，得处定应偏。
> 南浦无穷树，西楼不住烟。
> 改成人寂寂，寄与路绵绵。
> 星势寒垂地，河声晓上天。
> 夫君自有恨，聊借此中传。

这是商隐自道诗歌创作甘苦之作。首四句谓己诗多触景兴感，有感而发。次四句谓冥思苦想，方得佳句。"南浦"四句谓多伤别之作，亦即"刻意伤春复伤别"之意。"星势"二句，诗成后即景，即长吉"吟诗一夜东方白"之意，写景中或暗寓其诗"声势物景，哀上浮壮，能感动人"（《樊南甲集序》）之意。末二句点题，谓谢防之所以"记念拙诗甚多"，不过藉此传其幽愁暗恨而已。从这里可以看出，商隐那些托物托景托事寓感传恨（或无端兴感抒慨）的诗在接受过程中使受众产生了心灵的共鸣，因而借"记念"其诗以传恨。这种在阅读过程中借他人酒杯浇自己块垒的接受现象，在商隐同时代的读者当中也已经产生了，谢防就是借商隐诗传恨的读者。

商隐诗在同时代人当中的接受情况，材料虽很有限，但前面论列分析的这些材料，已涉及商隐的爱情诗、"伤春"情调、比兴寄托等重要方面。只不过，上述材料均为商隐自己诗文，缺乏同时代人诗文提供的有关材料相印证，这一点未免令人感到遗憾。

商隐的诗名在当时诗坛上已经很大。大中五年初秋作的《崇让宅东亭醉后沔然有作》中说："声名佳句在，身世玉琴张。"《梓州道兴观碑铭并序》中也说："予也五郡知名，三河负气。"他死后诗人崔珏的挽诗《哭李商隐二首》其二亦称："虚负凌云万丈才……又送文星入夜台。"比起他的才名和诗文成就，同时代人对他诗歌的评论不免显得过少。这种在当时就有些寂寞的反应，一方面透露了晚唐诗坛本身的寂寞和知音的稀少，另一方面则可能与商隐性格比较内向、交游不广有关。目前能看到的同时代人酬赠或哭吊李商隐的诗一共只有八首，兹全录于下。喻凫《赠李商隐》：

> 羽翼恣抟扶，山河使笔驱。
>
> 月疏吟夜桂，龙失咏春珠。
>
> 草细盘金勒，花繁倒玉壶。
>
> 徒嗟好章句，无力致前途。

薛逢《重送徐州李从事商隐》：

> 晓乘征骑带犀渠，醉别都门惨袂初。
>
> 莲府望高秦御史，柳营官重汉尚书。
>
> 斩蛇泽畔人烟晓，戏马台前树影疏。
>
> 尺组挂身何用处？古来名利尽丘墟。

李郢《送李商隐侍御奉使入关》：

> 梁园相送管弦中，君踏仙梯我转蓬。
> 白雪咏歌人似玉，青云头角马生风。
> 相逢几日虚怀待，宾幕连期醉蝶同。
> 如有扁舟棹歌思，题诗时寄五湖东。

又《板桥重送》：

> 梁苑城西蘸水头，玉鞭公子醉风流。
> 几多红粉低鬟恨，一部清商驻拍留。
> 王事有程须仃仃，客身如梦正悠悠。
> 洛阳津畔逢神女，莫坠金楼醉石榴。

又《赠（酬?）李商隐赠佳人》：

> 金珠约臂近笄年，秋月嫦娥汉浦仙。
> 云发腻垂香揆妥，黛眉愁入翠连娟。
> 花庭避客鸣环佩，凤阁持杯泥管弦。
> 闻道彩鸾三十六，一双双映碧池莲。

温庭筠《秋日旅舍寄李义山侍御》：

> 一水悠悠隔渭城，渭城风物近柴荆。
> 寒蛩乍响催机杼，旅雁初来忆弟兄。
> 自为林泉牵晓梦，不关砧杵报秋声。
> 子虚何处堪消渴，试向文园问长卿。

崔珏《哭李商隐二首》：

> 成纪星郎字义山，适归黄壤抱长叹。
> 词林枝叶三春尽，学海波澜一夜干。
> 风雨已吹灯烛灭，姓名长在齿牙寒。
> 只应物外攀琪树，便着霓裳上绛坛。

虚负凌云万丈才，一生襟抱未曾开。

鸟啼花落人何在，竹死桐枯凤不来。

良马足因无主踠，旧交心为绝弦哀。

九泉莫叹三光隔，又送文星入夜台。

这些诗大体上反映了同时代诗人眼中的李商隐。在同情商隐才高而运舛这一点上，大多数诗人的态度是一致的（李郢的几首赠诗因商隐新得侍御衔，在卢弘止幕心事稍乐，故有"青石头角"等语）。"徒嗟好章句，无力致前途""虚负凌云万丈才，一生襟抱未曾开"，所揭示的正是"才命两相妨"的悲剧命运。即使像"尺组挂身何用处，古来名利尽丘墟"，"子虚何处堪消渴，试向文园问长卿"这种诗句，也隐含了才不为世用的感慨。可惜这些诗除了笼统地盛赞其"凌云万丈才""好章句"和"白雪咏歌"外，对商隐诗歌的创作特征与成就并没有更具体的评论。

第二节　唐末五代对李商隐诗的接受

唐末五代对李商隐诗的接受，主要体现在两个方面：

一是史传及其他著作中对李商隐人品、诗品的评论。中国古代文学批评的传统常将道德与文章、诗品与人品联系起来加以评论。诗作为"言志"的文学体裁，批评时自然更加强调诗人的人品与诗品的关系。《旧唐书·文苑传》和李涪《刊误·释怪》对李商隐的评论在这方面很有代表性。《旧唐书·文苑传·李商隐传》除记叙令狐绹"以商隐背恩，尤恶其无行"外，还以史臣的口吻说商隐与温庭筠、段成式"俱无特操，恃才诡激，为当涂者所薄，名宦不进、坎壈终身"，对其人品持明显的否定态度。由于《旧唐书》本传只讲到商隐有《表状集》四十卷（即《樊南甲集》《樊南乙集》各二十卷），未提及其诗集，因此传文中的"文思清丽"之评当指其骈文。而李涪的《刊误·释怪》则主要评其诗品、文品，兼及其人品：

近世尚绮靡，鄙稽古，商隐词藻奇丽，为一时之最；所著尺牍篇咏，少年师之如不及。无一言经国、无纤意奖善，唯逞章句。因以知夫为锦者，纤巧万状，光辉耀日，首出百工，唯是一端得其性也。至于君臣长幼之义，举四隅莫反其一也。彼商隐者，乃一锦工耳，岂妨其愚也哉！

虽也承认"商隐词藻奇丽，为一时之最"，但基本倾向是批判商隐诗文徒有美丽的形式而无符合封建礼教（所谓"君臣长幼之义"）的内容。"无一言经国，无纤意奖善"的严厉批评，从封建政治与道德两个方面对商隐诗文的政治思想内容作了全盘否定。这种批评使人怀疑李涪根本就没有读过李商隐的政治诗、咏史诗和许多政治思想倾向进步的诗文。罗宗强先生指出，晚唐的功利主义文学主张带有空言明道、与创作实践脱节的性质，到五代更发展为说假话[①]。李涪的这种评论也许跟当时这种说空话、说假话的文学批评风气有些关系。李涪以《开元礼》及第，朝廷礼乐之事多询之，时号"周礼库"。他的这种封建礼教气味极浓的批评与他的这种经历好尚自然也有联系。刘昫和李涪对李商隐的批评，开了后世长期对商隐人品、诗品的否定性批评的风气，影响相当深远。从现代对李商隐唯美主义的批评中仍可听到李涪声音的回响。

在现存的唐末五代有关李商隐的接受史料中，对其文与赋的评论似乎比诗稍多一些。陆龟蒙有《后虱赋》。其序云："余读玉谿生《虱赋》，有就颜避跖之叹，似未知虱。作《后虱赋》以矫之。"这种故反前人之意的写法也是在创作上接受前人影响的一种表现。对于作为杰出诗人的李商隐，陆龟蒙在《书李贺小传后》中将商隐与孟郊、李贺并提，发了一通才命相妨的议论：

> 吾闻淫畋渔者，谓之暴天物。天物既不可暴，又可抉摘刻削露其情状乎？使自萌卵至于槁死，不能隐伏，天能不致罚耶？长吉夭，东野穷，玉谿生官不挂朝籍而死，正坐是哉！正坐是哉！

这固然是有慨于"文章憎命达"现象的愤激之言，但从中也可看出在陆龟蒙眼中，商隐属于"抉摘刻削露其情状"的苦吟一派。裴庭裕《东观奏记》在讲到商隐时，只说他"文章宏博，笺表尤著于人间"，而不及其诗。孙光宪《北梦琐言》虽两次提到商隐的《九日》诗，但都只是作为其见疏于令狐绹的一个实例，而不是评论他的诗。在讲到商隐的文学创作时，也只说"李商隐员外依彭阳令狐公楚，以笺奏受知"。总的来看，在唐末五代，李商隐文章的知名度似乎高于其诗。

10

---

① 见其所著《隋唐五代文学思想史》第十章、第十一章，上海古籍出版社1986年版。

二是诗歌选本中对商隐诗的选录。作为诗人的李商隐，当时的选家主要是欣赏其诗风的绮艳。光化三年（900），韦庄编选《义玄集》，选作者一百五十人，诗三百首①。其选录标准据韦庄自序"但掇其清词丽句"之语，明显是以清丽为宗。是集共选商隐诗四首，即《碧城》（三首之一"碧城十二曲栏干"）、《对雪》（二首之一"寒气先侵玉女扉"）、《玉山》、《饮席代官妓赠两从事》。前三首为七律，后一首为七绝，这几首诗虽未必都是商隐的优秀之作，但大体上符合"清词丽句"的选录标准。韦庄自己的诗风即以清丽为主要特色，其选录标准与其创作好尚正相吻合（尽管在《又玄集》中也选录了一些未必符合"清词丽句"标准的诗）。

五代后蜀韦縠选编《才调集》十卷，诗一千首。其自序云："韵高而桂魄争光，词丽而春色斗美。"可以视为其选诗标准。《四库全书总目》谓："縠生五代文敝之际，故所选取法晚唐，以秾丽宏敞为宗，救粗疏浅弱之习。"实际上韦縠所选，多为近体艳情之作或风格绮艳的诗。其中选诗在二十首以上的，有李白、元稹、白居易、温庭筠、李商隐、曹唐、许浑、韦庄等家，所选者多为词丽情艳之作。王运熙、杨明《隋唐五代文学批评史》云："案黄滔《答陈磻隐论诗书》有曰：'咸通、乾符之际，斯道陵明，郑卫之声鼎沸，号之曰今体才调歌诗。'郑卫之声指艳情诗一类。黄滔指出晚唐时代文人爱用近体诗样式歌咏艳情，并称为今体才调歌诗。这说明在当时的风气中，不少文士们认为用绮丽的近体抒写艳情，最足以表现作者的才调。韦縠的选本多选艳情诗，取名《才调集》，也可说是这种风气的反映。"这个论断是符合实际的。《才调集》共选商隐诗四十首，仅次于韦庄、温庭筠、元稹。这四十首的具体篇目是：

> 《锦瑟》、《晓坐》、《碧城三首》、《饮席代官妓赠两从事》、《代元城吴令暗为答》、《杏花》、《灯》、《代魏宫私赠》、《齐宫词》、《银河吹笙》、《题二首后重有戏赠任秀才》、《春雨》、《富平侯》、《促漏》、《江东》、《七夕》、《可叹》、《晓起》、《肠》、《独居有怀》、《代赠二首》、《官辞》、《追代卢家人嘲堂内》、《访人不遇留别馆》、《代应》、《楚吟》、《龙池》、《泪》、《即目》、《水天闲话旧事》、《汉宫词》、《席上作》、《留赠畏之》（"待得郎来月已低"）、《马嵬》（"海外徒闻更九州"）、

---

① 此据韦庄《又玄集序》。今本实收作者一百四十六人，诗二百九十九首，见傅璇琮主编《唐人选唐诗新编》，陕西人民出版社1996年版，第578页。

《离亭赋得折杨柳二首》、《深宫》。

这四十首诗全为近体律绝，无一首古体。其中内容可以判定是写艳情的二十二首，占了一半以上。其他如咏史而寓鉴戒之意者，咏物而托寓自身遭遇者，宫怨而托寓不遇之感者，内容也多与男女之情有关，而且风格绝大部分偏于绮艳。可见，在五代文人心目中，李商隐就是专工近体、诗风绮艳的一个代表人物。这当然也反映了李商隐诗歌创作内容与风格的一个相当重要的方面。但风格同样偏于绮艳，内容又属于艳情的《无题》诸诗以及《锦瑟》却未入选，令人费解。是由于韦縠未见到这些诗，还是认为它们可能另有托寓，非一般艳诗，则不得而知。商隐的《无题》，对唐末唐彦谦、韩偓、吴融等人都有明显影响，这方面的内容，将在下编第一章中论述。

总的来说，唐末五代时期李商隐一部分风格绮艳的诗虽受到当时文人的注意，对它们分别表示了不同的态度（既有像李涪那样全盘否定者，也有像韦縠《才调集》那样取欣赏肯定态度者）。但作为一个有多方面诗歌艺术成就的诗人，人们对他的认识与评价还是相当片面的。这对此后李商隐诗的接受是有一定负面影响的。

第二章　两宋时期对李商隐诗的接受

　　两宋时期对李商隐诗的接受，经历了一个曲折的过程。先是西昆派作家对李商隐诗的推崇和刻意模仿，继有以石介为代表的复古派文人对西昆体的猛烈攻击，并因此延及对李商隐诗的批评，后来又因在宋诗风格建立过程中尊崇杜甫、讲求用事技巧和句法锻炼，而对李商隐诗风与其相适应的一面有所肯定或推许。在这个过程中，虽有像王安石那样对商隐诗评价很高的论者，但终两宋之世，对李商隐诗风的批评却始终不断，成为这一时期李商隐诗接受中一种带有倾向性的现象。

第一节　北宋前期对李商隐诗的接受

　　这里说的北宋前期，指北宋开国到真宗乾兴元年（960—1022）这六十余年。在此期间，诗坛先后出现了宗白居易的白体，宗贾岛、姚合的晚唐体和宗李商隐的西昆体。在白体和晚唐体风行期间，风格偏于绮艳的李商隐诗几乎没有引起诗坛的注意，王禹偁、潘阆、寇准、林逋等人的诗文集中都没有提到李商隐及其诗，他们的诗作中也很难看到李商隐诗影响的痕迹。这种状况，直到真宗朝标榜学李商隐的西昆派作家崛起于诗坛之时才有了显著变化。宋江少虞《宋朝事实类苑》卷三十四"玉谿生"条，取自《杨文公谈苑》，杨亿自叙其喜爱并搜集李商隐诗的情况道：

　　　　至道中，偶得玉谿生诗百余篇，意甚爱之，而未得其深趣。咸平、景德间，因演纶之暇，遍寻前代名公诗集，观富于才调，兼极雅丽，包蕴密致，演绎平畅，味无穷而炙愈出，钻弥坚而酌不竭，曲尽万态之变，精索难言之要，使学者少窥其一斑，略得其余光，若涤肠而换骨矣。由是孜孜求访，凡得五、七言长短韵歌行杂言共五百八十二首。唐末，浙右多得其本。故钱邓帅若水尝留意捃拾、才得四百余首。钱君举《贾谊》两句云："可怜夜半虚前席，不问苍生问鬼神！"钱云："其措意如此，后人何以企及！"余闻其所云，遂爱其诗弥笃，乃专缉缀。鹿门先生唐彦谦慕玉谿，得其清峭感怆，盖圣人之一体也。然警绝之句亦多。后求得薛廷珪所作序，凡得百八十二首。世俗见予爱慕二君诗什，夸传于书林文苑，浅拙之徒，相非者甚众。噫！大声不入于里耳，岂足论哉！

这段文字屡见宋人诗话笔记引录，虽间有个别异文，但均本《杨文公谈苑》。这是一条反映李商隐诗在宋初流传、搜辑、接受情况的重要文献材料，从中可以看出以下几方面的情况：

第一，关于商隐诗的流传情况。这段文字中提到，"唐末，浙右多得其本"，此"本"指商隐诗之单篇稿本①，非已编纂成集的诗集，可见当时商隐诗尚以单篇形式流传。杨亿在太宗至道年间（995—997）偶得玉谿生诗百余篇，说明其时尚无商隐诗集传世。到真宗咸平、景德年间（998—1007），经过杨亿孜孜寻访，已得"五、七言长短韵歌行杂言共五百八十二首"。这个数目，已和传世的商隐诗集收诗的总数非常接近（三卷本《李商隐诗集》影宋抄上中下卷共收诗五百六十七首，集外诗二十六首，合计五百九十三首）。可以认为，现传李诗三卷本的基础就是杨亿搜集到的五百八十二首。因此他不无得意地说："故钱邓帅尝留意捃拾，才得四百余首。"钱氏搜集的四百余首当绝大部分与杨亿所搜集的五百八十二首重复。现传义山诗当即集合杨、钱二人所搜集之义山诗而成。王尧臣于仁宗庆历元年（1042）上《崇文总目》，其中已著录"《李义山诗》三卷"，证实其时义山诗已正式编纂成三卷本的诗集。因此，杨亿不仅是李商隐诗的爱好者、模仿者，而且是李诗的主要搜集者。李诗的结集、流传，杨亿之功不可没。《西昆酬唱集》编成于大中祥符元年（1008）秋，而杨亿搜集到五百八十二首商隐诗的时间下限正好在此前一年（景德四年，1007）。可见，杨亿是在搜集义山诗的同时与其他同道一起模仿义山诗，进行西昆体的创作的。这说明正是由于接受义山诗的需要加速了对它的搜集和结集流传，而义山诗的搜集又反过来推动了西昆体的创作。二者之间存在着互动关系。

---

① 李商隐《樊南乙集序》："时同僚有京兆韦观文、河南房鲁……是数辈者，皆能文字，每著一篇即取本去。"此"本"即指每首诗文之稿本。

其次，是杨亿对商隐诗的评价。他认为商隐诗"富于才调、兼极雅丽，包蕴密致，演绎平畅，味无穷而炙愈出，钻弥坚而酌不竭，曲尽万态之变，精索难言之要"。这段话涉及商隐诗的诸多方面：一是富于才情，善于抒写艳情；二是风格雅丽；三是结构细密，内蕴多层；四是表现平易畅达；五是余味曲包，经得起反复咀嚼；六是善于形容"万态之变"，表达难以言传的精神。可以说对义山诗作了全面的也是极高的评价。杨亿还转述钱若水对商隐《贾生》诗的评价："其措意如此，后人何以企及！"所谓"措意"，既指其立意之高、识见之卓，也指其构思之奇警。类似的评价，又见于《苕溪渔隐丛话》后集卷一引《杨文公谈苑》中杨亿的自叙：

> 予知制诰日，与陈恕同考试……因出义山诗，酷爱一楚云："珠箔轻明拂玉墀，披香新殿斗腰支。不须看尽鱼龙戏，终遣君王怒偃师。"
> 击节称叹曰："古人措辞寓意如此之深妙，令人感慨不已。"

所谓"措辞寓意"，亦即钱若水所谓"措意"。屈复《玉谿生诗意》云："小人之伎俩，终至于败，不过暂时戏弄耳。"冯浩《玉谿生诗笺注》云："此讽宫禁近者不须日逞机变，致九重悟而罪之也。托意微婉。杨文公……盖以同朝有不相得者，故托以为言也。"都对此诗"措辞寓意"之"深妙"作了阐发。在论及商隐诗对唐末诗人唐彦谦的影响时，杨亿还指出彦谦"慕玉谿，得其清峭感怆、盖圣人之一体也"，说明他认为义山诗有风格清峭、多抒人生感慨的特点。从以上的分析可以看出，杨亿评论义山诗，还是相当重视其思想内容与立意寓慨的，并不单纯欣赏其艺术形式的华美绮艳。这和西昆派作家（包括杨亿自己）在诗歌创作上接受李商隐的影响主要是"挹其芳润""雕章丽句"有明显区别。关于商隐诗对西昆派的影响，将在下编第五章中加以论述。

第二节　北宋中期对李商隐诗的接受

这一节论述北宋仁宗、英宗、神宗三朝（1023—1085）六十余年间的李商隐诗接受情况。

"杨、刘风采耸动天下"（刘克庄《后村诗话》前集卷二引欧阳修语），西昆派独领诗坛风骚二三十年。就在《西昆酬唱集》结集的第二年（真宗大中祥符二年），真宗就因杨、刘所撰的一组题为《宣曲》的诗疑其影射掖庭而下诏指斥"属辞浮靡"之风（见《宋史·真宗纪》），但当时西昆体正盛，这道诏书并没有起到多少阻遏西昆诗风的作用。但据刘攽（1023—1089）《中山诗话》所载，真宗天禧年间（1017—1021），已有伶人扮演穿着破烂衣衫的李商隐，说："我为诸馆职（按，指西昆派主要作家杨亿、刘筠、钱惟演等馆阁学士）挦扯至此！"可见，其时对西昆派单纯模仿义山诗的外表、割裂袭取义山诗句的不满。这虽不是对李商隐诗的直接批评，但已可窥见诗坛宗尚变化的消息。

宋仁宗在天圣至庆历年间，先后三次下诏斥责浮靡文风，标志着西昆派文风已受到官方的严厉批评。石介时任国子监直讲，作《怪说》三篇，对西昆派发起猛烈攻击：

> 昔杨翰林欲以文章为宗于天下，忧天下未尽信己之道，于是盲天下人目，聋天下人耳……穷妍极态，缀风月，弄花草，淫巧侈丽，浮华纂组，刬镂圣人之经，破碎圣人之言，离析圣人之意，蠹伤圣人之道……其为怪大矣。

在《祥符诏书记》中他还进一步点出杨亿宗尚李商隐：

> （杨亿）性谐浮近，不能古道自立。好名事胜，独驱海内。谓古文之雄有仲涂、黄州、汉公、谓之辈，度己终莫能出其右，乃斥古文而不为，远袭李义山之体，作为新制。

这里所论，虽主要指杨亿宗尚商隐骈文，但把商隐视为"淫巧侈丽，浮华纂组"文风的始作俑者之意还是相当明显的。石介《怪说》出，"新学后进不敢为杨、刘体"。在这种情况下，西昆体所宗尚的李商隐自然受到了文坛的冷遇。

欧阳修所倡导的北宋诗文革新运动，虽未将批判的矛头直接指向西昆体，但它所倡导的朴实平易、委婉纡徐的诗风文风，在客观上与西昆体是对立的，与李商隐诗风中绮艳隐晦的一面也显属两途①。在梅尧臣、苏舜钦及

---

① 欧阳修于嘉祐二年主贡举，改革文风，所针对的是艰涩怪僻的"太学体"，而不是西昆体，见欧阳发述欧阳修《事迹》及《梦溪笔谈》卷九。欧阳修本人对西昆体亦未完全否定，甚至说："盖其雄文博学，笔力有余，故无施而不可，非如前世号诗人者区区于风云草木之类。"见《六一诗话》。

欧阳修本人的诗文中，根本就没有提到李商隐及其诗歌创作。只有在欧阳修、宋祁编的《新唐书》卷二百一《文艺传序》中有这样一段话：

> 唐有天下三百年，文章无虑三变：高祖、太宗，大难始夷，沿江左余风，绮句绘章，揣合低卬，故王、杨为之伯。玄宗好经术，群臣稍厌雕琢，索理致，崇雅黜浮，气益雄浑，则燕、许擅其宗。是时，唐兴已百年，诸儒争自名家。大历、贞元间，美才辈出，擩哜道真、涵泳圣涯，于是韩愈倡之，柳宗元、李翱、皇甫湜等和之，排逐百家，法度森严，抵轹晋、魏，上轧汉、周，唐之文完然为一王法，此其极也。若侍从酬奉则李峤、宋之问、沈佺期、王维，制册则常衮、杨炎、陆贽、权德舆、王仲舒、李德裕。言诗则杜甫、李白、元稹、白居易、刘禹锡，谲怪则李贺、杜牧、李商隐，皆卓然以所长为一世冠，其可尚已。

唐诗为一代文学的代表，但这段总论唐代文学发展变化的纲领性文字却显然重文而轻诗。绝大部分篇幅用来论述唐代文章的三变。于诗，只是顺便提及，并不把它放在重要地位，也不揭示其发展变化。在谈到诗时，主要突出杜、李、元、白、刘五家；至于李峤、沈、宋、王维，只标举其奉和酬应之作；对于李贺、杜牧、李商隐，则仅以"谲怪"一语概指其诗风。表面上看，似乎承认上述诸人"皆卓然以所长为一世冠"，实际上将李贺及小李杜打入另册的含意相当明显。联系欧阳修本人平易畅达的文风诗风，以及他对艰涩怪僻文风的态度，"谲怪"之评中包含的贬意便更加清楚。《新唐书·李商隐传》在谈到李商隐的文学创作时只讲他的古文"瑰迈奇古"、骈文"俪偶长短，而繁缛过之"，却不及其诗，也从侧面反映出欧阳修、宋祁对义山诗评价不高。

这种情况，直到王安石的晚年（1076—1086）才出现变化。王安石于唐代诗人中最推尊杜甫，其《杜甫画像》云："吾观少陵诗，为与元气侔。力能排天斡九地，壮颜毅色不可求……青衫老更斥，饿走半九州。瘦妻僵前子仆后，攘攘盗贼森戈矛。吟哦当此时，不废朝廷忧。常愿天子圣，大臣各伊周。宁令吾庐独破受冻死，不忍四海赤子寒飕飕。"对杜甫身处穷愁困苦之境而忧国爱民的精神、舍己为人的高尚品格，和诗歌创作的巨大成就作了极高的评价。正由于他对杜甫有全面深刻的认识，因此他在注目前代诗人时就发现了"学老杜而得其藩篱"的李商隐。胡仔《苕溪渔隐丛话》前集卷二十二引《蔡宽夫诗话》云：

王荆公晚年亦喜称义山诗，以为唐人知学老杜而得其藩篱者，唯义山一人而已。每诵其"雪岭未归天外使，松州犹驻殿前军"，"永忆江湖归白发，欲回天地入扁舟"与"池光不受月，暮（本集作'野'）气欲沉山"，"江海三年客，乾坤百战场"之类，虽老杜无以过也。

所标举四联义山诗，分别出自《杜工部蜀中离席》《安定城楼》《戏赠张书记》《夜饮》，均为商隐律体中优秀之作。除"池光"一联写暮夜景色外，其他三联都蕴涵着深沉的忧国伤时之情和时世身世之感。可以明显看出，王安石赏爱上述诗句，并不单纯从其艺术风格神似杜诗着眼，而是首先着眼于其忧国伤时的情怀，这和他在《杜甫画像》中对杜甫的评赞，在精神上完全一致。何焯《义门读书记》谓："（'永忆'）二句亦是荆公一生心事，故酷爱之。"所言甚是。因此，这段话虽然简短，却显示了李商隐诗歌思想内容和艺术风格一个十分重要的方面，也揭示了李商隐对杜诗精神实质的继承及其学杜的成就。后来如袁桷、释道源、钱龙惕、朱鹤龄等人对商隐忧念时事、关注国运的精神的论述，以及商隐对杜诗的继承发展的论述，都和王安石这段著名的议论有直接渊源关系。从这一点上看，王安石应是李商隐诗歌接受史上有深远影响的"第一读者"，尽管他对李商隐的这种评价在宋、元、明三代犹如空谷足音，和之者寡，但其价值与意义自不能低估。

除王安石对商隐诗作高度评价外，这一时期的文人提到商隐诗的很少。刘攽《中山诗话》是诗话著作中首次提到商隐诗的，除前引优人扮义山讥讽馆阁学士捋扯义山诗之事外，还有一则首次言及《锦瑟》诗本事的：

李商隐有《锦瑟》诗，人莫晓其意，或谓是令狐楚家青衣名也。

虽极简短且很可能出于传闻猜测，却开了千余年来阐释义山《锦瑟》《无题》一类诗时热中于考索本事的风气。它反映出，当时人们对这类诗的内容意蕴往往理解得比较实。

杨杰的《无为集》卷六有一首《和李义山盘豆馆丛芦有感》，从诗的首句"盘豆苍珉刻旧吟"可以得知，当时盘豆驿刻有商隐《出关宿盘豆馆对丛芦有感》的诗碑。稍后于杨杰的吕南公，则有《夜拟李义山四更四点》和《反李义山人欲篇》。按义山现存诗中无题为《四更四点》者，只有一首题为《夜半》的诗，首句为"三更三点万家眠"。可能原有一组写五夜的诗，"四更四点"乃其中一篇，后其他各首均佚，仅存《夜半》。二诗一正拟，一反其意。这两首诗在义山诗中均非上乘之作。吕氏之拟作与反作，说明义山诗集流布士林之后，文人对义山诗的阅读接受面相当广。

司马光《资治通鉴》卷二〇五引《通鉴考异》："李商隐《宜都内人传》云云，此盖文士寓言。"卷二五〇引《通鉴考异》，其中转引了商隐为柳仲郢代撰的奠李德裕文的断句（文已佚）。传为苏轼所撰的《渔樵闲话》中则引录了李商隐赋三怪物的文章（文亦佚）。至于《苕溪渔隐丛话》前集卷二十二引黄朝英《靖康缃素杂记》"义山《锦瑟》诗"条关于苏轼对《锦瑟》的"适怨清和"之解，有可能是假托苏轼之名。关于这，将在中编第二章中详论。

第三节　北宋后期对李商隐诗的接受

北宋后期，指哲宗元祐到钦宗靖康年间（1086—1127），约四十年。这一时期对李商隐诗的接受，主要见于诗话著作中对商隐诗的评论。

王安石因推尊杜甫而赞扬商隐为"唐人知学老杜而得其藩篱"的唯一作者的观点，在这一时期虽未得到有力的响应，但以黄庭坚为代表的江西诗派字锻句炼、惨淡经营，讲求点铁成金、夺胎换骨的诗风诗法，却使当时一批诗话作者对商隐诗的特征有了新的认识。因此，这一时期的诗话著作中，有关李商隐诗的评论显著增多。大体上有以下几个方面的内容：

一是认为商隐诗锻炼精粹，可治作诗浅易鄙陋之弊。许顗《彦周诗话》云："李义山诗，字字锻炼，用事婉约，仍多近体。"又云："作诗浅易鄙陋之气不除，大可恶，客问何以去之，仆曰：'熟读唐李义山诗与本朝黄鲁直诗而深思焉，则去之。'"黄庭坚诗与李义山诗艺术风貌相去甚远，但在精深锻炼这一点上却有某种共同性。许氏首次将义山、山谷诗并提，认为可去作诗浅易鄙陋之气，正是着眼于此。范温《潜溪诗眼》还提到："余旧时尝爱刘梦得《先主庙诗》，山谷使余读义山汉宣帝诗（按，指《鄠杜马上念汉书》），然后知梦得之浅近。"（《苕溪渔隐丛话》前集卷九引）更点出黄庭坚赞赏义山诗之精深，足为许顗将义山、山谷诗并论作证。在某种意义上说，这不妨说是江西诗派眼中的李商隐诗。

二是认为商隐诗有"高情远意"，不仅仅是巧丽而已。范温《潜溪诗眼》说：

文章贵众中杰出，如同赋一事，工拙尤易见。余行蜀道，过筹笔驿，如石曼卿诗云："意中流水远，愁外旧山青。"脍炙天下久矣，然有山水处便可用，不必筹笔驿也。殷潜之与小杜诗甚健丽，亦无高意。惟义山云："鱼鸟犹疑畏简书，风云长为护储胥。"简书盖军中法令约束，言号令严明，虽千百年之后，鱼鸟犹畏之也。储胥盖军中藩篱，言忠谊贯神明，风云犹为护其壁垒也。诵此两句，使人凛然复见孔明风烈。至于"管乐有才真不忝，关张无命欲何如"，属对亲切，又自有议论，他人亦不及也。马嵬驿，唐诗尤多，如刘梦得"绿野扶风道"一篇，人颇诵之，其浅近乃儿童所能。义山云："海外徒闻更九州，他生未卜此生休"，语既亲切高雅，故不用愁怨堕泪等字，而闻者为之深悲。"空闻虎旅鸣宵柝，无复鸡人报晓筹"，如亲扈明皇，写出当时物色意味也。"此日六军同驻马，当时七夕笑牵牛"，益奇。义山诗世人但称其巧丽，至与温庭筠齐名，盖俗学只见其皮肤，其高情远意皆不识也①。

通过不同作者同题或题材相似的诗的比较分析，有说服力地揭示了商隐诗在"巧丽"外表下蕴含的"高情远意"。这在宋代义山诗接受史上，是具有卓识的精到评论。所论虽为义山咏古七律，所得出的结论却有更广泛的意义和启示性。

三是对商隐诗用事多的特点作了分析评论。吴炯《五总志》载："唐李商隐为文，多检阅书史，鳞次堆积左右，时谓獭祭鱼。"这个传闻反映出当时人们对商隐诗文用典之多有深刻印象。在江西诗派倡言"老杜作诗，退之作文，无一字无来处"及"点铁成金""夺胎换骨"等主张的影响下，诗话中研究用事得失的显著增多，喜欢用典的李商隐也就自然成为他们的议论对象。惠洪《冷斋夜话》"西昆体"条云："诗到李义山，谓之文章一厄。以其用事僻涩，时称西昆体。"将用事僻涩作为西昆体的一个突出标志，贬之为"文章一厄"，这是对其用事之僻的批评。但也有从正面总结其用事之法的。如范温《潜溪诗眼》云："诗……有意用事，有语用事。李义山'海外徒闻更九州'，其意则用杨妃在蓬莱山，其语则用邹子云'九州之外，更有九州'，如此然后深稳健丽。"《蔡宽夫诗话》"诗家使事之难"条则以杜甫、李商隐同用一典（昭陵石马助战），而一则不为事使、一则于理不当为例，

①《苕溪渔隐丛话》前集卷二十二引。

说明使事之难，则含有右杜左李之意。

第四节　南宋前期对李商隐诗的接受

南宋前期，大体上指宋室南渡到中兴四大诗人先后逝世这段时间，约八十来年。这一时期，诗话和诗话总集大量涌现，对李商隐的评论也比以前显著增多。主要有以下几个方面：

第一，对李商隐人品的评论。葛立方《韵语阳秋》卷十一因商隐作《九日》诗而评其人品云："盖令狐楚与商隐素厚，楚卒，子绹位致通显，略不收顾，故商隐怨而有作。然实商隐自取之也。且商隐妻父王茂元与所依郑亚皆李德裕党也。商隐与二人昵甚，故绹以为忘家恩放利偷合者，是绹恶其异己也。后绹当国，商隐亦归穷自解，绹虽与一太学博士，然商隐亦厚颜矣。唐之朋党，延及搢绅四十年，而二李为之首，至绹而滋炽。绹之忘商隐，是不能念亲；商隐之望绹，是不能揆己也。"这基本上是沿袭两《唐书》之说而加以发挥，咎由自取之论与"厚颜"之责则殆有过之。尤为苛毒的是下面这段文字：

> 洛中里娘亦名柳枝，李义山欲至其家久矣，以其兄让山在焉，故不及昵。义山有《柳枝五首》，其间怨句甚多，所谓"画屏绣步障，物物自成双。如何湖上望，只是见鸳鸯"之类是也。呜呼！天伦同气之重，共聚于子女揉杂之所，已为名教之罪人，而一不得其欲，又作为诗章，显形怨讟，且自彰其丑，遗臭无穷，所谓灭天理而穷人欲者，无大于此。如李商隐者，又何足道哉！

通篇都是无中生有的攻评。如说商隐欲至柳枝家已久，因从兄让山在而不及昵；又说"天伦同气之重，共聚于子女揉杂之所"，全然不顾《柳枝五首序》所叙述的事实而向壁虚构。将一个美丽动人的浪漫爱情故事说成是"灭天理而穷人欲"的丑行，攻击商隐是"名教之罪人""自彰其丑""遗臭无穷"。像这样板起道学面孔，欲加之罪、何患无辞式的批评，在中国文学批评史上可算得上一种奇观。这说明，带有唯情倾向的李商隐诗在极端道学的批评家眼里，简直成了洪水猛兽。葛立方算得是最严苛无理的道学批评家。在《韵语阳秋》中，类似的严苛批评还有，以上是典型的两例。

但在商隐人品的问题上，也有持相反见解的评论。黄彻《䂬溪诗话》说："李义山任弘农尉，空投诗谒告云：'却羡卞和双刖足，一生无复没阶趋。'虽为乐春罪人，然用事出人意表，尤有余味。英俊陆沉，强颜低意，趋跄诺虎，扼腕不平之气，有甚于伤足者。非粗知直己，不甘心于病畦下舐，不能赏此语之工也。"虽从用事着眼，却揭示出了商隐性格中刚直不阿的一面。只是像这样的评论，在整个宋代都极少见。这说明两《唐书》本传对商隐人品的评论，在宋代影响很大。当然，这和程朱理学兴盛的整个思想文化背景也有密切关联。

第二，对商隐诗品的评论。与人品方面的评论类似，也是否定或贬抑的意见多于肯定与赞扬的意见，其中又可分为偏重于思想内容与偏重于艺术风貌两个方面。思想内容方面的评论，张戒《岁寒堂诗话》的一段议论最为典型：

> 孔子曰："《诗》三百，一言以蔽之，曰思无邪。"余观古今诗人，然后知斯言良有以也。《诗序》有云："诗者，志之所之也。在心为志，发言为诗。"情动于中，而形于言，其正少，其邪多。孔子删诗，取其思无邪者而已。自建安七子、六朝、有唐及近世诸人，思无邪者，唯陶渊明、杜子美耳，余皆不免落邪思也。六朝颜、鲍、徐、庾，唐李义山，国朝黄鲁直，乃邪思之尤者。鲁直虽不多说妇人，然其韵度矜持，冶容太甚，读之足以荡人心魄，此正所谓邪思也。

这恐怕是文学批评史上最严格的"思无邪"说。根据张戒的"思无邪"标准，从先秦到南宋的诗史上只有陶渊明与杜甫两人合格，而颜、鲍、徐、庾、李商隐、黄庭坚则被严厉批评为"邪思之尤"。除黄庭坚另有解释外，其他五人被判定为"邪思之尤"，当是由于他们的诗多艳情绮思，风格又偏于绮艳，违反《诗序》所谓"经夫妇，成孝敬，厚人伦，美教化，移风俗"的儒家诗教原则。但值得注意的是，张戒并不是一般地反对诗中写到妇人，而是看写妇人的同时是否寓有鉴戒之意。他另一段评论义山诗的话，正可与上引"邪思之尤"的议论相补充、相发明：

> "地险悠悠天险长，金陵王气应瑶光。休夸此地分天下，只得徐妃半面妆。"李义山此诗，非夸徐妃，乃讥湘中也。义山诗佳处，大抵类此。咏物似琐屑，用事似僻，而意则甚远。世但见其诗喜说妇人，而不

22

知为世鉴戒。"玉桃偷得怜方朔，金屋妆成贮阿娇。谁料苏卿老归国，茂陵松柏雨潇潇。"此诗非夸王母玉桃、阿娇金屋，乃讥汉武也。"景阳宫井剩堪悲，不尽龙鸾誓死期。肠断吴王宫外水，浊泥犹得葬西施。"此诗非痛恨张丽华，乃讥陈后主也。其为世鉴戒，岂不至深至切。

这正是从"诗言志""思无邪"的根本原则及标准出发所作的评沦。在张戒看来，商隐的诗品，由于"喜说妇人"，抒写艳情绮思，从主要倾向上看，属于"邪思之尤"；但又有一部分作品，虽说妇人而寓鉴戒之意，则正符合"言志"和"思无邪"的原则。因此，这两段看似相反的评论实际上都统一于"诗言志"和"思无邪"的根本原则。

《新唐书·文艺传序》对商隐诗品"诡怪"的评论，这一时期仍有很深的影响。周紫芝说："唐人以诗名家者甚多，独以李长吉、李义山、杜牧之为诡谲怪奇之作。牧之诗其实清丽闲放，宛转而有余韵，非若义山之僻、长吉之怪，隐晦而不可晓也。"（《太仓稊米集》卷六十《风玉亭记》）虽不同意对杜牧的"谲怪"之评，但仍认为商隐诗"僻"而"晦"。这与"谲怪"虽有所不同，但仍显含贬意。从周氏的辨别中正可见《新唐书·文艺传序》笼统以"谲怪"评李贺、杜牧、商隐在当时的影响。而朱熹《奉使直秘阁朱公行状》谓朱弁"于诗酷嗜李义山，而词气雍容，格力闲暇，不蹈其险怪奇涩之弊"（《晦庵先生朱文公文集》卷九十八），也显然认为商隐诗流于"险怪奇涩"。

诗品方面，也有肯定的意见。如洪迈《容斋诗话》卷一云："唐人歌诗，其于先世及当时事，直辞咏寄，略无避隐，至宫禁嬖昵，非外间所应知者，皆反复直言，而上之人亦不以为罪。如白乐天《长恨歌》讽谏诸章，元微之《连昌宫辞》，始末皆为明皇而发，杜子美尤多……李义山《华清宫》《马嵬驿》《骊山》《龙池》诸诗亦然。今之诗人，不敢尔也。"这虽是统论唐之诗人，但从所举诗例可以看出，洪氏认为李商隐的咏史诸作有可贵的"直辞咏寄，略无避隐"的诗胆和揭露批判精神。而杨万里则从这类寓含鉴戒讽刺意蕴的诗在表现上"微婉显晦，尽而不污"方面加以赞扬（见《诚斋诗话》）。罗大经将白居易《长恨歌》、杨万里《题武惠妃传》与李商隐《龙池》作比较，认为白氏"为尊者讳"，杨氏"意虽工而词未婉"，义山诗则"其词微而显，得风人之旨"。但同样性质的诗，胡仔《苕溪渔隐丛话》却斥之为"浅近"：

> 义山诗，杨大年诸公皆深喜之，然浅近者亦多，如《华清宫》诗云："华清恩幸古无伦，犹恐蛾眉不胜人。未免被他褒女笑，只教天子暂蒙尘。"用事失体，在当时非所宜言也……义山又有《马嵬》诗云："如何四纪为天子，不及卢家有莫愁？"《浑河中》诗云："咸阳原上英雄骨，半是君家养马来。"如此等语，庸非浅近乎？

"浅近"之讥，既指其内容的浅薄，又指其表现的浅直。应该说，洪迈与胡仔之评都各有其合理的成分。敖陶孙的《诗评》则谓：

> 李义山如百宝流苏，千丝铁网，绮密瑰妍，要非适用。

以是否"适用"为标准，否定商隐诗的美学价值，与唐末李涪"词藻奇丽……无一言经国，无纤意奖善"的讥评如出一辙。这是对商隐诗品的另一种否定意见。

第三，对商隐七绝成就的评论。南宋前期一些诗人和评家对商隐七绝评价颇高。杨万里《诚斋诗话》、吕本中《吕紫微诗话》、黄彻《䂬溪诗话》、吴聿《观林诗话》、严有翼《艺苑雌黄》、罗大经《鹤林玉露》等对此均有论列。关于这方面的情况，将在本编第十章中加以评述。

第四，对李商隐诗用典得失的评论。赞赏其用事之成功者，如严有翼《艺苑雌黄》云："文人用故事有直用其事者，有反其意而用之者。（王）元之《谪守黄冈谢表》云：'宣室鬼神之问，岂望生还？茂陵封禅之书，唯期死后。'此一联每为人所称道，然皆直用贾谊、相如之事耳。李义山诗：'可怜夜半虚前席，不问苍生问鬼神。'虽说贾谊，然反其意而用之矣。林和靖诗：'茂陵他日求遗稿，犹喜曾无《封禅书》。'虽说相如，亦反其意而用之矣。直用其事，人皆能之；反其意而用之者，非识学素高，超越寻常拘挛之见，不规规然蹈袭前人陈迹者，何以臻此！"从具体的用事之法联系到诗人的"识学"，见解深刻。"反其意而用之"当然并不一定都反映诗人的"识学素高"，但就严氏所举诗例来看，确如所评。对商隐诗好堆积故实的特点，此前已有"獭祭"之诮，但黄彻《䂬溪诗话》却从这一现象得出"凡作者，须饱材料"的结论：

> 李商隐诗好积故实，如《喜雪》云："班扇慵裁素，曹衣讵比麻？

鹅归逸少宅，鹤满令威家。"又"洛水妃虚妒，姑山客谩夸"，"联辞虽许谢，和曲本惭《巴》"。一篇中用事者十七八……以是知凡作者，须饱材料。传称任昉用事过多，属辞不得流便。余谓昉诗所以不能倾沈约者，乃才有限，非事多之过。

这种观点，正反映出宋诗资书以为诗的风气。宋人诗话中对义山诗的用事每津津乐道，正是时代风气使然。

第五，对商隐诗某些对仗方式的评论。其中最有意义的是对商隐诗中"当句有对"格的发现。洪迈《容斋诗话》卷二云：

> 唐人诗文，或于一句中自成对偶，谓之"当句对"。盖起于《楚辞》"蕙蒸兰藉""桂酒椒浆""桂櫂兰枻""斫冰积雪"……李义山一诗，其题曰《当句有对》，云："密迩平阳接上兰，秦楼鸳瓦汉宫盘。池光不定花光乱，日气初涵露气干。但觉游蜂饶舞蝶，岂知孤凤忆离鸾。三星自转三山远，紫府程遥碧落宽。"其他诗句中，如"青女素娥"对"月中霜里"，"黄叶风雨"对"青楼管弦"，"骨肉书题"对"蕙兰蹊径"，"花须柳眼"对"紫蝶黄蜂"，"重吟细把"对"已落犹开"，"急鼓疏钟"对"休灯灭烛"，"江鱼朔雁"对"秦树嵩云"，"万户千门"对"风朝露夜"，如是者甚多。

当句对的对仗方式，在早期诗歌和唐代其他诗人的作品中仅为偶见的现象，商隐诗中则大量运用，成为一种自觉的艺术手段。它对商隐近体诗流美风调的形成有很重要的作用。洪氏虽未将义山大量运用当句对法和诗歌的艺术美联系起来考察，但他搜罗的许多当句对的实例，却为进一步研究提供了很有启示性的材料。

此外，如陆游对无题诗和温李诗风的评论，吕本中对商隐名联"一春梦雨常飘瓦，尽日灵风不满旗"的评论，特别是朱弁关于黄庭坚"用昆体工夫，而造老杜浑成之地"的观点，都是这一时期中值得注意的见解，将分别在有关章节中加以论述。

第五节 南宋后期对李商隐诗的接受

南宋后期，指十三世纪初到南宋灭亡这段时间，约七十年，亦即开禧北伐（1206）到宋亡的一段。

这一时期，评家对李商隐诗的评论较前期显著减少。严羽的《沧浪诗话》是本期也是整个宋代最具理论性、系统性的诗话著作，是唐诗学的奠基之作，但他宗尚盛唐，对中晚唐诗评价不高，仅在《诗体》一章中列有"李商隐体即西昆体也"，完全沿袭宋人将二者混而为一的错误看法。《诗辨》一章提及"杨文公、刘中山学李商隐"，也属常谈。诗话中提到李商隐较多的，主要有三部：一是刘克庄的《后村诗话》，二是陈模的《怀古录》，三是范晞文的《对床夜话》。其中《怀古录》所论多为商隐七绝，将在本编第十章中加以评述，这一节主要评述刘、范两部诗话中有关义山诗的评论。本期最重要的两个诗派——四灵诗派与江湖诗派，前者宗贾岛、姚合，后者多为江湖谒客，诗风均与商隐相去甚远，故他们的诗文中也很少提及义山诗。江湖派的翘楚刘克庄在诗话中虽多次论及义山诗文，但他自己的诗文集中却从未涉及。

《后村诗话》共十四卷，是南宋诗话中规模较大的一种，其中有关商隐诗文的条目共十八条。其最后一条，列举了商隐四十五首诗中的名联，有的甚至全篇照录，可见刘氏对义山诗的赏爱。在这一条的末尾，对商隐诗有一个总评：

> 温庭筠与商隐同时齐名，时号"温李"。二人记览精博，才思横逸，其艳丽者类徐、庾，其切近者类姚、贾。义山之作尤锻炼精粹，探幽索微，不可草草看过。

商隐在《樊南甲集序》中曾说自己"两为秘省房中官"，"恣展古集，往往咽噱于任、范、徐、庾之间"，其骈文受徐、庾影响显而易见，刘克庄指出其诗"艳丽者类徐、庾"，是首次揭示其诗歌创作与徐、庾间的承传关系的。"切近者类姚、贾"，则此前此后均无人道及，商隐闲居永乐期间所作诗，确有颇近姚、贾者。"锻炼精粹，探幽索微"一语，则揭示出其工于锤炼构思、擅长抒写幽微深隐意绪的特点，尤为有得之见。

对商隐某些篇章所表现的思想感情及艺术表现特点，也时有较为精彩的评点，如谓《过故崔兖海旧宅与崔明秀才话旧因寄旧僚杜赵李三掾》"莫凭无鬼论，终负托孤心"一联"感知己之遇……有门生故吏之情，可以矫薄俗"，揭示出商隐感恩知遇的淳厚感情，与史传中"背家恩""放利偷合"的恶评可谓针锋相对。又如评《酬别令狐补阙》"人生有通塞，公等系安危"二句云："于升沉得失之际，婉而成章。"也揭示出其诗寄慨深而措辞婉的特点。又评《富平少侯》"不收金弹抛林外，却忆（按，本集作"惜"）银床在井头"云："曲尽贵公子憨态。"评《哭刘司户蕡》"空闻迁贾谊，不待相孙弘"云："自应制科至谪死，止以十字道尽。"这些评点，说明刘克庄对义山诗读得相当深细，对义山诗有自己的体悟。《后村诗话》有关商隐文、赋的条目共三条，其中引录了商隐的佚赋《虎赋》《恶马赋》，可补今传商隐文集之缺佚，这也说明刘氏对商隐作品的阅读面相当广。

范晞文的《对床夜话》是对李商隐的诗批评得比较严厉的诗话之一，如指责商隐诗违反"发乎情止乎礼义"的诗教：

> 诗人形容新台之事，不过曰："新台有泚，河水浼浼。燕婉之求，籧篨不鲜。"形容公子顽之事，不过曰："墙有茨，不可扫也。中冓之言，不可道也。所可道也，言之丑也。"如是而已。李商隐咏真妃之事，则曰："平明每幸长生殿，不从金舆唯寿王。"彰君之恶也。圣人答陈司败知礼之问，恐不尔也。又："未免被他褒女笑，只教天子暂蒙尘。"又："君王若道能倾国，玉辇何由过马嵬？"又："如何四纪为天子，不及卢家有莫愁？"皆有重色轻天下之心。大抵商隐之诗类如此。如《东阿王》云："君王不得为天子，半为当时赋《洛神》。"《曼倩辞》云："如何汉殿穿针夜，又向窗中觑阿环？"至有"赵后楼中赤凤来"之句，发乎情止乎礼义之意安在？

这里提到的《骊山有感》、《马嵬二首》、《华清宫》（"华清恩幸古元伦"）等诗，或讽刺唐玄宗霸占儿媳寿王妃的丑行，或讽慨玄宗重色轻国，自取其祸，却被说成"皆有重色轻天下之意"，完全不顾诗人的思想感情倾向。这似乎不像对作品一般的误读，而像抱着成见去读诗的结果。至于像《东阿王》这种诗，由于它可能别有寓慨，更扯不上什么发乎情而不止乎礼义的问题。范氏这种封建卫道气味很浓的指责，和前一时期葛立方的"灭天理而穷人欲"、张戒的"邪思之尤"的批评一脉相承，而与洪迈对商隐此类诗"直辞咏寄，略无避隐"的赞扬之辞相比，显然是一种倒退，反映出南宋程朱道学思想对诗歌批评的消极影响。

范氏对商隐诗的用事，则既有严厉的批评，也有所肯定。他严厉批评"编事""为事所使"：

> 前辈云：诗家病使事太多，盖皆取其与题相合者类之，如此乃是编事，虽工何益。李商隐《人日》诗云："文王喻复今朝是，子晋吹笙此日同。舜格有苗旬太远，周称流火月难穷。镂金作胜传荆俗，剪彩为人起晋风。独想道衡诗思苦，离家恨得二年中。"正如前语。

据《蔡宽夫诗话》："荆公尝云：'诗家病使事太多，盖皆取其与题合者类之。如此乃是编事，虽工何益。若能自出己意，借事以相发，情态毕出，则用事虽多，亦何所妨。'"则范氏所谓"前辈"，当指王安石。所举商隐《人日即事》，确实是"编事"的典型，商隐诗集中，如《喜雪》之类，亦同此弊。范氏又云：

> 诗用古人名，前辈谓之点鬼簿，盖恶其为事所使也……李商隐集中半是古人名，不过因事造对，何益于诗？至有一篇而叠用者。如《茂陵》云："玉桃偷得怜方朔，金屋修成贮阿娇。谁料苏卿老归国，茂陵松柏雨萧萧。"此犹有微意。《牡丹》诗云："锦帏初见卫夫人，绣被犹堆越鄂君。"不切甚矣。

对叠用古人名的"点鬼簿"式用事之弊，作了痛切的批评，所举诗例未必尽当，但商隐诗中确有此弊，即名篇如《隋师东》《重有感》亦不能免。但范氏并非一概否定用事，根据王安石"自出己意，借事以相发"之论，对商隐诗中用事成功的范例也作了评论：

> 苦《隋官》诗云："玉玺不缘归日角，锦帆应是到天涯。"又《筹笔驿》云："管乐有才真不忝，关张无命欲何如？"则融化斡旋如自己出，精粗顿异也。

对照前一时期黄彻《䂮溪诗话》由商隐《喜雪》"一篇中用事十七八"引出"作诗者须饱材料"的结论，可以看出范氏的看法显然比较合理且有分析。从黄彻到范晞文，对诗中用事的观点的变化，反映出宋诗资书以为诗的风气已受到诗坛的批评。

为了进一步证明其反对用事过多的见解之正确，范晞文还列举了商隐诗中一系列不用典故的佳联：

> "虹收青嶂雨，鸟没夕阳天。""月澄新涨水，星见欲销云。""池光不受月，野气欲汤山。""秋应为红叶，雨不厌苍苔。"皆商隐诗也，何以事为哉？又《落花》云："落时犹自舞，扫后更闻香。"《梅花》云："素娥唯与月，青女不饶霜。"尤妙。若"江海三年客，乾坤百战场"，则绝类老杜。

除"素娥"一联用熟典外，其他各联均为用白描手法咏物抒情的佳联。不仅显示出范氏有较高的艺术鉴赏力，而且说明他对商隐诗擅长白描这一面有所发现。在两宋评家普遍喜欢议论义山诗用事对偶的风气中，范氏的这种发现尤值得重视。

对商隐诗在构思方面与他人作品类似者，范氏也有自己的发现：

> 唐人绝句，有意相袭者，有句相袭者……贾岛《渡桑干》云："客舍并州已十霜，归心日夜忆咸阳。无端更渡桑干水，却望并州是故乡。"李商隐《夜雨寄人》云："君问归期未有期，巴山夜雨涨秋池。何当共剪西窗烛，却话巴山夜雨时。"此皆袭其句而意别者。

"袭其句而意别"的表达未必很准确，但将此二诗作比较，发现它们之间的共同点，这是首次，说明范氏在诗艺方面有自己的体悟。他指出商隐《离亭赋得折杨柳二首》"立意颇新"，也是有得之言。

第六节　两宋总集选本所选李商隐诗

一个时期选家的选录标准和入选篇目往往能反映出诗歌批评观念与标准。两宋时期有不少重要总集与选本先后出现，按说应能反映出商隐诗在不同时期地位的升降变化，但其中一些总集的情况却比较特殊。

北宋较早编成的唐代诗文选本是姚铉于大中祥符四年（1011）编成的《唐文粹》。此书序称"止以古雅为命，不以雕篆为工，故侈言蔓辞，率皆不取"，诗、文、赋均只选古体。商隐仅有赋及古文入选，诗则未曾选录。这反映出编选者认为商隐的五七古体诗不符合"古雅"的标准。

《文苑英华》编成于雍熙三年十二月，真宗景德四年、大中祥符二年曾两次增删、复校，定稿的时间比《唐文粹》还早两年。这部主要选录唐代诗文的千卷总集共选入商隐各体诗五十六首，它们是：《天部》月中的《秋月》，中秋月中的《西掖玩月》，杂题月中的《霜月》《月夕》，咏雪中的《对雪二首》，晴霁中的《晚晴》，风中的《咏风》，《地部》山中的《玉山》，《乐府》中的《公子行》，《音乐》歌中的《闻歌》，《释门》中的《送臻师二首》，《道门》中的《赠华阳宋真人兼寄清都刘先生》，《酬和》中的《酬别令狐八补阙》《令狐八绹戏题二首》，《寄赠》中的《及第东归却寄同年》《饮席代官妓赠两从事》，《送行》中的《别薛岩宾》，《行迈》中的《昭州》《商於》《东还》，《悲悼》第宅中的《过伊仆射旧宅》，《遗迹》中的《马嵬二首》，《居处》中的《华清宫二首》、《陈后宫二首》、《隋宫》（"紫泉宫殿锁烟霞"）、《楚宫二首》（"复壁交青琐""湘波如泪色滠滠"）、《深宫》、《汉宫》、《北楼》、《夕阳楼》、《青陵台》、《宿晋昌亭闻惊禽》，《郊祀》中的《圣女祠二首》（"杳霭逢仙迹""松篁台殿蕙香帏"），《花木》中的《牡丹》（"锦帏初卷卫夫人"）、《杏花》、《临发崇让宅紫薇》、《酬崔八早梅有赠兼见示之什》、《荷花》、《菊》、《野菊》、《柳二首》（"动春何限叶""为有桥边拂面香"）、《谑柳》、《蜀桐》，《禽兽》中的《壬申闰秋题赠乌鹊》、《题鹅》、《蝶》（"飞来绣户阴"）、《蜂》。从选录诗的数量上看，约占现存商隐诗总数的近十分之一，应该说选得相当多。但仔细研究就可发现，《文苑英华》选诗带有很大的局限性和随意性。它是按天、地、帝德、应制、应令、省试、朝省、乐府、音乐、人事、释门、道门、隐逸、寺院、酬和、寄赠、送行、留别、行迈、军旅、悲悼、居处、花木、禽兽等二十四类来分别以类选诗的，因此像商隐最有创造性的无题诗就根本无法入选，因为它们不能归入上列二十四类中的任何一类。又如商隐大量的爱情诗，也因《英华》中未设相应的类别而无法入选。像《肠》《泪》《灯》等也因同样的原因无法选录，这是因《英华》分类本身的局限所带来的选诗的局限性。在具体选某一类诗中的作品时，则又表现出很大的随意性。如商隐有一系列咏雨的佳作，像《夜雨寄北》、《春雨》、《细雨》（"帷飘白玉堂"）、《微雨》、《雨》（"摵摵度瓜园"）、《滞雨》等，《英华》《天部》雨却一首未选，《圣女祠》三首，《英华》选了五排、七律各一首，却独独遗漏了写得最出色的《重过圣女祠》，音乐类中选了《闻歌》，却未选《锦瑟》。咏柳诗选了三首，却未选写得最有情韵的《离亭赋得折杨柳二首》和《柳》（"曾逐东风拂舞筵"）。悲悼中像《哭刘蕡》《哭刘司户蕡》《哭刘司户二首》等杰作一首未选，一系列情深语挚的忆内诗、悼亡诗也一首未选。咏史诗中的佳作，有更多遗漏。不同时代的选家当然可以有不同的选录标准，但像《英华》这样，入选商隐诗达五十六首，却漏选大量佳作的情况，则可说明它的选录带有很大随意性。至少可以说明，入选的诗主要不是从艺术成就着眼的。它将诗文分类编纂，主要是为文人提供考试及作诗应酬和模仿学习的方便，同时也藉此保存前代文学资料。有的研究者甚至从《英华》所选商隐诗来推断当时李商隐诗集尚未编就①。但前引江少虞《宋朝事实类苑》"玉谿生"条既云杨亿在咸平、景德间已得商隐各体诗五百八十二首，则至大中祥符二年《英华》编定时，无论其时商隐诗集是否已编就，现存商隐诗的百分之九十八，杨亿当时已经搜集到手，《英华》的编者应当看到过这些诗，之所以未选商隐的许多佳作，是因为书的性质作用在于应用和保存文献。因而从它入选的篇目上很难看出当时人们对李商隐诗的真实接受状况，不能据这些篇目判断人们对商隐诗的审美选择。

王安石曾编选《唐百家诗选》《四家诗》。后书选杜甫、欧阳修、韩愈、李白四家诗，前书则未收李、杜、韩三家，也未选李商隐诗，且唐代其他著名诗人如王维、元稹、白居易、韦应物、孟郊、张籍的诗也未入选，因此这个选本是否王安石所选，历代学者多有疑问。或以为《四家诗》已选李、杜、韩三家，故《唐百家诗选》不选。但王安石对李商隐评价很高，却弃而不选，不能不是个疑问，至少不能用这个选本来判断王安石对李商隐诗的看法。

郭茂倩的《乐府诗集》、洪迈的《唐人万首绝句》也都收了李商隐诗，但前者限于乐府一体，后者则绝句全收，因此都很难反映对李商隐诗的选择与接受。

南宋末年周弼所选的《三体唐诗》只选五七言律和七绝，其中选商隐《锦瑟》《隋宫》《马嵬》《筹笔驿》《闻歌》《茂陵》《宫词》《汉宫》《贾生》。七律选篇颇精，已接近后世公认的义山七律除《无题》以外最重要的代表作。这说明，商隐七律在流传过程中已逐渐形成比较一致的审美选择。

统观两宋三百余年的李商隐诗接受史，可以概括为以下几点：

---

① 见黄世中《李商隐诗集版本知见录》，《文学遗产》1997年第2期。

一是对李商隐人品、诗品的贬抑性评论多于赞扬性评论。其主要原因是宋代理学倡导"尊天理，窒人欲"，诗歌被视为言志明道的工具，因而对李商隐诗中不符合"发乎情止乎礼义"的封建礼教的思想感情是排斥的。商隐诗中的言情内容乃至唯情倾向则受到"思无邪"的传统诗教观念的排斥，两《唐书》商隐本传对其人品的贬抑对宋人也产生了深远影响。

二是对商隐诗歌创作的主要成就尚缺乏比较正确的总体认识。尽管王安石、范温、张戒、范晞文等人曾分别谈到他们对杜诗的学习继承、诗中的高情远意和对时世的鉴戒、白描胜境等方面，但商隐忧世伤时、关注国运的精神尚未得到明确的揭示，大量政治诗、咏史诗尚未进入评家的视野，对其咏物诗、无题诗、爱情诗也都缺乏总体把握。

三是对商隐诗"深情绵邈"这一突出特征普遍有所忽略，这和宋诗以议论为诗、以才学为诗、以文为诗，喜言理而不善言情的普遍倾向，特别是与宋人的诗学观念密切相关。

四是对商隐诗中的用事发表了许多评论。这和宋人作诗喜欢用典炫博、资书为诗的风尚有关。在这方面，既有肯定的意见，更多的是批评，而且越到后来，批评越趋尖锐。

第三章　金元时期对李商隐诗的接受

金元时期对李商隐诗的接受，主要体现在几个重要的诗歌选本和诗人对商隐诗的选录与评论上。因此，这一章主要围绕元好问的《论诗》及《唐诗鼓吹》、方回的《瀛奎律髓》来进行论述。

第一节　金代对李商隐诗的接受

元好问之前，金代文人王若虚、李纯甫偶有涉及李商隐诗的评论。王若虚论文以"辞达理顺"为宗旨，论诗主张自然，反对雕琢与刻意求工。诗学白居易，对黄庭坚和江西诗派的批评相当尖锐，认为黄诗"有奇而无妙，有斩绝而无横放，铺张学问以为富，点化陈腐以为新，而浑然天成如肺肝中流出者，不足也"，说黄所倡导的"夺胎换骨""点铁成金"之法"特剽窃之黠者耳"（《滹南诗话》）。因此，他对朱弁《风月堂诗话》谓黄庭坚"独用昆体工夫，而造老杜浑成之地"的说法很不以为然：

> 朱少章论江西诗律，以为用昆体工夫，而造老杜浑全之地。予谓用昆体工夫必不能造老杜之浑全，而至老杜之地者亦无事乎昆体工夫，盖二者不能相兼也。

在王若虚看来，无论是昆体（包括李商隐诗和西昆派诗）①还是黄庭坚诗，都是刻意雕琢而无浑然天成风貌的，因此认为用昆体工夫必不能造老杜浑全之地，二者是绝对对立而不能相兼的②。对这种看法的是非可另作评论，但他的

---

① 严羽《沧浪诗话·诗体》："西昆体即李商隐体，然兼温庭筠及本朝杨、刘诸公而名之也。"

② 关于朱弁《风月堂诗话》中的这段话，将在下编第五章中加以评述。

33

这段议论却反映了对李商隐诗带贬抑色彩的评价。李纯甫的看法与王若虚相近。元好问《中州集》卷二刘西嵒汲小传引李纯甫所作《西嵒集序》云：

> 齐、梁以降，病以声律，类俳优然。沈、宋而下，裁其句读，又俚俗之甚者。自谓灵均以来，此秘未睹，此可笑者一也。李义山喜用僻事，下奇字，晚唐人多效之，号西昆体，殊无典雅浑厚之气，反詈杜少陵为村夫子，此可笑者二也。黄鲁直天资峭拔，摆出翰墨畦径，以俗为雅，以故为新，不犯正位，如参禅着末后句为具眼。江西诸君子翕然推重，别为一派，高者雕镌尖刻，下者模影剽窜，公言韩退之以文为诗，如教坊雷大使舞。又云：学退之不至，即一白乐天耳。此可笑者三也。嗟乎！此说既行，天下宁复有诗乎？

这段议论中所批评的三种可笑现象，有的拘于声律，有的喜用僻事奇字，有的雕镌尖刻、模拟剽窃，其共同点是刻意求工，违反作诗为文"各言其志""唯意所适"的创作原则，失自然的真趣。这种批评未必全面切当，但它所表露的对商隐诗风的看法，以及将其与江西派并论的做法却和王若虚大体相同。

与王若虚、李纯甫同时而稍后的元好问（1190—1257），是金源时期最重要的文学家与诗论家。他的《论诗》绝句三十首，以正伪辨诗，别裁伪体，发扬正体，尊崇曹刘的慷慨、阮籍的块垒、陶潜的真淳、《勅勒歌》的天然，其归趋在一"诚"字。而对心声失真者、斗靡夸多者、暗中摸索者、步韵唱酬者、一味求新求变不知师古者则多有不满与批评。三十首中涉及李商隐的有三首，兹录于下：

> 邺下风流在晋多，壮怀犹见缺壶歌。
> 风云若恨张华少，温李新声奈尔何！
> ——其三
>
> 望帝春心托杜鹃，佳人锦瑟怨华年。
> 诗家总爱西昆好，独恨无人作郑笺。
> ——其十二
>
> 古雅难将子美亲，精纯全失义山真。
> 论诗宁下涪翁拜，未作江西社里人。
> ——其二十八

第三首虽主要是论晋诗的，但连带而及的"温李新声"之语却表露了对温、李绮艳诗风带贬抑性的看法。他认为晋代诗歌既有像潘、陆那样夸多斗靡、心声失真的，也有像左思、刘琨、陶潜那样能继承建安风骨的，即使是被钟嵘评为"儿女情多，风云气少"的张华，较之"温李新声"也要健朗得多。从"风云若恨张华少"之语看，所谓"温李新声"显然是指温李诗中多写男女之情的绮艳内容与柔靡风格。看来，元好问对温李诗绮艳柔靡的一面是不满的。他所强调的"诚"是和"正"联系在一起的。在他看来，"温李新声"虽也表现了内心的真情实感，但这种儿女情长的情感却未必符合封建礼教之"正"，未必合乎"思无邪"的要求。

但对"温李新声"的贬抑性评论并不代表他对李商隐诗的全部看法。《论诗》第十二首便着重表述了他对商隐诗多身世寄托的看法。商隐《锦瑟》诗云："锦瑟无端五十弦，一弦一柱思华年。庄生晓梦迷蝴蝶，望帝春心托杜鹃。沧海月明珠有泪，蓝田日暖玉生烟。此情可待成追忆，只是当时已惘然。"由于元诗首句与李诗第四句字面全同，次句也明显化用李诗首联，因此人们很容易把元诗的前两句看成对《锦瑟》诗的撮述，进而将后两句理解为：诗人们尽管喜爱商隐诗，只可惜没有人为它作精确的笺解。但如果这首诗的内容仅仅是慨叹义山诗虽好而难以索解，那就很难称得上是真正的"论诗"之作，而且与其他各首绝不相侔。联系《锦瑟》诗和义山整个诗歌创作，联系《论诗》中常以其人之诗评其人诗风的写法，就不难明白此诗实际上是巧妙地借用义山诗语来评论其诗歌创作，表现了他对义山诗整体风貌特征的切实把握。义山诗的基本特征，是多寓托身世之感、伤时之情，渗透浓重的感伤情调，多用比兴象征，意境朦胧缥缈。而《锦瑟》正是用象征手段抒写华年身世之感与惘然之情的典型诗例。它的首尾两联点明此诗是闻瑟而追忆华年，不胜惘然之作。颔、腹两联则推出四幅象征性图景来形况瑟的各种音乐境界和诗人华年所历的各种令人惘然的人生境界、心灵境界。而"望帝春心托杜鹃"一句，正是通过望帝魂化杜鹃、哀啼泣血的象征图景来表达哀愁凄迷的瑟声及诗人的心声，象喻自己的春心春恨（美好的愿望和伤时忧国、感伤身世之情）都"托"之于如杜鹃啼血般的哀怨凄迷的诗歌。那倾诉春心春恨的望帝之魂——杜鹃，正不妨视为作者的诗魂。明乎此，就不难理解元好问首拈《锦瑟》诗中的"望帝"句，正是要借用它来概括义山诗的基本特征。连同下句，其实际含意是：李商隐这位"佳人"（即才士），正是要借"锦瑟"（可以指《锦瑟》诗，也可以泛指商隐的整个诗歌创作）来抒写华年身世的感伤悲怨，他的满腔春心春恨都寄托在如杜鹃啼血般的诗歌中了。这里不仅概括揭示了其诗歌内容的基本特征——"怨华年"，而且显示了其情调的感伤哀怨和工于寄托。妙在这种概括与揭示，完全是就地取材，利用现成的义山诗句与诗语，而且连带着运用了原句中的象征手法，显得妙合无垠、毫不费力。这种即以其诗评论其人诗风的高妙手段，在论秦观的那首论诗绝句中也有出色的表现："'有情芍药含春泪，无力蔷薇卧晓枝'，拈出退之《山石》句，始知渠是女郎诗。"以后的诗评、词评家也每多采用这种手段。

理解了前两句，后两句的弦外之音也就不难默会。诗人实际上是慨叹许多爱好义山诗的诗家并没有真正懂得它的内蕴，而自己独得其秘的含意也就隐见言外。不妨说，元好问实际上已经为李商隐的诗（包括《锦瑟》在内）作了"郑笺"。只不过并非对义山每首具体诗篇的解说，而是对义山诗总体特征的宏观把握。可惜元好问这首诗的真意并没有得到人们的理解，以致这位李商隐诗的真知音的真知灼见被历史尘封了七百多年。

《论诗》第二十八首，主旨是批评江西诗派后学，其中包含了对义山诗艺的高度评价。从李商隐入手学杜，是江西诗派标榜的学杜门径，朱弁《风月堂诗话》称黄鲁直"用昆体工夫而造老杜浑成之地"就是典型的例证。元好问对此很不以为然，嘲笑他们既不能近杜甫诗之"古雅"，又全失义山诗的"精纯"。用"精纯"二字概括义山诗在艺术上的高度成就，是元氏的卓见。所谓"精"，既指其诗内容意蕴的精深精粹，又是指其诗艺术上的锤炼精工；所谓"纯"，既指其内容经过提炼和提纯，纯粹无杂质，又指其高度的诗化律化，无粗莽槎牙生硬枯率之弊，这是对义山诗特别是其近体律绝的极高评价。

总之，元好问对"温李新声"虽有微辞，不满于义山一些诗内容与风格的绮艳，但对义山诗多寓身世之感、工于寄托的基本特征，以及"精纯"的诗艺却有深切的认识和高度的评价。

元好问还编选过一个重要的唐诗选本——《唐诗鼓吹》十卷。此书不署编选者名氏，但书前有赵孟頫序，称其出于元好问所选："鼓吹者何？军乐也。选唐诗而以是名之者何？譬之于乐，其犹鼓吹乎？遗山之意则深矣。"由于此书未选李、杜、韩、白等唐诗大家之作，多选中晚唐诗人，加以元氏本人的诗文中从未提及自己曾编选此书，故后世常有学者疑为托名元氏之伪作。但据胡传志考证，与元好问同时、与元为世交并曾共事尚书省的诗人曹之谦早就有《读〈唐诗鼓吹〉》诗云："杰句雄篇萃若林，细看一一尽精深。白璧连城无少玷，朱弦三叹有遗音。不经诗老遗山手，谁解披沙拣得金。"（《河汾诸老诗集》卷八）故此书出于元氏之手，当属无疑。之所以未选李、杜，是因为李白不善七律，元好问另已著《杜诗学》一书①，所考可信。是书共选九十六家唐人七律五百九十六首。李商隐入选三十四首，仅次于谭用之（三十八首）、陆龟蒙（三十五首），而高于杜牧（三十二首）、许浑（三十一首）。所选商隐七律具体篇目为：《锦瑟》、《杜工部蜀中离席》、《隋宫》、《二月二日》、《筹笔驿》、《九成宫》、《碧城》（"碧城十二曲栏干"）、《马嵬》、《深宫》、《留赠畏之》（"清时无事奏明光"）、《对雪二首》、《牡丹》（"锦帏初卷卫夫人"）、《促漏》、《圣女祠》（"松篁台殿蕙香帏"）、《野菊》、《与同年李定言曲水闲话戏作》、《重有感》、《出关宿盘豆馆对丛芦有感》、《子初郊墅》、《井络》、《宋玉宅》（集题作《宋玉》）《赠别前蔚州契苾使君》、《春日寄怀》、《和刘评事永乐闲居见寄》、《无题》（"万事风波一叶舟"，集"事"作"里"）、《无题》（"昨夜星辰昨夜风"）、《无题》（"相见时难别亦难"）、《回中牡丹为雨所败》（"浪笑榴花不及春"）、《富平少侯》、《楚宫》（月姊曾逢下彩蟾）、《郑州献从叔舍人褒》。所选篇目占现存商隐七律近三分之一，在一个通代选本中，这样的选诗比例应该说是很高的。但除极少数作品（如《和刘评事永乐闲居见寄》《郑州献从叔舍人褒》）艺术上较为平庸外，绝大多数均为佳作，其中历代诸选大都入选的公认传世佳篇占了一半以上。这说明，编选者的眼光还是比较高明的。《四库全书总目》谓《鼓吹》"去取谨严，轨辙如一，大抵遒健宏敞，无宋末江湖、四灵寒俭之习"，虽大体属实，但就所选义山诗而言，则并非全为"遒健宏敞"一类。这个选目中特别值得注意的是，选入了商隐七首七律《无题》中的五首（未选入的仅《无题二首》"凤尾香罗薄几重"与"重帏深下莫愁堂"），这是选家首次选入这么多义山七律《无题》，表明编选者已经充分注意到义山《无题》一体的成就，特别是其七律《无题》在其整个七律创作中的地位。另外，咏史一体中选入《隋宫》《马嵬》《筹笔驿》《富平少侯》《九成宫》《宋玉》等，亦多为极见义山本色的传世佳作。总之，从《唐诗鼓吹》所选义山七律可以看出，编选者对义山七律的成就已有较为全面的认识。和两宋时期的评家仅偶举个别七律作评论的情况相比，显

① 详胡传志《金代文学研究》第二章第三节《〈唐诗鼓吹〉与金末元初的宗唐诗风》，安徽大学出版社2000年版。

然可见金末对义山七律的认识已从局部走向整体。

第二节　元代对李商隐诗的接受

　　元代初年对李商隐诗的接受，主要体现在由宋入元的方回所编选点评的《瀛奎律髓》一书中，《律髓》编成于元世祖至元二十年（1283），离南宋灭亡仅四年。是编为唐宋五七言律选评本，其自序称："瀛者何？十八学士登瀛洲也，奎者何？五星聚奎也。律者何？五七言之近体也。髓者何？非得皮，得骨之谓也……所选，诗格也；所注，诗话也。学者求之，髓由是可得也。"故此书实即唐宋律髓，而其中宋代作品远多于唐代。

　　《瀛奎律髓》所选李商隐诗为：卷三怀古类选《武侯庙古柏》（五排）、《陈后主宫》（集题作《陈后宫》，五律）、《隋宫守岁》、《井络》、《隋宫》、《筹笔驿》、《马嵬》（以上五首七律）；卷七风怀类选《天平公座中呈令狐公时蔡京在座》《无题》（"昨夜星辰昨夜风"）、《无题》（"飒飒东南细雨来"）、《无题》（"相见时难别亦难"）、《楚宫》（"月姊曾逢下彩蟾"，以上五首均七律）；卷二十梅花类选《十一月中旬至扶风见梅花》（五律）、《酬崔八早梅有赠兼示之作》（七律）；卷二十七着题类选《锦瑟》（七律）；卷二十八陵庙类选《茂陵》（七律）；卷三十边塞类选《少将》（五律）；卷三十九消遣类选《夜饮》（五律）、《安定城楼》（七律）；卷四十一子息类选《杨本胜说于长安见小男阿衮》（五律）；卷四十六侠少类选《富平少侯》（七律）；卷四十八仙逸类选《郑州献从叔舍人褒》《和韩录事送宫人入道》（七律），共选二十四首，其中七律十七首、五律（包括排律）七首。十七首七律中，与《鼓吹》所选相同者为《锦瑟》、《南宫》、《筹笔驿》、《井络》、《马嵬》、《无题》（"昨夜星辰昨夜风"）、《无题》（"飒飒东南细雨来"）、《无题》（"相见时难别亦难"）、《富平少侯》、《楚宫》（"月姊曾逢下彩蟾"）、《郑州献从叔舍人褒》等十一首，占方氏所选七律的三分之二。《鼓吹》为金末元初宗唐诗风的产物，而《律髓》则倡"一祖三宗"之说，为江西诗派张帜树统，明显突出黄庭坚、陈师道、陈与义的地位。两人虽均尊杜，但元氏所尊尚者，显系杜诗中宏阔苍凉一体，而方氏所尊尚者，乃杜律中韧瘦一体。但两人所选义山七律，相同者却占大多数，这说明其时李商隐最有代表性的一些七律如《锦瑟》、《隋宫》、《马嵬》、《筹笔驿》、《无题》

（"昨夜星辰昨夜风""飒飒东南细雨来""相见时难别亦难"）等在长期的流传、选择、接受过程中已渐趋稳定，即使尊江西诗派的方回也不能无视这一客观事实。实际上，就方回本人的诗学观点及审美趣味说，他对玉谿诗的总体看法是带有明显贬抑否定色彩的。他在《秋晚杂书三十首》其二十中说：

> 人言太白豪，其诗丽以富。
> 乐府信皆尔，一扫梁陈腐。
> 余编细读之，要自有朴处。
> 最于赠答篇，肺腑露情愫。
> 何至昌谷生，一一雕丽句？
> 亦焉用玉谿，纂组失天趣？
> 沈宋非不工，子昂独高步。
> 画肉不画骨，乃以帝闲故。

在《读张功甫南湖集并序》中也说：

> 诗至于老杜而集大成。陈子昂、沈佳期、宋之问律体等而下之，丽之极莫如玉谿以至西昆，工之极莫如唐季以至九僧。《三百篇》有丽者，有工者，初非有意于丽与工也。风、赋、比、兴，情缘事起云耳。而丽之极、工之极，非所以言诗也。

方回认为，三李的诗都有丽的特点，但李白的丽，出自肺腑之情，有自然真朴之趣；而李贺、李商隐的丽，则雕琢纂组，虽工丽而失天然真朴之趣，非所以言诗。方回论诗，重朴拙，重淡中见美、骨味深蕴，故对李商隐的绮丽诗风深为不满，其实他并未认识到商隐诗深情绵邈的内蕴与善于白描的一面。但尽管他认为工之极、丽之极非所以言诗，还是选了义山不少典丽精工的七律。这一事实说明，《瀛奎律髓》在选义山诗时并未完全按照方回自己的诗学观点、欣赏趣味来选诗。经过历代读者的选择评价，一批被公认的佳作并不是选家个人的好恶所能随意否定抹杀的。对所选的义山诗，方回间有评点，多论对法、句法、格律等具体作诗技巧，犹是宋人习气，有价值的东西不多，也很少说到义山的真本色、真工夫。方回真正有些感受和认识的还是宋诗，特别是江西诗派的诗，而对包括义山诗在内的唐诗的特征与成就相当隔膜。从他将几首《无题》全归入风怀类，将《锦瑟》归入着题类可以看出，他对这些诗的认识相当肤浅。

较方回稍早的北方文人郝经（1223—1275），论诗主述王道，以三代风雅之作为歌咏情性的依归。于唐代诗人中推崇杜甫、李白、韩愈、柳宗元、白居易有关政治之作，对“辞胜之诗”进行尖锐抨击，其《与撖彦举论诗书》云：

> 呜呼！自李、杜、苏、黄，已不能越苏、李，超三代，矧其下乎！于是近世又尽为辞胜之诗，莫不惜李贺之奇，喜卢仝之怪，赏杜牧之警，趋元稹之艳。又下焉，则为温庭筠、李义山、许浑、王建，谓之晚唐。轰轰隐隐，啅噪喧聒，八句一绝，竞自为奇。推一句之妙，擅一联之工，呕哑嚼拉于齿牙之间者，只是天地、风雷、日月、星斗、龙虎、鸾凤、金玉、珠翠、莺燕、花竹、六合、四海、牛鬼蛇神、剑戟绮綉、醉酒高歌、美人壮士等。磨切锱铢，偶韵较律。斗饤排比，而以为工；惊吓喝喊，而以为豪。莫不病风丧心，不复知有李、杜、苏、黄矣，又焉知三代、苏李性情风雅之作哉！

他认为中晚唐的李贺、卢仝、杜牧、元稹等人的诗，都是“辞胜之诗”；温、李、许浑之诗，更是“病风丧心”，毫无性情风雅之作。这种观点本身虽没有多少价值，却反映了元代初期，一些士人企图通过宗经尊儒保存汉文化的要求。

在元代前期文人中，袁桷（1267—1327）是对李商隐诗有较高评价的一位。其《清容居士集》卷四十八《书汤西楼诗后》云：

> 玉谿生往学《草堂诗》，久而知其力不能逮，遂别为一体。然命意深切，用事精远，非止于浮声切响而已……夫稡书以为诗，非诗之正也；谓舍书而能名诗者，又诗之靡也。若玉谿生其几于二者之间矣……噫！诗至中唐，变之始也。若玉谿生者故而望之，其不至者，非不进也[①]。

① 复旦大学《中国文学批评通史·宋金元卷》第1050页：“不变”，乃指其风格之变不同于前人；“非不进”则谓变自有变的价值，未可以其不至而非之也。上海古籍出版社1996年版。

又有《书郑潜庵李商隐诗选》云：

> 李商隐诗号为中唐警丽之作，其源出于杜拾遗。晚自以不及，故别为一体。玩其句律，未尝不规规然近之也。拾遗爱君忧国，一寓于诗，而深讥矫正，不敢以谈笑道。若商隐则直为讪侮，非若为鲁讳者，使后数百年，其诗祸之作，当不止流窜岭海而已也。桷往岁尝病其用事僻昧，间阅《齐谐》《外传》诸书，签于其侧，冶容褊心，遂复中止。私以为近世诗学顿废，风云月露者，几于晚唐之悲切；言理析旨者，邻于禅林之旷达。诗虽小道，若商隐者，未可以遽废而议也。客京师，潜庵郑公示以新选一编，去其奇衺俚艳，读其诗，若截狐为裘，播精为炊，无一可议。去取之当，良尽于此。昔萧统定《文选》，至渊明诗存者特少，故议之者不置；至王介甫选《唐百家诗》，莫敢异议，而或者又谓笔札传录之际多所遗落，嗜好不同，固难以一。今此编对偶之工，一语之切，悉附于左。商隐之诗，如是足矣。览者其何以病？因书其说而归之。

两文观点大体相同，可相互补充参证。综合起来，约有以下数端：其一，商隐诗初学杜甫，后别为一家。其二，其诗号为警丽之作，内容方面虽有忧国伤时之意，但讥刺深切，邻于讪侮。其三，其诗命意深切，用事深远。其四，其皆有奇衺俚艳的一面，当去之。袁桷论诗，多针对晚宋诗之积弊而发，所谓"近世诗学顿废，风云月露者，几于晚唐之悲切；言理析旨者，邻于禅林之旷达"，即指晚宋诗风之弊。他认为以书为诗，非诗之工；舍书为诗，又诗之靡。李商隐的诗由于"命意深切，用事精远"，正好处于二者之间，可以救近世诗风之弊。总之，袁桷对商隐的学杜及命意用事、句法对偶方面虽加以肯定，但对其讥刺深切、邻于讪侮以及诗风中奇衺俚艳的一面则颇著微词。他为之作序的郑潜庵《李商隐诗选》，是文献记载中最早提到的义山诗选本，惜已佚，否则当可借此窥见当时人对商隐诗的选择接受状况。

元代中后期杨士弘编选《唐音》（至正四年即1344年书成），收诗一千三百四十一首，分始音、正音、遗响三类，详盛唐而略晚唐。其中收李商隐诗十四首：《锦瑟》《茂陵》《马嵬》《筹笔驿》《隋宫》《碧城》《重过圣女祠》《九成宫》《促漏》《重有感》，以上为七律；《龙池》《瑶池》《偶题二首》，以上为七绝。于《锦瑟》诗后评曰："诗以兴意为高，不以故实为博；以音调为美，不以属对为切。"对用典太多、刻意追求对偶之工切是不满的。

但所选七律，除《重过圣女祠》外，均为此前选本所屡选。这再次说明，商隐七律的代表作，这时已基本稳定，即使像《唐音》这种宗盛唐的选本也不例外。但《唐音》不选义山《无题》，此则与《鼓吹》《律髓》均不同。这可能是因为杨氏论诗崇尚雅正清丽，反对俗浊纤巧，而《无题》诸诗则被认为有纤巧之嫌。

辛文房的《唐才子传》是记叙唐代诗人生平经历与创作的重要著作。书成于大德八年（1304）。其中，李商隐传基本依据两《唐书》商隐本传，又杂取笔记中有关材料，记事时有舛误。评其诗则引敖陶孙《诗评》语，谓其"如百宝流苏，千丝铁网，绮密瑰妍，要非适用"，并谓"斯言信哉"，表示完全赞同敖氏的观点。

元代诗法类著作颇多，其中范梈的《木天禁语》《诗学禁脔》都以商隐诗为例讲诗法。前书《七言律诗篇法》"外剥"举《锦瑟》为例。后书"一句造意格"举商隐《子初郊墅》为例，谓"初联上句以兴下句，而下句乃第一句之主意。第二联、三联，皆言郊墅之景。末联结句羡郊墅之美，亦欲卜邻于其间，有悠然源泉之意。此乃诗家最妙之机也。""两句立意格"举商隐《写意》为例，谓："初联上句起第二句，第二句起颈联。盖颔联是应第一句，颈联是应第二句。结尾是总结上六句。思之切，虑之深，得乎性情之正也。""想像高唐格"举商隐《楚宫》为例，谓："初联言曾逢，又言重帘，盖仿佛音尘之意也。二联、三联是才情。落联是王昌故事，其意深矣。"所谈均为律体立意布局之格式与起承转合、前后照应之法，比较浅显琐碎。唯《木天禁语》论诗之家数，均列善学不善学之目，于李商隐则曰："李商隐微密闲艳，学者不察，失于细碎。"以"微密闲艳"评义山诗，得其一体。

元代宗唐抑宋之风颇盛，但所尊尚者主要是盛唐，杨士弘《唐音》是其典型代表。李商隐诗虽受到少数评家如袁桷的注意，但总的来说，对它的评价不高。从诗歌接受史上看，元代并不是李商隐诗得到重视和正确认识的时代。

第四章 明代对李商隐诗的接受

明代是诗歌批评流派纷呈、非常活跃的时期，也是尊唐抑宋倾向非常突出的时期。但前后七子所宗尚的主要是盛唐诗歌，而晚唐诗歌的翘楚李商隐则始终不在主要的批评视野之内。因此，这一时期对整个唐诗的接受虽然盛况空前，对李商隐诗的接受则相对显得较为冷落。下面，分述明代前期、中期、后期对李商隐诗的接受状况。

第一节 明代前期对李商隐诗的接受

明初开国文臣之首宋濂（1310—1381），论文以明道致用为宗旨，倡导宗经师古、辞达道明。其《文宪集》卷三十七有《答章秀才论诗书》，论述诗道之变，有云：

> 至于大历之际，钱、郎远师沈、宋，而苗、崔、卢、耿、吉、李诸家，亦皆本伯玉而宗黄初，诗道于是为最盛。韩、柳起于元和之间，韩初效建安，晚自成家，势若掀雷抉电，撑决于天地之垠。柳斟酌陶、谢之中，而措辞窈眇清妍，应物以下，亦一人而已。元、白近于轻俗，王、张过于浮丽，要皆同师于古乐府。贾浪仙独变入辟，以矫艳于元、白。刘梦得步骤少陵，而气韵不足。杜牧之沉涵灵运，而句意为奇。孟东野阴祖沈、谢，而流于蹇涩。卢仝则又自出新意，而涉于怪诡。至于李长吉、温飞卿、李商隐、段成式，专专靡曼，虽人人各有所师，而诗之变极矣。

截取的这一段对中晚唐诗流变的论述，撇开对具体诗家师承前人及各自创作特征的评论是否准确恰当不论，从中至少可看出两点：一是认为晚唐温、李

43

等人的成就远不如大历十子，大历时"诗道最盛"，而长吉、温、李，则"诗之变极矣"。二是用"专夸靡曼"一语评价长吉、温、李、段四家，认为他们的诗不过徒有华丽的形式辞采而已，流于轻艳柔弱。这明显反映了以李商隐为代表的晚唐绮艳诗风在宋濂心目中的地位。

王祎师事黄溍，为宋濂之友，其《王忠文公集》卷五《练伯上诗序》即颇同于宋濂诗道之变之说。此文历叙自西汉苏、李迄于唐末之诗道变化，其主旨即"气运有升降，而文章与之为盛衰"一语，故其于大历、元和以降之诗道变化，明显带有贬抑色彩：

> 然自大历、元和以降，王建、张籍、贾浪仙、孟东野、李长吉、温飞卿、刘叉、李商隐、段成式，虽各自成家，而或沦于怪，或迫于险，或窘于寒苦，或流于靡曼，视开元遂不逮。至其季年，朱庆馀、项子迁、郑守愚、杜彦夫、吴子华辈，悉纤弱鄙陋而无足观矣。此又一变也。

对温、李诗风，同样以"流于靡曼"一语概之。这正是明初正统儒臣对温、李诗风的共同评价。王祎的《张仲简诗序》更简要地表达了这种与时高下的传统观点：

> 诗莫盛于唐，而唐之诗始终凡三变。其始也承陈、隋之余，风尚浮靡而寡理；至开元以后，久于治平，其言始一于雅正，唐之诗于斯为盛。及其末也，世治既衰，日趋于卑弱，以至西昆之体作而变极矣。由是观之，谓文章与时高下，而唐之诗始终凡三变，岂非然哉！

这里说的"西昆之体"，即指李商隐、温庭筠诗。"世治既衰，日趋于卑弱，以至西昆之体作而变极矣"，正是典型的世运治乱决定文章盛衰的论调。

明初最有影响的唐诗总集是高棅的《唐诗品汇》。书编成于洪武二十六年（1393），凡九十卷，拾遗十卷，按时代先后分体编次，将唐诗分为唐初体、盛唐体、大历体、元和体、晚唐体。其《凡例》云："大略以初唐为正始，盛唐为正宗、大家、名家、羽翼，中唐为接武，晚唐为正变、余响，方外异人等为傍流。间有一二成家特立与时异者，则不以世次拘之。"他的结论是："莫不兴于始，成于中，流于变而侈之于终。"其宗尚盛唐的主张十分明显。其《总叙》历叙"初唐之始制""初唐之渐盛""盛唐之盛""中唐之再盛""晚唐之变""晚唐变态之极"。其叙"晚唐变态之极"云：

> 降而开成以后，则有杜牧之之豪纵，温飞卿之绮靡，李义山之隐
> 僻，许用晦之偶对。他若刘沧、马戴、李频、李群玉辈，尚能黾勉气
> 格，将迈时流，此晚唐变态之极，而遗风余韵犹有存者焉。是皆名家擅
> 场，驰骋当世。

在《总叙》这篇罗列了初盛中晚四十九位"名家"的唐诗流变简史中，对李
商隐的评语"隐僻"显然带有贬意（当指其内容旨意隐晦，用事隐僻），从
中可以看出高氏心目中晚唐在整个唐诗及李商隐在晚唐诗中的地位。

再看《唐诗品汇》所选商隐各体诗的情况。五言古诗共二十四卷，仅
在第二十一卷余响中选了李商隐的一首《无题》（"八岁偷照镜"）。卷二十
四五古长篇中选了李白的《送魏万还王屋并序》《经乱离后天恩流夜郎忆旧
游书怀赠江夏韦太守良宰凡八十三韵》，杜甫的《自京赴奉先县咏怀凡五十
韵》《北征》，韩愈的《南山诗》。但李商隐的《行次西郊作一百韵》《骄儿
诗》却未入选。可见高棅认为商隐不擅此体。七古共十三卷，亦仅于余响中
选了商隐的《代赠》（"杨柳路尽处"），而宋以来评家一致推许的《韩
碑》，以及《燕台诗四首》《偶成转韵七十二句赠四同舍》均未入选，所选
《代赠》为五七言杂言体，非七古之正体。于此亦可见高棅认为商隐于七古
无所建树。五律共十五卷，于第十三卷正变中选了六首商隐诗。其《叙目》
云："元和以还，律体多变。贾岛、姚合，思致清苦；许浑、李商隐，对偶
精密；李频、马戴，后来兴致，超迈时人。之数子者，意义格律，犹有取
焉。"所选篇目为：《河清与赵氏昆季燕集》、《少将》、《寒食行次冷泉驿》、
《陈后主》（"玄武开新苑"，集"主"作"宫"）、《迎寄韩鲁州瞻同年》、
《献寄旧府开封公》。应该说，这六首均非商隐五律的上乘之作，可能是由于
高棅选诗过于注重声律兴象之故。商隐五律中大多数佳篇（包括范晞文《对
床夜话》提到的一系列五律白描佳作）均未入选。五排共十一卷，第十卷余
响中选了商隐的《武侯庙古柏》《戏赠张书记》。此二首固商隐五排佳作，但
不少优秀之作仍被忽略，长篇排律尤未涉及。五绝共八卷，于余响中选了商
隐的《登乐游原》《悼伤后赴东蜀辟》《滞雨》《早起》。除《早起》外，都
算得上是商隐五绝中的精品。但仍有遗漏，如《细雨》（"帷飘白玉堂"）、
《微雨》、《听鼓》即是。

高棅选得较多的是商隐的七律与七绝，这大体上反映了商隐在这两种

诗歌体裁上的成就。七律共九卷，于第七卷正变中选了十三首商隐诗，数量次于杜甫（三十七首）、钱起（十九首）、刘长卿（二十首）、许浑（十七首）、刘沧（十九首），与王维相等，实则除杜甫为七律圣手外，其他诸人七律的成就均不能与商隐比并。《叙目》云："元和后律体屡变，其间有卓然成家者，皆自鸣所长。若李商隐之长于咏史，许浑、刘沧之长于怀古，此其著也。今观义山之《隋宫》《马嵬》《筹笔驿》《锦瑟》等篇，其造意幽深、律切精密，有出常情之外者。用晦之《凌歊台》《洛阳城》《骊山》《金陵》诸篇，与乎蕴灵之《长洲》《咸阳》《邺都》等作，其今古废兴，山河陈迹，凄凉感慨之意，读之可为一唱而三叹矣。三子者虽不足以鸣《大雅》之音，亦变《风》之得其正者矣。"首次从整体上对商隐七律咏史之作给予高度评价。但对其七律《无题》，则无一言道及。所选十三首的具体篇目为《隋宫》、《筹笔驿》、《九成宫》、《马嵬》、《茂陵》、《碧城》（"碧城十二曲栏杆"）、《富平少侯》、《少年》、《促漏》、《闻歌》、《锦瑟》、《写意》、《哭刘蕡》，大都为金元以来所选名篇，但侧重于辞采繁艳、声调高华一类。《无题》一首未选，像《春雨》《重过圣女祠》一类最见义山缥缈朦胧、精丽圆融特色的也未入选。

　　七言绝句共十卷，于第八卷正变中选了二十一首商隐诗，数量次于王昌龄（四十二首）、李白（三十九首）、刘禹锡（二十八首）、张籍（二十三首）、杜牧（二十三首），大体上反映了他在七绝方面的成就和在唐代绝句史上的地位。具体篇目为《汉宫词》、《宫词》、《龙池》、《瑶池》、《咸阳》、《过楚宫》、《过华清内厩门》、《贾生》、《夜雨寄北》、《宿骆氏亭寄怀崔雍崔衮》、《访隐者不遇》（"城郭休过识者稀"）、《忆匡一师》、《寄令狐郎中》、《昨夜》、《槿花》、《夕阳楼》、《东还》、《端居》、《游灵伽寺》①、《嫦娥》、《绝句》（即《宫妓》），除少数如《咸阳》《昨夜》艺术上比较一般外，绝大多数为义山七绝之佳作精品。

　　总计共选商隐各体诗五十首，不足《唐诗品汇》选诗总数的百分之一。从选诗数量及选目看，高棅对商隐诗的特征、成就及在唐诗发展中的地位实未有全面认识。由于此书对前后七子复古主张影响甚大，故有明一代，商隐诗的接受始终未能形成热点，和高氏此编片面强调宗尚盛唐、贬抑晚唐不无关系。

---

① 此为许浑诗。

第二节 明代中期对李商隐诗的接受

明代中期，是前后七子独主文坛的时期，文学批评领域复古之风盛极一时。前七子活动于弘治、正德年间，其领袖人物李梦阳（1472—1530）提出"汉后无文，唐后无诗"（钱谦益《列朝诗集小传·李副使梦阳》引）的极端主张。后七子主要活动于嘉靖中叶至隆庆年间，其领袖人物李攀龙谓诗自天宝以下誓不污我毫素，甚至认为唐无古诗。"从前七子到李攀龙，明代诗坛上的崇唐倾向，已由尊唐贬宋发展成在绝对排斥宋诗的前提下，对唐诗进行选择——即接纳合乎'正格'要求的初盛唐作品，否定中晚唐。"①在这种批评风气影响下，明代中期对唐诗的接受变得十分褊狭，兴趣专注于初盛唐，对中晚唐普遍采取贬抑否定的态度。作为晚唐诗歌代表人物的李商隐及其诗，自然也遭冷落。李攀龙曾编选《古今诗删》三十四卷，其中选唐诗十三卷，选诗七百余首（即《唐诗选》）。按其"正格"标准严加删汰，李商隐仅选了两首七绝，即《夜雨寄北》和《寄令狐郎中》，都是一唱三叹、具有盛唐风韵的诗，可见其标准的严苛与褊狭。

在前后七子的论诗著作中，涉及义山诗的评论很少；偶有涉及，亦多为对《无题》《锦瑟》的讨论。关于这方面的内容，将在中编第一、二章中加以评述。

前后七子之外，这一时期论及义山诗较多的有杨慎。其《升庵诗话》《艺林伐山》《丹铅杂录》《词品》等论著共有二十来条谈到义山诗，但多为对具体诗篇赋物用事等方面的疏解考证，缺乏带总体性的艺术评论。值得一提的是张綖的《西昆酬唱集嘉靖刊本序》：

> 论诗者类知宗盛唐，黜晚唐，斯二体信有辨矣。然诗道性情，古人采之，观风正乐，以在治忽者也。如不得作者之意，徒曰盛唐盛唐，予不知其真似盛唐亦何以也。杜少陵，盛唐之祖也；李义山，晚唐之冠也，体相悬绝矣，荆国乃谓唐人学杜者，唯义山得其藩篱，此可以意会矣。杨、刘诸公唱和《西昆集》，盖学义山而过者。六一翁恐其流靡不返，故以优游坦夷之辞矫而变之，其功不可少，然亦未尝不有取于昆体

---

① 朱易安：《唐诗学史论稿》，广西师范大学出版社2000年版，第247页。

也。徂徕、冷斋，著为《怪说》、"诗厄"，和者又从而张之，昆体遂废，其实何可废也！夫子一叹由瑟，门人不敬子路，信耳者难以言喻如此，故曰"游于艺"。夫诚以艺游，晚唐亦可也。不然，盛唐犹是物也，奚得于彼哉！要必有为之根源者耳。子美曰："文章一小枝，于道未为尊。"作者之言盖如此。夫惟达宣圣游艺之旨，审老杜技道之序，味介甫藩篱之说，而得欧公变昆之意，诗道其庶矣乎！

这是一篇通达全面且具有针对性的评论。其直接目的虽在申述昆体不可废，但在论述过程中却提出了"李义山为晚唐之冠""杨、刘诸公唱和《西昆集》，盖学义山而过者"的正确观点，重申了王安石以李商隐直承杜甫的著名论断，特别是发挥孔子"游于艺"之说，从文艺的审美、娱乐作用这一新的角度论证盛唐和晚唐诗都是"游于艺"的产物，这在当时前后七子诗必盛唐的风气弥漫诗坛的情况下，是带有明显针砭意义的有识之论。此外，如张懋修《墨卿谈乘》谓："歌行之怪幻者，无如长吉，而义山仿佛之；但商隐好僻涩，故事多于长吉，贺好不经人道语胜于义山耳。"指出商隐诗与李贺诗之间的承传关系及其区别。何良俊《四友斋丛说》谓："齐梁体自盛唐一变之后，不复有为之者，至温、李出，始复追之。"揭示温、李诗对齐梁诗的继承关系。均不失为有得之见。

　　明代中期诗话著作中论及商隐诗较多的，当推作为末五子之一的胡应麟的《诗薮》及稍晚的许学夷的《诗源辩体》。《诗薮》着重阐述"格调"说及以汉魏盛唐为宗的观点，又提出兴象与风神对"格调"说作了补充与发展。他认为体以代变，格以代降，因而从总体上说对包括李商隐在内的晚唐诗持贬抑态度。如他对唐代七律、七绝流变的论述：

　　　　唐七律自杜审言、沈佺期首创工密，至崔颢、李白时出古意，一变也。高、岑、王、李，风格大备，又一变也。杜陵雄深浩荡，超忽纵横，又一变也。钱、刘稍为流畅，降而中唐，又一变也。大历十才子，中唐体备，又一变也。乐天才具泛澜，梦得骨力豪劲，在中晚间自为一格，又一变也。张籍、王建略去葩藻，求取情实，渐入晚唐，又一变也。李商隐、杜牧之填塞故实，皮日休、陆龟蒙驰骛新奇，又一变也。许浑、刘沧角猎排偶，时作拗体，又一变也。至吴融、韩偓，香奁脂粉；杜荀鹤、李山甫，委巷丛谈。否道斯极，唐亦以亡矣。

这是典型的"格以代降"的观点在论述唐人七律流变过程中的具体运用。先入为主的成见使他根本无视李商隐对七律一体的创造性发展，"填塞故实"的讥评实际上是"獭祭""编事"之论的重复。比起高棅谓商隐七律长于咏史的观点，胡应麟的看法显然过于片面甚至偏激。他又说：

> 七言绝，太白、江宁为最，右丞、嘉州、舍人、常侍次之……中唐绝如刘长卿、韩翃、李益、刘禹锡尚多可讽咏。晚唐则李义山、温庭筠、杜牧、许浑、郑谷。然途轨纷出，多歧亡羊，信矣！
>
> 晚唐绝"东风不与周郎便，铜雀春深锁二乔"，"可怜夜半虚前席，不问苍生问鬼神"，皆宋人议论之祖。间有极工者，亦气韵衰飒，天壤开、宝。然书情则怆恻而易动人，用事则巧切而工悦俗，世希大雅，或以为过盛唐。具眼观之，不待其辞毕矣。

虽也认为商隐是七绝名家，并谓其名作书情怆恻、用事巧切，但与盛唐七绝相比，则有天壤之别。"气韵衰飒"，正是对晚唐七绝"格以代降"的贬抑性评论。结合下一则，对这一点可以看得更加清楚：

> "夜半宴归宫漏永，薛王沉醉寿王醒"，句意愈精，筋骨愈露。

"夜半"一联，见于商隐《龙池》，是寓讥刺于具有虚构色彩场景的典型例证，应该说写得含蓄蕴藉，藏锋不露，但胡氏却以"筋骨愈露"贬抑之。其实是不满诗中蕴含着的尖锐讽刺锋芒，认为它缺乏那种优柔不迫的格调。这表现了胡氏对晚唐这种精于构思、藏锋不露的诗心存偏见。而下面这则对晚唐四大诗人的形象化议论则进一步表露了他对晚唐诗的总体评价：

> 飞卿北里名倡，义山狭邪浪子，紫薇绿林伧楚，用晦村学小儿。

完全一笔抹倒，概加否定。他对高棅《唐诗正声》的选诗特别赞赏：

> （《正声》）于初唐不取王、杨四子，于盛唐特取李、杜二公，于中唐不取韩、柳、元、白，于晚唐不取用晦、义山，非凌驾千古胆、超越千古识不能。

所谓于盛唐特取李、杜，其用意是抬出李、杜来压中晚唐诸大家。归根结蒂，是用盛唐的"兴象风神"来贬低中晚唐的"主意"，亦即所谓"露筋骨"，其实商隐诗并非没有兴象风神，只是胡氏心中横一盛唐，对之视而不见而已。

许学夷（1563—1633）生活的时代实际上已在晚明，但他在《诗源辩体》一书中表述的诗学观点仍与七子、胡应麟一脉相承，故在此一并论述。他也认为"古今诗赋文章代日益降"，尊初盛而贬中晚，但他又说"元和诸公之诗，其美处即其病处"，承认元和诸公之诗自有其美处，只不过这种不合于"正"的美本身又是一种"病"，比起前后七子要显得通达。《诗源辩体》一书谈得最多的是诗歌的源流正变，有关李商隐的论述也大都与此有关，其中最有价值的当属李商隐诗下启诗馀（词）的观点：

> 中唐五七言绝，钱、刘以下皆与律诗相类，化机自在，而气象风格亦衰矣，亦正变也。五言上承太白、摩诘诸子，下流至许浑、李商隐。七言上承太白、少伯诸子，下流至许浑、杜牧、李商隐、温庭筠。

> 韩翃七言古，艳冶婉媚，乃诗馀之渐。如"重门寂寞垂高柳""把君香袖长河曲""平芜雾色寒城下，美酒百壶争劝把""朝辞芳草万岁街，暮宿青山一泉坞""残花片片细柳风，落日疏钟小槐雨""池畔花深斗鸭栏，桥边雨洗藏鸦柳"等句，皆诗馀之渐也。下流至李贺、李商隐，则尽入诗馀矣。

> 李贺乐府七言，声调婉媚，亦诗馀之渐。上源于韩翃七言古，下流至李商隐、温庭筠七言古。如"啼蛄吊月钩栏下""天河落处长洲路""鸦啼金井下疏桐""落花起作回风舞""露脚斜飞湿寒兔""兰脸别春啼脉脉""况是青春日将暮，桃花乱落如红雨""楼头曲宴仙人语，帐底吹笙香雾浓""桐阴永巷骑新马，内屋深屏生色画""春风烂漫恼娇慵，十八鬟多无气力""衰兰送客咸阳道，天若有情天亦老""芳草落花如锦地，二十长游醉乡里。红缨不重白马骄，垂柳金丝香拂水"等句，皆诗馀也。

> 商隐七言古，声调婉媚，大半入诗馀矣。与温庭筠上源于李贺七言古，下流于韩偓诸体。如"柔肠早被秋眸割""海阔天翻迷处所""衣带无情有宽窄""香肌冷衬琤琤佩""蜡烛啼红怨天曙""蟾蜍夜艳秋河月""醉起微阳若初曙，映帘梦断闻残语""前阁雨帘愁不卷，后堂芳树阴阴见""低楼小径城南道，犹自金鞍对芳草""云屏不动掩孤嚬，西楼一夜风筝急。欲织相思花寄远，终日相思却相怨""瑶瑟愔愔藏楚

弄，越罗冷薄金泥重""唤起南云绕云梦"等句，皆诗馀之渐也。

除第一则论中晚唐五七言绝流变及"化机犹在，而气象风格亦衰"，从而将商隐五七言绝亦置于"气象风格亦衰"之列以外，其余各则均结合典型诗句论述中晚唐七言古"渐入诗馀"的过程。把它们串连起来，就是具体而微的由诗而词的递嬗演变史。尽管许氏所论，仅从"声调婉媚"亦即从"格调"着眼，并未正面论及内容意境、语言意象等方面，但揭示商隐七古为"诗馀之渐"，说明它在由诗而词的演变过程中的重要作用，确实是前人所未道的独得之见。这也显示出，许氏对商隐诗启诗馀之渐的观点具有文学史家的意识与眼光。此外，许氏对商隐的七律、七绝的风格特征也有较为精到的评论。这方面的内容，将在本编第十章中加以论述。

第三节　明代后期对李商隐诗的接受

明代自万历中叶以后，以七子派为代表的复古运动已趋衰歇，继之而起的是以"三袁"为代表的性灵派和以钟、谭为代表的竟陵派。"三袁"的首领人物袁宏道（1568—1610）论诗评文强调文学与时俱变，认为"唐自有诗，不必选体也；初、盛、中、晚自有诗也，不必初盛也"（《与丘长孺》），提倡"独抒性灵，不拘格套"。从他的这种主张看，他与前后七子之唯宗盛唐贬抑中晚显然异趋。但由于他的"性灵"说强调露、俗、趣，带有市民阶层的欣赏趣味，不仅与传统诗教强调温柔敦厚者大异其趣，而且与商隐诗之蕴藉、雅致乃至朦胧缥缈、感伤悽恻绝然不同。因此，他对商隐诗风颇为不满，其《风林纤月落跋语》[1]云：

> 画有工似，有工意。工似者亲而近俗，工意者远而近雅。作诗亦然。余此诗从似而入意者也。何逊之题梅，似而意者也；子美之"幸不折来"，意而意者也。李群玉之"玉鳞寂寂"，可谓工似，然亦不俗；如林处士之"霜禽""粉蝶"，俗矣。至于"疏影横斜""水边篱落"，可谓意中之似。若李锦瑟辈，直谜而已。如《雪》诗则云"欲舞定随曹植马"，《人日》则云"舜格有苗""周称流火"，此可与工意者道哉！谓之似亦未也。

---

[1]《袁宏道集笺校》卷三十二《潇碧堂集》之八，上海古籍出版社1981年版。

这是评论画与咏物诗之形似与神似。在袁氏看来，李商隐的咏物诗，不要说"工意"，就连"工似"也达不到，"直谜而已"。称商隐为李锦瑟，《锦瑟》诗自然包括在"直谜而已"之中。如果说他对《人日即事》《对雪二首》的批评多少有些道理，那么他对《锦瑟》的批评却不免皮相。用"直谜而已"概指商隐咏物诗，则更不符合实际。

比起公安派对李商隐诗风的不满与批评来，竟陵派的钟惺（1574—1625）、谭元春（1586—1637）对商隐诗表现出了较多的关注。他们合编的《唐诗归》（1615年成书）选诗以幽深孤峭为宗，共选入商隐诗十二首，即：《房中曲》、《韩碑》、《蝉》、《无题》（"照梁初有情"）、《落花》、《雨》（摵摵度瓜园）、《晚晴》、《春宵自遣》、《夜出西溪》、《有感》（"丹陛犹敷奏"）、《过楚宫》、《嫦娥》、《寄蜀客》。大部分是表现日常生活中触发的幽冷寂寞孤清感伤意绪的五律，其评语也多欣赏其表现幽情单绪的艺术手段。如《房中曲》钟批："苦情幽艳。"谭批："情寓幽冷。"《无题》"锦长"一联下钟批："幽细蜿变。"《落花》"肠断未忍扫"下钟批："深情苦语。"《嫦娥》末句"碧海青天夜夜心"下钟批："语、想俱到。此三字（按，指'夜夜心'三字）却下得深浑。"《寄蜀客》钟批："极刻之语，极工之意。"商隐内心世界中本有幽隐孤寂、凄冷感伤的一面，与钟、谭之美学趣味正好拍合，故所选所评确实反映了商隐思想感情的一个重要侧面，有其合理乃至独到之处。但专以此种为商隐，则不免将商隐诗片面化、狭隘化。毋宁说这是钟、谭眼中的李商隐。当然，《唐诗归》也选了《韩碑》《有感》这种反映重大历史事件或现实政治斗争的诗，但钟、谭之评点仍从艺术着眼，如《韩碑》钟评：

> 一篇典谟雅颂大文字，出自纤丽手中，尤为不测。

谭评：

> 文章语作诗，毕竟要看来是诗不是文章。

钟评揭示商隐诗风的多样性，谭评强调以文为诗必须以保持诗的特质为前提，都有独特见地。《有感》"古有"二句钟批："郑重流走。"篇末钟氏总批："风切时事，诗典重有体，从老杜《伤春》等作得来。"所评亦切当中肯。《唐诗归》可以说是一个纯从艺术着眼选诗、评诗的选本，也是很见编选者个性的选本。所选商隐诗可能失之偏，却决无熟滥之弊。为了解、接受商隐诗提供了一个比较独特的视角。

明代最著名的唐诗学者胡震亨（1569—1645？）所著的《唐音癸签》是唐诗学史上很有影响的著作。书中虽多选录明人诗话，但亦时有自己的见解，较重要的有以下数则：

> 唐大历后五七言律尚可接翅开元，惟排律大不竞。钱、刘以下，气味总薄。元、白中兴，铺叙转凡。所见中唐杨巨源，晚唐李商隐、李洞、陆龟蒙三家，杨则短韵而不失前矱，三家则长什尤饶新藻。将无此体限于材料即难，曙于法亦自易乎！惟深于诗者知之。

此前评家很少论及商隐五言排律（高棅《唐诗品汇·五言排律叙目》详叙此体流变，而不及商隐；胡应麟《诗薮》亦未提及），胡震亨是首先揭示晚唐义山等人长律"尤饶新藻"的，虽未对其排律的特征、成就及传承全面阐论，但对后来的评家有启示作用。下一则虽谈商隐诗的注释问题，却反映胡氏对商隐诗总体特征的看法：

> 唐诗不可注。诗至唐，与《选》诗大异，说眼前景，用易见事，一注诗味索然，反为蛇足耳。有两种不可不注：如老杜用意深婉者，须发明；李贺之谲诡，李商隐之深僻，及王建《宫词》自有当时宫禁故实者，并须作注，细与笺释。建《宫词》正如郑嵎《津阳门诗》，非嵎注不知当时事。今杜诗注即如彼，建与贺诗有注与无注同。而商隐一集迄无人能下手，始知实学之难，即注释一家，亦未可轻议也。

"深僻"一语，即可视为胡氏对商隐诗的总评。所谓"深"，当指其意蕴深隐、用意深刻，不易索解；所谓"僻"，当指其用僻事僻典甚多①，亦即所谓"竞事组织"（胡氏谓温、李七言律"竞事组织"）。正因为意蕴深而用事僻，故必须"细与笺释"。"深僻"之评与高棅"隐僻"之评虽近似，而一则强调其"深"，一则突出其"隐"，仍有区别。胡氏虽未对义山诗集仔细笺释，但他所编《唐音统签·戊签·李商隐诗》中对某些疑难诗篇的笺释确实时见精彩。如《碧城三首》笺云：

---

① 此条下胡氏自注云："元遗山有诗云：'望帝春心托杜鹃，佳人锦瑟忆华年。诗家总爱西昆好，独恨无人作郑笺。'盖谓义山诗用事颇僻，惜无人注释也。"

此似咏其时贵主事。唐时公主多自请出家，与二教人媒近。商隐同时如文安、浔阳、平安、邵阳、永嘉、永安、义昌、安康诸主，皆先后丐为道士，筑观在外。史即不言他丑，于防闲复行召入，颇著微辞。味诗中"萧史"一联及引用董偃水精盘故事，大指已明，非止为寻恒闺阁写艳也。

胡氏的这一笺释，不但对《碧城三首》所表现的生活内容作了切合实际的阐释，而且对正确阐释商隐一系列与学道有关的女冠诗都有很大启发。可以说是立足诗的文本，结合时代风气解诗的成功范例，比起后代有些注家附会唐玄宗、杨贵妃的情事或其他情事穿凿为解要高明得多。此外，如《利州江潭作》，胡氏引《名胜记》，谓利州有黑龙潭，武后母感溉龙而孕。《唐音癸签》解诗之颔联："言龙衔珠为灯，而散鳞锦以交合。龙性淫，义山为代写其淫，工美得未曾有。"均能发人之未发，阐释既大胆，又切实。

明末陆时雍选汉魏至晚唐诗九十卷，分为二集：《古诗镜》三十六卷、《唐诗镜》五十四卷。前有总论（即《诗镜总论》）。陆氏论诗，虽亦推尊汉魏六朝而贬抑中晚唐，尊古体而轻律体，贵自然而贬作意好奇，但对李商隐诗的特色与成就却有所肯定：

李商隐丽色闲情，雅道虽漓，亦一时之胜。

李商隐七言律，气韵香甘。唐季得此，所谓枇杷晚翠。

晚唐温、李以丽名家，然李多隐射之词，温多游移之致。凡诗以雅始，以丽终，丽即敝，败随之。陈、梁其前鉴也。

陆氏一方面认为晚唐温、李以丽名家是雅道已漓的表现，但仍承认商隐诗"丽色闲情"（色彩秾丽，多抒男女之情）为一时之胜，尤其赞扬其七律"气韵香甘"，为唐代七律作了很完美的结束。《唐诗镜》选商隐诗四十九首，选目本身颇值得注意。七古选《韩碑》、《偶成转韵七十二句赠四同舍》、《燕台诗四首》、《河内诗》、《代赠》（"杨柳路尽处"）、《安平公诗》，大体上包括了商隐七古中的优秀之作。特别是《燕台诗四首》《河内诗》等"长吉体"七古，此前很少入选，陆氏注意及此，颇具手眼。七律所选，多为《唐诗鼓吹》以来屡次入选的精品佳作。七绝选了二十三首，是诸体中选诗数量最多的，其中既有历代传诵的精品，也有很少为人注意的作品，取径较宽。有些诗的评语，也颇见精彩。如《安平公诗》评曰："昌黎胎气。"《风雨》评曰："三四（按，指'黄叶仍风雨，青楼自管弦'一联）语故自在。诗以不做为佳，中晚刻核之极，有翻入自然者，然未易多摘耳。"《暮秋独游曲江》评曰："三四（按，指'深知身在情常在，怅望江头江水声'）的是情语。"这些评语，既与他的尊情斥意、贵自然斥做作的主张相合，也揭示了商隐诗的一些重要特征。他说："余于温、李诗，收之最宽，从时尚耳。"说明晚明时诗坛上已出现喜读温、李诗的时尚，这可能与义山长于言情有关。

　　明末唐诗选评本还有周珽编的《唐诗选脉笺释会通评林》。此书刻成于崇祯八年（1635），选商隐各体诗二十余首，有《燕台诗》、《蝉》、《戏赠张书记》、《锦瑟》、《隋宫》（"紫泉宫殿锁烟霞"）、《筹笔驿》、《马嵬》（"海外徒闻更九州"）、《重过圣女祠》、《对雪》、《宫辞》、《汉宫词》、《宫妓》、《嫦娥》、《瑶池》、《寄令狐郎中》、《夜雨寄北》、《寄蜀客》、《忆匡一师》、《贾生》、《夕阳楼》。所选绝大部分为义山七律、七绝二体，且均属佳作。诗后所附评语笺解除周敬、周珽外，有谢枋得，李梦阳、徐祯卿、敖英、周启琦、顾璘、周秉伦、唐陈彝、唐孟庄、唐汝询、吴山氏、胡次焱、周明辅、蒋一葵、钟惺、谭元春、焦竑等人，基本上包括了明代唐诗选评本一些精彩的评笺，带有集评集解性质，从中可以约略窥见明人对商隐诗名篇的体悟鉴赏水平。

　　明代对李商隐诗的接受，前期、中期基本上是贬抑多于肯定和赞扬，中期前后七子主盟诗坛，贬抑尤甚。但对商隐七律咏史、无题等作，逐渐有所注意与评论。后期由于复古思潮的衰退，对商隐诗的评价有所提高，特别是对其诗表现幽冷孤寂意绪、"丽色闲情"，以及它对词的影响等方面较此前有所发现与认识。但就整体而言，明代不但在李商隐诗研究史上尚处于发轫期，在商隐诗的审美接受史上也基本处于对具体作品或某一局部的认识上，对商隐诗的总体特征尚缺乏宏观的把握。

第五章　清代前期对李商隐诗的接受

　　清代是传统学术文化的总结期，长期以来被忽视冷落的李商隐诗，在清代一个相当长的时期内，成了备受关注的研究对象和审美接受对象。不仅先后出现了一系列商隐诗集的全注本、选解选评本，而且在众多的诗话、选本、笔记杂著及文集中还有大量评论赏鉴李商隐诗的条目或文章。从顺、康、雍到乾、嘉、道，形成了一个长达二百余年的李商隐研究热和其诗歌的阅读接受热。本章与第六、七章，将分别论述清代前期（顺、康、雍三朝，1644—1735）、清代中期（乾、嘉两朝，1736—1820）的李商隐诗接受历程。进入近代以后的李商隐诗接受，将在第八章加以论述。

第一节　顺治时期对李商隐诗的接受

　　顺治时期（1644—1661）仅十八年，但在李商隐诗接受史上却是一个极重要的时期，李商隐诗的接受从零星的、偶发的、局部的评论向全面的、系统的、带整体性的评论研究转变。作为这一时期标志性的接受成果，是先后出现了道源的《义山诗注》、钱龙惕的《玉谿生诗笺》、朱鹤龄的《李义山诗笺注》和吴乔的《西昆发微》等重要著作。其中尤以朱、吴二氏之作，在李商隐诗研究史和接受史上影响最为深远。

　　在论述朱、吴等人有关义山诗的著作之前，先简要评述一下明清之际金圣叹、王夫之等人选评义山诗的情况。金圣叹（1608—1661）是著名的小说戏曲批评家，也选评过许多诗文名篇。其《贯华堂选批唐才子诗》卷六选评了李商隐诗二十九首，均为七律。他认为"今诗莫盛于唐，唐诗莫盛于律"（《与许庶庵之溥》），但反对将唐诗分为初、盛、中、晚。《唐才子诗》所选多为中晚唐诗，与前后七子诗必盛唐的主张明显有别。他论诗强调清真，强调"诚然"与"同然"，谓："说心中之诚然，故能应笔滴泪；说心中之所同然，故能使读我诗者应声滴泪也。"（《答沈匡来元鼎》）李商隐诗正具有深情绵邈的特点和强烈的感发力。故金氏在解诗时常注意突出义山诗中蕴含的强烈深沉感情。如《哭刘蕡》评："一解（按，指前两联）四句，便有搏胸叫天、奋颅击地、放声长号、涕泗纵横之状。"《王十二兄与畏之员外相访见招小饮》评："前解写悼亡，此解（按，指后两联）悼亡中则有无数不堪之事也。言幼男啼乳，娇女寻娘，秋霖彻宵，腹悲成疾，略举四端，俱是难遣，则有何理又来欢聚乎？夜正长者，自诉今夜决不得睡，犹言十二兄与畏之共听歌管之时，正我一人独听西风之时，加'万里'字，并西风怒号之声皆写出来也。"细致入微的体悟与充满感情的疏解，将诗中含蕴的感情作了淋漓尽致的发挥，是对诗意的一种再创造。金圣叹生性诙谐幽默，对诗中蕴含的妙趣每多神会，如《赠司勋杜十三员外》评：

> 因其名杜牧，又字牧之，于是特地借来小作狡狯，写二"牧"字，二"杜"字，二"秋"字，三"总"字，二"字"字，成诗一解，此亦沈《龙池》、崔《黄鹤》所滥觞，而今愈出愈奇无穷也。上解总因牧又字牧之，故有三四之总又字总。其实一解四句，则止赞得其一首《杜秋》而已。故此解（按，指后两联）再从一首《杜秋》转笔，言杜为士大夫，心如铁石，何用诗中多寓迟暮之叹乎哉！夫人生立言，便是不朽，如公今日奉敕所撰韦丹一碑，已与羊祜岘山一样堕泪，然则鬓丝禅榻，风飏落花，公正无为又作尔许言语也。看他又写二"江"字，与前戏应，妙，妙。

这样说诗，不仅将商隐原诗所蕴含的深情厚谊与幽默情趣揭示得非常充分，而且将说诗者本人的诙谐幽默性格也展现出来了。总之，金氏说诗，不但文字活泼，讲求情趣，而且很见个性，对商隐诗深情绵邈与幽默情趣有自己的解悟。但由于他对商隐生平经历交游及诗文并无深入地考证研究，因此在解诗时不免有较多误读。这也正说明胡震亨关于商隐诗不可不注的说法很有道理。

王夫之（1619—1692）是明末清初著名的思想家，也是在诗学理论上卓有建树的文学批评家。他对李商隐诗的评论见于其《唐诗评选》一书，此书虽是评点具体作品的，却常能逸出此范围而涉及对商隐诗的整体评论。如下列各则：

《无题》（"照梁初有情"）评语：一气不忤。艳诗不炼，则入填词。西昆之异于《花间》，其际甚大。

《药转》评语：义山诗寓意俱远，从丽句影出，实自《楚辞》来。宋初诸人得其衣被，遂使西昆与《香奁》并目，当于此篇什了不解其意谓。

《二月二日》评语：何所不如杜陵，世论悠悠不足齿。

《即日》（"一岁林花即日休"）评语：苦写甘出，少陵初年乃得似此，入蜀后不逮矣。予为此论，亦不复知世人有恨。

《无题》（"重帏深下莫愁堂"）评语：艳诗别调。

《一片》（"一片非烟隔九枝"）评语：怆时托赋，哀寄不言。既富诗情，亦有英雄之泪。

《野菊》评语：有飞雪回风之度，《锦瑟集》中赖此以传本色。

第一则涉及义山艳诗与花间词的区别在炼与不炼。这个炼，当首先指炼意，亦即第二则所谓"寓意俱远"。他指出这种在艳诗中寓意的写法从《楚辞》中来。宋初，杨、刘等人只求表面上的丽句锦字的相似而无深远的寓意，遂使人们将商隐艳诗与韩偓《香奁》同样看待。这里实际上揭示了义山艳诗与西昆派诗的本质区别在是否有深远的寓意。第五则谓《无题》（"重帏深下莫愁堂"）为"艳诗别调"，指的也是其"寓意俱远"的性质。《一片》的评语更直接指出商隐此类诗"怆时托赋，哀寄不言"的特点，认为其中寓托了志士才人不遇于时的"英雄之泪"，又能将寓托与诗情很好地结合起来。这一系列评语，揭示出了义山一些以艳诗面目出现的《无题》及同类篇什"怆时托赋""寓意俱远"，上承《楚辞》比兴传统的本质特征。在王夫之以前，除元好问《论诗》其十二曾标举"望帝春心托杜鹃"之寓托特征外，还没有任何一位评家对义山诗有这样的认识。这在李商隐诗接受史上是值得重重写上一笔的。在评温庭筠《回中作》时，王氏还针对温、李并称的说法指出："温、李并称，自今古皮相语。飞卿一钟馗傅粉耳，义山风骨千不得一。"强调有无"风骨"是温、李的重要区别，这和有无"怆时托赋"的"英雄之泪"密切相关。总之，王夫之对商隐诗的评论往往能从大处着眼，与一般诗话、选本的评点多局限于具体作品、停留在具体技巧手法的层面有明显区别。

与王夫之同时的钱澄之（1612—1693）却对李商隐诗大加贬斥。《田间文集》卷十五《吴震一诗序》云：

> 魏、晋而下，以及唐季，所为歌曲，直叙男女之私，声情艳冶，荡
> 心惑志，犹是桑濮《溱洧》之遗音耳，亦何所托寄哉！然其为诗能曲尽
> 情事，使人至于荡惑，意其人亦必有情之独至者，于身世之际，少有感
> 激，一无所用。其情迫触境而动，遂有不能自已者。脱有所用之，而移
> 其不容已者于君父朋友之间，则亦屈原之流亚也。若唐李义山好为艳
> 体，吾无取焉。其诗使事摛词，秾厚滞重，徒取工丽耳。本为情语，读
> 之无一语足动人情。如《锦瑟》，悼亡诗也。情思颇深，而为故实所
> 掩，至今解者不知题意所在。《无题》诗篇，宫嫒仙妃错出互见，只是
> 情昵香奁，词取艳异，未尝有感人于微、风人言外者。而为之委曲生
> 解，言有托寄者，妄也。大抵义山无故实不能成词，又好引外传秘纪，
> 意满而语重，虽有巧思膏馥蒙其笔端，终不能洒脱以自见耳。譬之富家
> 妇亦有天姿，而粉黛珠翠，全掩本色，焉足以为佳丽哉！

钱氏认为，商隐《无题》只是"情昵香奁，词取艳异"，别无风人言外之意，
认为它有寄托的，都是委曲生解的妄说。由于堆砌故实，秾厚滞重，全掩本
色，故虽为情语，却"无一语足动人情"，或者像《锦瑟》那样，悼亡之情
为故实所掩，令人不解题意所在。钱氏此论，一是否定这类诗有寄托；二是
认为它作为艳诗情语，也毫无动人的感发力量。这就从思想内容、感情的感
发力量乃至艺术表现等诸多方面全面彻底地否定了《锦瑟》《无题》一类篇
什。钱氏此论，有可能是针对朱鹤龄《笺注李义山诗集序》强调义山诗"楚
雨含情俱有托"之论而发，代表了当时一部分文人对商隐《无题》诗、爱情
诗的看法。

明末清初第一个为义山诗集作注，并强调义山诗忧国伤时精神的是释
道源。钱谦益《有学集》卷十五《注李义山诗集序》，就是为道源所撰《义
山诗注》作的序，其中引道源之言曰：

> 义山之诗，宋初为词馆所宗，优人内燕，至有掯扯商隐之谑。元季
> 作者，惩江西学杜之弊，往往跻义山，祧少陵，流风迨国初未变。然诗
> 人之论少陵，以谓忠君忧国，一饭不忘，兔园村夫子皆能嗟咨吟咀；而
> 义山徒以其绮靡香艳，极《玉台》《香奁》之致而已。吾以为论义山之
> 世，有唐之国势视玄、肃时滋削；涓人擅命，入主赞旒，视朝恩、元振

滋甚。义山流浪书记，洊受排笮，乙卯之事，忠愤抑塞，至于结怨洪炉，托言晋石，则其非诡薄无行、放利偷合之徒亦已明矣。少陵当杂种作逆，藩镇不庭，疾声怒号，如人之疾病呼天呼父母也，其志直，其词危。义山当南北水火、中外钳结，若暗而欲言也，若魇而求寤也，不得不纤曲其指，诞慢其辞，婉娈托寄，谲谜连比，此亦《风》人之退思，《小雅》之寄位也。吾以为义山之诗，推原其志义，可以鼓吹少陵。其为人也，激昂暴兀，刘司户、杜司勋之流亚，而无庸以浪子蚩摘。

这段话可以说是第一次从政治、道德和文学上对李商隐的人品、诗品作了高度评价。认为他的诗反映时事，"忠愤抑塞"，"推原其志义，可以鼓吹少陵"，其为人，"激昂暴兀，刘司户、杜司勋之流亚"，绝非诡薄无行、放利偷合之徒。对两《唐书》以来对商隐人品、诗品的贬抑与否定作了有力的反驳。并联系其时世身世，指出其诗"婉娈托寄，谲谜连比"的特点。这些观点，均为朱鹤龄的《笺注李义山诗集序》所吸收，并作了进一步发挥。从这一点说，道源应是李商隐诗接受史上真正意义上的"第一读者"。因为他的这些观点已经明显超越了王安石谓义山学杜得其藩篱、元好问谓义山诗寄托华年身世，由仅从一端着眼，而发展为对义山其人其诗的全面评价。道源诗注原稿早佚，只部分地保存于朱鹤龄的《李义山诗集笺注》中，绝大部分是具体的词语典故注释，很少涉及对义山诗的总体评价。

　　钱龙惕系钱谦益之侄，其《玉谿生诗笺》撰成于清顺治五年（戊子）仲夏。此书选取义山诗中与唐代史事及商隐当时政事、人物有关的诗四十二题四十七首加以笺释。其序扼要地论述了自宋初到明代李商隐诗的接受历程及撰著《玉谿生诗笺》的缘起。此书的笺释征引有关的史事、时事及人物的仕历行止，揭示诗的创作背景、动机及内容，以补道源《义山诗注》在这方面的不足。所笺篇目如《赠刘司户蕡》《哭刘司户二首》《明神》《有感二首》《重有感》《寿安公主出降》《夕阳楼》《行次昭应县道上送户部李郎中充昭义攻讨》《哭遂州萧侍郎二十四韵》《送千牛李将军赴阙五十韵》《行次西郊作一百韵》《哭虔州杨侍郎虞卿》等，都是义山著名的政治诗。其中许多诗还是第一次进入评家的视野。对这些诗的笺释，既可说明义山是杜甫关心国运、感伤时事的精神真正的继承者，也可说明义山非诡薄无行、放利偷合之徒。通过对这些诗的笺释，不仅揭示出它所反映的时事政治，而且渗透了钱氏自己的政治感情，如《有感二首》笺：

甘露之变，从古未有之事也。阉竖横行，南司涂炭，朝右束手而奉行，明主吞声而免祸，可谓日月晦冥，陵谷震荡矣。当时士大夫，深疾训、注之奸邪，反若假手寺人，歼除大憝。故文致二人之罪，以为千穷奇而百梼杌，一旦肆诸市朝，便朝廷清明，上下无事者……论者不咎文宗之不密失臣，则恨训、注之狂躁误国，而当日情势，未有究论之者，可异也……李训内与文宗谋，而外连藩镇以诛宫奴，谓之奉天讨可也。诈言甘露，衷甲帷幄，谓之权以济勇可也。事已败裂，犹扳呼乘舆，投身虎口，谓之死不忘君可也。迨奄人得志，身分族灭，此时文宗稍欲救之，即有阎乐、望夷之祸，天道至此，不可问矣，何独区区罪训也！……义山诗云："古有清君侧，今非乏老成。素心虽未易，此举太无名。谁瞑含冤目，宁吞欲绝声？"极言训、注之冤，未尝言其罪也。其感愤激烈，恨当时之无人，有不同于众人之言者，故表而出之如此。

简直像一篇感愤激烈的史论。其主旨在为策划甘露之变的李训、郑注翻案。由于历史现象的复杂性（包括历史人物行为动机与实际效果间的复杂关系），钱氏的这番议论并不大符合历史的实际，也与诗歌文本不尽相符，因而得不到多数注家评家的赞同。但钱氏发表这种与众不同的议论却是事出有因。纪昀指出钱氏"以李训、郑注为奉天讨、死国难，则触于明末珰祸，有激而言"（《四库全书总目·李义山诗注》），甚是。这种"有激而言"的笺释更突出地表现在《明神》诗笺中。如果说《有感二首》是因为诗中直接讲到了李训、郑注而理所当然地要对他们此举的是非以及人品发表意见的话，那么按钱氏对《明神》的理解，此诗系专为甘露之变中王涯等宰臣无辜被杀一事而发，矛头针对宦官而非李、郑，但笺语却用了近一半的篇幅为训、注之冤鸣不平，对"士林胁息"大发感慨。这更明显是有感于明末宦官之祸而发。从钱氏对《有感二首》《明神》的笺释中可以明显看出诗歌笺释与接受的当代性，以及当代性与科学性相统一之不易。

　　除了对义山有关时事政治及人事交往的诗作笺释外，钱氏还曾对义山《无题》诗发表过相当通达的见解：

　　　　义山《无题》之什，掇宫体、《玉台》之菁英，加以声势律切，令读者咀吟不倦，诚古之绝调。然杨眉庵以为虽极其秾艳，皆托于臣不忘君之义，而深惜乎才之不遇。则其词有难于显言者。况裙衩脂粉之语，

闺房谑浪之事，仅可以意逆志，无庸刻舟求剑。（《大充集》）①

他并不反对杨基关于义山《无题》"皆托于臣不忘君之义，而深惜乎才之不遇"之说，但认为在具体解读时不能过于拘执穿凿，只能就其整体"以意逆志"，得其大概。这种见解，比起后来吴乔、程梦星、冯浩、张采田等人对《无题》的穿凿比附要通达得多。可惜钱氏自己并没有留下对义山《无题》的笺释，吴、冯等人也没有注意到他的观点。

钱谦益（1582—1664）是清初诗坛上的领袖人物，虞山诗派的首领。清初几部笺注李商隐诗的重要著作都和他有密切关系。道源的《义山诗注》、吴乔的《西昆发微》都是钱谦益为之作序，钱龙惕的《玉谿生诗笺》、朱鹤龄的《李义山诗集笺注》均是受钱谦益之命而作。可以说，清初李商隐诗研究、接受热的兴起，钱谦益是一位起倡导、指导作用的关键人物。因此，在论述朱鹤龄、吴乔笺注义山诗的著作之前，先要讲一下钱谦益有关李商隐诗的论述。钱氏对义山诗的认识经历了一个过程。其入清前的著述《有学集》对义山诗的评价并不高，卷三十二《曹房仲诗叙》云：

> 自唐以降，诗家之途辙，总萃于杜氏。大历后，以诗名家者，靡不鳞杜而出。韩之《南山》、白之喻讽，非杜乎？若郊，若岛，若二李，若卢仝、马戴之流，盘空排奡，纵横谲诡，非得杜之一枝乎？

卷三十九《邵梁卿诗草序》云：

> 唐人之诗，光焰而为李、杜，排奡而为韩、孟，旸而为元、白，诡而为二李。此亦黄山之三十六峰，高九百仞，屡反而直上者也。

二李，指李贺、李商隐。"谲诡"一词，即为对二李诗风的概括。这实际上是沿袭《新唐书·文艺传序》"谲怪则李贺、杜牧、李商隐"的评论，明显带有贬意。但到顺治初年写的《注李义山诗集序》中，他却以赞同的态度详细引述道源论义山诗的观点（上文已引），说明他对义山诗的看法有了根本性变化。天崩地解的时代巨变不仅使他进一步认识到杜甫诗忠君忧国的感情，也使他对义山诗继承杜诗的优良传统有了深刻理解，这在他为朱鹤龄的《李义山诗集笺注》所撰的序中也可得到印证。《有学集》卷十五《李义山诗集序》云：

---

①据丁祖荫《大充集跋》，他所见的《大充集》为两卷残本。原本共五卷。

往吾友石林源师好义山诗，穷老厄乞，注解不少休。乙酉岁（按，顺治二年，1645），朱子长孺订补余《杜诗笺》辍简，将有事于义山。余取源师遗本以畀长孺。长孺先有成稿，归而错综雠勘，缀集耳闻，敷陈隐滞。取源师注，择其善者为之剡其遐砾，搴其萧稂，更数岁而告成，于是义山一家之书粲然矣，长孺既自为其序，复以属余。余往为原师撰序，推明义山之诗忠愤蟠郁，鼓吹少陵，以为《风》人之博徒，《小雅》之寄位。其为人诡激历落，厄塞排笮，不应以浪子嗤点，大略如长孺所云。又谓其绮靡秾艳，伤春悲秋，至于春蚕到死，蜡炬成灰，深情罕俦，可以涸爱河，而干欲火，此盖为源师言之。

可见钱氏为道源《义山诗注》所撰序中引述道源论义山之语，实际上也就是他自己对义山其人其诗的看法，这和先前的"谲诡"之评有着本质区别。这正是时代巨变深刻影响到对李商隐诗接受的典型例证。对于商隐诗的总体风格，钱谦益以"沉博绝丽"一语概括（见朱鹤龄《笺注李义山诗集序》）。所谓"沉"，当指其思致的深刻和感情的沉挚；所谓"博"，当指其用典的繁富和辞采的繁密。至于"绝丽"，钱氏的《题冯子永日草》（见《有学集》卷四十八）对之作了很好的阐发：

> 今称诗之病有二：曰好奇，曰好艳。离岐以为奇，非奇也；丹华以为艳，非艳也。《十九首》，五言之祖也，亦奇亦艳，惊心动魄。自是以降，左之《咏史》、阮之《咏怀》、陶之《读山海》，奇莫奇于此矣。郭弘农之《游仙》、谢康乐之游揽、江记室之《拟古》，艳莫艳于此矣，而人不知也。搜卢仝、刘叉以为奇，猎《玉台》《香奁》以为艳，问其所以为奇为艳者而懵如也。嗜奇之病，顷少为士友发之。又尝谓李义山诗，其心肝腑脏窍穴筋脉，一一皆绮组缛绣排纂而成。泣而成珠，吐而成碧，此义山之艳也。古之美人，肌肉皆香，三十三天以及香国，毛孔皆香。刘季和有香癖，熏身遍体，张坦斥之曰俗。今之学义山者，其不为季和之熏身者，鲜矣，而况不能为季和者乎？

在他看来，艳分两种：一种是熏香遍体式的得之于外的俗艳，一种是心肝五脏窍穴筋脉皆为绮组缛绣的蕴之于内的惊心动魄的艳。义山的艳正是后一种，此之谓"绝丽"。

朱鹤龄的《李义山诗集笺注》就是受钱谦益之命而撰成的第一部完整

保存至今的商隐诗集全注本。在他之前，宋代蔡絛《西清诗话》曾提到都人刘克注过杜子美、李义山诗，元代袁桷《清容居士集·书郑潜庵李商隐诗选》谓郑潜庵曾编《李商隐诗选》，明代唐觐《延州笔记》载张文亮有《义山诗注》，今均不传。明末释道源曾撰《义山诗注》，钱谦益将其遗稿付朱鹤龄。鹤龄乃吸收道源《义山诗注》、钱龙惕《玉谿生诗笺》及其他评家笺注评点成果，撰成《李义山诗集笺注》。其序虽是对道源、钱谦益观点的发挥，却有重要发展，是李商隐诗接受史上一篇重要的文献，兹全录于下：

申酉之岁（按：天干地支相配纪年的方式，不可能有全为天干之"申酉"岁，此当为"乙酉"之误，前引钱氏《李义山诗集序》即谓"乙酉"岁，可以互证），予笺杜诗于牧斋先生之红豆庄。既卒业，先生谓予曰："玉谿生诗，沉博绝丽，王介甫称为善学老杜，惜从前未有为之注者。元遗山云：'诗家总爱西昆好，只恨无人作郑笺。'子何不并成之，以嘉惠来学？"予因翻核新、旧《唐书》本传，以及笺、启、序、状诸作所载于《英华》《文粹》者，反复参考，乃喟然叹曰：嗟乎！义山盖负才傲兀，抑塞于钩党之祸，而《传》所云"放利偷合""诡薄无行"者，非其实也。夫令狐绹之恶义山，以其就王茂元、郑亚之辟也；其恶茂元、郑亚，以其为赞皇所善也。赞皇入相，荐自晋公，功流社稷。史家之论，每曲牛而直李。茂元诸人，皆一时翘楚，绹安得以私恩之故，牢笼义山，使终身不为之用乎？绹特以仇怨赞皇，恶及其党，因并恶其党赞皇之党者，非真有憾于义山也。太牢与正士为仇，绹父楚比太牢而深结李宗闵、杨嗣复。绹之继父，深险尤甚。会昌中，赞皇擢绹台阁，一旦失势，绹与不逞之徒竭力排陷之，此其人可附离为死党乎？义山之就王、郑，未必非择木之智、涣邱之公。此而目为放利偷合、诡薄无行，则必将朋比奸邪，擅朝乱政，如"八关十六子"之所为，而后谓之非偷合、非无行乎？

且吾观其活狱弘农，则忤廉察；题诗九日，则忤政府；于刘蕡之斥，则抱痛巫咸；于乙卯之变，则衔冤晋石；太和东讨，怀"积骸成莽"之悲；党项兴师，有"穷兵祸胎"之戒。以至《汉宫》《瑶池》《华清》《马嵬》诸作，无非讽方士为不经，警色荒之覆国。此其指事怀忠，郁纡激切，直可与曲江老人相视而笑，断下得以"放利偷合""诡薄无行"嗤摘之也。

或曰："义山之诗，半及闺闼，读者与《玉台》《香奁》例称，荆公以为善学老杜，何居？"予曰：男女之情，通于君臣朋友。《国风》之"蝶首蛾眉"，云发瓠齿，其辞甚亵，圣人顾有取焉。《离骚》托芳草以忆王孙，借美人以喻君子，遂为汉魏六朝乐府之祖。古之人不得志于君臣朋友者，往往寄遥情于婉娈，结深怨于塞修，以序其忠愤无聊、缠绵宕往之致。唐至太和以后，阉人暴横，党祸蔓延，义山厄塞当涂，沉沦记室，其身危，则显言不可而曲言之；其思苦，则庄语不可而谩语之。计莫若瑶台璚宇、歌筵舞榭之间，言之者可无罪，而闻之者足以动。其《梓州吟》云"楚雨含情俱有托"，早已自下笺解矣。吾故曰：义山之诗，乃风人之绪音，屈宋之遗响，盖得子美之深而变出之者也。岂徒以征事奥博，撷采妍华，与飞卿，柯古争霸一时哉！学者不察本末，类以"才人""浪子"目义山，即爱其诗者，亦不过以为帷房昵媟之词而已。此不能论世知人之故也。予故博考时事，推求至隐，因笺成而发之，以复于先生，且以为世之读《义山集》者告焉。顺治己亥（按，顺治十六年，1659）二月朔，朱鹤龄书于猗兰堂。

将此序与钱谦益《注李义山诗集序》所引述道源对义山诗的评论相对照，显然可见朱氏"可与曲江老人相视而笑""得子美之深而变出之"的观点远承王安石"唐人知学老杜而得其藩篱者，唯义山一人而已"之说，近承道源"义山之诗，推原其志义，可以鼓吹少陵"之论。但朱序在三个重要方面都对道源的观点有重要的发展。一是通过对牛李党争及商隐与王茂元、郑亚、令狐绹关系的分析，论证商隐从王、郑系"择木之智""浼邱之公"，根本不是什么"放利偷合""诡薄无行"，从政治斗争的是非曲直这个根本上反驳历来对商隐人品的攻击诬蔑，比起道源只从其诗歌创作的思想内容方面来证明商隐系刘蒉、杜牧一流人物要有力得多。朱氏的这一观点虽可能有偏颇或不够周密之处，但从政治是非来辩驳，确实抓住了问题的根本。二是列举一系列有代表性的寓讽时政、忧愤国事、触忤权贵的诗作为论据，使其"指事怀忠郁纡激切，直可与曲江老人相视而笑"的结论建立在坚实的基础上，比起道源"乙卯之事，忠愤抑塞，至于结怨洪炉，托言晋石"的简单论证要令人信服得多。三是结合大和以来宦官暴横、党祸蔓延的政治局势和义山"厄塞当涂，沉沦记室"的身世论证义山《无题》诸诗多比兴寄托的原因。虽亦受到道源"纡曲其指，诞谩其辞，婉娈托寄，谲谜连比"之论的启发，但论证显然更加深入细致。这些重要的发展，使这篇序成为驳斥历来对商隐诗品人品的攻击、重新全面评价李商隐其人其诗的重要论文，其影响远远超过了道源之论。

朱氏虽认为商隐写男女之情的诗（包括《无题》诸诗）多有寄托，但在具体笺注作品时却不作穿凿比附之说，正如《四库全书总目·李义山诗注》所云："大旨在于通所可知，而阙所不知，绝不牵合新、旧《唐书》务为穿凿。"通检朱氏《李义山诗集笺注》及《补注》，对绝大多数诗篇，都只限于"鳞次群书，析疑征事而已。若其指趣之隐伏者，固不能条件指晰，将以待世之晓人深求而得之焉"（《愚庵小集》卷七《西昆发微序》）。少数作了笺解的诗，如《隋师东》、《咏史》（"历览前贤国与家"），均言之有据，符合作品实际。至于《无题》诸篇，则绝不牵合时事、人事及义山经历为解。这种从整体上认为义山写男女之情的诗多有寓托，具体解释作品时态度谨慎、不务为穿凿的做法，应该说是一种比较稳妥、合理的做法。他在为吴乔《西昆发微》作的序中对吴乔的"《无题》诗皆为令狐绹作"的观点只作客观介绍而不作评论，虽称吴为"晓人"，谓吴书"足埤余笺注所未逮"，实际上态度有所保留。朱氏的这种态度，既启示后来的接受者对《无题》诗的寄托作进一步思考，又避免具体阐释中的穿凿比附，是比较可取的。

朱鹤龄的《李义山诗集笺注》为义山诗提供了第一个完整的注释比较简明、间有笺解大体稳妥、不务为穿凿的笺注本，这就为义山诗的接受奠定了一个比较坚实可靠的阅读文本的基础。自唐末至明末的八百年，李商隐诗的研究与接受之所以一直进展缓慢，虽有思想文化背景等深层原因，但还有一个重要原因，就是一直缺乏一个比较可靠的能帮助接受者解决阅读障碍，基本上读懂李商隐诗的阅读文本。没有这个基础，真切的审美接受就无从谈起。从这一点上说，对义山诗的注释本身虽不等于审美接受，却无疑是真正的审美接受的可靠基础。因此，朱氏的《李义山诗集笺注》不仅在李商隐研究史上是里程碑式的著作，在李商隐诗接受史上也是具有重大意义的基础工程。朱注不但是此后一系列补注本、新注本的主要蓝本，也成为此后评论李诗的主要文本依据。它在整个李商隐诗接受史上同样是值得大书特书的。

朱注在义山诗接受史上的另一重要意义是，其序言吸取道源、钱谦益的观点，从政治、道德、艺术诸方面对商隐其人其诗作了完全肯定的评价，特别是将其寓讽时政的诗放在其诗歌创作的重要位置加以评论。这对扫除长期以来对商隐其人其诗的种种误解乃至污蔑不实之辞，恢复其本来面目具有拨乱反正的意义。指出义山诗"楚雨含情皆有托"的特点，对这类诗研究的深入、审美接受的深化也有重要启示。

顺治年间在李商隐诗接受史上另一有重要影响的人物是吴乔（1611—1695以后），著有《围炉诗话》《答万季埜诗问》《西昆发微》。吴乔论诗，强调"诗中须有人"及以意为主，重比兴寄托，对李商隐诗尤为倾服。《西昆发微》成于顺治十一年甲午（1654），刊行的时间较朱注稍早，但撰成的时间较朱注为迟（视朱氏《西昆发微序》可知），其自序也是李商隐诗接受史上一篇重要文献：

> 诗之比、兴、赋，《三百篇》至晚唐未之或失。自欧公改辙，而苏、黄继之，往往直致胸怀，不复寄托。自兹以后，日甚一日。明人自矜复古，不过于声色求唐人，未有及六义者，殊可慨也。盖赋必意在言中，可因言以求意；比兴意在言外，意不可以言求。所以《三百篇》有序，唐诗有纪事，令后世因之以知意，关系非浅小也。六义既泯，遂至解《三百篇》者尽黜旧序，自行已意。使《三百篇》皆赋，意犹可测；既有比兴，而执辞以求意，岂非韩卢之逐兔哉！如高骈诗云："炼汞烧铅四十年，至今犹在药炉边。不知子晋缘何事，只学吹箫便得仙？"骈意自刺王铎拜都统，故隽永有味；若昧之为赋，谓是学仙之诗，即同嚼蜡。晚唐诗犹不易读，况《三百篇》乎？
>
> 李义山《无题》诗，陆放翁谓是狭邪之语，后之作《无题》者，莫不同之。余读而疑焉。夫唐人能自辟宇宙者，唯李、杜、昌黎、义山。义山始虽取法少陵，而晚能规模屈、宋，优柔敦厚，为此道之瑶草奇花。凡诸篇什，莫不深远幽折，不易浅窥，何故于艳情诗讳之为《无题》，而遣辞唯出于赋？梁家秦宫，贾女韩寿，何其凡下？翼德冤魂，阿童高义，何其不伦？《锦瑟》诗苏、黄谓是适、怨、清、和，果尔，成何著作？怀此疑者数年。甲午春，偶忆《唐诗纪事》云："锦瑟，令狐丞相青衣也。"恍若有会，取诗绎之，而义山、楚、绹二世恩怨之故，了然在目，并悟《无题》同此，绝非艳情。八百年来，有如长夜。盖唐之末造，赞皇与牛、李分党。郑亚、王茂元，赞皇之人；令狐楚，牛、李之人。义山少年受知于楚，而复受王、郑之辟，绹以为恨。及其作相，唯宴接款洽以侮弄之，不加携拔。义山心知恩疏，而冀幸万一，故有《无题》诸作。至流落藩府，终不加恩，乃发愤自绝。九日题诗于

绚厅事，绚遂大恨，两世之好决然矣。《无题》诗十六篇，托为男女怨慕之辞，而无一直陈本意，不亦《风》《骚》之极致哉！其故若此，以放翁之学识，犹不深考，况余人乎？作者之意，如空谷幽兰，不求赏识，固难与走马看花者道也。《无题》诗于六义为比，自有次第。"阿侯"，望绚之速化也；"紫府仙人"，羡之也；"老女"，自伤也；"心有灵犀"，谓绚必相引也；"闻道阊门"，幸绚之不念旧隙也；"白道萦回"，讽绚舍我而擢人，然犹未怨，"相见时难""来是空言"，怨矣，而未绝望；"凤尾香罗""重帏深下"，绝望矣，而犹未怒。至《九日》，而怒焉，《无题》自此绝矣，夫诗以言志，而志由于境遇。少陵元化在手，适当玄、肃播迁之世，其忠君爱国之志，一发于流落奔走之篇，遂为千古绝业。义山于唐人中辞意最为缥渺，适遇令狐之扼，得极其比兴风骚之致，吸霞饮露，遗世独立，绚诚为他山之石焉。乔敢表而出，世或好学深思有志于风雅者，能谅也。今于本集中抽取《无题》诗一十六篇为上卷，与令狐二世及当时往还者为中卷，疑似之诗为下卷。详说其意，聊命名曰《西昆发微》。而注释事实，则全取朱长孺本云。甲午夏日，吴乔序。

这篇序不仅贯串了吴乔论诗重比兴寄托的基本观点，而且涉及以下几个有关李商隐诗接受的重要问题。

一是对义山诗的总体评价。吴乔认为，唐代诗人中能开拓诗歌新世界的，只有李白、杜甫、韩愈、李商隐四人。这是自唐宋迄清八百年间对李商隐诗歌思想艺术成就的最高评价。对这论断，吴乔在《围炉诗话》卷三中曾有所阐发："于李、杜后，能别开生路，自成一家者，唯韩退之一人。既欲自立，势不得不行其心之所喜奇崛之路。于李、杜、韩后，能别开生路，自成一家者，唯李义山一人。既欲自立，势不得不行其心之所喜深奥一路。义山思路既自深奥，而其造句也，又不必使人知其意，故其诗七百年来知之者尚鲜也。"所谓"奇崛""深奥"，在这里已经不仅仅是艺术风格概念，而是和"自辟宇宙"即开拓诗歌新世界相联系的。用现代的观念、术语来诠释吴乔这段话，也许可以作这样的理解：李白所开拓的是恢宏开阔的盛唐气象和充满浪漫情调的理想境界；杜甫所开拓的是以万方多难的时代生活、人民疾苦为主要内容的广阔现实境界；韩愈所开拓的是以非诗为诗、以不美为美的反传统诗学观念的奇崛险怪境界；而李商隐所开拓的，则是深奥隐秘的心灵世界这一尚未被前人深入表现过的领域。随着对李商隐诗的接受与研究越来越深入，吴乔这一论断的深刻与正确必将得到进一步的证明。

二是对义山《无题》诗所寄托的内容的认识。吴乔之前，言义山《无题》之寄托者，为杨基所倡之托寓臣不忘君之意与深惜才之不遇说。吴乔结合义山与令狐楚、绹两代人的恩怨及其与王茂元、郑亚的关系，联系党争背景，认定《无题》诗均为令狐绹而作，于杨基之说以外新创托寓朋友遇合说，对《无题》诗的接受与研究影响相当深远。后世主寄托说者，大都信奉吴说。吴乔之说在论证上显然缺乏实证，在阐释具体篇章时也每伤穿凿。但商隐与令狐两代人的关系，确实是其一生经历中的大事，也是其诗歌中抒写的种种人生体验、感慨的生活基础之一，不能说对他的创作（包括《无题》诗）没有影响，问题是如何正确理解这种生活经历与创作的关系。

三是在论及义山诗特征时指出"义山于唐人诗中辞意最为缥缈"。这是对义山诗风的新体验与新概括。如果和他所说的"心之所喜深奥一路"联系起来，便不难发现，正是由于义山诗中着意表现深隐的心灵世界和复杂微妙的心灵感受，从而导致其意境的朦胧和诗风的缥缈。尽管吴氏对"辞意缥缈"未展开阐述，但这确是对义山诗风的重要发现。

除《西昆发微序》这篇阐述对商隐诗（特别是《无题》诗）整体认识的文章外，《围炉诗话》《答万季埜诗问》中还有不少对义山诗的精彩评论。择其要者列于下：

> 诗贵有含蓄不尽之意，尤以不着意见、声色、故事、议论者为最上，义山咏杨妃事之"夜半宴归宫漏永，薛王沉醉寿王醒"是也。稍着意见者，子美《玄元庙》之"世家遗旧史，道德付今王"是也。稍着声色者，子美之"落日留王母，微风倚少儿"是也。稍用故事者，子美之"伯仲之间见伊吕，指挥若定失萧曹"是也。着议论而不大露圭角者，罗昭谏之"静怜贵族谋身易，危觉文皇创业难"是也。露圭角者，杜牧之《题乌江亭》诗之"胜负兵家未可期，包羞忍耻是男儿。江东子弟多才俊，卷土重来未可知"是也，然已开宋人门径矣。宋人更有不伦处。宋杨诚斋《题武惠妃传》之"寿王不忍金宫冷，独献君王一玉环"，词虽工，意未婉。惟义山之"薛王沉醉寿王醒"，其词微而意显，得风人之体。

> 义山《蝉》诗，绝不描写用古，诚为杰作……《落花》起句奇绝，

通篇无实语，与《蝉》同，结亦奇。

少陵七律……"童稚情亲"一篇，只前二联诗意已足，后二联无意，以兴完之。义山《蜀中离席》诗正仿此篇之体。

吴乔论诗，最为推服贺裳，《围炉诗话》屡次称引贺黄公论诗条目。贺裳《载酒园诗话》康熙二十年（1681）以前已经流传，成书时间不能确考。因吴乔称引，故在此一并介绍。贺氏论诗虽略初、盛而详中、晚，实际上仍宗盛唐。他对义山诗的评论，虽多为对具体诗篇的笺解评点，但也有涉及其重要特征的，如：

义山绮才艳骨，作古诗乃学少陵，如《井泥》《骄儿》《行次西郊》《戏题枢言草阁》《李肱所遗画松》，颇能质朴。然已有"镜好鸾空舞，帘疏燕误飞""十五泣春风，背面秋千下"诸篇，正如木兰虽兜牟裲裆，驰逐金戈铁马间，神魂固犹在铅黛也。一离沙场，即视尚书郎不顾，重复理鬓贴花矣。

义山之诗，妙于纤细，如《全溪作》："战蒲知雁唼，皱月觉鱼来。"《晚晴》："并添高阁迥，微注小窗明。"《细雨》："气凉先动竹，点细未开萍。"然亦有极正大者，如《萧皇帝挽辞》："小臣观吉从，犹误欲东封。"《过故崔兖海宅与崔明秀才话旧因寄杜赵李三掾》："莫凭无鬼论，终负托孤心。"恻然有攀髯号泣及良士不负死友之志，非温所及。

长吉、义山皆善作神鬼诗，《神弦曲》有幽阴之气，《圣女祠》多缥缈之思。如"无质易迷三里雾，不寒长着五铢衣"，真令人可望而不可亲，有是耶非耶之致；至"一春梦雨常飘瓦，尽日灵风不满旗"，又似可亲而不可望，如曹植所云"神光离合，乍阴乍阳"也。

魏晋以降，多工赋体，义山犹存比兴。如《槿花》诗云："风露凄凄秋景繁，可怜荣落在朝昏。未央宫里三千女，但保红颜莫保恩。"因槿花之易落，而感女色之易衰，此兴而兼比者也。至末句说尽古今色衰爱弛之事，慧心者当不待前鱼而泣下矣。

诗又有无理而妙者，如李益"早知潮有信，嫁与弄潮儿"，此可以理求乎？然自是妙悟。至如义山"八骏日行三万里，穆王何事不重来"，则又无理之理，更进一尘。总之，诗不可执一而论。

第一则指出其古诗学杜甫颇能质朴，但绮艳仍为其本色；第二则指出其诗虽妙于纤细，但亦有内容及风格极正大者，均涉及其诗歌内容风格的多样性。前人谓义山学杜，多指其近体，尤其是律体，此则指出其古诗亦学杜。这是新的发现。谓义山诗妙于纤细，也是前人未曾提出的。第三则将其与李贺并论，指出其诗多缥缈之思，涉及朦胧飘忽的情思及意境。第四则指出其诗虽似不合常理，却别具妙悟，所谓"无理之理"，涉及艺术的想像虚构。后面这两条颇具现代色彩。以上论述，说明贺裳对义山诗确有独到的体悟与把握。

　　与吴乔、朱鹤龄大体同时的冯舒（1593—1649）、冯班（1614—1681）兄弟，是钱谦益的同乡与学生，虞山诗派的重要作家。二冯论诗宗晚唐，尤酷喜李商隐诗和西昆体。冯班论李商隐诗有云：

> 　　诗至贞元、长庆，古今一大变，李、杜始重。元、白，学杜者也。元相时有学太白处，韩门诸君兼学李、杜。韦左司自是古诗，与一时文体迥异，大略六朝旧格至此尽矣。李玉谿全学社，文字血脉却与齐梁相接。温全学太白，五言律多名句，亦李法也。（《钝吟杂录》卷七）

在贞元、长庆之际诗歌大变的宏观背景下揭示商隐诗虽全学杜甫，而"文字血脉却与齐梁相接"的特点，对其绮丽诗风的形成从继承传统的角度做出说明，是颇有文学史眼光的评论。可惜其论著中这种宏观把握对象特点的条目很少，多数是对具体诗篇的评点。其中亦偶有具一定启示性的评论，如冯舒评义山诗云：

> 　　此公诗多不可解，所谓见其诗如见西施，不必知其名而后美也。（《二冯评阅才调集》卷二）

虽似不经意随感而发，却反映出商隐有些诗虽情思意境朦胧却极富美感的特色，并表现出对这种诗美的欣赏。这与后来梁启超关于美的神秘性的议论一脉相通。

第二节　康熙时期对李商隐诗的接受

　　康熙朝的六十年间，虽然没有像顺治年间如朱鹤龄的《李义山诗集笺注》这样重要的整理研究著作问世，但从这一时期陆续出现的一大批诗论著作和唐诗选本来看，不但评论李商隐诗的条目数量显著增多，而且评诗谈艺的水平也比以前有了显著提高。这一方面固然是由于康熙年间诗歌理论批评有了长足进展，整体水平的提高带动对李商隐诗审美接受水平的提高；另一方面也是因为朱鹤龄的《李义山诗集笺注》这时已在士林中广泛流传，对商隐诗的阅读与接受产生了积极的影响。

这一时期最值得注意的是叶燮（1627—1703）极富理论性、系统性的诗论著作《原诗》中对中晚唐诗及商隐诗的评论。《原诗》作于康熙丙寅（康熙二十五年，1686）稍前。他从源流正变的诗歌发展观及"踵事增华"的客观发展趋势出发，既不以政治盛衰作为衡量诗歌盛衰的标准，也不片面否定诗歌风格的华美，并以文学史家的宏远眼光指出："惟正有渐衰，故变能启盛。"其《百家唐诗序》进而指出："世运有治乱，文运有盛衰，二者各自为迁流……文之为运，与世运异轨而自为途。"说明文学发展有其自身的轨道与规律。他还提出："唐贞元、元和之间，窃以为古今文运、诗运至此时为一大关键也……此'中'也者，乃古今百代之中，而非有唐之所独得而称中者也。"从这种理论认识和宏观考察出发，他对晚唐诗就不因其时世运之衰飒而贬低其独特的审美价值。《原诗》外篇下云：

> 论者谓晚唐之诗，其音衰飒。然衰飒之论，晚唐不辞；若以衰飒为贬，晚唐不受也。夫天有四时，四时有春秋。春气滋生，秋气肃杀，滋生则敷荣，肃杀则衰飒。气之候不同，非气有优劣也……又盛唐之诗，春花也。桃李之秾华，牡丹芍药之妍艳，其品华美贵重，略无寒瘦俭薄之态，固足美也。晚唐之诗，秋花也。江上之芙蓉，篱边之秋菊，极幽艳晚香之韵，可不为美乎？

这就从理论的高度充分肯定了晚唐诗的美学价值。与明代胡应麟所说的即使如小李杜的《赤壁》《贾生》等"极工"的晚唐诗也"气韵衰飒，天壤开、宝"，正好针锋相对。商隐诗中那种浓重的感伤情调，在明代前后七子等推尊盛唐、贬抑中晚的论者眼中，正是"气韵衰飒"的典型表现，像《乐游原》五绝、《宿骆氏亭寄怀崔雍崔衮》、《落花》、《天涯》及《无题》诸诗，更是典型的衰飒之音的代表。得叶氏此论，自可树帜于诗美之林而自有其不朽的美学价值。如果说，朱鹤龄关于商隐诗乃"风人之绪音，屈、宋之遗响，盖得子美之深而变出之"的评论，在商隐诗接受史上主要是从诗的政治思想内容及对前代优良传统的继承发展方面肯定了其思想艺术成就，那么叶燮的这一评论便是从诗歌发展和美学理论上充分肯定了包括李商隐诗在内的晚唐诗的美学价值。尽管它并非专门针对义山诗而发，但它对义山诗审美接受的意义是重大而深远的。

叶燮对商隐诗的直接评论，集中在对其七绝特点与成就的高度评价上。《原诗》外篇下说：

> 七言绝句，古今推李白、王昌龄。李俊爽，王含蓄。两人辞、调、意俱不同，各有至处。李商隐七绝，寄托深而措辞婉，实可空百代而无其匹也。

叶氏一大段关于唐宋七绝的评论（其中包括上引对义山七绝的评论），将在本编第十章第二节专述商隐七绝接受史时加以论析，这里仅强调一点："寄托深而措辞婉"不仅是对商隐七绝主要特征的揭示，实际上也可视为对商隐诗总体特征的一种概括。这种概括，既是对其诗内容意蕴的揭示，也是对其艺术表现特征的概括。

这一时期诗评家对商隐诗的兴趣较此前大增，其中比较重要的有何焯（1661—1722）、钱良择（1645—1704?）、朱彝尊（1629—1709）、胡以梅（生卒年不详）、赵臣瑗（生卒年不详）等，兹分述之。

何焯《义门读书记·李义山诗集笺记》共评点义山诗二百五十二题，几占义山诗之半。有对一首（组）诗的总评、句下评，也有通篇的笺解。对诗的章法结构、艺术手法的评析也常穿插在笺解中。卷首有一段总论性质的文字，表明了何氏对义山诗的总体评价：

> 晚唐中牧之与义山俱学子美，然牧之豪健跌宕，而不免过于放，学之者不得其门而入，未有不入于江西派者。不如义山顿挫曲折，有声有色，有情有味，所得为多。冯定远先生谓熟观义山诗，自见江西之病；余谓熟观义山诗，兼悟西昆之失。西昆只是雕饰字句，无论义山之高情远识，即文从字顺犹有间也。义山五言出于庾开府，七言出于杜工部，不深究本源，未易领其佳处也。七言句法兼学梦得。

不仅指出义山学杜、学庾、学刘禹锡，广泛学习继承前人，而且着重指出其学杜而具"顿挫曲折，有声有色，有情有味"的特点，即认为他的诗学到了杜诗的抑扬起伏、顿挫曲折，具有声律、色彩之美，深于言情，富于韵味。

同时指出西昆派只学得义山的皮毛，不但缺乏"高情远识"（此承范温《潜溪诗眼》"高情远意"之评），连文从字顺尚隔一尘。反映出何焯对义山诗的总体评价高于同时的杰出诗人杜牧。

在评点具体篇章时，何焯也发表过一些对义山诗总体特征的评论，如《镜槛》评云：

> 陈无己谓昌黎以文为诗，妄也。吾独谓义山是以文为诗者。观其使事，全得徐孝穆、庾子山门法。

何氏说义山以文为诗，是指以骈文为诗，视其"使事全得徐孝穆、庾子山门法"之语可知。义山在《樊南甲集序》中说："后又两为秘省房中官，恣展古集，往往咽噱于任、范、徐、庾之间。有请作文，或时得好对切事，声势物景，哀上浮壮，能感动人。"讲他如何学习吸取徐、庾等人骈文的用事对仗等艺术技巧，得以名家。但义山以骈文之法为诗的特点，却从未有人提到过。这是何焯的独到之见。后来钱锺书的"樊南四六与玉谿诗消息相通"之说及商隐"以骈文为诗"之说与何说不谋而合。尽管何氏仅揭出义山律诗用事得徐、庾门法这一端，但"以（骈）文为诗"的提法对后来的义山诗读者与研究者无疑有重要的启示性。

何焯还揭示出商隐诗多议论感慨的特点。《井络》评云："如此工致，却非补纫。义山佳处在议论感慨，专以对仗求之，只是昆体诸公面目耳。"这种观点，在评点具体诗篇时常着重加以申述或特意点明。如《宋玉》评："落句澹澹收住，自有无穷感慨。"《筹笔驿》评："议论固高，尤当观其抑扬挫处，使人一唱三叹，转有余味。"《离亭赋得折杨柳二首》评："'人世死前唯有别'，惊心动魄，一字千金。"对于商隐诗多寓政治、人生感慨的特点，何焯是较早发现并加以揭示的评家。

《义门读书记·李商隐诗集笺记》中有不少对具体诗篇的评点相当精彩，可以看出何氏对商隐诗确有体悟。略举数例，以见一斑。《隋宫》（"紫泉宫殿锁烟霞"）评：

> 无句不佳，三四尤得杜家骨髓。前半展拓得开，后半发挥得足，真大手笔。

《杜工部蜀中离席》评：

起句尤似杜。鲍令晖诗："人生谁不别，恨君早从戎。"发端夺胎于此。

一则干戈满路，一则人丽酒秾，两路夹写出惜别。如此结构，真老杜正嫡也。

诗至此，一切起承转合之法何足以绳之？然离席起，蜀中结，仍是一丝不走也。

此等诗，须合全体观之，不可以一字一句求之。荆公只赏他次连，犹是皮相。

两则均评其七律名篇，前一则从大处着眼，"展拓""发挥"，实际上涉及艺术的想象虚构和典型化问题；后一则细加剖析，从词语出处、结构章法到整体构思都讲到了。有的短章，评点也很精到。如《杜司勋》评：

"高楼风雨感斯文"，含下"伤春"。"短翼差池不及群"，含下"伤别"。高楼风雨，短翼差池，玉谿方自伤春伤别，乃弥有感于司勋之文也。

从诗思的触发、全篇的构思章法到借端寓慨的特点都讲得既要言不烦，又非常到位。

对诗的背景与内容意蕴，何焯也时有独到的解悟。如《潭州》笺评云：

此随郑亚南迁而作。第三思武宗，第四刺宣宗。五六则悲会昌将相名臣之流落也。《楚词》以兰比令尹子兰，盖指白敏中言之。

"今古无端入望中"：此登潭州官舍楼而作。所望者故园人耳，今目断乡关，而潭州已事，历历在目，"无端"二字从空楼写出，绝妙章法。

"湘泪浅深滋竹色"二句：入望古今。

"陶公战舰空滩雨"二句：雨中坏舰，风中破庙，令人不堪回首。

"目断故园人不至"：收"望"字。

如果将何焯的这种笺解和后出的徐逢源、冯浩等人的笺解比较，何氏之解显然要切当得多。

朱彝尊笺评商隐诗二百余题，见于沈厚塽辑《李义山诗集辑评》①。虽均为对具体作品的评点，但偶亦涉及对义山诗的总体看法。其中较精到者，如《荆门西下》评："情深意远，玉谿所独。"《王十二兄与畏之员外相访见招小饮》："平平写景，凄断欲绝。此种风格，唐以后人不能及。"《七月二十九日崇让宅宴作》："情深于言，义山所独。"《天涯》评："言极怨，语极艳。"《天平公座中呈令狐令（相）公》评："艳词必极深婉，此天性也。"《有感二首》评："用意精严，立论婉挚，少陵诗史又何加焉。"《射鱼曲》评："诸诗多类李长吉体。义山学杜者也，间用长吉体作《射鱼》《海上（谣）》《燕台》等诗，则多不可解。飞卿学李者也，即用太白体作《湖阴》《击瓯》等诗，亦多不可解。疑是唐人习尚，故为隐语，当时之人自能知之。传之既久，遂莫晓所谓耳。有明制艺且然，何况于诗！"以上各则，分别涉及商隐诗感情之深挚、表现之婉曲深隐、语言之艳丽等方面，其中尤以感情深挚这一点，朱氏的感受最为强烈，而深情绵邈确是义山诗的重要特征。此外，朱氏所著《静志居诗话》中对商隐的风怀之作也有高度评价：

> 风怀之作，段柯古《红楼集》不可得见矣。存者玉谿生最擅场，韩冬郎次之。由其缄默不露，用事艳遇，造语新柔，令读之者唤奈何，所以擅绝也。后之为艳体者，言之唯恐不尽，诗焉得工？故必琴瑟钟鼓之乐少，而寤寐反侧之情多，然后可以追韩轶李。

这里实际上提出了风怀诗的创作原则，即在抒写的内容上，应是"寤寐反侧之情多"；在艺术表现上，应注意含蓄不露，避免言之唯恐不尽；用事艳逸，能给人美好的联想；造语新柔，力避陈旧生硬。

钱良择《唐音审体》二十卷，选各体唐诗千余首，每一体前有总论，每首诗附评点。其中共选义山各体诗五十余首。此书为其老年穷愁病中无事随手编选而成，有康熙四十三年（1704）刻本，书当成于此前。其中义山诗评语颇有与朱彝尊评相同或相近者，有可能是采用朱氏评或稍加改易（书中采用他人评者亦颇有之）。其总论七言律一节对义山七律评价很高，将在本编第十章第一节中加以评述。在评点具体作品时，也常有对义山诗总体特征的评论。如《赠送前刘五经映三十四韵》篇后评：

①《李义山诗集辑评》辑录何焯、朱彝尊、纪昀三家评，分别用朱笔、墨笔、蓝笔标示。其中墨笔评颇有与钱良择《唐音审体》中义山诗评语相同或相近者，究属朱彝尊评抑或钱良择评，尚难确定。此处所引朱彝尊评，系用黄永年先生过录之朱氏评，与《辑评》所录小异。

> 唐人学杜者，莫善于义山。古调歌行，或有未称；五七言今体，思深语炼，无美不臻，实是晚唐之圣也。其僻奥晦涩不可晓解者，多是效长吉体而参以隐语，存而不论也。

既充分肯定其五七言今体（当包括律绝）之"思深语炼，无美不臻"，又指出其"古调歌行，或有未称"，并非一味颂扬。"思深语炼"之评，堪称具眼。又如《锦瑟》题下评：

> 义山诗独有千古，以其力之厚，思之深，气之雄，神之远，情之挚。若其句之炼，色之艳，乃余事也。西昆以堆金砌玉效义山，是画花绣花，岂复有真花香色？梨园挦扯之诮，未足以尽之也。

除"气雄"一项只能涵盖商隐一部分作品外，力厚思深神远情挚之评，均中肯綮；句炼色艳乃其余事，亦破除俗见之言，西昆所效，正属此等余事耳。又《鄂杜马上念汉书》评：

> 义山学杜，其严重得杜之骨，其雄厚得杜之气，其微妙得杜之神。所稍异者，杜无所不有，义山自成一家。杜如天造地设，义山锤炼工胜，此时为之也，亦作者、述者必然之势也。

可与上一则相发明。此处又拈出"其微妙得杜之神"一端，这也正是义山学杜擅胜之处。《灯》评：

> 义山咏物诗，力厚色浓，意曲语炼，无一懒句，无一衬字。上下古今，未见其偶。

宋以来评论义山咏物诗，多就具体作品而言，像钱良择这样总论其咏物诗特征，并给予极高评价的很少。"上下古今，未见其偶"之评虽有过誉之嫌，但"力厚色浓，意曲语炼"之评还是比较切合实际的。从总体看，钱氏对义山诗学杜的成就评价甚高，但对义山如何在学杜的基础上"自成一家"则缺乏具体阐述。

胡以梅的《唐诗贯珠串释》、赵臣瑗的《山满楼笺注唐诗七言律》都是专门选解选评唐代七律的。前书共选义山七律六十首。胡氏颇留意辨析义山诗有无寄托的问题，特别是对《无题》的辨析更为细致。如其解《无题》（"相见时难别亦难"）云：

　　　　此首玩通章亦圭角太露，则词藻反为皮肤，而神髓另在内意矣。若
　　　竟作艳情解，过于露张，非法之善也。细测其旨，盖有求当路而不得
　　　耶？首言难得见，易得别，别后不得再见，所以别亦难矣。次句措辞媚
　　　极，百花残，花事已过也。丝，思也，三四谓心不能已，五恐失时，六
　　　见寂寥，结则欲托信再探之。青鸟，王母之使，殆当路之用人欤？蓬山
　　　无多路，故知其非九重，而为当路。

从考据学的观点看，由于此解并未提供任何"神髓另在内意"的实证，只能
是一种推测和猜想；但从阐释学的观点看，这种结合作品表现手段和词气口
吻来解诗的方法，自有一定的合理成分。后来，如冯浩等人对这首《无题》
的诠解，虽进一步将"当路"坐实为令狐绹，但大旨与胡氏之说相似。如果
将胡氏对另一首他认为没有寄托的《无题》的辨析相比照，就更能看出他对
寄托之有无还是颇用了一番细致的体悟辨析工夫的：

　　　　义山《无题》、借题诸篇，说者谓其托美人以喻君子、思遇合之所
　　　由作也。义山推李贺为天上奇才，风流习尚，诡激奇情，固出入于昌谷
　　　之间，运之以《典》《坟》之富，使人诚不可方物。然名教自有乐地，
　　　如《离骚》之用有娀、高丘二姚，不过一二见，其他山川草木、鸟兽云
　　　物，皆可寄托，何必沾沾缠绵于侧艳而后立言？其中真真假假，假假真
　　　真，易眯俗眼。生时为当涂所薄，未必不由此。千古之下，共惜其才，
　　　因护其短，欲为贤者讳，舍躯壳而谈脏腑，何能百不失一？况当日或癖
　　　有思痂，今必曲为之解，翻恐作者笑人，更亦到处皆成疑团浑沌，血脉
　　　梗塞，茫无条贯。诗神面目，竟无洗发之日，又岂爱义山之才之谓欤？
　　　抑使后之好绮语者，皆得遁法于幽怨骚人，纵恣荡逸，亦非训世之道。

他反对不加具体分析，一律将《无题》解为"托美人以喻君子，思遇合之所
由作"。指出这类诗"真真假假，假假真真"，很容易使缺乏鉴别力的"俗
眼"迷乱。商隐生时为当权者所薄，未必不因多赋艳情所致。后世解者因惜
其才而护其短，为贤者讳，舍表面的文字而求其内在的寄托，岂能都诠释得
准确无误？这样曲为之解的结果，必然导致"到处皆成疑团浑沌"，致使
"诗神面目，竟无洗发之日"，而且使后世许多喜欢写艳诗的人都可以寄托为
借口，"纵恣荡逸"。这段痛快淋漓且不乏幽默感的议论将一概以香草美人解
《无题》的弊病及诠释心理揭露得十分透彻，和商隐在《有感》诗中抒发的

"一自《高唐》赋成后，楚天云雨尽堪疑"的感慨完全吻合。胡氏的这段议论，很可能是针对杨基、朱鹤龄特别是吴乔的寄托说而发。接着，他又结合"昨夜星辰昨夜风"这首《无题》的具体内容和写法，并联系同组诗中的另一首七绝来论证它绝非托寓遇合：

> 如此诗下半首，语气显然。且若作遇合论，席间座上已是灵犀通照，何尚烦转蓬之叹乎？此章本集内二首，其二曰："闻道阊门萼绿华，昔年相望抵天涯。岂知一夜秦楼客，偷看吴王苑内花？"则席上本有萼绿华其人，于吴王苑中偷看之而感情耳，已有注脚……此诗是席上有遇追忆之作。妙在欲言良宵佳会，独从星辰说起……叠言"昨夜"，是追思不置……两句凌空步虚，有绘风之妙……然犹在幽暗之中，得三四铺云衬月，顿觉七宝放光，透出上文。身远心通，俨然相对一堂之中。五之胜情，六之胜境，皆为佳人着色。且隔座分曹，申明三之意；送钩春暖，方见四之实。蜡灯红后，恨无主人烛灭留髡之会；闻鼓而起，今朝寂寞，能不重念昨夜之为良时乎？若欲谓之伤遇合而作，则起处何因，首二句旨在何处，便入暗室。五六亦觉肤浅泛语，嚼蜡无味矣。

引次首"岂知一夜秦楼客，偷看吴王苑内花"二句以证第一首为"席上有遇追忆之作"，非常有力。后来，冯浩、纪昀等均以为此首系直赋艳情，别无寄托。冯氏所持理由与胡氏基本相同，很可能是受到胡氏的启发①。所引的这段笺解，反映出胡氏的鉴别力、鉴赏力还是不错的。此外，如解《碧城三首》、《楚宫》（"月姊曾逢下彩蟾"）等疑难篇什，也都比较贴切，不为穿凿之解。有时谈艺亦有独到之见，如《隋宫》七律笺释：

> 按诗情乃凭吊凄凉之事，而用事取物却一片华润。本来西昆出笔不肯淡薄，加以炀帝始终以风流淫荡灭亡，非关时危运尽之故。故作者犹带脂粉，即以诮之耳，最为称题。而句句下断语，妙。

用华美的事物和语言抒写亡国的凄凉。这种以绮语写凄凉抒感慨的写法，杜甫《秋兴八首》已有成功的范例。商隐学杜，在这方面也得杜诗神髓。胡氏

---

① 冯浩《玉谿生诗笺注》"凡例"中未提到胡氏的《唐诗贯珠串释》，笺注中亦未引用胡氏之说，但时有与胡氏暗合者。冯浩有可能见过《唐诗贯珠串释》。

从炀帝本身特点着眼，认为用这种笔墨写风流淫荡亡国之君最为称题，别具解会。胡氏解诗，虽每伤繁冗，但不少地方确有独到体悟。如说《牡丹》（"锦帏初卷卫夫人"）所写是"各色大丛牡丹，非单株独本"；谓《楚宫》（"湘波如泪色漻漻"）"通篇用《离骚》楚些融洽出之，若断若续，用古活法"；谓《酬崔八早梅有赠兼示之作》"是崔以早梅而有赠人之什兼示于义山也。其所赠之人，是解语花，所以通身赋梅而意皆双夹"；谓《一片》（"一片非烟隔九枝"）"言云蔽而高光不能相照，如圣明之世，独不能亲于君上，徒见蓬莱仙境，俨然云旗，可望而不可即……五六叹时不我与，有斗转星沉之虑，更不可迟耳"，均能结合所咏对象的特点，发人之所未发，反映出胡氏对诗之细致体悟。《唐诗贯珠串释》选释唐七律二千四百首，几占全唐七律四分之一，规模之大，前后所未见；串释之细，亦诸选所罕有。

赵臣瑗的《山满楼笺注唐诗七言律》性质与胡氏《唐诗贯珠串释》相同，但规模要小得多，全书仅六卷，所选以杜甫、李商隐为多，反映出其时商隐七律在唐代七律发展史上的地位已经得到确认。此书共选商隐七律二十八首，其中虽也选了《筹笔驿》《马嵬》《隋宫》及《无题》（"昨夜星辰昨夜风""来是空言去绝踪""相见时难别亦难"）等历代公认的七律名篇，但也杂有不少平庸之作（如《行至金牛驿寄兴元渤海尚书》《韩同年戏赠》《和友人戏赠》），可以看出赵氏选诗手眼不高，其笺解虽不满金圣叹将七律分为前后二解的做法，在具体解释时却颇采金氏之解。其间亦有颇能发明诗意诗艺者，如《七月廿九日崇让宅》笺：

> 露下池，是记夜之深也，观"如霢"字可知；"风过塘"，是记风之烈也，观"竹悲"字可知。竹有何悲？以我之悲心遇之，而如见其悲。华筵既收，嘉宾尽去，触景伤情，不胜惆怅。浮世之聚散，红蕖之离披，其理一也。今乃故作低昂之笔，以聚散为固然，离披为意外，何为者乎？此盖先生托喻以悼王夫人耳。以上四句写一夕之事，下再总写平日。归梦，曰悠扬，妙，恍恍惚惚，了无住着也；生涯，曰漠落，妙，栖栖皇皇，一无成就也。唯灯见、独酒知，言更无一人，焉识我此中况味矣。七一顿，八一宕，目今况味虽只尔尔，抑嵩阳松雪，别有心期，其何敢长负岁寒之盟乎？

赵臣瑗对商隐生平并没有下过考证工夫，他认为这首诗有伤悼王氏之意，全从诗的字里行间悟出，但却体悟得非常真切。尤其是对颔、腹二联的笺解评点，能结合用笔的顿挫及词语的运用，将内在的意蕴和外在的神情传达得相当深刻生动。《赠司勋杜十三员外》的笺解也颇能传神：

> 赠司勋者，因见司勋所制《杜秋》诗有悲伤迟暮之意，故特称其所撰《韦丹碑》，以为即此便是立言不朽，何故尚有不足，聊以广其志耳。不知何意，忽然就其名字弄出神通，遂寻一个不期而合之古人来作影子。四句中故意叠用二"牧"字、二"杜"字、二"秋"字、三"总"字、一"字"字，拉拉杂杂，写得如团花簇锦，而句法离奇夭矫，又似游龙奔马，不可捉搦，真近体中之大观也。五六二句自是正文。看他尾联又复叠用二"江"字，与前半之九个复字相照，二人名与前半之三个人名相照，使我并不知其下笔时如何落想，既落想后如何下笔，文人狡狯一至于此。以视沈《龙池》、崔《黄鹤》，真可谓之愈出愈奇矣。

这段笺评虽吸收了金圣叹评点此诗的一些精彩之处，但形容其句法之妙、落想之奇，确能较金评更淋漓尽致地表现原作的"奇趣"。赵氏笺评义山诗，全凭自己的审美体悟，虽有因不了解商隐生平而误解诗意者，但也有像上举二例这种全凭艺术感受而准确把握诗意及诗的特征者。这说明，作家的生平及交游考证等属于研究史范围的成果，如果运用得当，自然有助于对诗意的把握；但如果运用失当，亦常有穿凿附会之弊。而单凭艺术直觉，有时反而能较准确地把握对象。审美接受与研究既有联系，又有区别。

元好问编选的《唐诗鼓吹》问世后，明代有廖文炳的《唐诗鼓吹注解大全》（有万历七年刻本）。廖氏对商隐生平及创作既无专门研究，艺术鉴赏力又比较弱，故注解义山诗有价值的东西不多，且有不少明显舛误。清顺治十六年（1659），有钱朝鼐、王俊臣注，王清臣、陆贻典参校的《唐诗鼓吹笺注》，此书所笺义山诗虽乏创辟，但串解诗意大体平稳妥帖，不像廖解那样错误很多。此外，又有题为钱谦益、何焯评注的《唐诗鼓吹评注》，实则钱氏只作了序，并未评注。后又删改廖解，于康熙戊辰（二十七年，1688）刻印。

康熙年间主盟诗坛的王士禛（1634—1711）所倡"神韵"说在中国诗论史上有重要地位，但他所推重的主要是以王、孟、韦、柳为代表的冲淡闲远的诗风和创作中"兴到神会"的境界，标举"不着一字，尽得风流"，称赏自然天成的风格。这种审美趣味，与李商隐诗风有相当大的距离。因此，他的诗论著作中提到李商隐诗的条目较少，他所欣赏的是商隐《落花》诗"高阁客竟去，小园花乱飞"这种不施刻画的白描胜境。

康熙年间的诗话著作中，张谦宜的《茧斋诗谈》论及商隐诗的条目较多，虽乏对商隐诗的总体把握，但对具体作品的评点颇有可采。如《无题二首》其一（"八岁偷照镜"）评："乐府高手，直作起结，更无枝语，所以为妙。"《偶成转韵七十二句赠四同舍》评："天矫如龙，换韵处陡健。"《悼亡》（按，即《王十二兄与畏之员外相访见招》）评："'更无人处帘垂地，欲拂尘时簟竟床'，乍看只似平常，深思方可伤悼。盖帘垂地，房门锁闭可知；簟竟床，衾裯收卷可想。悼亡作如此语，真乃血泪如珠。"《北齐二首》评："不说他甚底，而罪案已定，此咏史体。"《龙池》评："讽而不露，所谓蕴藉也。"都善体诗情诗境而又要言不烦。尤为出色的是对《重过圣女祠》颔联的评赏："'一春梦雨常飘瓦，尽日灵风不满旗'，思入微妙。夫朝云暮雨，高唐神女之精也。今经春梦中之雨历历飘瓦，意者其将来耶？来则风肃然，上林神君之迹也。乃尽日祠前之风尚未满旗。意者其不来耶？恍忽缥缈，使人可想而不可即。鬼神文字如此做，真是不可思议。"揭示商隐此诗"思入微妙""恍忽缥缈"的特点，与贺裳《圣女祠》"多缥缈之思"的评点可以互参。这可以说是对义山最独特的诗境的出色体悟。

第三节　雍正时期对李商隐诗的接受

雍正朝仅十三年（1723—1735），在时间上与康熙朝（六十一年）不能相提并论。将这十三年作为一个时期，纯粹是为了叙述的方便。

这一时期在李商隐诗接受史上值得着重论述的是两部商隐诗的选评选解本：一部是徐德泓、陆鸣皋合解的《李义山诗疏》，另一部是陆昆曾的《李义山诗解》。下面分别加以评述。

徐、陆合解的《李义山诗疏》刊行于雍正二年甲辰（1724），共选义山各体诗二百三十五题，计二百五十五首，占现存义山诗二分之一弱。其中，七律八十五首，七绝七十六首，五律五十六首，三体占选诗总数百分之八十五，正反映了义山诗的主要成就所在。从选目看，编选者以其独到的眼光选入了一些一般评家不大注意但很有特色的篇章，如五古选入《戏题枢言草阁三十二韵》《房中曲》，七古选入《七月二十八日与王郑二秀才听雨后梦作》

《偶成转韵七十二句赠四同舍》，五排选入《西溪》《戏赠张书记》《念远》《摇落》诸篇，即属此类。《偶成转韵七十二句赠四同舍》是义山的诗体自叙传，不仅对全面了解其生平交游、思想性格有重要价值，而且显示了其诗风的一个重要侧面。但此前评家注意到它的很少。陆鸣皋评曰："俊快绝伦，不惟变尽艳体本色，且与《韩碑》各开生面，足见其才之未易量矣。"五排中的长篇，多为义山用力之作，评家每盛赞此类长律而忽略短篇，实则这些五排短篇往往写得一气流走而又情韵深长，是很见义山"深情绵邈"本色的佳作。徐、陆选入多篇此类五排，表现了其艺术鉴赏力之精。值得一提的是，此书还选入了一部分开宋调之作，如《春日寄怀》《子初郊墅》《赠郑谠处士》《复至裴明府所居》等，并在评语中指出它们对宋诗的影响，这是义山诗接受史上很少有人注意到的。总的来看，徐、陆对商隐诗的选录，取径较宽，不拘一格，但又能突出其主导风格与主要成就。它标志着对义山诗的接受在注意主导风格的同时在接受面上有所拓展。

《李义山诗疏》对义山许多诗的疏解，能较准确地把握其意蕴，要言不烦，切中肯綮。特别是对一些容易引起歧解甚至经常遭到误解的作品，其疏解更能显示其艺术解悟的水准。如对《海上谣》《杜工部蜀中离席》《锦瑟》诸篇的疏解就是典型的例证①。《海上谣》徐疏云："此言入海求仙之虚诞也。水寒月冷，海景凄凉甚矣。所谓香桃，仙果也，已枯如瘦骨而不可食矣。紫鸾，仙驭也，亦遍身寒窘而不能飞矣。且并不见仙，但栖止于荒凉鳞族之区，以晓沐而已。夫汉武焚香而金母至，自谓见之矣，乃此身旋故，至于子孙亦皆物化，而所传秘笈神符，不过等于蚕书故纸已耳。见之尚且无所益，况茫茫之海，更不可见耶？"紧扣题目、诗面、用典，随文作解，将朱彝尊认为"莫晓所谓"的诗疏解得明白晓畅，切实妥帖，令人信服，翻觉此后如冯浩、张采田的种种牵强附会的解释徒增混乱②。对《杜工部蜀中离席》这首历代传诵的名作，注家之解亦颇纷纭，陆鸣皋的疏解却非常直截了当：

> 此总言聚散不常。远使未归，禁军尚驻，皆"离群"意也。五六句，正写会聚无常之态。所以境不可执，当随遇而安。风物佳处，即可娱老耳。

①徐、陆对《锦瑟》的疏解，将在中编第二章中加以评述。

②冯浩谓："非讽求仙，盖叹李卫公贬而郑亚渐危疑也。"张采田谓："此在桂管自伤一生遇合得失而作。"

此诗乃是仿效杜工部体并悬拟杜甫在蜀中离席上的情事之作，与江淹的《杂拟诗》性质类似。许多歧解误解，均因不明此诗性质，求之过深而致。陆氏此解，紧扣"离席"作解，平正通达，正得其意。徐、陆对商隐的不少诗，往往别有会心。如《和友人戏赠二首》，徐氏认为"似赠置姬别室者"；《碧瓦》诗，徐氏认为"此赋歌妓也，纯是虚拟之词"；《燕台诗四首》，徐氏借《柳枝五首序》中"幽忆怨断"四字分别疏解春夏秋冬四首之意境情调；《宿骆氏亭寄怀崔雍崔衮》，陆氏谓"枯荷听雨，正是怀人清致，不专言愁也"；《为有》，陆氏谓"'无端'二字，带喜带恨，描写入神"，均能细体诗意，发人之所未发。

在评点方面，徐、陆对义山诗整体风貌特征的独到发现，往往通过对具体作品的评论体现出来。如《离亭赋得折杨柳二首》徐评："写得透心刺骨，而风致仍自嫣然。"商隐诗颇多人生哀感悲慨，故常有深至独到的"尽头语"（如此二首中"人世死前唯有别"），但在表达时却每用轻婉流丽乃至绮艳之语作衬，故虽极悲却有一种动人的情韵风致。义山诗风素称绮艳，但艳而有骨，徐氏在评《韩碑》时就借端发了一通颇有见地的议论："其转捩佶屈生劲处，亦规仿韩体而为者，才力与之悉敌。具是气骨，作艳体始工。观此知其风格本自坚凝，即发为绮语，亦非'裙拖湘水''髻挽巫云'之类所可同日论也。"一般评家评《韩碑》往往就诗论诗，单纯称赏此诗的风格雄杰与才人变化之莫测，或只看到它与绮艳风格的对立，徐氏却由此联系到其艳体诗绮艳中含坚凝气骨的特征。至于对具体作品的艺术特征的体悟，则更多精彩。如《日射》陆评："花鸟相对间，有伤情人在内。"《春雨》徐评："此即景而感怀也。首联先叙当春寥落之况。第三句始点入'雨'字，后俱有雨意在内，最得远神。"《七月二十八日夜与王郑二秀才听雨后梦作》陆评："写得迷离恍惚，宛然梦境。一气嘘成，随手起灭，太白得意笔也。"《蝉》徐评："前写物，而曰高曰恨曰欲断、无情，不离乎人；后写人，而曰枝曰芜曰清，不离乎物。正诗家针法精密处。"《柳》（"柳映江潭底有情"）陆评："此江岸之柳，从雷声写合，思入神奇。"以上诸例，都显示出徐、陆评鉴诗艺能透过诗语抉出诗心，揭示诗人构思的精妙。此外，如义山诗每用曲折翻进的手法表现其深沉刻至的情思，徐、陆对此亦多所发明，如《过伊仆射旧宅》徐评："结语（'何能更涉泷江去，独立寒流吊楚宫'）更进一层，又增无限感慨。诗家秘妙，无穷尽也。"《月》（"过水穿楼触处明"）陆评："又一翻新（指三四句'未必明时胜蚌蛤，一生长与月亏盈'），愈翻愈隽。"《望喜驿别嘉陵江水二绝》（其一"嘉陵江水此东流"）徐评："一曲一折，一折一深，窅然不尽，总是诗中进一层法。"后来，姜炳璋在《选玉谿生诗补说》中对此也多有揭举，可见这确是义山常用的诗法。在把握义山具体诗篇的意蕴及艺术特征时，徐德泓还相当自觉地运用比较的方法，特别是对题材相近的诗，更多连类比并，揭示它们的同中之异。如同属讽刺皇帝迷信神仙、妄求长生的七绝咏史诗《华山题王母祠》和《瑶池》，徐氏评曰："右二首，同题而各意。前首讥不恤民瘼，黄竹桑田，带引微妙；此首（指《瑶池》）言求仙无益，神味清圆。"同为讽刺唐玄宗荒淫的《华清宫》（"华清恩幸古无伦"）和《龙池》，徐氏评曰："一深警，一微婉。"《少年》《公子》《富平少侯》三诗，诗面均咏贵戚少年，徐氏评曰："（《少年》）次联言骄，三联言乐，四联言佚游。与《富平少侯》作异者，彼偏在豪也；与《公子》作异者，彼偏在粗也。"七律《深宫》与《促漏》，从表面看题材非常相似，徐氏通过比较，得出结论："前《促漏》题的系宫词，此（指《深宫》）则虽写宫怨，而托意又在遇合间也。"辨析切当，体悟入微。《隋宫》七律、七绝均讽炀帝奢淫，徐评曰："前律伤其衰废，言中著慨；此则形其侈乐，句外传神。并臻妙境。"这些例子都体现出徐氏运用比较方法辨析同异的得心应手。

　　总的来看，徐、陆合解的《李义山诗疏》在选诗、解诗、评诗三方面都具有相当水准，有其独到的体悟与发现。但此书自雍正初刊行后，一直少为学人注意，仅冯浩在嘉庆增刻本《玉谿生诗笺注》中引用了徐、陆的一部分笺评，此后长期湮没[①]。其实，它在李商隐诗接受史上，还是一部有一定审美眼光的选评选疏本，因此在这一节中作较具体的评介。

　　陆昆曾的《李义山诗解》是专解义山七律的评解本。亦成于雍正二年甲辰，有雍正四年刘晰公刻本。共评解义山七律一百一十七首。其凡例云："义山古诗，自魏晋至六朝无体不有，如《井泥》《骄儿》《行次西郊》等篇，意在规模老杜，然但得其质朴，而气格韵致终逊之。即五言律诗，亦稍薄弱，惟七言律诗直可与杜齐驱，其变化处乃神似非形似也。"说明此编何以专解七律。但陆氏对义山绝句也有较高评价："义山五律亦法少陵，至断句尤为晚唐独步……然用意率皆清峭刻露，读者自能了然于心目之间。"说明此二体因用意刻露无庸作解。又说："余解义山诗，欲使后人知作者用意并篇法字法所在耳。至于驱使故典，朱长孺先生笺行世久矣，兹不赘采。"

---

　　① 日本怀德堂文库藏有徐、陆合解的《李义山诗疏》，今归日本大阪大学图书馆管理。

"诗自六朝以来，多工赋体，义山犹存比兴……余遇诗中比兴处，特为一一
拈出。"故陆氏此编的主要目的是疏解义山七律的内容意蕴，评点其篇法字
法，特别是揭示诗中的比兴寄托。作者态度比较矜慎，解诗较少凿空乱道之
弊，其解说多本朱注及何焯之笺评，多采取随文作解的串讲方式，一般比较
平实稳妥。但无论是诗意的阐发或诗艺的评点，都显得精警与创意不足。比
起徐、陆二氏的《李义山诗疏》，这方面的缺点尤为明显。间亦有较精到者，
如《潭州》笺：

> 从来览古凭吊之什，无不与时会相感发。义山此诗，作于大中之
> 初。因身在潭州，遂借潭往事，以发抒胸臆耳。"湘泪"一联，言己之
> 沉沦使府，不殊放逐，固难免于怨且泣也。而会昌以来，将相名臣悉皆
> 流落，凄其寂寞之况，因破庙空滩而愈怆然矣。此景此时，计惟付之一
> 醉，而客中孤独，谁与为欢？旅思乡愁，真有两无可遣者。
>
> 言之所及在古，心之所伤在今，故曰"今古无端"。

此解虽吸取何焯之说而加发挥，但通篇串释明晰稳切，且以"言之所及在
古，心之所伤在今，故曰'今古无端'"数语揭出全篇艺术构思的关键，颇
具启发性。又如《赠刘司户蕡》解首联云：

> 此云"万里相逢"，当在潭州时遇蕡作也。江风吹浪，而山为之动，
> 日为之昏，只十四字，而当日北司专恣、威柄陵夷，已一齐写出。

结合作诗时地和所用比兴手法，将时代氛围、语句内涵在随文作解的过程中
和盘托出，说得既切实又精当。有时评点诗艺，亦颇得诗的神味，如《昨
日》评有云：

> 篇中无限颠倒思量，结处一齐扫却，有如天空云灭。此最得立言之
> 体者。上半言紫姑神去，问卜无从；青鸟不来，音书断绝，何分散易而
> 团圆之难得乎？下半言"蟾影破"，忧容辉之渐减也；曰"雁行斜"，
> 悲踪迹之不齐也。一夜之间，百端交集，及至平明，自觉无谓，淡语意
> 味却自深长。

对结联意境的评点，妙于体悟，善于形容。有的疏解，对朱注亦有所纠正。
如《咏史》（"历览前贤国与家"）中"运去不逢青海马"句，朱注援引大

中三年吐蕃以秦、原等州归唐事，谓文宗崩后数年，"西戎遂有款关之事"。陆解指出朱氏此解"未免牵合"，谓"青海马，乃任重致远之材也"，并联系文宗用李训、郑注谋诛宦官，事败酿成流血事变的情事，谓："运去不逢，惜文宗不得任重致远之人以托之耳。"将"青海马"的喻义解得非常切当，且与上下文贯串。

雍正年间，姚廷谦（即姚培谦，1693—1760）曾撰《李义山七律会意》四卷（后来姚氏又将它扩充到解全部义山诗，撰成《李义山诗集笺注》十六卷，于乾隆四年刊行，此书将在下一章专门评述）。姚氏《李义山七律会意》与陆昆曾《李义山诗解》的后先出现，说明此时注家对李商隐最擅长的七律产生了浓厚兴趣，纷纷为之作笺解评点，有渐成专门之学的趋势。

综观清代前期九十余年的李商隐诗接受史，可以说基本上都笼罩在朱鹤龄的《李义山诗集笺注》的影响之下。朱注不但从政治、道德和艺术诸方面给李商隐及其诗歌创作以很高的评价，纠正了历来对其人品、诗品的贬抑性乃至否定性评价，并且为李商隐诗的接受提供了比较可靠的阅读文本。它出现之后，无论是选评选解义山诗或专解义山七律，无论是唐诗通代选本或诗话著作，有关义山诗的笺解评点，朱注都是最基本的依据。从中正可看出，朱注不但在义山诗研究史上，而且在义山诗接受史上也具有里程碑性质。它带来了对义山诗的接受在广度、深度上的大幅度提高。而叶燮《原诗》中的有关论述则第一次从美学理论的高度肯定了包括商隐诗在内的晚唐诗的美学价值。吴乔的唐人自辟宇宙之论则揭示了李商隐在唐诗发展史上与李、杜、韩并驾齐驱的地位。这些接受史上的成果，在整个义山诗接受史上具有极重大的意义。而以吴乔《西昆发微》为标志的穿凿附会、索隐猜谜之风，又对以后的李商隐诗阐释产生了深远的负面影响。

第六章　清代中期对李商隐诗的接受（上）

清代中期（包括乾隆、嘉庆两朝，1736—1820），是李商隐诗接受史上继清代前期之后又一个极其重要的时期。这一时期的李商隐研究（包括家世生平及交游的考证，作品的校勘、注释与系年考证，作品的品鉴及总体研究等），以冯浩的《玉谿生诗笺注》《樊南文集详注》及纪昀的《玉谿生诗说》为标志性成果，达到了鼎盛的高峰。与此相应，对李商隐诗的审美接受，也达到了最富创造性成果的高峰。本章与下一章将以这一时期一批重要的接受成果作为论述对象，大体上按其时间先后次序加以论述。其中，冯、纪两家的接受成果在第七章集中评述。

第一节　姚培谦的《李义山诗集笺注》

在《李义山七律会意》的基础上扩展而成的《李义山诗集（笺注）》，是一个分体笺注本，共十六卷，乾隆四年（1739）由姚氏松桂读书堂刊行。其例言云："往有《义山七律会意》一刻，友人惜其未备，因成此书，并取《会意》覆勘，十易二三，期于无遗憾而止，顾未能也。"此书注的部分基本上采用朱鹤龄注而删繁就简。"间遇缺者补之，讹者订正一二"，但补订的条目甚少，且有价值的不多。其用力的重点，明显放在诗意的阐说与诗艺的评鉴上。姚氏对商隐生平经历交游及作品系年等并无专门研究，但对诗的意蕴境界却有较强的解悟，特别是对篇幅较短的律绝更时有妙悟。《齐宫词》笺：

荆棘铜驼，妙从热闹中写出。

虽只一句话，却将诗的意蕴、构思和表现手法都点出来了，而且揭示出了艺术表现的辩证法。《隋宫》（"乘兴南游不戒严"）笺：

用意在"举国"二字，半作障泥半作帆，寸丝不挂者可胜道耶？

抓住关键性词语和典型情节加以发挥，深刻揭示出炀帝穷奢极欲、肆意糟蹋民财民力，必将引起民怨沸腾的后果。对一些涉及时事的诗，姚氏对诗意的把握和表现出来的识见往往比较深切。如《隋师东》诗，潘耕、朱鹤龄已指出其盖借隋师东征高丽之事以讽唐廷命诸镇讨伐叛镇李同捷之事，但矛头究竟针对什么则未加揭示。姚笺一针见血指出是"讽庙算之失"。《有感二首》，钱龙惕谓诗"极言训等之冤，未尝甚其罪"，并谓"论者不咎文宗之不密失臣，则恨训、注之狂躁误国，而当日情势，未有究论之者"，盖有感于明季宦官之祸甚烈，故有此激愤之论。姚氏则谓："此为甘露之变鸣冤也。训、注之奸邪可罪，训、注之本谋不可罪。二诗，前首恨训、注之浅谋，后首咎文宗之误任。盖君臣皆有罪也。"将李训、郑注本人的政治、道德品质与策划诛灭宦官之事区别开来，并指出文宗亦有误任之罪责，不但立论比较持平，也大体符合诗的本意。又如《寿安公主出降》笺："用意全在结句。夫元逵以改行得尚主，此可言也；欲以此风动邻镇，此不可言也。欧阳文忠公诗：'肉食何人为国谋？'与此同感。"指出此诗结句"此礼恐无时"是全篇用意所在，认为朝廷想用"送王姬"的办法讨好藩镇不适时宜，正所以示弱，对诗人的用意体会比较深切。有时对诗意的笺解看似随意发挥，却侧面微挑，揭示出了诗的典型意义的某一方面，如《梦泽》笺："普天下揣摩逢世才人，读此同声一哭矣！"揭示出诗中"未知歌舞能多少，虚减宫厨为细腰"的宫女身上有"揣摩逢世才人"的影子，可谓善于妙悟。

对《无题》一类诗，姚氏的笺解虽有时不免附会，但比起吴乔、程梦星、冯浩、张采田等人的刻意求深、务为穿凿，则程度较浅。有的诗，看法还比较通达，如笺《无题》（"相见时难别亦难"）云："人情易合者必易离，唯相见难，故别亦难，情人之不同薄幸也。'东风'句，极摹消魂之意。然不但此际之消魂，春蚕蜡炬，到死成灰，此情终不可断。中联，镜中愁鬓，月下怜寒，又言但须善保容颜，不患相逢无日。虽蓬山万里，呼吸可通，但不知谁为青鸟，能为我一达殷勤耳。此等诗，似寄情男女，而世间君臣朋友之间，若无此意，便泛泛然与陌路相似，此非粗心人所知。"在随文作解的基础上，不拘凿地言其必有具体寄托，只说此种真挚之情可以通于君臣朋友，让读者自行解会。这样解诗，便显得比较通达。又如《无题》（"八岁偷照镜"）笺："逦迤写来，意注末二句。"指出"十五泣春风，背面秋千下"二句是全篇寄意所在，点明而不说破，富于启发性。此外，对诗中某些名句佳联也往往有独到解悟。如《牡丹》（"锦帏初卷卫夫人"）笺："此借牡丹以结心赏也，首联写其艳，次联写其态，'石家'句写其光，'荀令'句写其香。如此绝代容华，岂尘世中人所能赏识。我今对此，不啻神女之在高唐，幸有梦中彩笔，藉花瓣作飞笺，或不至嫌我唐突云尔。"不但悟出诗中牡丹亦花亦人的"绝代容华"，而且将尾联所蕴含的美好情愫渲染得极富诗意。这样的笺解，可以说是纯艺术的甚至是纯诗的，是对原作的一种再创造。

总的来说，姚氏解诗谈艺，常能抓住关键处，要言不烦，指点出之，时有独到解悟。但也有仅凭一时兴会，对诗意的参悟显得有些隔靴搔痒，有时甚至流于玄虚。如《早起》笺："'毕竟是谁春'，参禅人请下一转语，答曰：大家扯淡。"《细雨》笺："发彩如云，定有一茎白起头的时节，请从细雨时细参。"不免显得不着边际。

第二节　屈复的《玉谿生诗意》

屈复（1668—1739以后）的《玉谿生诗意》成书于乾隆四年，也是一个分体笺解本，共八卷，以排律殿后。其自序云："今其全集有注无解，予兹勉焉。"从书名也可看出，此书以释意为主。注本朱氏而加以删削，较姚注更简略，基本上不作补注。在解说诗意方面，以简要明了为特色。与姚笺不同的是，随感而发或随意发挥的成分很少，比较贴近诗的本意，显得平实稳妥；但较之姚笺，也较少对诗意诗艺的独特解悟。

屈笺明确反对穿凿附会的解诗方法。这一主张，在书中反复申述。《锦瑟》笺云："凡诗无自序，后之读者就诗论诗而已。其寄托或在君臣、朋友、夫妇、昆弟间，或实有其事，俱不可知。自《三百篇》、汉魏三唐，男女慕悦之词皆寄托也。若必强牵其人其事以解之，作者固未尝语人，解者其谁曾起九原而问之哉！"《碧城三首》笺又重申这一观点："诗有小序者可解，无者不可强解。玉谿《无题》诸作人皆知为男女怨慕之词，独《碧城三首》或指明皇，或解嫁虏公主，何也？凡此类读者但知其必有寄托而已，当就诗论义。若必求其事以实之，则凿矣。"屈氏所说的"寄托"有两方面的含义：一是"其寄托或在君臣、朋友、夫妇、昆弟之间；一是"实有其事"（即有其具体的本事）。他并不否认《锦瑟》《碧城二首》及《无题》诸作有寄托，但反对在没有自序的情况下强牵其人其事为解。这种观点，显然是有感于杨基、吴乔以来商隐《无题》一类诗的笺释中存在的种种牵附穿凿之弊而提出的，有很强的针对性，也有其合理性。因为强牵其人其事为解往往导致对诗意的误解甚至歪曲，也会导致对诗人认识的偏颇甚至错误，对正确品鉴诗艺有弊无利。"就诗论义"虽不能解决诗的寄托问题，但至少可以给探求寄托提供一个初步的文本解释，读者可以在此基础上结合其他方面的证据及材料作进一步思考。从他对《碧城三首》和某些《无题》的笺解中可以看出，他大体上是实践了自己提出的"就诗论义"的主张的。如他解《碧城三首》之二云："一二忆昔日相见时地。三四遥瞩之词，犹言除我一人莫更求新知也。五六忆当时之欢情。七八今之凄凉，与五六对照。"《无题》（"昨夜星辰昨夜风"）解："一二昨夜所会时地。三四身虽似远，心已相通。五六承三四言：藏钩送酒，其如隔座；分曹射覆，唯碍灯红。及天明而去，应官走马，无异转蓬。感目成于此夜，恐后会之难期。"对诗意的疏解就大体切实。当然，也有就诗论义不得要领的，如对《锦瑟》的疏解。有时，仍不免穿凿附会之弊，如解《霜月》云："一岁已云暮，二履高视之，三四霜月犹斗婵娟，何其耐冷如此。吾每见世乱国危而小人犹争权不已，意在斯乎？"将秋夜空明澄澈、霜月交辉竞妍的美好境界附会为小人争权，不仅大煞风景，而且穿凿可笑。可见自汉儒以来，比附穿凿的解诗思维早已深入学者骨髓，即使主观上想竭力避免，也往往会情不自禁地走上穿凿一途而不自知。

对商隐一些意蕴比较虚泛的诗，屈氏常能把握其特点，解得较活较泛，避免过于执实。这和他反对强牵其人其事为解的观点是有密切联系的。如解《乐游原》五绝云："时事遇合，俱在个中，抑扬尽致。"就避免将意蕴说得太实太死，泥定于某一方面。《天涯》之解更为通脱："不必有所指，不必无所指，言外只觉有一种深情。"有时看似未正面揭示题旨，却能由诗中所写的内容展开联想，揭示出诗的典型意义的某一方面，如《梦泽》笺："制艺取士，何以异此，可叹！"指出孜孜矻矻作八股文的士人和竞为细腰以邀宠的宫女之间有着相似的悲剧命运。有的则在随文作解的同时，水到渠成地点出题旨和全篇寓意，如《无题》（"八岁偷照镜"）笺："'十五'二句，写聪明女郎省事太早，而幽怨随之。才士之少年不遇亦可叹也。""才士之少年不遇亦可叹也"是屈氏由诗的内容（特别是结尾二句）引起的类比联想，亦即屈氏所悟出的全诗之托寓。但不直接说这是诗人所寓的题旨，而采取由此及彼的联想来表明自己的解会，这是很艺术也很聪明的解诗法。

对有些比较难解或有歧解的诗，屈氏有时亦有自己的独特解会。如《细雨》（"帷飘白玉堂"）笺："细雨如发，因帐飘簟卷而忆当时之楚女，意自有托也。"指出此诗并非单纯咏细雨，而是有感情方面的寄托，不但独具解悟，而且将诗解得很有意境与韵味。又如《骄儿诗》，屈氏之前的胡震亨批评其"结处迂缠不已"（《唐音戊签》评），这是由于不理解此诗的内在创作动因所致。屈氏则一针见血地指出："然胸中先有末一段感慨方作也。"又如《宫妓》诗，冯班谓"唐时宫禁不严，托意偃师之假人，刺其相招"（朱鹤龄笺引），贺裳谓"此诗只形容女子慧心，男子一'妒'字耳"（《载酒园诗话》），似均未得其意旨，屈氏紧扣诗面，谓"小人之伎俩，终至于败，不过暂时戏弄耳"，可谓善体诗意。

对诗艺的品评，屈氏也常有切实中肯的意见。如《齐宫词》评："不见金莲之迹，犹闻玉铃之音；不闻于梁台歌管之时，而在既罢之后。荒淫亡国，安能一一写尽，只就微物点出，令人思而得之。""微物点出"，抓住了此诗构思的特点和以小寓大的艺术手段。《韩碑》评："生硬中饶有古意，甚似昌黎而清新过之。"谈艺简而要，揭示出此诗学韩而异于韩的艺术个性。《夜雨寄北》评："即景见情，清空微妙，玉谿集中第一流也。"看似常谈，却说出了此诗自然超妙、不假巧思的特点，比起那些将此诗的构思与表现手法分析得非常细致的品鉴可能更符合创作实际。《访隐者不遇成二绝》其二评："写不遇最有远神。"将"沧江白石樵渔路，日暮归来雨湿衣"所表现的遥想中的情境结合题中的"访隐者不遇"点评得既切实又富启发性。这些品评，虽不像姚培谦那样善于妙悟，却显得更加切实。

据屈氏自序，此书仅"两旬而毕"，故对不少诗并未深入体味钻研。特别是不少长篇，往往只是极浮泛地概述每段大意。对有些争论大、疑难多的诗，也采取随文串讲的方式，虽免穿凿，却显浮浅。对诗的章法结构，前后呼应往往用类似评点时文的方式来点明，显得很程式化。屈氏另有《唐诗成法》一书，其中选评义山诗的部分，与《王谿生诗意》大同小异。

第三节　程梦星的《重订李义山诗集笺注》

　　程梦星（1675—1755，一作1678—1747）的《重订李义山诗集笺注》刊于乾隆八年癸亥（1743）。据作者自称，"是书采录始于康熙癸巳（五十二年），迄乙未（五十四年）放归田里，益事探讨，粗得梗概。本意藏诸箧笥，非敢出而问世。同邑汪澹人从晋一见击节，商付梓氏。未几澹人归道山，遂寝其事。乾隆癸亥冬，澹人仲子友于增宁欲继先人之志，即为开雕"（《重订李义山诗集笺注凡例》）。书共三卷。名为《重订李义山诗集笺注》，说明撰著此书的目的是要对朱注进行增补订正，其中包括词语典故出处的征引、句意的笺释。程氏自己对此颇为自负，在《凡例》第一条中就列举了他纠正朱注之择焉未精、语焉未详者数十例。但除个别例证可从外①，绝大部分都是错误的，说明程氏在训诂注释之学方面有所欠缺。在词语典故出处方面，有些确是朱注未引的，另一些则是补引六朝及唐人诗赋中用语与义山诗相同者（断自开成以前），这类词语虽未必是义山在诗中有意用前人诗赋语，但仍有一定的参考价值。

　　程氏此书主要的用力点，一是对诗歌创作背景及年代的考证，一是对诗的内容意旨的阐释。汪增宁《李义山诗集笺注序》说："松陵朱长孺氏取道源草本增删刊布，几于家有其书，是真足为玉谿功臣。惟是长孺只详征其隶事来历而句释字疏之，至于作者之精神意旨，不过间有一二发明处，未有若太史之望古遥集，临风结想，以意逆志，或以彼诗证此诗，或以文集参诗集，兼复博稽史传，详考时事，谓某篇为某事而发，某什系某时而抒，千祀而下，觉玉谿之交游出处，襟抱行藏，一一涌现纸上，凡有识者宁得以牵合傅会目之乎？"某篇为某事而发，涉及创作背景、创作动机；某什系某时所抒，则是创作年代的考定。通观全书，程氏在这两方面确实用力甚多，也有创获。如《曲江》诗，朱氏谓："前四句追感玄宗与贵妃临幸时事，后四句则言王涯等被祸，忧在王室而不胜天荒地变之悲也。"前后幅割裂。程氏联系时事，通观全诗，认定此诗专为文宗而发，谓："盖文宗时曲江之兴罢，与甘露之事相终始也。曲江之修，因郑注厌灾一言始之；曲江之罢，因李训甘露一事终之。故但题'曲江'，而大和间时事足以概见矣。"这个看法不仅

---

① 如《曲江》笺，《哭刘司户蕡》"不待相孙弘"句引公孙弘再征事。

比朱注将诗分为互不相干的两截合理，也比后出的冯浩说（伤杨贤妃赐死弃骨水中）、张采田说（专咏明皇贵妃）切当得多，可以说是用知人论世、以意逆志之法解诗比较成功的例证（其句下笺仍有牵附执实之弊，此不赘述）。又如《陈后宫》（"茂苑城如画"），程氏指出"题为《陈后宫》，结句乃用北齐事，合观全篇，又不切陈，盖借古题以论时事也。按敬宗游幸无常，好治宫室，欲营别殿，制度甚广……若作怀古，则陈、齐蹉驳，了无义理。"既从诗中用事不切陈而推断其为借古题以论时事，又联系敬宗的奢华佚游行为指出此诗当刺敬宗，说颇有理，徐逢源同此说。冯浩谓"此解发自午桥（程梦星字），而徐氏衍之也"，肯定程氏刺敬宗说的首创之功。《无愁果有愁曲北齐歌》，朱鹤龄、何焯、姚培谦都只说此诗"全学长吉""大似长吉手笔""读之一片鬼气"，于诗的意蕴主旨实无所解，屈复亦泥于题面，以为"刺高齐之作"。程氏则联系敬宗少年即位，"游幸无度，昵比群小"的行为以解题内"无愁（天子）"，并曰"'果有愁'者，言不得正其终也"，虽句下笺仍嫌穿凿，但就揭示诗的主旨而言，此说有其合理性。《旧将军》诗，朱鹤龄引潘耕说，以为"为李晟而作"；何焯则以为"为石雄而发"，均未切。程氏联系武、宣易代时事，谓："武宗崩，宣宗立，遽罢李德裕相。德裕秉政日久，位重有功，众不意其遽罢，闻之莫不惊骇，此诗谓此事也……李晟往事，作诗者不妨明言之，而此乃隐约其词，必为近事发也。"后来冯浩进一步引《新唐书·宣宗纪》"大中二年七月，续图功臣于凌烟阁"之事以证诗中"云台高议正纷纷"，此说遂成定论。《海客》诗，朱彝尊、何焯、屈复均不得其解。姚培谦谓"海客乘槎，至诚相感，星娥哪有不答之理？岂赴郑亚聘时作耶"，已经悟到，但未细申。程氏谓："此当为相从郑亚而作。亚廉察桂州，地近南海，故托之以海客。言亚如海客乘槎，我如织女相见。亚非杨、李之党，令狐未免恶之。然昔从茂元，已为所恶，亦不自今日矣。只应不惮其恶，是以又复从亚耳。自反无愧，横逆何计哉！"所解基本上切合诗意，此诗的寓意遂得到明晰揭示。《复京》与《浑河中》二诗，程氏联系大中年间连年讨党项无功之事，认为是"借昔日之名将，叹今日之无人"，对它的现实针对性所作的解说，可备一解。《牡丹》（"锦帏初卷卫夫人"）诗诸家多从单纯咏物着眼进行解说，程氏则谓："此艳诗也。以其人为国色，故以牡丹喻之。结二语情致宛转，分明漏泄。若以为实赋牡丹，不惟第八句花叶二字非咏物浑融之体，且通首堆砌全不生动，可谓'燕昭无灵气，汉武非仙才'矣。"说颇有理。

除对单篇作品的内容旨意特别是隐微的托寓往往有所发明以外，程氏还将义山诗集中题材相同或相类的作品联系起来考察，或指出其内容意旨的相近，或分析其各有不同的托寓。如义山一系列讽刺帝王求仙好色的咏史诗《汉宫词》《汉宫》《华山题王母庙》《华岳下题西王母庙》《瑶池》《北齐二首》等，程氏联系武宗好神仙、宠王才人之事，认为它们均为讽武宗之作，对其寓意与现实针对性作了比较合理的解释。又如义山《当句有对》《圣女祠》五排及七律、《重过圣女祠》、《嫦娥》、《银河吹笙》等诗，诸家解各不同，程氏根据诗中用语、用典等，指出它们都是写女道士的。虽因受封建观念影响，认为商隐对女冠的爱情持讽刺态度，未必符合诗人的实际感情倾向，但指出它们均咏女冠爱情，实属有识。辨析题材相同或相近的诗托寓之异者，对义山十多首咏柳诗的笺解即为显例。他在《柳》（"动春何限叶"）诗下对十多首咏柳诗作总说云：

> 义山柳诗几十余首，各有寄托，其旨不同。有托之以喻人荣枯者，如"已带斜阳又带蝉"七绝是也；有托之以悲文宗者，如"先皇玉座空"五律是也；有托之以感叹跋涉者，如《关门柳》七绝"不为清阴减路尘"是也；有托之以自叹斥外者，如《巴江柳》"好向金銮殿，移影入绮窗"是也；有托之以自写平康北里之所遇者，如五律《柳》一首、《赠柳》一首、《谑柳》一首、七绝《柳》一首、《柳下暗记》一首、《离亭赋得折杨柳》二首是也。

同题材而不同寓托，关键在对文本进行具体分析。这种从联系比较与具体分析中得出的结论，比较切实可靠，体现了阐释作品的求实精神和具体问题具体分析的原则。

程氏虽颇致力于具体诗篇创作时间的考证，但由于他所撰的年谱错误很多，对商隐生卒年及生平经历中一系列重要事件的年代考证大都存在明显舛误，故对诗的系年考证或大致作年的推断有价值的可以征信的很少。但也偶有颇具价值的推断，如认为《赠刘司户蕡》"乃随郑亚南迁以后之作"，谓义山大中元年自桂林奉使江陵，道遇刘蕡，赠之以诗，别未逾年，遂卒于贬所，又继之以哭。这是清代学者中对此诗创作年代最接近实际的推断，实为有重要价值的创见。尽管程氏对此说缺乏严密论证，谓刘蕡贬柳在大中元年亦显误，但对此诗的系年确实比所有旧笺都更为切当。

从上举方面及具体例证看，程笺称得上是一部用力且有不少新见之作。

但其解诗穿凿附会、索隐猜谜的弊病也相当突出。这是刻意推求、务为深解造成的，也由于对诗的比兴寄托作了过分简单狭隘的理解，更缘于对义山一部分意蕴虚泛、并不一定专为某人某事而发的诗的特点缺乏理解。如《乐游原》七绝与五绝，程氏分别解为为文宗、武宗而作。其解七绝"万树鸣蝉隔断虹，乐游原上有西风。羲和自趁虞泉宿，不放斜阳更向东"云："日为君象，以比文宗；羲和日御，以比奴仆。文宗尝恨见制于家奴，而宦官自甘露后亦深怨于文宗，故下二句语意以为宦官自利于祚尽，而天意独不能少延其年数耶？其词甚隐，其情盖甚痛矣。"解五绝（"向晚意不适"）云："此诗当作于会昌四五年间……盖为武宗忧也。武宗英敏特达，略似汉宣。其任德裕为相，克泽潞，取太原，在唐季也，可谓有为，故曰'夕阳无限好'也。而内宠王才人，外筑望仙台，封道士刘玄静为学士，用其术以致身病而不复自惜，识者知其不永，故义山忧之，以为'近黄昏'也。"句句执实、比附，把一首原本涵容丰富深广的诗解得支离破碎、毫无诗味，充分暴露出程氏对这一类诗审美能力的薄弱和解诗方法的机械。比起杨守智、屈复、纪昀等人对《乐游原》五绝的通达灵活的理解，显得非常拘凿。这类拘凿之解，占了程氏对义山难诗笺解的相当大的部分。从这一点看，程氏在义山诗接受史上留下的教训可能超过他的成绩与贡献。此书论及诗艺者甚少，固因此非本书用力的重点，但也多少反映出他对诗艺比较隔膜。

第四节　姜炳璋的《选玉谿生诗补说》

　　姜炳璋的《选玉谿生诗补说》（又名《玉谿生诗解》）成稿于乾隆二十五年（1760），共三卷，以稿本及抄本行世。上海图书馆藏有姜氏《补说》稿本三卷（前一卷后二卷）。南开大学图书馆藏有无名氏过录在冯浩《玉谿生诗详注》嘉庆元年刊本天头上的《选玉谿生诗补说》一百三十四则。1985年南开大学出版社出版由郝世峰辑录的这个过录本。此本与《补说》三卷本解二百四十余篇虽有距离，但数量过半，可见其大略。

　　姜氏自序云："予之论诗也，不徒以语言文字之工，而必取其性情之正……予读义山诗，悠然想见其当日性情之正，而知夫少陵而后仅一遇焉者也。义山之见恶于令狐绹也，其废斥几与少陵同。然而忠君爱国之意，经世奖善之情，时时见于言表。使义山而当少陵之世，其吞声而哭者，夫亦犹是也。然则岂独诗之规模少陵哉？其性情则亦与之为一矣。"所持观点远承王安石，近承朱鹤龄，不仅从政治上，而且从性情上肯定义山对杜甫的继承，而所针对者，则为李涪《刊误》之论及两《唐书》对义山的贬抑。又说："故义山之诗，嫣然如妇人好女子者，其貌也；托之怨女旷夫，以自写其性情而卒不明暴其事，宁使读吾诗者以为闲情艳体而无所恨者，则厚之至也。"竭力想将义山绮艳诗风及艳情内容纳入"性情之正"的轨道。比起朱鹤龄的观点，姜氏的这些论述带有更多的伦理道德色彩。从《补说》的总体看，他所注重的是李商隐诗的政治伦理内容，而且是符合封建政治、伦理观念的政治伦理内容，真正的诗艺鉴赏、诗学批评较少。郝世峰《选玉谿生诗补说·前言》中说："重义轻文，是为姜氏治学的主要倾向……姜氏的艺术感受力和鉴赏能力是相当薄弱的，他的注意力只放在伦理、政治的批评上面，而这种政治的批评，又仅限于把李商隐勉强拉进有益于政教的行列。"这个批评是中肯的。

但姜氏《补说》在李商隐诗思想内容的阐释和诗艺的评鉴方面仍有可取之处。

在义山诗内容意旨的阐释方面，姜氏对一些疑难诗篇发表了比较好的见解。如《锦瑟》诗笺云："此义山行年五十，而以锦瑟自况也。和雅中存，文章外著，故取锦瑟。瑟五十弦，一弦一柱而思华年，盖无端已五十岁矣。此五十年中，其乐也，如庄生之梦为蝴蝶，而极其乐也；其哀也，如望帝之化为杜鹃，而极其哀也。哀乐之情，发之于诗，往往以艳冶之辞，寓凄绝之意。正如珠生沧海，一珠一泪，暗投于世，谁见知者？然而光气腾上，自不可掩，又如蓝田产玉，必有发越之气……末二，言诗之所见，皆吾情之所钟，不历历堪忆乎？然在当时，用情而不知情之何以如此深，作诗而不知思之何以如此苦，有惘然相忘于语言文字之外者，又岂能追忆耶？盖心华结撰，工巧天成，不假一毫凑泊。此义山之自评其诗，故以此为全集之冠也。"这一阐释，以自叙诗歌创作说为主，而兼融了自伤身世说乃至咏瑟之适怨清和说的某些成分，显示出融通诸说的特点。又如《钧天》诗，姜氏之前诸家之解，或只注意到诗中对庸才贵仕的讽刺一面，或虽注意到"伶伦吹裂孤生竹"之事，却误解了"却为知音不得听"这句诗的意思（参屈复笺语）。姜氏则云："此自伤不得与清华之选也。上帝钧天之乐，会聚百神，昔人如赵简子，何尝是知音者，乃因梦得闻之。而知音如伶伦，反不得听耶？以喻三馆广集英才，不无滥厕，而文章华国如义山，反不得与，是可怪也。"对诗意的阐释比较全面准确。又如《李卫公》笺云："绛纱弟子，喻平日培植之人才。鸾镜佳人，喻当时识拔之贤士。致身犹言去身，言不在歌舞之地，尚在崖州也，但见木棉鹧鸪而已，凄凉景色，何以堪此！而音绝会稀者，无所依托，风流云散矣。"对全诗意蕴的把握以及对"鸾镜佳人""绛纱弟子"所喻指的对象的解释都比较切实，胜于姚、屈、程、徐、冯诸家之解。有的诗虽非疑难篇什，但姜氏却有自己的独特解会。如《宿骆氏亭寄怀崔雍崔衮》笺："秋霜未零，枯荷犹在，天若留以助相思之况味，盖清宵辗转矣。"《梦泽》笺："君好容悦，臣事揣摩，转眼间都成悲风白茅。"《屏风》笺："此真艳词，铁老擅场，多本此。或以为谗谄蔽明，谬甚。"从这些笺语看，姜氏对诗境不但有自己的解悟，头脑也并不冬烘。特别是像《屏风》这样的诗，诸家拘于惯性思维，纷纷以"蔽明塞聪""壅贤者路""深憾壅闭"为解，姜氏却能脱出传统以比兴论诗解诗的藩篱，指出此实为艳词，表现出独到的眼光识见。但也必须看到，他对《碧城三首》、《燕台诗四首》、《药转》、《蝶三首》（其二、其三）、《无题二首》（"昨夜星辰昨夜风""闻道阊门萼绿华"）、《即日》（"一岁林花即日休"）诸诗的笺释，可谓极尽牵强附会、穿凿索隐之能事，充分暴露出他受传统的比兴寄托说影响之深和对比兴寄托的机械理解。

在诗艺的品评方面，姜氏也有一些比较切实的评点与发明。如他在阅读义山诗的基础上，发现其绝句常用进一层法。《柳》（"柳映江潭底有情"）评曰："言旅况难堪也。巴山重叠，柳映江潭，客心伤矣。而雷声隐隐，更作从前章台走马之声，不益难堪耶？义山绝句，多用进一层法。"《赠白道者》评曰："义山善用进一步语。长吉诗'天若有情天亦老'，是此诗蓝本。"（按，此诗三四句云："壶中若是有天地，又向壶中伤别离。"）又如商隐律诗，常以末二句拨转，姜氏于《茂陵》《泪》《思贤顿》诸诗评语中均揭示出这一特点。《茂陵》评："一气赶下，忽以末二句拨转，雄厚足配老杜。"对有些诗的意境及构思特点，也常用简洁的语言点出，如《夜雨寄北》评："只一转换间，慧舌慧心。"《归墅》评："家园伊迩，魂梦先驱，字字俱有喜声。"《隋宫》七律评："八句跌宕顿挫，一气卷舒。似怜似谑，无限深情。"《访秋》评："中四，句句有'访'字在内。七八，访得之。"从这些评语看，对于一般的抒情写景之作或意蕴比较显明的咏史之作，姜氏对诗艺并非无所解会，但遇到他认定的寓言寄托之作时，便往往不顾诗的形象和意境任意牵合附会。这也是整个清代乃至民初张采田等人论义山诗寄托的通病。

第五节　诗话选本中对李商隐诗的品评

乾、嘉时期，出现了不少有影响的诗话著作和唐诗选本，其中有不少对商隐诗的评论。这里择要作一些评述。

沈德潜（1673—1769）生活的时代跨康、雍、乾三朝，其诗话著作《说诗晬语》撰于雍正九年癸亥（1731），而其《唐诗别裁集》则于乾隆二十八年方增订定稿。为叙述方便计，在本期集中评述。沈氏论诗主教化，倡格调，以"温柔敦厚"为论诗纲领，对"缘情绮靡"的艳诗颇为不满，标举气盛格高、雄浑阔大的盛唐诗风。因此，他对风格偏于绮艳的商隐诗评价不高。从《说诗晬语》与《唐诗别裁集》看，他对商隐咏史诗及七律、七绝二体的成就肯定较多，如说"义山近体，襞绩重重，长于讽喻。中多借题掳抱，遭时之变，不得不隐也。咏史十数章，得杜陵一体"，谓义山七律"应为一大宗"，七言绝"托兴幽微"，可称盛唐嗣响。《唐诗别裁集》共选义山诗五十首，其中七古一首（《韩碑》）、五律十一首、七律二十首、五言排律六首、五言绝句二首、七言绝句十首，这大体上反映了义山诗歌创作的主要成就。由于沈氏不满缘情绮靡之作，尤其是艳体，故二十首七律中一首《无题》诗、爱情诗都未入选。他虽重视咏史讽喻之作，但对那些"讥刺太深"者则往往斥为轻薄（如说《龙池》是"轻薄派"），观念相当正统。在评鉴诗艺方面，颇有一些较精彩的评点，如说《蝉》"取题之神"，《落花》"题易粘腻，此能扫却臼科"；谓《齐宫词》"不着议论，'可怜夜半虚前席'竟着议论，异体而各极其致"，均切中肯綮。

袁枚（1716—1798）论诗主性灵，强调"诗歌以咏情"（《瞻园小集诗序》），"非有一种芬芳悱恻之怀，便不能哀感顽艳"（《随园诗话》卷六），甚至说"诗到无题是化工"（同上卷五）。从这些言论和主张看，他似乎应该欣赏深情绵邈的义山诗，特别是《无题》诗与爱情诗。但由于他论诗强调"天籁"、灵感，认为"口头语，说得出便是天籁"（同上《补遗》卷二），特别欣赏直抒性灵的白描型的作品，因此与商隐绮丽精工、深隐婉曲的诗风便有了距离。《随园诗话》论及商隐诗的条目很少，偶有涉及，也往往是在论别的问题时旁及。如论"诗之传者，都是性灵，不关堆垛"时，谓"李义山诗，稍多典故，然皆用才情驱使，不专砌填也"（同上卷五）。虽对其才情表示赞赏，但已落第二义之意相当明显。《随园诗话》中唯一用极赞口吻提到的义山诗句恰恰是白描佳句："李义山咏柳云：'堤远意相随'，真写柳之魂魄。与唐人'山远始为容，江奔地欲随'之句，皆呕心镂骨而成，粗才每轻轻读过。"（同上卷一）袁枚的这种品评，正跟他的诗学观点一致。

翁方纲（1733—1818）倡肌理说，论诗主实主细密，其审美趣尚与义山诗风之主于情、时有缥缈朦胧之境者亦有明显距离。其《石洲诗话》《苏斋笔记》中论及义山诗的条目不少，但罕有切中肯綮者。翁氏对商隐五律评价较高："玉谿五律，多是绝妙古乐府。盖玉谿风流蕴藉，尤在五律也。"（《石洲诗话》卷二）这是其他论者很少注意到的。对义山七律，则赞其"微婉顿挫，使人荡气回肠"（同上）。并借阐释元好问《论诗》，谓好问"于晚唐举玉谿，识力高绝……遗山云'精纯全失义山真'，拈出'精''真'分际，有此一语，岂不可抵得一部郑氏笺耶"（同上卷七）。看来，翁氏对义山诗的评价，似未太多受其诗学观点的影响。

这一时期诗话著作及选本中论及义山诗较多的还有姚鼐的《今体诗钞》和管世铭的《读雪山房唐诗序例》。姚氏对商隐五排、七律都有较高评价。认为晚唐五排"以玉谿为冠""略有杜公遗响"，并谓《五言述德抒情诗》长律"谀令"以下六句"虽曲词诇谀，不当公论，而笔势搏捖有力"，将思想内容与艺术表现适当地区别对待。对义山学杜能得其神者，但摹其句格，"不得其一气喷薄、顿挫精神、纵横变化处"者亦能作具体分析。对其七律，既赞赏其"才力实为卓绝""佳处几欲远追拾遗"，又指出其"以矫敝滑易，用思太过，而僻晦之弊又生"，与一味赞扬其学杜者有别。但姚氏论义山律体，胸中唯悬杜律之标准，忽视义山自己的个性和变化创造，则失之偏。

管世铭《读雪山房唐诗序例》论义山诗颇多精彩。一是对义山五七言绝的评价，能发人之所未发。如谓"李义山《乐游原》诗，消息甚大，为绝句中所未有"，发现短幅中所蕴含的深广内容和传递的时代生活消息；指出其绝句"用意深微，使事稳惬，直欲于前贤之外，另辟一奇。绝句秘藏，至是尽泄，后人更无可以展拓处也"，与叶燮论义山七绝之卓识后先辉映。二是揭示义山学杜的真根源。他说："善学少陵七言律者，终唐之世，惟李义山一人。胎息在神骨之间，不在形貌。《蜀中离席》一篇，转非其至也。义山当朋党倾危之际，独能乃心王室，便是作诗根源。""不知其人视其友。观义山《哭刘蕡》诗，知非仅工词赋者。"指出义山学杜之所以获得巨大成功，根源在于其思想感情与人格，在于"乃心王室"，而不仅仅是摹其句格，袭其形貌。三是对商隐五七古中一些前人很少提到的优秀篇章作了高度评价。《五古凡例》谓："李义山《行次西郊百韵》，少陵而后，此为嗣音，当与《韩碑》诗两大。"《七古凡例》云："《转韵七十二句赠同舍》，开合顿挫中一振当日凡庸之习，三百年之后劲也。"与贺裳但言其学少陵古诗"颇能质朴"相比，见解显有上下床之别。

第七章　清代中期对李商隐诗的接受（下）

第一节　冯浩的《玉谿生诗笺注》

　　冯浩（1719—1801）的《玉谿生诗笺注》（又名《玉谿生诗详注》）是清代李商隐诗集最精审详赡的笺注本，也是李商隐研究史和接受史上又一部里程碑式的重要著作。这部著作中有关商隐家世生平及交游的考证、作品本事背景及系年的考证等内容，虽不属于接受史的范围，但它们对作品的审美接受却有着极为重要的基础性作用，作品本事背景及系年考证更往往直接关系到对作品的阐释。因此，在评述冯浩这部著作时，不能不述及上面提到的这些本属研究史的内容。当然，具体评述时要注意与接受史的联系。

　　此书初刊于乾隆二十八年（1763），至乾隆四十五年（1780）又加重校订正，并重新雕版印行。其《重校发凡》云："初恐病废，急事开雕。既而检点谬误，渐次改修。积十五六年，多不可计。既欲重镌，通为校改，大半如出两手矣，然究未全惬意也。"但乾隆四十五年重刊本并非冯注定本。真正的定本是嘉庆元年（1796）增刻本，"其注释订误之处更较笺注本为详备"（《嘉庆增刻本跋》）。冯注三个前后差别很大的版本，既显示出著者精益求精的治学态度，也说明李商隐诗的不易把握与阐释。有时即使同一位诠释者对同一首诗或同一类诗，前后的感受与理解也会有很大差异。这是与商隐诗内涵的宽泛、意蕴的隐微、表现方式的朦胧等特征密切相关的。冯氏《玉谿生诗笺注·发凡》称："说诗最忌穿凿，然独不曰'以意逆志'乎？今以'知人论世'之法求之，言外隐衷，大堪领悟，似凿而非凿也。如《无题》诸什，余深病前人动指令狐，初稿尽为翻驳；及审定行年，细探心曲，乃知屡启陈情之时，无非借艳情以寄慨。盖义山初心依恃，惟在彭阳，其后郎君久持政柄，舍此旧好，更何求援？所谓'何处哀筝随急管'者，已揭其专一之苦衷矣。今一一诠解，反浮于前人之所指，固非敢稍为附会也。"从初稿的尽为翻驳前人（当指吴乔）动指令狐，到后来的"反浮于前人之所指"，在《无题》是否有寄托及意蕴的理解问题上，是根本性的改变。这种改变的是非先撇下不论，改动的本身却充分显示了《无题》诗内涵的不易把握和诠释。

冯注最重要的成就与贡献有以下两大方面：

一是根据翔实的材料和严密的考证，改订年谱，按年系诗文，为李商隐诗文的注释、研究与审美接受提供了比较坚实的知人论世的基础。朱鹤龄、徐树谷、程梦星三家之年谱，舛误甚多，连商隐的生年也因据两《唐书》"令狐楚镇河阳，以所业文干之，年才及弱冠"，"令狐楚帅河阳，奇其文，使与诸子游"之误载而做出错误的结论（朱谱）。冯浩在商隐二百篇佚文尚未发现的条件下，"征之文集，参之史书"，诗、文、史互证，不但考定了商隐比较确切的生卒年与家世，而且对其重要的仕历交游及诗歌的有关时代政治背景、人事背景也进行了详密考证。这是很大的成绩。因为义山诗不像杜诗那样与时事关系密切，而是多数与时事疏离，难以系年。冯浩在这种困难条件下，将占义山存诗总数四分之三的作品一一加以系年，剩下来的未编年诗，对其大致的写作时段或年代也有所推断，提供了进一步考证的线索。尽管对有些从题目到内容都很难看出写作时间的诗（如多数《无题》诗、咏物诗和一般的即景抒情之作）的系年乏据或有误，但从总体说，是第一次为商隐生平、仕历、交游及诗文创作年代背景考证出了一个较为清晰的基本面貌。直到现在，对李商隐诗文的系年考证及年谱补正，冯浩的《玉谿生诗笺注》和《玉谿生年谱》仍是重要的基础。

二是吸取前人和同时人注释、评点李商隐诗的丰富成果，并在此基础上对义山诗作了较以前更为详赡精审的注释，是一部兼有集成与创新优长的著作。除以朱鹤龄注本为主要依据外，还选录了程梦星增订本、姚氏笺注本、陆昆曾诗解本、徐逢源未刊笺本的笺解，以及冯舒冯班兄弟、何焯、田兰芳、钱良择、杨守智、袁彪、赵臣瑗诸家的笺评，嘉庆增刻本还选录了徐德泓、陆鸣皋合解的《李义山诗疏》中的一部分笺解。除屈复《玉谿生诗意》、纪昀《玉谿生诗说》未引录外，凡是冯氏当时能见到的笺注评点成果，几乎全被搜罗到了。同时，对朱、程、姚诸家笺注，又"合取而存其是，补其阙，正其误"（《玉谿生诗笺注·发凡》），在解词、征事、数典、释意诸方面都比朱、程笺注进了一大步。除了笺解一部分疑难篇什的意旨时，因冯氏本人的观点、方法存在问题，或因诗本身的困难而未当以外，具体的词语典故注释可以说大部分已经解决。

从接受史的角度看，冯注除上述两个方面的成果为义山诗的接受提供了知人论世的阐释基础及较之朱注更精审的文本阅读基础外，还对义山诗的总体特征及具体篇章的思想艺术特征作了不少有价值的审美评价与分析。总体的评价，如谓义山诗"设采繁艳，吐韵铿锵，结体森密"，"旨趣遥深"（《玉谿生诗笺注序》），均切实中肯。但最精彩的还是对具体篇章极富创意的笺释。如《故番禺侯因赃罪致不辜事觉母者他日过其门》，制题及内容均颇隐晦，何焯、朱彝尊、姚培谦、屈复、程梦星诸家或不得其解，或虽大体通其诗意，但不知"故番禺侯"为谁，更不晓此诗的具体针对性。冯浩据《旧唐书·胡证传》，考出"故番禺侯"为前岭南节度使胡证。证广积家财，甘露之变时，禁军利其财，称证子溵藏匿宰相贾𫗧，乃破其家，斩胡溵。从而将这首诗的背景及内容笺证得非常清楚可信。这种地方，充分显示了冯氏参证史事，以知人论世之法解诗所取得的成绩。又如原题《寄成都高苗二从事》诗："家近红蕖曲水滨，全家罗袜起秋尘。莫将越客千丝网，网得西施别赠人。"题与诗毫不相涉。冯氏据此首诗意与《病中早访招国李十将军遇挈家游曲江》之题正合，定其必为《病中早访招国李十将军》之次首，不仅校正了旧本相沿已久的错简，而且使这首诗的背景、内容与情味变得非常显豁。像这种校正，已经超越了一般的校勘注释之学的范畴。不是对义山集熟参，不可能有此发现。又如《献寄旧府开封公》诗，朱鹤龄根据两《唐书》本传令狐楚镇汴州，商隐为其巡官之误载，而以"旧府开封公"为令狐楚，程梦星则以为作于令狐楚贬衡州时，均误。冯浩考定此"旧府开封公"实为郑亚，诗系寄郑亚于循州贬所者，从而使这首久被误解的诗得以确解。以上数例，都是将考证与诗的阐释结合得很好的典型例证。

诗艺的品评，也颇有精到之见。《戏题枢言草阁三十二韵》评："义山在徐幕，心事稍乐，故有此种之作。音节古雅，情景潇洒，神味绵渺，离合承引，极细极自然，五古中上乘也。"不但将这首深得汉魏乐府古诗神味而又具诗人个性的诗的韵味讲得很到位，而且揭示出义山后期经历中一个比较短暂的"心事稍乐"阶段对诗风的影响，将知人论世与诗风的变化联系起来。故王鸣盛说："孟亭（冯浩号）编次年谱精当，故能使李诗趣味尽出"（冯注初刊本王氏手批）。再如《楚吟》诗，何焯牵合政治，姚培谦解为客愁，程梦星则以为"妓席将离之作"，或失之凿，或失之拘。冯氏则谓："吐词含珠，妙臻神境，令人知其意而不敢指其事以实之。"准确地揭示出此诗意蕴虚泛、不宜以一端指实的特点。此外，像《富平少侯》评谓"首七字最宜重看"，《隋师东》评谓"诗固借隋为言，何烦切证欤"，评《夕阳楼》谓"自慨慨萧，皆在言中"，评《行次西郊作一百韵》谓"朴拙盘郁，拟之杜公《北征》，面貌不同，波澜莫二"，评《春宵自遣》谓"念岁华，是不能忘也；陶然忘却，聊自遣耳"，评《昭肃皇帝挽歌辞三首》谓"极华赡中，殊含凄惋"，评《夜意》谓"忆内之作，殊近古风"，评《念远》谓"结处明点南北，而言两地含愁，互相远忆，忽觉雄壮排宕，健笔固不可测"，评《偶成转韵七十二句赠四同舍》谓"顺序中变化开展，语无隐晦，词必鲜妍，神来妙境"，评《柳枝五首》谓"却从生涩见姿态"，评《咏史》（"北湖南埭水漫漫"）谓"音节高壮，如铿鲸钟"等等，均颇能发明诗艺、体悟诗境、善探心曲，说明冯氏有相当诗学素养，并非无解于诗者。

但冯氏此书也有明显缺点。从审美接受的角度说，最突出的弊病是由于运用传统的"知人论世""以意逆志"及以比兴寄托解诗之法不当而导致的穿凿附会和臆解。不仅使他对许多诗意蕴的解释显得十分牵强而难以征信，而且也使这些诗因穿凿的解释变得索然寡味。其中最典型的是承袭并发展了吴乔《西昆发微》的寓意令狐说，将包括大部分《无题》诗在内的一大批诗都解为为令狐绹而作，显得非常拘凿。如笺《无题二首》（其一"凤尾香罗薄几重"）云："将赴东川，往别令狐，留宿，而有悲歌之作。首作起二句衾帐之具。三句自惭。四句令狐乍归，尚未相见。五六心迹不明，欢会绝望。七八言将远行，'垂杨岸'喻柳姓，'西南'指蜀地。"简直如同拆字猜谜。笺《无题四首》（其一"来是空言去绝踪"）云："此四章……恨令狐绹之不省陈情也。首章首二句谓绹来相见，仅有空言，去则更绝踪矣。令狐为内职，故次句点入朝时也。'梦为远别'紧接次句，犹下云'隔万重'也。'书被催成'，盖令狐催促义山代书为携入朝，文集有上绹启，可推类也。五六言留宿。蓬山，唐人每以言翰林仙署。怨恨之至，故言更隔万重也。若误认作艳体，则翡翠被中、芙蓉褥上，既已惠然肯来，岂尚徒托空言而有梦别催书之情事哉！"为了附会解诗者臆想中的情事与内容，可以不顾诗句的表面意思，任意肢解割裂，任意加以解释。次联"书被催成"的"书"，明明是书信，却任意曲解为书写文字；腹联本写男主人公因梦中与对方相见，梦醒时疑幻疑真的感受，冯氏竟解为义山留宿令狐府中。这种解诗法，除了解者本人，别的读者都不大可能产生相同或类似的阅读感受。又如《无题》

（"紫府仙人号宝灯"）笺，冯氏竟从诗所写的极恍惚虚幻的场景中索隐出"时盖元夕在绚家，候其归来饮宴，故言候之久而酒已成冰"的情节，甚至从"紫府仙人号宝灯"的"宝灯"联想到"绚为承旨，夜对禁中，烛尽，帝以乘舆金莲华炬送还"的"金莲花炬"，真可谓匪夷所思。这种将纯粹抒情的诗情节化、本事化的穿凿附会法，在索隐猜谜的道路上比吴乔走得更远，也更荒唐无稽（吴乔解《无题》还只讲李商隐对令狐绹的种种感情而未编造与令狐绹交往的种种情节）。冯氏的这种解诗法，并不只限于解《无题》，而是同样运用于解其他篇什。例如，他从《曲江》《景阳井》《楚宫》这些从题目到内容都看不出有什么联系的诗中竟异想天开地制造出一个唐文宗死后，杨贤妃被赐死，弃骨于水中的情节，还自认为这一发现"实可补史之阙，非臆度也"。这并不是由于冯氏于诗无所解，而是由于务求深解、务为穿凿、走火入魔的缘故。冯氏认为义山诗寄托遥深，这本不错，但往往把一些本属平易的诗也竭力往深曲处解释，结果求深反凿。如《过景陵》诗，显系商隐有感于宪宗惑于神仙方术之事而发。首句"武皇精魄久仙升"即以黄帝鼎湖仙升之事拟之。次句承之，谓景陵帐殿凄凉，烟雾沉凝。三四谓鼎湖仙升实为无稽之谈，与魏武死葬西陵毫无区别。冯氏却说："此篇意最隐曲，假景陵（宪宗）以咏端陵（武宗），而又追慨章陵（文宗）也。'鼎湖'喻新成陵寝，'西陵'喻章陵，而痛杨贤妃赐死事也。有前诸诗可证，言岂独文宗不能庇一姬耶！宪宗与武宗皆求仙饵药致疾，故用黄帝上仙，而篇首'武皇'，微而显矣。"无端牵扯文宗、武宗及杨贤妃赐死事，瓜抄蔓引，曲里拐弯，将一首本不难解的诗弄得复杂多端，面目全非。又如《杜工部蜀中离席》，不过拟杜诗风格悬想杜甫在蜀中离席上情事之作。冯浩却说："乍看易解，细审则难会……此盖别有寓意也……义山斯行，大有望于东西川，而迄无遇合，故三四承'干戈'二字，略举军事，言外见旁观者不得赞画也。其曰'世路干戈'者，兼言人情之争胜也，时必有与之为难者。五六暗喻相背相轧之情，非关写情。结则借指其人，言竟思据此以终老，不肯让人也。"冯氏所说的"斯行"（指所谓巴蜀之游）本来就是子虚乌有的行踪，从诗中又牵扯出人情争胜、相背相轧等情事，更属虚中之虚，连冯氏的学生王鸣盛也批评道"曲说太迂"。而有些托寓比较明显的诗，冯氏却又另张新说，穿凿为解。如《离思》腹尾两联"朔雁传书绝，湘篁染泪多。无由见颜色，还自托微波"，谓对方杳无音信，不加置理，己则唯有含悲忍泪而已。然虽无由得见对方，犹托微波通辞，冀其稍加哀怜。其为向令狐绹陈情告哀之词，可决然无疑。冯氏反而牵扯根本不存在的西川节度使高锴，谓此诗与《寄成都高苗二从事》之"命断湘南病渴人"同一意旨，认为徐逢源以此诗为令狐作是错误的，真是舍近求远、求深反晦。这说明，一旦被某种主观臆断的成说所囿，其思维往往会陷入很不正常的状态，做出许多违背常情常理的解释。冯注中不少阐释上的失误，大都与此有关。

冯注的另一重大失误，是用主观随意性很大的"参悟"之法进行商隐生平游踪及诗歌系年的考证，致使年谱中有关江乡之游与巴蜀之游的考证，以及与这两次游历有关的诗歌系年考证缺乏可靠证据，难以成立。尽管游踪考证本身并不属于审美接受的范围，但由于这两次游踪牵涉近百首诗的笺释，因此它们对商隐这一大批诗的正确理解与接受不能不产生重大影响。这方面的失误，又被后来的张采田进一步发展，其影响一直至于今日。

总的来看，冯浩的《玉谿生诗笺注》，作为一部重要的李商隐诗整理研究著作，在商隐家世、生平、交游、诗歌系年考证及诗的注释笺解等方面，都有突出贡献，尽管也存在不少疏误。而在李商隐诗的审美接受方面，则得失参半，其正面的经验与反面的教训都同样值得记取。冯浩另有《樊南文集详注》，将在本编第八章第一节中作必要评述。

第二节　纪昀的《玉谿生诗说》及其他有关李商隐诗的评论

在李商隐诗接受史上，纪昀（1724—1805）是唯一一位集中从艺术审美角度评论李商隐诗的著名学者。他评论李诗的主要著作是《玉谿生诗说》。此外，《瀛奎律髓刊误》《删正二冯评阅才调集》《纪河间诗话》中也有一些评论李诗的条目。《四库全书总目》有关李商隐诗文集的提要也出自纪昀之手。在清代，他是对李诗评论最多、见解最精到的学人。

《玉谿生诗说》成书于乾隆十五年庚午（1750），较冯浩《玉谿生诗笺注》初刊本早十三年，晚于姚培谦、屈复、程梦星诸家之笺注。故《玉谿生诗说》中提及姚、程对义山诗的解说评点（屈复未提到，当是由于纪氏未见到《玉谿生诗意》一书）而未提到冯注。后来，纪氏在《四库全书总目·李义山诗集三卷》中即提到了冯注，在《李义山文集笺注》（徐树谷、徐炯笺注）一书的提要中还肯定了冯浩的考证成果。由于《玉谿生诗说》当时未刊行，故冯浩《玉谿生诗笺注》的三种版本均未提到它。直至光绪十四年

（1888），此书始由朱记荣校刊印行。

《玉谿生诗说》分上下二卷。其自序云："余幼而学诗，即喜观是集，每欲严为澄汰，钞录一编。牵率人事，因循未果也。秋冬以来，居忧多暇，因整理旧业，编纂成书，于流俗传诵尖新涂泽之作，大半弃置；而当时习气所渐，流于飞卿、长吉一派者，亦概为屏却。去瑕取珍，宁刻毋滥……其所以去取之义，及愚意之有所未尽者，别为'或问'一卷附之。意主说诗，不专笺注，故题曰《玉谿生诗说》。"此书上卷为入选之诗，共一百六十五首。下卷大部分为不入选之诗。其中有一部分篇目与上卷重复，评点对上卷有所补充，共四百一十七首，内容多为对诗的批评，间亦述所以去取之意。另有补录十八首。从接受史的角度看，纪氏此书既有对义山优秀诗篇的评点赏鉴，又有对义山有缺点的或粗劣的诗作的批评指摘，可以说是一部全面的审美接受著作。

纪昀的诗学观，新创的成分不多，但有两个明显的特点：一是综合折中传统诗论中某些精华，衡诗比较全面，比较强调诗的艺术品位、艺术境界；二是厌恶所谓尖新涂泽之作。这两方面在《玉谿生诗说》及纪昀其他著述中均有鲜明体现。他对义山的时代生平及诗歌创作并无专门研究，对义山诗的总体认识与评价也只是"感伤时事，颇得风人之旨""比兴缠绵，性情沉挚"一类常谈，并没有超越朱鹤龄《笺注李义山诗集序》中所阐述的观点。但由于他具有广博的文化素养、深厚的诗学修养、敏锐的艺术感受力与鉴别力，他对李商隐具体诗篇的艺术品鉴却是精彩纷呈，而且绝大部分评赏都比较切合实际，既不是虚泛的赞辞，也不是浮光掠影式的抽象议论。从《玉谿生诗说》全书来看，他欣赏的是有意境、有兴象、有神韵、有风调、有风骨、有格力、含蓄蕴藉、唱叹有致、自然深远、一气浑成的作品，反对的是纤巧、雕琢、做作、琐屑繁碎、堆砌支凑、比附粘著、尖新涂泽之作。这些诗学观点与批评标准贯串在他对义山诗的品评中。其中固多精到的见解，也有狭隘的偏见。下面择要评介。

讲求含蓄蕴藉、唱叹有致，反对有做作态。《宿骆氏亭寄怀崔雍崔衮》评："分明自己无聊，却就枯荷雨声渲出，极有余味。若说破雨夜无眠，转尽于言下矣。"《西溪》（"怅望西溪水"）评："七八句（'人间从到海，天上莫为河'）深远蕴藉，可称高唱。"《柳》（"曾逐东风拂舞筵"）评："只用三四虚字转折，冷呼热唤，悠然弦外之音，不必更著一语也。"《日射》评："佳在竟住，情景可想。"《宫辞》评："怨之至矣，而不失优柔之意，一唱三叹，余音未寂。"《寄令狐郎中》评："一唱三叹，格韵俱高。"
《吴宫》评："末七字（'日暮水漂花出城'）含多少荒淫在内，而浑然不
觉，此之谓蕴藉。"以上各例，有的是对全篇意境及表现手段的评赏，有的
是对具体诗句的评点，但都强调含蓄蕴藉，唱叹有致，有弦外之音。但纪氏
又反对含蓄而有做作态。《夜雨寄北》评："作不尽语每不免有做作态，此诗
含蓄不露，却只似一气说完，故为高唱。"并举出《夜半》《夕阳楼》二诗作
为"有做作态"的例证。《夜半》评："四家曰：'不说人愁而人愁已见，得
《三百》法。'……此诗之佳诚如所云，微病其有做作态耳，盖意到而神不到
之作。夫径直非诗也，含蓄而不免做作亦非其至也。此辨甚微，但可以意会
之耳。"《夕阳楼》评："借孤鸿对写，映出自己，吞吐有致，但不免有做作
态，觉不十分深厚耳。"其实，《夕阳楼》还是写得很不错的诗。于此可见纪
氏鉴别之精与标准之高。

　　赞赏一气浑成、意境高远，反对雕琢繁碎。这是纪氏论诗评诗经常强
调的一条重要标准与原则。《哭刘蕡》评："悲壮淋漓，一气鼓荡。"《哭刘司
户二首》（其二"有美扶皇运"）评："此首一气转折，沉郁震荡，神力尤
大。"《隋宫》（"紫泉宫殿锁烟霞"）评："纯用衬贴活变之笔，一气流走，
无复排偶之迹。"《牡丹》（"锦帏初卷卫夫人"）评："八句八事，却一气
鼓荡，不见用事之迹，绝大神力。所恶乎《碧瓦》诸作，为其雕琢支凑，无
复神味，非以用事也。如此诗，神力完足，岂复以纤靡繁碎为病哉！"《茂
陵》评："前六句一气，七八折转，集中多此格。此首尤一气鼓荡，神力完
足。"《自南山北归经分水岭》评："一气流走，风格甚老。"《饯席重送从叔
余之梓州》："一气浑成，调高意远。"强调一气浑成，实际上是要求诗的意
境浑融，有整体感，有力度，而雕琢支凑，繁碎纤靡，正是缺乏浑融意境的
重要原因。

　　强调咏物要意在笔先，有神无迹，反对比附粘着。义山咏物诗是其诗
歌创作的一大类，既有写得非常出色的作品，也有艺术上平庸粗率之作，纪
氏对这两类作品都有精到的评论。《蝉》评："起二句斗入有力，所谓意在笔
先。前半写蝉，即自寓；后半自写，仍归到蝉。隐显分合，章法可玩。"《回
中牡丹为雨所败二首》评："（首章）纯乎唱叹，何处着一呆笔……结二句
忽地推开，深情忽触，有神无迹，非常灵变之笔。"《风》（"回拂来鸿
急"）评："纯是寓意，字字沉着，却字字唱叹，绝不粘滞也。"《细雨》
（"潇洒傍回汀"）评："前六句犹刻画家数，一结（'故园烟草色，犹近

五门青'）若近若远，不粘不脱，确是细雨中思乡。"《雨》（"撼撼度瓜园"）评："此必在幕府之作。忽有感于雁之冒雨而飞为稻粱之故，如己勤劳以酬人之知也。于'雨'字不粘不脱，有神无迹，绝好结法。"《柳》（"柳映江潭底有情"）评："深情忽触，不复在迹象之间。"以上诸例，既强调咏物诗要在下笔前有成熟的艺术构思，又强调托物寓感应是忽然触着式的自然联想，并用自然而含蓄的表达方式加以表现，做到有神无迹，绝去比附粘着之痕。与此相反的例子，如《巴江柳》评："直而浅。"《蝶》（"初来小苑中"）评："格卑而寓意亦浅露。"《赋得鸡》评："此纯是寓意之作，然未免比附有痕，嫌于粘皮带骨矣。凡咏物托意须浑融自然，言外得之。比附有痕，所最忌也。"有意比附，往往所感者浅，表现又比较直露，无言外之意。故比附粘滞与浅直常常并提。

对《无题》主张分别观之，反对概为深解。商隐《无题》诸诗有无托寓，一直是清代学者争论的焦点。纪昀对这一问题的看法比较实事求是，采取有分析的区别对待的态度。他说："《无题》诸作，有确有寄托者，'来是空言去绝踪'之类是也；有戏为艳体者，'近知名阿侯'之类是也；有实有本事者，如'昨夜星辰昨夜风'之类是也；有失去本题而后人题曰《无题》者，如'万里风波一叶舟'一首是也；有失去本题而误附于《无题》者，如'幽人不倦赏'一首是也。宜分别观之，不必概为深解。"纪氏举出的"万里风波一叶舟"七律与"幽人不倦赏"五律，属于作品流传过程中产生的误题，与寄托问题无关。其他各首，基本上是三种情况确有寄托、实有本事、戏为艳体。"来是空言"一首是否确有寄托，尚可讨论，但纪氏揭出商隐《无题》中有这几类，应该说是比较符合《无题》诗的实际，也比较符合大多数读者的阅读感受的。因此，他的这一基本观点颇为论者首肯而屡加称引。对于有寄托的《无题》，纪氏的看法也比较通达。他说："《无题》诸作，大抵感怀托讽，祖述乎美人香草之遗，以曲传其郁结。故情深调苦，往往感人。特其格不高，时有太纤太靡之病。且数见不鲜，转成窠臼耳。"对所寓托的内容，讲得比较虚泛，只说"曲传其郁结"，不像吴乔、程梦星、冯浩等人那样，句句比附指实。如他笺"飒飒东南细雨来"一首云："起二句妙有远神，不可理解，而可以意喻。'魏王'字合是'陈王'，为平仄所牵耳。贾氏窥帘，以韩掾之少；宓妃留枕，以魏王之才。自顾生平，岂复有分及此，故曰'一寸相思一寸灰'也。此四句是一提一落也。"看来，他所谓的"感怀托讽"，主要还是指托寓怀才不遇之感、身世遭逢之慨，而不是杨基、吴乔所说的"臣不遇君"或朋友遇合。对《无题》诗的艺术品位，纪昀的总体评价很低。除对七律"飒飒东南细雨来"一首稍加肯定外，大都认为不足取。如说《无题二首》（"昨夜星辰昨夜风""闻道阊门萼绿华"）"直是狭邪之诗，了无可取"；谓《无题四首》"第一首三四句太纤小，七八句太直而尽。第三首稍有情致，三四亦纤小，五六亦直而尽。第四首尤浅薄径露。大抵《无题》是义山偶然一种，本非一生精神所注，颇不欲多存"；谓《无题》（"相见时难别亦难"）"三四（即'春蚕'一联）太纤近鄙"。对义山的七律、七古《无题》在艺术上几乎全加否定。纪氏认为："《无题》作小诗极有神韵，衍为七律，便往往太纤太靡。盖小诗可以风味取妍，律篇须骨格老重，方不失大方。"故他对七绝《无题》"白道萦回入暮霞"评价颇高，谓此诗"怨极，而以唱叹出之，不露怒张之态"。纪氏对七律的这种评价标准，未免以偏概全，以一己之偏嗜来要求所有的七律都遵循一种风格。他之所以认为《无题》纤靡，主要是从艺术风格着眼，而不是因为它写了艳情的内容。他对艳情诗虽常有微词，特别是对《碧瓦》《镜槛》《拟意》诸作，更以"雕琢繁碎，格意俱卑""雕琢下派"等讥评之，但并不否定所有写艳情的作品，例如他对《板桥晓别》就很欣赏，谓其"何等风韵，如此作艳体，乃佳。笑裙裾脂粉之横填也"。甚至像《偶题二首》这种涉及男女欢会的艳诗，也赞赏其"艳而能逸"。同样，纪氏也不是用有无寄托来判别写艳情的诗品位的高下，如《春雨》诗纪氏评曰："宛转有味。平山（姚培谦）笺以为此有寓意，亦属有见；然如此诗，即无寓意，亦自佳。景州李露园尝曰：'诗令人解得寓意见其佳，即不解所寓意亦见其佳，乃为好诗。'盖必如是乃蕴藉深厚耳。"这种看法是很通达而且符合艺术创作与鉴赏规律的。可见，纪氏之所以不喜欢义山七律《无题》，主要是由于他对律体所持的"骨格老重"的偏见所致。

对商隐咏史诗议论与神韵的关系，纪氏也结合具体作品的评论发表了自己的见解。《北齐二首》评："议论以指点出之，神韵自远。若但议论而乏神韵，则周昙、胡曾之流仅有名论矣。诗固有理足意正而不佳者。"《贾生》评："纯用议论矣，却以唱叹出之，不见议论之迹。"《咸阳》评："前二句写平六国蕴藉，后二句有议论而无神韵，其词太激也。"《隋宫》（"乘兴南游不戒严"）评"后二句微有风调，前二句词直意尽。"《华清宫》（"朝元阁迥羽衣新"）评："既失讳尊之体，亦少蕴藉之味，于温柔敦厚之旨失之远矣。"《马嵬二首》评："此二诗前一首后二句直率，次一首亦多病痛也。"

从肯定与否定的对照中可以看出，纪氏所说的"神韵"与王士禛所标举的"神韵"主要指清淡冲远的意境有所不同，更偏重指含蓄蕴藉，有言外之意。他所赞赏的是像《贾生》这种融议论与抒情为一体，不见议论之迹的诗，而对单纯议论而导致太直太快太粗太浅则均表示不满。当然，像《齐宫词》那样不着议论的咏史诗他也很欣赏："意只寻常，妙从小物寄慨，倍觉唱叹有情。"（《李义山诗集辑评》引）值得注意的是，他一方面指出"诗固有理足意正而不佳者"，另一方面又赞赏"意只寻常"而"唱叹有情"的诗。这种论调，颇有纯艺术的味道。

对商隐诗一些具体的艺术表现手法，纪氏也颇多精彩的评论。如对诗的开头与结尾，就多有评点。《蝉》评："起二句斗入有力，所谓意在笔先。"《赠刘司户蕡》评："起二句赋而比也，不待次联承明，已觉冤气抑塞，此神到之笔。"《乐游原》（"向晚意不适"）评："下二句向来所赏，然得力处在以'向晚意不适'倒装而入，下二句已含言下。"大都能结合全篇讲开头的好处，而不是孤立地欣赏一句一联。《筹笔驿》评："前六句夭矫奇绝不可方物，就势作结，必为强弩之末，故提笔掉转前日之经祠庙吟《梁父》而恨有余，则今日抚其故迹，恨可知矣。一篇淋漓尽致，结处犹能掉开作不尽之笔，圆满之极。"《汉宫词》评："笔笔折转，警动非常，而出之深婉。后二句言果医得消渴病愈，犹有可以长生之望，何不赐一杯以试之也？折中有折，笔意绝佳。"《哭刘司户蕡》评："后四逆挽作收，绝好结法。"《思归》评："起得超忽，收得恰好，通首一气转折，气脉雄大。"也多能从整体着眼来讲结尾的好处。此外，对商隐惯用的艺术手段与章法，也每有所揭示，如《南朝》（"玄武湖中玉漏催"）评："五六提笔振起，七八冷掉作收，是义山法门。"验之《马嵬》（"海外徒闻更九州"）、《隋宫》（"紫泉宫殿锁烟霞"）诸诗，此评确实揭示出义山不少七律的共同特点。

商隐诗集中有不少长篇排律，是艺术上用力之作。此外，五古、七古也有著名长篇，如《行次西郊作一百韵》《戏题枢言草阁三十二韵》《骄儿诗》及《韩碑》《偶成转韵七十二句赠四同舍》等。纪氏之前，评家除对《韩碑》有比较集中的评论外，对其他古近体长篇加以注意的不多，间有评论，亦多为只言片语，缺乏深入研讨。纪氏则对这些长篇的艺术成就及表现手法作了相当深入细致的分析评论，这是纪氏义山诗评的一个显著特点。如《哭遂州萧侍郎二十四韵》评："起手说得与世运相关，高占地步。凡长篇须有次第。此诗起四句提纲。次四句叙其立官本末。次六句言其得祸。次十句言放逐而死。次十二句叙从前情好。次四句自写己意。次八句总收。层层清楚，是其次第也。长篇易至散缓，须有筋节语撑拄其间。七句、八句、十三句、十四句、二十七句、三十八句、三十九句、四十句，皆筋节处也……先著'早岁'十二句，'自叹'四句乃有来历。不然，纵极张皇，亦觉少力矣。故此一段独长，是血脉转接处也。"指出长篇既须叙次清楚，关键处有筋节语撑拄，方不平缓散漫。且须注意篇中血脉转接处的前后贯通照应。类似的论述可以在对一系列长篇的评论中反复看到。如《韩碑》评："入手八句，字字争先，不是寻常铺叙之法。'帝得'句遥接起四句，大书特书，提出眼目……层层写下，至'帝曰'二句，一笔定母，眼目分明，前路总为此二句……'公之斯文'四句真撑得起，非此坚柱，如何撝拄一段大文。凡大篇须有几处精神团聚，方不平衍散缓。"《送千牛李将军赴阙五十韵》评："'在昔'四句，总提前半篇，声光阔大。'否极'四句转轴，亦字字筋节，精神震动……'此时'二句，落到千牛。前路何等繁重，此处寸枢转关，可云神简，正复大有剪裁在也。此等处绝可玩。结乃声情勃发，淋漓尽致。凡大篇最忌收处潦草。铺排不难，难于气格之高壮；层次不难，难于起伏转折之有力。"《偶成转韵七十二句赠四同舍》评："此诗直作长庆体，而沉郁顿挫之气，时时震荡于其中。故挨叙而不板不弱，觉与盛唐诸公面目各别，精神不殊，盖玉谿骨法原高耳。起手苍苍茫茫，磊磊落落，是好笔法。'路逢邹枚'二句，'韩公堆上'二句，'斩蛟破璧'二句，俱笔意雄阔，为篇中筋节。'旧山万仞'四句，一纵一收，揽入本题，笔意起伏，尤是筋节处也。"《骄儿诗》评："既拓为长篇，而中无主峰，末无结穴，则游骑无归；或刺刺不休，或随处可住，其为诗也可知矣。凡长篇须解此意。"这些评论，既抓住了古近体长篇诗歌创作在艺术上的一些关键问题，又结合具体作品，将一些道理讲得非常切实明白，丝毫没有传统诗话谈艺每流于空洞玄虚的弊病。值得注意的是，纪氏评义山长篇，专主品艺。有的诗内容虽无可取之处，但艺术上确有功力，纪氏也实事求是地予以品评。如《五言述德抒情诗一首献杜仆射》，是义山长律中典型的阿谀奉承权贵之作，被冯浩讥为"违心弄舌，丑诋名臣"，但艺术上全力以赴，确见功力，故纪氏虽亦指出"'碧虚'二句大颂非体"，但却盛赞"'感念'一段，沉郁顿挫，大笔淋漓，化尽排偶之迹。他人作古诗尚不能如此委曲沉着，真晚唐第一作手，得杜藩篱不虚也。"

　　从总体看，纪昀称得上是李商隐诗歌接受史上最集中地从审美角度评论李诗的学者，而且确实揭示出了义山许多优秀诗篇的艺术妙谛，同时对义山诗的缺点也作了相当严厉而中肯的批评。但纪氏的评论，也暴露出其艺术偏见。他对商隐的两类诗表现出明显的贬抑乃至否定的倾向。一类是以《锦瑟》《无题》为代表的诗，另一类是以《燕台诗》为代表的"长吉体"诗。对《无题》诸诗艺术品位的贬抑态度，已见上文；对《锦瑟》，他同样抱明显的贬抑轻视态度："前六句托为隐语猝不可解，然末二句道明本旨，意亦止是，非真有深味可寻也……缘此诗偶列卷首，故昔人皆拈为论端耳。"又说："《锦瑟》体涩而味薄。"主要原因当是《锦瑟》这种意蕴虚泛朦胧、象征寓意很不确定的诗逸出了中国古典诗歌的常轨，使纪氏这种艺术趣味比较传统的学者感到陌生而难以接受。对义山的"长吉体"诗，纪氏更是明显地加以排斥。《玉谿生诗说自序》中所说的"当时习气所渐，流于飞卿、长吉一派者，亦概为屏却"，指的就是"长吉体"诗。他在评《燕台诗四首》时说："与下《河内诗二首》《河阳诗》《和郑愚汝阳王孙家筝妓二十韵》《烧香曲》皆'长吉体'。就彼法论之皆为佳作，然已附录《房中曲》及《宫中曲》以见概，此等雅不欲多存也。"《宫中曲》评："此于'长吉体'中为极则，然终是外道，愈工愈远，虞山所谓西域婆罗门也。"在他看来，"长吉体"即使再好，也终究是邪门外道。这正是他对"长吉体""概为屏却"的真正原因。从诗歌发展史看，"长吉体"之奇诡冷艳，善写鬼境，也是明显逸出常轨的。纪氏对"长吉体"的贬抑，反映了对这类逸出常轨的诗风的排斥态度。李商隐的"长吉体"诗当然并非都写得很出色，但像《燕台诗四首》这样的诗，实际上已不再是对李贺诗风的单纯模仿，而是对之作了脱胎换骨的改造①。纪氏看不到这种发展变化，一概屏斥，显示出他的偏执。以上两类诗，都是很见义山创作个性的作品，纪氏由于诗学观念比较传统，艺术上又有偏嗜，导致了对它们的贬抑否定。

此外，由于封建礼教、诗教观念的影响，纪昀对商隐一些尖锐讥刺封建君主的诗，大都从思想内容到艺术品位均加以指斥。如说《寿安公主出降》"太粗太直，失讳尊之体""立言无体"；谓《华清宫》（"华清恩幸古无伦"）"刻薄尖酸，全无诗品"，《华清宫》（"朝元阁迥羽衣新"）"既失讳尊之体，亦少蕴藉之味，于温柔敦厚之旨失之远矣"；谓《骊山有感》"既少含蓄，又乖风雅，如此诗不作何妨，所宜悬之戒律者此也"；甚至连七律《隋宫》及《马嵬》二首这种历代推崇的杰作，纪氏也不无微词，说《隋宫》

_____

① 参下编第七章《李商隐诗对唐宋婉约词的影响》。

"结句是晚唐别于盛唐处……学义山者切戒此种笔墨","《马嵬》诗总不能佳。此二诗前一首后二句直率，次一首亦多病痛也"。这种论调，其封建卫道气息便非常浓厚了。比起宋人对这些诗的推崇来，纪昀的思想显然是后退了。

乾、嘉时期，是李商隐诗接受史上接受成果最丰富、最集中，质量也最高的时期。以一系列接踵出现的李商隐诗注解本为标志，将对义山诗内容意蕴的阐释及诗艺的品鉴推向更加深入细致的新阶段。其中，冯浩的《玉谿生诗笺注》更兼有集成与创新的双重优长，不仅以其对李商隐的家世、生平、交游及诗歌系年等方面的详密考证为李诗的正确接受提供了知人论世的坚实基础，而且在诗意的阐释与诗艺的品鉴方面也有许多新的进展，是自唐末至清末李诗接受史上最重要的成果。而纪昀的《玉谿生诗说》则标志着对义山诗艺的评论品鉴在唐宋元明清时期所达到的最高水平。在中国古典诗歌接受史上，专门研讨某一诗人的诗话或诗论著作很少，专门谈艺的就更罕见。《玉谿生诗说》的出现，反映出李商隐作为一位在艺术上有独特成就的大诗人的地位至此已经确立。

第八章　清代后期对李商隐诗的接受

清代后期，包括道光、咸丰、同治、光绪、宣统五朝（1821—1911），是清代统治的衰落阶段。由于时代性质的变化，民族危机、封建统治危机的深化，在清代前期与中期呈现回光返照式繁荣兴盛的传统诗文，到这一时期显现出明显的衰落。诗歌创作领域内宋诗派兴起，崇尚杜甫、韩愈、苏轼、黄庭坚，主张"合学人、诗人之诗二而一之"（陈衍《石遗室诗话》），深情绵邈、带有唯情倾向的李商隐诗不再受到先前那样的重视。九十年间，除了同治初年钱振伦、钱振常兄弟《樊南文集补编》的问世为李商隐诗文的研究与接受提供了一大批新材料以外，再没有出现一部李商隐诗文的研究专著，李商隐诗的接受呈现出明显的冷寂局面。

第一节　李商隐文的整理和《樊南文集补编》

早在宋代，就已有人从事李商隐文集的注释。南宋王楙《野客丛书》卷十二载："刘错注李商隐《樊南集》，有《代王茂元檄》（按，即《为濮阳公与刘稹书》）云：'丧贝跻陵，飞走之期既绝；投戈散地，灰钉之望斯穷。'恨不知'灰钉'事。"但刘氏是否注完《樊南集》，不得而知，公私书目亦未见著录。清初朱鹤龄在笺注李义山诗集的同时，又编了《李义山文集》五卷，其《新编李义山文集序》云"义山老于幕僚，故其集章奏启牒居多。《通考》载《樊南甲集》二十卷、《乙集》二十卷，又《杂文》八卷，今都散佚不存，所传者仅诗集三卷耳。余笺注其诗，检阅《文苑英华》《唐文粹》《御览》《玉海》诸部，搜集义山文，凡得表、书、启、笺、檄、序、说、论、赋、祭文、墓碑等作共若干首，厘为五卷。又以新、旧《唐书》考证时事，略为诠释"（《愚庵小集》卷七），而缺状之一体。后康熙二十九年庚午（1690），徐炯"典试福建，得其本于林佶，采摭《文苑英华》所载诸状补之。又补入《（剑州）重阳亭铭》一篇，是为今本。鹤龄原本虽略为诠释，而多所疏漏，盖犹未竟之稿。树谷因博考史籍，证验时事，以为之笺。炯复征其典故训诂，以为之注"（《四库全书总目·李义山文集笺注十卷》）。这就是徐树谷、徐炯分任笺注的《李义山文集笺注》十卷，有康熙四十七年戊子（1708）徐氏花豁草堂刻本，后收入《四库全书》，删徐树谷序。这是商隐二百篇佚文发现之前第一个文集注本。在朱氏略为诠释的基础上，不仅注明了大部分词语典故的出处，而且为一系列文章编了年。其注释约有十之五六为后来冯浩的《樊南文集详注》所采，其编年考证也颇有为冯笺所征引者。但徐氏兄弟对义山生平及有关人事的考证远不如冯浩精审，故其笺证常有疏误而为冯浩所纠正。《四库全书总目》已指出"其中《上崔华州书》一篇，树谷断其非商隐作，近时桐乡冯浩注本，则辨此为开成二年春初作。崔华州乃崔龟从，非崔戎；故贾相国乃贾𬟎，非贾耽；崔宣州乃崔郸，非崔群。引据《唐书》纪、传，证树谷之误疑。"此节直接牵涉商隐生年之考定。其他类似疏误为冯浩所纠者尚多。

乾隆三十年（1765），冯浩在徐氏《李义山文集笺注》的基础上，根据自己改订的《玉谿生年谱》，在撰著《玉谿生诗笺注》（初刊本）后不久撰成《樊南文集详注》八卷。其《发凡》云："徐氏注颇详，但冗赘讹舛之处迭出。余为之删补辨正改订者过半。至原笺创始诚难，而疏略太甚。余遍翻两《书》《通鉴》，以知人论世之法，为披雾扫尘之举。或直而证之，或曲而悟之，用使事尽详明，文尤精确。其无可征定者，表一、状一、启六、祭文一，及无多杂著已耳。"由于冯浩对商隐生平、仕历、交游及诗文系年考证远比徐氏精审，因此笺的部分确实纠正了徐氏的一系列失误。如《为京兆公陕州贺南郊赦表》，徐氏误以京兆公为杜悰，冯氏据《新唐书·韦温传》正为韦温；《为荥阳公贺幽州破奚寇表》，徐氏以为"荥阳"当作"濮阳"，引会昌时破回鹘那颉啜事，冯氏指出"荥阳"不误，破奚寇指大中元年五月幽州节度使张仲武破奚事。其他徐氏缺考而冯氏考出者甚多。故冯氏详注行世后，徐注遂湮没不闻。然冯氏校勘，颇勇于改字，虽多说极精切者，亦有实无据而逞臆者。如《为怀州李中丞谢上表》"万里以遥，三时而复，副介不离于疾故，人从免叹于凋零"，冯氏擅改"人从"为"少从"，谓旧本皆非。实则此"人从"指随从，文本不误。《为李兵曹祭兄濠州刺史文》，冯氏因误考李兵曹之兄为李文举，竟在毫无依据的情况下将祭文中的"竟陵山水，钟离控轭"二句中的"竟陵"擅改为"严陵"，以证成其李文举"先刺睦，后刺濠"之臆说。实则"竟陵"字本不误，乃指复州。李兵曹之兄乃李文简，曾刺复州、濠州。冯氏详注系年有误者，多因其年谱有误。如《谱》谓大中四年义山方入卢弘止幕为判官，故因之误系《上尚书范阳公启三首》于大中四年十月；《谱》谓大中六年义山始被东川节度使柳仲郢辟为节度书记，故因之误系《上河东公启三首》《为河东公上西川相国京兆公书》于大中六年，又将作于大中六年的《为河东公谢京兆公启》《为柳珪谢京兆公启三首》等误系于大中七年。此类疏误，后来张采田的《玉谿生年谱会笺》已予以纠正。

　　钱振伦、钱振常的《樊南文集补注》是对商隐二百篇佚文的笺注。钱振伦（1816-1879）从《全唐文》卷七七一至七八二所收义山文中辑出徐、冯笺注本所无的文章二百零三篇（其中三篇经考证判定其非义山文），由振伦作笺，其弟振常作注，并用胡敬（字书农，曾任《全唐文》总纂官）从《永乐大典》录出之义山文作校勘，于同治二年（1863）撰成《樊南文集补编》十二卷，与前此冯浩之《樊南文集详注》并行，成为商隐文笺注之双璧。钱笺颇精，通过史、文互证，并根据义山所历幕职，改正了不少文题中传抄的错误，从而使一系列文章得以正确系年。如《为汝南公上淮南李相公状》三首及《为汝南公与蕲州李郎中状》，钱氏考辨此四状题内之"汝南"均为"濮阳"之讹；《为荥阳公上仆射崔相公状二》，钱氏据状内所述内容，考此崔相公为崔元式，题内"仆射"当作"弘文"；《为荥阳公上弘文崔相公状三》，钱氏考此崔相公为崔郸，题内"弘文"当作"仆射"。注亦颇详赡。书末附钱振伦所撰《玉谿生年谱订误》，根据《补编》所辑商隐文提供的新材料，订正了冯浩《玉谿生年谱》中的一些错误。如商隐祖上实自怀州迁郑州，非如冯谱所云"旧居郑州，迁居怀州"；义山移家关中的时间当在开成五年，而非如冯谱所云在开成四年。并根据《补编》所辑《请卢尚书撰李氏仲姊河东裴氏夫人志文状》等新材料，提出了李商隐生于元和六年的新说，这些对义山生平考证都有重要的参考价值。但《补编》所辑商隐文提供的新材料，钱氏的《玉谿生年谱订误》仅利用了一小部分。后来民国初年张采田的《玉谿生年谱会笺》则进一步较充分地利用这些新材料，作出了一系列新的考证结论。

　　李商隐文的整理（包括辑佚、辨伪、校勘、注释、笺证、系年考证等）本身虽不属于李商隐诗接受史的范围，但却与李诗接受有密切关系。通过对商隐文的整理研究，不仅可以考证商隐家世、生平、交游的一系列重要问题或事件，而且对商隐的思想性格，许多诗歌的创作背景、创作动机、创作心态都会有更深切的了解，对其诗、文创作的相互联系与影响（如以骈文为诗，以诗为骈文）也会有更真切的体会。这些，都紧密联系并影响着李商隐诗接受的深广度和准确度。因此，在这一节中对李商隐文的整理研究作一简要的总说。

第二节　龚自珍、姚莹、林昌彝等人对李商隐诗的评论

龚自珍、姚莹、林昌彝是鸦片战争前后封建知识分子中具有个性解放、经世致用、爱国精神的先驱人物。他们对李商隐的评论虽然不多，却或多或少地透露出时代变化的消息，值得重视。其中，龚自珍生活的年代在鸦片战争之前，从时间上说属于近代之前。但由于他的思想具有近代启蒙性质，向来将他归于近代时期来论述。本章不以鸦片战争划界，而以道光为起始，正是为了叙述的方便。

作为近代思想解放过程中开风气的人物，龚自珍（1792—1841）文艺思想的核心是"尊情"说。强调要泄衰世哀怨拗怒之情，提倡在创作中表现真情，即所谓"歌泣无端字字真"。强调"人外无诗，诗外无人，其面目也完"的人与诗和谐统一的美学原则[①]。这些思想，使他与身处夕阳黄昏的唐代衰世、带有唯情倾向的李商隐有内在的相通之处。因此，不仅他的诗从深层内蕴上受到义山诗的影响（这方面将在下编第六章中叙及），而且在诗歌批评上对以李商隐为代表的晚唐诗也有自己的看法。他说："我论文章恕中晚，略工感慨是名家。"（《歌筵有乞书扇者》）明代前后七子宗初盛，轻中晚，龚自珍却认为中晚唐诗有"工感慨"的特点，完全可以成为名家。李商隐诗正是由于时代与身世经历的影响，"佳处在议论感慨"（何焯评语），具有"多感"的特征。可以认为，龚自珍的这两句诗，实际上包含了对李商隐诗的高度评价。龚氏自己的诗，在多议论感慨这一点上也深得义山诗的真髓。在《书汤海秋诗集后》中他说：

> 人以诗名，诗尤以人名。唐大家李、杜、韩及昌谷、玉谿，及宋元

---

① 以上主要参考黄霖《中国文学批评通史·近代卷》，上海古籍出版社1996年版，第22—34页。

> 眉山、涪陵、遗山，当代吴娄东，皆诗与人为一，人外无诗，诗外
> 无人。

他所说的"诗与人为一"，核心是要求诗歌完全抒发诗人的真感情，表现自己的个性，达到作品风貌与诗人个性的和谐完美统一。这种主张，体现了龚氏带有近代色彩的个性解放思想。商隐早年即宣称道非周、孔所独能，反对"学道必求古，为文必有师法"，主张"直挥笔为文"（《上崔华州书》）。认为"人禀五行之秀，备七情之动，必有咏叹，以通性灵"（《献相国京兆公书》），甚至说"孔氏固圣矣，次山安在其必师之邪？"（《元结文集后序》）这种言论的核心与实质，也是强调独立的思想与个性，主张诗歌抒写真感情、真性灵。龚氏在这一点上与义山有相通之处，因此他对义山才有"诗与人为一"的高度评价。

在《上清真人碑书后》一文中，龚自珍还发表了对唐代道家及李商隐写女道士的诗的看法。他说："余平生不喜道书，亦不愿见道士，以其剿用佛书门面语，而归墟只在长生。其术至浅易，宜其无瑰文渊义也……至唐而又一变。唐之道家，最近刘向所录房中家。唐世武曌、杨玉环皆为女道士，而玉真公主奉张真人为尊师。一代妃主，凡为女道士，可考于传记者四十余人；其无考者，杂见于诗人风刺之作。鱼玄机、李冶辈应之于下，韩愈所谓'云窗雾阁事窈窕'，李商隐又有'绛节飘摇空国来'一首，尤为妖冶，皆有唐道家支流之不可问者也。"在龚氏看来，这类诗多为反映女道士淫佚之行与妖冶之态。他对道家末流的批判相当尖锐，对理解商隐女冠诗的社会文化背景也有参考价值。

姚莹（1785—1853）与龚自珍、魏源交好，"洞达世务，长于经济"（方宗诚《桐城文录序》），强调文学的经世致用功能，赞赏诗人"讲求世务""忧时悯俗"的精神。他对李商隐诗中所表现的忧国伤世精神评价很高。其《论诗绝句六十首》之二十三云："《锦瑟》分明是悼亡，后人枉自费平章。牙旗玉帐真忧国，莫向《无题》觅瓣香。"他认为李商隐诗歌真正可贵之处在于忧国伤时，后人对此缺乏认识，却纷纷去学习仿效《无题》这类绮艳的作品，实在是不识义山的真精神。尽管在他之前，朱鹤龄在《笺注李义山诗集序》中已经指出商隐诗"指事怀忠，郁纡激切"的思想感情，但更多的是从忠于封建王朝和君国的角度着眼，而姚莹的"忧国"则更多地体现了对国家命运的忧患意识，有其特定的时代色彩。姚氏认为"古人文章妙处，全是

沉郁顿挫四字"(《康輶纪行》)，而李商隐学杜甫，不仅发扬其忧时伤世的精神，也得其沉郁顿挫风格之真传。故姚莹对商隐诗与杜诗的关系也有所论述，其《识小录》卷三《李义山诗》云："世知玉谿生善学杜诗，而不知杜诗有酷似义山者，《曲江对雨》一篇即西昆之先声也。'龙武新军驻新辇，芙蓉别殿漫浸香'，非义山佳句乎？至'花萼夹城通御气，芙蓉小苑入边愁'，则李或未之有也。世谓温、李并称，独谓绮靡一种耳。《无题》诸什，虽温集所无，而飞卿亦或能之。如'隔座送钩春酒暖，分曹射覆蜡灯红'，岂八叉所难乎？至若'一春梦雨常飘瓦，尽日灵风不满旗'，则温当却步矣。"通过杜、李及温、李的比较，不仅指出杜、李在风格绮丽方面的异同，而且指出温庭筠虽能为商隐之绮缛艳丽，却不能为商隐之朦胧幽缈，这是对义山诗的独特性深有体味之言。

  林昌彝（1803—1876）是鸦片战争前后在诗论界能独树一帜的诗评家，著有《射鹰楼诗话》《海天琴思录》《海天琴思续录》等诗话著作。"射鹰"即"射英"的谐音，表现出强烈的反对英帝国主义侵略的爱国精神。其论诗强调"俯仰世变，深抱隐忧""愤时感事"，主张"作诗贵情挚，情挚则可以感人"。因此，他对忧时伤世、深情绵邈的李商隐诗情有独钟：

  余极喜李义山诗，非爱其用事繁缛，盖其诗外有诗，寓兴深而托兴远，其隐奥幽艳，于诗家别开一洞天，非时贤所能摸索也。云间姚平山培谦笺注颇称善本，盖能知作者之意于言外，可谓义山功臣。

林氏此论，虽本于黄叔琳之《李义山诗集笺注序》[①]，但其极喜义山诗之隐奥幽艳、寓意深远当是事实。观其诗话论义山诗各条，他对义山诗"寓意深而托兴远"确有所体会。《射鹰楼诗话》卷三论义山《花下醉》云：

  天下多爱才慕色之人，而真能爱才慕色者实无其人。譬之于花，爱花者多，而可称花之知己者则少焉。义山《花下醉》诗云……此方是爱花极致，能从寂寞中识之也。天下爱才慕色者果能如是耶？

姚培谦评此诗，有"方是爱花极致"之语，林氏此评，显系对姚评的发挥。

---

  ① 序为姚培谦《李义山诗集笺注》而作，云："以吾观于唐人李义山之诗，抑何寓意深而托兴远也！往往一篇之中，猝求其指归所在而不得，奥隐幽艳，于诗家别开一洞天。前贤摸索，亦有不到处。"

但林氏所说的"能从寂寞中识之",则不但揭示了商隐审美情趣的特点,而且深入到了商隐深情绵邈、具有"真能爱才慕色"性情的感情世界,"寓意深而托兴远"的特点也就不言自明。他还对李商隐的咏史诗有很高评价,认为"咏史诗唐人以杜工部、刘长卿、李义山为最",其评《北齐二首》云:"诗但述其事,不溢一词,而讽喻蕴藉,格律极高。"对李商隐所给予元好问、吴伟业七律的影响,也有精要的评论。不过,总的来说,林氏论义山诗,承袭前贤的成分较多,自己独到的体悟较少,从上面所引述的几则评论,也可以看出这一点。而林氏对诗人"深抱当世忧患"的创作精神的强调,确实使他对义山诗的忧患意识有较深体认。

第三节　方东树、曾国藩、陈衍对李商隐诗的评论

道光、咸丰年间,诗坛上崇尚宋诗之风渐盛。姚鼐的弟子方东树称颂苏、黄,宗尚宋诗;继程恩泽、祁寯藻而起的曾国藩更极力推崇黄庭坚诗;同治年间,陈衍、陈三立、沈曾植等人则提出"同光体"的名目,亦宗宋诗。这里将方东树、曾国藩、陈衍三人有关李商隐的评论作一评述。

方东树(1772—1851)论文强调"立本",以维护程朱理学为己任。所著《昭昧詹言》是一部大型诗论著作,共二十一卷,"以王士禛《古诗选》、姚鼐《今体诗钞》所选之诗为主,分五言古诗、七言古诗、七言律诗三大部分——详论其诗法"①。其论诗常用论文之法,以古文评点的术语评诗,标举气韵,以显示大家的笔力兴象气脉。书中颇多评论义山诗的条目,特别是其七律。他认为七律分两派七家。两派指以杜甫为代表的疏派与以王维为代表的密派。而七家中的李义山则兼有疏密两派之长。但对具体作品进行评论时,都颇多讥评之词。如《重有感》评:"此诗昔人皆从上选,然细按之终未洽。虽兴象彪炳,而骨理不清;字句用事,亦似有皮傅不精切之病。如第四句与次句复,又与第六句复,是无章法也。试观杜公,有此忙乱复沓错履否?末句从杜公'哀哀寡妇'句脱化来,似沈着,有望治平之意。而'早晚'七字,不免饾饤僻晦,明七子大都皆同此病。然后知有本领与无本领悬绝如此。盖义山与明七子,不过诗人,志在学古人句格以为诗而已,非如陶、杜、韩、苏有本领从肺腑中流出。"《安定城楼》评:"此诗脉理清,句

---

①《中国文学批评通史·近代卷》,上海古籍出版社1996年版,第165页。

格似杜……然用事秽杂，与前不相称。"《写意》评："章法笔意略似杜，三四句法亦似杜……而以燕雁上林为乡，支泛无谓。五六写思乡之景，句亦平滞。"《马嵬》评："五六及收亦是伤于轻利流便，近巧，不可不辩。"《曲江》评："收句欲深反晦。"《圣女祠》（"松篁台殿蕙香帏"）评："五六及收轻薄，不为佳。"《隋宫》评："《隋宫》又逊《筹笔驿》，以用事太浓，下笔太轻利，开作俗诗派。"《九日》评："此感旧作也，流美圆转之作。义山贪用事多，不忍割，如此'苜蓿'，何所指也？又不避楚讳，皆不可之大者。"义山一系列著名的七律，都遭到严厉的批评。其中固有抓住了义山诗中一些毛病的正确批评，但也确有不少属于偏见（如对《隋宫》《马嵬》的批评）。相反，有些被方氏称许的诗，艺术上却是平庸之作。如认为《题道静院》"清切可取"，《寄令狐学士》"句法雄杰""吐属大雅名贵""末以汲引望之，仍自留身分"。上述评点显示出，方氏对诗艺的品鉴水平不高，不仅时时用古文笔法要求诗歌，而且胸中常横亘着宋诗的标准并以之要求唐诗。因此，对义山诗的好处很少真切体会。他对商隐诗的基本看法是藻饰太甚，使比兴隐而不显。下面这段话最具代表性：

> 义山以孤儿崛起，自见于世，一时巨公，争相延揽，亦可谓奇士矣……然而读其诗，不能使人考其志事，以兴敬而起哀，则皆其华藻掩没其性情面目也。

这和第二节引述的龚自珍对义山的评论（诗与人为一）正好相反，从中可以看出两人识见的高下。总的来看，方氏论义山诗很少有精彩独到之见，不但远不如同样对义山诗多有严厉批评的纪昀，甚至不如《昭昧詹言》中经常称引的其父（绩）对义山诗的评论①。

曾国藩（1811—1872）号称桐城文派之中兴作家，其主要成就在文论与古文写作方面。但他编选的《十八家诗钞》中也有不少评诗的条目，其中评义山诗的三十余则，多数简述作诗背景及全诗大旨，评艺之语不多，且多袭程梦星《重订李义山诗集笺注》之笺评，自己发明不多。但亦偶有前人所未发者，如《留赠畏之》七律笺："程云此必将赴梓潼往谒畏之，值其朝回而不一见，故有慨乎言之耳。朱氏云左川即东川。愚接：此必自东川奉使入京

①《昭昧詹言》卷十九引其先君评《隋宫》云："寓议论于叙事，无使事之迹，无论断之迹，妙极妙极。""纯以虚字作用，五六句兴在象外，活极妙极，可称绝作。"可与上引方氏对此诗的贬抑对照。

一次，故自称'归客'，与前《留别畏之》诗非一时也。"虽然曾氏并未对此诗作过详细考证与通篇诠释，也举不出任何切实的证据证实自己的推断，但他从诗题及诗内"归客"之语推出"自东川奉使入京"的假设，确实是发人之所未发，说明他读书相当细致。此外如对《玉山》《一片》（"一片非烟隔九枝"）的诠解也比较切实中肯。他另有《读李义山诗集》五绝云："渺绵出声响，奥缓生光莹。太息涪翁去，无人会此情。"拈出"渺绵""奥缓"四字以评义山诗，并认为只有黄庭坚最能解会义山诗。这是自南宋朱弁《风月堂诗话》之后再次论及李商隐与黄庭坚之间的关系。

陈衍（1856—1937），是宋诗派的理论家，曾提出诗史的"三元"说，认为开元、元和、元祐为诗史的三次高潮。反对专宗盛唐，主张"合学人诗人之诗二而一之"；反对浅俗，赞赏"清而有味，寒而有神，瘦而有筋力"的艺术境界。其《石遗室诗话》及《续编》多达四十二卷，为历代诗话之冠。其中涉及李商隐的有十数则，大多为述历代或时人学义山诗者。他自己专论李诗的条目甚少，录数则以见一斑：

> 余尝论玉谿末流，有咏史之作，专撮本传事实，若一首论赞者，西昆诸公是也；有专事摘艳熏香，托于芬芳悱恻者，《初学》《有学》二集是也；有属辞比事，专学"捷书唯是报孙歆""陶侃军宜次石头"诸联者，娄东律句为瓯北所标举者是也。

> 长题如小序，始于大谢。少陵后尚有柳州、杜牧之、李义山数家……义山如《永乐县所居一草一木无非自栽今春悉已芳茂因书即事一章》《题道静院院在中条山故王颜中丞所置虢州刺史舍官居此今写真存焉》《韩冬郎即席为诗相送一座尽惊他日余方追吟连宵侍坐徘徊久之却有老成之风因成二绝寄酬兼呈畏之员外》……皆长题而无序，非至东坡始仿为之。

根据陈衍"合学人诗人之诗二而一之"的主张和清、寒、瘦的欣赏趣味，深情绵邈、风格绮艳的义山诗不被看重是很自然的。

第四节　刘熙载、朱庭珍等人对李商隐诗的评论

　　刘熙载的《艺概》和朱庭珍的《筱园诗话》是这一时期两部有关诗艺的重要著作。此外，吴仰贤、施补华等人亦有诗话著作。其中一些精彩的评论义山诗的条目，代表了这一时期对义山诗审美接受的最高水平，因此在这一节中一并讨论。

　　刘熙载（1813—1881）的《艺概》由《文概》《诗概》《赋概》《词曲概》、《书概》《经义概》六部分组成，写定于同治癸酉（十二年，1873）。其《诗概》一卷中论及李商隐诗的虽仅两则，但都非常精辟。兹迻录于下：

> 诗有借色而无真色，虽藻缋实死灰耳。李义山却是绚中有素。敖器
> 之谓其"绮密瑰妍，要非适用"，岂尽然哉！至或因其《韩碑》一篇，
> 遂疑气骨与退之无二，则又非其质矣。

> 杜樊川诗雄姿英发，李樊南诗深情绵邈。其后李成宗派而杜不成，
> 殆以杜之较无窠白与？

自唐末五代以来，对李商隐诗的主导看法，不外乎三个方面：一是风格绮艳，二是用典繁僻，三是善学杜诗，尤以风格绮艳为最主要的看法。刘熙载却揭示出，李商隐的诗是"绚中有素"。所谓"绚"，即所谓"藻缋"，亦即敖陶孙所说的"绮密瑰妍"，指商隐诗绮艳的外表；而所谓"素"，则指其内在的本质与本色。那么，究竟什么是"绚中有素"之"素"呢？刘氏关于小李杜诗风比较的评论实际上给出了问题的答案，这就是"深情绵邈"。在刘氏看来，这正是商隐诗的内在本质与真本色，他与同时著名诗人温庭筠的区别，即在于此。这种绵邈的"深情"，既包括对美好爱情的追求向往与深情追忆，也包括对国家命运的深情关注与哀挽，对不幸身世、悲剧人生的深刻感伤与深长感慨。实际上，不仅其风格绮艳的诗蕴含着绵邈深情，他的一大批用白描手段抒写日常生活感受或人生感慨的诗同样具有"深情绵邈"的内质。如果说，商隐风格绮艳的优秀诗篇是以"借色"表现"真色"，那么他的一系列以白描见长的诗便是直露本色与真色。"深情绵邈"是他不同风貌的两大类诗共同的本质与内在联系。刘氏的这两段话虽然非常简短，却既揭

示了商隐诗的真本色，又指出了其主导风格并非单纯的绮艳，而是绮艳的外表与绵邈的深情的统一。至于小李杜诗风的比较，更成为经典性的比较名论，显示了其整体把握对象的审美能力。在本书的《词曲概》中还有一段用词品喻诗的评论，也颇有启发性：

> 词品喻诸诗，东坡、稼轩，李、杜也。耆卿，香山也。梦窗，义山也。白石、玉田，大历十子也。其有似韦苏州者，张子野当之。

虽然《四库全书总目·梦窗稿四卷》中已指出："词家之有文英，犹诗家之有李商隐也。"但主要侧重二人在"研炼之功"方面的相似。而刘氏"梦窗，义山也"之论更侧重于指二人整体艺术风貌及各自在诗坛、词坛上地位的相似。

朱庭珍（1841—1903）的《筱园诗话》是一部多方面吸取前人诗论成果、持论相当全面辩证的诗论著作，有较强的理论色彩。其中论及义山诗的近二十则，颇有精到之见。如论五言长篇云：

> 五言长篇，始于乐府《孔雀东南飞》一章，而蔡文姬《悲愤诗》继之。唐代则工部之《北征》《奉先述怀》二篇，玉谿《行次西郊》一篇，足以抗衡。退之《南山》，稍次一格。然古香古色，并峙词坛，皆文章家冠冕也。香山《悟真寺诗》，在集中亦是巨制，然雅秀清圆而乏浑厚高古之诣，用笔用法又鲜变化，所以不能与杜、韩、李诸诗并立。

将商隐的《行次西郊作一百韵》视为可与杜甫的《自京赴奉先县咏怀五百字》《北征》相抗衡的杰构，认为韩愈的《南山》犹"稍次一格"，白居易的《游悟真寺》更不能与之比并。评价之高，可谓无以复加。这当是综合考虑了其思想内容与艺术成就后得出的结论，充分揭示了这首诗在五古长篇发展史上的地位。朱氏从宏观着眼，胸中有五古长篇的全局，故能做出这样的评价。

在善于作宏观考察的同时，朱氏在论及诗艺的一些具体问题时，又常有一些非常细致透辟的微观分析。如义山诗中用逆挽手法的问题，此前沈德潜、纪昀等均有所阐说，但朱氏却能在前人基础上，将这种艺术表现手法的具体运用阐论得非常切实深透：

> 玉谿生"此日六军同驻马，当时七夕笑牵牛"，飞卿"回日楼台非

甲帐，去时冠剑是丁年"，此二联皆用逆挽句法，倍觉生动，故为名句。所谓逆挽者，倒扑本题，先入正位，叙现在事，写当下景，而后转溯从前，追述已往，以反衬相形。因不用平笔顺拖，而用逆笔倒挽，故名。且施于五六一联，此系律诗筋节关键处。中晚以后之诗，此联多随笔敷衍，平平顺下。二诗能于此一联提笔振起，逆而不顺，遂倍精采有力，通篇为之添色，是以传诵人口，亦非以马、牛、丁、甲见长，故求工对伏也。然使二联出工部手，则必更神化无迹，并不屑以"此日""当时""回日""去时"字面明点，必更出以浑成，使人言外得之。盖工部以我运法，其用法入化；温、李就法用法，其驭法有痕，此大家所由出名家上也。后人学其句，而不得所以然之妙，仅以字面对伏求工……学者勿为所惑，从而效颦。

虽然谈的是一个具体的艺术技巧问题，却先从何为逆挽法说起，联系典型实例，指出它多用于律诗五六句这一筋节关键处，再结合中晚唐诗此联多随笔敷衍的弊病，说明此联用逆挽法所能达到的艺术效果。然后又进一步指出如杜诗用此法，必更浑化无痕，将问题提到"以我用法，其用法入化；就法用法，其驭法有痕"的理论高度。这说明，朱氏谈这一问题时，是胸有全局，有联系比较，有理论思考的，并非就事论事，孤立地谈一联一句之妙。

对于后代诗人对义山诗的学习继承，朱氏也每有较精切的评论。如论及清初大诗人吴伟业时，指出其"国变后诸作，缠绵悱恻，凄丽苍凉，可泣可歌，哀感顽艳……七古最有名于世，大半以《琵琶》《长恨》之体裁，兼温、李之词藻风韵……七律佳者，神完气足，殊近玉谿。"论咏古七绝，则又指出钱谦益对义山七绝的学习：

　　咏古七绝尤难，以词意既须新警，而篇终复须深情远韵，令人玩味不尽，方为上乘。若言尽意尽，索然无余味可寻，则薄且尽矣……钱牧斋《读汉书》诗云："汉家争道孝文明，左右临朝问亦轻。绛灌但知谗贾谊，可思流汗愧陈平！"颇有玉谿生笔意，则又着议论之佳者。诗固不可执一格论也。

127

义山咏史既有如《齐宫词》之不着议论、唱叹有情者，亦有如《贾生》之着大议论而新警含蕴者。钱谦益之咏史，专学后一种。

除上述两种比较重要的诗话著作外，这一时期诗话或其他著述中论及义山诗有一定见解或特色的还有吴仰贤的《小匏庵诗话》、施补华《岘佣说诗》、张佩纶《涧于日记》。

吴仰贤生卒年不详，约道、咸间在世。其《小匏庵诗话》中有两条论及义山诗者颇值得注意。其一是指出义山实有白描胜境：

> 余初学诗，从玉谿生入手，每一握管，不离词藻。童而习之至老，未能摆脱也。然义山实有白描胜境。如咏蝉云："五更疏欲断，一树碧无情。"咏柳云："桥回行欲断，堤远意相随。"《李花》云："自明无月夜，强笑欲风天。"《落花》云："高阁客竟去，小园花乱飞。"《乐游原》云："夕阳无限好，只是近黄昏。"《即日》云："重吟细把真无奈，已落犹开未放愁。"《复至裴明府所居》云："求之流辈岂易得，行矣关山方独吟。"数联皆不着一字，尽得风流。

义山诗历来多言其绮丽，少有言及其实有白描胜境者（仅范晞文《对床夜话》曾举其五言律句数联工于白描者，谓作诗"何以事为哉！"系从反对用事过多立论）。吴氏结合自己学义山诗的创作实践，发现其诗实有白描胜境，且列举了五律、五绝、七律诸体的一系列诗例。这对全面认识、评价李商隐的诗风及表现手段有重要启示，在义山诗接受史上是一种值得重视的发现。其二是指出义山诗有"说尽"的一面：

> 诗贵含蓄，亦有不嫌说尽者。文通《别赋》惟曰"销魂"，而义山诗云："人世死前惟有别。"又云："远别长于死。"言别者无以加矣。

义山诗多婉曲蕴藉，甚至缥缈朦胧，但也确有不少至情至性的尽头语。情到深处至处，亦不妨"说尽"。吴氏所举，仅是其中两例言别者。此外，如"深知身在情常在""一寸相思一寸灰""人生真远客，几别即衰翁""北楼堪北望，轻命倚危栏"等均其例。由于这些诗句内涵的深刻丰富，饱含人生体验，故虽"说尽"而不尽。此外，如将义山《乐游原》"夕阳无限好，只是近黄昏"与宋程颢（伯子）诗"未须愁日暮，天际是轻阴"作对比，指出"两人身世所遭不同，故其咏怀寄托亦异"，亦有启发性[①]。

---

① 清初吴乔《答万季野诗问》已将二诗并论，但系强调二诗之同，谓"宋之最著者苏、黄，全失唐人一唱三叹之致……但有偶然撞着者，如明道云'未须愁日暮，天际是轻阴。'忠厚和平，不减义山之'夕阳无限好，只是近黄昏'矣。"

施补华（1835—1890）的《岘佣说诗》在理论上虽没有多少新见，且时有封建卫道之论，但对具体作品的评论却颇多精彩。如论咏蝉诗之不同比兴寄托云：

> 《三百篇》比兴为多，唐人犹得此意。同一咏蝉，虞世南"居高声自远，端不（本集作'非是'）藉秋风"，是清华人语；骆宾王"露重飞难进，风多响易沉"，是患难人语；李商隐"本以高难饱，徒劳恨费声"，是牢骚人语。比兴不同如此。

这段议论，涉及个性化问题。同咏一物，同用比兴寄托，由于诗人的身份地位、身世境遇、个性气质不同，笔下的物都折射出诗人自己的色彩，表现出不同的情怀与气质。在诗歌评论中，提出个性化问题的，这是典型的一例。对考察义山咏物诗的独特个性颇具启示性。对义山七律、七绝的特点与成就，施氏也有精当的评论：

> 义山七律，得于少陵者深，故秾丽之中，时带沉郁。如《重有感》《筹笔驿》等篇，气足神完，直登其堂，入其室矣。飞卿华而不实，牧之俊而不雄，皆非此公敌手。

论义山七律学杜者多，施氏"秾丽之中，时带沉郁"之评可谓言简意赅。论义山咏史七绝云：

> 义山七绝以议论驱驾书卷，而神韵不乏，卓然有以自立，此体于咏史最宜。

指出义山七绝咏史虽议论而神韵不乏，也抓住了其突出的特点。此外，如评《重过圣女祠》"一春梦雨常飘瓦，尽日灵风不满旗"云："作缥缈幽冥之语，而气息自沉，故非鬼派。"评《无题》诸诗云："意多沉至，语不纤佻。"都和上引"秾丽之中，时带沉郁"之评声息相通。说明施氏对商隐诗深沉的意蕴和沉郁的风格有切实的把握。

张佩纶（1848—1903）早岁曾为李商隐诗作注，其《涧于日记》中有不少论义山诗的条目。他笺解义山诗的突出特点，是附会当时时事，另出新解。兹引录较有代表性的数则：

> 义山诗须深于唐事，始得其用意之所在。冯注惟以牛、李党横据胸

中，连篇累牍，无非为令狐而发，何其浅陋也！《宫中曲》："欲得识青天，昨夜苍龙是。"此以汉薄后事喻大中郑太后本李锜妾也。视《杜秋诗》尤隽雅不露，与"英灵殊未已，丁博渐华轩"参观，寄慨无穷矣。

以余断之，（《井泥四十韵》）殆与樊川《杜秋诗》同旨，皆为大中初年作。郑太后本李锜妾。杜云："光武绍高祖，本系由唐儿。"即此所云"长沙启封土，岂是出程姬"也。而"嬴氏并六合，所来由不韦"，则语更咄咄。蜀魄淮鸡，明武帝上宾，皇子被废，与"黄门携"相□，足以见废立之策均由宦官耳。宣宗以令狐楚用绹，绹由父资得进，则反之曰："如伊尹者，岂如汉法以父任得官耶？（唐儿本程姬侍儿，郑亦郭太后侍儿，尤为精切。）又曰：李卫公《伐国论》，苻坚纳慕容姊弟，秦宫有"凤兮"之谣。大意亦为郑太后而发。此诗"何妨起戎氏"，亦即暗指此事也。

余评义山诗，增出刺郑颢之说，颇自觉其精当，已详考，墨诸书眉矣。更有未尽者，如《又效江南曲》云："莫以《采菱》唱，欲羡秦台箫。"意尤分明显浅。《无题》云："东家老女嫁不售，白日当天三月半。溧阳公主年十四，清明暖后同墙看。"老女自喻，公主以刺戚畹。《蝶》诗云："重傅秦台粉，轻涂汉殿金。"《银河吹笙》云："不须浪作缑山意，湘瑟秦箫自有情。"喻己以宗室流落，令狐、郑以戚党翻翔。《无题二首》一七律云："身无彩凤双飞翼，心有灵犀一点通。"一七绝云："岂知一夜秦楼客，偷看吴王苑内花。"亦言己虽疏远，而一心事主；彼虽贵近，而藉势于权。秦楼双凤，互相发明。冯孟亭乃谓次首乃窃窥王茂元姬人，太伤轻薄，何其目光如豆乎？不独此也，《韩碑》一首，亦是自喻。碑因唐安公主而仆，亦况令狐与郑颢以公主之势排陷异己，扶植私人，而己在摈斥之列耳。要之，宣宗一朝，专任元和子孙，固有成见。而倚任令狐，实因与郑氏姻娅之故；宠爱郑颢，实因公主下降之故。新、旧《书》虽言之不详，其迹实不能掩，而读史者略之，甚至注义山之诗者亦略之。于是《无题》各篇沉郁顿挫之怀，千古莫喻。

以上各则，将《宫中曲》《鄂杜马上念汉书》《井泥四十韵》《又效江南曲》《无题四首》其四、《蝶》《银河吹笙》《无题二首》（"昨夜星辰昨夜风"

"闻道阊门萼绿华")乃至《韩碑》这一系列内容根本不搭界的诗，都附会到郑太后或郑颢头上，并想当然地推演出"倚任令狐，实因与郑氏姻娅之故"的说法，认为商隐因受到"令狐与郑颢以公主之势排陷异己"而被摈斥，其主观臆想、穿凿附会、支离割裂较之冯浩有过之而无不及。这说明，这种打着以史证诗的幌子，任意附会史事，曲解诗意，甚至捏造史实的解诗风气，在李商隐诗接受史上颇有市场。后来张采田的《玉谿生年谱会笺》对不少诗的笺释则是这种索隐猜谜、穿凿附会之风的极致。

第九章　二十世纪对李商隐诗的接受

二十世纪，是中国历史上发生天翻地覆变革的时代。以"五四"运动和新中国的建立为两大转折标志，将二十世纪划分成三个不同的历史阶段。新与旧的两次交替，不仅给李商隐诗的接受与研究带来了具有时代色彩的新变化，也在特定阶段造成了过程的曲折。大体上说，从世纪之初到"五四"运动前夕，是继顺、康、雍、乾以来笺注考证与评点之学并加以总结发展的阶段。从"五四"运动到中华人民共和国成立前夕，是在域外新思潮和新文化运动的影响下，呈现出新变的阶段。从中华人民共和国成立到二十世纪末，是在经历了一段时期的曲折以后兴起李商隐阅读接受与研究的热潮，在研究上总结与创新并重，在审美接受上更明显侧重于义山诗表现心灵世界这一面的阶段。由于时间跨度较大，不可能详细论列每一阶段的接受、研究状况及具体成果，只能以重点评述有代表性的成果为主。第三阶段的后二十年，是李商隐诗接受史和研究史上成果最丰富、集中的时期，将着重进行评述。有些本身不属审美接受范围，但对审美接受有重要作用的成果，也择要予以评介。

第一节　传统笺注考证成果的总结

清代是传统学术文化的总结期。清代的李商隐诗接受与研究，其成果之丰硕，与同时期对其他古代作家的接受和研究相比，可以说毫不逊色。其主要内容是对李商隐家世及生平经历交游的考证和诗文的系年考证、笺注、解说与评论。自朱鹤龄、徐树谷、吴乔、何焯、朱彝尊、陆昆曾、徐德泓、陆鸣皋、姚培谦、程梦星、屈复、纪昀、钱振伦等人的诗文笺注及解说、评点著作陆续问世以来，既积累了许多有价值的研究、接受成果，又提出或留下了一系列需要进一步考证、研究的问题。《全唐文》中二百篇商隐佚文的发现，又给进一步考证义山生平、研究义山诗文提供了重要的新材料，客观上需要对清人丰硕的研究、接受成果进行清理与总结。长于史学的张采田（1862—1945）所著的《玉谿生年谱会笺》（又有《李义山诗辨正》，内容与《会笺》大同小异）便适应这一需要，对清人的研究、接受成果（主要是笺注考证成果）作了一次总结。书创始于民国元年，削稿于民国五年，正值"五四"运动前夕。

《会笺》以详考谱主之行年仕历及诗文之系年为主，同时在系年之诗文下对之作较具体的笺解，作为系年的依据。故此书实兼有谱与笺的双重性质。有不少地方还涉及对玉谿诗的总体评论和具体作品的艺术评价。它的主要贡献有以下几个方面：

一是对商隐所历各朝（特别是文、武、宣三朝）与其生平仕历及诗文创作有关的人和事作了较冯、钱等谱更详密的考证载录。举凡有关重要的内外官吏的除拜迁转去世、藩镇的叛服、外族的侵扰与唐廷的征讨，以及其他有关军政大事，莫不条载备书，并根据各种记载参互考证，务求准确无误。不但纠正了冯、钱等谱考订上的不少重要失误，而且对史籍中相互矛盾的记载作出准确的是非正误判断。如杜悰由西川移镇淮南，系代在淮南任上去世之李珏，西川节度使则由白敏中接任。两《唐书》纪、传、表所载歧异，冯谱系于大中七年。张笺据《樊川集·册赠李珏司空制书》所载年月日，及商隐《为河东公复相国京兆公》二启、《新唐书·宰相表》《白敏中传》《唐会要·祥瑞门》的有关记载，考定杜悰大中六年五月由西川迁镇淮南，否定了大中七年李珏卒于淮南的错误记载及冯谱之误，表现出治丝理棼的深厚功夫。其中有些条目载录，甚至已在一定程度上逸出与谱主仕历、创作有关的人事范围（如大和五年谱载录西川节度使李德裕奏收复吐蕃所陷维州，接受吐蕃守将之降，及宰相牛僧孺沮议之事）。岑仲勉谓："唐集人事之讨究，自今以前，无有若是之详尽，岂徒爱商隐诗文者须案置一册，亦读文、武、宣三朝史者必备之参考书也。"（《玉谿生年谱会笺平质·导言》）洵为确评。从文学接受与研究的角度说，由于商隐生平仕历与诗文创作涉及文、武、宣三朝一系列政治、军事大事和众多政坛人物的进退迁贬，因而张笺的这些载录实际上为李商隐诗文创作提供了相当具体的时代政治背景和人事环境，对其诗文的阅读接受与研究具有比这方面记载较为简略的冯谱高得多的论世知人价值。

二是对商隐一生的经历作了较冯、钱等谱更加细密准确的考证，纠正了冯谱中不少较大的疏误。其中最重要的是将商隐大中年间赴徐州卢弘止幕、梓州柳仲郢幕的时间由冯谱的分系大中四年、六年，改订为大中三年、五年。冯谱因据《旧唐书·李商隐传》"三年入朝，京兆尹卢弘正奏署掾曹，令典笺奏。明年令狐绹作相，商隐屡启陈情，绹不之省。弘正镇徐州，又从为掌书记"之误载，而将入徐幕定于大中四年；复将卢弘止卒、义山罢卢幕归京、补太学博士、赴梓州幕误系于大中六年。张氏据《补编·四证堂碑铭》述柳仲郢迁镇东川事有"（大中）五年夏，以梁山蚁聚，充国鸥张，命马援以南征，委钟繇以西事"之文，定柳仲郢除东川在大中五年夏秋间，并据义山诗文证实卢弘止卒、义山罢幕还朝、妻亡、任国子博士、赴东川幕均在大中五年，证据确凿。不仅纠正了商隐经历中两次赴幕时间及其他有关事件的误考，而且纠正了冯谱中与此有关的一系列诗文的系年考证之误。张氏的这一重大纠正，固与《补编》提供的新材料有关，但先他而见此材料的钱氏却未能利用它作出新的考订结论，可见主要取决于其史家的精密考证功夫。

三是在精密考证的基础上给一系列诗文作了正确系年。除上述徐幕、梓幕有关诗文的系年外，还有许多重要的考订正讹。《补编》中有为河东公上杨、李、陈、郑等相公状八篇，钱笺以为河东公为柳仲郢。然仲郢镇东川期间，宰相无姓杨、李、陈者，故钱氏于上杨、李、陈七状之诸相无考，而以上郑相公为上郑朗。张氏根据以上诸状提供之内证，结合开成三年在位诸相之情况，考定此八篇题内之"河东公"均为"濮阳公"之讹，状系开成三年商隐居泾原幕期间代王茂元上杨嗣复、李珏、陈夷行、郑覃诸相所作，考订精密，证据确凿。又如《补编·为濮阳公上宾客李相公》二状，系茂元出镇陈许时所上。钱氏以为李相公指李德裕，然德裕两为太子宾客均在此前，故钱氏对此实有所疑，但又谓"无他人可以当之"。张氏则据《旧唐书·李宗闵传》"（开成）四年冬，迁太子宾客分司东都"之文及二状本身提供的内证，考定此"宾客李相公"实为李宗闵，从而使此二状得以定编于茂元出镇陈许时。诗之系年较冯谱更为准确合理者，亦所在多有。

四是对义山诗的总体特征及某些具体作品发表了一些比较精辟的见解。如谓："玉谿诗境，盘郁沉着，长于哀艳，短于闲适。摹山范水，皆非所擅场。集中永乐诸诗，一无出色处，盖其时母丧未久，闲居自遣，别无感触故耳。其后屡经失意，嘉篇始多，此盖境遇使然。"（《李义山诗辨正·四年冬以退居蒲之永乐渴然有农夫望岁之志遂作忆雪又作残雪诗各一百言以寄情于游旧》评）结合境遇论诗，既指出其所长，亦不护其短，并揭示出义山永乐闲居诗"一无出色处"的主客观原因。论《漫成五章》，谓"此五首者，不但义山一生吃紧之篇章，实亦为千载读史者之公论"，较之杨守智、程梦星、冯浩仅从"自叙其一生之踪迹""即谓之义山小传可也""实义山一生沦落之叹"着眼，所见特大，显示出治史者之特有眼光。《武侯庙古柏》诗，前人评笺均从单纯咏古着眼，张笺则结合商隐后期政治倾向，指出此诗乃"因武侯而借慨赞皇（李德裕）"，并谓"叶凋湘燕雨，枝坼海鹏风"二句分指德裕之主要助手李回湖湘、郑亚循州之贬，亦为有得之见，非生硬比附者可比。

张氏《会笺》也有明显缺点。首先是在商隐生平行踪考证上进一步坐实并发展了前人提出的江乡之游说与巴蜀之游说。徐逢源笺《潭州》诗，疑杨嗣复镇潭，义山曾至其幕。冯浩《玉谿生年谱》乃进一步提出开成五年九月至会昌元年春商隐应嗣复之招南游江乡说，并谓是役兼有闲情牵引。其实并无实证，全从诗中参悟而得。张笺复加张扬发展，将明为早年所作之《燕台诗四首》，以及《代越公房妓嘲徐公主》《代贵公主》《石城》等一大批诗均毫无根据地统系于所谓"江乡之游"中，且均附会成为杨嗣复作，造成了比冯谱更大的混乱。关于巴蜀之游，冯谱以为商隐大中二年桂幕罢归先抵故乡与东都，旋又出游江汉巴蜀。张笺虽辨冯谱及系诗的某些错误，但仍坚持有巴蜀之游，并谓此行系为拜谒李回、杜悰。其实许多被冯、张系于此游的诗，均为大中五年至九年商隐居东川幕期间所作。至于拜谒李回，更为荒唐，岑仲勉早已指出其谬误。巴蜀之游所系诗中虽有个别篇章（如《过楚宫》《摇落》）尚须作进一步考证推究，但像张氏所主张的为拜谒李回、杜悰进行的巴蜀之游实为向壁虚构。

从吴乔的《西昆发微》开始，在解义山《无题》及其他一些诗时，往往牵扯与令狐绹的关系，认为均系为绹而作。程梦星、冯浩的笺解均有此特点。这种生硬比附、索隐猜谜式的解诗法，至张氏《会笺》而登峰造极。除毫无实据地牵扯令狐作解的一大批诗以外，还有许多同样没有任何蛛丝马迹而任意牵扯其他人事作解的例证，这些诗解多为张氏的"首创"。如解《代越公房妓嘲徐公主》《代贵公主》《楚宫》（"复壁交青琐"）、《河内诗》之牵扯杨嗣复，《河阳诗》之牵扯杨嗣复、李执方，《无题二首》（"昨夜星辰昨夜风""闻道阊门萼绿华"）之牵扯李德裕，《相思》之牵扯王茂元，《杏花》、《荆门西下》、《楚宫》（"湘波如泪色漻漻"）、《无题》（"万里风波一叶舟")、《岳阳楼》（"欲为平生一散愁"）、《妓席暗记送独孤云之武昌》之牵扯李回，《北禽》《梓潼望长卿山至巴西复怀谯秀》之牵扯杜悰，《贾生》之牵扯李德裕，《席上作》之牵扯李党，《景阳井》之牵扯懿安太后，《景阳宫井双桐》之牵扯孝明太后与杜秋，《海上》《天涯》之牵扯卢弘止，《当句有对》之牵扯初除博士，《壬申七夕》《壬申闰秋题赠乌鹊》之牵扯杜悰与令狐，凡此种种，不一而足。义山诗诠释中虽向有索隐之风，但像这样生拉硬扯、任意牵合比附的却不多见。

王国维在为张氏《会笺》所作的序中引孟子说《诗》"知人论世""以意逆志"之说，以为谱所以论世，笺所以逆古人之志。《会笺》的指导思想与基本方法，盖亦不出此二端。今天看来，此书在论世知人方面，虽亦存在如上所述在江乡之游、巴蜀之游的考证上沿袭前人而变本加厉之失误，但从总体上说成绩是主要的，在年谱之体所允许的范围内确实做到了总结前人而又有明显的进展，为今天进一步研究其世其人提供了重要的材料与参考，也为商隐诗的接受提供了坚实的知人论世方面的基础，显示出张氏治史者的优长。而在"以意逆志"方面，则问题较多，在某种意义上说，不妨视为对前人索隐比附之风的恶性发展。其中一个关键性的原因是对文艺创作的特征，特别是对商隐不少诗意蕴虚泛、不专为某人某事而作的特征缺乏认识，过分强调以史证诗，务求实解，过分狭隘地理解诗的比兴寄托，将它等同于影射。这方面的教训，值得后来的李商隐诗阅读接受者和研究者记取。

第二节　在新思潮和新文化运动的影响下
李商隐诗研究与接受的新变化

从"五四"运动到中华人民共和国成立这三十年中，李商隐诗研究与接受的成果虽不多，但这一时期出现的几部论著却都明显受到新思潮和新文化运动的影响，呈现出与传统研究不同的特点。

1927年出版的苏雪林的《李义山恋爱事迹考》（又名《玉谿诗谜》），是一部专门考证李商隐恋爱事迹并对义山爱情诗作出本事性诠释的专著（作者后来在1932年出版的《唐诗概论》中又有《诗谜专家李商隐》一节）。考证李商隐爱情诗的本事，并不自苏雪林始，冯浩、张采田都作过这方面的努力。冯浩还对商隐的"艳情"作过概括性的推测："统观前后诸诗，似其艳情有二：一为柳枝而发，一为学仙玉阳时所欢而发。《谑柳》《赠柳》《石城》《莫愁》，皆咏柳枝之入郢中也；《燕台》《河阳》《河内》诸篇，多言湘江，又多引仙事，似昔学仙时所欢者今在湘潭之地，而后又不知何往也。"（《玉谿生诗笺注·河阳诗笺》）但所指的恋爱对象，仅限于柳枝这种原为商贾女后为使府后房姬妾者，以及女冠，且只涉及义山《无题》以外的少量篇什。而苏雪林却认为商隐的恋爱对象有敬宗的宫嫔飞鸾、轻凤，有原为宫女后入道观的女道士宋华阳，且将全部《无题》诗都解为爱情本事诗。写《李义山恋爱事迹考》这样一本专著本身，就反映出"五四"以来受新思潮熏染的女性在思想观念上的变化，即认为李商隐上述不符合封建道德规范的爱情行为以及表现这种行为的诗，不但是其生活与创作的重要组成部分，而且完全可以用肯定的态度去欣赏、研究与评价。这跟传统诗学以风雅比兴与美刺论诗，以是否有政治寄托来评论一个诗人的诗品，特别是以男女之情为题材的诗的品位，是完全不同的两种文艺价值观。如果说朱鹤龄的《李义山诗集笺注序》"义山之诗，乃风人之绪音，屈宋之遗响，盖得子美之深而变出之也""指事怀忠，郁纡激切，直可与曲江老人相视而笑""楚雨含情俱有托"的评价，表现出将李商隐说成一位政治诗人的努力，那么苏雪林的《李义山恋爱事迹考》则力图将李商隐塑造成一位深挚纯情的爱情诗人。

苏氏所考证的商隐爱情诗的具体本事，由于缺乏可靠的证据，只是就商隐《无题》诸诗及其他一些诗中本身就很隐约模糊的诗句进行推衍假设，其可信度自然比较低，特别是与宫嫔飞鸾、轻凤恋爱之说，更是从事理上、从材料依据上都很难令人置信。但苏氏提出的义山两类不同恋爱对象的诗分别用不同的典故词语，女道士用仙女、仙境、仙家事物，宫嫔用帝王、妃后、宫廷建筑、宫廷器用以为区别，不能说毫无道理。认为商隐与某一女冠有恋情之说，也并非毫无依据。但苏氏这本书的主要价值并不在具体的考证结论和对具体诗篇的本事性诠释上，而在于它所显示的观念的更新、思想的解放，以及由此带来的研究视角、审美接受心理的变化对以后的研究者、接受者的启示和影响。董乃斌说："从要求把爱情诗只当作爱情诗（而不是政治诗）来读这一点上，苏雪林的观点显然是对前此种种阐释的超越，至少是这种超越的开始。"①这是非常客观中肯的评价。苏氏直到1986年在7—9期《东方杂志》上发表的长文《评一本风幡式的诗评书——〈李商隐研究论文集〉》中仍坚持五十多年前提出的基本观点，并作了许多新的论证。

发表在《武汉文哲季刊》六卷三一四期上朱偰的《李商隐诗新诠》，基

---

① 董乃斌：《李商隐的心灵世界》，上海古籍出版社1992年版，第55页。

本观点与苏雪林相似（认为李商隐与宫娥及女道士宋华阳有恋爱关系），但据以论证的诗篇与具体解释与苏氏有别。《新诠》"义山与宫女之情诗""李义山之情诗"两节之内容要点，周振甫《李商隐选集》的前言中已详加引述，可参看。周先生认为苏氏之义山与宫嫔飞鸾、轻凤恋爱说乃是对朱氏义山与宫女相恋说的发展。朱氏之观点与论证虽亦与苏氏同样多属推衍假设，但其客观意义仍不容抹杀。它与苏氏之说先后出现，更说明"五四"思想解放新潮流对古典文学接受与研究的影响。尽管清代注家如吴乔、程梦星、冯浩及近人张采田等在诠释义山这类诗时和朱、苏二氏一样都有穿凿索隐的倾向，但前者是索政治之隐、君臣朋友遇合之隐，而后者是索爱情本事之隐，方法虽似，观念自别。总的来说，朱、苏的论著从考据学的观点看，科学的成分不多；从阐释学的观点看，自有其不可忽视的意义与价值。不仅如董乃斌所说，要求把爱情诗只当做爱情诗（而不是政治诗）来读，而且启示读者，即使是有寄托的爱情诗，也应首先将它作为爱情诗来读。这在李商隐诗接受史上是有重要意义的。

1920 年以后，梁启超运用西方文学理论，写了一系列研究中国古典诗歌的论著。其著名论文《中国韵文里头所表现的情感》中有一段关于李商隐诗接受的精彩议论：

> 义山的《锦瑟》《碧城》《圣女祠》等诗，讲的什么事，我理会不着。拆开来一句一句的叫我解释，我连文义也解不出来。但我觉得他美，读起来令我精神上得一种新鲜的愉快。须知美是多方面的，美是含有神秘性的。

梁氏这段话，讲的虽是他阅读李商隐某一类意蕴隐约朦胧、难以索解的诗的直觉感受，但却涉及商隐诗一个很重要的特征——朦胧的情思与意境，以及对这种诗的审美接受与评价。在他看来，这类诗即使"讲的什么事""理会不着"，也是美的，能给人精神上一种新鲜的愉悦。这里所说的美，除了一般所谓的纯属形式的美（如韵律之美、色彩之美、对称之美）之外，还包括这种朦胧情思与意境本身所特具的美。因为朦胧美本身就是美的一种类型。梁氏对这种"含有神秘性"的美并没有作出具体阐释，但他的这段论述对读者接受义山诗的朦胧美仍有很重要的启示性。尽管此前也有评家讲过诸如"如见西施，不必知其名而后美也"一类的话，但梁氏的观点显然受到现代西方文论的影响，带有理论上的启示性。

发表在 1933 年安徽省立图书馆《学风》杂志上张振珮的《李义山评传》则显示出，随着马克思主义在中国的传播，一部分学者试图用唯物史观来研究李商隐诗歌。著者在《绪论》中说："马克思于 1859 年在《政治经济学批判序言》中，确立了史底唯物论之理论的基础……而在中国现时还没有一部唯物史观的文化史或经济史，所以文学史的研究，比较更加困难。"就透露出著者认为唯物史观应当成为文学史研究的指导。在具体分析中晚唐诗风的成因时，著者试图从社会对文学的影响及文学本身发展演变的结合上来加以说明。指出"依照唯物论的公理，诗人创作上的一切变化，是可用组织社会的阶级生活的变化来说明的。义山，处在本身阶级日趋没落时代的义山，他看着本身阶级底崩溃开始表现，阶级本身日趋于衰微，遂形成了他那怀疑悲观的空虚思想。文学上的表现，因其阶级层衰颓的结果，亦流于颓废，而注重形式，遂形成了他的畸形发展的倾向""义山感伤而艳丽的诗体，是适宜于社会下层崩溃，政府的权威堕落，人民须要强烈的刺激，和深刻的感伤的时代"。这些分析可能失之简单机械，但多少从时代社会与诗人心态、诗风的联系上揭示出了义山诗的一些特点，显示了运用唯物史观和阶级分析方法的努力。张著对苏雪林将《无题》诗说成与宫嫔恋爱的实录，也结合义山生平进行了批评，但张著在实证研究方面并没有什么新的发现，甚至还将冯浩已经纠正的错误考证结论重新提出，倒退到先前阶段。

真正在实证研究方面作出很大成绩，纠正了张采田《玉谿生年谱会笺》一系列失误的，是著名唐史专家岑仲勉的《玉谿生年谱会笺平质》（稿成于1942 年，发表于《历史语言所集刊》第十五本）及其《李商隐南游江乡辨正》（收入《唐史余沈》一书）一文。《平质》分导言及创误、承讹、欠确、失鹄、缺证六项。除导言集中讨论商隐无关党局及批评旧笺动辄牵扯令狐以解玉谿诗以外，其他六项均以实证条举张氏笺证之误。其中最重要亦最有价值者，首推对冯、张关于江乡之游、巴蜀之游考证的辨正。岑氏对江乡之游的辨正，主要是从开成五年九月到会昌元年正月这段时间内，商隐正忙于移家、从调，以及正月在华州周墀幕为周墀、韦温分别草《贺赦表》，来证明其不可能同时分身作江乡之游，辩驳极为有力。尽管还未能对冯、张恃以为主要依据的罗衮《请褒赠刘蕡疏》"沉沦绝世，六十余年"作出合理的解释，亦未从商隐诗《赠刘司户蕡》本身找到内证，以证明商隐与刘蕡晤别的确切时间地点，因而难以彻底驳正冯、张之说，但所论证的否定理由确实从根本上动摇了开成末商隐南游江乡说。对巴蜀之游的辨正，亦主要从驳论据着手，指出冯、张藉以为据的一系列诗证，或为大中元年随郑亚赴桂途次所作，或为大中五年赴东川途次及梓幕期间所作，并对大中二年商隐罢桂幕北归行程及系诗按时间先后作了排比论列。尽管其中有的诗（如《过楚宫》《摇落》）岑氏未加考论，致使此游的有无尚留下一些疑点，但其驳正冯、张大量误系诗，证据确凿，可视为定论。驳正"东川访杜悰"之说亦极有说服力。总之，在驳正这两次"游历"上，岑氏的澄清之功是很大的。此外，如对张笺李德裕入相在开成五年四月的驳正，对王茂元出为陈许节度使年月的辨正，对《为濮阳公上陈相公第一状》作时的考辨，对《于江陵府见除书状》《为弘农公上两考官状》题目脱衍的辨析，对大中二年由桂归洛的驳正，均证据确凿，且对商隐行年及诗文系年考证关系重大。《平质》中亦偶有小疏或难以定论的条目，但从总体看，其考证之精密确有超过冯、张之处。

由于商隐诗集中《过楚宫》《摇落》二诗反映他确曾在某年秋有过夔峡之行，坚持有大中二年巴蜀之游者固资以为证，否定此说者亦难以回避对此二诗的作时进行考证。陈寅恪《李德裕贬死年月及归葬传说辨证》（发表于1935年《历史语言所集刊》五本二分）根据大中六年商隐曾奉东川节度使柳仲郢之命至渝州迎送西川节度使杜悰移镇淮南，以及商隐代柳仲郢所拟祭李德裕文残句，提出商隐可能在"大中六年夏间……承命至江陵路祭李德裕归枢"的假设，认为冯、张指为二年往返巴蜀所作之诗，大抵为此次行程所作。这一假设由于该文主题的关系，在文中只是旁及，并未展开论证，是否能成立亦难确定。但至少提供了另一种考证的思路，即排除了冯、张所说的大中二年巴蜀之游外，商隐或有另一次途经并短期羁留夔峡的行旅。

黄侃的《李义山诗偶评》、汪辟疆的《玉谿诗笺举例》是这一时期的义山诗选评选笺之作。前者笺评义山七律四十四首（附七绝一首），后者笺评七律十六首，其中均包括七律《无题》。黄评时有对某一类诗的总体看法，如谓："义山《无题》，十九皆为寄意之作……必概目为艳语，其失则拘；一一求其时地，其失则凿。"对具体诗篇（如《临发崇让宅紫薇》《宋玉》）的笺解，亦时有新见。汪笺对《一片》《锦瑟》《重过圣女祠》《流莺》《回中牡丹为雨所败二首》的艺术品评，亦精到细致。

这一时期单篇论文之有价值者，首推缪钺的《论李义山诗》（发表于1943年，收入著者《诗词散论》）。此文主要阐论义山在文学史上的地位，并对义山其人其诗的特点提出了一系列很有见地的观点，如谓"义山盖灵心善感，一往情深，而不能自遣者，方诸曩昔，极似屈原"；"义山对于自然，亦观察精细，感觉锐敏……遗其形迹，得其神理，能于写物写景之中，融入人生之意味"；"义山诗之成就，不在其能学李贺，而在其能取李贺作古诗之法移于作律诗，且变奇诡为凄美，又参以杜甫之沉郁，诗境遂超出李贺"，均极惬当中肯。文中论及义山诗与词体关系一节，尤具卓识，为明许学夷《诗源辩体》以来所未道。而其所体现之文学史家宏远眼光，尤具启发性。

第三节　总结与创新并重的建国后李商隐诗的研究与接受

从中华人民共和国成立到二十世纪末这半个世纪，李商隐诗的接受与研究经历了从大落到大起的曲折。以 1978 年为界，可以分为前后两个大阶段。

前一阶段，包括 1949—1978 这三十年，是李商隐诗的接受与研究相当沉寂的阶段。据不完全统计，三十年中，关于李商隐的专题研究论文（不包括对单篇作品的一般性赏析）仅三十余篇，平均每年仅一篇左右。诗文笺注、选注及研究专著均付阙如。这主要是由于在"左"的思想路线和理论观念长期影响下，像李商隐这样一位艺术上极富独创性、风格偏于绮艳的诗人很难对其进行全面的考察和切实的研究，艺术上呕心沥血的追求往往被看成唯美主义的表现，甚至连《锦瑟》这种横绝古今的杰作，也被贬抑为用典过多、隐晦难解，具有唯美主义倾向。这种总体上贬低甚至有时带有否定色彩的评价，成为这一阶段李商隐研究的一种明显倾向。由于长期的贬抑性评价，加之没有出版过李商隐诗的选注本及其他笺注本，义山诗在广大读者中的阅读与接受也受到很大影响。

但这一阶段仍然出现了一些态度比较客观、评价比较实事求是，且有一定深度的论文。如陈贻焮的《关于李商隐》《谈李商隐的咏史诗和咏物诗》，马茂元的《玉谿生诗中的用典》《李商隐和他的政治诗》，何其芳的《〈李凭箜篌引〉和〈无题〉》，刘开扬的《论李商隐的爱情诗》，吴调公的《流莺巧啭意深深——论李商隐的风格特色》等。这些论文，涉及义山诗的各种题材领域与艺术风格、艺术手段。特别是陈、马、何、吴诸先生侧重谈艺的论文，在当时的思想、学术氛围中，尤为难能可贵，显示了学术上的勇气。刘盼遂、聂石樵的《李义山诗札记》，对李诗的笺解也多有新见。以上这些较有分量的论文，大都出现在 1960—1962 年这段时间内，这和其时政治、学术氛围相对宽松也是密切相关的。

从 1978 年到二十世纪末这二十多年，随着思想理论上的拨乱反正和改革开放带来的新思潮、新方法，整个学术界的思想趋于活跃与解放，李商隐研究出现了一个新的高潮。这是对前一个阶段沉寂局面的有力反拨。据不完全统计，二十多年中，光是各种李商隐研究的专著（包括李商隐诗文的笺注疏解、选本、评传和其他研究著作），就多达三十余种。这在古代大作家研究中也是少有的，可以说形成了李商隐研究和阅读接受热。在新时期的中国古典文学研究中，李商隐研究是比较有成绩的领域。这个高潮的主要标志有以下几个方面：

一是形成了全面推进的态势。二十余年的接受、研究成果中，既有侧重于全面清理总结以往成果，对李商隐全部存世诗歌进行疏注、集解的著作，又有侧重于运用新的理论、方法进行探索的论著；既有对李商隐作全面研究的著作，又有大量从某一题材、体裁或就某一问题、某一名篇进行具体深入研讨的论文；既有笺注考证方面的成果，又有以理论研究为主的著作，更有大量对具体作品的艺术品鉴，形成了义理、考据、辞章并重的局面；既有不少具有较高质量的学术研究著作，又有不少以普及为主或兼有普及与提高性质的选注、选析、选译本。过去长期未被研究者注意的樊南文，这一阶段不但出版了旧注的校点本，而且陆续出现了一些有分量的论文。总之，不仅李商隐的研究全面推进，李商隐诗的阅读接受面也比以前远为广泛。

二是对李商隐研究中的一些难点、热点问题进行了比较深入的探讨。如《无题》诗有无寄托及其特点的探讨，《锦瑟》诗的内涵意蕴及艺术特征的探讨，李商隐与牛李党争关系的讨论，李商隐生平游踪中两大疑案（江乡之游、巴蜀之游）的考辨，李商隐诗的朦胧情思与意境的探讨等等。通过不同意见的讨论，有些问题逐步取得了比较一致的认识，有些问题由于不同意见的展开，使讨论更加深入。

三是出现了一批有较高质量的学术成果，提出了一系列新的观点或新的考证结论。这是新时期李商隐研究的主要收获，也是研究高潮在"质"的方面的主要标志。关于这方面的主要成果与观点，下面将加以简要评述。

四是成立了全国性的专门研究组织——中国李商隐研究会，作为中国唐代文学学会下设的一个分会，有组织地开展李商隐研究和定期进行学术交流。从 1992 年研究会成立至 2000 年，已经召开了五届年会。在研究队伍中，既有专门研究机构和高校中从事古典文学研究，特别是从事李商隐研究的人员，又有著名的作家和诗人。后者参加到李商隐研究队伍中来，不仅使一向比较单一的古典文学研究队伍的成员组成发生变化，而且对活跃学术空气、改变纯学院派作风，特别是在将研究与创作、古代与当代沟通方面起着重要作用。

下面，围绕若干重要专题，对这一阶段的李商隐研究作重点评述。

在总体研究方面，钱锺书提出的"樊南四六与玉谿诗消息相通"及商隐"以骈文为诗"说引人注目。它不但揭示了商隐律诗运用骈文手法这一重要特征，而且指出了樊南文与玉谿诗之间存在着某些共同特征以及它们之间的相互渗透、相互影响。周振甫的《李商隐选集·前言》对二者的共同点作了精切的阐述，董乃斌的《李商隐的心灵世界》在《非诗之诗》一章中着重发挥了钱锺书的"以骈文手法入诗"说。其实，钱先生的"消息相通"说还可以包含另一方面，即玉谿诗对樊南文的影响，这同样是一个饶有新意的课题。

关于李商隐诗歌的创作倾向和基本特征，董乃斌在其论著《李商隐诗歌的主观化倾向》《李商隐的心灵世界》中，将主观化作为其诗的主导创作倾向，认为它在李诗中是渗透性、弥漫性的，深潜于其诗的肌理血脉之中，表现在对题材的选择与处理、移情与全面象征、对客观时空限隔的突破与超越等诸多方面，成为义山诗风格的基本特征，且为其诗所具其他多种特征之基础。这是从总的创作倾向上探讨义山诗基本特征的一种新见解。刘学锴的《古代诗歌中的人生感慨与李商隐诗的基本特征》则侧重于从诗歌所抒写的感情内容方面着眼，认为抒写人生感慨，是李诗的基本特征。它既纵贯其整个创作历程，又弥漫渗透于各种题材、体裁的诗歌中。并指出其诗歌所抒写的人生感慨，多为内涵虚括广泛的情绪性体验，如间阻、迟暮、孤寂、迷惘幻灭之慨等。故在表现手段上亦多取借境（或物）象征，境界亦因此呈现朦胧而多义的特征。

在运用新方法进行研究方面，董乃斌的《李商隐诗的语象-符号系统分析》作了有意义的探索。著者通过对带有义山个性特色"梦蝶""化蝶"两个语象-符号系统的示例分析，力图用客观的分析、比较、归纳手段，将略可意会、难以言诠，且意会亦因人而异的象征含义揭示出来。这种破译诗人心灵世界密码的工作，是将李商隐研究做得比较深入透彻的一项既基础又尖端的工作。张伯伟、曹虹的《李义山的心态》，分别从取景的角度、空间的隔断、时间的迟暮、对自然的描写、自比的古人、词汇的色彩、句法的结构以及"无端"二字来透视李商隐的心态，得出"义山是一个由理想主义经过幻想主义而最终归于悲观主义的人"的结论。这种从多种角度透视诗人心态的方法，与董著可谓异曲同工。

对《无题》及《锦瑟》的内涵意蕴、艺术特征的研讨，历来是李商隐研究中的难点与热点。有关这方面的文章，占了这一阶段李商隐研究论文的一半左右。在讨论的初期，焦点集中在《无题》诗有无寄托及寄托什么内容上，大体上仍不出偏重于寄托与偏重于单纯写爱情两种观点。但各自的内容都有所变化发展，而且在相互渗透、交融、吸收的过程中呈现出你中有我、我中有你的面貌，在一定程度上显示出对立观点渐趋接近的态势①。从总的趋势看，比附索隐式的寄托说越来越为研究者所摒弃，对爱情本事的考索也因缺乏足资征信的材料而渐趋减少。而对《无题》诸诗须"分别观之"，进行具体分析的态度与方法得到越来越多的学者的赞同。在寄托的内容方面，寓意令狐说虽仍有一些学者坚持，但更多的学者比较倾向于寄托作者的身世之感、人生体验，而且认为有时这种寄托未必是有意识的，只是"身世之感，深入性灵""即性灵，即寄托"，是一种融汇或渗透。这种看法，较之以前有些注家字比句附的寄托说，比较不拘凿，比较符合文学创作的实际。而王蒙二十世纪九十年代以来所写的一系列关于《锦瑟》及《无题》的文章则反复强调，这些诗未必专为某人某物某景某物而作，它的创作缘起是"无端"的。所创造的乃是一种涵盖许多不同心境的"通境"，所抒发的乃是一种与各种不同感情相通的"通情"。这可以说是对《无题》诗可能包蕴爱情以外感情内涵的观点所作的一种理论上的概括，值得充分重视。因为作为一位诗人，他对诗歌创作及《无题》诗有一种别有会心的感悟。由此出发，他又以《混沌的心灵场》为题，对《无题》诗的结构作了饶有新意的探索，指出可简约性、跳跃性、可重组性、非线性乃是《无题》诗结构的特点，它靠情感、意象、事典、形式的统一将全诗连贯统一起来。它所表现的乃是诗人混沌的心灵，而这类心灵诗的结构，则可称为心灵场。从这里可以看出，对《无题》《锦瑟》一类诗内涵意蕴的理解，越到后来，越趋于泛化、虚化。王蒙的一系列文章，正是这种观点的突出代表。另一方面，认为《无题》诗是寓意令狐说的周振甫先生在具体诠解时也摒弃了冯、张等人字比句附的解诗

----

① 如郝世峰在《选玉谿生诗补说·前言》中认为义山《无题》"基本上是抒发可望而不可即、相爱而不能结合的爱情苦闷的"，但也认为其中的"八岁偷照镜""照梁初有情""何处哀筝随急管"等篇是有寄托的，"字里行间透露着广义的比喻意味"。

法，而注重从通篇所表现的缠绵悱恻、固结不解之情着眼。认为《无题》是表现商隐与女冠恋情的陈贻焮、葛晓音也另立新说，谓商隐所恋者系玉阳山灵都观的女冠，并分别作了详尽的考证，葛文还将这段恋情与江乡之游联系起来。《锦瑟》一诗的诠解仍众说纷纭。力主悼亡说的黄世中撰长篇考论，对宋以来的各种诠解详加爬梳整理，采取"以诗笺诗"之法，继承、扬弃、发展清代以来的悼亡说，另出新解，认为诗中的"蝶"喻妻王氏，"珠""玉"似亦指其妻与侍妾，"玉山"为妻之葬地。特别值得注意的是，钱锺书用清人程湘衡"义山自题其诗以开集者"之说（王应奎《柳南随笔》以为系何焯说）而以己意发挥之，略谓《锦瑟》系义山自题其诗，开宗明义，略同编集之自序。首二句言华年已逝，篇什犹留，毕世心力，平生欢戚，开卷历历。"庄生"一联言作诗之法，"沧海"一联言诗成之风格与境界。钱说发表后，周振甫复加发挥解释。此说遂骎骎然成为《锦瑟》诸解中一种颇有影响的新解。

商隐七律，为其最有成就的诗体，在七律发展史上有重要地位。程千帆、张宏生《七言律诗中的政治内涵——从杜甫到李商隐、韩偓》，在论述李商隐七律对杜甫全面学习继承的同时，着重指出义山"结合自己的创作个性去学习杜甫，秾丽之中时带沉郁，别创一境界"。陈伯海则指出，以《无题》诗为代表的商隐七律，其创新意义"在于它最大限度地扩展了诗篇的心理空间"（见其所著《唐诗学引论》）。分别就其七律政治诗与《无题》诗揭示了商隐在这一体中所做出的贡献。

牛李党争与商隐生平遭际及创作的关系，是李商隐研究中长期争论的焦点之一。这一阶段发表的论著涉及这一问题的，有一个比较明显的趋向，即认为义山本人无意于参加党争，只是在客观上被卷入或受党争之累。傅璇琮的《李商隐研究中的一些问题》根据对大量材料的分析，认为王茂元既非李党，亦非牛党，商隐入茂元幕，根本不存在卷入党争的问题。李德裕一派在当时是要求改革、有所作为的政治集团，商隐在李党面临失败、无可挽回的情况下同情李党，表现了明确的是非观念，坚持了倾向进步、追求理想的气概与品质，因此对他的政治态度应做出新的评价。此前岑仲勉虽曾辨王茂元非李党，朱鹤龄则认为义山从王、郑是"择木之智"，但如此明确而系统地论述商隐政治倾向的，这是第一篇。董乃斌的《李商隐悲剧初探》则从另一方面立论，认为义山悲剧的根源是晚唐时代统治阶级内部矛盾的激化和官僚制度的极端腐朽。如果仅仅停留在他与牛、李两党个别人物的关系上，势必有碍于对悲剧实质的深入探讨。傅、董二文，代表了对这一问题的两种不同见解，却都有助于对问题讨论的拓展与深入。李商隐与郑亚的关系及郑亚的仕历，周建国的《郑亚考》、毛水清的《李商隐与郑亚》作了详密的考述。毛文并指出郑、李"不仅是幕主与下属的关系，而且是政治上的同道，这才是桂幕期间李商隐诗文丰收的根本原因"。

李商隐与道教的关系，是李商隐研究中相对薄弱的环节。吴调公的《李商隐研究》、董乃斌的《李商隐的心灵世界》的有关章节对此均有较集中的论述。钟来茵的《唐朝道教与李商隐的爱情诗》《李商隐玉阳山恋爱诗解》对其爱情诗与道教的关系作了集中探讨。两文均指出道藏中秘诀隐文的表达方式给义山的爱情诗打上了深刻烙印，其《无题》诗制题艺术，爱情诗的隐比、象征手法，都从道藏中来。葛兆光的《道教与唐诗》则谓"李商隐在头脑极清醒的状态中借用道教意象，早年写浪漫的幻想与爱情，后来多写自己的痛苦与失望"。

李商隐文学上的渊源、影响及其在文学史上的地位，吴、董的专著均有专门章节论述，论列了义山所受于屈原、六朝诗人、杜甫、李贺的影响，及其对西昆派、王安石、黄庭坚及元明清诗家的影响。刘学锴的论文《李商隐与宋玉——兼论中国文学史上的感伤主义传统》《李义山诗与唐宋婉约词》分别论述了宋玉对李商隐的深刻影响和中国文学史上自宋玉经庾信、李商隐到曹雪芹的感伤主义传统，指出李商隐在这一源远流长的传统中的地位，论述了李商隐诗对唐宋婉约词的影响，指出他是诗、词嬗变过程中一位关键性的诗人。陈伯海的《宏观世界话玉谿》则在全面考察晚唐诗歌六大流派的基础上，指出李商隐为首的一派是大宗，李的成就与影响超越了温李诗派的范围，成为晚唐诗坛的典型与高峰。李商隐及其所代表的晚唐诗，实际上是古典抒情诗发展到高潮之后的余波，是文学创作主流由抒情写景向叙事说理过渡中的一卷水涡，亦构成了唐诗与宋诗、宋词之间的特殊组结点。文章表现出宏远的文学史眼光，这在董著中亦有明显体现。

关于李商隐生平游踪中的两大疑案，自岑仲勉提出有力的质疑辨正以后，多数研究者仍倾向于冯、张的考证。刘学锴的《李商隐开成末南游江乡说再辨正》一文，根据商隐赠、吊刘蕡诸诗提供的内证，特别是赠蕡诗"更惊骚客后归魂"之句，结合其他方面的分析辨正，推断刘蕡于会昌元年被远贬柳州司户后，并非于翌年即卒于江乡（冯说），或卒于贬所（张说），而是至宣宗即位后，方随牛党旧相的内迁而自柳州放还北归，并于大中二年正月初与奉使江陵归途的商隐晤别于洞庭湖畔的黄陵，赠赟诗即作于其时，从而否定了冯、张之说。继又据刘赟次子刘珵的墓志中关于刘赟"贬官累迁澧州司户参军"的记载，进一步证实了刘赟自柳放还北归之说，并推断赟卒于江州。关于巴蜀之游，周建国的《李商隐桂管罢归及三峡行役诗辨说》论证了陈寅恪提出的商隐曾于大中六年至江陵路祭李德裕归柩的假设，并对有关诸诗加以排比系时。他还曾撰文对张采田提出的李商隐晚年游江东之说提出有力的质疑。

义山骈文，这一阶段研究较少。董乃斌的《论樊南文》、吴在庆的《樊南四六刍议》是两篇专论樊南文的有分量的文章。董乃斌《李商隐的心灵世界》"非诗之诗"一章中不仅对商隐的四六文，而且对其散文的特色与成就也作了中肯的论述。

此外，如李商隐的政治诗、咏史诗、咏物诗、女冠诗，李商隐的七绝，这一阶段均有较重要的有新见的论文发表，不一一缕述。

下面评述这一阶段李集选本和专著。

商隐诗文选集，这一阶段纷纷出版，各具特色。有刘学锴、余恕诚《李商隐诗选》，陈伯海《李商隐诗选注》，陈永正《李商隐诗选》，王汝弼、聂石樵《玉谿生诗醇》，周振甫《李商隐选集》等。其中周选兼选诗文，其前言长达五万言，全面论述商隐生平及其诗文创作，对钱锺书提出的商隐"以骈文为诗"说作了具体阐说，注、解详赡。聂石樵"文革"前即与刘盼遂先生合作研治义山诗，多有新解，《诗醇》的笺释也颇多深入探讨后提出的新见，征引详洽，评注结合，选目亦有自己特色，入选了一些开宋调的义山诗。陈永正的诗选分体编排，便于研讨义山各体诗的特色与成就，其注解文采纷披，颇能传原作神韵意境。

叶葱奇的《李商隐诗集疏注》是他继《李贺诗集》之后倾多年之力完成的一部著作。此书虽以新注面目出现，而其主要价值、仍在博采与别择旧本、旧注、旧笺之长而时出己之新见。对冯注本有时逞臆轻易改字的弊病，每多指摘纠正。所引评艺语多切当中肯。总的看，书中对许多意蕴较实的篇章，疏解品评每较切实恰当，而对一些意蕴较虚较隐的篇章，诠解有时不免流于穿凿。

刘学锴、余恕诚的《李商隐诗歌集解》，是一部会校、会注、会笺、会评，带有总结性而又兼有著者考辨、研究成果的著作。校勘以明汲古阁本为底本，参校明清多种旧抄、旧刻及唐宋元主要总集，采录诸家校改意见而断以己意；广泛搜辑前人乃至近人笺注、考辨、疏解、评点成果，加以排比汇集，为研究者提供了较为全面系统的研究资料。每首诗后附编著者按语。著者新的考证、研究成果亦每从融通旧说或补充发挥、纠正旧说中产生。在诗歌系年考证与诗意笺解方面用力较多，时有新见。

这一阶段重要的研究著作有吴调公的《李商隐研究》和董乃斌的《李商隐的心灵世界》。吴著对李商隐的生平、思想、审美观、政治诗、爱情诗、诗歌艺术特色、诗歌风格的形成与发展、诗歌的渊源与影响、对李诗的评价等作了全面探讨。其中如审美观、风格的形成与发展、渊源与影响等都是前人未系统论述过的问题，有不少新的见解。艺术特色部分，在此书之前，也没有论述得这样充分的。著者长于诗论研究，故此书理论色彩较浓，对诗作的感受与分析亦时见精彩。董著的主要特点是运用新的理论、方法进行尝试与探索。书中融会西方文论及相关科学成果，从理论高度将探索心灵世界作为作家研究的中心，抓住古代作家身心矛盾及其统一这个创作的动力源，及外部环境折射个人的聚焦点来进行考察。将李商隐放在中国文学发展史的纵轴和他所处时代的横断面所构成的立体坐标图系上，给以科学的定位。指出其主要贡献，在于充当了唐代诗艺乃至中国诗艺的总结者。通过横断面的剖析与横向联系比较，说明李商隐既代表晚唐，又高出晚唐，因为他更全面典型深刻地反映了时代精神面貌。书中对义山诗语象-符号系统的分析、诗风演变轨迹的论述、李商隐文的研讨，亦饶有新意。

评传类著作，有杨柳《李商隐评传》，刘学锴、余恕诚《李商隐》，董乃斌《李商隐传》，郁贤皓、朱易安《李商隐》，钟铭钧《李商隐诗传》，毕宝魁《李商隐传》，吴晶、黄世中《李国隐传》等。杨著成书最早，筚路蓝缕，功不可没。董著虽以传主的生平经历为经，却紧密结合每一时期诗人的经历遭遇、时代环境、人际关系、创作实践，揭示其思想发展变化历程与诗风演变轨迹，显示诗人的精神风貌。同时，在有关章节中较为集中地论述某一类型诗歌的特色与成就，使"传"与"评"较好地结合起来。对诗人生平行事的叙述，在征实的前提下注重文学性的描写，亦使全书生色。其他几部传记，也各有特色，吴、黄合著的《李商隐传》，尤以文采纷披、诗意盎然为特色。

综观新时期的李商隐诗研究与接受，除了研究的深度和读者接受的广度大大超越以前任何一个时期以外，有一个突出特点，这就是将研究和接受的重点放在深入把握李商隐的心灵世界上。无论是思绪的"无端"和混沌的心灵，主观化和破译心灵世界的密码，感伤情调和人生感慨，扩展心理空间和潜气内转，以物象表现心象，提法不同，角度有别，但殊途同归，最后都通向心灵世界这个源、这个核心。这个不约而同的结果充分说明李商隐是一位最擅长表现心灵世界的诗人，而这一阶段的李诗研究与接受则比以前更逼近了它的核心。

第十章　历代对李商隐七律七绝的接受

　　七律和七绝，是李商隐艺术成就最高的两种诗歌体裁。现存的五百九十多首商隐诗中，有七律一百一十七首、七绝一百九十二首，两种诗体合计三百零九首，占其全部诗作近三分之二。但对商隐这两种诗体艺术成就的认识，却经历了一个长期的接受过程。这一章将分别论述自唐末至清末商隐七律与七绝的接受史。

第一节　历代对李商隐七律的接受

　　对李商隐七律的接受，经历了一个由局部到整体、由浅到深的认识过程。

　　唐末五代两个现存的唐诗选本大体上反映了其时人们对李商隐诗的接受状况。韦庄《又玄集》选诗以"清词丽句"为标准，所选四首商隐诗中，七律占了三首。韦縠《才调集》也标举"韵高""词丽"的选录标准，所选四十首商隐诗中七律占了十三首[①]，绝大部分是抒写男女之情的，两首咏史七律也和皇帝宠女色有关。可见，晚唐五代的两个唐诗选本已明显反映出当时文人对李商隐七律的偏爱，尤其是对那些抒写男女之情、语言清丽、音韵和谐的七律有特殊爱好。

　　两宋三百余年间，李商隐一些优秀的七律，作为审美接受对象，经常被各种诗话、笔记所称引，或被诗人所模拟。宋初西昆派所模拟者，主要是《无题》《南朝》《茂陵》《泪》《宋玉》《牡丹》等词藻繁密、色彩艳丽、典故众多的风格绮艳之作。此后，从晏殊到陆游，其《无题》也一直为诗人所

150

---

①两个选本所选商隐诗的具体篇目已见本编第一章第二节。

学习模仿。见于笔记、诗话的商隐七律，有《九日》①、《锦瑟》、《马嵬》、《筹笔驿》、《安定城楼》、《杜工部蜀中离席》、《重过圣女祠》、《天平公座中呈令狐令（相）公》、《赠司勋杜十三员外》、《汴上送李郢之苏州》、《韩同年新居饯韩西迎家室戏赠》、《茂陵》、《喜闻太原同院崔侍御台拜》、《七月二十九日崇让宅宴作》、《当句有对》、《无题》（"相见时难别亦难"）、《隋师东》、《行至金牛驿寄兴元渤海尚书》、《荆门西下》、《二月二日》、《即日》（"一岁林花即日休"）、《曲池》、《及第东归次灞上却寄同年》、《流莺》、《赠刘司户蕡》、《酬崔八早梅有赠兼示之作》、《富平少侯》、《潭州》、《寄令狐学士》、《水天闲话旧事》（即《楚宫》"月姊曾逢下彩蟾"）、《无题》（"凤尾香罗薄几重"）、《井络》、《辛未七夕》、《梓州罢吟寄同舍》、《牡丹》（"锦帏初卷卫夫人"）、《人日即事》、《题河中任中丞新创河亭四韵之作》，共计三十七首。其中，除《人日即事》是作为"用事太多"的反面例证提及、《牡丹》曾作为用典多而不切的例证提及以外，在艺术上受到称誉或被诗家普遍关注的七律，主要是《安定城楼》《杜工部蜀中离席》《筹笔驿》《隋宫》《重过圣女祠》《锦瑟》《九日》《茂陵》等少数篇章。《锦瑟》主要是由于其内容意蕴不易索解而引起人们的探寻兴趣；《九日》则因诗的创作背景涉及商隐与令狐楚、令狐绹两代人的恩怨而受到关注。真正从审美意义上加以称誉的主要是《安定城楼》《杜工部蜀中离席》《马嵬》《隋宫》《重过圣女祠》。对前两首，主要是称赞它们学杜而得其神，"虽老杜无以过"；对《隋宫》《马嵬》，则除了称扬其用事之工妙外，还兼及其"高情远意"与"议论"。《重过圣女祠》虽然提到它的评家不多，但却品味出了"一春梦雨常飘瓦，尽日灵风不满旗"一联中所蕴含的"不尽之意"（吕本中评语），这实际上触及由朦胧诗境所透露的丰富象征意味，即所谓"兴在象外"。以上各首，可以说是商隐七律除《无题》以外最突出的代表。但宋人并没有形成对商隐七律的整体认识。

金元时期对李商隐七律的接受，主要体现在两部著名的律诗选本——元好问的唐诗七律选本《唐诗鼓吹》、方回的唐宋五七言律诗选本《瀛奎律髓》上。关于这两个选本所选义山七律篇目及对它的分析，已在本编第三章第一、二两节中分别论述，这里只就两书所选义山七律的共同点作一些分析，因为这更能反映出当时人们对商隐七律的接受状况。元好问与方回的诗学观

①首先提到此诗的是五代王定保《唐摭言》（卷十一），孙光宪《北梦琐言》卷二、卷七又两次提及。

点、审美趣味不同，二书之选诗标准亦显异，但二书所选商隐七律却有许多共同点：其一，《鼓吹》选商隐七律三十四首，《律髓》选商隐七律十七首，而方氏所选十七首中十一首与《鼓吹》相同，可见这些诗是当时人们比较公认的义山七律佳作。其二，《鼓吹》与《律髓》都选了商隐的七律《无题》，而且数量不少（《鼓吹》五首，仅二首未入选；《律髓》三首）。《鼓吹》选诗，以"遒健宏敞"为主，而商隐《无题》除"万里风波一叶舟"一首外，均不属"遒健宏敞"之格。方回论诗，崇尚高格，标榜淡中见美、瘦硬枯劲，反对浮华纂组，商隐《无题》七律自然也不符合其审美标准。二书选入数量较多的《无题》，主要是当时人们阅读接受情况的客观反映。其三，二书均选入较多的商隐咏史七律。《鼓吹》选入《隋宫》《筹笔驿》《九成宫》《马嵬》《富平少侯》；《律髓》无《九成宫》而有《茂陵》，其他四首全同。可见，商隐七律咏史一体的成就当时也已得到人们公认。二书所选商隐七律篇目及对《无题》、咏史七律的重视，在商隐七律接受史上有深远影响。明初高棅对商隐七律咏史之作的称赞，以及谢榛、何乔新等人多次论及商隐《无题》，都和元、方二选的影响分不开。至于方回对所选商隐七律所作的一些评语，倒与他对晚唐的看法颇为相合，主要着眼于对偶、用事之工一类"小结裹"①。如评《井络》云："五六对巧。"评《隋宫》云："日角、天涯巧。"评《马嵬》云："六军、七夕、驻马、牵牛，巧甚，善能斗凑，昆体也。"评《郑州献从叔舍人褒》云："三四善用事，义山体喜如此。"在方回看来，昆体的功夫就是用事、对偶之巧。最高的评价也不过如《筹笔驿》评："起句十四字壮哉！五六痛恨至矣。"鲜有称誉其全体者。相反，还时有批评之语，如评《茂陵》："义山诗组织有余，细味之格律亦不为高。"因此，其评点颇为清代冯班、纪昀所讥。如冯班评《隋宫》云："腹联慷慨，专以巧句为义山，非知义山者也。"纪昀云："义山殊有气骨，非西昆之比。"从方回对商隐七律的评点以及他对玉谿诗"纂组失天趣"的总体看法中正透露出，《律髓》所选商隐七律可能主要反映当时一般人对商隐七律的爱好与选择。

元人诗话中论及商隐七律名篇的有吴师道的《吴礼部诗话》，其评《隋宫》中二联云："日角、锦帆、萤火、垂杨是实事，却用他字面交蹉对之，融化自称，亦其用意深处，真佳句也。"虽然谈的是用事与对偶，但联系到

---

① 《瀛奎律髓》卷十五评陈子昂《晚次乐乡县》云："盛唐律，诗体深大，格高语壮；晚唐下细工夫，作小结裹，所以异也。学者详之。"

其用意之深，比方回单纯讲对偶之巧进了一步。

明代对商隐诗的总体评价不高，但对商隐七律的接受较之前代出现了一些值得注意的进展。一是开始出现了对商隐七律带有总体性的评价。二是对商隐七律《无题》开始有了较为集中的探讨。三是对商隐七律的艺术风格开始有了初步的概括。这几方面在其七律审美接受史上都有重要意义。

先谈对商隐七律带总体性的评价。明初高棅编选《唐诗品汇》，其《七言律诗叙目》"正变"列李商隐、许浑、刘沧三家，评曰：

> 元和后律体屡变，其间有卓然成家者，皆自鸣所长。若李商隐之长于咏史，许浑、刘沧之长于怀古，此其著也。今观义山之《隋宫》《马嵬》《筹笔驿》《锦瑟》等篇，其造境幽深，律切精密，有出常情之外者……三子者虽不足以鸣乎《大雅》之音，亦变《风》之得其正者矣。

第一次明确提出李商隐七律长于咏史的看法，并用"造境幽深，律切精密"概括其诗境、诗律方面的特点。这虽然是对此前历代选家评家反复选评商隐七律咏史诗的一种总结，但此前还没有人作过这样明确的概括与评价。

明代对商隐《无题》诗的关注远超前代。由于商隐的十四首《无题》诗中①，七律占了近半数（六首），而且最能代表其特点与成就，因而对其《无题》诗的评论，主要是对其七律《无题》的评论。最早对商隐《无题》诗作总体评论的是明初"吴中四子"之一的杨基，其《眉庵集》卷九《无题和李义山商隐序》云：

> 尝读李义山《无题》诗，爱其音调清婉，虽极其秾丽，然皆托于臣不忘君之意，而深惜乎才之不遇也。客窗风雨，读而悲之，为和五章。

杨氏这段评论，指出了商隐《无题》诗的两大特征：一是有寄托，而所托的思想感情是"臣不忘君之意"和"深惜乎才之不遇"，即思念君王，希望为君所用，但怀才不遇，不为所用。二是"音调清婉"，色彩秾丽，具有和谐婉转的音律和绮美华艳的语言。概而言之，也就是用绮艳的外表寓托怀才不遇的感慨。这是商隐《无题》诗阐释史上最有影响力的说法之一。从"音调清婉""极其秾丽"的评语看，杨氏所指的应是商隐的七律《无题》。而从

---

① 关于商隐以"无题"名篇的诗究竟有多少首，说法不一。著者考证，真正可靠的只有十四首，详《李商隐传论》下编第八章第一节，安徽大学出版社，2002年版。

"为和五章"来看，杨氏所见的商隐《无题》似只有五首。究竟是哪五首？从"皆托于臣不忘君之意"的评语与下引廖文炳《唐诗鼓吹注解大全》对商隐五首七律《无题》的疏解看，当即《唐诗鼓吹》所选的五首。这一点，还可以从何乔新、谢榛等人对商隐《无题》的评论中得到证明。何乔新《无题和李商隐韵序宫怨五首仙兴五首》云：

> 唐李商隐赋《无题》五首，盖托宫怨之情以寓思君之意，其引物托兴有《国风》《楚骚》之旨焉。自元以来，和者甚众。而宪副郁君，又托之以写其忧深思远缠绻之情。予读而爱之，每韵和二首。前五首宫怨，子建《洛神》之意也；后五首仙兴，屈子《远游》之意也。（《椒丘文集》卷二十四）

谢榛《四溟诗话》卷四则云：

> 李商隐作《无题》诗五首，格新意杂，托寓不一，难于命题，故曰《无题》。

何、谢二人都说李商隐赋《无题》五首，与杨基和诗首数相同，说明他们所见所和的并非李商隐诗集中的所有《无题》，而是《唐诗鼓吹》所选的五首七律《无题》，这一点，从和诗均为七律及用韵与《鼓吹》所选五首相同也可得到证明。何乔新谓商隐《无题》"盖托宫怨之情以寓思君之意"，即是对杨基之说"皆托于臣不忘君之意"的具体化，认为五首诗的诗面都是抒写宫怨；而谢榛谓商隐《无题》"格新意杂，托寓不一"，则是对杨说的修正补充，且对《无题》诗的命名作出新的解释。但在《无题》诗有托寓这一基本点上，杨基、何乔新、谢榛的看法是一致的。廖文炳《唐诗鼓吹注解大全》对商隐五首《无题》的疏解，则是以己意发挥杨基、何乔新之说。其解《无题》（"万里风波一叶舟"）略云："此诗以忠君者不见亲而托意于宫女之词也。"解《无题》（"昨夜星辰昨夜风"）云："此诗言昨夜星之明风之至时，在画楼之西、桂堂之东，而候君不见之时也。"解《无题》（"来是空言去绝踪"）云："此诗言君来则无一言之接，去则绝迹不见，使我思君至月斜钟尽而未已也。"解《无题》（"相见时难别亦难"）云："此诗言得见君固难，既见君而别亦难，故想人生易老，如东风无力量而百花易残，恐老而不得干君也。"解《无题》（"飒飒东南细雨来"）云："此诗首言闻雷轻雨

李商隐诗歌接受史

细，则知云雨之会不成矣……吾不一沾君恩，则一寸相思一寸即灰矣。"总之，是把这五首七律都解为托宫怨以寓思君之意。从杨基、何乔新、谢榛、廖文炳等人对李商隐五首七律《无题》的评论、疏解看，明人在义山七律《无题》托寓臣不忘君这一点上似已形成共识。

明人对七律名篇《锦瑟》也多有议论，且有一些值得注意的看法。关于《锦瑟》阐释史，中编另有专章论述，此处不赘。从审美接受角度说，王世贞《艺苑卮言》卷七的一段话值得注意：

> 李义山《锦瑟》中二联是丽语，作迂怨清和解，甚通。然不解则涉无谓，既解则意味都尽。以是知诗之难也。

"既解则意味都尽"，实际上提出了诗歌审美接受中一个值得深思的问题。像《锦瑟》这种意境朦胧、象征含义非常虚泛丰富的诗，如果执著一端，拘实为解，很可能会破坏它的"测之无端，玩之无尽"的诗情韵味。胡应麟、胡震亨对《锦瑟》的评论，也有类似的特点。胡应麟谓"观此诗结句及晓梦、春心、蓝田、珠泪等，大概《无题》中语，但首句略用锦瑟引起耳"，胡震亨谓"以锦瑟为真瑟者痴，以为令狐楚青衣，以为商隐庄事楚、狎绚，必绚青衣亦痴。商隐情诗，借诗中两字为题者尽多，不独《锦瑟》"。说法虽不尽同，但都反对说得过实过死，而主张将它的内涵理解得虚括一些、活泛一些。这对商隐七律的特点，也是一种新的认识。

对李商隐七律艺术风貌及特征的认识，在明末陆时雍的《诗镜总论》中有一段简练而形象的评论："李商隐七言律，气韵香甘，唐季得此，所谓枇杷晚翠。"虽然只有"气韵香甘""枇杷晚翠"八个字，却从整体上揭示了其七律的艺术风貌特征和它在唐代七律发展史上的重要地位，比起高棅只赞赏其咏史七律"造境幽深，律切精密"来，这是对其艺术风貌的全面评价。"气韵香甘"，当兼包其七律内容的香艳、词藻的绚丽、色彩的秾艳和抒情气氛的浓郁。和他对义山诗的另一段评论联系起来更可以看出"气韵香甘"的内涵。他说："李商隐丽色闲情，雅道虽漓，亦一时之胜。"丽色闲情，即兼及情感内涵与表现形式两个方面。陆氏之评，当是对李商隐七律艺术风貌第一次肯定性质的全面评价。此前如胡应麟谓商隐七律"填塞故实"（《诗薮》内编卷五），胡震亨谓其七律"竞事组织"（《唐音癸签》卷十），许学夷谓其七律"语虽秾丽，而中多诡僻"（《诗源辩体》卷三十），基本上都是带否定色彩的评论。陆氏之评在明末的出现，似乎标志着，在明代长期比较冷落

155

的李商隐七律，在审美接受上将要出现新的变化。

总的说来，明代对李商隐七律的总体接受状况虽比较冷落，但他的七律中两类最有创造性的体制——七律咏史诗和七律《无题》诗已得到评家的承认或引起评家的关注，对其艺术风貌也开始有了全面的肯定评价，这就为清代对商隐七律的接受创造了条件。

清代对商隐七律的接受，首先突出地表现在对其七律艺术成就的高度评价和对其在七律发展史上的地位的确认上。作为这种评价的一种标志，是这一时期出现了专解义山七律的笺解本，如雍正年间姚培谦的《李义山七律会意》和陆昆曾的《李义山诗解》。清人各种形式的选本、评本、笺解本虽多，但专取一家之某一体为解的，除杜律外，似只有商隐七律。此外，清人七律选本中选大量义山七律作疏解评点的尚多，如金圣叹《贯华堂选批唐才子诗》卷六选评义山七律二十九首；王清臣、陆贻典《唐诗鼓吹评注》对《鼓吹》所选三十四首义山七律作疏解；胡以梅《唐诗贯珠串释》选义山各类七律六十首，予以详细疏解评点；赵臣瑗《山满楼笺注唐诗七言律》选义山七律二十六首作详解评点。除金圣叹《贯华堂选批唐才子诗》撰著时代较早以外（顺治十七年，1660），其他三家均为康熙年间的著述。可以看出其时已将李商隐作为唐代七律的大家看待，雍正年间先后出现姚、陆两家的专解义山七律的笺本，正是水到渠成。

在这种纷起选评甚至专解义山七律的情况下，人们对义山七律艺术成就与历史地位的认识势必不断深化。清代对义山七律的评论，最有代表性的有以下数家。钱良择《唐音审体·七言律诗总论》云：

> 七言律诗始于初唐咸亨、上元间，至开、宝而作者日出。同时诸家所作，既不甚多，或对偶不能整齐，或平仄不相粘缀。上下百余年，止少陵一人独步而已。中唐律诗始盛。然元、白号称大家，皆以长篇擅胜，其于七言八句，竟似无意求工……义山继起，入少陵之室，而运以秾丽，尽态极妍，故昔人谓七言律诗莫工于晚唐。然自此作者愈多，诗道日坏，大抵组织工巧，风韵流丽，滑熟轻艳，千手雷同。

在他看来，唐代七律有两个艺术高峰：杜甫是"千古律诗之极则"；李商隐则"继起入少陵之室，而运以秾丽，尽态极妍"。对商隐七律艺术特征的概括，以及商隐对杜甫七律的继承与发展变化，均要言不烦，讲得很到位。钱氏在《锦瑟》诗笺中的一段话，可与上面引的这段评论互参："义山诗独有千古，以其力之厚、思之深、气之雄、神之远、情之挚。若其句之炼、色之艳，乃余事也。西昆以堆金砌玉效义山，是画花绣花，岂复有真花香色！"这虽是对义山诗的总体评论，但既置于《锦瑟》诗下，首先当指其七律。力厚思深气雄神远情挚之评，正可为"入少陵之室"作补充说明。将钱氏的上述评论与明人对义山七律的评论对照，可以看出对义山七律的评价已发生了根本性的变化。

管世铭《读雪山房唐诗序例·七律凡例》云："善学少陵七言律者，终唐之世，唯李义山一人。胎息在神骨之间，不在形貌。《蜀中离席》一篇，转非其至也。义山当朋党倾危之际，独能乃心王室，便是作诗根源。其《哭刘蒉》《重有感》《曲江》等诗，不减老杜忧时之作。组织太工，或为持扯家藉口。然意理完足，神韵悠长，异时西昆诸公，未有能学而至者也。"虽然也是发挥王安石"唐人知学老杜而得其藩篱者，唯义山一人而已"之论，却反对仅从句格等外在形貌的相似着眼，而是指出"胎息在神骨之间"，即真正继承发扬了杜甫忧时伤世、关注国家命运的精神，故所举诗例亦均为直接反映时事、痛愤宦官专横的《哭刘蒉》《重有感》《曲江》等作。这种观点，虽朱鹤龄《笺注李义山诗集序》中已有所论述，但提得如此明确的仍属管氏。他还举出西昆学义山，未有学而能至者与义山学杜作对比，更加突出了义山学杜得其真精神的观点。

舒位的《瓶水斋诗话》所引王昙（字仲瞿）之论则进一步勾画出了自杜甫至李商隐再到陆游的七律发展变化轮廓："（仲瞿）尝论七律至杜少陵而始盛且备，为一变；李义山瓣香于杜而易其面目，为一变；至宋陆放翁专工此体而集其成，为一变。而他家之为是体者不能出此范围矣。"是否他家之七律均不能出此范围，尚可讨论，但唐、宋七律"三变"说确实从宏观上揭示了唐、宋两代七律变化发展的主要阶段，以及每一阶段代表作家的艺术成就。李商隐在七律发展史上的地位也因此得到进一步确认。

不过，清人对义山七律的认识与评价也有其局限性，这主要表现在过于被王安石的说法所囿，几乎所有论述都围绕着学杜这个话题进行阐述、发挥，而相对忽略了义山对楚辞、李贺的学习继承，忽略了义山七律内容、风格及表现手段的独特性。

清人在高度评价义山七律艺术成就的同时，对其篇法结构、艺术构思以及一些具体的艺术技巧也作过不少探讨。在这方面，金圣叹、吴乔、何焯、胡以梅、赵臣瑗、徐德泓、陆鸣皋、陆昆曾、纪昀、方东树、姜炳璋等人均有所发明，纪昀的精到评点尤多。

第二节　历代对李商隐七绝的接受

和七律的接受状况类似，李商隐七绝的接受也经历了一个由局部到整体、由浅至深的过程。

唐末五代的两个唐诗选本中，韦庄《又玄集》选商隐诗四首，其中七绝一首《饮席代官妓赠两从事》，是典型的冶游戏谑之作。在商隐近二百首七绝中选这样一首诗，颇能反映出其时诗坛的风气。韦縠《才调集》选商隐诗四十首，七绝竟近半数（十八首），绝大部分内容与男女之情有关，与韦縠自序及《才调集》总体趣尚一致。其中，艺术上比较优秀的作品约占一半（如《齐宫词》《代赠二首》《宫辞》《楚吟》《龙池》《汉宫词》《离亭赋得折杨柳二首》），说明编选者手眼并不低。

两宋时期，李商隐七绝开始被评家所关注，其艺术成就亦开始被认识。初步统计，两宋时期各种诗话、笔记中提到的商隐七绝共五十五首，约占现存总数的三分之一弱。提到的这些七绝，并不都是肯定性评论，有的甚至是尖锐的批评。但有这样多七绝进入宋人的视野，仍然足以说明商隐七绝在宋人心目中的地位。这五十多首七绝中，比较优秀的作品亦约占半数，像《骊山有感》、《龙池》、《宫妓》、《霜月》、《杜司勋》《韩冬郎即席为诗相送因成二绝寄酬》、《南朝》（"地险悠悠天险长"）、《任弘农尉献州刺史乞假归京》、《忆匡一师》、《北齐二首》其一、《板桥晓别》、《贾生》、《端居》、《访隐者不遇成二绝》其二、《汉宫词》、《寄令狐郎中》、《嫦娥》、《无题》（"白道萦回入暮霞"）、《夜雨寄北》、《为有》、《柳》（"曾逐东风拂舞筵"）、《离亭赋得折杨柳二首》，都是颇见义山情采个性的作品。在宋人诗话、笔记中，还有不少颇具审美情趣和眼光的评论。如《苕溪渔隐丛话》后集卷十四引《杨文公司苑》云：

> 余知制诰日，与陈恕同考试……因出义山诗共读，酷爱一绝云："珠箔轻明拂玉墀，披香新股斗腰肢。不须看尽鱼龙戏，终遣君王怒偃师。"击节称叹曰："古人措辞寓意，如此之深妙，令人感慨不已。"

这是对《宫妓》这首七绝最早的评论。虽未明言措辞寓意深妙的具体内涵，但读者从诗中用偃师典的着意点自不难默会。点到为止，不烦词费。尽管后代也有"刺宫禁不严"一类的另说，但杨亿此论仍是最有见地和影响力的"第一读者"评论。又如杨万里《诚斋诗话》评义山《龙池》：

> 太史公曰："《国风》好色而不淫，《小雅》怨悱而不乱。"《左氏传》曰："《春秋》之称，微而显，志而晦，婉而成章，尽而不污。"此《诗》与《春秋》纪事之妙也……近时陈克《咏李伯时画宁王进史图》云："汗简不知天上事，至尊新纳寿王妃。"是得谓为微、为晦、为婉、为不污秒乎？惟李义山云："侍宴归来（按，本集作'夜半宴归'）宫漏永，薛王沉醉寿王醒。"可谓微婉显晦，尽而不污矣。

"微婉显晦，尽而不污"虽与思想内容有关，却是审美的评价。对照后代诸如"轻薄""大伤诗教"一类讥评，更可看出杨氏此评的有识。黄彻《碧溪诗话》评商隐《任弘农尉献州刺史乞假归京》则特别赞赏诗中所透露的"扼腕不平之气"：

> 李商隐任弘农尉，尝投诗谒告云："却羡卞和双刖足，一生无复没阶趋。"虽为乐春罪人，然用事出人意表，尤有余味。英俊陆沉，强颜低意，趋跄诺虎，扼腕不平之气，有甚于伤足者。非粗知直己，不甘心于病畦下舐，不能赏此语之工也。

将用典的出人意表与表现诗人的处境、人品结合起来评赏，揭示出商隐性格中刚直的一面，知诗亦复知人。严有翼《艺苑雌黄》则由"反用故事"联系到诗人的"识学素高"：

> 文人用故事有直用其事者，有反其意而用之者。（王）元之《谪守黄冈谢表》云："宣室鬼神之间，岂望生还？茂陵封禅之书，唯期死后。"此一联每为人所称道。然皆直用贾谊、相如之事耳。李义山诗："可怜夜半虚前席，不问苍生问鬼神。"虽说贾谊，然反其意而用之矣。林和靖诗："茂陵他日求遗稿，犹喜曾无《封禅书》。"虽说相如，亦反其意而用之矣。直用其事，人皆能之；反其意而用之者，非识学素高，超越寻常拘挛之见，不规规然蹈袭前人陈迹者，何以臻此！

作为一种用事技巧正用与反用在难度上虽有别，但不一定与诗人的见识学问

159

有多少关系。不过就严氏所举的具体例证看，反用贾谊、相如的两首诗确实表现了诗人的见识胸襟与品格。因此，这种评论就不是一般地就技巧谈技巧，而是和诗的思想内容、诗人的思想品格结合起来谈，所见特深。

宋人评赏商隐七绝，有的对诗境深有体味，颇富审美情趣。罗大经《鹤林玉露》卷二《农圃家风》云：

> 农圃家风、渔樵乐事，唐人绝句模写精矣。余摘十首题壁间，每菜羹豆饭饱后，啜苦茗一杯，偃卧松窗竹榻间，令儿童吟诵数过，自谓胜如吹竹弹丝，今记于此……李商隐云："城郭休过识者稀，哀猿啼处有柴扉。沧江白石渔樵路，薄暮归来雨湿衣。"

诗已融化到评赏者的日常生活中，成为其诗化生活的一部分。赏诗的文字也和诗一样极富美感。

以上都是对商隐七绝具体作品的评赏。从南宋开始，出现了对商隐七绝带总体性的评价。杨万里《诚斋诗话》论五七字绝句云：

> 五七字绝句最少，而最难工，虽作者亦难得四句全好者，晚唐人与介甫最工于此。如李义山忧唐之衰云："夕阳无限好，其奈（本集作'只是'）近黄昏。"如："青女素娥俱耐冷，月中霜里斗婵娟。"……皆佳句也。

联系杨氏对《龙池》"微婉显晦，尽而不污"的评赞，他对商隐七绝的评价是相当高的，但这段话并非专评七绝，且列于有佳句而无全篇者。专评商隐七绝且对之作高度评价的是南宋后期陈模的《怀古录》。此书多次谈到李商隐的绝句，所举诗例均为七绝。他说：

> 本朝绝句好者称半山……然求其如唐人意在言外有余味，及若李义山打隔浑之体，则皆无之也。

又说：

> 李商隐绝句之好者，不可一律求之。《汉宫词》云……此诗若止咏武帝求长生、相如病渴而已，而不知其讥刺汉君臣之颠倒者，而意溢于言外矣。盖言长在集灵台，与金茎露杯，则武帝惑于神仙长生之说者可见；言相如渴，则相如有乖于卫生而病者又可见。使金茎露果可饮而不

李商隐诗歌接受史

160

死，则必能疗相如之渴，不然则又安能长生乎？隐然抑扬，寓此意也。《龙池》云……此诗若止咏宫中燕乐而已，而讥诃明皇父子间伤败人伦者，意已溢于言外矣。盖贵妃即寿王之妃，明皇夺之。当其内宴，见其父与妃子作乐之时，其饮酒必不能醉。归而独醒，闻言漏之永，寿王无聊之意当如何也。《东阿王》云……此诗若言子建不合为丽美之咏，其实有以诛子建之心也。盖赋《洛神》者，乃托意咏其嫂甄氏也……以嫂氏而子建属意之，则其为人可知。曹操初焉不以天子与之，虽未必知此，然以此观之，则不得为天子者，亦未为过也。故但言"半为赋《洛神》"，"半"之为言托辞也。此皆冷语打隔诨而好者也。《夜雨［寄北］》云……《赠畏之》云："待得郎来月已低……"《为有》云……此皆句意透彻，有姿态而好者也。《望喜驿别嘉陵江水》云："嘉陵江水此东流……"盖言方在望喜楼中相送，则忆其到阆州，到阆州则忆其赴海。然阆州应更有楼，又当望以相送也。此比兴宛转不忍别之意足以尽之矣。《柳》云："曾逐东风拂舞筵……"若"带斜阳"人能言之，"带蝉"则无人能言矣。此尽言前日逐春风舞筵，如此可乐，后日乃带斜阳、蝉声之凄悲，则宜不肯到秋日，不如望秋先零也。此比兴先荣后悴难为情之意足以尽之矣。《闺情》云……盖蜂则在蜜脾，蝶则在花房，故春窗风流之时，意各有属，虽同袍迹若情而月（按，疑有脱误），则安有所谓惆怅者？《［寄］蜀客》云："金徽却是无情物，不许文君忆故夫。"而金徽又安能不许文君哉！《［代］赠》云："芭蕉不展丁香结，同向春风各自愁。"而芭蕉、丁香本无所谓愁，盖是以物为人。此皆以无为有而好者也。虽其体不一，而句与字皆华润，意味皆可咀嚼者。此其所以足为唐绝句之冠冕。

不但对所举商隐七绝的意蕴作出解释，且对其艺术上的妙谛作了具体的赏鉴分析。虽其体不一，但意余言外则是其共同特点，而这也正是唐人七绝与宋人七绝的重要区别所在。陈模正是在这一意义上称商隐七绝为"唐绝句之冠冕"的。陈模当是李商隐七绝接受史上第一个对其作出如此具体细致的评赏并给予高度评价的评家。惜《怀古录》长期湮没不显，仅明代以博学著称的杨慎在其《升庵诗话》中引用过其评《柳》（"曾逐东风拂舞筵"）一则，故后世评家鲜有注意及陈氏之论者。

和两宋时期相比，金元时期对李商隐七绝注意者甚少。刘壎《隐居通议》卷六《苍山序唐绝句》引曾子实云："若刘禹锡之标韵，李商隐之深远，杜牧之之雄伟，刘长卿之凄清，元白之善叙导人情，盖唐之尤长于绝者也。"所列举之绝句名家均为中晚唐名家，而不及盛唐之李白、王昌龄等人，不免片面。用"深远"概括商隐绝句特征，也不很贴切。

明代自高棅《唐诗品汇》开始，诗宗盛唐的风气一直延续，至前后七子而登峰造极。对晚唐代表人物李商隐的评价不高，对他的七绝也很少有评家加以注意。由于七绝此前没有像《唐诗鼓吹》《瀛奎律髓》那样有影响的七律（或律体）选本加以评选鼓吹，因而商隐七绝的优秀之作更少为人注意。《唐诗品汇》卷八正变中选了二十首李商隐的七绝，具体篇目为《汉宫词》、《宫词》、《龙池》、《瑶池》、《咸阳》、《过楚宫》、《过华清内厩门》、《贾生》、《夜雨寄北》、《宿骆氏亭寄怀崔雍崔衮》、《访隐者不遇》（"城郭休过识者稀"）、《忆住（匡）一师》、《寄令狐郎中》、《昨夜》、《槿花》、《夕阳楼》、《东还》、《端居》、《游灵伽寺》、《嫦娥》、《绝句》（即《宫妓》）。其中除《游灵伽寺》为许浑之作误入外，绝大部分是比较优秀的作品。这是唐诗选本中首次大量选入义山七绝。与盛唐正宗李白选三十九首、王昌龄选四十二首相比，虽数量偏少，但和王维选十二首、李益选十六首、刘禹锡选二十八首、杜牧选二十三首相比，大体尚称公允。说明高棅虽承严羽诗宗盛唐的主张，但并不废中晚，眼界还是比较宽的，也说明在高棅心目中，李商隐是七绝的名家。由于《唐诗品汇》是一个各体兼选的大型全唐诗歌选本，对后代有广泛深远的影响，因此它选入较多商隐七绝对后世的接受选择起着不能忽视的引导作用。

但高棅以后一个相当长的时间内，明代诗评家对商隐七绝却很少注意。真正从审美意义上评论其七绝的更难得一见。前七子的首领人物李梦阳虽宣称"诗自中唐而下一切吐弃"（《明史·文苑传序》），但他在评商隐《夜雨寄北》时却说："唐诗如贵介公子，风流闲雅，观此信然。"（《唐诗选脉笺释会通评林》引）但像这种类型的作品在商隐近二百首七绝中为数不多，很难代表其七绝的主体风貌。而真正能代表商隐七绝的作品在七子派那里往往遭到贬抑。胡应麟的这段评论很有代表性：

> 晚唐绝"东风不与周郎便，铜雀春深锁二乔"，"可怜夜半虚前席，不问苍生问鬼神"，皆宋人议论之祖。间有极工者，亦气韵衰飒，天壤开、宝。然书情则怆恻而易动人，用事则巧切而工悦俗。世希大雅，或

李商隐诗歌接受史

以为过盛唐。具眼观之，不待其辞毕矣。(《诗薮》内编卷六)

虽对小李杜这两首著名七绝在书情用事上有所肯定，但却贬之为"气韵衰飒，天壤开、宝"，关键原因就在于诗中的议论。实际上这种具有强烈抒情色彩、极富唱叹之致的议论根本不同于有些宋诗中那种单纯的议论。胡氏又说：

> "夜半宴归宫漏永，薛王沉醉寿王醒"，句意愈精，筋骨愈露。(《诗薮》内编卷六)

《龙池》中并没有直接的议论，按说应该得到胡氏的首肯，但由于后两句构思上比较精致，显出了用力的痕迹，因此同样遭到"句意愈精，筋骨愈露"的严厉批评。他所赞赏的只是盛唐那种天然凑泊、兴象玲珑、无工可见、无迹可寻的风格。

王世懋论诗虽与七子派规摹古人格调的主张有所背离，强调"变"与"逗"，但其论晚唐七绝却与七子派如出一辙：

> 晚唐诗，萎茶无足言。独七言绝句，脍炙人口，其妙至欲胜盛唐。愚谓绝句觉妙，正是晚唐未妙处；其胜盛唐，乃其所以不及盛唐也。绝句之源，出于乐府，贵有风人之致。其声可歌，其趣在有意无意之间，使人莫可捉着。盛唐唯青莲、龙标二家诣极，李更自然，故居王上。晚唐快心露骨，便非本色。议论高处逗宋诗之径；声调卑处，开大石之门。

虽非专门评论义山七绝，但"快心露骨"之讥评，与胡应麟"筋骨愈露"之语参较，显然包含了对义山七绝的批评。七子派及受其影响的诗评家对晚唐诗抱有很深成见，使他们常用"议论""快心露骨"笼统否定晚唐七绝，根本没有注意到义山七绝中有极富情韵和唱叹之致的佳作；即使有议论，也并非都是快心露骨式的。

论诗主张与胡应麟接近的许学夷，在其所著《诗源辩体》中对李商隐七绝的评论同样带有贬抑色彩。他针对胡应麟评小李杜《贾生》《赤壁》的一段话补充道：

> 晚唐绝句，二子乃深得之。但二诗虽为议论之祖，然"东风"二句

犹有晚唐音调，"可怜"二句则全入议论矣。

又云：

> 开成七言绝，许浑、杜牧、李商隐、温庭筠，声皆浏亮，语多快
> 心，此又大历之降，亦正变也。下流至郑谷七言绝。中间入议论，便是
> 宋人门户。

"全入议论""语多快心"，与七子派的论调完全一致。但下面这则评论，则
多少揭示出了商隐七绝的特点：

> 商隐七言绝，如《代赠》云："芭蕉不展丁香结，同向春风各自
> 愁。"《鸳鸯》云："不须长结风波愿，锁向金笼始两全。"《春日》云：
> "蝶衔花蕊蜂衔粉，共助青楼一日忙。"全篇较古、律艳情尤丽。

色彩之秾丽确实是商隐七绝的特点。

晚明竟陵派钟惺、谭元春论诗以深幽孤峭为宗，其《唐诗归》选诗评
诗往往别具手眼。但他们注意较多的是义山的五律，七绝只选了三首。其评
语颇有自己体悟，如《过楚宫》末句下钟批："亦笑得呆人妙。"《寄蜀客》
钟批："极刻之语，极正之意。"谭批："读此使人不敢言佳人才子四字。"
可以看出钟、谭评诗重在其独特深刻的意蕴。《嫦娥》钟批："末句语、想俱
到。此三字（指'夜夜心'三字）却下得深浑。"对此诗意蕴的深微和出语
的浑融有独特体悟。但由于钟、谭取径过狭，故很难看到义山七绝的整体风
貌与特征。

明末周珽的《唐诗选脉笺释会通评林》选入义山七绝《宫辞》《汉宫
词》《宫妓》《嫦娥》《瑶池》《寄令狐郎中》《夜雨寄北》《寄蜀客》《忆匡一
师》《贾生》《夕阳楼》等多篇，是义山各体诗中选诗数量最多的，且均为佳
篇（除《寄蜀客》外，余均见于《唐诗品汇》）。尽管所辑诸家笺评多为对
具体作品的疏解评赏，很少涉及对义山七绝整体特征的评论，但大都比较切
实，且不乏精彩。这说明，至晚明时，七子派的影响已呈消退，对义山七绝
的接受也渐现升温之势。

清代对李商隐七绝的接受呈现出前所未有的兴盛。对商隐七绝艺术特
征的整体把握以及对其在七绝发展史上地位的认识，都达到了前所未有的高
度与深度。其中最具标志性的是叶燮《原诗》中关于唐宋七绝一段议论：

七言绝句，古今推李白、王昌龄。李俊爽，王含蓄，两人辞、调、意俱不同，各有至处。李商隐七绝，寄托深而措辞婉，实可空百代无其四也。王世贞曰："七言绝句，盛唐主气，气完而意不尽；中晚唐主意，意工而气不甚完。然各有至者。"斯言为能持平。然盛唐主气之说，谓李则可耳，他人不尽然也。宋人七绝，种族各别，然出奇入幽，不可端倪处，竟有轶驾唐人者。若必曰唐、曰供奉、曰龙标以律之，则失之矣。杜七绝轮囷奇矫，不可名状，在杜集中另是一格……宋人七绝，大约学杜者什六七，学李商隐者什三四。

这段对唐宋两代七绝的评论之所以值得重视，不仅在于对李商隐七绝所作的高度评价，将它置于与李白、王昌龄七绝并驾齐驱的地位，甚至抬高到"空百代无其四"的程度，更在于其视野的开阔和评价标准的不主一格。他从唐宋两代七绝发展变化的广阔背景上论述了李白、王昌龄、李商隐、杜甫四家七绝的特点及唐宋七绝的传承关系，指出七绝并非只有盛唐李、王及主气一格最为佳胜，还有杜甫七绝"轮囷奇矫"之格和李商隐七绝"寄托深而措辞婉"之格。而杜甫、李商隐的七绝对宋人七绝又都有深刻影响。宋人七绝"出奇入幽，不可端倪处，竟有轶驾唐人者"。可见，叶燮是从诗歌"正有渐衰，变能启盛"的发展观来评价杜甫与李商隐七绝的，因此才能充分揭示其七绝在唐宋七绝发展史上的地位。其次，用"寄托深而措辞婉"来概括义山七绝的特征，也是叶燮的独创之见。此前评家只有在论及《锦瑟》《无题》或一些托物寓怀之作时才谓之有寄托，但却没有用"寄托深而措辞婉"来评论其七绝的。贬之者则每讥为"快心露骨""气韵衰飒"。对义山七绝咏史、咏物、《无题》及咏怀抒慨之作深于寄托、婉曲抒情的特征缺乏认识。叶氏这一高度概括涉及义山七绝内容意蕴、表现手法、艺术风格诸多方面，是对义山七绝总体特征在认识上的一种突破，极大地提高了义山七绝的思想艺术品位。再次，叶氏指出宋人七绝"学李商隐者什三四"，也是有识之见。这主要当指义山七绝中的议论对宋人的影响，包括王安石七绝学李商隐七绝的翻案法在内。这与七子派从否定角度出发说商隐某些七绝为宋人议论之祖不同，是从肯定的角度进行评价。当然，宋人七绝学李商隐七绝的议论在艺术上未必都很成功，原因是他们只学了商隐诗的议论而丢掉了情韵，但指出义山七绝对宋人的深刻影响，仍属有得之见。

　　叶燮对义山七绝的高度评价，在当时并非空谷足音，类似的看法并不罕见，如魏裔介（1616—1686）《兼济堂文集》卷六《李义山无题诗新注序》云：

> 唐人诗如李、杜二大家，如军中之有李、郭，岂寻常偏裨可拟尚哉！元和之后，得骚人之深者，莫过义山。余尝叹服其绝句之妙，以为有独至之识，而蕴藉宏深，江宁、供奉未能过也。

和叶燮一样，魏氏也认为义山绝句（当指七绝。王昌龄工七绝）的成就，李白、王昌龄未能过。至于其艺术特征，则指出"得骚人之深""蕴藉宏深"两点，这约略同于叶氏之"寄托深而措辞婉"；"有独至之识"指其识见卓越独到，偏于指思想内容。这三点同样涉及思想内容、艺术表现和风格诸方面。稍后于叶燮的管世铭对义山七绝也有极高评价，其《读雪山房唐诗序例·七绝凡例》云：

> 李义山用意深微，使事稳惬，直欲于前贤之外，另辟一奇。绝句秘藏，至是尽泄，后人更无可以拓展处也。

"用意深微"可与叶燮"寄托深而措辞婉"之评相发明，而"后人更无可以拓展处"的赞誉与叶氏"空百代而无其匹"的极赞类似。虽或有绝对化之嫌，但强调其对七绝拓新的贡献，同具特识。从以上三家对义山七绝的高度评价中可以看出，清人似更注重其寄寓之深微，这是更符合实际也更能揭示其独特贡献的认识。

清人对义山七绝艺术表现经验的总结也较前代更为深入细致。这种总结，多结合对优秀作品的评点进行。其中像何焯的《义门读书记》、沈德潜的《唐诗别裁集》、纪昀的《玉谿生诗说》、施补华的《岘佣说诗》以及各种义山诗笺评中均有不少精彩的意见。这方面的内容，可以参看有关清代各章。

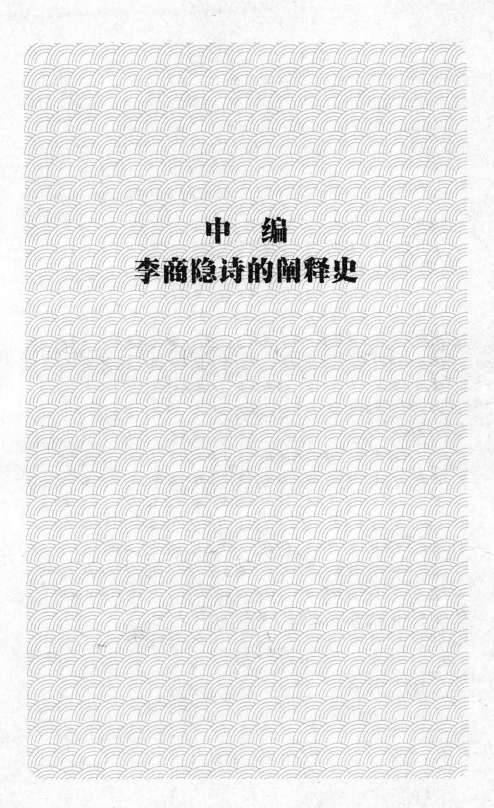

中　编
李商隐诗的阐释史

在李商隐诗歌接受史上，最引人注目也最令人眼花缭乱的现象是对其最具艺术个性的一系列诗歌所作出的极其纷纭的阐释。对诗歌意蕴的阐释，不同读者往往有不同的角度与感受，仁者见仁，智者见智，这是阐释史上常见的现象。但像李商隐诗那样，在历代或同代不同读者中产生极其纷纭解读的却很罕见。有时甚至同一读者在不同的时间对同一首诗也会有不同的感受与解读。这当中，既有阐释者主观方面的诸多原因，但更主要的，是商隐诗歌本身的特点所致。因此，研究李商隐诗的阐释史，不仅可以看到其优秀诗歌的丰富内涵意蕴在历时性的阐释过程中逐步被发掘、被深化的现象，而且可以帮助我们进一步认识李商隐诗的一些重要特征。

大致说来，李商隐诗阐释中分歧最大最多的作品，多数是意蕴虚泛、意境朦胧、情思幽隐、表现隐约的篇章，特别是像《锦瑟》《无题》一类作品，以及与之相类似的《碧城三首》《圣女祠》《重过圣女祠》《燕台诗四首》等。另有一些篇章，如《乐游原》五绝、《嫦娥》、《梦泽》、《落花》、《天涯》、《楚吟》等作，从表面看，并不晦涩难懂，但由于其意蕴虚泛，往往引发阐释者多方面的联想，并作出多种阐释。因此，这一编便以上述引起纷歧阐释的典型作品为重点，来撰写李商隐诗的阐释史。

第一章　李商隐《无题》诗的阐释史

这一章所说的《无题》诗，专指李商隐诗集中以"无题"二字为标题的诗篇。据笔者考证，真正可靠的《无题》诗只有十四首。它们是《无题》（"八岁偷照镜"）、《无题》（"照梁初有情"）、《无题二首》（"昨夜星辰昨夜风"；"闻道阊门萼绿华"）、《无题》（"相见时难别亦难"）、《无题二首》（"凤尾香罗薄几重"；"重帏深下莫愁堂"）、《无题四首》（"来是空言去绝踪"；"飒飒东南细雨来"；"含情春晼晚"；"何处哀筝随急管"）、《无题》（"白道萦回入暮霞"）、《无题》（"紫府仙人号宝灯"）、《无题》（"近知名阿侯"）①。由于《无题》诗的考辨需要一个过程，前人在对《无题》进行阐释时往往未及仔细分辨考证。本章所论虽以十四首为主要对象，但在引述前人阐释时，自不能不涉及其他各篇。

第一节　宋元明《无题》诗阐释史

李商隐的《无题》诗，从影响史的角度看，早在晚唐五代及宋初就对诗家的创作产生了显著的影响。唐彦谦、韩偓、吴融及西昆派作家，都有仿效之作。但从阐释史的角度看，对《无题》诗性质及内容意蕴的阐释却开始得比较晚。从现存文献材料看，晚唐五代及北宋时期，还没有人论及李商隐的《无题》诗，更没有具体的阐释②。最早论及唐人《无题》诗的是陆游。其《老学庵笔记》卷八云：

---

① 详参著者《李商隐传论》下编第八章第一节，安徽大学出版社，2002年版。

② 葛立方《韵语阳秋》卷三在论及"取无情之物作有情用"时，曾举商隐《无题》"春蚕到死丝方尽，蜡炬成灰泪始干"二句为例，但只是作为例句谈诗的表现手段，并非对这首《无题》内容意蕴的阐释。

> 唐人诗中有曰《无题》者，率杯酒狎邪之语，以其不可指言，故谓之"无题"，非真无题也。近岁吕居仁、陈去非亦有曰《无题》者，乃与唐人不类，或真亡其题，或有所避，其实失于不深考耳。

这段话中所说的"与唐人不类"的吕本中、陈与义的《无题》，其内容均与男女之情无关，非所谓"杯酒狎邪之语"，可置勿论。陆游所说的唐人《无题》诗，从文字表述上看，像是泛指，那是应当包括首创《无题》诗的商隐之作在内的。但他对唐人《无题》诗性质及内容所下的断语——"率杯酒狎邪之语"，却更像是指唐末韩偓、吴融等人倡和的《无题》。至少就诗面看，像商隐的《无题》"八岁偷照镜""何处哀筝随急管""照梁初有情"等篇与所谓"杯酒狎邪之语"可以说毫不相干；其他各首，也很难从诗中看出饮宴狎妓的痕迹。因此，陆游所说的唐人《无题》是否包括商隐之作在内，还是一个疑问。从陆游自己写的《无题》颇多寄托来看，他不大可能看不出商隐有些《无题》中明显的寄托痕迹①。

金代元好问《唐诗鼓吹》选商隐七律《无题》五首，元初方回《瀛奎律髓》选商隐七律《无题》三首，虽都没有对其内容意蕴进行阐释，但却标志着此时选家已经注意到商隐《无题》中优秀的作品。选本加速了商隐《无题》诗的广泛流播，并直接影响到明人对其《无题》诗的阐释兴趣。

真正从总体上对商隐《无题》诗进行评论并且作出明确阐释的是明初"吴中四子"之一的杨基。他在《眉庵集》卷九《无题和李义山商隐序》中说：

> 尝读李义山《无题》诗，爱其音调清婉，虽极其秾丽，然皆托于臣不忘君之意，而深惜乎才之不遇也。客窗风雨，读而悲之，为和五章。

首次在商隐《无题》诗阐释史上对其性质、内容、艺术特征作了简要而全面的阐释。其要点有三个方面：一是认为商隐《无题》诗是有寄托的，而寄托的内容则是"臣不忘君之意"和"深惜乎才之不遇"。二是指出其色彩之秾丽。三是赏爱其音调的清婉。第一方面是性质、内容的定性。第二、三两方面是揭示艺术特征。杨基并没有对李商隐及其诗歌创作进行过全面深入的研究，但他对商隐《无题》诗所作的这三点概括除"臣不忘君之意"很难与诗的文本吻合外，其他评论可以说都比较切实或有一定依据。从总体上说，杨

170

---

① 陆游自己的《无题》，将在下编第五章中讨论。

基应是义山《无题》诗阐释史上真正意义上的"第一读者"，对后代的阐释与评价产生了深远影响。特别是明代对商隐《无题》的阐释，可以说基本上是在杨基之说的笼罩之下。

杨基之后，明代文人谈论义山《无题》者渐多，看法与杨基相近的有何乔新的《无题和李商隐韵序宫怨五首仙兴五首》：

> 唐李商隐赋《无题》一首，盖托宫怨之情以寓思君之意，其引物托兴有《国风》《楚骚》之旨焉。自元以来，和者甚众。而宪副郁君，又托之以写其忧深思远缱绻之情。予读而爱之，每韵和二首。前五首宫怨，子建《洛神》之意也；后五首仙兴，屈子《远游》之意也。第恨词气萎弱，不足追步昔人耳。

杨基的托寓说，"臣不忘君之意"与"深惜乎才之不遇"两方面，后者是真正的落脚点，是托寓的重点。何氏发挥杨氏之说，却只强调"寓思君之意"这一端，而忽略了"深惜乎才之不遇"这一端。这既不大符合杨基的原意，也很难切合《无题》的文本。杨氏并未明言商隐是通过什么方式托寓臣不忘君之意的，何氏则首创"托宫怨之情以寓思君之意"说，说明何氏是将《唐诗鼓吹》所选的五首义山《无题》的诗面统统理解为宫怨。这种理解显然更偏离了义山《无题》的文本。何氏所说的"仙兴"，当是托游仙之词寓"屈子《远游》之意"，其所和对象仍是这五首《无题》。这可能是由于这五首诗中有"蓬山此去无多路，青鸟殷勤为探看"，"刘郎已恨蓬山远，更隔蓬山一万重"等诗句提及蓬山仙境而引发的联想。"思君"和"屈子《远游》之意"，便是何氏对商隐五首《无题》主题的阐释。

廖文炳的《唐诗鼓吹注解大全》解义山五首《无题》，则是对何乔新"托宫怨之情以寓思君之意"说的具体发挥，其解"万事（本集作'里'）风波一叶舟"一首云：

> 此诗以忠君者不见亲而托意于宫女之词也。首言人间万事，皆若风波中一叶舟耳。盖舟浮泛不定，人生亦聚散无常，是以意欲归去而不忍离乎君，故心初罢而更夷犹不决，何也？盖引去之事，必至事势不容而后为之。如至于碧江地没，已不能行，始可引去，若尚可留，犹当留之，如游于黄鹤沙边，未涉于水，亦当少留。且我心能如张飞杀身以报主，王濬尽力以忠君，但徒抱是心，不近君侧。噫！人生孰无一事扰于

> 心哉！怀张、王之尽忠，动乡土之归思，二者交战于中，皆能令人白头，安得而不易老耶？

这首诗从头到尾，无论写景叙事、抒情议论、用事遣词，丝毫看不出宫怨的影子。廖氏恪守"托宫怨之情寓思君之意"的成说而曲为之解，其强诗就我、牵强附会之迹随处皆是。其他四首的疏解虽不像这样牵强，也大体类似，如解"昨夜星辰昨夜风"一首云：

> 此诗言昨夜星之明、风之至时，在画楼之西桂堂之东，而候君不见之时也。然身不能如彩凤有翼，飞于君侧，空有丹心，若灵犀一点通，近于君耳。五六句，言人皆得幸于君，送阄赌酒，射覆对灯，此何乐也！我独怅怀不已，徒至夜将尽，听鼓声而知应君事者走马赴台，如转蓬不暇耳。终夜徒思，不得与君一会，所思亦何益哉！

此诗主人公明为在"兰台"（秘书省）任职的诗人自己，却将其说成是"应君事"而走马赴台的他人；"灵犀一点通"明谓两心相通，却曲解为单方面的"空有丹心，若灵犀一点通，近于君耳"。这说明廖氏为成说所囿，不顾诗面强为之解已经到了令人吃惊的程度。廖氏是对商隐《无题》通篇作疏解的第一人，所解的穿凿附会正反映出初期寄托说的状况。

同样持寄托说，但看法与杨基、何乔新有别的是谢榛，其《四溟诗话》云：

> 李商隐作《无题》诗五首，格新意杂，托寓不一，难于命题，故曰"无题"。

指出五首《无题》"意杂""托寓不一"，并将这和命为《无题》的原因联系起来。这与杨基所说的"皆托于臣不忘君之意"明显有别。但谢氏并没有对"托寓不一"的五首诗作具体阐释，可能也仅仅是一种直觉的阅读感受，谢氏在同书中还赞赏"春蚕"一联"措辞流丽，酷似六朝"，并举了一系列六朝民歌为例，以发明其"指物借意"的表现手法。

除了主张有托寓的主流看法以外，明代也有对商隐《无题》持批评态度的。蒋冕《琼台先生诗话》云：

> 《无题》诗自唐李商隐而后，作者代有其人。然不伤于诞，则伤于

淫。且词晦旨幽，使人读之，茫不知其意味所在……近代评诗者谓诗至于不可解然后为妙。夫诗美教化、厚风俗、示劝戒，然后足以为诗。诗而至于不可解，是何说邪？

这是从传统诗教观点出发的对商隐以来历代《无题》诗所作的严厉批评。认为它们在内容上"不伤于诞，则伤于淫"，在艺术表现上则"词晦旨幽"，实际上持全面否定态度。其批评的道学气、头巾气是很浓的。但从中也透露出，有一些读者对《无题》的"词晦旨幽"感到不满。从诗面看，义山《无题》并不太难懂，蒋氏所说的"旨"和"意味"，或许是指其深层意旨或托寓。

从上面引述的诸家之说看，他们对商隐《无题》的阅读面似乎仅限于《唐诗鼓吹》所选的五首七律。这不能不大大地影响到他们对《无题》的性质与内容作出判断和阐释时结论的全面性与可靠性。因为在这五首之外的《无题》，在托寓问题上有更复杂的情形。何况，即使这五首七律，不同的评家也会有不同看法。但在整个明代，对商隐《无题》的主流看法确实是杨基、何乔新的寄托说。

明末清初的钱龙惕在其《大充集》中有一段论义山《无题》的话颇值得注意：

> 义山《无题》之什，掇宫体、《玉台》之菁英，加以声势律切，令读者咀吟不倦，诚古之绝调。然杨眉庵以为"虽极其秾丽，皆托于臣不忘君之义，而深惜乎才之不遇"，则其词有难以显言者。况裙衩脂粉之语，闺房谑浪之事，仅可以意逆志，无庸刻舟求剑。

从"掇宫体、《玉台》之菁英"之语看，钱氏显然认为义山《无题》至少在诗面上是和南朝宫体一脉相承的赋写艳情绮思之作，即使如杨基所说，有托寓"臣不忘君之意"及"深惜乎才之不遇"之情，从阐释者方面说，也只能是"以意逆志"，就诗面作大致的推度联想，而不能"刻舟求剑"，拘凿为解。这颇像是针对廖文炳对五首七律《无题》牵强附会的疏解而发的。钱氏《玉谿生诗笺》选笺义山诗四十五首，而《无题》连一首也没有。从中亦透露出钱氏对《无题》性质与内容的看法。在他看来，《无题》是不能像《玉谿生诗笺》中所笺的诗那样，直接联系时事政治和具体人事作解的，否则便是"刻舟求剑"。这是《无题》诗阐释史上较早提出避免穿凿附会的笺注家。

第二节　清代对《无题》诗的阐释

清代的义山诗阐释史、对《无题》的阐释一直是热点。从吴乔的《西昆发微》、朱鹤龄的《李义山诗集笺注》开始，在义山诗的各种笺注、疏解、评点本以及各种诗话著作、论诗文章中，对义山《无题》的阐释歧见纷出，莫衷一是。大体上说，有以下几种主要观点。

一是以吴乔《西昆发微》为代表的寓意令狐绹说。此说集中体现在吴氏《西昆发微序》中。序文及对它的评述，已见于上编第五章第一节，可参看。如果暂时撇开吴乔对商隐《无题》所作的许多比附穿凿、主观臆想的具体阐释不论，单就其结合义山所处时代及身世遭遇，用知人论世的方法推断《无题》诗可能寓托义山对令狐绹的某种感情这一点来看，不能说毫无合理成分。义山有关令狐绹的一系列诗篇中，确实也反映出他因入王茂元幕娶王氏女而引起令狐绹的见疑与双方的隔阂，因从郑亚于桂管而引起令狐绹的震怒。《独居有怀》诗也明显是托闺怨以抒写与令狐绹之间的复杂感情。而《无题四首》中的"何处哀筝随急管"一首，诗中的"东家老女嫁不售"显系自喻寒士怀才不遇，与之相映的"溧阳公主"则很可能有令狐绹这类人的影子。因此，说义山《无题》诗中某一首或某几首可能寓托与令狐绹的关系，不能认为是纯粹的捕风捉影，这正是吴乔的朋友遇合寄托说影响深远的原因。同属寄托说，吴乔的朋友遇合寄托说比起杨基的君臣遇合寄托说来，显然更切合商隐的生平经历、身份地位、人际关系，也更能从商隐诗中找到旁证，因此为不少注家所信奉，成为《无题》诗阐释史上一种主流观点。乾隆时期冯浩的《玉谿生诗笺注》尽管不把所有《无题》都看成为令狐绹而作（如他认为《无题二首》"昨夜星辰昨夜风""闻道阊门萼绿华"定属艳情），但其基本观点与吴乔并无二致，只是对具体诗篇的阐释与吴氏有所不同而已。他在《凡例》中说：

说诗最忌穿凿，然独不曰"以意逆志"乎？今以"知人论世"之法求之，言外隐衷，大堪领悟，似凿而非凿也。如《无题》诸什，余深病前人动指令狐，初稿尽为翻驳；及审定行年，细探心曲，乃知屡启陈情之时，无非借艳情以寄慨。盖义山初心依恃，惟在彭阳；其后郎中久持政柄，舍此旧好，更何求援？所谓"何处哀筝随急管"者，已揭其专一之苦衷矣。今一一诠解，反浮于前人之所指，固非敢稍为附会也。若云通体一无谬戾，则何敢自信。

和吴乔一样，冯氏也标榜自己运用的是"知人论世"和"以意逆志"之法，而且在认识上还经历了一个对吴乔之说从"深病"到相信的过程。"审定行年，细探心曲"的结果，认定"屡启陈情之时，无非借艳情以寄慨"。不仅《无题》，连《无题》之外的许多诗也指实为为令狐而作。在具体阐释作品时，其穿凿附会的程度也超过了吴乔。如《无题》（"紫府仙人号宝灯"），吴乔只说："极其叹羡，未有怨意。"虚解为对令狐绹身居高位的叹羡。但冯浩却说：

> 《新书·传》："绹为承旨，夜对禁中，烛尽，帝以乘舆金莲华炬送还。院吏望见，以为天子来。及绹至，皆惊。"可为此诗首句类证也。时盖元夕在绹家，候其归而饮宴，故言候之久而酒已成冰。当此寒宵，何尚不即归乎？……"紫府"字屡见古书，今所引以见内职之意。

本来写得极虚幻的诗境，却硬往宫廷政治生活中的一件实事上去附会，并从中引出"元夕在绹家，候其归而饮宴"的情节。可以说是将虚幻情境演绎得十分实在，而所指实的事情却全出虚构。关键在于"以意逆志"时已经完全抛弃了实证的原则，全凭主观臆想和任意比附。冯浩寓意令狐说的一大特点，便是抓住诗中只词片语，任意穿凿比附，将诗情节化、本事化。上编第七章第一节对此亦有评述，可参看。

　　与吴乔、冯浩托寓令狐之说不同，朱鹤龄虽也认为，男女之情通于君臣朋友，并引商隐"楚雨含情俱有托"之句为证，谓其早已为《无题》一类诗自下笺解。但在具体阐释作品时，却不像吴、冯那样拘凿。其《李义山诗集补注》笺《无题》（"昨夜星辰昨夜风"）云："此言得路与失路者不同也。"笺"来是空言去绝踪"云："此章言情愫之未易通也。"笺"飒飒东南细雨来"云："此章言相忆之苦也。"笺"含情春晼晚"云："此写咫尺天涯之感。"笺"凤尾香罗薄几重"云："此咏所思之人可思而不可见也。"这些笺释，都只点到为止，尽量避免将思忆的对象落实到某个具体人身上，避免作字比句附的疏解。这是一种比较通达也比较聪明的做法。

　　纪昀对商隐《无题》诗的看法，大体上可以归结为两点。一是认为

《无题》诸诗情况不同，在有无寄托的问题上，"宜分别观之，不必概为深解"。二是认为那些有寄托的《无题》，"大抵感怀托讽，祖述乎美人香草之遗，以曲传其郁结"。这种说法，比较接近于朱鹤龄的"寄遥情于婉娈，结深怨于蹇修，以序其忠愤无聊、缠绵宕往之致"。他对《无题》寓托的理解，也和朱氏类似，重在领会神情，反对拘凿以求。他在朱鹤龄"寄遥情于婉娈"一段话后评道："此段真抉出本原，然此等皆可以意会之，必求其事以实之，则刻舟之见矣。中亦有实是艳词者，又不得概论。"因此，他在阐释具体作品时也只指明其为寓言、为艳词，而不去"求其事以实之"。如笺《无题四首》云："此四首纯是寓言矣。"笺《无题》（"紫府仙人号宝灯"）云："求之不得，亦寓言也。"笺《无题》（"相见时难别亦难"）云："感遇之作。"这种点明而不说尽的解读，既避免了牵合比附、穿凿拘实，又给读者留下深入体悟的余地，在寄托说中是相当通脱的。

在主张商隐《无题》有寓托的笺释者中，张佩纶于传统的"臣不忘君""深惜乎才之不遇"及"托寓令狐"之外，别创"刺外戚郑颢"之说，其牵合穿凿的程度远过于吴乔、冯浩。其具体主张及对它的评述已见上编第八章第四节。

从总体看，对商隐《无题》的阐释，清代基本上是寄托派的天下。但在寄托派中，吴乔、冯浩等人主张托意令狐绚，而朱鹤龄、纪昀等人主张比较笼统虚泛的感遇（包括君臣朋友、身世遭遇）。在具体阐释时，前者每牵合具体人事为解，显得比较拘凿；后者则只就整体加以意会，不执实牵合具体人事，显得比较通脱。冯浩、纪昀都认为《无题》中有直赋艳情者，但从基本倾向看，他们都认为《无题》是有寓托的，只是一实解一虚解而已。

寓托说之外，清代亦有持相反意见，认为商隐《无题》专赋艳情者。贺裳《载酒园诗话》谓："元、白、温、李，皆称艳手""元微之'频频闻动中门锁，犹带春醒懒相送'，李义山'书被催成墨未浓''车走雷声语未通'，始真是浪子宰相、清狂从事。"就明显以义山《无题》为纯粹的艳诗。钱澄之的《吴震一诗序》则不但认为它们是毫无寄托的艳诗，而且认为它们所抒写的情也"无一语足动人情"。这在《无题》诗阐释史上可谓绝无仅有的极端言论。钱良择在《无题》有无寄托的问题上，也对杨基的观点表示怀疑，他在《无题二首》（"昨夜星辰昨夜风"）下云：

　　义山《无题》诗，直是艳语耳。杨眉庵谓托于臣不忘君，亦是故为高论，未敢信其必然。

可见，即使在吴乔、朱鹤龄等人主张《无题》诗"为令狐而作""楚雨含情俱有托"的学术氛围中，仍有不少人根据自己的阅读感受，认为它只是艳诗。甚至连在总体上认为"义山《无题》，不过自伤不逢，无聊怨题"的何焯，在《无题四首》的笺语中也说："此等只是艳诗。杨孟载说迂谬穿凿，风雅之贼也。"前面已提及坚持寓意令狐说的冯浩也认为《无题二首》（"昨夜星辰昨夜风""闻道阊门萼绿华"）"定属艳情"，纪昀则认为此二诗"直是狭斜之诗"。这就进一步说明，一概认为所有《无题》都有寄托是站不住脚的。

　　总的来看，清人对义山《无题》的阐释主要集中在有无寄托及所托寓的内容的阐说上。由于缺乏足资征信的有关文献材料依据，更由于对比兴寄托问题缺乏深入细致的理论探讨和对具体诗篇的深入细致辨析，无论是持寄托说者或艳情说者都主要是凭各自的阅读感受来下判断，这就使各自的结论都因缺乏实证和科学的分析论证而难以真正确立。也正由于对《无题》诗的寄托问题的讨论没有深入到理论层面，对它的艺术特征也未能进行深入探讨。许多品鉴评赏基本上停留在具体篇章甚至一联一句上，未能从总体上对这类诗的基本特征作出切实的概括。

第三节　二十世纪对《无题》诗的阐释

　　二十世纪的李商隐《无题》诗阐释史，大体上可以分为三个各有特点的阶段。

　　第一阶段，从世纪初到"五四"运动前的近二十年中，以张采田的《玉谿生年谱会笺》为标志性著作，在《无题》诗的阐释上，是将明清以来的比兴寄托说向索隐化方向发展。

　　张氏解《无题》，基本上依据吴乔、冯浩之寓意令狐绹说，其解《无题四首》《无题二首》（"凤尾香罗薄几重""重帏深下莫愁堂"）即本冯笺而稍加变化。但对有些《无题》，张氏又另创新解，其穿凿索隐的程度更超过冯氏。如《无题二首》（"昨夜星辰昨夜风""闻道阊门萼绿华"），冯氏谓"定属艳情"，较得其实。张氏却牵扯李德裕，别创"歆羡内省"之说：

（首章）此初官正字，歆羡内省之寓言也。首句点其时、地。"身
无"二句，分隔情通。"隔座"二句，状内省诸公联翩并进得意情态。
结则羡妒之意，恐己不能身厕其间，喜极而反言之也。次章意尤显了。
萼绿华以比卫公，阊门在扬州……此指淮南。下言从前我于卫公可望而
不可亲，今何幸竟有此机遇耶？秦楼客，自谓茂元婿也。观此秘省一
除，必李党汲引无疑。

商隐与李德裕之间，从现存商隐诗文看，并无直接交往。即令商隐初官秘省
正字时有"歆羡内省"之意，与这两首诗的内容也毫无干涉。"隔座"二句
明写宴席上酒暖灯红，为藏钩射覆之戏，用来比喻"内省诸公联翩并进得意
情态"，实属不伦。谓结联"喜极故反言之"，更为费解。尤为牵强者，谓次
首"阊门萼绿华"喻曾任淮南节度使之李德裕，拐弯抹角，生拉硬扯，莫此
为甚。不但索隐的范围扩大了，程度也加深了。笺《无题》（"相见时难别
亦难"）云：

此徐府初罢，寓意子直之作。"春蚕"二句，即谚所谓"不到黄河
心不死"之意。结言此去京师，誓探其意旨之所向也。

明明是托青鸟传书致意，却变成了自己亲赴京师探令狐绚意旨。任意曲解，
不顾文义。

第二个阶段，从"五四"运动到中华人民共和国成立前夕。这三十年
中，对商隐《无题》的阐释最有影响者，当属苏雪林的《李义山恋爱事迹
考》。关于此书的基本观点及其对商隐《无题》的阐释，上编第九章第二节
已有评述。它在《无题》诗阐释史上的最大特点是，将《无题》诗视为其隐
秘爱情经历的实录，"篇篇都是恋爱的本事诗"，也就是将《无题》诗本事
化。从考证李商隐恋爱事迹的角度说，是将《无题》诗视为记述恋爱事迹的
实录和证据；从阐释《无题》诗的角度说，是将《无题》视为记述恋爱事迹
的本事诗。这本身就是一种循环论证。问题的关键还在于，《无题》诗是爱
情体验的表现和心灵的记录，而非具体爱情经历与事件的实录。因此，苏氏
的这种阐释由于缺乏实证便不能不流于臆想。

第三个阶段，从中华人民共和国成立到二十世纪末，是对《无题》诗
的阐释从交融走向深化的阶段。这一阶段的前三十年，《无题》诗的阐释没
有明显进展。后二十年，先是由于集中讨论《无题》诗有无寄托及寄托内容

178

而逐渐出现不同观点之间相互吸收、补充乃至交融的态势，并在这个过程中逐渐形成一些共识。如认为《无题》诗中确有一部分有较为明显的寓托痕迹（像五古"八岁偷照镜"、七律"何处哀筝随急管"；有的将五律"照梁初有情"、七律"重帏深下莫愁堂"也包括在内）；认为有的《无题》明显是写爱情而别无寄托的（像《无题二首》"昨夜星辰昨夜风""闻道阊门萼绿华"）；而且认为无论有无寄托，首先应当是优秀的爱情诗，不能用有无寄托来判断其价值之高低。到后来，对《无题》的研究与阐释逐步深化。这种深化，主要表现在对《无题》诗所抒写的情思，所创造的意象及意境特征、结构特征的深入探讨上，如指出"义山对于朦胧情思与朦胧意境的追求，更为集中地表现在他那些《无题》诗里……除了用重叠的象喻以外，还常常把一些片断的意象组织在一起……它们和象喻错落排比，虚虚实实，造成一种朦胧之感"（罗宗强《隋唐五代文学思想史》368页），指出"借意象的象征性、暗示性，意象组合的不重外在联系，却表现深微绵邈的感情的律动，是李商隐创造意境的主要方法"（郝世峰《选玉谿生诗补说·前言》）；指出商隐《无题》由于没有提供确定的主体与客体，具体的时间与空间，现实与非现实及叙事、用事、借喻、神话之间的区别，形象之间、诗句之间、诗联之间的联结、关系、逻辑与秩序，诗句与诗联之间的空白构成了美丽深幽、曲折有致的艺术空间，从而创造出一种涵盖不同心境的"通境"、与各种感情相通的"通情"（王蒙《通境与通情——也谈李商隐〈无题〉七律》），等等。这个深化的过程今后仍将继续。

第二章　《锦瑟》阐释史

在中国古典文学作品的阐释史上，对李商隐《锦瑟》纷纭多歧、层出不穷的解读无疑是最引人注目的现象之一。如果从北宋刘攽的《中山诗话》算起，对这篇诗谜式作品的解读已经延续了近千年。一篇只有八句五十六个字的作品，竟引起历代读者如此执著的关注，这种现象本身就很值得探讨。本章不打算在纷纭的歧说之外再另添新说，而是企图通过对历代纷纭歧说的梳理，发现其中所显示的总趋势。从而从阐释史的角度说明：融通各有依据、各有优长的主要歧说，可能是使《锦瑟》的解读更接近作品的实际，更能显示其丰富内涵，从而也更能为多数读者所接受的一种解读方式。

第一节　宋元明三代对《锦瑟》的阐释

据现存文献材料，最早记述对《锦瑟》的阐释，是著于熙宁、元祐间的刘攽《中山诗话》：

> 李商隐有《锦瑟》诗，人莫晓其意。或谓是令狐楚家青衣也。

义山诗集编定于真宗景德至仁宗庆历间（约1004—1042），第一首就是《锦瑟》，人们注意到它并力图解读原很自然。但《锦瑟》却一开始便显出了它的难解性。从"或谓是令狐楚家青衣也"的记述口吻看，这可能只是转述当时人对题意的一种理解，未必就是刘攽自己的看法，也未必真有事实或文献依据。实际上，锦瑟是令狐楚家青衣之说，与其说是依据某种记载或传闻，不如说是读者的一种猜想。因为诗的首联很容易让人认为"锦瑟"是人名。诗即因见五十弦之锦瑟而联想到锦瑟其人的华年而作。而"锦瑟"作为人名，又颇似女子甚至侍女之名。因此"锦瑟是令狐楚家青衣"之说就这样产生了。它既是对题目含义的说明，也是对诗的内涵意蕴的解读。从考据学的观点看，这个"或谓"很可能查无实据甚至毫无依据，但从阐释学的观点看，却自有一定的文本依据。这正是此说虽乏实据却长期流传而且日后以"悼亡"说改头换面出现的原因所在。

稍后于刘攽，北宋末年成书的黄朝英《靖康缃素杂记》则记述了从另一思路出发而同样具有合理性的阐释：

> 义山《锦瑟》诗……山谷道人读此诗，殊不晓其意，后以问东坡，东坡云："此出《古今乐志》，云：'锦瑟之为器也，其弦五十，其柱如之，其声也，适、怨、清、和。'"案李诗，"庄生晓梦迷蝴蝶"，适也；"望帝春心托杜鹃"，怨也；"沧海月明珠有泪"，清也；"蓝田日暖玉生烟"，和也。一篇之中，曲尽其意，史称其"瑰迈奇古"，信然。刘贡父《诗话》（按，即刘攽《中山诗话》）以谓锦瑟乃当时贵人爱姬之名，义山因以寓意，非也。

后世诗评家对"适怨清和"之说是否出于东坡颇有怀疑。很有可能是此论的发明者（也有可能是黄朝英本人）为了加强这一阐释的权威性而故意抬出两位当朝诗坛巨擘来撑门面。从阐释史的角度说，东坡是否发表过这一意见并不重要，重要的是它提供了一种从咏音乐的角度对《锦瑟》进行解读的新说。唐代有许多咏乐诗，其中著称者如李贺《李凭箜篌引》、韩愈《听颖师弹琴》、白居易《琵琶行》均以各种形象化的比喻描摹乐声和乐境。适怨清和说正是将《锦瑟》看成一首咏瑟声与瑟境的诗。如果不过分追究中间两联所展示的境界是否完全切合"适怨清和"四境，那么这一解读无论就切合诗题、首句及颔腹二联看，都有其文本依据与显然的合理性。但这一解读也有明显缺陷，即无法解释"一弦一柱思华年"和"此情可待成追忆，只是当时已惘然"。因为次句已明确显示听奏瑟而思忆人之华年，不管这人是诗人自己或他人。如果只是单纯咏瑟声瑟境，"思华年"及"追忆""惘然"都无所取义。正如胡应麟所批评的："宋人认作咏物，以适怨清和字面附会穿凿，遂令本意惛然。且至'此情可待成追忆'处，更说不通。"（《诗薮》内编卷四）

但托名苏轼的适怨清和说在南宋却有很大影响。其具体表现是这一时期对《锦瑟》的阐释，几乎都离不开咏瑟声瑟境这话题。如张邦基《墨庄漫录》将"适怨清和"说成《瑟谱》中的四曲，邵博的《邵氏闻见后录》甚至说《庄生》《望帝》皆瑟中古曲名。胡仔《苕溪渔隐丛话》虽认为《锦瑟》以景物故实状瑟声"不中的"，但却反映出他也认为《锦瑟》是咏乐诗。更有将托名苏轼解《锦瑟》之法加以活学活用，反过来解读苏轼《水龙吟》咏笛之妙的①，可谓即以其人之道，还释其人之词。认为东坡不但用此法解读义山《锦瑟》，且用之自创咏笛词。

由于适怨清和说在阐释"思华年"及尾联时存在明显缺陷，因而有的诗评家企图对它加以改进。成书稍后于《靖康缃素杂记》的《许彦周诗话》说：

> 《古今乐志》云："锦瑟之为器也，其柱如其弦数，其声有适、怨、清、和。"又云："感、怨、清、和。"昔令狐楚侍人能弹此四曲。诗中四句，状此四句也。章子厚曾疑此诗，而赵推官深为说如此。

在"适怨清和"之外又添出"感怨清和"的或说，并将它和"能弹此四曲"的"令狐楚侍人"联系起来，"诗中四句，状此四曲也"。很明显，这是企图将适怨清和说与咏令狐楚青衣说融合起来。既补适怨清和说之脱离"思华年"与"惘然"，又补咏令狐青衣说之脱离中间两联。许氏的记述中未及苏、黄而是拉出了章子厚与赵推官。这正反映出此说的假托或传闻性质。许氏所引此说在《锦瑟》阐释史上的意义，主要表现在它在纷歧阐释出现后不久，即显示出融通歧说的努力与趋势。而之所以出现这种趋势，根本原因在于这两种说法既各有其文本依据与合理性，又各有其缺陷，客观上需要互补。

金代元好问《论诗》三十首之十二直接对《锦瑟》作出新的阐释：

> 望帝春心托杜鹃，佳人锦瑟怨华年。
>
> 诗家总爱西昆好，独恨无人作郑笺。

此诗乃是首创《锦瑟》为义山自伤身世之作的一篇诗论。"佳人锦瑟怨华年"一句实即元氏对《锦瑟》主旨的诗意阐述：李商隐这位"佳人"正是借《锦瑟》这首诗来寄托他的华年之思、身世之悲。他的一生心事，都寄寓在如杜鹃泣血般哀怨悲惋的诗作中了。由于诗写得很概括，又有"独恨无人作郑笺"之语，历代论者多以为它仅仅是慨叹义山诗寄兴深微，无人能解其意，殊不知遗山已借点化义山诗语对《锦瑟》乃至义山一大批性质类似的诗作出

① 见张侃《张氏拙轩集》"孙仲益说《水龙吟》"条。

了笺释。元氏对义山诗的真谛深有体悟，故对《锦瑟》的阐释也独具手眼。

至此，除自叙诗歌创作说及悼亡说以外，《锦瑟》阐释史上三种主要的解读（怀人说、咏瑟说、自伤说）均已先后出现（怀人说与悼亡说只是对象有别，后者实为前者的变异）。至明代，虽有好几位著名的诗论家都谈到过《锦瑟》，但基本上是沿袭旧说，很少新的发明。如王世贞虽认为中二联"作适、怨、清、和解甚通。然不解则涉无谓，既解则意味都尽"（《艺苑卮言》），虽赞同咏瑟说，又指出了它的缺陷。胡应麟则坚持咏令狐青衣说，指出咏瑟说的不可通之处。他列举诗中一系列用语，认为《锦瑟》的性质类似无题，只不过"首句略用锦瑟引起耳"，并将咏令狐青衣说简括为"题面作青衣，诗意作追忆"（《诗薮》），但他对中间四句的具体含义却避而不谈，而这正是令狐青衣说难以解释的要害。胡震亨则对令狐青衣说、适怨清和说均加否定，认为《锦瑟》是商隐之情诗，系借诗中两字为题者，但他对诗的具体内涵却无任何解释（见《唐音癸签》）。周珽认为《锦瑟》是闺情诗，不泥在锦瑟，看法似与胡震亨接近。但他所引屠长卿（屠隆）之说则基本上沿袭许彦周之说，即将令狐青衣说与适怨清和说融合起来。饶有趣味的是屠氏将"锦瑟"二字分属"令狐楚之妾名锦"及"善弹（瑟）"，谓其所弹有适怨清和之妙（见《唐诗选脉会通评林》）。从而将题面与诗面完全统一起来。这算得上是对令狐青衣说与适怨清和说最巧妙的结合了。

第二节　清人对《锦瑟》的阐释

清代《锦瑟》阐释史上最引人注目的现象是悼亡说、自伤说的双峰并峙和自叙诗歌创作说的异军突起，从而改变了宋元明三代令狐楚青衣说与适怨清和说长期主宰《锦瑟》阐释的局面。

悼亡说的发明，一般都认为是清初的朱彝尊。其实，最早启示悼亡说的应是明末清初的钱龙惕。他在《玉谿生诗笺》卷上笺《锦瑟》时分别引《靖康缃素杂记》《中山诗话》及《唐诗纪事》之说，并加按语云：

> 义山《房中曲》有"归来已不见，锦瑟长于人"之句，此诗落句云："此情可待成追忆，只是当时已惘然。"或有所指，未可知也。唯彭阳公青衣则无所据。

钱氏引《房中曲》"归来已不见，锦瑟长于人"来类证《锦瑟》，是以义山诗证义山诗的典型例证。尽管钱氏未对《房中曲》作笺释，但《房中曲》的悼亡内容非常明显，故钱氏之笺释离悼亡说的正式提出实仅一步之遥。朱鹤龄的《李义山诗集笺注》采录钱氏笺而又有所前进：

> 按义山《房中曲》："归来已不见，锦瑟长于人。"此诗寓意略同。
> 是以锦瑟起兴，非专赋锦瑟也。

指出"此诗寓意略同"于《房中曲》，悼亡说实已呼之欲出。果然，朱氏的《补注》中就明确指出："此悼亡诗也。"

但朱鹤龄只下了判断，并未对《锦瑟》作具体阐释。朱彝尊乃进一步对全诗作了解读：

> 此悼亡诗也。意亡者善弹此，故睹物思人，因而托起兴也。瑟本二十五弦，一断而为五十弦矣，故曰"无端"也，取断弦之意也。"一弦一柱"而接"思华年"三字，意其人年二十五而殁也。胡蝶、杜鹃，言已化去也；珠有泪，哭之也；玉生烟，葬之也，犹言埋香瘗玉也。此情岂待今日追忆乎？只是在当时生存之日，已常忧其如此而预为之惘然，意其人必婉弱而多病，故云然也。

这是自宋以来对《锦瑟》全诗作出详细解读的第一篇。它的主要发明是将题目"锦瑟"与所悼亡妻平日"善弹此"结合起来，从而比较顺理成章地得出首联是"睹物思人，因而托物起兴"的结论。如果说许彦周、屠隆谓令狐楚侍人善弹适怨清和四曲仅仅是一种猜测，别无依据，那么朱彝尊的"亡者善弹此"却是有义山的诗作有力依据的。除钱龙惕、朱鹤龄已引的《房中曲》"归来已不见，锦瑟长于人"二句外，在桂幕期间作的《寓目》（系忆内诗）有"新知他日好，锦瑟傍朱栊"同样可以作为其妻善弹瑟的证明。悼亡说之所以自清初以来长期不衰，主要原因就在于义山诗中有这样两个有力的旁证。朱彝尊的其他解说，问题自然很多。如解"五十弦"为二十五弦之"断弦"，以附会悼亡，便显属臆解。商隐开成三年与王氏结婚至大中五年王氏去世，夫妇共同生活的时间首尾十四年。如果按朱氏所说王氏年二十五岁而殁推算，开成三年结婚时王氏才十二岁，这是根本不可能的。开成三年义山二十七，王氏为其续弦，年龄可能较商隐小一些，但至少亦当在十六七岁左右。说"无端"取"断弦"之意，更属望文生义。以下六句的解说，也多有牵强支离之处（尤其是第六句与尾联）。尽管如此，朱彝尊的阐释仍值得充分重视，原因就在于他抓住王氏善弹瑟这一中心环节，将生活素材、情思触发到诗的构思、制题连成了一条线。从钱龙惕到朱鹤龄再到朱彝尊，悼亡说从萌芽到正式提出再到具体阐释的进展过程可以看得非常清晰。

悼亡说在清代前期的《锦瑟》阐释史上占据主导地位。其时除个别论者仍沿袭令狐青衣说（如施闰章《蠖斋诗话》）或适怨清和说（如冯班评《瀛奎律髓》）外，多数学者（包括对《锦瑟》持否定态度的学者）大都认为它是悼亡之作。其中较有影响的是何焯《义门读书记》：

> 此悼亡之诗也。首特借素女鼓五十弦瑟而悲，泰帝禁不可止发端。次连则悲其遽化为异物。腹连又悲其不能复起之九原也。曰"思华年"，曰"追忆"，指趣晓然，何事纷纷附会乎？钱饮光（澄之）亦以为悼亡之诗，与吾意合。"庄生"句，取义于鼓盆也。但云"生平不喜义山诗，意为词掩"，却所未喻。

何氏悼亡说与朱彝尊说不同之处有二：一是对诗的首联结合用典（五十弦）作了新的解释（悲思之情不可得而止）；二是紧扣"思华年"与"追忆"来证明此诗悼亡之"指趣晓然"，较之朱彝尊拐弯抹角解读尾联更为直捷。

此外，如陆昆曾、杨守智、姚培谦、程梦星、冯浩、许昂霄等注家均主悼亡说。其中，如陆氏解"蓝田"句，引戴叔伦"蓝田日暖，良玉生烟，可望而不可置于眉睫之间（前）"之语，姚氏解首联，谓"夫妇琴瑟之喻，经史历有陈言，以此发端，元非假借……怀人睹物，触绪兴思。'无端'者，致怨之词"，均各有所得。相反，专攻义山诗文的冯浩对此诗的笺解却时涉牵强，谓"五句美其明眸，六句美其容色"，更显得不伦不类。比较之下，许昂霄的诠释则较少穿凿拘实之弊：

> 三四庄生、望帝，皆谓生者也。往事难寻，竟同蝶梦；衷心莫寄，唯学鹃啼。五六珠、玉，以喻亡者也。月明日暖，岂非昔人所谓美景良辰，今则泉路深沉，徒有鲛人之泪；形容缥缈，已如吴女之烟矣。（张载华、张佩兼辑《初白庵诗评》附识引许氏《笺注玉谿生诗·锦瑟诗解》）

综观清代《锦瑟》阐释史上的悼亡说，尽管它具有《房中曲》这样有力的旁证，但在具体解读中却始终存在一个误区、一个盲区。误区就是将"五十弦"解作"断弦"，从而导致王氏"年二十五而殁"这种显然不符实际的推论，且使对此诗的阐释一开始就陷于混乱。盲区就是很难将"悼亡"与中间两联所用的典故、所构成的象征境界很好地契合。尽管许多学者作出了一系列各不相同或同中有异的具体诠释，但真正切合文本的不多，即使像许昂霄的笺解，也只能较贴切地解说颔联。这说明悼亡说虽有明显的优长与有力的依据，但要想用它贯通全诗，却相当困难，尤其是对腹、尾二联的解读，更往往显得有些无能为力。

与悼亡说双峰并峙而时间稍后的是自伤身世说。持此说较早的是《李义山诗集辑评》所录某氏朱批：

> 此篇乃自伤之词，骚人所谓美人迟暮也。"庄生"句言付之梦寐，"望帝"句言待之来世。"沧海""蓝田"，言埋而不得自见。"月明""日暖"，则清时而独为不遇之人，尤可悲也。
>
> 《义山集》三卷，犹是宋本相传旧次，始之以《锦瑟》，终之以《井泥》。合二诗观之，则吾谓自伤者更无可疑矣。
>
> 感年华之易逝，借锦瑟以发端。"思华年"三字，一篇之骨。三四赋"思"也；五六赋"华年"也。末仍结归"思"字。
>
> "庄生"句，言其情历乱；"望帝"句，诉其情哀苦。"珠泪""玉烟"以自喻其文采。

《辑评》朱批系何焯批，故学者多以为上述各条即为何氏批。但何氏《义门读书记》明言《锦瑟》为"悼亡之诗"，并作了具体解读。而此朱批却说是"自伤之词"，且谓"诸家皆以为悼亡之作"，这"诸家"中当然也包括了《义门读书记》的《锦瑟》批。二者显有矛盾。同一评家，对某首诗的解读固然常有前后不一致的现象，但朱批中并未提及先主悼亡，后改自伤之事，故朱批是否何氏批确实不能不打上问号。当然，从义山诗阐释史的角度看，朱批的作者是谁并不太重要，重要的是自伤说本身的合理性和价值。从《辑评》所录的这几条朱批看，尽管对每一句的具体解释未必尽妥，第一条与末条亦有歧异，但就整体而言，显然比悼亡说更能切合诗的文本。特别是"感年华之易逝，借锦瑟以发端。'思华年'三字，一篇之骨"数语，确实提纲挈领式地揭示了全诗的主要内容。谓"庄生"句"言付之梦寐"或"言其情历乱”，“望帝”句"言待之来世”或“诉其情哀苦”，虽有歧异，但都较符合典故原意，不像悼亡说解“庄生”句旁扯庄子鼓盆，离开典故本意。谓“珠泪”“玉烟”系自喻文采，更与自叙创作说相合。故《辑评》朱批在自伤说的形成过程中带有里程碑性质。此前元好问《论诗》(其十二)“佳人锦瑟怨华年”之句，虽已喻示《锦瑟》系自伤华年不遇之作，但语焉不详，后世阐释《锦瑟》者亦未注意及此。《辑评》朱批很可能就是从元诗得到启发，演为美人自伤迟暮的具体阐释。

自伤说一经明确提出，因其与诗的文本较为切合，且具有较大的包容性，遂迅速流传开来，为许多注家评家所接受。王清臣、陆贻典等人的《唐诗鼓吹评注》、徐夔的《李义山诗集笺注》(见王欣夫《唐集书录》十四种)、杜诏的《唐诗叩弹集》、汪师韩的《诗学纂闻》、薛雪的《一瓢诗话》、宋翔凤的《过庭录》、姜炳璋的《选玉谿生诗补说》等均主自伤身世说。录较有代表性的汪师韩、姜炳璋二家之说于下。汪云：

> 《锦瑟》乃是以古瑟自况……世所用者，二十五弦之瑟，而此乃五十弦之古制，不为时尚。成此才学，有此文章，即已亦不解其故，故曰“无端”，犹言无谓也。自顾头颅老大，一弦一柱，盖已半百之年矣。“晓梦”，喻少年时事。义山早负才名，登第入仕，都如一梦。春心者，壮心也。壮志消歇，如望帝之化杜鹃，已成隔世。珠、玉皆宝货。珠在沧海，则有遗珠之叹，唯见月照而泪；生烟者，玉之精气。玉虽不为人采，而日中之精气，自在蓝田。追忆，谓后世之人追忆也；可待者，犹云必传于后无疑也。“当时”指现在言。惘然，无所适从也。言后世之传，虽自可信，而即今沦落为可叹耳。

除首尾二联之解，或稍牵强，或属误解外，其他均不乏精彩。解中间四句，或结合其身世遭遇，或结合其文章才情，均能紧贴诗句本身。特别是解第五句为“珠在沧海，则有遗珠之叹，唯见月照而泪”，既发前人之所未发，又紧扣诗句，是相当精彩切当的解读。姜氏云：

> 此义山行年五十，而以锦瑟自况也。和雅中存，文章早著，故取锦瑟。瑟五十弦，一弦一柱而思华年，盖无端已五十岁矣。此五十年中，其乐也，如庄生之梦为蝴蝶，而极其乐也；其哀也，如望帝之化为杜鹃，而极其哀也。哀乐之情，发之于诗，往往以艳冶之辞，寓凄绝之

意。正如珠生沧海，一珠一泪，暗投于世，谁见之者？然而光气腾上，自不可掩，又如蓝田美玉，必有发越之气，《记》所谓精神见于山川是也。则望气者亦或相赏于形声之外矣。四句一气旋折，莫可端倪。末二言诗之所见，皆吾情之所钟，不历历堪忆乎？然在当时，用情而不知情之何以如此深，作诗而不知思之何以如此苦，有惘然相忘于语言文字之外者，又岂能追忆乎？此义山之自评其诗，故以为全集之冠也。

同样是以锦瑟自况，姜氏之解较汪氏更为直捷。以哀乐分属颔联出句与对句，亦一新解。以蝴蝶梦为乐境，着眼点在原典中之"栩栩然""适志"，即所谓"适"，其中实已融入咏瑟说之成分。腹联从"哀乐之情，发之于诗"着眼进行阐释，则又融进自叙诗歌创作说（此说发自程湘衡，见下文）。尾联亦贴紧作诗之情解说，虽稍迂执，但其整体思路是着眼于作为诗人之义山的自况，而非一般自伤说之着眼于身世遭遇之不幸。故姜说实可视为自伤说之变体，盖其已在内核上吸收了自叙诗歌创作说，并融入了咏瑟说的成分。"哀乐之情，发之于诗"，与后来主自叙诗歌创作说的钱锺书所说的"平生欢戚……开卷历历"几乎没有多少区别。从姜说正可看出自伤说与自叙诗歌创作说原可相通与兼融。姜氏时代后于主自叙诗歌创作说的程湘衡，"此义山自评其诗，故以为全集之冠也"之语，便明显源于程氏之说。

与自伤说同时产生的自叙诗歌创作说，据何焯《义门读书记》，其发明者应是程湘衡。何氏在上引"此悼亡之诗也……却所未喻。一段阐释后附述云：

> 亡友程湘衡谓此义山自题其诗以开集首者。次联言其作诗之旨趣，中联又自明其匠巧也。余初亦颇喜其说之新，然义山诗三卷出于后人掇拾，非自定，则程说固无据也。

但王应奎《柳南随笔》则谓：

> 玉谿《锦瑟》诗，从来解者纷纷，迄无定说。而何太史义门（焯）以为此义山自题其诗以开集首者。首联……言平时述作，遽以成集，而一言一咏，俱足追忆生平也。次联……言集中诸诗，或自伤其出处，或托讽于君亲，盖作诗之旨趣尽在于此也。中联……言清词丽句，珠辉玉润，而语多激映，又有根柢，则又自明其匠巧也。末联……言诗之所

陈，虽不堪追忆，庶几后之读者知其人而论其世，犹可得其大凡耳。

从情理推断，何氏既已在《读书记》中明确记述此系"亡友程湘衡"之说，且在作出思考后认定"程说固不足据"，则其剿袭已被自己否定的亡友之说殆无可能。王应奎当是将何氏转述程说当成何氏自己的阐释。但由于王氏的记述，使后世得以了解程氏阐说《锦瑟》的具体内容。

自题其诗以开集首之说固无实据，但自叙诗歌创作说却有其明显的优长与合理性。程氏将"一弦一柱思华年"解为"一言一咏，俱足追忆生平"，将一部义山诗集视为"锦瑟"之弦弦柱柱所奏出之曲调，应该说是紧扣题目与诗句本身的。将颔联解为"作诗文旨趣"，将"庄生"句解为"自伤其出处"，也较为贴切。将"望帝"句解为"或托讽于君亲"，虽稍嫌拘凿，亦自有典故方面的依据。谓腹联以清词丽句、珠辉玉润来形况义山诗之匠巧，也大体符合其创作实际。惜尾联之解泛而不切，特别是未贴紧"只是当时已惘然"来解说。但此说在总体上的合理性是显而易见的。尽管在整个清代，持此说的除程氏外仅宋翔凤（见《过庭录》卷一六）、邹弢（见《三借庐笔谈》）数家，但其阐释既贴紧题目与诗面，又较切合义山创作实际，值得充分重视。

值得注意的是，宋元明三代相当流行的适怨清和说在清代基本上销声匿迹。这说明，清代学者普遍认为，这首题为"锦瑟"的诗，与瑟的声音意境无关，根本不具有咏瑟诗的性质。他们或以为锦瑟为亡妻喜弹之乐器，或以为乃义山自身或者诗歌创作之象喻，故不再从瑟声瑟境上着想，因而在解读颔腹二联时不再与瑟之声、境挂钩。这可能是清代学者在《锦瑟》阐释中最大的失误，即在阐述各自的说法时将前代一项理应充分重视的阐释成果轻易地抛掉了。

除以上三种主要说法外，清代还出现了一系列其他新说，如叶矫然的自悔说（见其《龙性堂诗话》），方文辀（见梁章钜《退庵随笔》引）、吴汝纶（见其《评点〈唐诗鼓吹〉》）的伤国祚兴衰说，屈复的就诗论诗说等。其中屈氏之说颇为论者所称引，略云："此诗解者纷纷……不可悉数。凡诗无自序，后之读者，就诗论诗而已。其寄托或在君臣朋友夫妇昆弟间，或实有其事，俱不可知。自《三百篇》、汉魏三唐，男女慕悦之词，皆寄托也，若必强牵其人其事以解之，作者固未尝语人，解者其谁起九原而问之哉！"他并不否认历代男女慕悦之词有寄托，但认为如无作者自序，则只能就诗论诗，不能强牵其人其事为解。在反对无依据的任意牵合穿凿这一点上，屈氏的看法是正确的，足以矫义山诗阐释中的积弊。但他对《锦瑟》的"就诗论诗"之解却不免令人大失所望。《锦瑟》与《无题》诸诗，常被相提并论，实际上它们的性质并不相同。《无题》诸诗即使不探求其是否另有寄托也能感受到它是深情绵邈的爱情诗，本身有独立的欣赏价值。而《锦瑟》，如果不明白它的寄托，本身就是一个只具形式美的谜团。梁启超说："义山的《锦瑟》《碧城》《圣女祠》等诗，讲的什么事，我理会不着……但我觉得它美，读起来令我精神上新鲜的愉快。须知美是多方面的，美是含有神秘性的。我们若还承认美的价值，对于此种文字，便不容轻轻抹煞"（《中国韵文里所表现的情感》）。这段话亦每为论者称引。其实他所说的含有神秘性的美，既包含《锦瑟》等诗在语言文字、声律、对偶等形式方面的因素所构成的美感，也包含情思意境的朦胧缥缈所形成的美感。但这不意味着，"理会不着"就可以"不加理会"，只是这种"理会"必须是诗性的，不能"既解则意味都尽"（王世贞语），破坏了诗歌本身的美感。总之，对屈复的"就诗论诗"和梁启超的"理会不着"，应有正确的理解。

最后，要特别提出来加以评述的是徐德泓、陆鸣皋在其合著《李义山诗疏》中提出的就瑟写情说。徐解云：

> 此就瑟而写情也。弦多则哀乐杂出矣。中二联，分状其声，或迷离，或哀怨，或凄凉，或和畅，而俱有华年之思在内也。故结联以"此情"二字紧接。追维往昔，不禁百端交感，又不知从何而起，故曰"可待"，曰"惘然"，与"无端"两字合照，惝恍之情，流连不尽。

陆解云：

> "无端"二字，便含兴感意，而以"思华年"接之。物象人情，两意交注，首尾拍合，情境始佳。若仅谓写瑟之工，便成死煞。

190　徐的"就瑟而写情"，即陆的"物象人情，两意交注"；徐的"曰'可待'，曰'惘然'，与'无端'两字合照"，即陆的"首尾拍合"。简言之，徐、陆认为《锦瑟》是一首借瑟声抒写华年之思的诗，其根本特点是"物象"（指瑟声所显现的音乐境界）与"人情"两意交注。无论迷离、哀怨、凄苦、和畅之境，均有华年之思在内。他们解《锦瑟》，主要是抓住"思华年"这个中心和"无端""惘然"等关键性词语，将声象与人情融合无间地联在一起，来揭示诗的丰富内涵（百端交感）。既避免执著一端（单纯咏瑟、怀人、悼亡、自伤、自叙诗歌创作），又不排斥每一种有一定依据的具体解说。引导读者沿着"无端五十弦""思华年""惘然"这条因瑟声而兴感的主线，在物象与心象、声情与心境的交融中多方面地体味诗的丰富内涵，从而使诗的蕴涵在不同读者的参与和再创造中得到最大限度的发掘。可以说，这是自宋以来对《锦瑟》的各种解说中最不执著穿凿、最通达而少窒碍的解说，也是最富包容性而能为持各种不同看法的读者所接受的一种解说。如果不是真正把握了《锦瑟》百端交感、意蕴虚涵的特点，便不可能作出如此切当而富包容性的解说。清代注家评家普遍摒弃不取的适怨清和说，经徐、陆的吸取与改造，使之与"思华年"的"人情"紧密结合，遂使《锦瑟》的阐释在融通众说的基础上出现一个质的飞跃。

第三节　二十世纪学者对《锦瑟》的阐释

　　二十世纪的前八十年，对《锦瑟》的解读基本上是沿袭前人成说而加以推衍发挥，但在有的解说中已显示出以一种说法为主、兼综诸说的趋向。间或出现某种新说，但影响不大。

　　张采田、汪辟疆都主自伤说。但张氏《玉谿生年谱会笺》不仅谓"一弦一柱思华年"句"隐然为一部诗集作解"，谓"望帝"句系"叹文章之空托"，明显融合了自叙诗歌创作说，且谓颔联"悼亡斥外之痛，皆于言外包之"，又糅合了悼亡说。解腹联附会李德裕之贬珠崖与令狐绹之秉钧赫赫，则融合了寓托政治的成分。汪辟疆《玉谿诗笺举例》所解较张氏更为贴切，而谓"望帝句，喻己抱一腔忠愤，既不得语，而又不甘抑郁，只可以掩抑之词出之"，谓"蓝田日暖喻抱负，然玉韫土中，不为人知，而光彩终不可掩，则文章之事也"，也明显融合了自叙诗歌创作说。

　　禹苍（周汝昌）的《说〈锦瑟〉篇》（《光明日报》1961年11月26日）则将此诗看成一首听瑟曲而引起对华年的追忆，抒写"春心"之苦情的诗。其融通咏瑟、自伤、自序诗歌创作说的趋向也相当明显。

　　二十世纪后二十年，发表了一大批专门阐释讨论《锦瑟》的文章。其中影响最大的当属钱锺书的自叙诗歌创作说与王蒙的无端说。

钱锺书对《锦瑟》之笺解，首见于周振甫《诗词例话》引钱氏《冯注玉谿生诠评未刊稿》，再见于其《谈艺录补订》，后者长达五千余字，洵为其晚年精心结撰之作，节引如下：

> "锦瑟"喻诗，犹"玉琴"喻诗……借此物发兴，亦正睹物触绪，偶由瑟之五十弦而感"头颅老大"，亦行将半百。"无端"者，不意相值，所谓"没来由"……首两句……言景光虽逝，篇什犹留，毕世心力，平生欢戚，"清和适怨"，开卷历历。所谓"夫君自有恨，聊借此中传"。三四句……言作诗之法也。心之所思，情之所藏，寓言假物，譬喻拟象；如庄生逸兴之见形于飞蝶，望帝沉哀之结体为杜鹃，均词出比方，无取质言。举事寄意，故曰"托"；深文隐旨，故曰"迷"。李仲蒙谓"索物以托兴"，西方旧说谓"以迹显本""以形示神"，近说谓"情思须事物当对"，即其法耳。五六句……言诗成之风格或境界，犹司空表圣之形容词品也……曰"珠有泪"，以见虽凝珠圆，仍含泪热，已成珍稀，尚带酸辛，具宝质而不失人气……"日暖玉生烟"与"月明珠有泪"，此物此志，言不同常玉之冷、常珠之凝。喻诗虽琢磨光致，而须真情流露，生气蓬勃，异于雕绘泪性灵，工巧伤气韵之作……七八句……乃与首二句呼应作结。言前尘回首，怅触万端，顾当年行乐之时，既已觉世事无常，抟沙转烛，黯然于好梦易醒，盛筵必散，登场而预为下场之感，热闹中早含萧索矣。

钱氏博通古今中外，文中详征博引，相互参证，对发源于程湘衡之自叙诗歌创作说作了最详尽而具现代性之阐释。其中最有说服力者有二：一为论述以锦瑟喻诗，引杜甫、刘禹锡诗为旁证，将题目与对诗意的理解统一起来，这一点是程氏之说中所无的。二是据司空图《与极浦书》引戴叔伦"诗家之景"语，谓"沧海""蓝田"一联乃言诗成后之风格或境界，亦犹司空图之以韵语形容诗品。此解有一系列唐人诗文中以形象描绘喻示诗文风格之例可证。由于有以上二"硬件"，再加以博引旁征的论证、细密的分析和对诗语的妙悟，此说遂成为二十世纪八九十年代《锦瑟》阐释史上一大显说。尤可注意者，钱氏虽主自叙诗歌创作说，但在实际阐释中已经融合吸收了适怨清和说与自伤说。如释首联云"言景光虽逝，篇什犹留，毕世心力，平生欢戚，'清和适怨'，开卷历历"；释"珠有泪""玉生烟"云："虽凝珠圆，仍含泪热，已成珍稀，尚带酸辛。"这些阐释中就或显或隐地含有自伤及适怨清和说的成分。

王蒙的无端说则在更高的层面上显示了兼融众说的趋势。二十世纪九十年代以来，他先后撰写了一系列关于李商隐《锦瑟》及《无题》诗的文章。其中反复论证并一再强调的一个基本观点是：《锦瑟》的创作缘起（或动机）与内容是无端的。下面是论述这一基本观点的一些重要段落：

> 一种浅层次的喜怒哀乐是很好回答为什么的，是"有端"可讲的：为某人某事某景某地某时某物而愉快或不愉快，这是很容易弄清的。但是经过了丧妻之痛、漂泊之苦、仕途之艰、诗家的呕心沥血与收获的喜悦及种种别人无法知晓的个人的感情经验内心体验之后的李商隐，当他深入再深入到自己内心深处再深处之后，他的感受是混沌的、一体的、概括的、莫名的，只可意会不可言传因而是略带神秘的。这样一种感受是惘然的与"无端"的。这种惘然之情惘然之感是多次和早就出现在他的内心生活里，如今以锦瑟之兴或因锦瑟之触动而追忆之抒写么？（《一篇〈锦瑟〉解人难》）

> 我们还可以设想，知乐者认为此是义山欣赏一曲锦瑟独奏时的感受——如醉如痴，若有若无，似烟似泪，或得或失……李商隐的《锦瑟》为读者，为古今中外后人留下了极自由的艺术空间。（《一篇〈锦瑟〉解人难》）

> 盖此诗一切意象情感意境，无不具有一种朦胧、弥漫，干脆讲就是"无端"的特色……此诗实际题名应是"无端"。"无端的惘然"，就是这一首诗的情绪。这就是这一首诗的意蕴。（《〈锦瑟〉的野狐禅》）

> 含蓄与隐晦……其实质是对于感情的深度与弥漫的追求。爱和恨都不是无缘无故的，当然，深到一定的程度，爱和恨又都不是一缘一故那样有端的了……它们的费解不是由于诗的艰深晦涩，而是由于解人们执着地用解常诗的办法去测判诗人的写作意图……而没有适应这些诗超常的深度与泛度。（《对李商隐及其诗作的一些理解》）

王蒙的这一系列论述，从创作缘起到诗的内容意蕴、艺术手段、篇章结构、语言表达对《锦瑟》及与之类似的诗作了极富创意的理论阐释。类似"无端"这种提法，在前人对义山诗的评论中并不是没有出现过。如杨守智评《乐游原》五绝："迟暮之感，沉沦之痛，触绪纷来。"纪昀评同诗："百感茫茫，一时交集，谓之悲身世可，谓之忧时世亦可。"所谓"触绪纷来""百感茫茫，一时交集"，即可视为对"无端"的另一种表述。但他们都没有将它扩展为对商隐某一类诗特别是对《锦瑟》创作缘起及内容意蕴特征的概括。对《锦瑟》，纪昀不仅不认为它"百感茫茫"，而且认为它内容本很简单："盖始有所欢，中有所恨，故追忆之而作。中四句迷离惝恍，所谓'惘然'也。"以为它不过是一首普通的情诗。徐德泓解《锦瑟》，虽说过"追维往昔，不禁百端交感，又不知从何而起"这样的话，但像王蒙这样从理论上深刻阐述"无端"的，却前所未见。经他阐释，遂使《锦瑟》及同类作品的创作特征得到精到简括的揭示。它表面上似乎没有对诗的内容意蕴给出一个明确的答案，实际上"无端"即涵盖了"多端"，使古往今来一切有一定文本依据的纷歧阐释在更高层面上得到统摄与融通。不但解开了《锦瑟》本身创作缘起与内容意蕴的谜团，而且为正确解读这种非常态的诗提供了新的方法与思维。就这一点说，王蒙的无端说具有超越解读《锦瑟》诗的意义。

自宋至今，一千余年的《锦瑟》阐释史，概括地说，就是从纷歧走向融通的历史。而纷歧与融通，又都与《锦瑟》本身的性质和特点密切相关。

歧解迭出，既由于其创作缘起、内容意蕴的不明与"无端"，也由于其表现手段的非常态。颔腹两联所展示的四幅意境朦胧缥缈、不相联属的象征性图景，为持有各种不同看法的读者提供了多种解读的可能。

自宋至今，对《锦瑟》的阐释最主要的异说有令狐青衣说、适怨清和说、悼亡说、自伤说、自叙诗歌创作说。这五种异说既各有其文本依据或旁证，有其各自的优长与合理性，又各有其自身的缺陷。这就在客观上提出了互补与融通的要求。

五种主要异说虽貌似互不相干，但实际上却是一体连枝，异派同源。这个"源"和"体"就是具有悲剧身世，在政治生活、爱情生活和婚姻生活上遭遇过种种不幸的感伤诗人李商隐。他的诗，就是上述种种不幸的表现与寄托。从这个意义上说，每一种异说实际上都是同一"体""源"上的"枝""派"。各种异说之产生，是由于不同的读者，站在不同的角度去感受，根据不同的内外证据去理解这首内容虚泛、表现"无端"的"惘然"之情的诗的结果。它们可以说都是对《锦瑟》这一艺术整体某一方面的真实反映与把握。因而对各种主要的异说加以融通，便有了合理的依据和基础。不妨说，纷歧的异说是分别认识其一枝一节，而融通则是将它们还原为一个有机的整体。那些牵合附会政治的异说之所以难以被融通，原因也在于它们既脱离文本，又脱离这个"体"与"源"。

融通的方式，基本上是两种：

一种是以某一说为主，吸收融合他说的合理成分。这种方式比较常见，如上举许彦周之说即是以适怨清和说为主而兼融令狐青衣说，屠隆之说则是以令狐青衣说为主而兼融适怨清和说。汪师韩、姜炳璋、张采田、汪辟疆虽主自伤说，而又吸收了自叙诗歌创作说，张氏还包含了悼亡说的成分。钱锺书虽主自叙诗歌创作说，但又兼融了自伤说与适怨清和说。兼融的情况，主要视为主之说内涵的可容度。一般地说，像自伤、自叙诗歌创作说由于有较大的可容度，吸收融化异说便比较容易。适怨清和说也有较大的变通余地。而悼亡说与令狐青衣说由于所指过于具体，便很难兼融其他异说。从《锦瑟》阐释史看，可容度大的异说往往比较通达，而可容度小的则往往牢守阈域而少旁通。

另一种融通方式是在主要异说的基础上概括提升，从更高层面加以统摄。清代徐、陆的就瑟写情说与当代王蒙的无端说便属于这种方式。徐、陆之说既有适怨清和的成分，又有自伤的成分，但不是二者的简单融合，而是从更高层面兼融众说，他们所说的"情"，内涵可以很广。王蒙的无端说更将《锦瑟》所抒的惘然之情视为一种综合了许多情感基因的形态混沌的既深又泛的情，两种不同的融通方式实际上反映了对《锦瑟》所抒之情的性质、内容、形态的不同看法，都各有其合理性。

人们对一个复杂对象的认识往往先从每一局部、方面开始然后再整合概括，形成对它的整体认识。《锦瑟》阐释史上从纷歧到融通的总趋势正反映了人们认识复杂事物的历程。

至此，我们或许可以对《锦瑟》的主要异说作这样的融通这是一首借咏瑟声瑟境以抒因"思华年"而引起的"惘然"之情的诗。颔腹两联所写的迷离、哀怨、清寥、虚缈之境，既是锦瑟的弦弦柱柱奏出的悲声，也是诗人在听奏锦瑟时引起对华年的思忆，与瑟声共振的心声心境，自然也不妨将它视为表现华年之思的诗歌中展现的种种境界。而诗人的怀人、悼亡之情也统包于上述诸境之中了。

第三章　《嫦娥》阐释史

第一节　历代对《嫦娥》的阐释

最早注意到《嫦娥》这首诗，并对它作出阐释的是南宋末年的谢枋得[①]，他说：

> 诗意谓嫦娥有长生之福，无夫妇之乐，岂不自悔，前人未道破。
> （《胡刻谢注唐诗绝句》）

诗面的意思确实像谢枋得所解的那样，相当简单明白，是讲"嫦娥有长生之福，无夫妇之乐，岂不自悔"的。谢氏评诗，好用"前人未道破""前人无此见"一类评语来揭示诗人思想、见解之独特（如评义山《过楚宫》："此诗讥襄王之愚，前人未道破。"评《贾生》："汉文帝夜半前席贾生，世以为美谈。'不问苍生问鬼神'，此一句道破，文帝亦有愧矣。前人无此见。"）此诗评语"前人未道破"亦然，乃是赞赏商隐从嫦娥窃药奔月的神话传说题材中翻出前人未曾悟到的新意。这可以理解为谢氏对《嫦娥》诗思想内容及构思的一种肯定评价。从中也可看出，谢氏就是照此诗的题目和诗面来理解、阐释诗意的，并不认为它有所喻指或寓托。

谢氏之后，明代敖英、钟惺对诗的意蕴的理解，基本上与谢氏相似。敖英《唐诗绝句类选》评此诗主要从构思着眼：

> 此诗翻空断意，从杜诗"斟酌嫦娥寡，天寒奈九秋"变化出来。

---

①　在他之前，南宋初吕本中曾谓："杨道孚深爱义山'嫦娥应悔偷灵药，碧海青天夜夜心'，以为作诗当如此学。"（《东莱吕紫微诗话》）但所谓"深爱"，似指"嫦娥应悔偷灵药，碧海青天夜夜心"二句对"作诗当如此学"有启示，而非欣赏此诗诗艺，也非对诗意的阐释。

所谓"翻空断意",与谢氏"前人未道破"之评精神相通。实际上,不仅杜诗,早在李白《把酒问月》诗中已有"但见宵从海上来,宁知晓向云间没?白兔捣药秋复春,嫦娥孤栖与谁邻"之句。同情嫦娥之孤栖无伴,前人诗中早已有之。但义山诗中点眼处"应悔偷灵药",确实是前人未曾道破的新意。钟惺《唐诗归》的评语则侧重于艺术表现,他在"夜夜心"三字下评曰:"语、想俱到,此三字却下得深浑。"而陆时雍《唐诗镜》之评则曰:"其诗多以意胜。"比较之下,钟评既强调了意(即"想"),又突出了语言表现;既揭示其抒情的深微,又指出其表情的蕴蓄浑成,耐人寻味。但总的来看,以上诸人都只是将此诗作为单纯的咏嫦娥诗看待。

明人中指出《嫦娥》有所托喻的是唐汝询和胡次焱。唐氏曰:

> 此疑有桑中之思,借嫦娥以指其人,与《锦瑟》同意。盖义山此类作甚多,如《月夕》《西亭》《有感》《昨夜》等什,俱与《嫦娥》篇情思相左右,但不若此沉含更妙耳。(《唐诗选脉笺释会通评林》引)

唐氏谓嫦娥喻指诗人所怀之情人,并举一系列诗为旁证,其中有的是对诗意的误解(如《西亭》《昨夜》),但《月夕》一诗确与《嫦娥》密切相关,诗云:

> 草下阴虫叶上霜,朱栏迢递压湖光。
> 兔寒蟾冷桂花白,此夜姮娥应断肠。

首句秋夜清寒之景,次句遥望其人所居,朱栏高峻,下临湖面。三四以嫦娥喻其人,谓值此凄寒秋夜,其人孤寂无伴,当因此而肠断。此"姮娥"自指所思者。"此夜姮娥应断肠"之"姮娥",与《嫦娥》诗中"应悔偷灵药"而"碧海青天夜夜心"之"嫦娥"显为同一类型人物。"应悔"与"应断肠",连遥揣对方心理的口吻及用语也相似。因此,唐氏之解自有其依据。

胡次焱则对《嫦娥》的寓意作了全新的阐释:

> 羿妻窃药奔月中,自视梦出尘世之表。而入海升天,夜夜奔驰,曾无片暇时,然而何取乎身居月宫哉?此所以悔也。按商隐擢进士第,又中拔萃科,亦既得灵药入月宫矣;既而以忤旨罢(按,此当因误解《新唐书》本传"调弘农尉,以活狱忤观察使孙简,将罢去"之文而致),以牛李党(按,指牛僧孺、李宗闵朋党)斥,令狐绚以忘恩谢不通,偃

蹇蹭蹬，河落星沉，夜夜此心，宁无悔耶！此诗盖自道也。上二句指发
思之时，下二句志凝想之意。

这是头一次将诗中的嫦娥理解为诗人自身的自喻说。其主要特点是联系商隐
"偃蹇蹭蹬"的境遇来阐释全诗。从具体解读看，比附的痕迹相当明显，而
且比较牵强，特别是未能讲清关键性的"悔"字的含义（嫦娥是因"碧海青
天夜夜心"的孤寂而生"悔偷灵药"之意，但不能说商隐因仕途偃蹇蹭蹬而
悔登第入仕）。但这一阐释说明解读者感悟到诗中嫦娥的处境及心境与诗人
自身的处境及心境有相通之处。就这一点说，这一阐释是有创造性的。

到了清代，随着对义山生平及诗歌创作的研究逐步深入，特别是看到
义山诗集中有一系列咏女冠生活及心境的诗，因而在《嫦娥》诗的阐释史上
又添出一种重要的异说，即刺女道士说。程梦星《重订李义山诗集笺
注》云：

> 此亦刺女道士。首句言其洞房曲室之景。次句言其夜会晓离之情。
> 下二句言其不为女冠，尽堪求偶，无端入道，何日上升也。盖孤处既所
> 不能，而放诞又恐获谤。然则心如悬旌，未免悔恨于天长海阔矣。

冯浩《玉谿生诗笺注》亦同此说而稍简括：

> 或为入道而不耐孤子者致诮也。

在义山诗中，用"嫦娥"来喻指女冠者屡见不鲜。《和韩录事送宫人入道》
即以"月娥孀独"来指称女冠之孤栖无侣，《月夜重寄宋华阳姊妹》又以
"窃药"喻修道学仙之女冠。因此，将《嫦娥》诗中"偷灵药"而"碧海青
天夜夜心"、孤寂之情难以排遣之"嫦娥"理解为学道慕仙之女冠的喻体，
是完全符合实际的。如果撇开"刺""诮"这类从封建礼教出发的对义山感
情倾向误解的词语不论，程、冯二氏认为这首诗是咏修道女冠不耐孤寂而自
悔的心情，应该说是可以成立的。

清代还有其他一系列对《嫦娥》的阐释，其中在嫦娥系作者自喻之说
的基础上变化发展的阐释占了很大比重，成为这一时期的主流。如何焯的自
伤说：

> 自比有才调，翻致流落不遇也。（《李义山诗集辑评》）

姜炳璋《选玉谿生诗补说》云：

> 此伤己之不遇也。一二，喻韶光易逝。三四，喻不如无此才华，免
> 费夜夜心耳。

自伤有才翻致流落不遇，亦即所谓"才命两相妨"之悲慨，这自然是商隐的真实感情。但这种阐释却有一个明显的缺陷，即诗中的关键字"悔"字没有着落。把"偷灵药"比作"有才调"，也有些不伦。沈德潜《唐诗别裁集》的阐释则比较注意揭示"悔"字的内涵，变自伤为自忏：

> 孤寂之况，以"夜夜心"三字尽之。士有争先得路而自悔者，亦作
> 如是观。

"争先得路而自悔"实即"自悔躁进"的同义语。冯浩就曾说商隐"开成时既以绚力得第，而乃心怀躁进，遽托泾原"（《玉谿生年谱》），沈氏的看法与之相类。在沈氏看来，《嫦娥》就是义山自忏躁进之作。后来张采田《玉谿生年谱会笺》谓"义山依违党局，放利偷合，此自忏之词，作他解者非"，即承沈氏之说（张氏《李义山诗辨正》与《会笺》的阐释有所不同，谓："此一婚王氏，结怨于人，空使我一生悬望，好合无期耳，所谓'悔'也。盖亦为子直陈情不省而发。"）。持此类说法而所解稍异的还有姚培谦的《李义山诗集笺注》：

> 此非咏嫦娥也。从来美人名士，最难持者末路。末二语警醒不少。

所谓"最难持者末路"，似含末路难持名节，一失足成千古恨之意。这种人生体验，与义山的境遇倒也有某种吻合之处。

也有与唐汝询的解读类似者，如黄生《唐诗摘抄》：

> 义山诗中多属意妇人，观《月夕》一首云……玩次句语景，嫦娥字
> 似暗有所指。此作亦然。朱栏迢递，烛影屏风，皆所思之地之景耳。

这是将《嫦娥》与《月夕》加以联系对照所得出的解读，上已述及，不赘。屈复的笺释与之类似："嫦娥指所思之人也。作真指嫦娥，痴人说梦。"（《玉谿生诗意》）

与上述诸说均不同的是纪昀的悼亡说：

意思藏在上二句，却从嫦娥对面写来，十分蕴藉。非咏嫦娥也。
（《玉籍生诗说》）

此悼亡之诗。（《李义山诗集辑评》）

所谓"意思藏在上二句"，当是指上二句藏有一位永夜不寐，独伴屏风烛影、孤子无侣的诗人自己（悼念亡妻者）。但何以下二句即从对面透出悼亡之意，纪氏未加申说。揣纪氏之意，或谓窃药仙去之"嫦娥"（喻指故去之妻子）面对此夜夜碧海青天的孤寂之境，想必孤凄之情无可排遣，则己之孤寂可知，故说"从对面写来"。但纪说实不可通，详下节。

第二节　对纷纭阐释的归纳梳理——境类心通

历代对《嫦娥》诗的纷纭阐释，若加以归纳梳理，实际上不外乎以下五说：其一，以谢枋得为代表的咏嫦娥"有长生之福，无夫妇之乐"说（敖英、陆鸣皋引杜诗"斟酌嫦娥寡，天寒奈九秋"与之作比较，当亦主此说）。其二，以程梦星、冯浩为代表的刺女道士不耐孤子说。其三，以唐汝询、黄生、屈复为代表的咏所思之人说。其四，以胡次焱、沈德潜、姚培谦、姜炳璋、张采田为代表的自伤或自忏说。其五，纪昀所主张的悼亡说。

以上五说之中，悼亡说最不可通。因为此诗所要表现的是嫦娥在"碧海青天夜夜心"的孤寂清冷之境中的"悔偷灵药"心绪，"悔"是全诗的关键字、不可忽略。嫦娥窃药，本求飞升，不料反因此孤守月宫，寂寞难耐，故云"悔偷灵药"。而亡妻之弃人间仙升，诚非所愿，如解为"悼亡"，则诗中的关键语"应悔偷灵药"便全无着落。

咏所思之人说与咏女冠说，如果所思之人的身份是女冠，则二说实可合为一说。从商隐诗中常以"嫦娥"喻指女冠的习惯来推断，无论是这首诗中的"嫦娥"，还是《月夕》诗中的"姮娥"，所喻指的对象当即道观中的女冠。所谓"朱栏迢递压湖光"，亦即《碧城三首》之"碧城十二曲栏杆"，同指女道士观。而"云母屏风烛影深，长河渐落晓星沉"，与表现女冠孤寂凄冷处境之《银河吹笙》前幅所写情景相类。上节已引《和韩录事送宫人入道》之"月娥孀独"，《月夜重寄宋华阳姊妹》之"窃药"以证此诗之"嫦娥""偷灵药"为女冠慕仙修道，因此，说这首诗是借嫦娥咏女冠修道生活之孤寂清冷，是可信的。女冠是否即所思之人，虽难肯定，但对女冠的孤寂处境，诗人的感情倾向是同情而非讥诮，却可断言这是从"应悔""夜夜心"等渗透体贴同情的词语中完全可以体味到的。

但《嫦娥》并不完全等同于《月夕》，因为它还隐含着一层更深的意蕴。诗的前二句写一独处孤室、彻夜难眠之人，后二句设身处地，推想月中嫦娥之处境与心境，其中都融合有诗人自己的感触。嫦娥窃药奔月，高居琼楼玉宇，虽远离尘嚣、高洁清净，但夜夜随月历青天而入碧海，清冷孤寂固难排遣。这与女冠慕仙修道、追求清真而难耐孤孑、与诗人之蔑弃庸俗、宅心高远而不被理解，陷于身心孤寂之境均有相似之处，因此连类而及，原很自然。故嫦娥、女冠、诗人，实三位而一体，境类而情通。咏嫦娥即所以咏女冠，而诗人自己因追求高远而陷于身心孤寂之境的复杂矛盾心理也就自然寓含其中了。从最虚括的意义上说，这首《嫦娥》就是咏高天寂寞心的。嫦娥的、女冠的、诗人的"寂寞心"都包含在这"应悔偷灵药"的"碧海青天夜夜心"中了。

在这三层意蕴中，"嫦娥有长生之福，无夫妇之乐，岂不自悔"是最表层的意蕴。而从表层到内层，是有意的托寓，即自觉地借嫦娥喻指女冠，以"嫦娥"因"偷灵药"而导致"碧海青天夜夜心"的寂寞清冷来暗喻女冠因慕仙修道而陷于长期的孤清，从而产生自悔的心理。从内层到深层，则是一种自然而然的渗透与融会，即在咏女冠的孤清寂寞的同时触动了自己内心深处类似的人生感受与体验，从而在诗中融入了自己的高天寂寞心。故前者近比，而后者近兴。后者乃是创作过程中一种自然的触发、联想与融会，而非有意识的托寓。故在表现形态上往往似托非托，无迹可求，却又可以意会。这实际上就是一种有神无迹的象征。义山优秀抒情诗的特点之一，就是在歌咏某一特定题材时，往往连类而及，自然融入了自己的身世之感及人生体验，故感情内涵与形态往往浑融虚括，似此似彼，亦此亦彼。解者往往就己之所感，各执一端，以致歧见杂出，实则不少歧解原可相通兼融，不必执定一端而排斥其他诸解。如本篇，女冠之孤寂生活及心境可以视为其生活基础的一个方面，也可视为其内容意蕴的一个层面，但不必拘限于此。因为诗人在创作过程中已经自然而然地融入了自身的境遇与心情，诗的意蕴亦因此而获得进一步深化与升华。阐释者当知人论世，深入诗人的内心世界，细心体味分析文本，发掘其艺术意境丰富多层的内涵，而不应将高度概括的艺术境界还原于局部的生活依据。

《嫦娥》与《月夕》，尽管题材、内容意蕴有相似之处，但《月夕》却从未引起过像《嫦娥》这样众多的歧说。这是因为，《月夕》的内容，止于"咏所思之人"这一端。尽管在"此夜姮娥应断肠"的诗句中也包含着对所怀之人的体贴同情，但显而易见，诗人在创作过程中并没有引发对自己处境、心境的联想，因此笔下所出现的也就仅仅是对所怀之人的体贴同情，而没有像"嫦娥应悔偷灵药，碧海青天夜夜心"这种将自己的处境、心境也融入其中的虚括描写。这二者的区别虽然微妙，却不难意会。《月夕》因此不妨视为《嫦娥》在典型化过程中的一个环节。类似的情况在《乐游原》等诗的创作中还可以看到。

第四章　圣女祠诗阐释史

李商隐以"圣女祠"为题，先后写过三首诗，即《圣女祠》七律（"松篁台殿蕙香帏"）、《圣女祠》五排（"杳蔼逢仙迹"）和《重过圣女祠》（"白石岩扉碧藓滋"）。对这三首诗，从题目到内容，曾经有过纷纭的阐释。直到现在，看法似乎也一时难以统一。

第一节　对三首圣女祠诗的纷歧阐释

清代以前，注意到这三首诗的人很少。宋代吕本中深爱"一春梦雨常飘瓦，尽日灵风不满旗"（《重过圣女祠》）一联，"以为有不尽之意"（见《东莱吕紫微诗话》）。这虽是片断的评赏，却颇具艺术的慧眼灵心，一下子就从近六百首义山诗中抓住了最幽深缥缈、最富艺术想像力和象外之意的诗联，"有不尽之意"的品评也简要而切当。南宋后期刘克庄《后村诗话新集》卷四历举义山五七言律名联，七律首举此联，并于所举名联后总评云"义山之作尤锻炼精粹，探幽索微。""探幽索微"之评，用以评此联，也颇切当。

但此后长时间中，很少有人注意到这三首诗。直至明末周珽的《唐诗选脉笺释会通评林》才有对《重过圣女祠》的笺释：

> 首谓祠宇闲封者，由圣女被谪上清，留滞人间也。雨常飘瓦，风不满旗，正归迟虚寂之景。来无定所，去不移时，乃仙伴疏旷之象。末谓己之姓名，倘在仙籍之中，当会此相问飞升不死之药也。

虽然只是随文作解，不涉及其是否另有寓托，但笺释尚大体切当。尤其是用"归迟虚寂之景"与"仙伴疏旷之象"来诠释颔、腹二联的意境，颇能得其神味。"虚寂""疏旷"正显示了沦谪归迟的圣女寂寞无伴的孤子处境。

稍后生活在明末清初的金圣叹，在《贯华堂选批唐才子诗》中对两首圣女祠七律都作了诠解，其解《圣女祠》云：

> 知他圣女定是何物，我亦借题目自言我所欲言即已耳。松篁、蕙花，言身所居处，既高且清而又芳香也。龙护、凤掩，言深自藏匿，不令他人容易得窥也。无质易恐迷雾，言时切戒惧，不敢自失也；不寒长着铢衣，言致其恭敬，永以自持也。夫士诚如此，则亦可称天姿既良，人功又深者也（一二喻其天姿之良，三四喻其人功之深）。前解写诣，必以纯；此解写遇，必以正也。罗什，言自有婚媾之旧期；武威，言不得隐形以相就也。而又不免寄问双燕者，犹《离骚》所云"托蹇修以为理"也。

解《重过圣女祠》云：

> 此则又托圣女以攄迁谪之怨也。言此岩扉本白，而今藓滋成碧者，自蒙放逐，久不召还，多受沉屈，则更憔悴也。雨常飘瓦者，归朝之望，一念奋飞，恨不拔宅冲举；风不满旗者，寡党之士，无有扶掖，终然颠坠而止也。前解写被谪，此解写得援也。萼绿华，言定复有人怜而援手，特未卜其因缘则在何处也。杜兰香，言近已有人，唇承面许，然无奈其别去犹无多日也。末言既有相援之人，则必有得归之日，此番若至中朝，定须牢记一问，有何巧宦之方，始终得免沦谪？盖怨之甚，而遂出于戏言也。（萼绿华、杜兰香，皆圣女之同人也；玉郎，即称圣女也；忆向，即记问也。）

金圣叹擅小说戏曲批评，在批评史上堪称大家，但他对商隐这两首诗的疏解，却反映出他对诗歌艺术相当隔膜。误解（如"刘武威""玉郎"）加上牵强附会的曲解，将这两首诗解得索然无味。特别是用极为穿凿的方法来诠释"一春梦雨常飘瓦，尽日灵风不满旗""无质易迷三里雾，不寒长着五铢衣"两联，将极缥缈而富想像的诗句变成哑谜，更是点金成铁。但他诠释《重过圣女祠》，谓"此则又托圣女以攄迁谪之怨"，却是第一次明确指出了此诗寓托身世遭遇的性质。如果撇开牵强附会的具体疏解，那么他的这个发现是值得肯定的。

对三首圣女祠诗的阐释热兴起于清代。关于圣女祠的所在地，朱鹤龄

《李义山诗集笺注》于《重过圣女祠》题下笺云：

> 《水经注》："武都秦冈山悬崖之侧，列壁之上，有神像状妇人之容，其形上赤下白，世名之曰圣女神。福应愆违，方俗是祷。"按：武都，今汉中府略阳县地。

冯浩《玉谿生诗笺注》对朱注作了补充：

> 《水经注》："故道水合广香川水，又西南入秦冈山，尚婆水注之。山高入云，悬崖之侧，列壁之上，有神像若图，指状妇人之容，其形上赤下白，世名之曰圣女神，至于福应愆违，方俗是祈。故道水南入东益州之广汉郡界。"按：合《水经注》《通典》《元和郡县志》诸书，两当水源出陈仓县之大散岭，西南流入故道川，谓之故道水。其云"西南入秦冈山"者，在唐凤州之境，州西五十里，则两当县也。

认为圣女祠当在陈仓、大散关之间。清代学者对此虽未表示不同意见，但视程梦星、纪昀等所持之刺女道士说，似未必认为圣女祠在此山间，此点详下节之辨证。

关于三首圣女祠的内容意蕴，清人大致上有四说：

第一种是以朱彝尊为代表的圣女比所思之人说。

> 集中《圣女祠》三首。第一首（按，指卷上之《重过圣女祠》）尚咏神庙。次首（按，指《圣女祠》七律）已似寄托。此首（按，指《圣女祠》五排）竟似言情矣。人虽好色，未有渎及鬼神者。疑其有所悼而托以此题。或止用"圣女"二字，故借以比所思之人耳。（《李义山诗集辑评》）

又说：

> 此首（按，指《圣女祠》七律）全是寄托，不然何慢神乃尔！

朱氏所说的"寄托"，与一般所说的政治寄托或身世寄托不同，指的是言情方面的寄托。故"全是寄托"与"竟似言情"含意类似。"已似寄托"指的也是似有言情方面的寄托。至于所思之人的具体情况，则未加考证。

第二种是程梦星、纪昀所主张的刺女道士说。程氏笺五排《圣女祠》

（"杳蔼逢仙迹"）云：

> 此亦为女道士之显著者作，但与前二首（按，指七律《圣女祠》《重过圣女祠》）不同。前犹想像其院中，此则彰著于院外。首二句明见有女怀春，秉菅洧上矣。次联谓其上清所不受，都邑所易知也。"消息"一联，正叙其自通消息，有同王母之遣青禽以致逢迎，却非紫姑之徒问卜。"肠回"二句，谓其纵情云雨，盘回神女之巫峰；秽乱清规，雅负甘泉之祠宇。归期速驾，得杖长房；时利宵行，戴星天汉。"星娥"一联，非谓其去而不来，正期其归将复往。星娥月姊，能独处于天边；寡鹄羁凤，难孤栖于人世。故下接云："寡鹄迷苍壑，羁凰怨翠梧。"结语分明嘲其华如桃李，贵重王姬，一出瑶池，任人窥窃矣。

笺七律《圣女祠》（"松篁台殿蕙香帏"）云：

> 此亦为女道士作。道院清华，居然仙窟，故云"松篁台殿蕙香帏，龙护瑶窗凤掩扉"也。有此深宫，如隐烟雾，道家妆束，偏称轻盈，故云"无质易迷三里雾，不寒长着五铢衣"也。然而去来无定，有类幽期；戢影藏形，终无仙术，故云"人间定有崔罗什，天上应无刘武威"也。结句问其钗头双燕堕落之由，珠馆九天难归之故，盖曲终奏雅，正言以诘之也。

笺《重过圣女祠》云：

> 《圣女祠》集中凡三见，皆刺当时女道士者。"白石岩扉碧藓滋"，言其道院之清幽也。"上清沦谪得归迟"，言天上之谪仙也。"一春梦雨"，言其如巫山神女，暮雨朝云，得所欲也；"尽日灵风"，言其如湘江帝子，北渚秋风，离其偶也。下紧接云："无定所""未移时"，言其暗期会合无常，比之萼绿华之降羊权，不过私过其家；杜兰香之语张硕，亦苦小乖太岁。论其情欲，有如《溱洧》之诗；责以伦彝，未遂《咸》《恒》之卦。然则荡闲逾检，大愧金支；兔嘲寄瑕，共通仙籍为得耳。

谓圣女为女道士，圣女祠为道院，不为无见。但由于主观判定其为"刺"，不免凭空添加许多诗的文本根本不存在的内容。这在诠释《重过圣女祠》及

《圣女祠》七律的后两联时表现得尤为突出。纪昀则只是笼统地说："合《圣女祠》三首观之，确是刺女道士之淫佚。"对他认为写得最好的《重过圣女祠》，也只是说"前四句写圣女祠，后四句写重过。盖于此有所遇而托其词于圣女"。说明纪氏认为此诗系写诗人自己与女道士的爱情遇合。

第三种是以徐逢源、冯浩为代表的托寓令狐楚说。冯浩《玉谿生诗笺注》引徐逢源笺《圣女祠》（"杳蔼逢仙迹"）云："此益知为令狐作无疑。楚卒于山南镇，义山往赴之，此北归途中作。"冯氏据徐说而以己意敷演之，笺云：

> 余既悟出，证之徐而益信。今细笺之曰：起四句点归途经过也。以下多比令狐。"消息"四句，谓我望其入秉国钧，而今不可再遇，梦醒高唐，心断汉宫矣。"从骑"二句，谓其奉丧而归。"星娥"二句，谓令狐既化，更得知己否。"寡鹄"二句，谓己之哀情。结语唯有其子可以相守，借用"小儿"字也，一字不可移易。而义山初心不背，于此可见。其后《重过》一章，真有隔生之痛矣。

冯氏所谓"悟出"，系指对"从骑裁寒竹，行车荫白榆"二句的理解。冯注云："《礼记·丧服小纪》：'苴杖，竹也。'《问丧》：'为父苴杖。'《檀弓》：'诸侯辒而设帱，为榆沈故设拨。'注曰：辒，殡车也。拨，可拨引辒车。所谓绋，以水浇榆白皮之汁，有急，以播地，于引辒车滑。按：用意之曲若此，何可骤解！"其实这两句虽然用了两个典故（费长房裁竹为骑；《陇西行》"天上何所有，历历种白榆"），意思却非常简单，只不过说"圣女"的随从骑马护送，"圣女"所坐的车行进在榆荫夹道的路上（此处白榆实指榆树）。而冯氏却从《礼记》中翻找出"苴杖""辒车""榆沈"等与诗意毫不相干的词语来转弯抹角地证明这是暗喻商隐护送令狐楚丧东归长安，而且自诩能探其"用意之曲"。又谓"唯应碧桃下，方朔是狂夫"系借用"小儿"字，而不管已明白标出的"狂夫"字面。类似这种任意为解的地方还很多，可谓满纸荒唐言，无一字有来历。但就是这种极其牵强附会的笺释，竟影响了二百余年的许多学者。所幸的是，冯氏并未将这种穿凿之极的解法推广到另两首圣女祠诗中。对七律《圣女祠》（"松篁台殿蕙香帏"），冯氏云：

> 此与所编二首（按，指《圣女祠》五排及《重过圣女祠》）迥不相似，必非途次经过作也。程氏谓为女冠作，似之，但无可细详。

"必非途次经过作"虽有些武断，但看出此首与另一首"迥不相似"，还是比较符合实际的。对《重过圣女祠》虽仍有附会之解，但他指出此诗"全以圣女祠自况，'沦谪'二字，一篇之眼"，还是很有眼力的。但解尾联，却又牵扯到令狐头上，谓"八句重忆助之登第，即赴兴元而经此庙之年也"，不思开成二年十一月商隐应令狐楚急召驰赴兴元时，早已登第。总的来看，冯氏虽主寓意令狐说，但不一以贯之，不仅认为七律《圣女祠》与五排不同，即使《重过圣女祠》的阐释，也已偏向自寓身世说。

第四种是以姚培谦、姜炳璋为代表的自寓身世说。姚氏之前，多数学者一般只认为《重过圣女祠》一首为自寓之作①，而姚、姜二氏则一以贯之，认为三首均为自寓。于《圣女祠》五排，姚氏还只说"结联含自寓意"，未及全诗；而对《圣女祠》七律，则云"此亦义山自喻托足之难，非漫然之作"，认为全篇均为寓托；至《重过圣女祠》则进而谓"义山登第后，仕路偃蹇，未免以汲引望人""诗特点出'沦谪'二字，发自己愤懑"。何焯、陆昆曾亦大体上持自寓说。主自寓说中，解说最系统也最牵强的当属姜炳璋《选玉谿生诗补说》，他说：

> 旧说《圣女祠》三诗，刺当时公主为女冠，大类寄瘗，甚污玉牒。愚谓当时公主原有此事，乃过圣女之祠即谓圣女淫媟，以比公主，义山病应不至此，或又谓喻仕途托足之难，亦似是而非。

他既不同意程氏之刺女道士说，也不同意姚氏的自寓仕途托足之难说，而是将三首诗与商隐的应聘入幕之事联系起来。其解《圣女祠》（"松篁台殿蕙香帏"）云：

> 此义山第一次过圣女祠而作也。首二，言祠之赫奕。然圣女触雾轻衣，往来周历，岂以天上无能物色，而入间尚有知音乎？然亦太劳苦矣。试问其朝上帝于珠馆也，几时复归此祠以自安逸耶？义山欲应茂元之聘，故借圣女以自喻。"香帏""龙护"，喻己之才华绚烂；"无质""不寒"，喻依傍无人，弘农作尉。"人间"喻外藩，"天上"喻朝廷。外籍可觅知己，不比朝廷竟无人过问。既而思之，我之屡至京师，沉抑卑秩，不知何时得尽我才华耶？盖就王茂元之聘，原出于不得已也。

---

① 如前引金圣叹、冯浩之笺解。朱鹤龄《李义山诗集补注》："此以'沦谪'二字发自己愤懑也。"

解《圣女祠》（"杳蔼逢仙迹"）云：

> 郑亚未辟之前，必有辟义山而非其知己，义山却之者，故再过圣女
> 祠而作诗也。言圣女当居碧落，我逢圣女滞于客途，何年归去？而此路
> 则向皇都，非碧落也。既非碧落，则信期青鸟，迎异紫姑，楚梦既消，
> 汉巫亦绝，景况殊凄凉矣。若偕从骑行车，同归上界，则星娥去，岂与
> 月姊更来乎？计不出此，而若寡鹄羁凰，孤栖滞迹，何为也？语语自
> 况。而末则云，应归碧桃之下，与王母同游，彼方朔者，虽谬称自己，
> 然终是世上肉眼人，不过诡谲之狂夫耳，乌足视为仙侣哉！唐诗人多以
> 朔喻反复小人，不知何意。

解《重过圣女祠》云：

> 此义山三过圣女祠而作也。前此瑶窗龙护，珠扉凤掩，何等壮丽。
> 今则碧藓青苔，遍布岩扉矣。盖义山应王茂元聘，为党人所恶，故久作
> 幕官，至此三过其祠，而叹其久谪与己无异也。次句为一篇之主。三
> 四，雨仅飘瓦，不足以泽物矣；风不满旗，不足以威众矣。是写圣女神
> 境，又是写圣女凄凉之境，以为己官卑力薄之喻。妙绝！五六，因想仙
> 姬沦谪，不久即归，而圣女不然，以况己之久滞于外也。七八，倘掌仙
> 籍者会得此意，忆其采药修炼之苦功，当有立时召归天府者，而何以置
> 之不论？此则咎执政者之不见省也。语语都从"重过"着笔。

尽管姜氏将这三首诗按照一过、二过、三过的顺序，以应辟幕府为中心线索，
以抒写不遇之感为贯串的主题，将它们串成一组有共同托寓的组诗，但其对
前两首诗阐释的牵强附会、穿凿索隐，甚至超过了冯浩对《圣女祠》五排的
笺释。即使解读得最接近文本的《重过圣女祠》，也有诸如"雨仅飘瓦，不足
以泽物矣；风不满旗，不足以威众矣"之类大煞风景的穿凿之解。之所以全
引姜氏对三首圣女祠诗的解说，主要是为了说明，事先设定一个一律寓托某
种内容的框框，往往会在解读时产生强诗就我的弊病。如果解读者像姜氏这
样对诗的比兴理解得十分机械狭隘，那就更容易陷于穿凿附会的极端。

第二节　对纷歧阐释的思考和对诗的再阐释

　　上节列举了对三首圣女祠诗的四种主要阐释。值得注意的是，不仅不同的注家、评家对三首诗往往有不同的看法，就是同一注家对这三首诗的性质和内容也往往会有不同看法。尽管也有像姜炳璋这样企图将三首诗统统纳入一个主观设定的框框中的情形，但多数注家在具体阐释时仍比较注意从实际出发，不强求统一。如冯浩虽在解《圣女祠》五排时附会令狐楚，但对另两首的看法，却偏于刺女道士和自寓。这启示我们，对这三首同一题咏对象的诗，在阐释时必须从诗的文本出发，不能用主观设定的框框去强求统一。而三首诗的性质，又牵涉圣女祠究竟是实有其祠，还是仅为一个符号——女道士观的代称？

　　检《全唐诗》，唐代确有圣女祠（庙），且屡见于晚唐诗人的吟咏。与商隐同时的著名诗人许浑有《圣女祠》诗云：

> 停车一卮酒，凉叶下阴风。
>
> 龙气石床湿，鸟声山庙空。
>
> 长眉留桂绿，丹脸寄莲红。
>
> 莫学阳台畔，朝云暮雨中。

张祜有《题圣女庙》诗云：

> 古庙无人入，苍皮涩老桐。
>
> 蚁行蝉壳上，蛇蜕雀巢中。
>
> 浅水孤舟泊，轻尘一座蒙。
>
> 晚来云雨去，荒草是残风。

稍后之储嗣宗亦有《圣女祠》诗云：

> 石屏苔色凉，流水绕祠堂。
>
> 巢鹊疑天汉，潭花似镜妆。
>
> 神来云雨合，神去蕙兰香。
>
> 不复闻双珮，山门空夕阳。

这几首圣女祠诗写实色彩非常明显，可以肯定是实有其地的祠庙而非虚拟的代称。与商隐的三首圣女祠诗对照，可以看出它们之间有不少相同或相似之处。这三首诗中有两首明显反映出祠在山间，且三首均提到云雨，与商隐《圣女祠》五排"寡鹄迷苍壑""杳霭逢仙迹"及《重过圣女祠》"一春梦雨常飘瓦"者合。许浑诗提到"停车"，可见祠在大路旁，与商隐诗"此路向皇都""行车荫白榆"者合。张祜、储嗣宗的诗分别写到"浅水孤舟泊""流水绕祠堂"，这和冯注引《水经注》，其地有两当水（即故道水）者合。说明圣女祠当在列壁之下，大道之旁，濒临水滨，故为过往所经，多有题咏。相互参证，商隐三首《圣女祠》诗与许、张、储所写的同题诗，殆同指陈仓、大散关间的圣女祠。当然，肯定圣女祠实有其地其祠，并不否定它同时为女道士观。盖既有圣女神供奉，则祠内有女冠住持自属常情。

前面已经提到，不仅不同注家，甚至同一注家对这三首诗也往往有不同看法，企图用一种阐释贯通三首诗，往往捉襟见肘，扞格难通。如用自寓身世说来统摄，只有《重过圣女祠》寓托沦谪归迟的痕迹比较明显，其他两首则很难牵合商隐身世遭遇。用咏女冠说来统摄，则五排《圣女祠》较为符合，其他两首或咏神庙神像，或有托寓身世的痕迹，又难尽合。托寓令狐说，则三首均不可合。托喻所思之人说，也只有五排一首较为符合。因此，总结这三首诗阐释史的经验，必须坚持从每首诗的文本实际出发，不能以此例彼，以偏概全，强求一律。

姜炳璋的具体阐释虽极穿凿，但将三首诗按时间顺序排成初过、二过、三过，对理解诗仍有帮助。七律《圣女祠》与五排《圣女祠》题目相同，二诗孰先孰后？冯浩将五排《圣女祠》系于开成二年冬义山护送令狐楚丧自兴元返长安途次，纯属附会，不可从。按此诗明言"星娥一去后，月姊更来无"，星娥、月姊，明为喻指义山过去已经相识的两位女性，且过去她俩曾在此居住，故云"一去""更来"。从这里可以推论出写这首诗时义山与她们已非初识。此次"逢仙迹"乃是重访她俩曾居之祠庙而未遇。然则，七律《圣女祠》当为初过，从此诗先写神庙外观，次写入庙见圣女神像的情形，也与初访情况相合。

从七律《圣女祠》的文本来分析，它所写的是一座供有圣女神像的祠庙。首联写圣女神祠的台殿在松竹环绕之中，华美的窗扉上刻镂为龙凤之形，殿内神龛则以蕙香帷帐笼罩。极形圣女祠环境清幽，建筑华美。颔联写圣女神像披裹着轻纱雾縠一类极轻薄而接近透明的衣裳，看上去像是迷茫的三里雾笼罩着她那宛若无质的形体，大概是仙人不怕寒冷，故而穿着极轻薄的衣裳吧。贺裳《载酒园诗话》评此联云："可望而不可亲，有是耶非耶之致。"这两联写圣女祠的台殿门窗和龛内神像，看得出来是实地瞻仰观赏而得的印象，而非虚拟或象喻性的描写。腹联谓天上恐无刘武威那样的风流才俊之士堪为佳偶，而人间却有崔罗什这样的如意郎君，暗示天上不如人间。尾联谓借问圣女神像头上的钗头白燕，圣女神何时方从天上珠馆朝见回来，得以一睹真容呢？系想望之辞。诗的前幅由祠的台殿门窗写到神龛内的神像，后幅则是瞻仰神像时产生的联翩浮想。整首诗就是以圣女神像为中心来结构全篇的。它的创作，很像是神话剧《宝莲灯》中书生刘彦昌之题诗于华山圣母庙。诗人风流才俊，入圣女祠，望见神帏内的圣女神像，身披轻纱雾縠，宛若人间佳丽，遂生人神恋爱一类非非之想，从而有人间胜于天上之调谑和珠馆何时归来的期盼。把它作为圣女祠题壁诗来读，意自豁然贯通。诗中抒写的内容与感情，与许浑《圣女祠》有相似之处。二诗都写到了神像，也都有调侃语，但许诗写神像"长眉留桂绿，丹脸寄莲红"，虽系写实，却不免显得有些粗俗，而义山对神像的描绘，则既极富想像与情致，又具有人间生活气息；既朦胧飘忽，是耶非耶，又鲜明如画，传出圣女幽洁清丽而迷离惝悦的风神意态。圣女祠可能同时是女道士观，圣女神身上也可能有女冠的影子。但从诗的文本看，它确实是描写圣女神祠、神像以及面对神像时的联翩浮想。朱彝尊说它"慢神""渎及鬼神"，是从诗中带有调谑意味的情思口吻着眼的，但这并不能作为明写神像、实喻所思之人的证据，因为许浑诗同样有"莫学阳台畔，朝云暮雨中"的调谑。

五排《圣女祠》则明显与七律《圣女祠》有别。它没有把注意力放在神祠和神像上，而是放在两位已经离此而去的女性——"星娥"与"月姊"身上。诗中提到"从骑""行车"及"汉宫巫"，显示所咏的女性并非天上的神仙，而是人间的佳丽。所谓"星娥""月姊"，乃是对现实生活中人物的一种托喻。星娥，即织女星，传为天帝之女。《史记·天官书》："婺女，其北织女。织女，天女孙也。"张守节正义："织女三星，在河北天纪东，天女也。"《月令广纪·七月令》引梁殷芸《小说》："天河之东有织女，天帝之子也。"所谓"天帝之子（女儿）"，正是现实中公主的现成借喻。从"星娥一去后，月姊更来无"的诗句看，诗人所系恋的正是"月姊"。月姊，即嫦娥的代称。商隐《水天闲话旧事》"月姊曾逢下彩蟾"之"月姊"即嫦娥。这位"月姊"当是入道公主的侍女。如果以上的解释可以成立，那么这首

212

《圣女祠》五排正是怀想一位曾与入道公主在此修道而现已离此而去京城的随侍宫女。起二句说在杏霭苍茫的客途中经过这座圣女祠而有所滞留。"仙迹",指公主与宫女曾在此修道。三四句说对方究竟是哪一年回归"天上"(与下句"皇都"对文同义)的呢?眼前的这条道路正是通向帝都长安的啊(按,商隐所经之路正是梁、秦间的交通要道)。二句对文互义,暗示对方目前正在长安。"消息"二句,谓对方已离此而去,但望有青鸟使者时通消息,可惜自己不能像正月十五迎紫姑神那样定期迎到对方。"肠回"二句,谓回想当年与对方的欢会,宛如不可追寻的阳台旧梦,不禁为之肠回;虽然像想望汉宫神巫(女巫)那样想望对方,却不可得见,唯有心断皇都而已。"汉宫巫"可能兼喻其人系宫中道观的女冠。"从骑"二句,系想像"圣女"归皇都时车马随从之盛,谓随从们骑着龙马,公主的座车行进在榆荫夹道的大路上(白榆本指天上列星,此处用其本义)。"星娥"二句,谓天孙圣女回归天上(皇都)之后,月中嫦娥还能再回到这里来修道吗?二句为一篇之主峰。"寡鹄"二句,谓自己不见对方,意凄神迷于此苍崖翠壑之间,而对方想亦怨恨翠梧之无凤(喻男性)与自己结为伴侣。结联承上"羁凰"(孤栖之女性,指对方)作结,谓对方恐只能在碧桃树下,觅东方朔(喻指男道士)为狂夫,来安慰自己的寂寞了。这首诗用了一系列典故,写得相当隐晦,但主要内容(怀想一位离此而去的女冠)还是看得比较清楚的。

而《重过圣女祠》则在表现圣女"沦谪得归迟"的境遇的同时,渗透了诗人自己的身世遭逢之感。诗明赋"圣女"之久滞下界,而诗人自己的"沦谪得归迟"之慨也自然融合其中。"上清沦谪得归迟"一句,正是全篇的主旨和托寓的点眼。首联写圣女祠的白石门扉边已经长满碧绿的苔藓,暗示其沦谪凡尘已久,引出一篇主意。颔联着意渲染圣女祠的环境气氛。如梦似幻的迷蒙春雨悄无声息地飘洒在屋瓦上,这境界既带有朦胧的希望,又透出虚无缥缈的气息,令人想见圣女爱情上的追求、期待与遇合正像这飘忽迷蒙、似有若无的"梦雨";而轻柔得吹不满祠前神旗的灵风,又正隐隐透出好风不满的遗憾和怅惘失落。而诗人自己遇合如梦、无所依托的感慨,迷茫、虚缈、怅惘、失落的心情也自然融合在这飘忽迷蒙的意境之中了。钱咏《履园谭诗》评道:"作缥缈幽冥之语,而气息自沉,故非鬼派。"由于其中融合着诗人的人生体验和感慨,故在缥缈中露出沉郁的意味。腹联以女仙萼绿华之来无定所、杜兰香之去未移时反衬圣女沦谪不归的遭遇。尾联则由沦谪归迟引发出重登仙籍的期盼,希望能有掌管仙官簿篆的领仙玉郎助其重登仙籍，以实现其在天阶求取紫芝的愿望。忆，思；问，求。这首诗写于大中十年暮春，其时幕主柳仲郢美绩流闻，内征为吏部侍郎，职掌官吏铨选。因此尾联在抒写圣女重登仙籍的期盼时可能流露了对柳仲郢的某种希望。诗咏"圣女"沦谪境遇，除次句直接点明主旨外，其他均用旁笔，以白石苔藓、梦雨灵风的环境气氛作渲染烘托，以萼绿华、杜兰香之来去飘忽作反衬，以重登仙籍的期盼反透当下之沦谪。全诗意境缥缈，"梦雨"一联，托寓在有无之间，尤富象外之致，堪称有神无迹的象征。

　　三首圣女祠诗，内容各不相同。七律《圣女祠》实写台殿门窗的华美和圣女神像之清丽，以及瞻仰神像引起的联想，贴题较紧，近于赋；五排《圣女祠》撇开神祠神像，借题抒写对昔曾居此今已离去的一位女冠的怀想，圣女祠实际上成了道观的代称，"星娥""月姊"分喻入道公主与宫女，近于比；而七律《重过圣女祠》则因抒写圣女沦谪归迟境遇而触发并自然融入自己的身世遭逢之感，近于兴。这说明，对于圣女祠这三首同题诗，诗人并无统一的策划设计，三首诗之间并无主题的连续性与统一性。每次路经此祠，都有不同的见闻、感受与联想。严格地说，它们并不是真正意义上的组诗。如果一定要找它们之间的联系，那就是三首诗中的圣女祠和圣女（也包括第二首中的"月姊"）或隐或显地都带有道观和女冠的影子。其中，《重过圣女祠》写得最缥缈空灵，因而也就最容易融入诗人自己的身世之感。

　　这种同题而不同性质、内容的情况，在李商隐诗中并非特例。他的《无题》诗就是这方面的典型例证。一律将它们都看成有寄托的诗（臣不忘君、朋友遇合或身世之感），或一律将它们都看成纯粹的情诗艳诗，在实际阐释中都必然会扞格难通，无法自圆，原因就在于不符合文本实际。唯一正确的方法就是根据文本实际，分别不同情况进行阐释。作者在创作时既无统一的策划设计，阐释者也没有必要代替作者设计一个本不存在的统一主题。

第五章 《乐游原》阐释史

李商隐写过三首以"乐游原"为题的诗，一首是五律（"春梦乱不记"），一首是七绝（"万树鸣蝉隔断虹"），一首是五绝（"向晚意不适"）。其中五绝历来为人所赏，历代注家、评家对它的阐释也最为纷纭。通过对《乐游原》（"向晚意不适"）阐释史的研究，可以使我们对李商隐一部分最富个性特征的抒情诗有更深的认识。

第一节 历代对《乐游原》的阐释

最早对《乐游原》进行评论的是北宋的许颛，其《彦周诗话》载：

> 洪觉范在潭州水西小南台寺。觉范作《冷斋夜话》，有曰："诗至李义山，为文章一厄。"仆至此蹙额无语，渠再三穷诘，仆不得已曰："夕阳无限好，只是近黄昏。"觉范曰："我解子意矣。"即时删去。今印本犹存之，盖已前传出者。

觉范的"文章一厄"之说，见其《冷斋夜话》卷四"西昆体"一则：

> 诗到李义山，谓之文章一厄，以其用事僻涩，时称西昆体。

可见"文章一厄"乃病其用事僻涩。许彦周不同意觉范的说法，故举"夕阳"二句以驳之。许氏曾云："凡作诗若正尔填实，谓之'点鬼簿'，亦谓之'堆垛死尸'。"而义山此诗，纯用白描，不用任何典故，而意蕴深远，故用以驳惠洪之论。从许氏激赏韦应物"落叶满空山，何处寻行迹"之句为"绝唱"，也可看出他何以赞赏"夕阳"二句。

真正明确对《乐游原》意蕴作出解释的是杨万里。《诚斋诗话》论五七

215

言绝句云：

> 五七字绝句最少，而最难工，虽作者亦难得四句全好者，晚唐人与介甫最工于此。如李义山忧唐之衰云："夕阳无限好，其奈近黄昏。"……

论五言绝之工者，首先标举《乐游原》之"夕阳"二句，并指明其意在"忧唐之衰"。在杨氏看来，"夕阳"二句正预示着大唐王朝已如行将沉西的夕阳，虽仍放射出绚丽的余辉，却离衰亡之期不远了。这是头一次联系时世对此诗作出具有象征寓意的阐释，对后世的影响相当深远。杨万里的这种阐释，在晚唐其他诗人的作品中是能得到印证的，如杜牧的《登乐游原》：

> 长空澹澹孤鸟没，万古销沉向此中。
> 看取汉家何事业，五陵无树起秋风。

西汉王朝宏盛的帝业，如今登古原览眺，只剩下萧瑟的秋风横掠五陵。今之视昔，亦犹后之视今。乐游原这一联结着西汉盛世的古迹，在面对日益颓败的大唐帝国的晚唐士人心中，唤起的正是一种"万古销沉向此中"的历史感慨。杨万里"忧唐之衰"的阐释，可能正着眼于此。

宋代之后，元、明两代似乎很少有人对此诗加以留意。唐汝询的《唐诗解》未选此诗，清代吴昌祺的《删订唐诗解》特意补选了这首诗，并谓"（三四）二句似诗馀，然亦首选。宋人谓喻唐祚，亦不必也。"他所说的宋人，指的就是杨万里。揆吴氏之意，似谓杨氏之解求之过深。

但清代前期，杨氏之说仍为不少评家所首肯。如朱彝尊就说："言值唐家衰晚也。"这正说明杨氏作为此诗的"第一读者"，其阐释影响之深远。

不过，清代注家、评家对此诗的阐释，就整体看，却呈现出两种比较明显的趋势。

一是阐释的多元化。即除了传统的忧唐之衰说以外，出现了多种不同的阐释。其中，有宋宗元的爱惜景光说，其《网师园唐诗笺》评此诗云：

> （三四句）爱惜景光，仍收到"不适"。

宋氏的这种理解，可能因商隐《晚晴》诗"天意怜幽草，人间重晚晴"之句连类而及。清末施补华《岘佣说诗》之说与此貌异而实同：

戴叔伦《三间庙》："沅湘流不尽，屈子怨何深。日暮秋风起，萧萧枫树林。"并不用意，而言外自有一种悲凉感慨之气，五绝中此格最高。义山"向晚意不适，驱车登古原。夕阳无限好，只是近黄昏。"叹老之意极矣，然只说夕阳，并不说自己，所以为妙。五绝七绝，均须如此。此亦比兴也。

施氏评说的重点在称扬五七绝的高格与比兴，但他明确指出此诗主旨是"叹老"，这和宋氏所说的"爱惜景光"，感情虽有消极、积极之分，核心问题却是相同的。此说虽主张的人不多，却是比较贴近诗面的一种解读。宋玉《九辨》有句云："白日晼晚其将入兮，明月销铄而减毁。岁忽忽而遒尽兮，老冉冉而愈弛。"商隐的诗可能与此有关，施氏"叹老"的阐释或亦缘于此。此外，又有程梦星的为武宗忧说：

> 此诗当作于会昌四五年间，时义山去河阳，退居太原，往来京师，过乐游原而作是诗，盖为武宗忧也。武宗英敏特达，略似汉宣。其任德裕为相，克泽潞，取太原，在唐季世，可谓有为，故曰："夕阳无限好"也。而内宠王才人，外筑望仙台，封道士刘玄静为学士，用其术以致身病不复自惜。识者知其不永，故义山忧之，以为"近黄昏"也。

这与忧唐之衰说貌近而实异。盖忧唐之衰说从广义的比兴着眼，形象意境与感情、主旨结合得比较好，历来将"夕阳"二句作为晚唐时代的写照或象征，不是没有缘由的。但为武宗忧说却既拘实而又穿凿。比附虽精，却愈见迂执。武宗时年方三十一二岁，虽有内宠及好神仙之事，对其婉讽或忧其荒政均属常情，但绝不可能将他比作"近黄昏"之"夕阳"。穿凿比附之时，或未想到这一层，一经拈出，其不合情理自见。

姜炳璋虽亦主忧年华之迟暮说，但却与宋、施二氏爱惜景光、叹老之说有所不同，更偏于对人生的感悟：

> 此忧年华之迟暮也。名利场中，多少征逐，回头一想，黯然销魂，天下事大抵如此。"向晚"二字，领起全神。

217

强调的是在人生的暮年方才感悟到"名利场中，多少征逐"的无谓，故云"回头一想，黯然销魂"。近人俞陛云《奇境浅说续编》则用诗的语言诠释义山在登原览眺时对历史、对人生的感悟：

诗言薄暮无聊，藉登眺以舒怀抱。烟树人家，在微明夕照中，如天开图画，方吟赏不置，而无情暮景，已逐步逼人而来。一入黄昏，万象都灭，玉谿生若有深感者。莺花楼阁，石季伦金谷之园；锦绣江山，陈后主琼枝之曲。弹指兴亡，等斜阳之一瞥。夫阴阳昏晓，乃造物循例催人，无可避免，不若趁夕阳余暖，少驻吟筇，彼赵孟之视荫，徒自伤怀，且吟"人间重晚晴"句，较有诗兴耳。

将此诗与《晚晴》打通，认为诗人所感悟者，为历史人生之虚无短暂，不如趁夕阳晚景，充分享受人生。此说似与宋宗元之爱惜景光说近似，但宋氏强调"仍归到不适"，俞氏则强调"人间重晚晴"对诗中的感情归趋有不同的感受。比较之下，宋氏的感受似更贴近诗的本意。

二是阐释的综合化。即对此诗内容意蕴的阐释不主于某一端，而是理解得比较宽泛，往往综合了几方面的感情内涵。冯浩《玉谿生诗笺注》引杨守智曰：

迟暮之感，沉沦之痛，触绪纷来。（《李义山诗集辑评》。按，朱笔批"触绪纷来"下有"悲凉无限"四字。）

认为诗中不仅蕴含了诗人的迟暮之感，而且有身世沉沦之痛，感情内涵并不单一，故云"触绪纷来"。但"迟暮之感"与"沉沦之痛"都还可以包含在个人身世之悲这个范围内。下面引述的几家评解则已经越出了个人身世的范围。屈复说：

时事遇合，俱在个中，抑扬尽致。（《玉谿生诗意》）

纪昀说：

百感茫茫，一时交集。谓之悲身世可，谓之忧时世亦可。（《玉谿生诗说》）

悲身世与忧时事，实际上综合了上面所引述的"忧唐之衰""爱惜景光""叹老""迟暮之感，沉沦之痛"等多方面的感情内涵。之所以"谓之悲身世可，谓之忧时事亦可"，是因为"夕阳"二句所抒写的感慨本身具有普泛性、不确定性和多义性。而"百感茫茫，一时交集"更将此诗触绪多端的性质形容得非常真切。正由于"夕阳无限好，只是近黄昏"的浩叹中有极丰富的蕴涵，故管世铭说：

> 李义山《乐游原》诗，消息甚大，为绝句中所未有。（《读雪山房
> 唐诗序例》）

所谓"消息甚大"，当指诗中所透露的时代的、个人身世的、人生的信息非常丰富广泛。绝句篇幅短小，一般多抒写日常生活所接触到的某一片断场景，或刹那间感受，内容较为单纯，而此诗却包含如此丰富广泛的时代及个人生活内容，故说"消息甚大，为绝句中所未有"。管世铭的评论正是《乐游原》五绝的阐释趋于综合化的典型反映，也是对《乐游原》内涵丰富广泛的一种确认，在《乐游原》阐释史上具有标志性的意义。

自宋至清，《乐游原》的阐释走过了一段由单一化向多元化、综合化发展的进程，这是人们对一个看似单纯实则丰富复杂的事物认识逐步深化的反映。起始阶段，人们往往将这种明白易懂的小诗内容看得比较单纯（如忧唐之衰说）；其后则发现它的意蕴相当活泛，可以作多种多样的阐释（如"悲身世""忧时事""迟暮之感，沉沦之痛""爱惜景光""叹老"），并发现它们原可并存不悖，从而使阐释趋于多元化和综合化。多元化的阐释为综合化提供了基础，而综合化则对多元化的阐释进行了提高与升华。

第二节 黄昏情结与触绪多端

我在《纷歧与融通》一文中曾说："义山的一些诗，在诗思的触发上往往有触绪纷然、百感交集，并且不主一端、浑沦书感的特点，因此它的蕴涵往往非常丰富，纷歧的解说也由此产生。《乐游原》五绝在这方面表现得最为典型。"[①]自宋至清的注家、评家对此诗内涵意蕴的不同阐释，从表面上看，分歧确实很大，但实际上它们都可以在一个更高的层面上得到统摄。这个更高的层面，不妨称之为"黄昏情结"。

作为一个身处唐代衰世、遭遇不偶的诗人，义山对国运之衰颓、身世之沉沦、岁月之蹉跎、好景之不常等方面的感受特别强烈、深刻而且持久，屡屡形诸歌咏。久而久之，这种萦绕于脑际、积郁于胸中的感受遂形成一种蕴涵丰富、形态浑沌的"黄昏情结"。这种"黄昏情结"，每因外界景物人事

219

---

① 刘学锴：《纷歧与融通》，载《唐代文学研究》第五辑，广西师范大学出版社1996年版。

的触发而形成诗思，笔之歌咏。有时，可能是触发其构成因素中之某一端，如《晚晴》云：

> 天意怜幽草，人间重晚晴。

久雨晚晴，生长在幽僻处的小草亦因沾沐夕照的余辉而平添生意，似乎是天意特为爱怜这平凡细小的生命；而人间也因云开日出、夕辉照映而分外珍重久雨后的晚晴。这里所触发的主要是深蕴于"黄昏情结"中的身世沉沦之感和珍重晚晴的人生态度。其时诗人在桂林郑亚幕。多年守丧赋闲、岁月虚度之后，得遇待之亲厚的幕主，不禁有晚托知己之感，故因晚晴而发"天意怜幽草，人间重晚晴"之慨。虽深寓身世之感，但珍重晚晴的人生态度却比较乐观积极。而更多的情况下，夕阳黄昏所触发的往往是一种浓重的感伤情绪，如《夕阳楼》：

> 花明柳暗绕天愁，上尽重城更上楼。
> 欲问孤鸿向何处，不知身世自悠悠。

在夕阳楼上览眺，但见孤鸿一点，在夕阳余光照映下孑然南征。这里所触发的不仅有对被谪远去的恩知的同情关切，更有对自身悠悠然无着落的身世境遇的自怜，其中又折射出时世衰颓的投影。虽以抒写身世之慨为主，但已蕴涵有更大范围的时世之悲。又如《天涯》：

> 春日在天涯，天涯日又斜。
> 莺啼如有泪，为湿最高花。

面对春残日暮花残之景象，孑处天涯的诗人所触发的感情不仅有伤时之痛、迟暮之感、沉沦漂泊之悲，而且有对美好事物消逝的深刻感伤。其蕴涵之丰富近于《乐游原》五绝，但触发感情的物象事象较多（花阑、莺啼、春残、日斜、人在天涯），不像《乐游原》五绝那样集中。此外，如《写意》：

> 日向花间留返照，云从城上结层阴。

《西溪》：

> 怅望西溪水，潺湲奈尔何！

不惊春物少，只觉夕阳多。

夕阳的余辉映照在花间，似有留连不忍去之意，一"向"一"留"，正折射出对人间美好事物的深情留连和对其衰逝的无奈。而"不惊"二句，一纵一收，似旷达而实惆怅。

集中抒写因夕阳沉西引起的感慨，以《乐游原》为题者，除五绝外，还有一首七绝：

万树鸣蝉隔断虹，乐游原上有西风。
羲和自趁虞泉宿，不放斜阳更向东。

秋登乐游古原，在斜阳断虹、古原西风中伫立遥望的诗人，不禁深慨"羲和自趁虞泉宿，不放斜阳更向东"。日夕落而朝升，是正常的自然现象。诗人之所以有斜阳沉西不复东的悲慨，显然是别有所感。是时世衰颓不复振之悲，还是身世沉沦不复起之慨，抑或是时不再来之浩叹，似乎都可以说通。此诗与五绝同题且内容相近，但无对夕阳的深情赞叹，其浑融概括、触绪多端的程度也稍逊，不妨视为五绝之初稿或典型化过程中之一环。

《乐游原》五绝抒写在"向晚意不适"的情况下，登古原遥望夕阳沉西触发的感慨。由于诗中并未明言所感的具体对象与内容，因而注家、评家便歧解纷纷，各执一端，但无论哪一端都不足以概括此诗所蕴涵的深广内容。关键就在于诗人触景兴感时所感者本非一端，而是如杨守智、纪昀所说"触绪纷来""百感茫茫，一时交集"，或者说，它所触动的正是诗人胸中早已潜藏积郁的"黄昏情结"，也就是一开头就点出的"向晚意不适"。它既是三四两句的情感背景，又是其情感基因。由于它包蕴丰富复杂而形态浑沌，难以指实，因此当它适遇古原落日沉西之景时，境与情会，遂使"黄昏情结"中潜含的诸种感情纷至交集，而发为"夕阳无限好，只是近黄昏"的深沉感喟。诗人浑沦书慨，正缘所感并非一端；不明言所指正缘难于指言，难于尽言，亦不必指言。把握此诗发兴前情感基因之蕴含丰富、形态浑沌，与发兴之际触绪纷来、百感交集的特点，诸家纷歧之解说自可在更高的层面加以融通。诗中所抒的感慨不仅可以兼包时世、身世、人生诸多方面，而且包含了对美好而行将消逝的事物既深情留连又无法挽留的深悲，一种带哲理性的沉思与浩叹。

值得注意的是，《晚晴》与《乐游原》五绝，虽同为触景兴感、深有寓慨之作，所触之景亦同为夕阳，但《晚晴》却几乎没有什么歧解。这是因为诗中"天意怜幽草，人间重晚晴""越鸟巢干后，归飞体更轻"等句，从语言到意象都为读者的感受与联想提供了明确的指向，而原因在于诗人在久雨晚晴、幽草沾沐余辉之际，所触发的仅为身世遭逢遇合这一端。这与《乐游原》之触绪多端、百感交集自有明显区别。

第六章 《梦泽》阐释史

在李商隐诗集中，《梦泽》是一首并不很出名的诗。但对它的性质与内容意蕴却存在颇为纷纭的看法。研究它的阐释史，可以看出对它的认识逐步深化的过程。

第一节 对《梦泽》的不同阐释

自唐末至明末，在长达八百余年的时间里几乎没有选家或评家注意到《梦泽》这首诗。最早对它加以评点的是清初的朱彝尊，他说：

> 题不曰"楚宫"，而曰"梦泽"，亦借用也。（《李义山诗集辑评》）

揆朱氏之意，盖以为此诗所写系楚宫细腰邀宠之事，本当题为"楚宫"，之所以题为"梦泽"，是一种"借用"，即因目击梦泽悲风吹动白茅的景象而忆及楚宫旧事，故即景命题。从朱氏的评点看，他认为这是一首吟咏楚国宫廷生活的诗。至于其主旨，则未加阐说。

雍正初年陆鸣皋在其与徐德泓合解的《李义山诗疏》中对此诗的意蕴发表了独特的见解：

> 从饿死生情，其意为因小害大者言也。

楚宫中的宫女，为了以细腰歌舞邀宠，竟戕害了自己的生命。在陆氏看来，这是以得宠之"小"害性命之"大"，是很不值得的。他认为，诗人正是借楚宫宫女因邀宠而减膳终致饿死之事讽诫生活中那些"因小害大者"。陆氏的这一阐释，值得注意的有以下三点。一是他看出此诗虽写楚宫细腰邀宠之事，但其意义并不局限于宫廷，而是包含了一个具有普遍性的生活哲理——

不能因小害大。说明陆氏透过此诗所写的生活表象，揭示出了其中所含的生活真谛。二是他看出此诗着眼点不在"葬尽满城娇"的楚灵王身上，而在那些迎合楚王，不惜以节食减膳而达到邀宠目的的宫女身上。三是他认为这是一首别有寓托的诗，非泛泛咏古之作。这三点都显示出陆氏阐释的深刻独到。

乾隆初年姚培谦的《李义山诗集笺注》和屈复的《玉谿生诗意》则对此诗寓含的意蕴作了各具独特体会的发挥。姚氏说：

> 普天下揣摩逢世才人，读此同声一哭矣。

从迎合楚王的癖好竞为细腰以邀宠的宫女联想到"普天下揣摩逢世才人"，从宫女因节食减膳而饿死的悲剧联想到揣摩逢世者的类似下场，可谓善于妙悟，善于发现诗的典型意义和启示作用。屈氏的阐释与姚氏异曲同工：

> 此因梦泽宫娃之坟而兴叹当时之歌舞也。
>
> 制艺取士，何以异此？可叹！

如果说屈氏对此诗内容的概括不过紧贴诗面，就诗论诗，那么他对诗的深层意蕴及客观意义的发掘却相当深刻。宫女们为细腰邀宠而节食减膳，到头来反因此而饿死；明、清以来的八股取士制度，使广大士人为求取功名，不惜在毫无用处的制艺中讨生活，结果将自己弄成知识浅薄、头脑冬烘，毫无实际才能的废物。二者似乎相距遥远，却又如此神似。联系现实来发掘此诗的深刻寓意和客观意义，使屈氏的这一阐释具有鲜明的民主性和当代性。姜炳璋《选玉谿生诗补说》的看法与姚氏相近，但不如姚氏之善妙悟：

> 此举一事以为后世讽也。"能多少"，犹云为日无多也。君好容悦，臣事揣摩，转盼间部成悲风白茅，何如泽在生民，功在社稷，君臣共垂不朽耶？千秋龟鉴，以诙谐出之，得未曾有。
>
> 一笼罩全神，二点明题旨，三四则申明其义也。虚减，宫人自减之，亦楚王减之也，二意并到。

姜氏也看出了此诗"举一事以为后世讽"的借题寓讽性质，而且抓住了诗中所写的"君好容悦，臣事揣摩"这种典型的生活现象。但由于思想的拘谨和艺术妙悟的缺乏，却未能透过现象发掘本质及其普遍意义，而是得出了"何如泽在生民，功在社稷"这种远离诗意，又显得迂执酸腐的结论。认为次句

"点明题旨"，三四只是"申明其义"也是不符诗人用笔重点的。这说明，对于同一生活现象，不同眼光的人得出的结论可以很不相同。

纪昀也看出了此诗另有寓意，但他的看法与陆、姚、屈三家均不同：

> 繁华易尽，却从当日希宠者一边落笔，便不落吊古窠臼。（《玉谿生诗说》）

他也看到了此诗用笔的重点在希宠者一边，但却认为这只是表达"繁华易尽"主旨的一种侧面着笔手法。可以看出，他对诗面的理解和对寓意的阐释都是偏离文本实际的。"未知歌舞能多少，虚减宫厨为细腰"，不是讽楚宫奢华淫乐、繁华易尽，而是讽邀宠者迎合上意而节食减膳终致饿死的悲剧命运。如果是讽"繁华易尽"，还用得着说什么"楚王葬尽满城娇"吗？纪氏正是在这个节骨眼上将诗意领会错了。纪氏评诗，喜谈对面着笔之法，但常不符诗意，《嫦娥》与此诗的阐释都不免此弊。

冯浩的看法与纪昀相近，也将《梦泽》看成一首咏史讽刺诗，谓："与《楚宫》（'复壁交青琐'）同意。"按《楚宫》云："复壁交青琐，重帘挂紫绳。如何一柱观，不碍九枝灯？扇薄常规月，钗斜只镂冰。歌成犹未唱，秦火入夷陵。"冯氏盖谓《梦泽》三四句"未知歌舞能多少，虚减宫厨为细腰"即《楚宫》"歌成犹未唱，秦火入夷陵"之意，故谓"与《楚宫》同意"。然《楚宫》旨在讽楚国统治者奢淫败国，而《梦泽》并无此意。宫女之因邀宠而"减宫厨为细腰"，终致饿死，与楚王之奢淫败国是风马牛不相及的两件事。

冯浩、纪昀之后，对《梦泽》很少有人注意。民初张采田的《玉谿生年谱会笺》又提出附会当时党局的"新说"：

> 首二句悲党局之反复，末二句自解。李回失意左迁，而己独依依不舍，修饰文采以慰之，可谓不知歌舞之多少矣。反言之，所以表忠于李党之微意也。

张氏解诗，每伤于穿凿附会。对此诗"微意"的索隐更臻于极致。首二句明说楚王好细腰葬送了满城女子的生命，与"党局之反复"毫不相干。说三四句是自己"依依不舍修饰文采以慰之"，则楚王又成了李回的化身。任意臆解，根本不顾诗面。这是《梦泽》阐释中最荒唐无稽的一种。

二十世纪五十年代以来，对此诗的阐释明显趋于深化。其主要特点是深入挖掘诗的思想内涵及客观意义。其中最值得注意的是刘逸生、郝世峰的解说。刘氏《唐诗小札》云：

> 这种深沉的感慨，不能说只是在于惋惜当时楚国宫女的不智。而是颇像一位哲学家用一个小故事来阐述大道理那样，使人透过具体事情的表面，去探索它里面包含的理趣。比如说，通过楚国宫女的这种可怜也颇可笑的行动，不是可以联想到那些为了追求个人名利，不惜丧失平生操守，而又终于身败名裂的人来吗？不是还可以联想到那些为了邀欢争宠，而使自己作出种种愚蠢的事情的人来吗？……作者写下这两句的时候，不知道是讽刺别人还是嘲笑自己，也许两种用意都有。嘲笑的事情是什么，我们也很难弄得清楚。不过，它总不能不是当时某种生活现象的概括，而且主要不在怀古，却可以断言。

郝世峰《李商隐七绝臆会》云：

> 诗人的想像力从"楚王葬尽满城娇"而深入到受害者们的灵魂深处，突出地感受到受害者的愚昧。愚昧得可怜，虽然值得同情，可是令人愤慨……这里反映着诗人对于生活中的庸俗心理的感受，反映着他对于某种已成风气的愚昧所抱的可怜与轻蔑的态度。这种态度使他能挣脱传统认识的拘束，从古老的传说中发现了更高、更深刻、更具普遍性的现实意义。世间某种恶浊潮流之出现，总是在一部分庸众的迎合与追逐下形成的，提倡者固不能辞其咎，迎合与追逐者的作用也十分恶劣。他们误己害人而不自知，同那些为细腰而饿死的宫女一样，可怜、可笑复可悲。

刘氏的阐释主要着眼于楚宫宫女为细腰邀宠而饿死这一生活现象所蕴含的生活哲理，揭示出与之相类似的人事现象之可怜与可笑，可以说是深入揭示出这种现象的本质及其普遍意义。郝氏的阐释则主要着眼于这一现象所反映的庸俗心理，并在此基础上着重揭示某种恶浊潮流的出现，与迎合、追逐者所起的恶劣作用密切相关，指出迎合、追逐者之可怜、可笑与可悲。这一阐释，深入到了受害者灵魂的层面，是深刻而独到的解会。

226

第二节　《梦泽》阐释史所显示的趋势及对它的再阐释

清代以来对《梦泽》的各种阐释，反映了阐释者对这首诗由浅至深、由局部到整体、由现象到本质的认识过程。其中，既有各种不同原因导致的错误阐释，也有对其深刻蕴涵及其客观意义的局部认识。而总的趋势是越来越接近对其深刻蕴涵的真切全面认识。

错误的阐释，一种是由于不顾艺术创作的特点，用主观臆想代替对作品文本的具体分析，穿凿附会，索隐猜谜，任意牵合政治与人事，这在张采田的阐释中表现得最为突出。另一种是误会诗的性质，将《梦泽》看成一般的咏史之作，冯、纪两家之解就属于这种情况。还有一种，则是由于对诗人独特的视角和注意的重点缺乏真切认识，冯浩、纪昀之解都存在这种问题，纪氏虽看到此诗从希宠者一边落笔，但却认为这仅仅是为了"不落吊古窠臼"，未能理解诗人从希宠者落笔所要表达的意旨。

姚、屈两家的阐释，说明他们对这首诗的内容旨意，有较为真切的感受与理解。他们都没有使自己的思路局限于"楚王好细腰，而宫中多饿死"这一宫廷生活现象本身，而是比较敏锐地从诗中所写的典型现象联想开去，指出"普天下揣摩逢世才人，读此同声一哭""制艺取士，何以异此"。严格地说，这并不是对《梦泽》内容意蕴的直接阐释，但却触及诗中所写的生活现象的某些本质方面及其客观意义的某些方面。比起冯、纪之解，无疑更接近诗的实际内涵。

刘、郝两家的阐释，则比姚、屈又进了一大步，上升到了对诗中所写的典型生活现象的本质性认识。所谓"透过具体事情的表面，去探索它里面包含的理趣"，既是对诗的艺术构思的一种阐释，也不妨视为阐释者所用的思想方法与阐释方法。而从庸俗心理追根到世间恶浊潮流的成因，更是对诗中所写生活现象的深层思考，也是对诗的客观意义的深层发掘。

就诗论诗，《梦泽》的主旨似非为了揭示世间恶浊潮流的成因及庸众所起的恶劣作用，而是讽慨为邀宠而节食减膳、终致饿死的宫女一类悲剧人物之无知与愚蠢。诗人对这种人物，有讽刺，也有同情与悲悯。诗人于此种典型生活现象中所揭示的，乃是一种唯上所好、盲目迎合、反害自身的悲剧。"葬尽"与"未知""虚减"，前后呼应，为全篇点眼，讽刺入骨，亦悲凉彻骨。

　　对某种生活现象的本质开掘愈深，视角愈独特，作品就愈具普遍意义，因而也就愈能引发不同读者多方面的感受与联想。这是文艺创作与鉴赏的一条规律。这首《梦泽》正可为这条规律提供一个生动的例证。由于诗人以独特的视角，从这些被害而又自戕的宫女身上，发掘出这类悲剧深刻内在的本质，因而这首以历史上宫廷生活为题材的诗，在客观上就获得了远超这一题材范围的典型性和普遍意义。人们从中可以联想起历史上、现实中许许多多类似的生活现象和众生相。从弥漫楚国宫廷上下、举国皆受其害的"细腰风"中联想起另一些风靡一时的现象，联想起为迎合在上者的某种爱好而盲目跟风、身受其害的悲剧人物。诗人在创作时究竟有什么具体针对性已无从猜测，也并不重要，诗的思想艺术价值主要在于对这种生活现象的深刻揭示，以及它所具有的普遍意义。

第三节　　《梦泽》与《宫妓》《宫辞》

　　在商隐诗集中，还有另外两首与《梦泽》一样，同样以宫廷生活为题材的七绝——《宫妓》与《宫辞》。如果将这两首诗与《梦泽》联系起来考察，就更能看出《梦泽》的深刻内蕴及寓意，看出这三首诗性质的相似。不妨说，它们在实质上是同属一个系列的。

　　《宫妓》因巧匠偃师献假倡于周穆王，假倡"瞬其目以招王之左右侍妾"，遭穆王之怒几乎被诛一事发抒感慨。自宋代以来，对此诗的寓意有多种不同阐释，最早的阐释发自酷爱义山诗的杨亿，他曾击节叹赏此诗"措辞寓意如此之深妙，令人感慨不已"（李颀《古今诗话》）。但具体的寓意，则未加阐说。后来，明代唐汝询，清代屈复、冯浩，民初张采田等均沿杨说而加以发挥。如唐氏云："此以女宠之难长，为仕宦者戒也。"屈氏云："小人之伎俩，终至于败，不过暂时戏弄耳。"冯氏云："此讽宫禁近者，不须日逞机变，致九重悟而罪之也。"张氏云："唐自中叶，渐开朋党倾轧之风，而义山实身受其害。此等诗或为若辈效忠告。"诸家之说，具体内容虽不尽同，但都认为是借以托讽政治生活中的某一类小人。而以冯班为代表的评家则主刺宫禁不严之说："此诗是刺也。唐时宫禁不严，托意偃师之假人，刺其相招，不忍斥言，真微词也。"程梦星同意冯班之说，谓："冯定远之论极是，但有'不须看尽'字，有'终遣怒'字，则著其非假，词亦微而显矣。"此外，还有明代孙绪的写楚王妒痴说（见《沙溪集》），清代贺裳的"形容女子慧心，男子一'妒'字"之说（见《载酒园诗话》）。以上三种主要阐释中，写穆王妒痴一说过于表面，且与诗面联系不紧，可勿论。刺宫禁不严之说颇为今之学者所取。但义山在用偃师典时并未突出"倡者瞬其目而招王之左右侍妾"的情节，而是着重强调偃师虽制作奇巧、妙臻造化而终遭君王之怒。诗题为《宫妓》，所描写者为君王观赏宫妓歌舞表演及鱼龙百戏等奇巧技艺的场景。在《列子》所载的偃师故事中，穆王之怒是因为假倡瞬其目招王之左右侍妾，显系当场发怒；而诗中却是穆王在观赏歌舞百戏的过程中忽然悟到而发怒。这说明王之怒并非由于假倡瞬目招其侍妾，而是由于别的原因。其间关键即在"假倡"之"假"。盖鱼龙戏乃一种变幻莫测的幻术表演。穆王在观赏变幻莫测而实为障眼魔术之鱼龙戏时，忽然悟出假倡虽"千变万化，唯意所适"，实际上却是个假人，因此感到受骗而大怒。"不须看尽鱼龙戏，终遣君王怒偃师"二句，正透露出君王由一开始"以为真人"到后来悟出其实为假倡的认识过程。怒偃师，是怒其以奇巧技艺造假。这是对典故原意的改造。弄清这一点，其托寓也不言自明，即借君王之怒偃师讽刺那些"日逞机变"、弄虚作假于君前者终被识破假面的下场。

相比之下，同以宫廷生活为题材的《宫辞》则因托寓比较明显，诸家阐释大致相近。徐增《而庵说唐诗》的诠解最为详明：

> 君恩如水，一去不留，谁保得终始？未得宠时忧不得宠，既得宠矣，又忧失宠，患得患失，盖无日不忧愁者也。樽前相向，曲意承欢。莫道春日迟迟，不去点检，恃恩娇妒，以为凉风未必即到。凉风，喻失宠也。奏《花落》，是笑得宠之人，劝其且顾自己。夫女子以色事君，能得几时？君稍不得意，便入长门，春风在君处，凉风亦在君处，只于顷刻间转换。得宠甚难，失宠甚易，宠岂可恃者哉！

其寓托也就水到渠成，呼之欲出。陆鸣皋云："荣华难保，岂独宫女然乎？情致极为蕴藉。"点到为止，意自可会。屈复云："恩情中道绝如此之速，被宠者自当猛省。"点出了对被宠者的警诫这一主意。冯浩解次句虽误，但他对关键性的三四句的阐释却很独到："下二句却唤醒得宠人，莫恃新宠，工为排斥。凉风近而易至，尔亦未可长保也。"这确实点到了诗的核心意蕴。诗所讽慨的，正是政治生活中那些恃君王之新宠而工为排斥，志满意得，不知失宠的命运近在咫尺之辈。

　　将以上三首以宫廷生活为题材而各有寓意的诗联系起来，可以看出其讽慨的对象，乃是政治生活中那些希宠趋时而害己者、玩弄机巧而招祸者、恃宠得意而旋败者。他们都是腐败政治生活土壤上滋生的畸形人物。其共同特点是缺乏独立的人格与价值，为个人私利而迎合取宠，将一己之命运系于统治者的好恶。"未知歌舞能多少，虚减宫厨为细腰"，"不须看尽鱼龙戏，终遣君王怒偃师"，"莫向樽前奏《花落》，凉风只在殿西头"，不仅主题近似，连讽慨告诫的神情口吻也十分相像。诗人对这些悲剧流水线上的人物的讽诫在这几首诗中得到了生动的表现。

第七章　《落花》《天涯》《楚吟》的阐释史

在商隐诗集中，有一类"通篇无实语"的律绝短章，对它们的阐释也常有歧见杂出的现象。它们所引起的歧解虽不像《乐游原》五绝那样纷繁，但其触绪多端的感物发兴特征和虚泛深广的蕴涵却与之相似。

第一节　对《落花》诸诗的多种阐释

《落花》是义山五律中的精品。评家对其诗艺，大都加以赞赏，或赏其纯用白描，或赞其起句奇绝，或谓其能扫窠臼。但对这首诗的意蕴主旨，则阐释颇为纷纭。朱鹤龄《李义山诗集补注》说："此因落花而发身世之感也。"姚培谦本朱说而加以阐发，谓：

> 此因落花而发身世之感也。天下无不散之客，又岂有不落之花？至客散时，乃得谛此落花情状。三四，花落之在客者；五句，花落之在地者；六句，花落之犹在树者。此正波斯匿王所谓沉思谛视刹那，刹那不得留住者也。人生世间，心为形役，流浪生死，何以异此，只落得有情人一点眼泪耳。

而程梦星却持悼亡说：

> 此亦悼亡之作，观首句可知，曰"客"者托词也。

揣程氏之意，盖谓"客"为亡妻之借指。而以惜花落花残抒悼伤之情，而尾联亦正写因春尽花残而泪下沾衣。这种说法虽较勉强，但从总的情调看，确实抒写了一种深浓的伤悼之情，故也不失为一种解说。

也许是因为"落花"这个题目意思非常显豁，全篇又纯用白描手法写小园落花情景和惜花心情，因此评家在赞赏其艺术成就的同时并没有将注意力放在对它的内容意蕴的探讨上。何焯说"致光（尧）《惜花》七字意度亦出于此"（《义门读书记》）。韩偓的《惜花》注家多认为其托寓伤唐祚之亡①，则何氏或以为义山《落花》亦寓伤感国运将沦之意，但引而不发，未加阐说，多数评家往往只将它作为一首咏物诗来评赏。但实际上它的蕴涵并不单纯，这从尾联"芳心向春尽，所得是沾衣"的着意双关语上就可约略窥见。

比起《落花》，《天涯》写得更虚。《落花》犹有对花落花飞情态的具体描写，《天涯》则纯乎写一种意绪：

> 春日在天涯，天涯日又斜。
> 莺啼如有泪，为湿最高花。

首句说值此春日自己居于极远的天涯之地（可能指东川）。次句说天际日斜，唯余残晖晚照。三四忽发奇想，谓啼莺若有伤心之泪，请为我沾湿象征残春的最高之花②。对于这样一首写得极虚的诗，张采田《玉谿生年谱会笺》竟往极实的具体人事上去附会：

> "春日在天涯"，点时点地；"日又斜"，府主又卒也。"最高花"，所指显然。冯谱梓幕，大误。

《李义山诗辨正》直接点明"'最高花'指子直，可谓字字血泪矣。"张氏盖谓此诗系卢弘止卒后，义山不得已又向令狐绹陈情告哀之作。且不论"天涯"不可能指处于中原腹地的徐州或汴州（卢弘止先任武宁节度使，后调任宣武节度使，大中五年春卒于镇）③，即以"日又斜"喻指"府主又卒"而论，亦过于牵强，更不用说将前后幅割裂，以之分指府主卢弘止之卒与归来向令狐绹陈情告哀了。张氏阐释此诗的失败，说明这种意蕴极虚的诗是不宜执实为解的。相比之下，田兰芳、杨守智、屈复诸家之解便超脱、通达得

---

① 见《唐诗选脉笺释会通评林》周珽评、吴乔《围炉诗话》、《韩翰林集》吴闿生评。

② 姚培谦曰："最高花，花之绝顶枝也，花开至此尽矣。"

③ 义山桂管诗亦有称"天涯"者，如《高松》："高松出众木，伴我向天涯"。但出现频率最高的是有关梓幕的诗，如《临发崇让宅紫薇》："天涯地角同荣谢，岂要移根上苑栽？"《宿晋昌亭闻惊禽》："失群挂木知何限，远隔天涯共此心。"《西溪》："天涯长病意，岑寂胜欢娱。"《忆梅》："定定住天涯，依依向物华。"

多。田云：

> 一气浑成，如是即佳。（冯浩笺引）

杨曰：

> 意极悲，语极艳，不可多得。（冯浩笺引。《李义山诗集辑评》作朱
> 彝尊批语，"意极悲"作"言极怨"）

屈复的解说最为圆通且富辩证色彩：

> 不必有所指，不必无所指，言外只觉有一种深情。

所谓"不必有所指，不必无所指"，是说诗中所抒写的感情不一定针对某一
具体的人事而发（如张氏之解），但又可以理解为泛指或涵盖许许多多情事。
　　《楚吟》所抒发的情感同样很虚泛。尽管诗的末句明点"愁"字，但
"愁"的内涵未必单一。不少注家企图指实"愁"的具体内容，如姚培谦云：

> 何况客中！

盖谓楚地丝丝缕缕之黄昏雨更增羁旅之愁。何焯则谓：

> 首句言深居隔绝，次句言小人复长其恶也。
> 长昼短景，但有梦雨，则贤者何时复近乎？此宋玉所以多愁也。

撇开穿凿之解不论，何氏盖谓此"雨"为"梦雨"，诗系忧君主之好色而弃
贤。程梦星又将"愁"的内容解为妓席将离的愁情：

> 此妓席将离之作也。开口言山言宫，盖楚之山有巫山，楚之宫有细
> 腰宫也。此兴起之端绪也。暮江流者，日月易迈而波涛不返，言其将去
> 也。下用楚天字、雨字，分明以朝云暮雨之事承之。宋玉则自谓也。宋
> 玉尝言东部之女窥臣三年而不为之动，恐当此际，未免多情，此之谓
> "无愁亦自愁"也。

何、程都抓住"黄昏雨"作文章，认为它就是"梦雨""朝云暮雨"，但得出
的结论却一是忧君好色，一是花草闲情。可见这种抓住只词片语加以穿凿附
会的解诗法，可以人言言殊，毫无定准。至于硬派山为巫山，宫为细腰宫，

更属主观臆测。

比起以上诸家将"愁"落实到具体情事上，田兰芳、冯浩的阐释显得比较圆融。冯笺引田评曰："只在意兴上见。"说得相当虚泛。而冯浩则对此诗更有神会：

> 吐词含珠，妙臻神境，令人知其意而不敢指其事以实之。

冯氏解诗，时有穿凿指实之弊。但他对《楚吟》的阐释，却纯从虚处领会其神情，绝去比附之痕。钱锺书《管锥编》有云：

> 《招魂》："目极千里兮伤春心。"……合之《高唐赋》："长吏骧官，贤士失志，愁思无已，太息垂泪。登高远望，使人心瘁。"二节为吾国词章增辟意境，即张先《一丛花令》所谓"伤高怀远几时穷"是也……别有凭高望远，忧从中来者，亦成窠臼。而宋玉赋语实为之先……是以李商隐《楚吟》："山上离宫宫上楼，楼前宫畔暮江流。楚天长短黄昏雨，宋玉无愁亦自愁。"温庭筠："天远楼高宋玉愁。"已定主名，谓此境拈自宋玉也。

揭示出《楚吟》远绍宋玉登高望远、忧从中来的传统，为《楚吟》的解读提供了有益的启示。

第二节　伤春悲秋的意绪

《落花》《天涯》《楚吟》这三首诗，题材、体裁各不相同，但它们都有一个共同的特点，这就是其意蕴都非常虚泛。用吴乔的话来说，就是"通篇无实语"（《围炉诗话》卷二）。而这种非常虚泛、难以指实的意绪，如果一定要给它一个名称，那就不妨说，《落花》《天涯》所表现的是"伤春"的意绪，而《楚吟》所表现的则是"悲秋"的意绪。

"伤春"与"悲秋"，在李商隐诗歌创作中是一种贯串性、弥漫性的情绪基调。它的内涵是复杂多端的。单就"伤春"而言，在义山诗中，有时是指对国家前途命运的忧伤，如《曲江》"天荒地变心虽折，若比伤春意未多"，《杜司勋》"刻意伤春复伤别"；有时则指遭遇不偶的伤感，如《流莺》"曾苦伤春不忍听，凤城何处有花枝"；有时指年华虚度的忧伤，如《清河》

"年华无一事，只是自伤春"；有时又指爱情追求的苦闷，如《寄恼韩同年时韩住萧洞二首》之二"我为伤春心自醉，不劳君劝石榴花"；有时，也可能是一种极虚泛的带有综合性的感情意绪——对美好事物消逝衰减的伤悼。"悲秋"亦然，其中既有对个体生命凋衰的忧伤，也有修名不立的悲慨、贫士失职的悲怨。

《落花》抒写因春残日暮花落而引起的浓重感伤。起联即透露出目接小园中纷飞的落花时心绪的纷乱多端。面对飘洒弥漫、与斜晖相映的落花，诗人所触发的不但有身世之飘零沉沦，更有青春之消逝、美好事物之凋残乃至国运之衰颓等无可奈何的哀感。单纯解为"身世之感""悼亡""寂寞之景"等均未必能涵盖其意蕴。诗中所抒写的乃是一种内涵非常虚泛的带综合性的"伤春"意绪。尾联"向春尽"而飘零"沾衣"的落花，不妨视为诗人"刻意伤春"的诗魂。

《天涯》意极悲而想极奇。其意蕴固非单纯的羁泊天涯之慨或迟暮沉沦之悲，而是由春残日暮花阑而触发的一种对世间美好事物难以留驻的深悲。那将伤春之泪洒向标志着残春的"最高花"的"啼莺"，正不妨视为对美的消逝深情哀挽的诗人的化身。屈复说："不必有所指，不必无所指，言外只觉有一种深情。"破执一端指实为解，从虚处领其深情，可谓善于妙悟。

《楚吟》约作于大中二年秋桂幕罢归途经楚故都江陵一带时。诗人登楼望远，触景兴感，所感者本非一端。这是一种像暮色那样黯淡而弥漫，秋天雾雨那样纷披而迷茫，江流那样浩淼而悠长的愁绪。诗人以悲秋的宋玉自况，而宋玉之愁本来就是复杂多端的，既有贫士失职的凄悲，羁旅漂泊的惆怅，也有遭遇昏世的哀感，生命凋衰的忧伤。值此登高览眺，目接无边丝雨、渺渺江流、朦胧暮色时，不禁触绪纷来，悲愁无端。与其执定一端，何如融通虚解。"令人知其意而不敢指其事以实之"，冯浩之评，正反映了此诗意蕴虚泛、不宜指实的特点。

第八章　李商隐咏物诗的阐释史

咏物诗是李商隐诗歌创作的重要题材领域之一，有很高的艺术成就和鲜明的艺术个性。对李商隐咏物诗的阐释，从宋代就已开始，至清代而臻于大盛。这一章对自宋至清的义山咏物诗阐释史进行初步梳理。需要说明的是，与义山《无题》诗阐释史之偏重思想内容的阐释不同，咏物诗及下章论及的咏史诗的阐释偏重于诗艺的阐发。当然，咏物、咏史也都存在寄托的有无和托寓的内容问题，仍然会涉及对它们的思想内容的阐释。

第一节　宋元明三代对李商隐咏物诗的阐释

宋人诗话及笔记杂著中对商隐咏物诗的评论阐释，主要集中在以下几个方面。

首先是以商隐咏物诗为例证，阐述咏物诗创作的一般原则。这方面的阐说，最早见于《王直方诗话》：

> 作诗贵雕琢，又畏有斧凿痕；贵破的，又畏粘皮骨。此所以为难。李商隐《柳》诗云："动春何限叶，撼晓几多枝。"恨其有斧凿痕也。石曼卿《梅》诗云："认桃无绿叶，辨杏有青枝。"恨其粘皮骨也。（郭绍虞《宋诗话辑佚》）

要求咏物诗既对所咏之物进行工致的描摹刻画，但又不能显露人工雕琢斧凿的痕迹；既要描摹刻画得真切（所谓"中的"），又不能粘皮带骨，显露刻板呆滞之态。在王氏春来，商隐《柳》诗的"动春"一联虽工于雕琢，却不够自然，故说"恨其有斧凿痕"。这当然不是商隐咏物诗的主流，但少数作品存在这种缺点也是事实。王氏此论，基本上停留在咏物求形似的水平上，并未

236

触及形似与神似的关系问题，更对商隐咏物诗有神无迹的特点无所了解。

南北宋之交的吕本中在谈到"黄、陈学义山"时，曾对义山的《雨》诗作过评论：

> 义山《雨》诗："撼撼度瓜园，依依傍竹轩"，此不待说雨，自然知是雨也。后来鲁直、无己诸人，多用此体。作咏物诗不待分明说尽，只仿佛形容，便见妙处，如鲁直《荼蘼》诗云："露湿何郎试汤饼，日烘荀令炷炉香。"（《苕溪渔隐丛话》卷四十七引）

吕氏此论，同样是通过对具体作品的评论，提出咏物诗创作的一般原则。他认为"作咏物诗不待分明说尽，只仿佛形容，便见妙处"，这与王直方"贵雕琢"之论有明显不同，并不主张对所咏之物作工致的刻画，而要求在"仿佛形容"中见其妙处，实际上已触及神似问题。至于所举"撼撼"一联是否当得起这种称誉，自可别论（山谷"露湿"一联恐更难当此誉）。令人不解的是，《雨》诗中真正称得上咏物入神的佳联"秋池不自冷，风叶共成喧"，吕氏反视而不见。

其次，是对商隐咏物诗用事问题的讨论。惠洪《冷斋夜话》谓"诗到李义山，谓之文章一厄，以其用事僻涩，时称西昆体"，黄彻《䂬溪诗话》对此持相反意见：

> 李商隐诗好积故实，如《喜雪》云："班扇慵裁素，曹衣讵比麻。鹅归逸少宅，鹤满令威家。"又，"洛水妃虚妒，姑山客谩夸""联辞虽许谢，和曲本惭《巴》"，一篇之中用事十七八……以是知凡作者，须饱材料……坡集有全篇用事者……曷尝不流便哉！

为了强调用事虽多而无害，竟抬出本朝两位久负盛名的大作家王安石、苏东坡并不高明的作品作证（诗已略），得出"凡作者，须饱材料"的结论。这是在宋代诗人习惯掉书袋，特别是江西诗人在诗中大量用典的风气影响下公然为用事多作辩护的一种极端化主张。黄氏这种主张，在南宋即遭到有识之士的反对。像范晞文的《对床夜话》中就有好几则是批评作诗为事所使之弊的。涉及义山咏物诗的，如：

> 诗用古人名，前辈谓之点鬼簿，盖恶其为事所使也……李商隐诗中半是古人名，不过因事造对，何益于诗？至有一篇而叠用者……《牡

丹》诗云："锦帏初见卫夫人，绣被犹堆越鄂君""石家蜡烛何曾剪，荀令香炉可待熏"，不切甚矣。

对于商隐咏物诗用事上的创造性，宋人亦有所评论。王楙《野客丛书》卷十七：

> 《冷斋夜话》云："前辈作花诗，多用美女比其状，如曰：'若教解语应倾国，任是无情也动人。'尘俗哉！山谷作《荼蘼》诗曰："露湿何郎试汤饼，日烘荀令炷炉香，'乃用美丈夫比之，特出类也。"仆谓山谷此联，盖出于李商隐之意，而翻案尤工耳。商隐诗曰："谢郎衣袖初翻雪，荀令熏炉更换香。"以此联较之，真不侔矣。

指出用美男子比花的始创者是李商隐而非黄庭坚。这是对其咏物诗用事设比新颖的一种肯定性评价。钱锺书在《谈艺录补订》中还进一步指出商隐《牡丹》诗中"绣被犹堆越鄂君"之句也是用美男子比牡丹。这虽涉及用事，但主要讲的是咏物诗中的比喻。

第三是对商隐咏物诗比兴寄托的阐论。总的来说，宋人对这方面注意得很不够，说明他们对商隐咏物诗的这一重要特征缺乏认识。但亦偶有涉及者。陈模《怀古录》论李商隐绝句时曾举《柳》（"曾逐东风拂舞筵"）为例说明其比兴寄托：

> 若"带斜阳"人能言之，"带蝉"则无人能言矣。此尽言前日逐春风舞筵，如此可乐，后日乃带斜阳、蝉声之凄悲，则宜不肯到秋日，不如望秋先零也。此比兴先荣后悴难为情之意，足以尽之矣。

虽然谈的是咏物诗中运用比兴手法，实际上同时对诗所寄托的思想感情也作了阐释。

从以上所讲的几个方面看，宋人对义山咏物诗的表现手法、用事、比兴等虽有所论，但多为针对某一具体作品的随机性评论，缺乏对其咏物诗的综合全面考察和对其总体特征的概括。所谈的问题和发表的见解也多属浅表层次。

金元时期，方回《瀛奎律髓》于卷三怀古类选义山《武侯庙古柏》，卷二十梅花类选《十一月中旬至扶风界见梅花》《酬崔八早梅有赠兼示之作》，均为咏物诗或咏物而兼咏史者。其评《武侯庙古柏》云："五六善用事，'玉垒''金刀'之偶尤工。"所赞赏的是用事、对仗之工一类琐屑技巧，而对诗的意蕴无所阐发。但对《十一月中旬至扶风界见梅花》的阐释却有自己的体

李商隐诗歌接受史

会："义山之诗，入宋流为昆体。此谓梅花最宜月，不畏霜耳。添用'素娥'，'青女'四字，则谓月若私之而独怜，霜若挫之而莫屈者，亦奇。末句又似有所指云。"对"为谁成早秀，不待作年芳"一联的托寓似有所解会。《酬崔八早梅有赠兼示之作》解云："'蝶粉'以言梅花之片，'蜂黄'以言梅花之须，似乎借梅以咏妇人之胸之额矣。"此解得到清代许印芳的赞同。说明方回所评，虽多为小结裹，但对诗的理解体味，亦偶有独到处。

　　明代诸家选本中多有选入商隐咏物诗并加以笺评者，但多为针对具体作品而发，很少从咏物诗的创作这一角度立论，更乏对义山咏物诗总体特征的概括。如《唐诗归》钟惺评《蝉》诗云："（'本以高难饱'）五字名士赞。（'碧无情'）三字冷极幻极。（尾联）自处不苟。"评语本身相当精彩，"冷极幻极"之评尤具妙悟，且揭示出此诗的自寓性质。《落花》诗"高阁"句钟评："落花如此起，无谓而有至情。"谭评："调亦高。""肠断"句钟评："深情苦语。""所得"句钟评："'所得'二字苦甚。"篇末钟氏总评："俗儒谓温、李作《落花》诗，不知何如纤媚，讵意高雅乃尔。"《雨》（"撼撼度瓜园"）"秋池"句钟评："（'不自冷'）三字立起来，非老杜无此笔力。""侵宵"二句钟评："晚唐如此结法，何尝不极深厚。"这些评语，多为对只词片语的评赏，缺乏对全诗艺术意境的把握，更没有结合咏物诗的创作来谈。从总体看，金元明时期对义山咏物诗较之两宋时代，关注更少，但对诗艺的阐发，在细微处常有新意。

第二节　清代对李商隐咏物诗的阐释

　　对李商隐咏物诗的成就及总体特征具有比较深刻的认识是在清代对商隐诗进行全面的整理研究之后。朱鹤龄《李义山诗集补注》对义山一百六十余题诗的主旨作了简要的阐释，其中咏物诗共二十二首。从朱氏对这二十二首诗的阐释中可以明显看出，他认为义山咏物诗大都有寄托，而寄托的内容主要是自身的遭际和身世之感。如《北禽》笺云："此诗作于东川。义山自北来，居幕府，故曰北禽，以自况也。中二联皆忧谗畏讥之意。末二语有羡于雕陵之鹊，其为周身之防至矣。此等诗意味深长，逼真老杜。"《和孙朴韦蟾孔雀咏》笺："后四句全是寓意。"《越燕二首》笺："二诗皆寄恃才流落之感。"《落花》笺："此因落花而发身世之感也。"《月》笺："此叹有情者之不如忘情也。"《垂柳》笺:"此叹良遇之不能久也。"《对雪二首》笺:"此对雪而寄漂泊之感也。"《菊》笺:"此寄士为知己者用之意。"《杏花》笺:"此因杏花而寓失路之感,玩首末语可见。"《野菊》笺:"此发遗佚之感也。"《流莺》笺:"此伤己之飘荡无所托也。"《朱槿花二首》笺:"此因槿花而发身世之感也。"除《蜂》与《洞庭鱼》朱笺以为"为逢迎趋附者发""影膻附之徒"外,其他各首均为抒发身世之感及人生感慨。从朱氏的这些笺语中可以看出他对商隐咏物诗的基本观点:多用比兴寄托寓慨身世。这和朱氏对义山诗集进行全面整理注释密切相关。

与朱氏同时的吴乔在《西昆发微》中则将商隐一部分咏物诗的比兴寄托与令狐绹相联系,认为系为绹而发。如《柳》("为有桥边拂面香")笺云:"似以玉树比绹,柳自比。"所言近是。其笺《无题》诸诗虽多牵强附会,但对此诗的笺释则比较贴切。笺《乱石》云:"诗有比刺,其为绹乎?"亦可备一说。其笺《蜀桐》则云:"作者此种诗以为必刺令狐,则固;以为全不相干,又恐没作者之意。且曰'拂玉绳',义山不至趁韵也。今日读之,只在疑似间耳。"这说明吴乔虽多主寓意令狐绹,但对具体作品的解读,态度仍较慎重。

程梦星对商隐咏物语的寄托,看法不同于朱、吴二家。其《重订李义山诗集笺注凡例》云:"《无题》诸诗,人多目为《闲情》之赋;咏物诸作又或视若《尔雅》之词。之二者交失之矣。愚见《无题》近于怨旷者,皆怨及朋友之寓言;咏物近于幽闲者,乃愿入温柔之绮语。苟或以为反是,则《无题》媒昵,大是罪人;咏物无情,未为俊物也。诗须有为而作也,义山于风云月露之外大有事在,故其于本朝之治忽理乱往往三致意焉。"从这段话看,程氏认为商隐一部分咏物诗,寓托的是艳情方面的内容。他在统论商隐十余首柳诗时,既指出其中有"托之以喻人荣枯者""托之以悲文宗者""托之以感叹跋涉者""托之以自叹斥外者"等有关身世遭际的内容,又明确指出"其平康北里之所遇者,如五律《柳》一首、《赠柳》一首、《谑柳》一首、七绝《柳》一首、《柳下暗记》一首、《离亭赋得折杨柳二首》是也"。这一看法,基本上符合实际。由于他认为义山咏物诗的一部分寓托艳情,因此对有的咏物诗每有自己的感受与理解如《牡丹》("锦帏初卷卫夫人")笺云:"此艳诗也。以其人为国色,故以牡丹喻之。结二语情致宛转,分明漏泄。若以为实赋牡丹,不惟第八句花叶二字非咏物浑融之体,且通首堆砌全不生动,可谓'燕昭无灵气,汉武非仙才'矣。"所论颇为近理,比冯浩、张采田附会令狐楚要可信得多。

朱、吴、程三家，对义山咏物诗所寓托的内容，看法各有侧重，也各有切实的文本依据。合而观之，则义山咏物诗或寓身世遭逢之感，或寓与令狐绹的关系，或寓艳情绮思，可以说大体上涵盖了义山咏物诗所寄寓的思想感情内容。这是义山咏物诗阐释史上的重要进展。三家都做过义山诗的注释，这正是他们之所以有上述发现，而且阐释比较切实的主要原因。此后对义山咏物诗所寓托的内容的探讨，基本上不出此范围。

清代对义山咏物诗的艺术成就与总体特征有了比较深切的认识。钱良择《唐音审体》于义山《灯》诗下有一则关于义山咏物诗的总评：

> 义山咏物诗，力厚色浓，意曲语炼，无一懈句，无一衬字。上下古今，未见其偶。

"力厚色浓，意曲语炼"八字，从感情的充沛、设色之浓艳、意蕴的婉曲、语言的锤炼四个方面对其咏物诗的艺术特征作了相当全面的概括（"无一懈句、无一衬字"是对"力厚""语炼"的具体化）。评价之高，无以复加。其中"力厚"之评，当指其一气鼓荡的感情力量，是统摄色浓意曲语炼的决定性因素。拈出此点为首，洵称卓识。但钱氏对《唐音审体》所选十余首义山咏物诗的评点，却未能很好地阐发"力厚色浓，意曲语炼"的总评。

在揭示义山咏物诗的个性特征方面，何焯和施补华针对具体作品而发的评论都曾涉及这一重要问题。何氏《义门读书记》评《十一月中旬至扶风界见梅花》云：

> 其中有一义山在。

虽只一句话，却揭示了此诗寄托义山身世遭遇具有鲜明的个性特征。推而广之，这实际上也是义山大部分托物寓怀诗的根本特征，即每首诗所咏之物都有诗人自己的影子。清末施补华《岘佣说诗》有一则唐人咏蝉诗的比较评论，也接触到咏物诗的个性化问题：

> 《三百篇》比兴为多，唐人犹得此意。同一咏蝉，虞世南"居高声自远，端不（当作'非是'）藉秋风"，是清华人语；骆宾王"露重飞难进，风多响易沉"，是患难人语；李商隐"本以高难饱，徒劳恨费声"，是牢骚人语。比兴不同如此。

同咏一物，同样运用比兴手法，但由于三位诗人身份地位、处境遭遇不同，却表现出不同的思想感情、个性气质。"清华人语""患难人语""牢骚人语"的区别，正反映了咏物诗的个性化特征。只可惜何焯和施补华都未能从对具体作品的评论中推衍扩展开去，形成对义山咏物诗个性化特征的概括性认识，但他们的上述评论对后来的阐释者仍有启发性。

清代学者对义山咏物诗阐释，更多的还是集中在对诗艺的品评阐发上。在这方面，成绩最大的首推纪昀的《玉谿生诗说》。为了说明问题，不妨列举一些精彩的条目：

《柳》（"柳映江潭底有情"）评：深情忽触，不复在迹象之间。

《柳》（"曾逐东风拂舞筵"）评：只用三四虚字转折，冷呼热唤，悠然弦外之音，不必更着一语也。

《牡丹》（"锦帏初卷卫夫人"）评：八句八事，却一气鼓荡，不见用事之迹，绝大神力。

所恶乎《碧瓦》诸作，为其雕琢支凑，无复神味，非以用事也。如此诗，神力完足，岂复以纤靡繁碎为病哉！

《风》（"回拂来鸿急"）评：纯是寓意，字字沉着，却字字唱叹，绝不粘滞也。

《雨》（"潇洒傍回汀"）评：前六句犹刻画家数，一结若近若远，不粘不脱，确是细雨中思乡，作寻常思乡不得，作大雨亦不得。

《回中牡丹为雨所败二首》评：（首章）纯乎唱叹，何处着一呆笔。第四句对面一衬，对法奇变。"舞"字应是"無"字之讹。"无蝶""有人"，唱叹得神，大胜"舞蝶""佳人"也。结二向忽地推开，深情忽触，有神无迹，非常灵变之笔。（次章）结言他日零落更有甚于此日，与长江"并州故乡"同一运意。

二首皆不失气格，兼多神致。

《蝉》评：起二句斗入有力，所谓意在笔先。前半写蝉，即自喻；后半自写，仍归到蝉。隐显分合，章法可玩。

综观纪昀评义山咏物诗诸则，其一再强调的创作原则无非"不粘不脱""有神无迹""唱叹有致"数语。就其对具体作品的艺术品鉴看，绝大部分都很精当，但所据的上述创作原则并没有明显超越前人之处。

纪氏之外，清代还有不少注家、评家对义山咏物诗的具体篇章作出过颇有新意的阐释，所论亦均侧重诗艺。胡以梅《唐诗贯珠串释》选释义山咏物七律十一首，其中颇有可采者，如笺释《柳》（"江南江北雪初销"）云：

> 起是题前，然有情致，有气色。次亦落得活，"惹"字正是"轻黄"注脚，犹未深色，妙极。"漠漠"，淡静之意。三四将题面承明，一实一虚，便觉灵快，若全实则少风致矣，故妙。五六风流神俊，"带"字"含"字虚粘题面，结则承之。因线与丝，遂致牵恨，引到客中见柳思归之感，鲜活佳品。

持七律须骨格老健之论者每对此类清新流美之作加以嗤点，认为"未能免俗"，甚至讥为"咏物尘劫"（纪昀《玉谿生诗说》），胡氏则将此诗的鲜活灵动的风致阐析得切实细致。《酬崔八早梅有赠兼示之作》又将此诗所咏之梅亦花亦人的特点讲得相当透彻：

> 详诗题，是崔以早梅而有赠人之什兼示于义山也。其所赠之人，是解语花，所以通身赋梅而意皆双关。起言"访"字，便不止梅矣。次言"回肠"，又岂为梅乎？谢郎、荀令，沾其色，染其香，崔之风流亦甚矣。上句只用一"郎"字，将故典融冶出灵气；下句只一"换"字，点得新鲜，然皆含蓄是梅，暗藏其人在内。至五六却以人事加之以花，顾似戏花者，终非言花，而粉胸黄额，是人事，却资于蝶之粉、蜂之黄，又是花矣。全以巧搭，而灵气活句，遂使不落边际，妙。"何处"，是不知其人之所在；"几时"，是不乏其人之色相。然而维摩虽病，亦要一见天女散花耳。羡之之辞。据原注云："时余在惠祥上人讲下，故崔落句有'梵王宫地罗含宅，赖许时时听法来'。"故义山即以维摩自谓。然《维摩经》云："天女散花，诸菩萨悉皆堕落，至大弟子便着不堕。天女曰：'结习未尽，故花着身；结习尽者，花不着身。'"我知义山

花终着不堕也。

方回评此诗，虽曾谓"似乎借梅以咏妇人之胸之额矣"，但语焉不详。胡氏则结合诗中用语用典，对"所赠之人，是解语花"这一点作了细致入微的分析，并使诗的情味因之全出。此外，如谓《牡丹》（"锦帏初卷卫夫人"）所咏乃"各色大丛牡丹，非单株独本"，谓《回中牡丹为雨所败二首》"意在凌空，不着边际，可以去实之病"，都可看出他对义山咏物诗时有独特解会。

徐德泓、陆鸣皋合解的《李义山诗疏》选评义山咏物诗三十二首，对具体作品的阐释品鉴亦颇见精彩。如《蝉》诗徐评：

> 此从事幕府而以蝉见意也。首联，写高洁。项联，微寓失所依栖意。是以嗟泛梗而兴故园之思也。末以人、物同情结之。前写物，而曰"高"曰"恨"，曰"欲断""无情"，不离乎人；后写人，而曰"梗"曰"芜"曰"清"，不离乎物，正诗家针法精密处。

对照时代较徐氏晚而每为人所称引的纪昀评语，可以看出徐氏对此诗构思及章法的精彩阐释实已得纪氏之先。又如《离亭赋得折杨柳二首》徐评：

> 写得透心刺骨，而风致仍自嫣然。《杨柳词》中，当为绝唱。

指出此诗虽有"人世死前唯有"之刺心透骨语，但并不竭蹶枯率，而是具有风神摇曳、余韵悠然的美感。这样的评论，看似随口道出，却触及义山诗的重要特征。有的阐释，则体味入微。如《风》（"回拂来鸿急"）徐评：

> 此江风也。首二句，言势。第三句，言色。四句言声。五六句，不说风，而中有风象，移不到雨雪境界，正诗家写神处也。结体老成，必如此，通首方有归着。

五六句"楚色分西塞，夷音接下牢"，表面上只写了江上行程及见闻，但徐氏却从中体悟出"风象"，可谓妙悟。

袁枚《随园诗话》对义山诗评论不多，但对其《赠柳》诗的评论却非常精彩：

> 李义山咏柳云："堤远意相随。"真写柳之魂魄。与唐人"山远始为容，江奔地欲随"之句，皆是呕心镂骨而成，粗才每轻轻读过。

李
商
隐
诗
歌
接
受
史

244

"堤远意相随"之句对柳没有任何直接的形象描绘与刻画，用白描手法直取柳之缠绵多情、依依惜别的意态风神，袁氏称之为"真写柳之魂魄"，确有独到体悟。钱锺书《管锥编》对此有进一步发挥：

> "昔我往矣，杨柳依依。"按李嘉祐《自苏台至望亭驿怅然有作》："远树依依如送客"，于此二语如齐一变至于鲁，尚著迹留痕也。李商隐《赠柳》："堤远意相随"，《随园诗话》一叹为"真写柳之魂魄"，于此二语遗貌存神。庶鲁一变至于道矣。"相随"即"依依如送"耳。拟议变化，可与皎然《诗式》卷一"偷语""偷意""偷势"之说相参。

从钱氏的追本溯源、联系比较中，正可见袁氏"写柳之魂魄"之评的具体内涵及体悟之独到。商隐咏物诗，最富个性特征及创造性者，正是这种离形取神、不着形迹之作。

姜炳璋的《选玉谿生诗补说》对义山咏物诗的阐释也有一些独到的解悟，如《屏风》笺：

> 此真艳词，铁老擅场，多本此。或以为谗谄蔽明，谬甚。

此诗注家纷纷以"深憾壅闭""壅贤者路""为蔽明塞聪者发"为解，实际上只不过写高楼酣饮，浓睡翠帷，夜半酒醒时之刹那感觉印象，并无托寓。姜氏此解，能撇开以比兴说诗的思维熟套，从读诗的实际感受出发，见解迥别于常谈，非常难得。《细雨》（"帷飘白玉堂"）一篇，评家多以为单纯咏物，姜氏却有独特解会：

> 此悲秋之意也，"簟卷"者，夜雨生寒，簟不可用也。当时楚女感动秋意，谓发彩生凉，秋风凄切，对景而悲矣。而今日复遇细雨，能无忆当时之境况乎？诗意甚曲。

这种理解，在清代以至近代注家、评家中，可谓独一无二，但确有文本依据。《鸾凤》之解，则力排诸家之误解曲解，显得平实通达：

> 此以鸾凤自况也。鸾对镜而舞，镜去则鸾不舞；凤非桐不栖，桐衰则不栖，言失所也。自矜金钱之文优于孔雀，而乃锦羽自断，有类山鸡，鸾凤可谓厄甚矣。虽然，仙侣天人，皆亟相需，何难云路相引，岂至终迷世网耶？或以为悼亡，或以为送杜秋娘，均非。

何焯、姚培谦均因首句有"旧镜鸾何在"而解为悼亡之作，程梦星则附会杜秋娘事，均或失之片面，或失之穿凿，姜氏谓以鸾凤自况，甚是。姜氏说诗，固有"假'兴寄'之说而行索隐之实"（郝世峰《选玉谿生诗补说·前言》）的弊病，但当他撇开主观成见，实事求是地感受、理解作品时，也时有新颖独到的见解。

清人对义山咏物诗诗艺的阐论，除上述诸家较为著称者以外，尚有偶而论及，却颇精彩者。张燮承《小沧浪诗话》卷一云：

> 李义山《李花》云："自明无月夜，强笑欲风天。"《蝉》云："五更疏欲断，一树碧无情。"……是皆能离形得似，象外传神。赋物之作如此，方可免俗。

历来论咏物诗，均以形神兼备为基本原则，而张氏却以《李花》及《蝉》的名联为例，提出"离形得似，象外传神"的原则。这不但揭示了李商隐某些优秀咏物诗对传统写法的突破，也是对咏物诗创作理论的一种发展。在张氏看来，这才是咏物诗更高一层的境界。前举袁枚"写魂魄"之论实质上也是"离形得似"的另一种表述。

但清代注义山诗最著名的冯浩，对义山咏物诗的阐释，反因蔽于寓意令狐之成见，颇多主观臆解。其解《牡丹》（"锦帏初卷卫夫人"）云：

> 《长安志》曰："《酉阳杂俎》载开化坊令狐楚宅牡丹最盛。"……楚《赴东京别牡丹》诗："十年不见小庭花，紫萼临开又别家。上马出门回首望，何时更得到京华？"以史传考之，当为大和三年楚赴东都留守时作。是年即镇天平，而义山受其知遇。此章义山在京所作。上四句状花之称艳。五六言花之光与香。楚犹在镇，故祝其还朝。七台谓授与章句之学，结句远怀也。晚唐人赋物多用艳体，非可尽以风怀测之。

从令狐楚宅牡丹最盛断定此诗与楚有关，又因六句有"荀令"字而引出"祝其还朝"；因七句有"梦中传彩笔"而谓指楚授与章句之学，均属牵强附会。七句本自诩有文采，与令狐传骈文章奏技巧并不相干。《李花》诗冯氏则附会为令狐绹作，谓尾联"徐妃已嫁者，借比己之久薄于令狐而屡至他人幕府也。犹自玉为钿，谓犹妆饰容貌以悦之也。"实则此二句乃谓己虽久事他人，辗转寄幕，然犹凤好依然（喜爱洁白），所谓"好修以为常"也。与讨好令狐无涉。更有甚者，谓《杏花》诗"寓座主府中之慨"，附会座主高锴与高、苗二从事之事，完全远离事实。高锴开成五年九月在鄂岳观察使任上去世，并未迁镇西川。冯氏既误考高锴迁镇西川，又将大中元年深秋所作《寄成都高苗二从事》与高锴牵扯在一起，错上加错，遂使对《杏花》的阐释全成臆解。除附会令狐外，冯氏还将义山一系列柳诗均解为为柳枝而作。如解《柳》（"动春何限叶"）云：

> 余更信其为柳枝作。结二句言己属他人，彼得赏其通体，我唯睹其面貌耳，妒情尤露矣。

此诗尾联"倾国宜通体，谁来独赏眉"，从咏柳说，当因柳叶如眉，在春风中摇漾弄姿，故有此语；从咏人说，当是其人（系妓女一流）以眉目传情，故谑之曰：倾国女子宜通体皆美，谁来独赏美眉乎？冯氏竟从中悟出"彼得赏其通体，我独睹其容貌"，可谓牵强之至。解《柳》（"江南江北雪初销"）云：

> 直作咏柳固得。或三四比其人自京来楚，结帐归路尚远，其楚中艳情之作乎？

三四句"灞岸已攀行客手，楚宫先骋舞姬腰"，不过通常用典，以形况春来灞桥已折柳送别，而楚地之柳早已摇荡飞舞，却从中附会出"其人自京来楚"。又《赠柳》解：

> 全是借咏所思。上言其由京至楚。下言己之怜惜，（五六）迹已断两心不舍。

"章台""郢路"与前首"灞岸""楚宫"同为咏柳常用故实，却又从中附会出"由京至楚"。尤为煞风景的是，将"桥回行欲断，堤远意相随"这一"空外传神""真写柳之魂魄"的佳联解得全失诗味，实在是对诗的一种糟蹋。

　　冯氏这种执实穿凿的解诗法，后来在张采田的《玉谿生年谱会笺》中有了进一步的发展，造成了义山咏物诗阐释史上一种率意牵附索隐的潮流，影响颇大。

第九章 李商隐咏史诗的阐释史

咏史诗是李商隐卓有成就的诗歌题材领域，其创作的数量虽不及咏物诗，但艺术成就完全可以与之并驾。这一章论述自宋至清代的李商隐咏史诗阐释史，重点是清代。

第一节 宋元明三代对李商隐咏史诗的阐释

宋代最早提到李商隐的咏史诗并对它作出评论的是西昆派代表人物杨亿。《诗话总龟》后集卷五引《杨文公谈苑》云：

> 余知制诰日，与余（按，当作"陈"）恕同考试……因出义山诗共读，酷爱一绝云："珠箔轻明拂玉墀，披香新殿斗腰支。不须看尽鱼龙戏，终遣君王怒偃师。"击节称叹曰："古人措辞寓意，如此深妙，令人感慨不已。"

所评《宫妓》诗取材于《列子》所载周穆王与盛姬观奇巧人偃师献假倡歌舞表演之事，自可视为咏史诗。后代注家、评家对此诗有各种不同的阐释，而深慕玉谿之杨亿"措辞寓意如此深妙"的评论从寓意之深与措辞之妙两方面对它作了高度评价，成为最有影响的"第一读者"的品评，为后代探讨此诗之深妙开启了门径。《诗话总龟》卷十二还引录了《杨文公谈苑》另一则对义山咏史诗的评论：

> 钱邓帅尝举思贾谊两句云："'可怜夜半虚前席，不问苍生问鬼

神。'后人何可及！"①

虽是转述钱若水的评价，但也完全代表了杨亿本人的看法。在"杨、刘风采，耸动天下"的宋初，杨亿作为诗坛盟主对义山咏史诗的激赏，对后世的影响是很深远的。

北宋后期，曾从黄庭坚学诗，论诗多重句眼句法，发挥山谷论诗主张之范温，其《潜溪诗眼》对商隐咏史诗的思想艺术成就作了高度评价，并对其代表作品作了精彩的阐释品评。"诗贵工拙参半"条虽以评赞杜甫诗为主，但后半则将义山咏史诗与刘禹锡咏史诗作比较，谓：

> 余旧日尝爱刘梦得《先主庙》诗，山谷使余读李义山《汉宣帝》诗（按，即《鄠杜马上念汉书》），然后知梦得之浅近。

"浅近"的反面是"深远"，这不但是对《鄠杜马上念汉书》一诗的评价，实际上也代表了山谷及范温对义山咏史诗的总体评价。参观"李义山诗"一条便显而易见：

> 文章贵众中杰出，如同赋一事，工拙尤易见。余行蜀道，过筹笔驿，如石曼卿诗云："意中流水远，愁外旧山青。"脍炙天下久矣，然有山水处便可用，不必筹笔驿也。殷潜之与小杜诗甚健丽，亦无高意。惟义山云："鱼鸟犹疑畏简书，风云长为护储胥。"简书盖军中法令约束，言号令严明，虽千百年后，鱼鸟犹畏之也。储胥盖军中藩篱，言忠谊贯神明，风云犹为护其壁垒也。诵此两句，使人凛然复见孔明风烈。至于"管乐有才真不忝，关张无命欲何如"，属对亲切，又自有议论，他人亦不及也。马嵬驿，唐诗尤多，如刘梦得"绿野扶风道"篇，人颇诵之，其浅近乃儿童所能。义山云："海外徒闻更九州，他生未卜此生休"，语既亲切高雅，故不用愁怨堕泪等字，而闻者为之深悲。"空闻虎旅鸣宵柝，无复鸡人报晓筹"，如亲扈明皇，写出当时物色意味也。"此日六军同驻马，当时七夕笑牵牛"，益奇。义山诗，世人但称其巧丽，至与温庭筠齐名，盖俗学只见其皮肤，其高情远意，皆不识也。

---

① 此则又见于江少虞《宋朝事实类苑》卷三四"玉谿生"条，云："故钱邓帅若水……举《贾谊》两句云：'可怜夜半虚前席，不问苍生问鬼神。'钱云：'其措意如此，后人何以企及！'余闻其所云，遂爱其诗弥笃。"

这段评论，结合具体词语诗句的阐释，对李商隐两首最著名的七律咏史诗《筹笔驿》和《马嵬》作了深入细致的分析品鉴。通过与同题之作及同时代诗人的比较，范氏指出义山咏史诗之所以"众中杰出"，关键原因在于其内含"高情远意"，并批评流行的温、李齐名之说是"俗学"之见，认为他们只看到其词语的巧丽这种表面现象，根本不理解其思想感情及立意的高远。这可以说是整个宋代对李商隐咏史诗最有识见的评论。与此同时，范氏在品评中还涉及咏史诗的一些创作手段或原则。一是写景状物要体现所咏对象的特点，不能任何地方都可以套用。一是要写出当时当地的环境气氛，像"鱼鸟"一联那样，"使人凛然复见孔明风烈"，像"空闻"一联那样，"如亲扈明皇，写出当时物色意味"。这实质上涉及咏史诗的历史真实感问题。三是要贯注诗人的强烈感情，像"海外"一联那样，虽不用愁怨堕泪等字，"而闻者为之深悲"。这涉及咏史诗的抒情性和艺术感染力。总之，对一首成功的咏史诗所应具备的诸要素，如立意要高远，写景状物要有特点，要具有历史真实感，要有浓郁的抒情气氛等，在这段评论中都谈到了。范氏还以义山咏史诗《马嵬》为例，提出"意用事""语用事"的问题：

> 诗有……意用事，有语用事。李义山"海外徒闻更九州"，其意则用杨妃在蓬莱山，其语则用邹子云："九州之外，更有九州。"如此然后深稳健丽。

不但对用事作出用其意与用其语的区分，而且将它与诗的"深稳健丽"联系起来。范温宗江西诗派，是反西昆的，但他对义山咏史诗的评价却和西昆派的杨亿一致。这说明，对李商隐咏史诗的成就，宋人有共同认识。杨、范之外，张戒、杨万里、洪迈对义山咏史诗也有较高评价。其中张戒《岁寒堂诗话》对其咏史诗"为世鉴戒"的立意及主旨作了切实的阐发：

> "地险悠悠天险长，金陵王气应瑶光。休夸此地分天下，只得徐妃半面妆。"李义山此诗，非夸徐妃，乃讥湘中也。义山诗佳处，大抵类此。咏物似琐屑，用事似僻，而意则甚远。世但见其喜说妇人，而不知为世鉴戒。"玉桃偷得怜方朔，金屋妆成贮阿娇。谁料苏卿老归国，茂陵松柏雨潇潇。"此诗非夸王母玉桃，乃讥汉武也。"景阳宫井剩堪悲，不尽龙鸾誓死期。肠断吴王宫外水，浊泥犹得葬西施。"此诗非痛恨张丽华，乃讥陈后主也。其为世鉴戒，岂不至深至切。"内殿张弦管，中

原绝鼓鼙。舞成青海马，斗杀汝南鸡。不睹华胥梦，空闻下蔡迷。宸襟他日泪，薄暮望贤西。"夫鸡至于斗杀，马至于舞成，其穷欢极乐不待言而可知也。"不睹华胥梦，空闻下蔡迷"，志欲神仙而反为所惑乱也。其言近而旨远，其称名也小，其取类也大。杜牧之《华清宫三十韵》，铿锵飞动，极叙事之工，然意则不及此也。

这段评论，不仅揭示出《南朝》《茂陵》《景阳井》《思贤顿》这一系列咏史诗对梁元帝、汉武帝、陈后主、唐玄宗等荒淫君主的直接讥刺，而且指出其"为世鉴戒"的作用和"言近而旨远"的思想艺术特征。实际上也触及义山咏史诗的创作动因和现实意义。

洪迈《容斋诗话》卷一论唐人歌诗一则对义山咏史诗于当朝君主之荒淫"略无避隐"的可贵诗胆作了肯定评价：

> 唐人歌诗，其于先世及当时事，略无避隐，至宫禁嬖昵，非外间所应知者，皆反复极言，而上之人亦不以为罪……李义山《华清宫》《马嵬驿》《骊山（有感）》《龙池》诸篇亦然。今之诗人，不敢尔也。

所举四首，均为讽慨本朝君主唐玄宗的咏史诗。其中《马嵬》《华清宫》被同时代的胡仔斥为"浅近""用事失体，非当时所宜言者"，而洪氏则称赏其"于先世及当时事略无避隐"的诗胆，而致慨于"今之诗人，不敢尔也"。这在君主专制进一步强化的宋代，是一种富于民主精神的见解。

杨万里《诚斋诗话》则从继承《诗经》与《春秋》优良传统的角度对义山咏史诗"微婉显晦，尽而不污"的艺术特征作了高度评价：

> 太史公曰："《国风》好色而不淫，《小雅》怨悱而不乱。"《左氏传》曰："《春秋》之称，微而显，志而晦，婉而成章，尽而不污。"此《诗》与《春秋》纪事之妙也。近世词人，闲情之靡，如伯有所赋，赵武所不得闻者，有过之而无不及焉，是得为好色而不淫乎？唯晏叔原云："落花人独立，微雨燕双飞。"可谓好色而不淫矣。唐人《长门怨》云："珊瑚枕上千行泪，不是思君是恨君。"是得谓怨悱而不乱乎？唯刘长卿云："月来深殿早，春到后宫迟。"可谓怨悱而不乱矣。近时陈克《咏李伯时画宁王进史图》云："汗简不知天上事，至尊新纳寿王妃。"是得为微、为晦、为婉、为不污秽乎？唯李义山云："侍宴归来

251

宫漏永，薛王沉醉寿王醒。"可谓微婉显晦、尽而不污矣。

杨氏此论，从对思想感情的要求看，一味强调"怨悱而不乱"，似乎有些保守；但从艺术表现的角度看，强调微婉不露、尽而不污，又有其合理的一面。他之所以高度评价《龙池》，正是由于它以含蓄蕴藉的表达方式，表现了对"至尊新纳寿王妃"的尖锐批判。

对商隐咏史诗婉曲的表达方式，罗大经《鹤林玉露》有一则具体切实的阐释：

> 唐李商隐《汉宫诗》云："青雀西飞竟未回，君王长在集灵台。侍臣最有相如渴，不赐金茎露一杯。"讥武帝求仙也。言青雀杳然不回，神仙无可致之理必矣，而君王未悟，犹徘徊台上，庶几见之。且胡不以一物验其真妄乎？金盘盛露，和以玉屑，服之可以长生，此方士之说也。今侍臣相如，正苦消渴，何不以一杯赐之，若服之而愈，则方士之说，犹可信也。不然，则其妄明矣。二十八年之间，委蛇曲折，含不尽之意。

罗氏无疑是义山《汉宫词》的"第一读者"。他对此诗的阐释与品评，对后世有深远影响。尽管对此诗主旨及后二句的含意有不同看法，但罗氏"讥武帝求仙""以一物验其妄"的阐释自有其文本依据。"委蛇曲折，含不尽之意"的品评，亦称允当。后来，南宋末年陈模《怀古录》对此诗有更具体的阐释，已见上编第十章第二节。

咏史诗咏前代史事，用事是创作中首先遇到的问题，宋人对此有所探讨。其中真正有见解的是严有翼《艺苑雌黄》所发明的"反其意而用之"之法：

> 文人用故事有直用其事者，有反其意而用之者。（王）元之《谪守黄冈谢表》云："宣室鬼神之问，岂望生还；茂陵封禅之书，唯期死后。"此一联每为人所称道，然皆直用贾谊、相如之事耳。李义山诗："可怜夜半虚前席，不问苍生问鬼神。"虽说贾谊，然反其意而用之矣……直用其事，人皆能之；反其意而用之者，非识学素高，超越寻常拘挛之见，不规规然蹈袭前人陈迹者，何以臻此！

反其意而用之，本来只是用典的一种方式，这里却将它和诗人的识学见解及创造性的立意联系起来。从所举的诗例来看，确实反映了诗人超卓的见识胸襟和对"不问苍生问鬼神"的君主强烈的批判精神。

总观有宋一代，对义山咏史诗的评论和阐释所涉及的作品约占其咏史诗总数的三分之一，说明宋人对此相当关注。尽管绝大多数评论并没有将义山咏史诗作为一个独立的研究对象，进行整体考察，但在对具体作品的阐释品评中还是涉及咏史诗创作的立意、鉴戒作用、诗人的胆识见解、历史真实感、抒情气氛等重要问题。而对义山咏史诗以古喻今、借题托讽的特点，宋人普遍未曾注意。这说明宋人对咏史诗的现实指向和时代感少所研讨。这要等到对义山诗的整体研究比较深入的清代才有所发现。

比起宋代，金、元、明时期对义山咏史诗的评论与阐释显得相当冷落。方回的《瀛奎律髓》怀古类中选了义山《武侯庙古柏》、《陈后主宫》（"玄武开新苑"）、《南宫守岁》、《隋宫》（"紫泉宫殿锁烟霞"）、《筹笔驿》、《马嵬》（"海外徒闻更九州"）六首咏史诗，但其评点却都在用事、对偶之工上做文章。在他看来，义山诗就是昆体，而昆体的特点就是会作巧对、善用事，比起范温的见解无疑是大大倒退了。方回所称赞的，正是范温所嗤点的"俗学只见其皮肤，其高情远意皆不识也"。元好问编选的《唐诗鼓吹》选义山咏史诗六首，但无对诗意的阐释和对诗艺的品鉴阐发。

元代袁桷《书郑潜庵李商隐诗选》中有一段话似是针对义山咏史诗而发：

> 李商隐诗号为中唐警丽之作，其源出于杜拾遗……拾遗爱君忧国，一寓于诗，而深讥矫正，不敢以谈笑道。若商隐则直为讪侮，非若为鲁讳者。使后数百年，其诗祸之作，当不止流窜岭海而已也。

所谓"直为讪侮"，当是指"未免被他褒女笑，只教天子暂蒙尘"，"君王若道能倾国，玉辇何由过马嵬"，"如何四纪为天子，不及卢家有莫愁"一类尖锐讥讽本朝君主的咏史诗。北宋后期，苏轼因诗得祸，迭贬黄州、惠州，最后贬到海南。袁桷有苏轼的遭遇作参照，故说"使后数百年，其诗祸之作，当不止流窜岭海而已也"。这与洪迈所说的"今之诗人，不敢尔也"倒是不谋而合。但洪迈的"无所避隐"是赞辞，袁桷的"直为讪侮"则是贬辞，比起洪迈，袁桷也是明显的倒退。

明代高棅《唐诗品汇·七言律诗叙目》在义山诗接受史上首次明确提出"李商隐长于咏史"的论断：

元和后律体屡变，其间有卓然成家者，皆自鸣所长。若李商隐之长于咏史，许浑、刘沧之长于怀古，此其著也。今观义山之《隋宫》《马嵬》《筹笔驿》《锦瑟》等篇，其造意幽深，律切精密，有出常情之外者。用晦之《凌歊台》《洛阳城》《骊山》《金陵》诸篇，与乎蕴灵之《长洲》《咸阳》《邺都》等作，其今古废兴、山河陈迹，凄凉感慨之意，读之可为一唱而三叹矣。三子者虽不足鸣乎《大雅》之音，亦变《风》之得其正者矣。

以"造意幽深，律切精密，有出常情之外者"评义山咏史七律，说明高棅不仅对其艺术形式的精纯有深切认识，且对其立意构思之幽深也有深刻体会。《品汇》选义山七律十二首，其中咏史诗占半数，正可与"李商隐之长于咏史"之论印证。高棅的这一论断是对前人一系列有关义山咏史诗评论的一种总结。

与明人对义山《无题》关注较多有所不同，高棅以后，明代选家、评家对义山咏史诗很少注意。偶而涉及，也多为贬抑之辞。甚至像《贾生》这样的咏史杰构，也被讥为"气韵衰飒，天壤开、宝"（胡应麟《诗薮》）、"全入议论"（许学夷《诗源辩体》），而全篇不着一字议论的《龙池》也同样遭到"句意愈精，筋骨愈露"（胡应麟《诗薮》）的讥评。周敬、周珽的《唐诗选脉笺释会通评林》选入义山咏史名篇《隋宫》《筹笔驿》《马嵬》《汉宫词》《瑶池》《贾生》诸篇，书中汇集了明人对这些诗的阐释与品鉴。从这些笺释品鉴看，对义山咏史诗名作的评价并不高。如顾璘评《隋宫》，讥其"句句用故实""且用小说语""初联、结语亦俗"；评《马嵬》，谓其"起结粗浊不成风调"，就是突出的例证。

总的来看，金、元、明时期对义山咏史诗的阐释品鉴，成绩远不如两宋。特别是明代，由于长期受七子派诗论的影响，义山咏史诗更遭到贬抑。

第二节　清代对李商隐咏史诗的阐释

清代注家、评家对义山咏史诗的阐释评论较之前代有了质的飞跃。作为这种飞跃的突出标志，是朱鹤龄的《笺注李义山诗集序》中一段著名的评论：

且吾观其活狱弘农，则忤廉察；题诗九日，则忤政府；于刘蕡之斥，则抱痛巫咸；于乙卯之变，则衔冤晋石；大和东讨，怀"积骸成莽"之悲；党项兴师，有"穷兵祸胎"之戒。以至《汉宫》《瑶池》《华清》《马嵬》诸作，无非讽方士为不经，警色荒之覆国。此其指事怀忠，郁纡激切，直可与曲江老人相视而笑，断不得以"放利偷合""诡薄无行"嗤摘之也。

在这段话中，朱氏列举了商隐一系列关注政治时事与国家命运的诗篇，对其旨意作出精要的揭示，以驳斥历来对商隐人品、诗品的贬抑，其中如《隋师东》《汉宫》《瑶池》《华清宫》《马嵬》等都是咏史诗。值得注意的是，在朱氏看来，商隐这些咏史诗，其性质与那些直接反映时事政治的诗（如《汉南书事》《明神》及哭吊刘蕡诸作）并无本质的区别，都有其现实政治指向，"无非讽方士为不经，警色荒之覆国"，是"指事怀忠，郁纡激切"之作，实际上将它们视为政治诗。不但将它们看做义山诗歌创作中极为重要的部分，而且对其性质与意义作了全新的判断与评价。这无疑是商隐咏史诗阐释史上认识的一大飞跃。如果结合朱氏对义山咏史诗具体篇章的阐释，更可看出他对义山咏史诗性质与意义的认识是建立在扎实的基础之上的。如《咏史》（"历览前贤国与家"）笺云：

> 此诗疑为文宗而发也。史称文宗恭俭性成，衣必三浣，盖守成令主也。迫乎受制家奴，自比周赧、汉献。义山追感其事，故言俭成奢败，国家常理，帝之俭德，岂有珀枕珠车之事，今乃与亡国同耻，深可叹也。义山及第于开成，《南薰》之曲固尝闻之矣，其能已于苍梧之哭耶？

> 此诗全是故君之悲，玩末二句可见。特不欲显言，故托其词于咏史耳。

此诗题为"咏史"，朱氏将诗中所抒写的情事与唐文宗虽行俭德而卒无所成的情事加以对照，才发现此诗"全是故君之悲"，"故托其词于咏史"。由于朱氏联系义山所处时代的政治现实来解读这首诗，才能揭示出它在"咏史"题目掩盖下的现实政治内涵。与此诗性质类似的《隋师东》，朱氏的阐释同样具有说服力。"隋师东"的诗题，表面上是指隋炀帝发兵攻讨高丽的战争，但诗中实无一语涉及这场战争。朱氏联系唐文宗大和初年东征藩镇李同捷的战争以解此诗，遂将这首题为咏隋师东征，实为咏唐师东征的诗的现实政治内涵阐释得十分确切：

> 《通鉴》："大和元年，李同捷盗据沧、景，诏乌重胤、康志睦、史宪诚、李听、张璠各率本道兵讨之。二年九月，命诸军进讨王庭凑。十月，宪诚及同捷战于平原，屡败之，载义又败之于长芦；柳公济败庭凑于新乐，又败之于博野，刘从谏又败之于昭庆。时诸军讨同捷，久未成功，每有小胜，则虚张首虏以邀厚赏。朝廷竭力奉之，馈运不给。沧州丧乱之后，骸骨蔽地，城空野旷，户口什无三四。"详诗中语，正此时事也。

此诗假隋师东征高丽的题目暗讽唐廷东讨李同捷的战争中所暴露的窳败现象并作追根探源的思考，此前从未有人注意到这一点。自朱氏联系大和初年时事作阐释以后，遂成定论。对以上两首诗的阐释，实际上揭示了李商隐咏史诗中借题寓慨托讽这种类型的特点及解读方法。应该说，这是朱氏的首创。

清代注家对商隐咏史诗中另一种类型——借古喻今之作也进行了阐释。何焯、徐逢源、冯浩等人对《富平少侯》的阐释即属此类。《义门读书记》云：

> 此诗刺敬宗。汉成帝自称富平侯家人。三四言多非望之滥恩，反靳不费之近泽。

何氏引汉成帝自称富平侯家人之事，意在证明这首诗的题目及诗中所写的富平少侯实乃少年皇帝，但他没有将敬宗行事与诗中所写加以对照，对三四句的解释又嫌牵强。徐逢源则作了进一步阐释：

> 此为敬宗作。帝好奢好猎，宴游无度，赐与不节，尤爱纂组雕镂之物。即位之年三月戊辰，群臣入阁，日高尤未坐，有不任立而踣者。事皆见纪、传。《汉书》"成帝始为微行，从私奴出入郊野，每自称富平侯家人。"而敬宗即位时年方十六，故以富平少侯为比，不敢显言耳。（冯浩笺引）

冯浩又进一步加以论证。引《杜阳杂编》"宝历二年，浙东贡舞女二人，曰飞鸾、轻凤……令内人藏之金屋宝帐"之事，谓结句"新得佳人字莫愁"指此；又谓"敬宗童昏失德，朝野危疑，故连章讽刺，以志隐忧。此章首七字最宜重看。"虽未必能视为定论，但所解确有相当说服力。与《富平少侯》性质类似而注家解为刺敬宗者尚有《陈后宫》（"茂苑城如画"），程梦星笺云：

> 题为"陈后宫"，结句乃用北齐事。合观全篇，又不切陈，盖借古题以论时事也。按敬宗游幸无常，好治宫室，欲营别殿，制度甚广。其初即位，虽以李程之谏而止，改元宝历以后，辄令度支卢贞按视东都，欲修宫阙，以致藩镇之怀二心者如朱克融、王庭凑皆请以兵助工，赖裴度之谋，始挫其奸。然则时事之可愁者莫大于此，而朝廷漠然不以为意。一时廷臣如裴度、李程等固有谏诤，无如盐铁使王播竞造渡船，运材京师，摇荡君心者固不乏人，所以叹从臣半醉，天子无愁也。若作怀古，则陈、齐蹖驳，了无义理。

程氏除引敬宗游幸无常、好治宫室之事以证诗中所写"还依水光殿，更起月华楼"等情事外，还特意指出诗题为"陈后宫"，而"结句乃用北齐事"，"陈、齐蹖驳，了无义理"，以证此诗实非咏陈后主，而系借讽敬宗之荒奢。这是解读这类借古喻今的咏史诗常用的手段。程梦星、冯浩笺《旧将军》，认为系借慨李德裕被贬事，用的也是同样的解读方法。

上述两种类型的咏史诗，都颇具时代与义山个性特色，清人对它们的阐释，正反映出其时对义山咏史诗现实针对性的认识较前代有了显著提高。至于义山咏史诗中以古鉴今的类型，宋人张戒已有所论，清人在这方面谈得也很多，不具论。

义山咏史诗中有一系列讽慨帝王好神仙宠女色的篇章，注家每联系唐武宗迷信神仙方术、宠幸王才人、喜畋猎之事以阐释之。从类型上看，它们属于借古喻今一类；从内容及讽慨对象上看，它们自成一个系列。注家对它们的认识也有一个过程。《汉宫词》南宋罗大经谓"讥武帝求仙"，并未意识到它的现实针对性，至清朱鹤龄则明确指出它对中晚唐诸帝的寓讽：

> 按史：宪宗服金丹暴崩，穆宗、武宗复循其辙，义山此作，深有托讽，与后《瑶池》同旨。

从宪宗、穆宗说到武宗，并不专主一帝。但程梦星则认为专讽武宗，谓"武宗会昌五年正月筑望仙台于南郊"，则"次句（'君王长在集灵台'）比事属辞，最为亲切也"，所释有据，较朱氏更为允当。再如《北齐二首》程笺："此托北齐（后主）以慨武宗王才人游猎之荒淫也"。冯浩不同意程说，认为"武宗岂高纬之比，断非也"。其实，武宗固非高纬一类无愁天子，但其好神仙、喜畋猎、宠女色，亦非无可讽之处。且义山《茂陵》《昭肃皇帝挽歌辞三首》已屡致讽慨。正因武宗颇英武雄俊，有才略，故对其好仙喜猎宠色等事愈感忧虑，故屡作诗借古寓讽，预作警诫。此外，如《汉宫》《瑶池》《过景陵》《华岳下题西王母庙》《华山题王母庙》《海上》等诗，清代注家也大都注意到了它们的现实针对性。总之，从朱鹤龄到徐逢源、姚培谦、屈复、程梦星、冯浩、姜炳璋，清代注家对义山咏史诗现实针对性（或当代性）的阐释，构成了义山咏史诗阐释史上的重要一页。

李商隐诗歌接受史

清代注家、评家对义山咏史诗的艺术构思、表现手段也作了一系列饶有新意的探讨。如果将它们加以系统地梳理归纳，可以编成一篇咏史诗艺概要。略举数端以见一斑：

一是在史实基础上展拓、发挥的问题。何焯评《隋宫》（"紫泉宫殿锁烟霞"）云："前半展拓得开，后半发挥得足，真大手笔。"此诗讽隋炀帝之奢淫，不拘泥于表面现象，而能深入揭示讽刺对象之本质与灵魂。关键在于能在史实基础上展拓发挥，以假想推设之辞，揭示出炀帝无穷的享乐欲望与至死不悟的淫昏本性。纪昀曰："纯用衬贴活变之笔……无限逸游，如何铺叙，三四只作推算语，便连未有之事一并托出，不但包括十三年中事也。此非常敏妙之笔。"纪氏所谓"推算语"，与何氏所谓"展拓""发挥"，实际上都涉及在史实基础上进行艺术想象与虚构，即进行典型化的问题。亦即根据人物的性格与行为逻辑来推想人物的行为，从已然推想未然，事出虚构，情属必然，是更高的艺术真实。

二是以微物寓慨，借一端以概其余。屈复评《齐宫词》："不见金莲之迹，犹闻玉铃之音；不闻于梁台歌管之时，而在既罢之后。荒淫亡国，安能一一写尽，只就微物点出，令人思而得之。"纪昀评："妙从小物寄慨，倍觉唱叹有情。"所谓"微物""小物"，指的是诗中的"九子铃"，齐后主令人从庄严寺摘取用以装饰潘妃宫殿者。由于这一微物在诗中串连了齐梁两代君主荒淫享乐生活的丑剧，成为齐后主荒淫的标志、覆亡的见证，以及梁宫新主淫乐相继、覆辙重寻的预兆，已被高度典型化了，因而微物不微，小中见大，寓含深刻的政治主题和历史感慨。又如何焯评《隋宫》七绝云："'春风'二句，借锦帆事点化，得水陆绎骚、民不堪命之状如在目前。"隋炀帝南游的奢华靡费，诗中只选取"锦帆"一事作集中描写，以收"举隅见烦费"的效果。这同样是一种以少总多、借一端以概其余的典型化手段。

三是寓议论于叙事抒情，不见议论之迹。方东树《昭昧詹言》引其父评《隋宫》七律云："寓议论于叙事，无使事之迹，无论断之迹。"此诗颔腹二联写到锦帆佚游、开河植柳、搜求萤火等事，在叙事中寓有议论。冯班说："腹连慷慨，专以巧句为义山，非知义山者也。"所谓"慷慨"，不仅指寓含于叙事中深沉的历史感慨，也包含了对炀帝奢淫覆国的尖锐批判。尽管清人也有像吴乔、王夫之那样，主张咏史诗妙在不着议论的，但完全不着议论的毕竟是少数，多数是虽有议论，却能融化在叙事、抒情之中。在这方面，清人有不少精彩的论述。如纪昀评《贾生》云："纯用议论矣，却以唱叹出之，不见议论之迹。"此诗虽以议论为主干，却能巧妙无痕地融化史事，用抒情唱叹、抑扬有致的笔调贯串议论，将警策透辟的议论与深沉含蕴的讽慨融为一体。何焯评《筹笔驿》亦云："议论固高，尤当观其抑扬顿挫处，使人一唱三叹，转有余味。"所谓"抑扬顿挫""一唱三叹"，即指贯串全诗的抒情唱叹之致。施补华《岘佣说诗》云："义山七绝以议论驱驾书卷，而神韵不乏，此体于咏史最宜。"即指出了其咏史诗将议论、叙事与抒情融为一体的特点，可以视为对上述评点的一种总结。

四是"就古事傅会处翻出新意"。叶矫然《龙性堂诗话》评《瑶池》云："'八骏日行三万里，穆王何事不重来'之句，皆就古事傅会处翻出新意，令人解颐。"此诗从《穆天子传》所载穆王与西王母宴于瑶池之上，临别西王母作歌，"将子无死，尚能复来"之事，及相传穆王"八骏日驰三万里"之事，翻出西王母倚窗而望穆王复来，徒闻哀歌动地的情景。这一场景系就"古事傅会"，带有明显的虚构色彩，但表达的是一个与原来的故事意蕴迥不相同的全新主题："莫说不遇仙，便遇仙人何益。"（姚培谦评《海上》语）这种艺术构思与表现手段，义山咏史诗中运用得非常高妙，他的《梦泽》诗就是从"楚灵王好细腰，而宫中多饿死"这一"古事"生发出新意，对现实生活中那些迎合希宠，"未知歌舞能多少，虚减宫厨为细腰"的人物表示了深沉的悲慨，让人联想起生活中许多类似的现象。

五是"咏史须称题"，即符合所咏对象的特点。胡以梅《唐诗贯珠串释》评《隋宫》七律云：

按诗情乃凭吊凄凉之事，而用事取物却一片华润。本来西昆出笔不肯淡薄，加以炀帝始终以风流淫荡灭亡，非关时危运尽之故，故作者犹带脂粉，即以诮之耳，最为称题。

评《楚宫》（"湘波如泪色潆潆"）云：

> 此过楚宫而吊屈原，睹湘水之深清，哀其魂迷而恨逐水之遥也。枫树夜猿声惨，其魂自断，惟女萝山鬼为之相邀耳……通篇用《离骚》楚些融洽出之，若断若续，用古活法。

咏风流淫荡之隋炀帝，则"用事取物一片华润""犹带脂粉"；咏湘累屈原，则"通篇用《离骚》楚些融洽出之"，即借屈赋咏屈。这种称题的写法，使读者宛如亲历当日之境，唤起一种历史真切感，能大大增强作品的艺术感染力。此前北宋末范温对此虽有所论，但像胡以梅这样结合具体作品反复强调的，历代评家中不多见。

在具体评点时，清代评家还广泛运用比较方法，以揭示不同作家及作品的特点。有时，是对义山相似题材的咏史诗作比较分析，这在徐德泓、陆鸣皋合解的《李义山诗疏》中运用得相当普遍而且比较成功，上编有关章节已有评述；有时，则是将义山咏史诗与其他诗人的近似题材之作进行比较，如陆昆曾《李义山诗解》评义山《筹笔驿》，谓其"较杜'蜀相祠堂''诸葛大名'二作，似更沉着"。贺裳《载酒园诗话》对温、李咏史诗也有一段精彩的比较分析：

> 温不如李，亦时有彼此互胜者。如义山《隋宫》诗"玉玺不缘归日角，锦帆应是到天涯"，飞卿《春江花月夜》曰："十幅锦帆风力满，连天展尽金芙蓉"，虽竭力描写豪奢，不及李语更能状其无涯之欲。至结句"地下若逢陈后主，岂宜重问《后庭花》"，较温"后主荒宫有晓莺，飞来只隔西江水"，则温语含蓄多矣。

260　李诗结联讥刺辛辣，是否不如温之结联，固可讨论，但这样的比较，分析确实有助于把握温、李咏史诗各自的优胜及特点。

下　编
李商隐诗对前代的接受及对后世的影响

这一编包含两方面的内容：一方面是李商隐的诗歌创作对前代文学传统的接受，亦即前代文学对李诗的影响；另一方面是后代文学对李商隐诗的接受，亦即李诗对后代的影响。这两方面大体上相当于文学史通常所论述的"渊源与影响"。无论是对前代的接受还是对后世的影响，都涉及思想与艺术两个侧面。由于渊源与影响几乎贯串了一部中国文学史，在文学体裁上又不限于诗歌一体，因此要细加论述，可能流于琐碎，意义不大。故本编只准备就一些主要方面作有重点的论述。

第一章　宋玉的创作对李商隐的影响

　　在中国古代诗歌《诗》《骚》两大传统中，李商隐比较明显地侧重于接受楚骚传统的影响。这当然并不是说《诗经》的传统对他没有产生影响。特别是以《小雅》《大雅》为代表的忧生念乱、讽刺时政的传统对商隐的诗歌创作有着相当深刻的影响①。但这种影响主要是创作精神层面的，而且往往通过比较曲折的途径和方式，例如通过阮籍、杜甫诗歌对商隐的影响体现出来。《诗经》中像《蒹葭》那种意境空灵蕴藉，并无明确追求对象的纯粹抒写感情境界的诗，与商隐的某些爱情诗之间也有着精神上的内在关联②。但就商隐整个诗歌创作来考察，《诗经》对它的影响比起楚骚来，毕竟是局部的、间接的。

　　在楚骚传统中，李商隐又明显侧重于接受宋玉作品的影响。所谓楚骚传统，实际上包含了屈、宋两大楚骚代表作家各有创作个性的传统，亦即所谓骚、辩传统。它们之间，既有密切联系与传承关系，又各具特色。《离骚》更多表现士大夫忧愤国事，疾恨谗佞，"恐皇舆之败绩"的政治感情，而《九辩》则主要抒发"贫士失职而志不平"的哀怨凄恻之情。屈原的精神与作品对李商隐当然也有影响，如他那种"春蚕到死丝方尽，蜡炬成灰泪始干"的执著，就与屈原的九死未悔精神有相通之处。他在《行次西郊作一百韵》中所抒写的"我愿为此事，君前剖心肝。叩头出鲜血，滂沱污紫宸。九重黯已隔，涕泗空沾唇"的忠愤激烈之情，更深得《离骚》的神韵③。屈原

_____

　　①钱谦益《注李义山诗集序》引道源论义山诗，有"此亦《风》人之遗思，《小雅》之寄位"之语。

　　②舒芜有《从秋水蒹葭到春蚕蜡炬》一文，谓李商隐的无题诗复兴和重振了久已坠绝的《关雎》《蒹葭》传统。此处单从风格境界着眼。

　　③缪钺《论李义山诗》云："李义山盖灵心善感，一往情深，而不能自道者，方诸曩昔，极似屈原……屈原之用情，则如春蚕作茧，愈缚愈紧……'春蚕到死丝方尽，蜡炬成灰泪始干'，此义山自道之辞，亦即屈原之心理状态。"

的《九歌》，特别是其中的《湘君》《湘夫人》《山鬼》等篇，写缠绵悱恻的情思和缥缈之境，对商隐爱情诗乃至《楚宫》（"湘波如泪色漺漺"）等诗的影响也显而易见。《井泥四十韵》更被视为"《天问》之遗"（何焯评语）。但比较起来，宋玉对他的影响无疑更加全面而深刻。他在诗中不仅多次提到宋玉，而且处处以宋玉自况。《席上作》：

> 淡云微雨拂高唐，玉殿秋来夜正长。
> 料得也应怜宋玉，一生唯事楚襄王。

题下自注云："予为桂州从事，故府郑公出家妓，令赋'高唐'诗。"这是以宋玉"一生唯事楚襄王"的身世遭际，托寓自己栖身幕府、操笔事人的境遇，言外与家妓有"同是天涯沦落人"的身世感慨。《有感》：

> 非关宋玉有微辞，却是襄王梦觉迟。
> 一自《高唐》赋成后，楚天云雨尽堪疑。

这是以宋玉之赋《高唐》自喻其诗歌创作在当时被接受乃至遭误解的状况，涉及其诗歌微辞托讽、借艳寓慨的特色。《楚吟》：

> 山上离宫宫上楼，楼前宫畔暮江流。
> 楚天长短黄昏雨，宋玉无愁亦自愁。

这是以多愁善感的宋玉自况。"愁"的内涵包蕴甚广，既有对昏暗时世的忧虑，也有对个人身世境遇的哀愁。

其他，如《宋玉》之以文采才华冠绝当时、沾溉后世的宋玉式人物自许，隐寓才同遇异之慨；《哭刘蕡》之以宋玉师事屈原喻自己尊刘蕡为师友，对刘蕡的冤贬和去世深表痛愤；《过郑广文旧居》之以宋玉"三楚"之游暗喻自己大中元、二年的湘、桂之游；《咏云》之以熟谙"神女"式人物之宋玉自况；《高花》之以宋玉"墙低"自况，均属其例。

一个作家在自己的作品中一再以推尊的口吻提到前代作家的名字和篇章，这是常有的，如李白之于谢朓。但像李商隐这样，从生活经历、境遇遭际、思想感情到文学创作，都以宋玉式的人物自命，却属罕见。这已经超越了通常的向前代作家学习的范围，而表现为一种异代同心式的精神气质上的高度契合。

那么，李商隐和他所倾心的前辈宋玉之间，在"人"与"文"两方面究竟有哪些基本相似点呢？这些相似点，从文学的传承关系或接受史的角度来考察，又反映了什么样的文学史现象和规律？对这些问题进行归纳比较、联系思考，对具体作家研究的深入和对某种文学传统发展线索的探寻，都具有一定意义。

第一节 李商隐与宋玉身世境遇及思想性格的相似点

作为文人，李商隐与宋玉有着明显的相似之处。

首先，他们都是生当衰世、遭遇不偶的失意文人。宋玉生平，难以详考。刘向《新序》说他"事楚襄王而不见察"，习凿齿《襄阳耆旧记》说他"求事楚友景差"，曾作过楚王的"小臣"，后来连这也"失职"了，尝尽羁旅的孤寂凄凉。李商隐生当夕阳黄昏的唐代季世，他"内无强近，外乏因依"（《祭徐氏姊文》），由于政局的昏暗与党争的牵累，一生落拓不偶，辗转寄幕，其身世境遇之凄凉更有过于宋玉。他们都是衰颓时世失意贫士的典型。

其次，他们又都基本上是专业文人。古代文学史上不少大作家，实际上并不以文学为专业或主业。第一位伟大诗人屈原，便首先是政治家、外交家。而宋玉则"一生唯事楚襄王"，除了充当文学侍从、写作辞赋以外，几乎没有从事过其他活动，可以说是中国文学史上第一位专业文人。李商隐更是毕生从事文字之役，无论是"刻意伤春复伤别"的诗歌创作，还是幕府记室的专业——骈文表状启牒的大量写作，都说明他是以诗文为业的。这种专业文人，往往更具灵心慧感，也更醉心于艺术上的精雕细琢，呕心沥血，视文学创作为生命。

第三，他们又都是正直而不免软弱，关注国运而又常沉溺于个人命运的困顿落拓的文人。从《九辩》中可以看出，宋玉对混浊的时世和没落的国运是怀着忧愤的，但更主要的是在诉说自己的穷愁落拓。《史记·屈原贾生列传》说宋玉等人"终莫敢直谏"，正揭示出其正直而不免软弱的性格。这一点，在李商隐身上表现得更为明显而典型。他一方面为国运的衰颓深感忧愤哀伤，另一方面又常沉溺于个人的哀愁而难以自拔；一方面对统治者的荒淫腐败深为愤慨，但又往往只能出之以微婉的讽慨；一方面对令狐绹的庸才贵仕、忌贤妒能深加鄙薄，但又希图汲引，向他陈情告哀。封建时代知识分子的正直与软弱，在他身上矛盾并存，表现得相当突出。

第四，他们又都是多愁善感型的文人。宋玉"悲秋"，历来被视为文人多愁善感的典型表现。读他的《九辩》，会突出地感受到作者对萧瑟的秋色秋气的感受是何等敏锐、深刻和细致，其中所融会的对时代、社会、人生的凄凉感受又何等强烈。李商隐在多愁善感这一点上则又超过了他的前辈宋玉。他的许多优秀诗篇，都渗透了缠绵悱恻的哀感和深沉的人生悲慨。评家说"情深于言，义山所独"①，他自己也说："庾信生多感，杨朱死有情。"（《送千牛李将军赴阙五十韵》）这都显示出其多情善感的个性。而"春蚕到死丝方尽，蜡炬成灰泪始干"的著名诗句，正可视为这位主情的诗人心灵的象征。古代诗人中，有超旷型的，也有缠绵型的，李商隐与宋玉，便是缠绵型的诗人的突出代表。

上述几个方面的相似点，使他们在创作倾向和作品的内容风貌上也呈现出共同的特征。以下几节，就进而对他们在文学创作上的相似点进行归纳比较，以揭示他们之间实际存在的传承接受关系

第二节　贫士失职而志不平的主题和悲秋伤春的意蕴

宋玉的作品，《汉书·艺文志》著录为十六篇，目前为研究者公认的，仅《九辩》一篇。此外，如与《九辩》一起收入王逸《楚辞章句》，题为宋玉作的《招魂》，以及收入《文选》的宋玉《风赋》《高唐赋》《神女赋》《登徒子好色赋》《对楚王问》等，研究者对它们的归属与真伪，尚有争议。但王逸《楚辞章句》与萧统《文选》久已流播士林，后者更是唐代士人家弦户诵的书籍。在辨伪观念尚不发达的唐代，一般人都认为两书所载七篇均为宋玉所作。从上引商隐以宋玉自况的诗中也可明显看出，他是把《招魂》《风赋》《高唐赋》《神女赋》《登徒子好色赋》等都视为宋玉之作的②。因

---

① 钱良择评商隐《七月二十九日崇让宅宴作》，冯浩《玉谿生诗笺注》引。

② 《哭刘蕡》："何曾宋玉解招魂。"《宋玉》："《风赋》何曾让景差。"《有感》："非关宋玉有微辞，只是襄王梦觉迟。一自《高唐》赋成后，楚天云雨尽堪疑。"（按，"宋玉有微辞"出《登徒子好色赋》："登徒子……短宋玉曰：'玉为人体貌闲丽，口多微辞，'"）《咏云》："只应唯宋玉，知是楚神名。"

此，今天探讨李商隐对宋玉的接受和他们之间的承传关系时理应根据当时的实际情况，将上述七篇均视为宋玉之作。

李商隐与宋玉创作特征的一个主要共同点，是他们都以"贫士失职而志不平"为作品的基本主题。

由于身世的落拓和境遇的坎壈，宋玉在他的代表作《九辩》一开头，就触景兴感，发出了"贫士失职而志不平"的悲叹。这也是整个《九辩》的主题。作者有时采取直抒的方式，但更多的是通过对萧瑟深秋景象的描绘渲染，来抒写失职的悲怨、羁旅的孤寂，表达对现实环境的凄凉感受。杜甫说："摇落深知宋玉悲。"（《咏怀古迹五首》其二）摇落之悲，亦即所谓"悲秋"，是贯串《九辩》的主旋律，其中蕴含了对时代环境、政治局面、人生境遇的深切悲感，而其核心，则是对个人境遇和生命凋衰的悲叹。这种以个人身世之感为核心的摇落之悲，更深深地渗透在李商隐各个时期、各种题材和体裁的作品中，成为他的诗歌创作以及一部分与个人悲剧身世有关的骈文书启、祭文的基调。我们不仅可以从他的《摇落》这种从题目到内容、语言都渊源于《九辩》的作品看出二者的亲缘关系，更可以从渗透在李商隐许多诗作中那股浓重的萧瑟秋气和悲秋意蕴，看出他们之间一脉相承的关系。像下面这些最明显的例证："秋池不自冷，风叶共成喧"（《雨》）；"秋应为黄叶，雨不厌苍苔"（《寄裴衡》）；"秋阴不散霜飞晚，留得枯荷听雨声"（《宿骆氏亭寄怀崔雍崔衮》）；"秋风动地黄云暮，归去嵩阳寻旧师"（《东还》）；"欲问孤鸿向何处，不知身世自悠悠"（《夕阳楼》）；"露如微霰下前池，风过回塘万竹悲。浮世本来多聚散，红蕖何事亦离披"（《七月二十九日崇让宅宴作》）；"黄陵别后春涛隔，溢浦书来秋雨翻"（《哭刘蕡》）；"四海秋风阔，千岩暮景迟"（《陆发荆南始至商洛》）；"君问归期未有期，巴山夜雨涨秋池"（《夜雨寄北》）；"秋霖腹疾俱难遣，万里秋风夜正长"（《王十二兄与畏之员外相访见招小饮》）；"黄叶仍风雨，青楼自管弦"（《风雨》）；"阶下青苔与红树，雨中寥落月中愁"（《端居》）。无论平居宴饮，行旅羁泊，伤悼故交，怀念亲友，几乎随时随地都会触发悲秋的意绪。至于他的咏物诸诗，就更充满了萧瑟的秋声秋气，诸如："如何肯到清秋日，已带斜阳又带蝉"（《柳》）；"风露凄凄秋景繁，可怜荣落在朝昏"（《槿花》）；"已悲节物同寒雁，忍委芳心与暮蝉"（《野菊》）；"一树浓姿独看来，秋庭雾雨类轻埃……天涯地角同荣谢，岂要移根上苑载"（《临发崇让宅紫薇》）；"五更疏欲断，一树碧无情"（《蝉》）。这种悲秋意绪，作为一种人生体验、生命意识，已经深入骨髓，成为一种性情，使他时时处处习惯于用悲秋的眼光与心态去感受自然、社会、人生，因而感到无往而不带秋意，甚至连盛夏的丛芦之声在他听来也是"清声不逐行人去，一世荒城伴夜砧"（《出关宿盘豆馆对丛芦有感》）。总之，宋玉与李商隐的"悲秋"，都是衰颓时世失职贫士凄寒伤感心态的一种典型表现。

《招魂》结尾有一段点明全篇主旨、感慨深长的话："朱明承夜兮时不可掩，皋兰被径兮路斯渐。湛湛江水兮上有枫，目极千里兮伤春心。魂兮归来哀江南。"屈复《楚辞新注》说："顷襄忘不共戴天之仇，而犹夜猎荒游……所以极目而伤春心也。"[1]这是深得赋旨和"伤春"意蕴的诠释。后来庾信的《哀江南赋》更明确地将"伤春"及"哀江南"跟哀伤国运的感情直接联系起来。李商隐对《招魂》的"伤春"特具神会，在诗中一再使用这个带有象征色彩的词语并赋予它更为丰富的内涵，如"天荒地变心虽折，若比伤春意未多"（《曲江》）；"刻意伤春复伤别，人间唯有杜司勋"（《杜司勋》）；"曾苦伤春不忍听，凤城何处有花枝"（《流莺》）；"年华无一事，只是自伤春"（《清河》）；"我为伤春心自醉，不劳君劝石榴花"（《寄恼韩同年时韩住萧洞二首》之二）；"莫惊五胜埋香骨，地下伤春亦白头"（《与同年李定言曲水闲话戏作》）；"君问伤春句，千辞不可删"（《朱槿花二首》之二）。以上诸例，"伤春"或指对国家命运的忧伤，或指遭遇不偶的悲慨，或指年华虚度的伤感，或指爱情追求的苦闷，具体内容虽不相同，但都有共同的贯串情绪——对美好事物消逝的感伤。这种"伤春"之情，也像一条感情主线，成为其诗歌创作中与"悲秋"意绪相并行的又一基调。"刻意伤春复伤别，人间唯有杜司勋"，这是赞美杜牧，也是自道。他的《天涯》说："春日在天涯，天涯日又斜。莺啼如有泪，为湿最高花。"这洒泪的啼莺，正是"伤春"的诗人的化身，也是诗人"伤春"意绪的绝妙象征。

贫士失职而志不平的主题，可以表现为强烈的怨愤与牢骚，甚至激烈的反抗，也可以表现为愤世嫉俗乃至玩世不恭。李商隐与宋玉，则以悲秋与伤春的特殊方式，表现了遭遇困顿的贫士内心的哀怨感伤，以及他们对时代、社会、人生的悲慨。这种感情基调，构成了他们创作的一个基本特征——感伤主义。李商隐对宋玉的接受，他所受于宋玉的影响，最集中地表现在对悲秋伤春的感伤主义传统的接受与继承发展上。

---

①屈复认为《招魂》系屈原所作。这里取其对这段话的诠释。

第三节　微辞托讽

微辞托讽，是李商隐与宋玉另一重要的共同创作特征，也是他们之间承传关系的显著体现。

宋玉《登徒子好色赋》说：大夫登徒子侍于楚王，短宋玉曰："玉为人体貌闲丽，口多微辞，又性好色，愿王勿与出入后宫。"这里所说的"微辞"，指隐微不显、委婉讽谏的言辞。《史记·屈原贾生列传》说宋玉等人"终莫敢直谏"，正可发明"微辞"之意。《文选》所载宋玉诸赋，确实程度不同地具有微辞谲谏、婉而多讽的特点。《风赋》将风分为"大王之雄风"与"庶人之雌风"，前者"乘凌高城，入于深宫……徜徉中庭，北上玉堂，跻于罗帷，经于洞房"，而后者则"瑺然起于穷巷之间，堀堁扬尘，勃郁烦冤，冲孔袭门，动沙堁，吹死灰，骇溷浊，扬腐余"，一贵一贱，界限分明。表面上像是颂扬"大王之雄风"，骨子里是揭示上层统治者与下层穷民之间生活境遇的悬殊，暗讽上层的富贵尊荣、奢侈淫逸。这正是微辞婉讽的典型表现。李商隐《宋玉》说："《风赋》何曾让景差"，于诸赋中独标《风赋》，正可见对它的高度评价。《高唐赋》等，前人也多认为有所托讽。《文选·高唐赋》题注云："此赋盖假设其事，风谏淫惑也。"对赋旨的这种理解，似为唐人所普遍接受。杜甫《咏怀古迹五首》之二就说宋玉"云雨荒台岂梦思？"认为高唐云雨，不过借梦托讽而已。李商隐说得更明白："非关宋玉有微辞，却是襄王梦觉迟。"直接点破《高唐赋》乃是微辞讽谏襄王沉迷艳色之作，并将自己的同类作品视为对宋玉微辞托讽传统的直接继承。《文选·登徒子好色赋》题注也说："此赋假以为辞，讽于淫也。"不论这种理解是否符合赋的本意，但在李商隐，当是根据唐人的这种理解来接受，并继承发扬宋玉微辞谲谏、婉而多讽的传统的。

这方面的突出表现，是一系列以古鉴今、借古喻今的政治讽刺诗的成功创作。从早期的《富平少侯》《陈后宫》起，李商隐就已显露出讽刺荒淫失政的封建统治者的才能。到后期其讽刺艺术更达到炉火纯青的境地，像《齐宫词》之微物寓慨，《隋宫》七律的兴在象外，《贾生》的警策透辟、抑扬唱叹，都臻于微辞托讽的极致。他在政治讽刺诗创作上的突出特点，是能将尖锐深刻的讽刺与委婉不露的表达方式很好地统一起来，既避免了宋玉微辞托讽之作倾向不够鲜明的缺点，又极富含蕴，耐人讽咏。他的一些针对政治生活中某些世情而发的讽刺诗，也具有这种特点。像《宫妓》之讽玩弄机巧、终召其祸的"偃师"式人物，《宫辞》之讽得宠者志满意得而不知失宠的命运近在咫尺，《梦泽》之讽趋时迎合以邀宠者之好景不常，都既讽刺入骨而又极含蓄蕴藉，难怪学李商隐的西昆派主要作家杨亿对《宫妓》"措辞寓意"之"深妙"要赞叹不已了。沈德潜《说诗晬语》在谈到李商隐咏史诗时也说："义山近体，襞绩重重，长于讽喻。中多借题撷抱，遭时之变，不得不隐也。咏史十数章，得杜陵一体。"正道出他这类讽刺诗深隐的特点。

第四节　抒写艳情绮思

抒写艳情绮思，是李商隐与宋玉又一共同创作特征，在这方面，他们之间也存在明显的传承关系。

《诗经》中的风诗，颇多男女相悦之作；屈原《九歌》亦时涉神人及神灵间的恋爱。但这都是民歌或在民歌基础上加工提高的作品。真正属于文人独立创作的赋艳之作，应当说始于宋玉。他的《高唐赋序》记述了楚怀王游云梦之台宿高唐之馆梦见巫山神女自荐枕席的情事，自此"云雨高唐"便成为艳情的代称。《神女赋》并序，又记述了襄王梦遇神女的情节，并对神女的"瑰姿玮态"作了出色的描绘。《登徒子好色赋》对东家女的妖姿媚态的描绘同样传神。这三篇赋，可以说是文人艳情文学的百代之祖。后世如司马相如《美人赋》，曹植《洛神赋》等固然由此胎息，就是南朝宫体也莫不与之一脉相承。晚唐写艳体诗的风气转炽，李商隐尤为赋艳之大宗。他的艳诗，近师李贺，中效徐、庾，远绍宋玉，融会各家之长而成自己独特面目。他不仅频繁地运用宋玉《高唐》《神女》诸赋的故事情节、人物形象、语言词汇，而且吸取其华美奇幻的意境，创造出像《燕台诗四首》、《圣女祠》七律、《重过圣女祠》一类极富情采意境之美的艳诗。他笔下许多"神女"式的人物，明显从《高唐》《神女》等赋中脱化而来，诸如"神女生涯元是梦""一春梦雨常飘瓦""我是梦中传彩笔，欲书花片寄朝云"等诗句，说明他的诗思与联想常受到宋玉赋艳之作的启发与影响。"只应唯宋玉，知是楚神名"不妨看成他的夫子自道，他对"神女"一类人物是非常熟悉的。

《高唐》诸赋，除了传统的"假设其事，风谏淫惑"这种商隐认同的理

270

解以外，是否还有隐微的托寓，固难臆测。但作者虽未必然，后世的读者却不妨从它们的某些情节、人物乃至诗句中产生某些联想。如巫山神女自荐枕席于楚王的情节，就容易引发才士自献于君王方面的联想。上引"料得也应怜宋玉，一生唯事楚襄王"之句，便清楚地显示出诗人由"神女生涯"联想到自身遭遇的感情轨迹。《神女赋》中"怀贞亮之絜清兮"一段，也颇似有托而言。后世仿《神女赋》而作的曹植《洛神赋》，则是明显有托寓的。李商隐的《无题》诸篇，均写男女之情，其中有的固直赋艳情，别无寓托，有的则明显自寓身世，有的则寓托似有若无。我们从"照梁初有情""神女生涯元是梦""东家老女嫁不售"这些诗句中，分明可见宋玉赋中女主人公的身姿面影。作者正是通过抒写她们的离别相思、身世境遇，自觉或不自觉地表现了自己的身世之感。

第五节　李商隐论诗与李宋同异

李商隐论诗，标举"怨刺"与"绮靡"二端。其《献侍郎巨鹿公启》云："我朝以来，此道尤盛，皆陷于偏巧，罕或兼材……推李、杜则怨刺居多，效沈、宋则绮靡为甚。"他既不满于诗歌只有怨刺的内容而乏情思文采，又反对一味追求情思文辞的绮靡华艳而无怨刺的内容。他所推许的，乃是怨刺的内容与绮靡的情采的统一。而宋玉，正是他理想中合怨刺与绮靡为一体的诗人。如果说，"贫士失职而志不平"是"怨"，微辞托讽是"刺"，那么以华美的文辞抒写艳情绮思正是所谓"绮靡"了。这就无怪乎李商隐那样推崇宋玉了。

鲁迅在《汉文学史纲要》中论及宋玉时曾说："虽学屈原之文辞，终莫敢直谏。盖掇其哀愁，猎其华艳，而'九死未悔'之慨失矣……《九辩》虽驰神逞想，不如《离骚》，而凄怨之情，实为独绝。"这里不仅指出屈、宋的异同和宋玉对屈原的接受，也揭示出宋玉创作的主要特征。所谓"哀愁""凄怨"，即贫士失职的不平与感伤；"莫敢直谏"即微辞托讽的另一种表达。以上两方面亦即"怨刺"。所谓"华艳"，即以华美的文辞抒写艳情绮思，亦即"绮靡"。李商隐对宋玉的接受与继承，不也正可用"掇其哀愁，猎其华艳"来概括吗？

当然两位相隔千余载的作家，处于不同的时代社会条件下有着不同的具体生活经历，他们在创作特征上的某些共同点毕竟只是某些类似而且在类似中仍包含着重要的差异和区别。例如宋玉的哀愁感伤，主要是感叹个人境遇的困顿孤寂和由此引起的对昏暗政局的怨愤，内容比较单纯具体；而在李商隐的作品中，其哀愁感伤已在具体的个人经历遭遇的基础上，扩展深化为一种对人生、对命运更带普泛性的感慨，内涵更为虚泛抽象。试比较两人的诗句：

> 白日晼晚其将入兮，明月销铄而减毁。
> 岁忽忽而遒尽兮，老冉冉而愈弛（驰）。

——宋玉《九辩》

> 向晚意不适，驱车登古原。
> 夕阳无限好，只是近黄昏。

——李商隐《乐游原》

同样是因日落而兴感，在宋玉那里所引起的主要是叹老嗟衰的哀感，内容比较单纯；而在李商隐那里，则是"迟暮之感，沉沦之痛，触绪纷来"（冯浩注引杨守智评），"百感茫茫，一时交集，谓之伤时世可，谓之悲身世亦可"（纪昀《玉谿生诗说》）。这种触绪多端、包蕴深广的感伤，在义山诗中成为一种常调（《落花》《天涯》《楚吟》等诗均与此类似），而在宋玉作品中是未曾出现过的。这种包蕴深广的感伤，不但同晚唐衰颓的国运密切关联，而且与整个封建社会越过繁荣昌盛的顶峰，逐步向后期转变所呈现的时代氛围有内在联系。由于本章的重点不在揭示李商隐与宋玉的同中之异，而是指出他们之间的承传关系与共同特征，因此对前一方面便不多涉及了。

第六节　中国文学史上的感伤主义传统

由宋玉所开创，而为李商隐突出地加以继承发展的，是中国文学史上一个源远流长的传统——感伤主义传统。

在考察文学史上不同时代作家作品间的传承关系或某种文学流派的形成与发展时，人们往往习惯于将目光专注于少数文学巨擘身上，而对一些看起来比较次要，实际上对后世文学起过不可低估的影响的作家则有所忽视。例如，屈、宋并称，其来有自。但文学史家在谈到楚骚对后世的影响时，往往只强调屈原的精神与作品衣被后代忽视宋玉对后世的独立影响。尽管宋玉的人格、思想境界与文学成就远不能与屈原比肩，他本身的创作也受到屈原的明显影响，但宋玉其人其文，却代表了中国古代文人中一种具有相当广泛性的类型，一种文学史上的悠长传统。屈原与宋玉，是两种不同类型的人物。屈原有理想，有操守，有伟大的人格，但后代文人中真正具有他那种精神品格的并不多。许多虽比较正直，却不免软弱，出身寒微而遭遇不偶的文人，往往与宋玉的精神气质更为合拍。宋玉的"悲秋""伤春"意绪，他的"风流儒雅"与"多情"的气质①，也往往更易引起他们的共鸣，并引为同调。

宋玉作品的上述几个特征对后世都有深远影响，但其中最主要的、影响最深远的是感伤主义。他的《九辩》，是文人诗中感伤主义的最早源头和集中表现。屈原作品中，虽也有缠绵悱恻、哀怨感伤的一面，但其主要特征，则是雄伟瑰奇，富于阳刚之美的。只有到了宋玉的《九辩》，感伤主义才成为一种贯串的基调，并形成作家独特的风格特征。从此以后，每逢适宜的时代社会土壤（一般是封建王朝的衰颓期），这种感伤主义便往往出现在一部分失意的中下层文人作品中，成为一个时期文学上的一股潮流。

东汉末年，社会动乱，中下层文人政治上失意彷徨，生活上困顿流离，颇多人生哀感。这种情绪，集中表现在无名氏的《古诗十九首》中。建安文学，固然以"梗概而多气"（《文心雕龙·时序》）为主要特色，但由于世积乱离，风衰俗怨，在曹丕《燕歌行》、曹植《七哀诗》等作中也流露出具有时代色彩的哀伤情绪。正始时期的阮籍，其《咏怀》颇多忧生之嗟和无端而来的忧思，太康时期的潘岳，其《悼亡诗》哀凄深挚，也各具感伤色彩。南朝文学中，像江淹的《恨赋》《别赋》，将历史上和现实中一系列饮恨伤别的典型事例联结在一起，刻意渲染，透露出失意文人在更广泛地思考历史与人生的悲恨的基础上产生的深沉感伤。而由南入北的庾信，由于其特殊的身世经历，在《哀江南赋》《拟咏怀》等作中，更将对国家命运和个人身世的悲慨融为一体，上承宋玉《招魂》《九辩》，下启李商隐感伤国运、身世之作，是感伤主义在发展过程中一位承先启后的重要作家。

初唐时期刘希夷的《代悲白头翁》感叹人生无常，充满感伤情调；而初盛之交张若虚的《春江花月夜》却在美好的自然背景中展开对宇宙、人生

273

---

① 杜甫《咏怀古迹五首》之二："摇落深知宋玉悲，风流儒雅亦吾师。"韦庄《天仙子》词："唯有多情宋玉知。"

的悠远遐想和对美好生活的深情期待，离别相思的惆怅在诗中化为缕缕充满诗情画意的轻愁。刘、张二作，正体现了时代的变化，也透露出即将到来的明朗乐观、充满青春气息的盛唐之音离感伤主义已经相当遥远。但安史乱起，时世维艰，中下层文人遭遇坎坷，感伤主义又重新抬头。刘长卿、李益等人的感时伤乱与边塞征戍之作中，已渗透萧瑟悲凉的秋意，白居易的《琵琶行》更在"枫叶荻花秋瑟瑟"的环境中展开对琵琶女与自身天涯沦落遭际的叙写，创造了具有浓重感伤气息的叙事文学新品种。白氏将它列入"感伤诗"，绝非偶然。同时的李贺，以诡奇冷艳的风格表现深刻的感伤与苦闷，被杜牧推为"骚之苗裔"（《李长吉歌诗叙》），其实本质上是抒写贫士失职的孤愤和强烈的生命凋衰的伤感。到了晚唐，由于国运的进一步衰颓和士人境遇的日益困厄，感伤主义得到了新的发展。"伤春""伤别"成为以杜牧、李商隐、温庭筠为代表的诗歌主流派的共同倾向。而李商隐的诗歌，融时世身世之悲慨于"沉博绝丽"（朱鹤龄《笺注李义山诗集序》引钱谦益语）之中，贯感伤情调于咏史、咏物、无题等各种题材体制之内，将宋玉、庾信、杜甫、李贺诸家的感伤质素与文采华艳加以融会吸收，成为感伤主义传统的集大成者。

李商隐以后，词这种新的文学样式已经成熟，而且形成了一个抒写离愁别恨、伤春悲秋的传统。从此，古代文学中的感伤主义便在相当长的时期内几乎全部集中到婉约词中。在婉约词中，感伤意绪的内涵变得狭小了，而表现方式则更加深婉细腻。在五七言诗领域里，宋诗"言志"乃至"言理""明道"的倾向越来越突出，"缘情而绮靡"的特征越来越减弱，感伤色彩也就显得很淡薄了。元明清三代，戏曲、小说取代了传统的诗文词在文学史上的主要地位，它们一般具有较浓的市民色彩，感伤气息并不浓重。但在封建社会行将解体的前夜，感伤主义却大放异彩。洪升的《长生殿》和孔尚任的《桃花扇》，在总结封建王朝兴亡盛衰的历史教训的同时，对整个封建社会的历史和地主阶级的统治流露了浓重的感伤情绪，充满了历史与人生的空幻悲凉感。曹雪芹悲金悼玉的《红楼梦》，更是一曲充满感伤情调的封建社会的挽歌。如果要找一个感伤主义文学传统的总结者，曹雪芹就是这样的历史性人物。

以上所勾画的，是感伤主义文学传统一个极为简略的轮廓与发展线索。从总体上说，它反映了封建社会中失意知识分子对自身境遇、现实人生和时代社会的伤感情绪，其中既含有对现实黑暗的怨愤不满，对美好事物的伤悼流连，也含有沉溺于个人哀愁难以自拔的消极质素。在它的发展过程中，感伤主义的内涵与表现形式是有变化的。如果把宋玉、李商隐、曹雪芹作为三个不同阶段的代表，可以看到它从最初主要是感伤个人境遇，到后来的悲慨整个人生，最后发展到对整个社会的悲慨的大体轨迹。与此同时，其表现形式则越来越虚泛抽象，带有人生哲理意味和空幻悲凉色彩。这大体上反映了封建社会失意知识分子对现实感受的深化和由此引起的心态变化。

　　儒家诗教提倡"哀而不伤"，感伤主义按说是不大符合这种美学原则和审美趣味的，但感伤美作为艺术美的一种类型，却在我们民族的审美发展史上占有相当重要的地位，并得到人们的广泛欣赏。这可能是因为，感伤主义的文学作品大都是以伤感、哀挽的形式肯定生活中的美，从而引起人们对它的珍惜流连；而很少表现出对生活的阴暗绝望和厌弃逃避心理。相反地，倒往往在哀感缠绵中透露出对生活的执著，因而能在感伤情绪的流动中给人以诗意的滋润。同时，这类作品中的大部分，在表达方式上也不是淋漓恣肆，而是比较含蓄蕴藉的，这也比较符合民族的审美心理与习惯。总之，从宋玉到李商隐再到曹雪芹，这个感伤主义文学传统应当得到系统的清理与总结。

第二章　李商隐诗所受于汉魏六朝诗的影响

汉魏六朝诗对李商隐的影响，主要表现在以下几个方面：一是汉魏古诗及汉魏六朝民歌对李商隐诗的影响；二是寄托遥深的阮籍诗对义山诗的影响；三是庾信诗文对义山诗的影响。兹分节论述。

第一节　汉魏古诗及汉魏六朝民歌对义山诗的影响

义山诗的主要成就在近体律绝，但其古体诗也有自己的特色和相当成就。他的五言古诗现仅存十二首，但却包含了《行次西郊作一百韵》这样的史诗型杰构和《骄儿诗》、《井泥四十韵》、《戏题枢言草阁三十二韵》、《无题》（"八岁偷照镜"）、《房中曲》等重要作品。从上述篇章中，都可明显看出汉魏古诗和汉魏六朝乐府民歌的影响。

汉魏乐府有较强的叙事性。义山诗虽以抒写心灵感受见长，但他的古诗中却有接受汉魏乐府叙事性影响的作品。《行次西郊作一百韵》通过与长安西郊村民问答历叙自唐初至文宗开成初一百余年唐王朝由盛而乱而衰的历程，从结构方式到叙述方式、叙述语言都与汉魏乐府中叙事性较强的作品有一脉相承的关系。诗的开头写京西农村因天灾人祸而导致的荒凉残破景象，引出村民对答，笔意颇似汉乐府《十五从军征》；中间叙安史之乱及人民遭受巨大灾难的情景，与蔡琰《悲愤诗》颇有相似之处。田兰芳说："不事雕饰，是乐府旧法。"（冯浩笺引）从语言风格方面揭示出它与汉魏乐府的联系。

《无题》（"八岁偷照镜"）仿《古诗为焦仲卿妻作》，用年龄序数法叙写女主人公的成长历程。它不像《古诗为焦仲卿妻作》那样只用在全诗的开头，而是以之贯串全诗，从八岁一直写到十五岁；也不像《古诗为焦仲卿妻作》那样平面罗列，而是两句一层，通过对不同年龄段具有特征性的行为与心理的描写，着重写她的早熟与"伤春"心理的形成，表现的是一个具有明显性格特征的成长中的少女形象。乐府中带有程式化意味的民歌式起兴手法，在这首诗里成了主要的叙事方式和表现人物性格及成长过程的手段。张谦宜《絸斋诗谈》评曰："乐府高手，直作起结，更无枝语，所以为妙。"对这首诗学古乐府而得其神说得很到位。纪昀也说："独成一格，然觉有古意，古故不在形貌音响间。"也指出其学古而得其神，并非徒袭其形貌。

《骄儿诗》则是明显仿左思《娇女诗》之作，显示了商隐五古在继承前人的同时有明显创新的另一种表现形式。这首诗从题材到具体描写，都明显受到《娇女诗》的影响，特别是"青春妍和月"以下一大段，选取骄儿日常活动嬉戏的一系列生活细节来刻画孩子的天真活泼与顽皮，笔意与左诗"明朝弄梳台""驰骛翔园林"两节非常相似。但左作止于描写幼女的娇憨，写到受呵责后"掩泪俱向壁"即戛然而止，而商隐诗则添出了篇末一段深沉的感慨。胡震亨评曰："通篇俚而能雅，曲尽儿态。惜结处迂缠不已，反不如玉川《寄男抱孙》篇以一两语谑送为斩截耳。"（《唐音戊签·李商隐诗集》评）"迂缠"之评实因不明义山此诗构思及意蕴而致。何焯等人则看出了末段的重要。何焯说："若无此段，诗便无谓。"（《义门读书记》）屈复说："胸中先有末一段感慨方作也。"姚培谦也认为："末以功名跨灶期之，通首以此为出路也。"盖左思纯粹用寻常父母爱怜儿女的心情观察、描绘娇女，而义山则以饱经忧患、沉沦憔悴者的眼光与心态注视骄儿。今日的骄儿，透出自己昔日的面影；而自己的现状，安知不成为骄儿的将来，故末段因此引出"儿慎勿学爷，读书求甲乙"的感慨。正是这种沉沦困顿文士特有的心态，导致商隐此诗既接受左思《娇女诗》的影响又独具机杼的新面目。

《戏题枢言草阁三十二韵》也是深得汉魏乐府古诗神味之作。何焯评曰："气味逼古，后幅纯乎汉魏乐府。"何氏所说的后幅，指诗中"君时卧帐触"以下一段，其中"榆荚乱不整，杨花飞相随。上有白日照，下有东风吹。青楼有美人，颜色如玫瑰。歌声入青云，所痛无良媒"等句显从曹植《美女篇》脱化，得其神而遗其迹。结尾数句，更直接用汉乐府《长歌行》成句。冯浩评曰："音节古雅，神情潇洒，神味绵渺，离合牵引，极细极自然，五古中上乘也。"

《井泥四十韵》从内在的精神意蕴上看，主要是继承了屈原《天问》的传统，何焯说它是"《天问》之遗"（《李义山诗集辑评》引），颇有眼力。从艺术风貌上看，它更近于汉魏乐府之古朴。陈沆《诗比兴笺》说："纯乎汉魏乐府之遗，于义山诗中亦为变格。"

　　相比之下，商隐的七古则更多地继承了李贺的"长吉体"。但其中如《无题四首》（其四"何处哀筝随急管"）却颇有汉魏乐府民歌风味，特别是"东家老女嫁不售，白日当天三月半"之句，俨然民歌声口，冯浩至称其为"神来奇句"。

　　南朝乐府民歌对李商隐诗歌创作的影响过去很少受到注意。其实，商隐诗主情，又颇具南方文学色彩，这和南朝乐府民歌的滋养有密切关系。他的诗中多次提到或借用《吴歌》中的《神弦歌》《子夜歌》《前溪歌》《团扇歌》《碧玉歌》，以及《西曲》中的《莫愁乐》《杨叛儿》《作蚕丝》《东飞伯劳歌》《河中之水歌》等，可见他对《吴歌》《西曲》之熟悉与偏爱。尽管义山诗具有文人诗典型的雅致，但南朝民歌的影响仍随处可见。他的《无题》诸诗中，像"小姑居处本无郎""近知名阿侯""扇裁月魄羞难掩"等句，都直接从南朝乐府民歌脱化而来。特别是《无题》（"相见时难别亦难"）中千古传诵的名联"春蚕到死丝方尽，蜡炬成灰泪始干"更系直接化用《西曲歌·作蚕丝》："春蚕不应老，昼夜常怀丝。何惜微躯尽，缠绵自有时。"不但化用其意，而且将民歌中执著的殉情精神进一步深化了。《燕台诗四首》以春、夏、秋、冬四时分题，程梦星谓"四诗乃《子夜四时歌》之义而变其格调者"，说颇有理。《柳枝五首》，纪昀认为"皆有《子夜》《读曲》之遗"，亦得其实。至于他许多诗中熟练地运用南朝乐府民歌中常用的谐音、顶针等手法的，更属常见。义山诗"深情绵邈"的特征。与南朝民歌的熏陶滋养是分不开的。

第二节　阮籍诗对李商隐的影响

　　在魏晋南北朝著名诗人中，李商隐受其影响较深的，首先是正始时期的阮籍。

　　阮籍的主要作品，是八十二首《咏怀诗》。这组写作时间先后不一、内容多样的五言诗，有一个突出的特点，就是着重抒写诗人的主观心灵感受，写诗人深隐的内心世界，而这正是李商隐诗的主要特征。正是在这一点上，李商隐与阮籍在诗心上得到了真正的沟通。他对阮籍的接受，正是建立在这个基点上。

李商隐很少论诗，更少提及具体的诗人诗作。除了前一章论述的宋玉以外，阮籍是被提到的少数几位诗人之一。他在《献相国京兆公启二》中说："去前月二十四日，误干英眄，辄露微才。八十首之寓怀，幽情罕备；三十篇之拟古，商较全疏。"所谓"八十首之寓怀"，指的就是阮籍的八十二首《咏怀诗》。他虽谦称自己的诗不如阮诗，但既将己诗与之并论，可以明显看出他对阮籍《咏怀》的推崇。用"幽情"来概括阮诗特点，也可见他对阮诗旨趣遥深的特点有明确认识。

阮诗的"幽情"，早在梁代的钟嵘、刘勰，就有相当一致的看法。钟嵘《诗品》评阮籍云："其源出于《小雅》，无雕虫之巧。而《咏怀》之作，可以陶性灵，发幽思。言在耳目之内，情寄八荒之表……颇多感慨之词。厥旨渊放，归趣难求。颜延注解，怯言其志。"刘勰《文心雕龙·明诗》则谓"阮旨遥深"。所谓"厥旨渊放，归趣难求"与"遥深"，都是指阮诗寄寓深微，难以寻求其旨意归趣。这种风格的形成，论者每归之于魏晋易代之际险恶的政治环境，这自然有其正确的一面。但政治环境的险恶只能导致诗的意旨的隐晦。一般情况下，只要将诗中的典故、比喻和当时的政治局面、政治事件加以联系对照，诗旨仍可索解，阮诗的旨意之所以"遥深"到"归趣难求"的程度，还与诗中所抒之情的性质与状态有密切关系。具体地说，阮籍一些最优秀的作品所抒写的情感，往往是一种内容虚泛、难以指实的情绪。它虽常触景而生，但其内容却很难确定，给人一种忧来无端、触绪纷然的感觉。如八十二首中的第一首：

> 夜中不能寐，起坐弹鸣琴。
> 薄帷鉴明月，清风吹我襟。
> 孤鸿号外野，翔鸟鸣北林。
> 徘徊将何见，忧思独伤心。

全诗写夜不能寐，独坐弹琴。薄帷鉴月，清风吹襟。闻孤鸿号于野外，翔鸟鸣于北林。而诗人则徘徊不定，忧思难任。诗中没有或显或隐地提到任何具体的事件，只是写一种无端而起、不能自已的忧思。清风朗月正反托出内心的不安。因何而夜不能寐，起坐弹琴徘徊？"忧思"的具体内容究竟是什么？诗中都没有答案。也很难说"孤鸿""翔鸟"一定喻指什么。诗写得并不隐晦，但究竟要表达什么主旨，却无从探求。一定要说，也无非是表达一种无端而起、说不清道不明的忧思。正是这种忧来无端的情绪，深刻地反映了阮籍所处的时代环境和诗人的心境。又如第三首：

> 嘉树下成蹊，东园桃与李。
>
> 秋风吹飞藿，零落从此始。
>
> 繁华有憔悴，堂上生荆杞。
>
> 驱马舍之去，去上西山阯。
>
> 一身不自保，何况恋妻子。
>
> 凝霜被野草，岁暮亦云已。

写繁华憔悴，嘉树零落，霜凋野草，堂生荆杞。旧解以为忧惧魏之灭亡，实际上意蕴相当虚泛。全诗展现的是一个充满肃杀之气的环境氛围，其中渗透对生命凋衰的深沉忧伤与无奈。这种"忧生之嗟"，与诗人所处的政治环境当然有关，但其内涵却不止某一端。其十六：

> 徘徊蓬池上，还顾望大梁。
>
> 绿水扬洪波，旷野莽茫茫。
>
> 走兽交横驰，飞鸟相随翔。
>
> 是时鹑火中，日月正相望。
>
> 朔风厉严寒，阴气下微霜。
>
> 羁旅无俦匹，俯仰怀哀伤。
>
> 小人计其功，君子道其常。
>
> 岂惜终憔悴，咏言著斯章。

写九十月之交阴寒惨淡的自然环境和自己的哀伤孤独，有所寄寓是肯定的，但是否一定要贴紧司马师废曹芳之事来阐释，却值得斟酌。它所展示的是一个大的纷乱不宁、阴寒惨淡的时代环境和自己的寂寞伤感心态。其十七：

> 独坐空堂上，谁可与亲者？
>
> 出门临永路，不见行车马。
>
> 登高望九州，悠悠分旷野。
>
> 孤鸟西北飞，离兽东南下。
>
> 日暮思亲友，晤言用自写。

所抒写的同样是一种举目无亲的孤独感。这种孤独感当然与诗人所处的整个

280

政治环境、人事环境有关，但却不必指实诗中所写的情绪因某一具体事件所引起。从情绪的产生看，同样具有蕴蓄已久、忧来无端的性质。又如其三十三：

> 一日复一夕，一夕复一朝。
> 颜色改平常，精神自损消。
> 胸中怀汤火，变化故相招。
> 万事无穷极，知谋苦不饶。
> 但恐须臾间，魂气随风飘。
> 终身履薄冰，谁知我心焦。

写一种在政治高压环境中极端苦闷忧惧焦灼的心态，其具体原因不能也不必确指。

当然，八十二首《咏怀诗》中也有内容比较具体，有所实指的。但上述最有代表性的篇章却大都具有同样的特点。它们在字面上并不难解，也没有或很少用典，但抒写的情绪却很虚泛，难以指实其因何而起、针对什么而发。这种情况，与阮籍平时的行为心态正可相印证。《世说新语》注引《魏氏春秋》：

> 阮籍常率意独驾，不由径路，车迹所穷，辄恸哭而反。

这种"穷途之恸"，反映的是阮籍在当时的政治环境中走投无路、无所适从、惶惶然不可终日的心理状态。它是整个政治环境与阮籍独特个性相互作用下长期形成的心态，很难也不宜用具体的事件去解释。他诗中所抒写的感情大都是这种虚泛的穷途之恸、忧生之嗟、孤寂之感。沈德潜说得好：

> 阮公《咏怀》，反覆零乱，兴寄无端，和愉哀怨，杂集于中，令读
> 者莫求归趣。此其为阮公之诗也。必求时事以实之，则凿矣。（《古诗
> 源》卷六）

"兴寄无端"四字，正是对阮籍《咏怀》诗特征的绝妙概括。李商隐对阮籍诗的接受与继承，也主要体现在"兴寄无端"上。他的《锦瑟》、《乐游原》五绝、《落花》、《天涯》、《楚吟》诸诗，便是"兴寄无端"的典型诗例。他对阮诗的接受，不在表面的形貌，而在真正的精神。钟嵘所说的阮籍"颇多

感慨之词"，指的也是"莫求归趣"的情绪型感慨，而非明朗径直、可以用概括性的语言明白揭示的人生感受。这一点也恰恰是李商隐抒写人生感慨的诗的突出特点。

阮籍诗中抒写的穷途之恸、孤寂之感乃至可望而不可即的怅惘等情绪，对商隐诗也有明显影响。如商隐的《乱石》：

> 虎踞龙蹲纵复横，星光渐减雨痕生。
> 不须并碍东西路，哭杀厨头阮步兵。

在当时昏暗的政治环境中，诗人深感东西路塞，茫然无之。"乱石"纵横塞途、虎踞龙蹲的形象，对"穷途之恸"作了生动的象喻。末句更以阮籍自比，其受到阮籍穷途之恸的影响十分明显。商隐诗中经常抒写寂寞孤独之感，在精神上也与阮诗同类作品声息相通。他的《无题》（"紫府仙人号宝灯"）极力渲染自己向往追求的对象变化迅疾、渺远难即，也令人联想起阮籍《咏怀》的"西方有佳人"。但从根本上说，"兴寄无端"仍是李商隐对阮诗接受的主要方面。

第三节 庾信创作对李商隐的影响

在整个南北朝作家中，对李商隐影响最大的首推庾信。庾信诗、文、赋兼擅，他对李商隐的影响也是全方位的。不仅影响其思想感情与作品的思想内容，而且影响其作品的艺术风格；不仅影响其诗歌创作，也影响其骈文。

商隐在《樊南甲集序》中说："后又两为秘省房中官，恣展古集，往往咽噱于任、范、徐、庾之间。有请作文，或时得好对切事，声势物景，哀上浮壮，能感动人。"这里讲的虽是徐、庾等人的作品对他骈文写作的影响，但实际上这种影响也显著体现在其诗歌创作（尤其是近体诗）中。何焯《义门读书记》评商隐《镜槛》云："陈无己谓昌黎以文为诗，妄也。吾独谓义山是以文为诗者。观其使事，全得徐孝穆、庾子山门法。"说义山以文为诗指的是以骈文为诗；所谓"全得徐孝穆、庾子山门法"，指的正是其诗歌很好地吸取了徐陵、庾信骈文在用典使事方面的技巧和经验。何焯评义山《寓怀》诗，即指出"义山有极似庾子山处"。除用典使事之法外，庾信对商隐的影响还表现在以下几个方面：

首先是庾信诗赋中的乡关之思、家国兴亡之感对商隐的影响。庾信不同于齐梁其他作家之处，在于他有一段由南入北屈节仕西魏及北周的经历。他的《哀江南赋》《拟咏怀三十七首》等作中反复抒发的国破之痛、乡关之思、身世之感，往往复杂交织、水乳交融，具有强烈的感染力。商隐《送千牛李将军赴阙五十韵》曾谓："庾信生多感。"所谓"多感"，当即指其作品中熔国破之痛、乡关之思与身世之悲于一炉的感慨。商隐以庾信自喻，正反映出他对庾信"生多感"的自觉继承。忧时伤世之情、身世沉沦之悲、天涯羁泊之感、成为义山作品的基本主题。这些内容虽在不同作品中各有侧重，但又往往交融渗透。越到后期，这种交融渗透越加显著。

其次是绮艳清新与沉郁苍凉相统一的风格对商隐诗的影响。庾信前期与徐陵"文并绮艳，故世称'徐庾体'焉"（《北史·庾信传》）。后期因遭遇侯景之乱、梁朝之亡与屈仕魏、周的经历，内心悲愤哀怨、矛盾苦闷，风格转为沉郁苍凉。而前期绮艳清新的底色仍然保存，遂形成其诗赋绮艳清新与沉郁苍凉相统一的风格。杜甫论庾信，既赞其"清新"，又赞其"老成"；商隐评韩偓诗，既云其"清于老凤声"，又赞其"有老成之风"，与杜甫论庾信诗完全一致。可见追求绮艳清新与沉郁苍凉的统一，也是商隐作诗的目标。其五七言律体中的一系列优秀作品，如《曲江》、《重有感》、《哭刘蕡》、《武侯庙古柏》、《杜工部蜀中离席》、《夜饮》、《筹笔驿》、《隋宫》（"紫泉宫殿锁烟霞"）、《风雨》正充分体现了二者的统一。施补华《岘佣说诗》谓其七律"秾丽之中，时带沉郁"，乃因"得于少陵者深"之故，实则少陵又接受了庾信的影响。五律一体，商隐接受庾信的影响同样非常明显①。如《夜饮》：

> 卜夜容衰鬓，开筵属异方。
>
> 烛分歌扇泪，雨送酒船香。
>
> 江海三年客，乾坤百战场。
>
> 谁能辞酩酊，淹卧剧清漳。

王安石、范晞文都认为此诗"虽老杜无以过""绝类老杜"。其实，从源头上看，更受到庾信的影响。颔联绮美华丽，固绝类庾信前期诗，腹联直抒时世身世之慨，也很像是庾信《咏怀》诗中的名联。

----

① 何焯谓"义山五言出于庾开府"，见《义门读书记》。

如果对庾信最著名的《哀江南赋》作一番考察，就会发现赋中所用的一系列典故辞语对商隐诗的明显影响。下面是庾赋与李诗相关词句的对照：

将军一去，大树飘零。（庾赋）
大树思冯异。（李《武侯庙古柏》）
风飘大树感熊罴。（李《过故府中武威公交城旧庄感事》）

华亭鹤唳，岂河桥之可闻。（庾赋）
死忆华亭闻唳鹤。（李《曲江》）

岂非江表王气，终于三百年乎？（庾赋）
三百年间同晓梦。（李《咏史》）

诛茅宋玉之宅，穿径临江之府。（庾赋）
可怜留着临江宅，异代应教庾信居。（李《过郑广文旧居》）

君子则方成猿鹤。（庾赋）
野鹤随君子。（李《西溪》）

青袍如草。（庾赋）
青袍似草年年定。（李《春日寄怀》）

虎威狐假。（庾赋）
虎威狐更假。（李《哭遂州萧侍郎二十四韵》）

燃腹为灯。（庾赋）
仍计腹为灯。（李《洞庭鱼》）

倚弓于玉女窗扉。（庾赋）
寒气先侵玉女扉。（李《对雪二首》）

楚有七泽，人称三户。（庾赋）

但使故乡三户在。(李《楚宫》)

竹染湘妃之泪。(庾赋)
湘泪浅深滋竹色。(李《潭州》)

以鹑首而赐秦,天何为而此醉。(庾赋)
自是当时天帝醉,不关秦地有山河。(李《咸阳》)

岂知灞陵夜猎,犹是故时将军。(庾赋)
日暮灞陵原上猎,李将军是旧将军。(李《咸阳》)

以上诸例,不一定有意模仿或直接袭用庾赋,但可以看出义山对庾赋的熟悉程度,因而使事措语,往往暗合。

第三章　李商隐所受于杜甫、韩愈、李贺诗的影响

在唐代诗人中，李商隐刻意学习追摹，受其影响最深的是杜甫和李贺。此外，韩愈也是他学习的重要对象。杜、李两家对商隐诗歌创作的影响带有全局性，而韩愈的影响只体现于一部分诗作中。至于其他唐代诗人，像韩翃、沈亚之，他虽有模拟之作，但带有明显的随意性、偶发性，对商隐诗风的形成并未产生显著影响，将在最后附论。

第一节　杜诗对李商隐的影响

李商隐对李白、杜甫都非常推崇。《漫成五章》之二说："李杜操持事略齐，三才万象共端倪。"认为李白、杜甫在诗歌创作方面的成就不相上下，能使天地万象毕现于诗中。《献侍郎巨鹿公启》也说："推李、杜则怨刺居多。"从客观评价上看，他对李、杜都极推崇；但从主观接受上看，他主要接受了杜诗的影响。李白的思想与创作虽也对商隐有过一些影响，如写诗着重抒发主观感受、运用比兴寄托、语言清丽等。在商隐诗中也可以找到一些有意化用或无意袭用李白诗句的例证。但总的来看，这种影响是局部的。而杜甫对商隐的影响却是全方位的，从思想感情到创作精神，从诗歌的思想内容到艺术风格，从字法句法到诗歌语言，处处可见学杜的明显痕迹和实绩。王安石谓："唐人知学老杜而得其藩篱者，唯义山一人而已。"（《苕溪渔隐丛话》前集卷二十二引《蔡宽夫诗话》）这一唐诗接受史上经典性的评论，对义山学杜的成就作了极高的评价。"一人而已"的说法虽或失之绝对，但要在唐代大诗人中找出一位全方位学杜而且各方面都有突出成就的确实非义山莫属。白居易等人即事名篇的新乐府及其他反映人民疾苦的诗主要是继承杜甫的创作精神，但从艺术风貌看，走的是坦易一途，与杜诗显然异趋。

李商隐所受于杜诗的影响首先表现在对杜诗伤时感世、关注国运的思想感情及创作精神的学习继承上。杜甫身处唐王朝由繁荣昌盛走向衰乱的转折时代，他对国运和时局的高度关注成为其诗歌创作的主要原动力和贯串始终的思想感情主线。李商隐学杜，起步很早，而且一开始就显示出了不凡的业绩。他现存可以确切编年的写作时间最早的诗，是大和三年冬写的《隋师东》。诗借隋师东征高丽的题目托讽唐廷东讨叛镇李同捷的战争中军政窳败的现象，是一首明显学习杜甫《诸将五首》，具有"诗史"精神和鲜明政论色彩的作品。诗中追根寻源，指出问题的关键在于朝廷中缺乏贤明的宰辅，表现了青年诗人的识见。这说明商隐学杜，一开始就学到杜诗的真精神。循着这个起点，从大和三年到开成二年，商隐创作了一系列学习杜甫反映时事、感伤国运的诗篇。特别是甘露之变后，连续创作了《有感二首》《重有感》《曲江》《故番禺侯以赃罪致不辜事觉母者他日过其门》《寿安公主出降》《哭遂州萧侍郎二十四韵》《哭虔州杨侍郎》《行次西郊作一百韵》等学杜之作，体裁遍及五律、七律、五言排律、五言古诗诸体，不仅表现出对时局国运忧心如焚的焦虑心情，而且在艺术风格上也深得杜诗开合顿挫之致。《行次西郊作一百韵》明显仿杜甫《北征》《自京赴奉先县咏怀五百字》，成为反映唐代由盛而乱而衰的二百余年历史的一代史诗。这一系列反映时事的学杜之作，成为李商隐诗歌创作第一次高潮的突出标志，也显示出其学杜的辉煌业绩。吴乔《围炉诗话》说："少陵诗是义山根本得力处。"从他的前期创作看，这个结论完全正确。值得注意的是，在他前期学杜的部分作品中，已经开始显现出其个性特征，像《曲江》就是显例。

　　由于商隐的中后期创作由关注现实政治逐步向着重抒写个人身世和人生感慨转变，他对杜诗的学习继承较之前期有所减弱，且多将学习的侧重点放在风格句法及诗艺方面。其中桂幕期间五律学杜之作、梓幕期间七律学杜之作比较集中，后者在诗艺上更臻于化境。杜甫关注国运、感伤时世的思想感情仍在或显或隐地影响着商隐的诗歌创作，这从中后期所作的《安定城楼》《淮阳路》《赠刘司户蕡》《哭刘蕡》《哭刘司户二首》《哭刘司户蕡》《武侯庙古柏》《筹笔驿》等学杜之作中可以明显看出，但从总体看，直面现实政治、感愤激烈的精神较之前期确有所消减。

　　其次，杜诗沉郁顿挫的风格对商隐诗也产生了深刻影响。商隐既具关注国运的思想感情，在性格的沉厚与感情的深挚方面与杜甫又有相似之处，再加上他对杜诗的抑扬顿挫、开合变化深有体悟，因此他在学习杜诗沉郁顿挫的风格方面确实达到神情毕肖，可以乱真。前期作品中这方面即有突出表现，如《有感二首》之二后段：

> 古有清君侧，今非乏老成。
> 素心虽未易，此举太无名！
> 谁瞑衔冤目，宁吞欲绝声？
> 近闻开寿宴，不废用《咸英》。

纪昀评曰："'古有'四句，两开两合，曲折如意，绝大笔力。结句感慨入骨，此义山法也。"这种开合顿挫之法正是义山学杜最神情毕肖的地方。又如《哭遂州萧侍郎二十四韵》纪评："长篇易至散缓，须有筋节语支拄其间。七句、八句、十三句、十四句、二十七句、三十八句、三十九句、四十句皆筋节处也。"所谓"筋节语"，指长篇中重要转折点或思想感情凝聚点，这种关键处用力，才能振起前后，不至散缓。这是杜诗长篇擅长的诗法，对形成沉雄飞动的风格有重要作用。义山对杜甫这种诗法学得非常到家，不少诗联置之杜集亦为出色的佳联，如《哭萧》：

> 青云宁寄意，白骨始沾恩。

纪昀评："'白骨'句沉痛之至而出以蕴藉。"又如《送千年李将军赴阙五十韵》：

> 否极时还泰，屯余运果亨。
> 流离几南渡，仓卒得西平。
> 神鬼收昏黑，奸凶首满盈。
> 官非督护贵，师以丈人贞。
> 覆载还高下，寒暄急改更。
> 马前烹莽卓，坛上挹韩彭。
> 扈跸三才正，回军六合晴。
> 此时唯短剑，仍世尽双旌。

纪评曰："'在昔'四句，总领前半篇，声光阔大。'否极'四句转轴，亦字字筋节，精神震动……'此时'一句落到千牛。前路何等繁重，此处寸枢转关，可云神简，正复大有剪裁在也。此等处绝可玩。"越到后来，商隐学杜之沉郁顿挫诗风越加出神入化。如《写意》钱良择评："此诗气韵沉雄，言有尽而意无穷，少陵后一人而已。"《二月二日》何焯评："两路相形，夹写出忆归精神……《隋宫》《筹笔驿》《重有感》《隋师东》诸篇得老杜之髓矣。如此篇与《蜀中离席》，尤是《庄子》所云'善者机'，其神似老杜处在作用不在气调。"《筹笔驿》何评："议论固高，尤当观其抑扬顿挫处，使人一唱三叹，转有余味。"纪昀评："起手抬得甚高，三四忽然驳倒，四句之中几于自相矛盾。盖由其意中先有五六一解，故敢下此离奇之笔，见是横绝，其实稳绝。前六句天矫奇绝，不可方物，就势作结，必为强弩之末。故提笔掉转前日之经祠庙吟《梁父》而恨有余，则今日抚其故迹，恨可知矣。一篇淋漓尽致，结处犹能作掉开不尽之笔，圆满之极。"对何氏的"抑扬顿挫"之评作了精彩的发挥。

再次，表现在诗歌体裁的全面学杜上。义山学杜成绩最突出的是律体，特别是七律。王安石举以为例，以为"虽老杜无以过"的四联，七律占了两联（另两联一为五律、一为五排）。从七律发展史的角度看，李商隐的七律在继承杜甫七律关注国运、感时伤世传统的基础上，适应时代要求与自己的艺术个性，创造了用咏史方式反映时事政治的新体制；在艺术上则在继承杜甫七律感慨议论，融写景叙事抒情议论为一体的基础上，别创讽刺一途，显著提高了七律的讽刺艺术；在艺术风格方面，学习杜甫的沉郁顿挫而运以秾丽，变杜律之沉雄阔大为缠绵悱恻、朦胧缥缈。在各方面均既有继承，又有开拓创新。

商隐五律，既有学杜甫五律之锤炼精工、深沉凝重者，亦有学杜甫五律之以清新流畅见长者。前者如《过故崔兖海宅与崔明秀才话旧因寄杜赵李三掾》及哭刘蒉五律诸篇、《夜饮》《风雨》等，后者如《春宵自遣》《高松》《访秋》《思归》《归墅》《杨本胜说于长安见小男阿衮》《凉思》等。许印芳评《过故崔兖海宅》云："八句皆对，极沉郁顿挫之致。"评《哭刘司户蒉》云："此章前半从旁面着笔。五六收前二章（按，指《哭刘司户二百首》）意。结句倒追，回应第一章起句，益觉黯然神伤，深得老杜用笔之妙。"（《瀛奎律髓辑要》）范晞文《对床夜话》、吴仰贤《小匏庵诗话》则对商隐五律中的白描佳作进行了集中评论。此类五律，实继承杜甫五律《春日忆李白》《月夜忆舍弟》《水槛遣心二首》《不见》等作。总的看来，商隐五律学杜成绩虽亦斐然可观，但拓新发展不如其七律。

商隐长篇排律受杜甫影响也非常显著。杜甫长篇排律，艺术上锤炼精工、沉雄博大。元稹《杜工部墓系铭序》称其"铺陈终始，排比声韵，大或千言，次犹数百，词气豪迈，而风调清深；属对律切，而脱弃凡近"，评价极高。而终唐之世，长律学杜成绩卓著者首推商隐。清代评家对此多有论述，纪昀所论尤为精到。如评《送从翁从东川弘农尚书幕》云："沉雄飞动，气骨不凡，此亦得杜之藩篱者，中晚清浅纤秾之作，举不足以当之。末一段以勉为送，立意正大，词气自然深厚雄健，居然老杜合作。"评《五言述德抒情诗一首四十韵》云："'感念'一段，大笔淋漓，化尽排偶之迹。他人作古诗尚不能如此委曲沉着，真晚唐第一作手，得杜藩篱不虚也。"其他如评《有感二首》《哭遂州萧侍郎二十四韵》，已见上引。

除律体外，商隐五古学杜者，如前举《行次西郊作一百韵》之学杜《北征》《自京赴奉先县咏怀五百字》，《骄儿诗》中段描摹骄儿情态，亦颇得《北征》到家一节之神采。七绝《漫成五章》则仿杜甫七绝连章议论之体。但从总的方面看，古体及绝句学杜只是局部、个别的表现。

第二节　韩诗对李商隐的影响

在中唐诗人中，李商隐受韩愈、李贺的影响最大。特别是李贺，更是商隐在宋玉、杜甫之外全力追摹学习的诗人。李贺诗风，在奇险方面接近韩愈，文学史家往往将他归入韩孟诗派。但受韩诗影响只是李贺诗风之一端，贺诗同时还受到楚辞《九歌》、齐梁宫体的深刻影响而于中唐独树一帜。因此，商隐学韩与学贺虽有一定联系，但从影响史的角度说，实为两个不同的渊源。这一节先论述商隐所受于韩愈的影响。

商隐《樊南甲集序》云："樊南生十六能著《才论》《圣论》，以古文出诸公间……十年京师寒且饿，人或目曰：韩文杜诗，彭阳章檄，樊南穷冻人或知之。"表明自己诗学杜甫，文学韩愈，骈体章奏学令狐楚。由于商隐少年即以古文称，后来历事戎幕，散体文写作不多，因而可以推知其少年时即已对韩文相当熟悉。《甲集序》虽未提及韩诗，但从他的《韩碑》学韩诗的成就看，他对韩诗的熟悉程度实不亚于韩文。且韩愈"以文为诗"，熟悉其文对把握韩诗特征、掌握韩诗作法也有帮助。

《韩碑》一诗，标志着商隐学韩的最高成就，评家誉为晚唐七古第一，其艺术成就得到历代评家几乎是交口一致的赞誉^①。陆时雍《唐诗镜》云：
"宏达典雅，其品不在《淮西碑》下。"贺裳《载酒园诗话又编》云："《韩
碑》诗亦甚肖韩，仿佛《石鼓歌》气概，造语更胜之。"钱良择《唐音审
体》云："义山诗多以好句见长，此独浑然元气，绝去雕饰，集中更无第二
首，神物善变如此。"沈德潜《唐诗别裁集》云："晚唐人古诗秾鲜柔媚，近
诗馀矣，即义山七古亦以辞胜。此篇意则正正堂堂，辞则鹰扬凤翔，在尔时
如景星庆云，偶而一现。"李因培《唐诗观澜集》评："玉谿诗以纤丽胜，此
独古质，纯以气行。而句奇语重，直欲上步韩碑，乃全集中第一等作。"屈
复《玉谿生诗意》云："生硬中饶有古意，甚似昌黎而清新过之。"这些评
语，不但指出其在晚唐七古中的突出地位，以及它对韩愈《石鼓歌》的学习
继承，而且指出它学韩不仅神情毕肖，且有所变化，"造语更胜""清新过
之"即是其中一端。商隐称赞韩愈《平淮西碑》"句奇语重喻者少"，这"句
奇语重"四字实际上正揭示出韩诗的重要特征：句法奇崛、用字狠重。商隐
之所以学韩诗而能神情毕肖，正缘于他对韩诗特点有深切了解。也正因其对
韩诗有深切了解，故在学习时能适当纠正韩诗的缺点弊病而取其所长，如吸
取韩诗"以文为诗"、多用赋法的经验，而避免韩诗过分追求奇崛拗涩的弊
病。语言既雄健高古而又清新明快，富于诗的韵味，正像谭元春所评："文
章语作诗，毕竟要看来是诗不是文章。"（《唐诗归》）

除《韩碑》外，前期诗作如《安平公诗》《李肱所遗画松诗书两纸得四
十韵》等五七古长诗也明显受到韩诗影响。田兰芳评《安平公诗》云："诗
在韩、苏之间。"（冯浩笺引）何焯《义门读书记》谓《李肱所遗画松诗》中
"万草"数句"皆学奇于韩"，纪昀则谓其"前一段规仿昌黎，斧痕不化，累
句亦多"。按，此诗前半自"孤根"句以下十二句，极力形容，运用博喻，
均有意模仿韩诗，但语未浑融，确如纪氏所说"斧痕不化"；至后期所作
《韩碑》则虽"生硬中饶有古意"仍似韩诗，而"清新过之"矣。从中可以
看出商隐学习韩诗艺术上的发展变化。

钱锺书曾指出在运用曲喻（即"通感"）方面韩愈与商隐之间一脉相
承的关系。其《谈艺录》二云："至诗人修辞，奇情幻想，则雪山比象，不
妨生长尾牙；满月同面，尽可妆成眉目……英国玄学诗派之曲喻，多属此
体。吾国昌黎门下颇喜为之。如昌黎《三星行》之'箕独有神灵，无时停簸

---

① 仅方东树《昭昧詹言》、吴汝纶《古诗钞评》对之稍有微辞，但也肯定其"句法可取""琢
句有近韩处"。

扬'，东野《长安羁旅行》之'三旬九过饮，每食唯旧贫'，浪仙《客喜》之'鬓边虽有丝，不堪织寒衣'，玉川《月蚀》之'吾恐天如人，好色即丧明'，而要以玉谿最为擅此，着墨无多，神韵特远。如《天涯》曰：'莺啼如有泪，为湿最高花'，认真'啼'字，双关出'泪湿'也；《病中游曲江》曰：'相如未是真消渴，犹放沱江过锦城'，坐实'渴'字，双关出沱江水竭也。《春光》曰：'几时心绪浑无事，得及游丝百尺长'，执着'绪'字，双关出'百尺长'丝也。他若《交城旧庄感事》曰：'新蒲似笔思投日，芳草如茵忆吐时'，亦用此法，特明而未融耳。"这段论述将喜为曲喻作为韩孟诗派的一个特点，昌黎是始作俑者，至商隐则发扬光大，最称胜场。曲喻之传承并发扬光大，表面上看，是商隐学习韩诗的修辞手法，实则曲喻的后面是诗人的"奇情幻想"。这种建立在奇情幻想基础上的曲喻，是李贺的拿手好戏。故从运用曲喻这一端，也可见从韩诗到贺诗再到商隐诗的一脉相传的关系。

要之，商隐学韩，主要有两方面：一是学韩之硬语奇字（或曰"句奇语重"），一是学韩的奇情幻想。约言之，则一曰"硬"，二曰"奇"。徐德泓评《韩碑》曰："其转捩佶屈生劲处，亦规仿韩体而为者，才力与之悉敌。具是气骨，作艳体始工。观此，则知其风格本自坚凝。即发为绮语，亦非裙拖湘水、髻挽巫云之类所可同日论也。"（《李义山诗疏》）作艳体诗是否要"具是气骨"始工，可暂置不论。但徐氏指出商隐风格本有"坚凝"一面，是有见地的。这种"坚凝"风格的形成，固缘其思想性格中本有刚直不阿的一面，但韩愈硬性诗歌对他的影响也是因素之一。

第三节　李贺诗对李商隐的影响

李贺的诗，以奇诡冷艳为主要风格特征。其奇诡的一面，继承韩愈奇崛的作风朝着诡怪的方向发展；而"冷艳"的一面，则是他的艺术个性、题材内容、艺术渊源，特别是思想感情、语言意象等因素综合作用的结果。李商隐对李贺的接受，则又偏于"艳"的一面。

现存李商隐诗中，仿"长吉体"痕迹明显的有《无愁果有愁曲北齐歌》《燕台诗四首》《柳枝五首》《镜槛》《海上谣》《射鱼曲》《房中曲》《李夫人三首》《河阳诗》《河内诗三首》《碧瓦》《拟意》《日高》《和郑愚汝阳王孙家筝妓二十韵》《宫中曲》《烧香曲》《景阳宫井双桐》，共二十七首。从内容看，除少数几篇可能有政治寓托外（如《无愁果有愁曲北齐歌》《海上谣》《射鱼曲》），大部分均写男女之情。从体裁看，除一部分五言排律外，绝大多数是古体诗。也就是说，其"长吉体"诗绝大部分是用古体写男女之情的篇章。从写作时间上看，前期、中期、后期都有，而以前期为多，艺术水平也较高。这说明，商隐虽始终在学李贺，但比较集中的是前期中进士之前的一段时间内。

商隐受李贺影响最突出的表现，当是爱情题材方面篇章的大量创作。李贺诗集中，有关男女之情的诗已经占了相当大的比重。商隐继承李贺赋艳之风，写艳情诗达百余首（不包括《无题》诗），洵为晚唐赋艳之大宗。李贺《恼公》更对商隐的《拟意》《镜槛》《碧瓦》诸作有明显影响。从其艳情诗词采之华美秾艳、意象之繁富密集、章法之跳跃多变，均可看出李贺诗风的明显影响。有的诗，还刻意模仿李贺语言生涩的一面。如《柳枝五首》冯浩评："却从生涩见姿态。"不但诗涩，连诗序也"涩甚"，纪昀至称此类作品为"长吉涩体"（《射鱼曲乡纪评）。《和郑愚汝阳王孙家筝妓二十韵》纪评亦云："刻意为之，墨痕不化，涩处、廓处，不一而足。"有的则刻意模仿贺诗的幽冷，如《房中曲》《李夫人三首》均属此类。《无愁果有愁曲北齐歌》虽非艳情诗，但在学贺诗境界的幽冷方面却十分突出。何焯评曰："此真鬼诗，大似长吉手笔。"姚培谦评曰："'推烟唾月'以下，国亡家破后，伤心惨目，读之一片鬼气。"商隐素有学谁像谁的模仿本领，学李贺的生涩和幽冷，既是学其特点，同时也是学其缺点。

钱锺书《谈艺录》谓："长吉穿幽入仄，惨淡经营，都在修辞设色，举凡谋篇命意，均落第二义……好取金石硬性物作比喻……此外动字、形容字之有硬性者……皆变轻清者为凝重，使流易者具锋芒……长吉之屡用'凝'字，亦正耐寻味。至其用'骨'字、'死'字、'寒'字、'冷'字句，多不胜举，而作用适与'凝'字相通……长吉好用'啼''泣'等字……此皆有所悲悼，故觉万汇同感，鸟亦惊心，花为溅泪……李义山学昌谷，深染此习，如'幽泪欲干残菊露''湘波如泪色漻漻''夭桃唯是笑''蜡烛啼红怨天曙''蔷薇泣幽露''幽兰泣露新香死''残花啼露莫留春''莺花啼又笑''莺啼如有泪''留泪啼天眼''微香冉冉泪涓涓''强笑欲风天''却拟笑春风'，皆昌谷家法也。温飞卿却不为此种，《晓仙谣》之'宫花有露如新泪'，仅见而已。"其实，义山用字遣词不仅"啼""泣""笑"等字皆昌谷家法，其用硬性物作比喻，及用"凝""死"等字，亦均模拟昌谷毕肖，如："麒麟踏云天马狞，牛山撼碎珊瑚声。""推烟唾月抛千里，十番红桐一行死。""血凝血散今谁是""芳根中断香心死""玉兔秋冷咽""香桃如瘦骨""含冰汉语远于天，何由回作金盘死""割得秋波色""柔肠早被秋眸割""不知瘦骨类冰井""衰容自去抛凉天""晓帘串断蜻蜓翼""秦丝不上蛮弦绝""船旗闪断芙蓉干""珠啼冷易销""急弦肠对断""珠串咽歌喉""粉蛾贴死屏风上""荒郊白鳞断""远别长于死"，等等。这一系列神似长吉的词语和句法，说明商隐不但极为熟稔昌谷诗，且对"昌谷家法"运用自如。置之长吉集中，几可乱真。

但商隐对李贺的接受如果止于此，则虽模拟得神形毕肖，也不过是一位复制高手，并未步入真正的艺术创造领域。商隐的贡献在于学李贺而能变化，能将李贺诗的一些质素融入自己的艺术创造之中，化为其艺术个性、艺术风格的有机组成部分。这种变化发展有两种情况：一种是在"长吉体"的基础上加以改造，另一种是融"长吉体"的质素于自己的创造之中。后一种走得更远，也更有神无迹。

第一种情况的典型例证是《燕台诗四首》。这组诗在学习李贺诗的想像新奇、造语华艳方面，可谓深得其神髓，但又具有自己的独特面目。它不像长吉诗那样奇而入怪、艳中显冷，而是将奇幻的想像用于创造迷离朦胧的境界，用华艳的词采表达炽热痴迷、执著缠绵的感情，使人读后既深为诗中所表现的哀感顽艳的悲剧性爱情而悲叹，同时又感到其中荡漾着一种悲剧性的诗情，一种执著追求的深情，一种令人心田滋润的诗意。哀感缠绵中所流露的正是对美好爱情的无限珍惜流连。故虽极悲怆，却不颓废。在语言方面，也一变"长吉体"之生涩奇峭为精丽圆融，像"衣带无情有宽窄，春烟自碧秋霜白"，"蜀魂寂寞有伴未，几夜瘴花开木棉"，"欲织相思花寄远，终日相思却相怨。但闻北斗声回环，不见长河水清浅"，"双珰丁丁联尺素，内记湘川相识处。歌唇一世含雨看，可惜馨香手中故"，"风车雨马不持去，蜡烛啼红怨天曙"等诗句，就已经脱去了"长吉体"的峭硬生涩，变得圆融精丽了。

另一种情况，是将李贺古体和乐府诗中运用得很广泛也很成功的象征手法移用到律诗创作中去，创造出富于义山个性风格的律诗。缪钺《论李义

山诗》对此有精辟的论述:

> 义山诗之成就,不在其能学李贺,而在其能取李贺作古诗之法移于作律诗,且变奇诡为凄美,又参以杜甫之沉郁,诗境遂超出李贺之上。李贺集中多古诗,五律偶一为之,七律绝无……李义山出,复专力作律诗,用李贺古诗象征之法于律诗,遂于杜诗之外开一诗境……李义山摹李贺体作五七言古诗,乃一种尝试,一种训练,其移用李贺古诗中象征之法作律诗,变奇诡为凄美,为律诗开辟一新境界,树立一种新风格,乃义山自己之创造,自己之成就。

尽管商隐的"长吉体"诗中也有像《燕台诗四首》这种作了脱胎换骨改造的成功作品,但就总体而论,生涩峭硬的痕迹仍然经常可见,而用李贺古诗中象征之法作律诗,方泯尽"长吉体"之生涩峭硬、奇诡幽冷而变为语言圆融、情调感伤、意境朦胧、富于象征暗示色彩的"义山体"。这类作品中,最成功的当属《锦瑟》《春雨》《重过圣女祠》及《无题》七律诸篇。缪氏所谓"变奇诡为凄美",指将"长吉体"之奇而入怪的作风改变为富于感伤情调的诗美,这实质上是用自己的独特个性去改造"长吉体";而"用李贺古诗中象征之法作律诗"的结果,则使"长吉体"之意境晦涩变为"义山体"之意境朦胧缥缈,极富象外之致。如《重过圣女祠》的颔联:

> 一春梦雨常飘瓦,尽日灵风不满旗。

以及《无题》七律中的名联:

> 飒飒东南细雨来,芙蓉塘外有轻雷。

> 曾是寂寥金烬暗,断无消息石榴红。

> 风波不信菱枝弱,月露谁教桂叶香。

> 相见时难别亦难,东风无力百花残。

> 春蚕到死丝方尽,蜡炬成灰泪始干。

以上诸联中，有的象征境界极其朦胧缥缈，虽略可意会，而难以言传（如"一春"二句、"飒飒"二句），有的字面上明白如话，实际上象征意蕴非常丰富（如"相见"二句、"曾是"二句）。这两种象征都达到了有神无迹的化境。而象征境界的朦胧性与象征意蕴的丰富性达于极致者，当属千古诗谜《锦瑟》，这样的诗，除了运用象征这一点与"长吉体"存在联系外，整体风貌离"长吉体"已经很远。

从韩愈到李贺再到李商隐，这是一个曲折的接受继承过程。韩诗既有奇崛生硬的一面，也有雄放自然的一面，李贺学韩诗，选择接受的是奇崛生硬的一面，而扬弃其雄放自然的一面。且在继承楚骚、南朝乐府及宫体诗的基础上，适应自己的艺术个性和内容表达的需要，创立了一种奇诡冷艳、富于象征色彩的诗风。李商隐既学韩愈，也学李贺，但主要是学李贺的想像新奇、造语华艳，及其象征手法，而扬弃其境界诡怪幽冷、造语生硬拗涩的一面。在继承宋玉以来的感伤主义传统、学习杜诗的沉郁的基础上，创立了一种典丽精工、朦胧缥缈，极富感伤情调与象征色彩的诗风。从韩愈诗风的富于阳刚之气，到李贺诗风的别树阴刚之帜，再到李商隐诗风的极具阴柔之美，既是一个不断地向前人学习吸收的接受过程，又是一个不断扬弃的过程。如果将韩愈、李贺、李商隐看成文学发展史上有亲缘关系的三代，那么我们很容易发现，在韩愈与李贺之间、李贺与李商隐之间，其艺术风貌存在较明显的相似性和直接的传承关系，但在韩愈与李商隐之间，除了《韩碑》等少数明显学韩的作品外，很难发现他们之间在艺术风貌上的亲缘关系。问题的关键在于：后人对前人的学习继承，都是根据自己的艺术个性、审美趣味和内容表达的需要，对前人的选择性接受。李贺是在冷艳的底色上接受韩愈的奇崛生硬诗风，而李商隐则是在凄艳的底色上接受李贺的奇诡冷艳诗风，二李的底色与韩本有明显不同，再加上李商隐又扬弃了李贺从韩愈那里传承的生硬拗涩，而变为精丽圆融，因此，从表面看，韩愈与李商隐之间就几乎看不出有多少相似之处了。这种艺术传承过程中因遗传与变异而产生的隔代之后面目殊异的现象，是各种内外因素综合作用的结果。从根本上说，决定一个作家风格的是内因，即作家本人的思想感情、性格心态、才情气质、身世经历、审美趣味等等，前人作品的影响，作为外因之一，必须通过内因才能起作用。李贺的思想感情、性格心态决定他接受韩诗之奇崛生硬，而扬弃其雄放自然；同样，李商隐的思想感情、性格心态决定他接受李贺的想像奇幻、造语华艳、富于象征色彩，而扬弃其诡怪幽冷和峭硬拗涩，故变李贺之刺激型美感为滋润型美感，变阴刚为阴柔。这种接受史上的遗传与变异现象，与人类的遗传与变异颇有相似之处。当然，李商隐诗中也不是没有韩诗的遗传因子，如前引徐德泓谓商隐诗骨格坚凝，故艳而有骨，便与韩诗的遗传因子有关。

商隐诗集中有《韩翃舍人即事》《拟沈下贤》五律各一首，系仿中唐诗人韩翃、沈亚之之作。商隐《献相国京兆公启二》曾谓自己"八十首之寓怀，幽情罕备；三十篇之拟古，商较全疏"。《题李上謩壁》谓謩"旧著《思玄赋》，新编杂拟诗"。商隐拟韩翃、沈亚之二律可能是其杂拟诸诗人之作中的两篇，似未必意味着曾受到他们诗风的影响。但韩翃诗有一个突出特点，"爱嵌入许多人名、地名，爱用珠玉金银一类色彩浓烈的字面，把诗句装点得珠光宝气"[①]，而《韩翃舍人即事》正具有这种特点：

> 萱草含丹粉，荷花抱绿房。
>
> 鸟应悲蜀帝，蝉是怨齐王。
>
> 通内藏珠府，应官解玉坊。
>
> 桥南荀令过，十里送衣香。

八句中花、草、丹、绿、珠、玉镶嵌杂陈，其为模拟韩翃诗上述特点显见。商隐自己的诗，也明显具有这种倾向。范晞文《对床夜话》云：

> 商隐诗："斗鸡回玉勒，融麝暖金釭。玳瑁明珠阁，琉璃冰酒缸。"七言云："不收金弹抛林外，却惜银床在井头。彩树转灯珠错落，绣檀回枕玉雕锼。"金玉彩绣，排比成句，乃知号"至宝丹"者，不独王禹玉也。

然则，商隐之拟韩翃诗，可能与他的这种好尚有关。

沈亚之曾游韩愈之门，与李贺有交游，贺有《送沈亚之歌》，慰其下第，称其为"吴兴才人"。杜牧有《沈下贤》诗，商隐则有《拟沈下贤》：

> 千二百轻鸾，春衫瘦着宽。

---

① 中国社科院文研所吴庚舜、董乃斌主编《唐代文学史》下册37—38页。书中列举了此类例句六联："玉佩迎初夜，金壶醉老春。""上路金羁出，中人玉箸齐。""玉杯分湛露，金勒借追风。""金盘绕鲙朱衣鲋，玉草晓迎翠羽人。""醉舞雄王玳瑁床，娇嘶骏马珊瑚柱。""玉树琼几争翠羽，金盘少妾拣明珠。"

倚风行稍急，含雪语应寒。

带火遗金斗，兼珠碎玉盘。

河阳看花过，曾不问潘安。

系拟沈下贤戏作艳体者。亚之现存诗不足三十首，遗佚甚多。从现存诗看，似以善状物态、工于情语见长。幽隐心目中，或亦以为沈亚之能赋艳体，工于情语，故有此拟作。鲁迅谓亚之传奇《湘中怨解》《异梦录》《秦梦记》等"皆以华艳之笔，叙恍惚之情"（《中国小说史略》），其诗风或亦与之相近。商隐拟其诗，亦有可能是由于自己的诗风与之有相近之处。

清代评家还提到刘禹锡的七律和白居易的长庆体诗对李商隐的影响。如何焯评《行次昭应县道上送户部李郎中充昭义攻讨》云："颇似梦得'相门才子称华簪'诗（按，指《送源中丞充新罗册立使》诗）。"评《喜闻太原同院崔侍御台拜兼寄在台三二同年之什》云："极似梦得。"又，纪昀评《行次西郊作一百韵》云："亦是长庆体裁，而准拟工部气格以出之。"评《偶成转韵七十二句赠四同舍》云："铺叙直是长庆体，而参以古意，意境独高。"商隐早年与白居易、刘禹锡均有过接触，曾在东都参与白居易的文会，刘禹锡亦曾欲延其入幕。商隐在诗风上受到这两位前辈诗坛巨擘的影响是可能的。但究竟是有意模仿还是不自觉地受到影响，则不易判定。

第四章　李商隐对晚唐五代诗的影响

李商隐对晚唐五代诗的影响，从诗人方面看，主要是对唐彦谦、韩偓的影响；从诗歌题材体制方面看，则其《无题》、艳情、咏史诸体都产生过或显或隐的影响。这两方面的影响大致重合，故论述时以对诗人的影响为主。

第一节　李商隐对唐彦谦的影响

较早受到李商隐诗风影响的诗人是唐彦谦。彦谦字茂业，并州晋阳人。咸通二年（861）进士。广明元年后，避乱迁居汉南，自号"鹿门先生"。中和时，王重荣镇河中，辟为从事，迁节度副使，晋、绛二州刺史。光启三年，贬兴元参军。杨守亮镇兴元，辟为判官，迁副使，历阆、壁二州刺史。约景福二年（893）前后卒于汉中。有《鹿门先生集》。

宋江少虞《宋朝事实类苑》卷三十四"玉谿生"条引《杨文公谈苑》云："至道中，偶得玉谿生诗百余篇，意甚爱之……乃专缉缀。鹿门唐先生慕玉谿，得其清峭感怆，盖圣人之一体也，然警绝之句亦多。后求得薛廷珪所作序，凡得百八十二首。世俗见予爱慕二君诗什，夸传于书林文苑，浅拙之徒，相非者甚众。噫！大声不入于里耳，岂足论哉！"这段论述，最早将唐彦谦与李商隐的诗风联系起来，指出唐彦谦继承了商隐诗风"清峭感怆"的一面，且多警绝之句。而叶梦得《石林诗话》则谓"杨大年、刘子仪皆喜唐彦谦诗，以其用事精巧，对偶亲切"。《蔡宽夫诗话》也认为杨亿之所以取唐彦谦，"当是时以偶俪为工耳"（《苕溪渔隐丛话》引）。对彦谦继承商隐诗风"用事精巧，对偶亲切"这一面作了揭示。两种说法实可相互补充。

从现存的唐彦谦诗看，他有不少诗句诗语，明显来自义山诗，如"谁知别易会应难，目断青鸾信渺漫"（《无题十首》之五），与义山之"相见时难别亦难""青鸟殷勤为探看"（《无题》）；"遥听风铃语，兴亡话六朝"（《过三山寺》），与义山之"梁台歌管三更罢，犹自风摇九子铃"（《齐宫词》）；"穆王不得重相见，恐为无端哭盛姬"（《穆天子传》），与义山之"莫叹名姬中夜没，君王犹自不长生"（《华岳下题西王母庙》）；"举朝公将全无策，借请闲人羽翼成"（《四老庙》），与义山之"羽翼殊勋弃若遗"（《四皓庙》）；"堪恨贾生曾恸哭，不缘清景为忧时"（《八月十六日夜月》），与义山之"敢云堪恸哭"（《有感二首》）；"不知何事意，深浅两般红"（《玫瑰》），与义山之"殷鲜一相杂，啼笑两难分"（《槿花二首》）。以上诸例，或袭义山诗语，或袭义山诗意而稍变其语，但都可看出其间的关系。更有全篇从制题到写法都非常相似的，如李商隐《柳》诗：

> 江南江北雪初消，漠漠轻黄惹嫩条。
> 灞岸已攀行客手，楚宫先骋舞姬腰。
> 清明带雨临官道，晚日含风拂野桥。
> 如线如丝正牵恨，王孙归路一何遥！

唐彦谦《柳》诗：

> 春思春愁一万枝，远村遥岸寄相思。
> 西园有雨和苔长，南内无人拂槛垂。
> 游客寂寥缄远恨，暮莺啼叶惜芳时。
> 晚来飞絮如霜鬓，恐为多情管别离。

二诗轻倩流美的声情、格调非常相似，从中不难看出唐彦谦对义山诗的模仿。

但唐彦谦诗受义山诗影响最主要的表现并非上述这些局部形迹的相似，而是在诗歌题材体制领域上的有意模仿和自觉继承。李商隐的诗，以咏史、咏物、《无题》为鼎足而三的最具独特成就的题材领域，在体裁上则擅七律与七绝。唐彦谦同样以上述题材、体裁为其主要成就所在，这绝非偶然的巧合。现存彦谦诗中，咏史十八首、咏物二十七首、《无题》十首；七律四十首、七绝六十四首。从大处着眼，这应是唐彦谦受义山影响的主要表现。

唐彦谦的咏史诗有七律《新丰》《长陵》、七绝《穆天子传》《楚天》

《登兴元城观烽火》《邓艾庙》《汉殿》《仲山》《汉嗣》《四老庙》《南梁戏题汉高庙》《洛神》《见炀帝宝帐》《严子陵》《北齐》《楚世家》《骊山道中》。所咏对象多有与义山诗相同者。七律七绝占了十八首中的十七首，这和商隐咏史以二体（尤以七绝）为主相似。其中如咏汉高祖兄仲隐居之所的《仲山》，在构思上与义山的《过景陵》颇为相似。《过景陵》云：

> 武皇精魄久仙升，帐殿凄凉烟雾凝。
> 俱是苍生留不得，鼎湖何异魏西陵？

《仲山》云：

> 千载遗踪寄薜萝，沛中与里旧山河。
> 长陵亦是闲丘陇，异日孰知与仲多？

前两句咏古，后两句议论，将鼎湖仙升与魏武西陵、长陵丘陇与仲山薜萝相提并论，其思致与神情口吻均极相似。商隐咏史七绝颇多议论感慨，唐彦谦咏史诗与之类似，杨亿所谓"鹿门唐先生慕玉谿，得其清峭感怆"，当包括此类。但商隐咏史诗的议论每挟情韵以行，故耐讽咏；唐彦谦则有时不免流入论宗。

彦谦咏物诗艺术成就较咏史为高，其中颇有寄慨，这与义山咏物每寄慨身世亦相类，五绝《松》《兰二首》，七绝《垂柳》《牡丹》等均为显例。有的诗在构思章法上明显受到义山咏物诗的影响，如《萤》诗就与义山《流莺》《蜂》等相似：

> 日下芜城莽苍中，湿萤撩乱起衰丛。
> 寒烟陈后长门闭，夜雨隋家旧苑空。
> 星散欲陵前槛月，影低如试北窗风。
> 羁人此夕方愁绪，心似寒灰首似蓬。

他的咏物诗辞藻比较华美，抒情色彩也较浓，七律咏物诗时有绮丽工切的对偶，这些都接近商隐咏物诗。有的五七绝短章也写得较有韵味，但寄托不如商隐遥深。

唐彦谦诗中最得义山诗神韵而又有自己创造的是《无题》诗。其《无题十首》是精心组织的七绝艳情组诗：

其一

细草铺茵绿满堤，燕飞晴日正迟迟。

寻芳陌上花如锦，折得东风第一枝。

其二

锦筝银甲响鹍弦，勾引春声上绮筵。

醉倚阑干花下月，犀梳斜亸鬓云边。

其三

楚云湘雨会阳台，锦帐芙蓉向夜开。

吹罢玉箫春似海，一双彩凤却飞来。

其四

春江新水促归航，惜别花前酒漫觞。

倒尽银瓶浑不醉，却怜和泪入愁肠。

其五

谁知别易会应难，目断青鸾信渺漫。

情似蓝桥桥下水，年来流恨几时干。

其六

漏滴铜龙夜已深，柳梢斜月弄疏阴。

满园芳草年年恨，剔尽灯花夜夜心。

其七

夜合庭前花正开，轻罗小扇为谁裁。

多情惊起双蝴蝶，飞入巫山梦里来。

其八

忆别悠悠岁月长，酒兵无计敌愁肠。

柔丝漫折长条柳，绾得同心欲寄将。

其九

杨柳青青映画楼，翠眉终日锁离愁。

杜鹃啼落枝头月，多为伤春恨不休。

其十

云色鲛绡拭泪频，一帘春雨杏花寒。

几时重会鸳鸯侣，月下吹笙和彩鸾。

　　这组诗显然是有爱情本事的。它从春日陌上寻芳，"折得东风第一枝"（喻所恋女子）写起，历咏其人之色艺，双方之好合，彼此的惜别，以及别后双方的思念。从第六首开始，双方夹写，一首写男思女，一首写女思男，最后表达重会的期盼。首尾完整，结构严密。用组诗的形式叙写男女双方完整的离合相思历程，这是一种新的创造。与义山《无题四首》《无题二首》之貌似组诗，实则各首间并无关联的情况显然有别。这组诗虽有叙事的成分（前四首尤为明显），但就整体来说，并不是用叙事诗的笔法写离合之事，而是用抒情诗的笔法写离合之情。这一点和义山《无题》加以写情为主仍是一致的。诗深情绵邈，清辞丽句，艳而不亵，也深得义山《无题》之神韵。但通体明快，不像义山《无题》那样有时流于深隐。有些诗句写得很美，像"寻芳陌上花如锦，折得东风第一枝"，"多情惊起双蝴蝶，飞入巫山梦里来""忆别悠悠岁月长，酒兵无计敌愁肠""杜鹃啼落枝头月，多为伤春恨不休""云色鲛绡拭泪频，一帘春雨杏花寒"。其艺术成就实超过稍后韩偓、吴融的《无题》。从唐的《无题十首》看，诗中并无任何爱情之外的寄托，这和义山《无题》诗中有一部分明显有所寓托是不同的。这反映出唐彦谦对《无题》诗这种新体制的性质的认识，他是把《无题》作为爱情诗来看待的。

前人评唐彦谦诗，每称其用事精巧，对偶亲切。除前引《蔡宽夫诗话》外，《洪驹父诗话》亦云："山谷言，唐彦谦诗最善用事，其《过长陵》诗云'耳闻明主提三尺，眼见愚民盗一杯。千古腐儒骑瘦马，灞陵斜日重回头。'又《题蒲津河亭》云：'烟横博望乘槎水，月上文王避雨陵'皆佳句。"杨慎《升庵诗话》云："唐彦谦绝句，用事幽僻，而讽喻悠远似李义山。如《奏捷西蜀题沱江驿》云：'野客乘轺非所宜，况将儒服报戎机。锦江不识临邛酒，幸免相如渴病归。'即李义山'相如未是真消渴，犹放沱江过锦城'之意也。"杨慎指出其咏史诗有讽喻之意，似李义山，是正确的；但就用事而言，虽有工巧之句，却时陷于卑俗，无复义山之雅致与情韵。胡震亨甚至谓唐彦谦"下疾不成双点泪，断多难到九回肠"之句"何减'春蚕''蜡烛'情藻"（《唐音癸签》卷八），就更远离事实了。其实，唐彦谦的小诗有时倒颇有情韵，如《小院》：

小院无人夜，烟斜月转明。

清宵易惆怅，不必有离情。

此诗抒写清宵之无端惆怅，情感之性质类似义山之《乐游原》五绝。纪昀评曰："真情新语，此乃妙于言情。"得之。

第二节　李商隐对韩偓的影响

韩偓（842—923），字致尧，小字冬郎，自号玉山樵人，京兆万年人，商隐连襟韩瞻之子。十岁能诗，龙纪元年（889）始登进士第。宰相王溥荐为翰林学士，迁中书舍人。曾与崔胤等定策诛宦官刘季述。天复元年（901）冬，跟随昭宗避乱凤翔，以功拜兵部侍郎、翰林学士承旨，参与机密，深为昭宗倚重。三年，以不阿附朱全忠，贬濮州司马。天祐二年（905），复召为学士，惧不敢归朝，入闽依王审知，卒。

韩偓在少年时就以敏捷的诗才得到其姨父李商隐的激赏，比之为南朝著名诗人何逊，称其诗"有老成之风"，许之为"雏凤清于老凤声"。其诗也深受商隐诗风的影响。主要表现在以下两个方面。

一是前期所撰《香奁集》中的《无题》诗、艳情诗明显受到商隐同类作品的影响。天祐三年（906）所作的《无题序》说：

> 余辛酉年（按，天复元年，901）戏作《无题》十四韵，故奉常王公相国（王溥）首于继和，故内翰吴侍郎融、令狐舍人涣、阁下刘舍人崇誉、吏部王舍人涣相次属和。

> 余因作第二首却寄诸公。二内翰及小天（按，吏部郎官）亦再和。余复作第三首，二内翰亦三和，王公一首，刘紫薇（按，即刘崇誉）一首，王小天（王涣）二首，二学士各三首。余又倒押前韵成第四首。二学士笑谓余曰："谨竖降旗，何朱研如是也。"遂绝笔。是岁十月末，余在内直。一旦兵起，随驾西狩（按，指天复元年随昭宗奔凤翔），文稿咸弃，更无孑遗。丙寅年（按，天祐三年，906）九月，在福建寓止，有前东都度支院苏晤诸公，挈余沦落诗稿见授，中得《无题》一首。因追味旧作，缺乏甚多，唯第二、第四首仿佛可记，其第三首才得数词而已，今亦依次编之，以俟他日偶获全本。余五人所和，不复忆省矣。

根据这篇序，韩偓与王溥、吴融、令狐涣、刘崇誉、王涣等作《无题》唱和的时间是在昭宗天复元年（901）十月之前的几个月中。从现在流传下来的两首（即第二首、第四首）看，其内容毫无疑问是抒写艳情的。诗写得极其绮艳靡丽，风格类似商隐《拟意》《镜槛》《碧瓦》而不类其《无题》诸篇。如第二首"碧瓦偏光日，红帘不受尘"之句，就颇类《碧瓦》《镜槛》的开头几句。这说明，韩偓等人是把《无题》诗作为艳情诗的代称来进行创作的。从他们相继唱和，甚至倒押前韵，类似逞才斗胜的行止看，所写的艳情自非隐秘的爱情，而是当时士大夫间相互夸示的风流韵事。与唐彦谦的《无题十首》相比，唐作虽然贯串了男女双方会合相离的情事，但主要还是抒情；而韩偓之作，却主要是写艳情之事，其诗品也不如唐作。陆游批评的"率杯酒狎邪之语"的唐人《无题》，当主要指此种。

　　《香奁集》中还有一大批写男女情爱的诗，其中大部分从诗题及所写内容就可看出，它们是写诗人生活中实际经历的具体情事，有具体的对象乃至具体的场合与情节，如《马上见》《遥见》《蹋青》《席上有赠》《懒卸头》《咏手》《松髻》《昼寝》《忍笑》《咏柳》《密意》《偶见》《寒食日重游李氏园亭有怀》《荐福寺讲筵偶见又别》《复偶见三绝》《想得》《偶见背面是夕兼梦》《袅娜》《多情》《偶见》《自负》《秋千》等。这些诗所写的或许不是同一对象，但都实有其人其事。其中有不少流于亵狎，连制题也类似南朝宫体。但有些短章，写一个片断情事，比较生动，也较有韵味，这类诗的写法更近于元稹的艳诗短章，而与义山艳诗不类。还有一些诗，是写对所爱女子的思念的，以抒情为主，不大涉及具体情事，情感比较真挚，风格也较清新。特别是其中颇有一些抒情警句，如"风光百计催人老，争奈多情是病身"（《江楼二首》之二），"把酒送春惆怅日，年年三月病恹恹"（《春尽日》），"古来幽怨皆销骨"（《咏灯》），"此生终独宿，到死誓相寻"（《别绪》），"光景旋消惆怅在，一生赢得是凄凉"（《五更》），"若是有情争不哭，夜来风雨葬西施"（《哭花》），"天遣多情不自持，多情兼与病相宜"（《多情》）等句，就颇有商隐"人世死前唯有别""远别长于死""深知身在情长在""相见时难别亦难，东风无力百花残。""地下伤春亦白头""芳心向春尽，所得是沾衣"的情味，显示出对刻骨铭心的爱情，两人都具有深刻的体验。一些以景结情的诗句，也写得很有韵味，如"绕廊倚柱堪惆怅，细雨轻寒落花时"（《绕廊》），"正是落花寒食夜，夜深无伴倚南楼"（《寒食夜》），"燕子不来花着雨，春风应自怨黄昏"（《宫词》），"夜深斜搭秋千索，楼阁朦胧烟雨中"（《夜深》），"云薄月昏寒食夜，隔帘微雨杏花香"（《寒食夜有寄》），其写法虽与义山诗有别，而其绵邈深情则与义山诗神合。其伤春的感情内涵与境界，则颇近词境。

以上两类诗中，有不少诗句或明显化用或暗含义山诗句，如"情绪牵人不自由"之与义山诗"多情岂自由"（《即目》）；"瘦觉锦衣宽"之与义山诗"春衫瘦着宽"（《拟沈下贤》）；"散客出门斜月在，两眉愁思向横塘"之与义山诗"归去横塘晚，华星送宝鞍"（《无题四首》之三）；"光景旋消惆怅在，一生赢得是凄凉"之与义山诗"此情可待成追忆，只是当时已惘然"（《锦瑟》）；"已嫌刻蜡春宵短，最恨鸣珂晓鼓催"之与义山诗"岂能抛断梦，听鼓事朝珂"（《镜槛》）；"此身愿作君家燕，秋社归时也不归"之与义山诗"上国社方见，此乡秋不归"（《越燕二首》之一）；"何必苦劳魂与梦，王昌只在此墙东"之与义山诗"王昌只在墙东住，未必金堂得免嫌"（《水天闲话旧事》）；"别易会难只长叹"之与义山诗"相见时难别亦难"（《无题》）；"后堂夹帘愁不卷"之与义山诗"前阁雨帘愁不卷，后堂芳树阴阴见"（《燕台诗四首·夏》）；"倾城消息杳无期"之与义山诗"倾城消息隔重帘"（《水天闲话旧事》）。"一笑从教下蔡倾"之与义山诗"空闻下蔡迷"（《思贤顿》）。这一系列辞意相似的诗句，清楚地说明韩偓对其姨父李商隐的诗不但极为熟悉，而且深受影响。

或以为韩偓《香奁集》"有美人香草之遗"（吴闿生《韩翰林集跋》）。对此，中国社科院文研所《唐代文学史》作了如下具体分析："香奁诗的创作时间相当长，内容也较复杂。其中大量诗篇是描摹女子形态，抒写艳情，可也有些根本不涉男女情事，更有在女性的伤春惜时、感叹孤独之中明显融有诗人身世之感的篇章。例如《惆怅》一诗就很典型。若就《妒媒》《不见》《个侬》《寄恨》《长信宫》诸诗言，说它'有美人香草之遗'，亦非无因。"所举《惆怅》诗云：

> 身情长在暗相随，生魄随君君岂知。
> 被头不暖空沾泪，钗股欲分犹半疑。
> 朗月清风难惬意，词人绝色多伤离。
> 何如饮酒连千醉，席地幕天无所知。

诗的抒情主人公当是男子（亦即"词人"自己），所伤离的对象为"君"，亦即"绝色"，这从"饮酒连千醉""席地幕天"的用语中亦可看出。因此，说它在女性的伤春惜时、感叹孤独中融有诗人身世之感，似乎不大符合作品实际。其他几首，除《不见》外，也很难说融有身世之感。倒是像《拥鼻》《哭花》《思录旧诗于卷上凄然有感因成一章》《踪迹》诸诗，似微露有所寓托的痕迹。《思录旧诗于卷上凄然有感因成一章》云：

> 缉缀小诗钞卷里，寻思闲事到心头。
> 自吟自泣无人会，肠断蓬山第一流。

《哭花》：

> 曾愁香结破颜迟，今见妖红委地时。
> 若是有情争不哭，夜来风雨葬西施。

《踪迹》：

> 东乌西兔似车轮，劫火桑田不复论。
> 唯有风光与踪迹，思量长是暗销魂。

《拥鼻》：

> 拥鼻悲吟一向愁，寒更转尽未回头。
> 绿屏无睡秋分簟，红叶伤心月午楼。
> 却要因循添逸兴，若为趋竞怆离忧？
> 殷勤凭仗官渠水，为到西溪动钓舟。

《香奁集》之外，韩偓还写了许多反映唐末衰乱时世、伤悼唐王朝覆亡、感伤个人身世之作，大都用七律形式写成。这部分诗作明显继承李商隐诗歌感伤时事、关怀国运的传统，而又有所发展。商隐直接反映时事之作如《有感二首》《重有感》《隋师东》《曲江》《故番禺侯以赃罪致不辜事觉母者他日过其门》等，从制题到内容大都比较隐晦，多用典故隐指时事，风格沉郁近杜诗。韩偓诗集中，如《感事三十四韵》从制题到大量用典都明显受到《有感二首》的影响，其中像"只拟诛黄皓，何曾识霸先"之句，明显模仿义山"竟缘尊汉相，不早辨胡雏""临危对卢植，始悔用庞萌"一类句法，而"独夫长啜泣，多士已忘筌。郁郁空狂叫，微微几病颠"，也神似义山"敢云堪恸哭，未必怨洪炉"之句。其七律组诗《八月六日作四首》"以联章的形式，伤悼昭宗被弑事。诗中对叛臣篡逆的猖狂、宗国将亡的悲惨，以及自己回天无力的悲愤，都进行了真实的描写"①，风格近似杜甫之《诸将五首》与义山之《重有感》。《乱后春日途经野塘》《乱后却至近甸有感》二诗，作于乾宁二年昭宗避李茂贞、王行瑜之叛乱，平定后还京途中，其中像"季重旧游多丧逝，子山新赋极悲哀。眼看朝市成陵谷，始惜昆明是劫灰""堪恨无情清渭水，渺茫依旧绕秦原"等句，不仅使人联想起义山的《曲江》，而且与义山的"汉苑生春水，昆池换劫灰""清渭东流苦，不尽照衰兴"等诗句有着某种渊源关系。特别是"夜户不扃生茂草，春渠自溢浸荒园"一联，更与义山"金舆不返倾城色，玉殿犹分下苑波""碧草暗侵穿苑路，珠帘不卷枕江楼"等句神似。

韩偓伤悼唐亡的诗作，有的出之比兴寄托，这类作品明显受到义山的影响。如七律《惜花》：

皱白离情高处切，腻香愁态静中深。
眼随片片沿流去，恨满枝枝被雨淋。
总得苔遮犹慰意，若教泥污更伤心。
临轩一盏悲春酒，明日池塘是绿阴。

周珽曰："韩偓在唐末，志存王室……悯时伤乱，往往寄之吟咏。此借惜花以寓意也。"（《唐诗选脉笺释会通评林》）吴乔《围炉诗话》亦以为此诗系"为朱温将篡而作"。此诗从制题到意蕴都受到义山《落花》《回中牡丹为雨所败二首》的影响，只不过义山的《回中牡丹》是借寓身世凋衰之悲，而韩偓的《惜花》则是借寓唐朝之衰亡。韩偓的《避地寒食》"浓春孤馆人愁坐，斜日空园花乱飞"之句，借伤春抒感时伤乱之情，更明显从义山《落花》首联"高阁客竟去，小园花乱飞"脱化而来。

韩偓入闽之后仍写过一些伤时感乱的诗篇，如《自沙县抵龙溪县值泉州军过后村落皆空因有一绝》：

水自潺湲日自斜，尽无鸡犬有鸣鸦。
千村万落如寒食，不见人烟空见花。

写大军过后荒凉残破的景象，令人联想起义山《行次西郊作一百韵》首段对

① 程千帆、张宏生：《七言律诗中的政治内涵——从杜甫到李商隐韩偓》，载《被开拓的诗世界》，上海古籍出版社1990年版。

京畿农村在天灾人祸袭击下"高田长槲枥，下田长荆榛。农具弃道旁，饥牛死空墩。依依过村落，十室无一存"的惨痛情景，而其写法又类似义山的《旧顿》：

> 东人望幸久咨嗟，四海于今是一家。
> 犹锁平时旧行殿，尽无宫户有宫花。

对当时的藩镇，义山与韩偓均有诗加以讽刺抨击，取譬设喻，往往相类。义山《赋得鸡》云：

> 稻粱犹足活诸雏，妒敌专场好自娱。
> 可要五更惊稳梦，不辞风雪为阳乌？

讽刺强藩彼此争斗，均企图独霸一方，只为子孙之富贵尊荣考虑，而不愿效力王室。韩偓亦有《观斗鸡偶作》：

> 何曾解报稻粱恩，金钜花冠气遏云。
> 白日枭鸣无意问，唯将芥羽害同群。

取譬与义山诗相类。"枭鸣"当指宦官恶势力。讽强藩无意剪除权宦，只顾与同类相残。这首诗与义山诗的承传关系非常明显。

　　感怀身世，抒写人生感慨，是义山诗的基本主题。在这方面，韩偓也直承义山，有的直抒感慨，有的借物寓慨。其《安贫》之"谋身拙为安蛇足"，便显然从义山《有感》"劝君莫强安蛇足"脱化而来。其《偶题》云：

> 侯时轻进固相妨，实行丹心仗彼苍。
> 萧艾转肥兰蕙瘦，可能天亦妒馨香。

其内容、手法、神情口吻颇类义山之《有感》（"中路因循我所长"）、《人欲》《咸阳》诸篇。而《湖南绝少含桃偶有人以新摘者见惠感事伤怀因成四韵》云：

> 时节虽同气候殊，不知堪荐陵园无？
> 合充凤食留三岛，谁许莺偷过五湖。
> 苦笋恐难同象匕，酢浆无复莹蟾珠。

金銮岁岁长宣赐，忍泪春天忆帝都。

此诗远承杜甫《野人送朱樱》，近效义山《深树见一颗樱桃尚在》。颔联与义山之"惜堪充凤食，痛已被莺含"意蕴、词语均相似，脱化痕迹显然。

总的来说，韩偓因处唐亡前后，又曾得昭宗信任，参与机密，故诗中多忠愤之忧，而义山则除前期政治诗外，更多表现为对国运的感伤，这是有所不同的。

第五章 李商隐对宋诗的影响

李商隐诗在宋代，除对婉约词产生深刻影响外，在五七言诗领域，主要是对北宋西昆派及王安石、黄庭坚等诗人的影响。南宋时期，义山诗处于被冷落的地位，杨万里及永嘉四灵所崇尚的晚唐诗，并不包括商隐诗。

第一节 李商隐对西昆派的影响

在李商隐诗影响史上，北宋前期的西昆派是最早受到商隐诗影响的一个诗派，也是唯一的一个诗派。

西昆派或西昆体因编成于大中祥符元年（1008）的《西昆酬唱集》而得名。田况《儒林公议》云："杨亿在两禁，变文章之体。刘筠、钱惟演辈皆从而效之，时号'杨刘'。三公以新诗更相属和，极一时之丽。亿复编叙之，题曰《西昆酬唱集》。当时佻薄者，谓之'西昆体'……虽颇伤于雕摘，然五代以来芜鄙之气，由兹尽矣。"葛胜仲《丹阳集》云："咸平、景德中，钱惟演、刘筠首变诗格，而杨文公与之鼎立，号'江东三虎'，谓之'西昆体'。大率效李义山之为，丰富藻丽，不作枯瘠语。"刘攽《中山诗话》云："杨大年、钱文僖、晏元献、刘子仪以文章立朝，为诗皆宗尚李义山，号'西昆体'，后进多窃义山语句。赐宴，优人有为义山者，衣服败敝，告人曰：'我为诸馆职扯至此。'闻者欢笑。大年《汉武》诗曰：'力通青海求龙种，死讳文成食马肝。待诏先生齿编贝，忍令素米向长安。'义山不能过也。元献《王文通》诗曰：'甘泉柳苑秋风急，却为流萤下诏书。'子仪画义山像，写其诗句列左右，贵重之如此。"以上记叙，或褒或贬，但都明确指出西昆派宗尚并仿效李商隐诗的事实。

《西昆酬唱集》共收杨亿、钱惟演、刘筠、李宗谔、陈越、李维、丁谓、丁衍、任随、刘骘、张咏、舒雅、钱惟济、晁迥、崔遵度、刘秉、薛映十七人诗二百四十九首。方智范《杨刘风采耸动天下》一文指出："参与编书（按，指编《历代君臣事迹》，即《册府元龟》）的馆阁词臣并未加入酬唱活动，加入酬唱的十七人中，有多人又未参与编书，有的根本未在馆阁任职。故既是馆阁词臣又是《西昆集》作者的，主要是杨亿、刘筠、钱惟演三人。"①他们三人的作品占了《西昆酬唱集》百分之八十以上（杨亿七十五首、刘筠七十三首、钱惟演五十四首）。因此所谓西昆派，实际上是以杨、刘、钱为主体的诗派。

杨亿对李商隐诗的倾慕与对它的高度评价，在《杨文公谈苑》中有相当全面的论述，已见上编第二章第一节所引录及分析。但对义山诗的认识与评价，跟他自己在创作实践中如何向李商隐学习是有区别的，不能简单地用前者代替后者。实际上，他对义山诗的学习与继承在其所撰的《西昆酬唱集序》中已经作了相当明确的表述：

> 予景德中忝佐修书之任，得接群公之游。时今紫薇钱君希圣、秘阁刘君子仪，并负懿文，尤精雅道，雕章丽句，脍炙人口，予得以游其墙藩而咨其模楷。二君成人之美，不我遐弃，博约诱掖，置之同声，因以历览遗编，研味前作，挹其芳润，发于希慕，更迭唱和，互相切劘。

这里所说的"遗编""前作"，主要即指李商隐诗。对商隐的学习模仿，主要是"挹其芳润"，即取其形式的芬芳鲜润，包括辞藻的华美、用典的繁富、色彩的秾艳、对偶的精工、韵律的和谐等方面。序中对商隐诗措辞寓意之深妙、感慨之深沉（所谓"感怆"）、蕴涵之丰富（所谓"包蕴密致"）均未提及，可见他们在创作中所注重的主要是商隐诗的外在形式。其实，即就形式而论，商隐诗中亦非只有绮艳一种，而是同时具有清词丽句、擅长白描、少所藻饰用典的另一面，但杨亿等人对后一面并无学习的兴趣。

刘攽《中山诗话》举杨亿《汉武》为例，认为此诗"义山不能过"，其着眼点可能主要在内容方面。方回《瀛奎律髓》谓："此诗有说讥武帝求仙，徒劳心力，用兵不胜其骄，而于人才之地不加意也"，但未说其有借古讽时之意。今之论者多以为此诗系借讽真宗封禅之事。刘筠同题诗，亦或谓其对真宗在咸平、景德年间崇信符瑞、求仙祀神的迷信活动有旁敲侧击的讽喻意味。五言排律《宣曲》，江休复《嘉祐杂志》以为系讽真宗幸散乐伶丁

---

① 见《首届宋代文学国际研讨会论文集》，复旦大学出版社2001年版。

香而作，陆游《跋西昆酬唱集》则以为是刺刘、杨二妃获盛宠。虽难以定论，但此诗在当时因王钦若密奏，以为寓讽，而被认为"述前代掖庭事，事涉浮靡"，致皇帝下诏风励，则实有其事。但即使如此，就《西昆酬唱集》的总体倾向看，这类或有寓讽之作亦属凤毛麟角，绝大部分作品是馆阁词臣纯从艺术角度仿效李商隐诗华美绮艳一面的产物。

《西昆酬唱集》对商隐诗的模仿首先表现在题材领域的亦步亦趋上。商隐诗以咏史、咏物、《无题》为鼎足而三的主要题材领域，西昆派诗人在这方面完全承袭商隐。据统计，《西昆酬唱集》二百四十九首诗中，咏史诗二十三首，咏物诗六十九首，《无题》《代意》等有关男女之情的诗二十三首，合计一百一十五首，占了总数的二分之一稍弱。

不但题材步趋商隐诗，连诗题也经常袭用商隐诗原题，如《无题》《南朝》《泪》《属疾》《霜月》《荷花》《宋玉》《槿花》《公子》《夜意》《即目》等，也有一些是将商隐诗题稍加变化，如《戊申年七夕》《馆中新蝉》《樱桃》等。

更有甚者，是对李商隐诗句的"捋扯"。下面所列举的，仅仅是比较明显的"捋扯"之例①：

多情不待悲秋意，只是伤春鬓已丝。（杨亿《泪》）
天荒地变心虽折，若比伤春意未多。（李《曲江》）

下蔡迷还易。（钱惟演《宣曲二十二韵》）
空闻下蔡迷。（李《思贤顿》）

鄂君绣被朝犹掩，荀令熏炉冷自香。（钱惟演《无题》）
绣被犹堆越鄂君；
荀令香炉可待熏。（李《牡丹》）

合欢不验丁香结。（钱惟演《无题》）
芭蕉不展丁香结。（李《代赠二首》之一）

313

---

① 据笔者统计，《西昆酬唱集》中有意、无意袭用义山诗语者一百八十一例，还不包括某些常用词语之相同、看不出明显袭用痕迹者。

縠巾犹卧北窗风。（钱惟演《初秋属疾》）

更当陶令北窗风。（李《假日》）

楼迷五里雾，坛烛九枝灯。（钱惟演《致斋太乙宫》）

无质易迷三里雾。（李《圣女祠》）

不碍九枝灯。（李《楚宫》）

鹤扇真规月，仙衣可镂冰。（钱惟演《致斋太乙宫》）

扇薄常规月，钗斜只镂冰。（李《楚宫》）

华池阿阁不相容。（刘筠《代应》）

阿阁华池两处栖。（李《凤》）

走马章台冒雨归。（刘筠《无题》）

更作章台走马声。（李《柳》）

走马兰台类转蓬。（李《无题》）

蘅皋谁驻马。（刘筠《前槛》）

驻马魏东阿。（李《镜槛》）

方资裂缯笑。（刘筠《宣曲》）

倾城唯待笑，要裂几多缯？（李《僧院牡丹》）

短亭疏雨临官道。（李宗谔《馆中新蝉》）

清明带雨临官道。（李《柳》）

感时偏动骚人意，不问天涯与帝乡。（李宗谔《馆中新蝉》）

失群挂木知何限，远隔天涯共此心。（李《宿晋昌亭闻惊禽》）

此上剌取诸例，多数是直接剥取义山诗辞藻。有的是在一句中摘取几字，另换几字，也有的是仿其构思（如杨亿"多情"一联）。更有整首诗均有剿袭痕迹者，如刘筠《送客不及》明从商隐《曲池》脱化而来。商隐《曲池》云：

> 日下繁香不自持，月中流艳与谁期？
> 迎忧急鼓疏钟断，分隔休灯灭烛时。
> 张盖欲判江滟滟，回头更望柳丝丝。
> 从来此地黄昏散，未信河梁是别离。

刘筠《送客不及》云：

> 青门祖帐曙烟微，片席乘流鸟共飞。
> 曲岸马嘶风嬝嬝，短亭人散柳依依。
> 灞桥目断犹回望，楚水魂消为送归。
> 只自河梁传怨曲，洛灵千古化征衣。

其中四、五、七句明显袭义山《曲池》辞意。又如钱惟演《无题三首》
之一：

> 误语成疑竟已伤，春山低敛眉黛长。
> 鄂君绣被朝犹掩，荀令熏炉冷自香。
> 有恨岂因燕凤去，无言宁为息侯亡？
> 合欢不验丁香结，只得凄凉对烛房。

则是杂取义山《代赠二首》《牡丹》《和令狐八拾遗戏赠二首》中词语而成。
而杨亿《南朝》又全篇自义山同题诗脱化而来。李诗云：

> 玄武湖中玉漏催，鸡鸣埭口绣襦回。
> 谁言琼树朝朝见，不及金莲步步来？
> 敌国军营漂木柹，前朝神庙锁烟煤。
> 满宫学士皆颜色，江令当年只费才。

杨诗云：

> 五鼓端门漏滴稀，夜签声断翠华飞。
> 繁星晓埭闻鸡度，细雨春场射雉归。
> 步试金莲波溅袜，歌翻玉树涕沾衣。
> 龙盘王气终三百，犹得澄澜对敞扉。

二诗首句辞、意均类似。李诗第二句,杨诗化用为第三句。李诗三四句,杨诗化用为五六句,而失李诗之灵动。杨诗七八句,则又杂取义山《咏史》"三百年间同晓梦,钟山何处有龙盘"二句辞、意而成。

从以上三个方面看,西昆派诗人对义山诗亦步亦趋的刻意模拟痕迹十分显著,而其模拟的水平,较之义山之拟杜、学"长吉体"要差远了。不但片面学义山之绮艳密丽,而且极其表面,近乎生吞活剥。整个《西昆酬唱集》也不妨说是一部西昆派诗人集体模拟义山诗的习作集。平心而论,他们并非毫无才情之辈,有时在摆脱模拟的情况下也能写出清新流美的诗句,如杨亿《洞户》:

> 水国风霜凋社橘,仙山云雾隔江潮。

钱惟演《明皇》:

> 匆匆一曲《凉州》罢,万里桥边见夕阳。

刘筠《南朝》:

> 千古风流佳丽地,尽供哀思与兰成。

只是这类诗句太少了。

从总体看,《西昆酬唱集》中的绝大部分作品,辞藻、文采、典故、声律无一不备,恰恰缺乏诗歌最本质的东西——真实的感受和真挚的情感。西昆派诗人学李商隐,形式方面的东西都学到了,恰恰遗落了商隐诗"深情绵邈"的本质特征。因此,一切辞藻、文采、声律、典故都成了没有生命的东西,成了没有意味的堆砌。归根结蒂,是由于馆阁生活本身没有给他们提供深切的生活感受,从中提炼不出动人的诗思与诗材。他们可以说是宋诗发展史上第一批以才学为诗、资书以为诗的诗人。他们学的只是义山诗中涂泽最甚、用典最多的一类诗(如《泪》《南朝》《茂陵》等),而对商隐寄寓其中的"高情远意"则未加理会。方回《瀛奎律髓》说:"凡昆体,必于一物之上,入故事、人名、年代,及金玉锦绣等以实之。"这样来学李商隐,确实像范温所批评的:"盖俗学只见其皮肤,其高情远意皆不识也。"(《苕溪渔隐丛话》)前集二十二引《潜溪诗眼》)西昆派这种片面化、表面化地模仿李商隐诗的做法,对商隐诗的接受产生了极为深远的负面影响。不但因此使后世一些评家将在商隐诗也归入西昆体的行列(严羽《沧浪诗话·诗体》:

西昆体即李商隐体，然兼温庭筠及本朝杨、刘诸公而名之也），使商隐俨然成为西昆鼻祖，而且使人们在很长时期内对商隐诗持片面的看法与否定的评价。在这一点上西昆派对李商隐诗的接受是过大于功的。

比西昆派稍晚，受李商隐诗影响比较明显的还有晏殊。方回《瀛奎律髓》卷十春日类选其《春阳》诗，批曰："亦昆体。"纪昀谓："此乃真昆体，殊有情致，可云逼肖义山，非干挦扯。"卷十七晴雨类又选其《赋得秋雨》，批曰："此亦昆体，盖当时相尚如此。"纪昀谓："昆体有意味者原佳。唯一种厚粉浓朱，但砌典故者可厌。通首学义山逼真。结句虽太迫义山'秋霖腹疾俱难遣，万里西风夜正长'意，而意境自佳。"纪氏之所以赞赏这两首诗，原因即在于它们虽模仿义山诗，而"有情致""有意味""意境自佳"。而杨、刘、钱等人的拟作所缺乏的正是情致、韵味和意境。其实，晏殊学义山诗最出色的是他的一首《无题》（一作《寓意》）：

> 油壁香车不再逢，峡云无迹任西东。
> 梨花院落溶溶月，柳絮池塘淡淡风。
> 几日寂寥伤酒后，一番萧索禁烟中。
> 鱼书欲寄何由达，水远山长处处同。

扫去西昆的浓腻堆砌，代之以清新明快；学到了义山情诗的深情绵邈，却不同于其深刻感伤，而代之以淡淡的寂寥惆怅。这样的诗，可谓学义山而变出之了。在义山《无题》诗的影响史上，这也许是最出色的一首。

宋祁的《落花》诗也是学义山诗而较有情致的佳作：

> 坠叶翻红各自伤，青楼烟雨忍相望。
> 将飞更作回风舞，已落犹成半面妆。
> 沧海客归珠迸泪，章台人去骨遗香。
> 可能无意传双蝶，尽付芳心与蜜房。

比起晏殊那首变出之的《无题》，此诗模拟痕迹比较显著。但次联虽仿义山《和张秀才落花有感》"落时犹自舞，扫后更闻香"而"兴会飙举，能尽落花之神态"（吴汝纶评），结联"神似玉谿"（纪昀评），亦不失为神情逼肖之作。

第二节　李商隐对王安石的影响

王安石论文，强调文章的实用功能。其《上人书》云："且所谓文者，务为有补于世而已矣；所谓辞者，犹器之有刻镂绘画也。诚使巧且华，不必适用；诚使适用，亦不必巧且华。要之以适用为本，以刻镂绘画为之容而已。不适用，非所以为器也；不为之容，其亦若是乎？否也。然容亦未可已也，勿先之其可也。"他认为以适用为本的文，可以不要巧且华的形式，尽管形式也不是可有可无的。这种文学观自然比较片面狭隘。根据这种文学观，他对西昆派及其末流持严厉的批判态度："杨、刘以其文辞染其当世，学者迷其端原，靡靡然穷其日力以摹之，粉墨青朱，颠错丛庞，无文章黼黻之序，其属辞藉事，不可考据也。"（《张刑部诗序》）但他对西昆派极其推崇的李商隐诗却并没有得出如南宋敖陶孙所谓"李义山如百宝流苏，千丝铁网，绮密瑰妍，要非适用"这种结论，而是给予很高评价。这就是已经称引过的"唐人知学老杜而得其藩篱，唯义山一人而已"的著名评论。王安石于唐代诗人中最尊崇杜甫，因而他的这一评论实际上也是对李商隐诗的推崇。值得注意的是，他所激赏的"虽老杜无以过"的四联义山诗中，既有像"永忆江湖归白发，欲回天地入扁舟"这种暗合王安石自己志趣抱负的诗句，和"雪岭未归天外使，松州犹驻殿前军"这种表现忧国伤时之情的诗句，也有"池光不受月，暮（野）气欲沉山"这种锤炼精工而又极富韵味的诗句，说明晚年的王安石对义山诗的称赏是兼及思想感情和艺术表现两个方面的，与"适用为本"的功利主义文学观已有很大的距离。

从王安石所赞赏的义山佳联看，他对义山诗集是仔细阅读过的。王安石的诗集中有集句诗、集句歌曲各一卷，其中集杜诗句最多，其次就是义山诗句，列举如下：

上尽重楼更上楼。（《夕阳楼》，集三次）

且赋渊明《归去来》。（《偶成转韵七十二句赠四同舍》）

今古无端入望中。（《潭州》）

年少因何有旅愁。（《送崔珏往西川》）

樵归说逢虎。（《幽人》）

都无色可并。(《荷花》)

安得无泪如黄河。(《安平公诗》)

玉骨瘦来无一把。(《偶成转韵七十二句赠四同舍》)

青冢路边南雁尽。(《闻歌》)

叹息人间万事非。(《赠从兄阆之》)

归来展转到五更。(《无题四首》之四)

却是君王未备知。(《人欲》)

这些诗句，涉及各种题材、体裁，其中多数并非著名作品中的佳句警句，这说明王安石对商隐诗读得很广很熟，否则在集句时很难想得起来，也不可能临时去翻检。

　　就整体而言，王安石的诗以意胜，重议论，风格峻直明快，与商隐诗以情胜，重含蓄，风格朦胧缥缈很不相同。一般读者也很少将他们的诗歌创作加以联系比较，考察他们之间的传承关系。王安石既推崇杜甫，又激赏义山学杜的诗作，但他自己的诗中承商隐学杜一脉的作品却不多见。王安石真正受到李商隐影响的是他的咏史七绝。最早发现这一点的是清代的周斯盛(字屺公，一字证山)，顾嗣立《寒厅诗话》云：

　　　　证山最喜王半山咏史绝句，以为多用翻案法，深得玉豀生笔意。如《范增》诗云："中原秦鹿待新罴，力战纷纷此一时。有道吊民天即助，不知何用牧羊儿？"千古别具只眼。

周氏所说的"玉豀生笔意"，指的是商隐咏史七绝中别具卓识新见的议论，特别是翻前人旧案的议论。如他的著名七绝《贾生》：

　　　　宣室求贤访逐臣，贾生才调更无伦。

　　　　可怜夜半虚前席，不问苍生问鬼神。

贾谊贬长沙，历来被视为才士不遇的典型事例；而宣室夜对，则被视为才士深受君主恩遇的突出事例。商隐此诗却透过宣室夜召、君王前席垂询的表象，深刻揭示了在这一表象掩盖下才士被视同巫祝的不遇实质，不但翻历史上汉文知人善任的旧案，而且借端寄慨，讽刺现实中的君主弃贤才而信鬼神的腐朽面目，表现了诗人不以个人荣辱得失而以济苍生的才能是否得到发挥来衡量遇合的超卓胸襟，又如其《四皓庙》：

　　　　　本为留侯慕赤松，汉廷方识紫芝翁。

　　　　　萧何只解追韩信，岂得虚当第一功？

徐逢源笺："此诗为李卫公发。卫公举石雄，破乌介，平泽潞，君臣相得，始终不替，而卒不能早定国储，使武宗一子不得立，有愧紫芝翁多矣，故假萧相国以讥之。"（冯浩笺引）从历史事实看，汉初三杰，各有建树，本无须强分高下，商隐此诗故意翻汉高祖"萧何功第一"之"定论"，意在借端寄慨，徐笺联系时事以发明其真正的旨意，甚有见。翻案的目的是为了慨叹现实中的辅臣未能像张良那样帮助君主早定国储，致使政局多变，影响国运。这种以议论为主，对历史人事发表新见卓识，以借端寄慨的"翻案法"，本为中唐以来咏史七绝逐渐发展起来的一种风尚，小李杜对此运用得最为得心应手。王安石以其独具的卓识与不随波逐流的"拗相公"个性，对这种翻案法深为欣赏，并在其咏史七绝中加以继承发扬。除周斯盛所举《范增》外，还有多首运用翻案法相当成功的诗例，如翻杜牧《题乌江亭》诗意的同题诗：

　　　　　百战疲劳壮士哀，中原一败势难回。

　　　　　江东子弟今虽在，肯为君王卷土来？

杜牧《题乌江亭》认为胜败乃兵家常事，大丈夫当能包羞忍耻，待机再起，江东子弟多才俊之士，卷土重来未必不可能。批评项羽乌江自刎为不能忍耻。王安石此诗显系针对小杜诗而发，是用翻案法再翻小杜之新论。尤为有意味的是他翻义山《贾生》之意的同题七绝：

　　　　　一时谋议略施行，谁道君王薄贾生？

　　　　　爵位自高言尽废，古来何啻万公卿！

李诗认为，贾谊召对宣室、前席问鬼之事，是在深受恩遇的表象下隐藏着不遇的实质，实际上是认为汉文帝并没有真正认识并重用贾谊，发挥其治国安民的才能。而王安石则反义山之意，认为汉文帝并没有薄待贾生，因为他提出的一系列政治主张和谋略，当时都已先后施行，比起那些"爵位自高言尽废"的千千万万公卿，贾谊实际上得到了重用。李商隐认为贾谊似遇而实不遇，王安石则认为贾谊似不遇而实遇。持论虽相反，但他们的着眼点却是相同的，那就是都不以个人的荣辱得失作为衡量遇合的标准，而是以自己的政治主张是否得到施行、是否利国家利苍生作为标准。因此，他们可以说是貌异而神合，王安石此诗确实称得上"深得玉谿生笔意"了。更进一层看，他们又都不是为翻案而翻案，故意标新立异，耸人听闻，而是别有寄慨。商隐是讽汉文而实刺时君弃贤才信神仙，慨贾生而实悯自身；王安石则是以"一时谋议略施行"寓新法已付实施的欣慰，而不计较个人的进退。二诗都是用翻案法借端寄慨的典型。按照接受史的观点，反其道以行也是一种模仿，王安石的《贾生》就是对李商隐《贾生》的一种"创造性模仿"。

但从诗艺的角度看，王安石这些"深得玉谿生笔意"的七绝咏史诗实际上只学到了超卓的议论和借端寄慨这一面，而丢掉了义山此类诗的深长情韵。纪昀评义山《贾生》云："纯用议论矣，却以唱叹出之，不见议论之迹。"（《玉谿生诗说》）施补华《岘佣说诗》云："义山七绝以议论驱驾书卷，而神韵不乏，卓然有以自立，此体于咏史最宜。"都指出义山咏史七绝虽议论而富抒情唱叹之致的特点。但王安石的咏史七绝却往往只有超卓的议论而情韵不免稍乏。这不能不说是宋人学义山诗的重大失落。王安石这类"深得玉谿生笔意"的诗，还有《商鞅》《韩子》《孟子》等。《商鞅》云：

> 自古驱民在信诚，一言为重百金轻。
> 今人未可非商殃，商鞅能令政必行。

举古人今人非商鞅之论而以一言翻驳之，俨然有以今之商鞅自命的意味，显示了王安石刚决果毅的政治改革家个性，但不免质木无文。《韩子》：

> 纷纷易尽百年身，举世何人识道真。
> 力去陈言夸末俗，可怜无补费精神。

讥韩愈以继承道统自居而实不识"道真"，只会写些"力去陈言夸末俗"的文章。倒是透出了王安石的自负，但纯用议论，缺乏余韵也是明显的。唯《孟子》稍有情致：

> 沉魄浮魂不可招，遗编一读想风标。
> 何妨举世嫌迂阔，故有斯人慰寂寥。

翻驳古来认为孟子的主张"迂阔"的议论，实为寄慨当世之人攻击新法的谬论。议论挟情韵以行，将自己的人生感受融于对前贤的咏赞中。在异代知音的欣慰中既透出内心的寂寞，也表现出自信与执著。这说明问题不在于是否用议论，而在于议论中是否注入了浓郁的诗情。王安石并不是纯任理智、缺乏感情的人，在写给亲人的诗中，有时极富人情味。如《示长安君》平平写去，娓娓道来，语浅情深，一片神行，堪称宋人言情之杰作。可见他并非只会议论，只是由于诗学观念的影响，使他在学习义山咏史七绝时丢掉了深永的情韵罢了。

第三节　李商隐对黄庭坚的影响

黄庭坚诗风，生新瘦硬，峭刻老辣，与李商隐诗深情绵邈、典丽精工的风格迥然不同。一般人很少注意到他们之间的关联。朱弁《风月堂诗话》是首先揭示出这一点的：

> 李义山拟老杜诗云："岁月行如此，江湖坐渺然。"真是老杜语也。其他句"苍梧应露下，白阁自云深"，"天意怜幽草，人间重晚晴"之类，置杜集中亦无愧矣，然未似老杜沈涵汪洋笔力有余也。义山亦自觉，故别立门户成一家。后人掇其余波，号西昆体，句律太严，无自然态度。黄鲁直深悟此理，乃独用昆体工夫，而造老杜浑成之地。今之诗人少有及者。此禅家所谓更高一着也。

这里所说的"昆体"，当是包括李商隐诗在内的。朱弁此论，发人之所未发。然此后将义山与山谷并论者，却不乏其人。钱锺书《谈艺录》四《遗山论江西派》对此作过系统的考察：

> 遗山既谓坡诗不能近古而尽雅，故论山谷亦曰："古雅难将子美亲，精纯全失义山真。论诗宁下涪翁拜，不作江西社里人。"山谷学杜，人所共知；山谷学义山，则朱少章弁《风月堂诗话》卷下始亲切言之。所谓山谷"以昆体工夫，到老杜浑成地步"。少章《诗话》为羁金时所作；遗山敬事之王若虚《滹南遗老集》卷四十已引此语而驳之，谓昆体工夫与老杜境界，如"东食西宿，不可相兼"，足见朱书当时流传北方。《中州集》卷十亦选有少章诗，《小传》并曰："有《风月堂诗话》行于世。"则遗山作此绝时，意中必有少章语在……少章《诗话》

以后，持此论者不乏。许颉《彦周诗话》以义山、山谷并举，谓学二家，"可去浅易鄙陋之病"。《瀛奎律髓》卷廿一山谷《咏雪》七律批云："山谷之奇，有昆体之变，而不袭其组织。其巧者如作谜然，疏疏密密一联，亦雪谜也。"《桐江集》卷四《跋许万松诗》云："山谷诗本老杜，骨法有庾开府，有李玉谿，有元次山。"即贬山谷如张戒，其《岁寒堂诗话》卷上论诗之"有邪思"者，亦举山谷以继义山，谓其"韵度矜持，冶容太甚"。后来王船山《夕堂永日绪论》谓："西昆、西江皆獭祭手段"，又斥杨文公"咏史诗如作谜"。《曾文正诗集》卷二《读义山诗》云："太息涪翁去，无人会此情。"杨维屏《翠岩山房偶存稿》卷二《素爱玉谿生近体诗读山谷古风觉与玉谿生异貌同妍因书所见》一七古。参观同卷《放笔成一首呈觉翁》。遗山诗中"宁"字，乃"宁可"之意，非"岂肯"之意……其意若曰："涪翁难亲少陵之古雅，全失玉谿之精纯，然较之其门下江西派作者，则吾宁推涪翁，而未屑为江西派也。"是欲抬山谷高出于其弟子。

钱氏未明白揭示朱弁所谓山谷"用昆体工夫，而造老杜浑成之地"的具体含义。从他所引各家评论及宋代诗话中有关义山诗的其他有关评论，结合朱氏谓西昆体"句律太严，无自然态度"之评，他所说的"昆体工夫"当是指诗歌创作中刻意求深的锻炼工夫。黄庭坚论诗，讲求法度谨严，包括构思立意的惨淡经营，字法句法的刻意锻炼。而宋人评义山诗，如杨亿谓其"措辞寓意""深妙"，张戒谓其诗"精妙""多奇趣"，范温赞其诗"高情远意"，杨万里谓其诗"微婉显晦"；王直方谓其诗"有斧凿痕"，许颉谓其诗"字字锻炼"，刘克庄谓其诗"锻炼精粹，探幽索微"，也大都认为其诗是刻意构思锻炼的产物。而所谓"浅易鄙陋之气"，正是义山、山谷诗风共同的反面。义山诗与山谷诗，虽然一绮艳精工，一瘦硬生新，但在刻意经营锻炼这一点上却有共同性，故张戒认为他们同属邪思之尤，"韵度矜持，冶容太甚"，而杨维屏则认为他们两人的诗"异貌同妍"①。

至于"造老杜浑成之地"，则是黄庭坚所悬的诗歌最高艺术境界。他认为诗在刻意锻炼、惨淡经营的基础上，最后要达到"平淡而山高水深"的自

① 林昌彝《海天琴思录》卷七："连城杨翠若大令维屏诗，如倩女临池，疏花独笑……余读其《读山谷古风与玉谿生异貌同妍因书所见》云：'旧嗜义山集，今读涪翁诗。句律精深意矜妙，乃与义山同一规。纤秾肥瘦虽异态，骨相要是倾城姿。'"

然浑成之境，像"杜子美到夔州后古律诗"（《与王观复书二》）。从黄庭坚的创作实践看，他的绝大部分诗都没有达到这种锻炼而归于自然的境界。此点清人赵翼在比较苏、黄时论之已详，此不赘述（见《瓯北诗话》卷十一）。

朱弁提出的山谷"用昆体工夫，而造老杜浑成之地"的论断虽未必尽符黄庭坚的创作实际，但义山诗与山谷诗之间存在着某种联系却是事实。钱锺书《谈艺录》《管锥编》等著作曾举出不少实例加以阐发，兹据钱说稍加论述。

七律之传承　钱氏《谈艺录》五一《七律杜样》指出："少陵七律兼备众妙，衍其一绪，胥足名家。"并谓世之所谓"杜样"者，乃指雄阔高浑，实大声弘，如"万里悲秋长作客，百年多病独登台"一类。然杜诗另有细筋健骨、瘦硬通神之"韧瘦"一类，如"江上谁家桃树枝""今朝腊日春意动""春日春盘细生草""二月晓睡昏昏然""霜黄碧梧白鹤栖""江草日日唤愁生"等诗，"以生拗白描之笔，作逸宕绮仄之词"。并指出"义山于杜，无所不学，七律亦能兼兹两体，如《即日》之'重吟细把真无奈，已落犹开来放愁'，即杜《和裴迪》之'幸不折来伤岁暮，若为看去乱乡愁'是也，而世之所诵，乃其学杜雄亮诸联"。又指出"山谷、后山诸公仅得法于杜律之韧瘦者"。从钱氏的这段论述中可以看出，义山七律学杜，兼及肥、瘦两体，而山谷所仿者仅瘦硬一体。其中即透露出杜律瘦硬一体，经义山而传承之山谷之线索。商隐七律韧瘦一体，除钱氏指出之《即日》外，尚有《赠田叟》《昨日》《复至裴明府所居》等篇。钱氏《谈艺录》云："杜少陵《题郑县亭子》首句：'郑县亭子涧之滨'，《白帝城最高楼》颔句：'独立缥缈之飞楼'……皆以健笔拗调，自拔于惰茶。李义山《昨日》首句：'昨日紫姑神去也'，摇曳之笔，尤为绝唱。"像这种起法，在山谷七律中更为常见，如《双井茶送子瞻》首句"人间风日不到处"之突兀而起，《追和东坡题李亮功归来图》首联"今人常恨古人少，今得见之谁谓无"之劈空而来（"今人"句化用义山《安平公诗》"古人常叹知己少"），《太平寺慈氏阁》首联"青玻璃盘插千岑，湘江水碧无古今"之气势逼人，皆其显例。从中正可见杜、李、黄韧瘦体七律一脉相承的关系。义山《复至裴明府所居》云：

> 伊人卜筑自幽深，桂巷杉篱不可寻。
>
> 柱上雕虫对书字，槽中瘦马仰听琴。
>
> 求之流辈岂易得，行矣关山方独吟。

赊取松醪一斗酒，与君相伴洒烦襟。

朱彝尊评曰："工部之靡，宋人之俑。"（冯浩引作钱良择评）徐德泓评曰："此种格调，已踞宋元首座，然不从绚烂中来，亦不能到此境。"（《李义山诗疏》）纪昀评曰："问'求之流辈岂易得，行矣关山方独吟'，香泉（何焯）以为要非佳处，如何？曰：江西派矫拔处亦自可喜，然生硬粗俚，亦有一种伧父面目可厌处。"（《玉谿生诗说》）无论褒贬，都指出此诗上承杜甫、下开山谷江西诗派的特点。特别是多用语助及散文句法，更为山谷所师承。

句法字法之传承 钱氏《谈艺录》论《当句有对》句法云："此体创于少陵，而名定于义山。少陵《闻官军收两河》云：'即从巴峡穿巫峡，便下襄阳向洛阳'；《曲江对酒》云：'桃花细逐杨花落，黄鸟时兼白鸟飞'；《白帝》云：'戎马不如归马逸，千家今有百家存'。义山《杜工部蜀中离席》云：'座中醉客延醒客，江上晴云杂雨云'；《春日寄怀》云：'纵使有花兼有月，可堪无酒又无人'；又七律一首题曰《当句有对》，中一联云：'池光不定花光乱，日气初涵露气干。'此外名家如……山谷亦数为此体。"按山谷七律当句有对体者，如"明月清风非俗物，轻裘肥马谢儿曹"（《答龙门潘秀才见寄》），"白璧明珠多按剑，浊泾清渭要同流"（《闰月访同年李夷伯子真于河上子真以诗谢次韵》），"水远山长双属玉，身闲心苦一春锄"（《池口风雨留三日》），"春风春雨花经眼，江南江北水拍天"（《次元明韵寄子由》），"夜听疏疏还密密，晓看整整复斜斜"（《咏雪奉呈广平公》）。此种句法，颇增诗之流宕之致。山谷论诗，特别欣赏杜诗之"句中有眼"，强调"安排一字有神"。义山颇得杜诗炼字之真传。薛雪《一瓢诗话》云："老杜善用'自'字，如'村村自花柳''花柳自无私''寒城菊自花''故园花自发''风月自清夜''虚阁自松声'之类。下一'自'字，便觉其寄身离乱感时伤事之情，掬出纸上……义山'青楼自管弦''秋池不自冷''不识寒郊自转蓬'之类，未始非无穷感慨之情，所以直登老杜之堂，亦有由矣。"山谷在烹炼字句上正是直承杜甫和义山的。他强调"置一字如关门之键"（《跋高子勉诗》），指出五言句中第三字、七言句中第五字要"置字有力"（《跋欧阳元老诗》），并在创作中加以实践，此类无烦细举。

用典上的传承 义山承杜诗在用典方面的成就和出神入化的技巧，在运用典故的繁密、灵活和雅切方面，均有所发展。黄庭坚论诗，强调"老杜作诗……无一字无来历"(《答洪驹父书》),并提出在用典方面"点铁成金""夺胎换骨"的理论。在这方面,既有成功的实践,也有不少流弊,不烦细述。王夫之《夕堂永日绪论》云:"立门庭者必饾饤,饾饤非不可以立门庭,盖心灵人所自有,而不相贷,无从开方便法门任陋人支借也。人讥西昆体为獭祭鱼,苏子瞻、黄鲁直亦獭耳。彼所祭者肥油江豚,此所祭者吹沙跳浪之鲹鲨也。除却书本子,则更无诗。"虽或贬之过甚,但指出义山与山谷在用典上的某种相似性却颇有见。钱锺书《宋诗选注》"黄庭坚"总评中对义山、山谷的用典作了具体的比较分析:"李商隐的最起影响的诗和西昆体主要都写华丽的事物和绮艳的情景,所采用的字眼和词藻也偏在这一方面。黄庭坚歌咏的内容,比起这种诗的来,要繁富得多,词句的性质也就复杂得多,来源也就广博冷僻得多。在李商隐,尤其在西昆体的诗里,意思往往似有若无,欲吐又吞,不可捉摸,他们用的典故词藻也常常只为了制造些气氛,牵引些情调,所以会给人一种'华而不实''文浮于意'的印象。黄庭坚有着着实实的意思,也喜欢说教发议论;不管意思如何平凡,议论怎样迂腐,只要读者了解他用的那些古典成语,就会确切知道他的心思。所以他的诗给人的印象是生硬晦涩,语言不够透明,仿佛冬天的玻璃窗蒙上一层水汽,冻成一片冰花。"从钱氏的精彩分析中,可以更亲切地体会到义山与山谷在用典方面的同与异。

第四节　李商隐对陆游的影响

李商隐与陆游的性格和诗风,一沉潜内敛,一飞扬外露,似乎迥不相侔。但两人的诗歌创作却存在着传承关系,这主要表现在七律和《无题》诗的创作上。

陆游忧愤国事,志在恢复,因此对衰乱时世士大夫的流宕放逸之风非常不满。其《跋花间集》云:"《花间集》皆唐末五代时人作。方斯时,天下岌岌,生民救死不暇,士大夫乃流宕如此,可叹也哉!或者亦出于无聊故耶?"他对晚唐诗风的整体评价与他对晚唐士风的看法有一定联系。其《宗都曹屡寄诗作此示之》云:"天未丧斯文,杜老乃独出。陵迟至元白,固已可愤疾。及观晚唐作,令人欲焚笔。"《示子通》云:"数仞李杜墙,常恨欠领会。元白才倚门,温李真自郐。"《追感往事》其三云:"文章光焰伏不起，甚者自谓宗晚唐。"对包括温、李在内的晚唐诗风明白表示了鄙薄的态度。但他在《假中闭户终日偶得绝句乡中却说："官身常欠读书债，禄米不供沽酒资。剩喜今朝寂无事，焚香闲看《玉谿诗》。"对商隐诗表现出欣赏的态度。联系其"闲居、遣兴七律时仿许丁卯"（潘德舆《养一斋诗话》）的创作实际，或以为陆游鄙薄晚唐之论乃违心作高论。实则上述两种态度都是陆游的真实态度。作为一位爱国志士，他对晚唐颓靡不振的士风以及反映了这种士风的晚唐诗风是贬抑甚至鄙夷的；作为一位诗人，他又对晚唐杰出诗人的诗艺表现出欣赏的态度，甚至加以模仿学习。这种情况，在当代合政治家与诗人为一体的毛泽东身上也明显存在不足为怪。而且所谓"焚香闲看《玉谿诗》"，也表明他只是将其作为闲居生活的一种消遣，其中并不一定含有对其思想内容的肯定判断。

陆游诸体兼擅，而七律尤胜。舒位《瓶水斋诗话》云：

> （王仲瞿）尝论七律至杜少陵而始盛且备，为一变；李义山瓣香于社而易其面目，为一变；至宋陆放翁专工此体而集其成，为一变。凡三变，而他家之为是体者不能出其范围矣。

王氏此论将七律发展史划出杜甫、李商隐、陆游三个发展变化的阶段，虽未具体论及陆游对义山七律的继承与发展，但从"集其成"的论赞中已透露出这一点。陆游七律中抒忧国之情、忠愤之气者，多学杜甫七律雄阔高浑一路而稍乏杜之沉郁。钱锺书《谈艺录》谓："陆放翁哀时吊古，亦时仿此体，如'万里羁愁添白发，一帆寒日过黄州'；'四海一家天历数，两河百郡宋山川'；'楼船夜雪瓜洲渡，铁马秋风大散关'；'细雨轻芜上林苑，颓垣夜月洛阳宫'。而逸丽有余，苍浑不足。"按，此种七律，义山亦多有之。钱氏已举"万里忆归元亮井，三年从事亚夫营""永忆江湖归白发，欲回天地入扁舟""雪岭未归天外使，松州犹驻殿前军"诸联与杜诗中与此相关诸联对照，以明义山之仿杜，实则此数联亦与陆游上述诸联相近，从中正可见此类七律自杜甫创格，历李商隐而至陆游的一脉承传关系及承传中之变化。义山之《井络》《写意》诸篇亦属此类，在陆游七律中也不乏意境相近的诗例。

义山七律中既有精工典丽，善于运用诸多典故、镶嵌丽字以构成精致对偶者，亦有清空流走、以白描见长者。这两种七律在陆游诗集中均不乏成功之作，从中也可窥见他们之间的传承关系，前者如《黄州》《夜泊水村》及下文所述《无题》七律诸篇，后者如《游山西村》《临安春雨初霁》及抒写闲居生活之作。朱彝尊还曾指出李商隐七律《泪》八句七事，以上六句兴末一句的构思方式为陆游《闻猿》诗所仿效。

但陆游受李商隐影响还有另一不大为人注意的方面，这就是他对义山《无题》诗比兴寄托传统的继承。义山《无题》，北宋大家仿之者甚少。王安石有《无题二首》，系抒写人生感慨之作，有句云："老圃聊欲问，良田亦须求。非关畏簸冕，无责易自修"，"苍髯欲出朱颜去，更觉求田问舍迟"，内容已与商隐《无题》完全脱钩，更不同于唐彦谦、韩偓的《无题》。苏轼有《无题》五律、五古各一首，七绝二首。其五律一首作于南迁时，诗云："六秩行当启，区中缘更疏。不贪为我宝，安步当君车。故国多乔木，先人有敝庐。誓将闲送老，不著一行书。"写历经坎坷后的人生态度。五古《无题》则行生命短促、须及时行乐之意："人心苦执迷，富贵忧贫贱。忧色常在眉，欢容不在面。吾今头半白，把镜非不见。唯应花下杯，更待他人劝。"七绝《无题》（"帘卷窗穿户不扃"）作于晚年度岭北归未到常州时，亦抒随缘自足的人生态度。另一首似写春夜幽景，系石刻，不一定可靠。从王、苏两家的《无题》看，他们只是沿用了《无题》这种标题方式，内容则完全离开晚唐《无题》写男女之情的传统，可以说是与商隐《无题》不相干的两种诗歌体式。但到了陆游手中，《无题》的内容、性质都表现出向商隐《无题》回归的趋向。他共有《无题》七首，按写作年代先后逐录于下，以便对照比较：

> 画阁无人昼漏稀，离悰病思两依依。
> 钗梁双燕春先到，筝柱羁鸿暖不归。
> 迎得紫姑占近信，裁成白纻寄征衣。
> 晚来更就邻姬问，梦到辽阳果是非？
> 按：此诗作于乾道九年（1173）十二月，时在嘉州。

> 半醉凌风过月旁，水精宫殿桂花香。
> 素娥定赴瑶池宴，侍女皆骑白凤凰。

> 出茧修眉淡薄妆，丁东环佩立西厢。
> 人间浪作新秋感，银阙琼楼夜夜凉。
> 按：此二首淳熙八年（1181）作于山阴。

　　辂辘毡车赴密期，追欢最数牡丹时。

　　新春欲迫犹贪喜，旧爱潜移不自知。

　　宝镜尘生鸾怅望，钿筝弦绝雁参差。

　　玉壶莫贮胭脂泪，从湿泥金带上诗。

　　按：此首淳熙九年（1182）作于山阴。

　　碧玉当年未破瓜，学成歌舞入侯家。

　　如今憔悴蓬窗里，飞上青天妒落花。

　　按：此首淳熙十年（1183）九月作于山阴。

　　珠幰玉指擘筝箜，谁记山南秉烛游？

　　结绮诗成江令醉，橐泉梦断沈郎愁。

　　天涯落日孤鸿没，镜里流年两鬓秋。

　　不用更求驱豆术，人生离合判悠悠。

　　按：此首淳熙十一年（1184）四月作于山阴。

　　金鞭朱弹忆春游，万里桥边甓画楼。

　　梦倩晓风吹不去，书凭春雁寄无由。

　　镜中颜鬓今如此，幕下朋俦好在不？

　　箧有吴笺三万个，拟将细字写新愁。

　　按：此首绍熙三年（1192）冬作于山阴。

以上七首《无题》，写作时间跨度长达二十年。其中七绝"碧玉当年未破瓜"及七律"金鞭朱弹忆春游"，周密《齐东野语》云：

　　　　陆放翁在蜀日，有所盼，尝赋诗云："碧玉当年未破瓜……"出蜀后，每怀旧游，多见之赋咏，有云："金鞭珠弹忆春游……"又云："裘马清狂锦水滨，最繁华地作闲人。金壶投箭消长日，翠袖传杯领好春。幽鸟语随歌处拍，落花铺作舞时茵。悠悠自适君知否，身与浮名孰重轻？"又以此诗櫽括作《风入松》云："十年裘马锦江滨，酒隐红尘。黄金选胜莺花海，倚疏狂、驱使青春。弄笛鱼龙尽出，题诗风月俱新。自怜华发满纱巾，犹是官身。凤楼曾记当年语，问浮名、何似身亲？欲写吴笺说与，这回真个闲人。"前辈风流雅韵，犹可想见也。

钱仲联《剑南诗稿校注》云："此诗（按，指'碧玉'首）作于出蜀后已六年，周氏谰言不可信。"对《无题》（"画阁无人昼漏稀"），钱氏谓"此是假托闺情以寓意者"。对《无题》（"辐辘毡车赴密期"），钱氏亦云："玩诗意，盖感怅身世之作。"其他各首虽未作笺语，但可推知亦以为是有托之作。

要判断陆游七首《无题》的内容与性质，文本固是最基本的依据，陆游本人有关《无题》的言论也是重要的参考。这七首诗的诗面，大都与男女之情有关，或风格比较绮艳。就这一点说，它们已显示出向晚唐的《无题》回归的趋势，而与上述王安石、苏轼的《无题》直抒人生感慨者迥然有别。问题是，这七首《无题》究竟是像周密所说，系忆念蜀中旧游，还是另有身世之托寓。不妨先看陆游《老学庵笔记》论唐人《无题》的一段话：

> 唐人诗中有曰"无题"者，率杯酒狎邪之语，以其不可指言，故谓之"无题"，非真无题也。近岁吕居仁、陈去非亦有曰"无题"者，乃与唐人不类，或真亡其题，或有所避，其实失于不深考耳。

陆游所说的陈去非（与义）、吕居仁（本中）的《无题》，实即前述王安石、苏轼一类《无题》①，故说"乃与唐人不类"。问题在于他所说的"唐人诗中有曰'无题'者，率杯酒狎邪之语"究竟包括哪些唐人，是否包括李商隐？从他发表的"温李真自郐"这种鄙夷之论来看，似乎有可能包括义山《无题》在内。但如果将商隐十四首可以认定的《无题》与"率杯酒狎邪之语"加以对照，则除了《无题二首》（"昨夜星辰昨夜风""闻道阊门萼绿华"）或许可以视为"杯酒狎邪之语"外，其他各首实在很难说是这种性质的诗。从内容与情调看，这"率杯酒狎邪之语"的《无题》似主要指唐末韩偓与吴融、王溥、令狐涣、刘崇誉、王涣等人彼此唱和的《无题》。如果这个推断大体符合陆游的原意，也大体符合唐人《无题》诗的实际情况，那么陆游很

---

① 吕本中《无题》云："胡虏安知鼎重轻，祸胎元是汉公卿。襄阳耆旧唯庞老，受禅碑中无姓名。"乃议政之作。又有《无题四首》、《无题》（"一任衡门"）、《无题》（"衾裯尚冷"）、《无题》（"心广体故胖"）、《无题》（"疾病侵凌"）、《无题》（"学诗渐老"）等多首，均直接抒怀之作，与唐人《无题》不同。陈与义《无题》亦类此。

有可能认为义山《无题》是有所寓托的。从另一角度推论，即使陆游将义山《无题》也归入"率杯酒狎邪之语"的范围内，那么他自己作《无题》时也不可能再去写被自己严厉批评过的"杯酒狎邪之语"，而应有严肃的内容。总之，无论他所批评的"率杯酒狎邪之语"的唐人《无题》是否包括义山《无题》，他自己写的《无题》都不应是"杯酒狎邪之语"。

从七首《无题》的文本看，写作时间靠后的四首，均在字里行间流露出有所寓托的痕迹，如七律"金鞭朱弹忆春游"一首，提到"幕下朋俦好在不"，明指乾道八年（1172）参南郑王炎幕时的同幕朋俦，因此诗中所谓"镜中颜鬓今如此"之"新愁"自非指儿女之情，而是报国无门、赋闲家居的苦闷。七律"珠辖玉指擘筌篌"一首，同样写到"山南秉烛游"，即在南郑幕时与同僚宴游之事，其中"天涯落日孤鸿没，镜里流年两鬓秋"一联，与前首"书凭春雁寄无由"及"镜中颜鬓今如此"意相似。而"镜里流年两鬓秋"与"镜中颜鬓今如此"，亦即《书愤》"镜中衰鬓已先斑"之意，乃深慨壮志蹉跎，"塞上长城空自许"。故此首亦为寓托壮志不遂之苦闷。七绝"碧玉当年未破瓜"一首有"如今憔悴蓬窗里"之句，显指如今失意落拓闲居乡间之处境。然则"碧玉当年未破瓜，学成歌舞入侯家"，乃是追忆少壮时得志情景（二十九岁赴临安省试第一名），末句"飞上青天妒落花"不甚可解。七律"辚辚毡车赴密期"钱仲联先生谓是"感怅身世之作"，甚是。前四句托为女子乘毡车赴密期，于牡丹花开时双方欢会。故新春欲近时心犹窃喜，而不知旧爱已经潜移。盖寄寓离合之感、荣悴之慨。"宝镜"一联，写如今凄凉寂寞处境。尾联则因失意而胭脂泪湿，"泥金带上诗"似为旧欢所赠。总之，系借女子爱情之失意寓托政治之失意。"旧爱潜移""宝镜尘生"，均托寓痕迹明显。

写作时间最早的一首七律"画阁无人昼漏稀"，从诗面看，似是写闺中少妇对远戍辽阳的丈夫的思念。燕虽先春到而双宿双飞，羁鸿则远在异地而迟迟未归，以兴起征人远戍不归之意，故裁白纻而寄征衣。钱仲联谓此首"亦是假托闺情以寓意者"，似之。诗作于乾道九年十二月在嘉州时。而此前一年陆游在南郑王炎幕，处于抗金前线。此诗殆托闺中思念远戍征人抒写对前线生活之怀念（王炎乾道八年九月已调回临安枢密院）。所谓"离怅病思"当指离开抗金前线之思想苦闷，故托闺情以寓之。

七首《无题》中最费猜详的是两首七绝（"半醉凌风过月旁""出茧修眉淡薄妆"）。从诗面看，是写月中嫦娥，但实际上很可能是借喻女冠。"半醉凌风过月旁，水精宫殿桂花香"，明写月宫，实指女道观，"半醉"指诗人自己。"素娥"二句，谓女冠不在观中，"赴瑶池宴"或指宫中道观之宴会。次首"出茧修眉淡薄妆"，正是道家妆束。"丁东环佩立西厢"，写侍女侍立，环珮丁东。"人间"二句，谓宫观清凉。这两首很难看出另有政治或身世的寓托。在商隐《无题》中，也有实赋其事之作，如《无题二首》（"昨夜星辰昨夜风""闻道阊门萼绿华"）。陆游的这两首七绝《无题》，性质或与此相类。

　　如果陆游的七首《无题》确如以上所解，那么它们的确体现出向商隐《无题》的回归。不仅诗面大都涉及男女之情或风格绮艳，而且在或有所寓托、或实赋其事上也继承了义山《无题》的传统。

第六章　李商隐对元明清诗歌的影响

前代作家作品对后世的影响，一般的规律是时代越往后，影响愈趋于隐微不显（特殊的情况下也有相反的现象，如抗日战争时期杜甫、陆游爱国诗篇的巨大影响），其中原因很多。有的是某种风行一时的文学体式在其发展过程中逐渐失去生命力，为其他更有活力的新体式所代替。如骚体诗在战国楚地盛极一时，西汉仍有继响，但已逐渐失去活力，以后遂趋衰歇，影响自趋式微。更主要的原因是，时代越往后，可资学习继承的传统和名家越多。诗人在创作时学习的对象趋于多元化，兼学诸家、转益多师的结果，很难辨识其受某家影响的明显痕迹。有的虽专学一家一体，刻意模仿，又往往徒袭前人形迹，成就很低。为了避免在叙述影响时过于琐细或过于指实，将复杂多端的影响简单化，这一章谈李商隐诗的远期影响时，主要采取概述的方式。最后总起来谈一下义山诗对元明清诗影响的几个主要方面。

第一节　李商隐对金元明诗的影响

金末元初，诗坛兴起宗唐之风，"以唐人为指归"（元好问《杨叔能小亨集序》）。元好问编选的《唐诗鼓吹》，便是这种宗唐风气的产物。元氏论诗，虽不满于义山诗之风云气少、儿女情多及难于索解，但用"精纯"来评价义山诗，对其诗艺及诗律的成就可谓极其推重。元氏自己的诗歌创作，主要学杜甫七律的雄阔高浑一路而益之以苍凉激楚之致，与义山之主流诗风有明显区别。但义山学杜甫七律，兼雄阔高浑与细筋健骨二体。其雄阔高浑一体如《杜工部蜀中离席》《二月二日》《筹笔驿》《隋宫》《九成宫》《重有感》《井络》，均为《鼓吹》所选入，则元氏在学杜的同时受到义山此类作品的影响自属情理中事。林昌彝《海天琴思录》云："元遗山七言律诗气格高壮，结响沉雄，足合少陵、西昆为一手。"《射鹰楼诗话》亦谓其"能以西昆面子运老杜骨头"。其《癸巳四月二十九日出京》《壬辰十二月车驾东狩后即事五首》其二等作即有义山《重有感》《曲江》一类诗的影子；而《秋怀》《外家南寺》则又有义山悲秋的情调和身世之感。

元末诗坛杨维桢号称巨擘，其诗论与诗歌创作都有明显的复古宗唐倾向。其"铁崖体"诗虽主要学习李白、李贺，但亦"时涉温、李"（王士禛《古夫于亭杂录》）。赵翼《瓯北诗话》也指出其"险怪仿昌谷，妖丽仿温、李"。今人所论则更全面具体："所倡铁崖体雄畅怪丽，有李贺之奇诡、李白之酣畅、李商隐之诞幻，而又非三李所能包容"①。又喜作艳体，虽主要受韩偓影响，但亦可窥见义山艳诗面目，有《无题效李商隐体四首》可证。

明代前期与中期，诗坛上流行复古思潮与格调说，宗盛唐鄙中晚；后期虽有性灵派兴起，但李商隐的诗并未得到较以前更多的重视。因此就诗歌创作而论，李商隐诗的影响在有明一代可以说处于相当衰微的阶段。从明代重要诗人的创作中，几乎很难找到义山诗影响的痕迹。但有一种现象却值得注意，这就是对商隐《无题》的模仿学习成为一种风气。延至明末，又有王彦泓继承义山、韩偓的艳体而创作的《疑云》《疑雨》二集。可以说，义山诗在明代的影响主要表现在对《无题》及艳体的模拟上。

明初杨基《眉庵集》卷九《无题和李义山商隐序》关于商隐《无题》"音调清婉，虽极其秾丽，然皆托于臣不忘君之意，而深惜乎才之不遇也"的著名评论在商隐《无题》诗阐释史上有重要地位，但杨基自己的和作却是徒袭商隐《无题》诗之形貌而全失其深长的情韵与优美的意境。商隐《无题》抒写的是双方真挚的感情与心灵的契合，而非单纯的欲念与对女方外貌体态的玩赏，而杨基的《无题》却写"眉晕浅鬈横晓绿，脸销残缬腻春红""薄施朱粉妆偏媚，倒插花枝态更浓"一类纯感官的感受。不少诗句也多为对义山《无题》及其他诗篇中诗句的刻意模仿或改头换面，如"多情莫恨蓬山远，只隔疏帘抵万重"便是对义山"刘郎已恨蓬山远，更隔蓬山一万重"及"倾城消息隔重帏"的拼凑②。倒是他的咏物诗清词丽句、纤巧细致，颇有玉谿风味，如《新柳》：

> 浓于烟草淡于金，濯濯姿容袅袅阴。

①《中国文学批评通史·宋金元卷》，上海古籍出版社1996年版，第1036页。

② 都穆《南濠诗话》谓杨基追和李义山《无题》五首"词意俱到，真义山之劲敌也"，不免谬誉。

渐嫩已无憔悴色，未长先有别离情。

风来东面知春早，月到梢头觉夜深。

惆怅隋堤千万树，淡烟疏雨正沉沉。

杨基之后，明代仿义山《无题》者仍不乏人。蒋冕《琼台先生诗话》载"童志昂、刘钦谟诸公尝和商隐《无题》诗"。何乔新《椒丘文集》卷二十四有《无题和李商隐韵》十首，"前五首宫怨，子建《洛神》之意也；后五首仙兴，屈子《远游》之意也"。谢榛《四溟诗话》也提到"本朝何（景明）、李（攀龙）二公，各拟一首，惜未完美"，而所录邺下杜约夫所拟四首，虽仍有蹈袭义山《无题》词语的痕迹，但辞采较为清丽，有的诗句也有一点意境，录其中一首：

美人初试石榴裙，缥缈飞香别院闻。

玉笛临风吹《折柳》，锦机向月织回文。

花残金谷莺声寂，天断湘江雁影分。

凭仗陇梅将信息，蓬山遥隔万重云。

徐熥《熳亭集》卷八也录了他作的两首《无题和李义山》，词采较杜约夫之作更秾丽，模仿的痕迹则更显著，第一首稍可读：

香烬金猊烛散风，月沉西岭水流东。

云迷洛浦人何处，柳暗章台路不通。

远岫似凝眉上翠，守宫犹染臂间红。

凄凉往事休重省，十载游踪叹转蓬。

第二首前半全仿《无题四首》（其一"来是空言去绝踪"），尾联则从《水天闲话旧事》尾联脱化而来。

明末以写艳情诗著称的诗人王彦泓有《疑云》《疑雨》二集，集中有大量《无题》诗和许多从制题到具体词语都明显来自义山诗的艳情之作。朱彝尊《静志居诗话》对它评价很高，云："风怀之作，段柯古《红楼集》不可得见矣，存者玉谿生最擅场，韩冬郎次之。由于缄情不露，用事艳逸，造语新柔，令读之者唤奈何，所以擅绝也。后之为此体者，言之唯恐不尽，诗焉得工？故必琴瑟钟鼓之乐少，而窹寐反侧之情多，然后可以追韩佚李。金沙王次回结撰深得唐人遗意，诵之感心娭目，荡气回肠。"所论艳诗创作成功的原因虽有一定道理，但对王彦泓艳诗的评价不免过高。贺裳《皱水轩词筌》云："王次回喜作小艳诗，最多而工。《疑雨集》二卷，见者沁人心脾，里俗为之一变，几于小元、白云。""最多而工""沁人心脾"之评，亦属过誉。从其创作实际看，存在两个带根本性的缺陷。一是生硬机械地模仿的痕迹较为显著。像"玉壶传点出花丛，青鸟衔笺尚未通……蜡照渐微香灺冷，珮声才达画堂东"（《无题》）等句，就是杂取义山《深宫》《无题》（"相见时难别亦难"）、《无题》（"来是空言去绝踪"）、《闻歌》、《水天闲话旧事》、《无题》（"昨夜星辰昨夜风"）等首中词语而成，有似锦绣百衲，足见诗人才力之平弱，缺乏创造性。二是所咏内容与本人爱情生活中的具体情事贴得太紧，太拘限于生活素材，缺乏加工提炼和典型化，因而缺乏普遍意义，难以唤起读者的广泛共鸣。据黄世中考证，《疑云》《疑雨》二集中以"个人"为吟咏对象的诗达二百首，系专为诗人所恋某一女子而发（黄世中认为此女子系金坛王家之青衣，其嫂之婢）①。这些诗中，固有写得比较真切的篇章，但由于为具体情事所拘限，虽不乏"辗寐反侧之情"，却很少有深刻的感情体验和带普遍性的抒情警句，如《个人之一》云：

> 铜尊花露玉炉烟，长见飞琼侍晓筵。
> 觉我欲前微掩敛，避人伴退定迁延。
> 无聊脱钏红箱畔，特地兜鞋碧槛边。
> 喜杀未曾梳洗在，翠鬟松压睡容鲜。

诗人所关注的往往是所恋女子的情态行止细节，也往往引导读者去探求男女双方的具体情事，而很少让人去咀味其感情内涵，因为诗中缺乏的正是深层次的感情体验。其缺乏艺术的感发力量的原因也在此。

第二节　李商隐对清代诗歌的影响

有清一代，对李商隐诗文集的整理与对李商隐生平及创作的研究都取得很大成绩，对李商隐诗文在文人中的普及起了很大作用，诗家中学李商隐的人也较以前显著增多。

---

① 黄世中：《古代诗人情感心态研究·王次回〈疑云〉〈疑雨〉诗探考》，浙江大学出版社1990年版。

清初虞山诗派的首领钱谦益非常喜爱李商隐诗，称其诗"沉博绝丽"（朱鹤龄《笺注李义山诗集序》引钱氏语），谓"李义山之诗，其心肝腑脏窍穴筋脉，一一皆绮组缛绣排纂而成。泣而成珠，吐而成碧，此义山之艳也。古之美人，肌肉皆香，三十三天以及香国，毛孔皆香"（《题冯子永日草》），可以看出他对义山诗确有很深切的审美感受。吴调公谓"钱的'寄托遥深'，未尝不渊源于李的'楚雨含情皆有托'；钱的'取材宏富'，也不无与借镜于李诗的'沉博'有关；从钱的'情真而体婉'，可以追溯到李诗的'情味有余'和'措辞'之'婉'；从钱诗的'味浓而色丽'，可以推想到李诗的'绮密瑰妍'。"虽是大略的比较和推论，但也确实揭示出两位诗人的不少相似之处。吴氏还指出，"钱谦益的一部分七律既有老杜沉郁苍凉的气概，也有李商隐的典丽蕴藉的特色，如七律《十月朔日抵广陵二首》之一，就有点近似李商隐的《曲江》。"[1]他的《费县道中》，声情格调也神似玉谿七律。但如果从大处、从本质着眼，李商隐对钱谦益的影响恐怕还主要表现在对封建王朝兴亡的咏叹中所流露的深刻感伤情绪。这一点，在他的《西湖杂感》《书梅村艳诗后四首》《金陵后观棋》等诗中表现得相当明显，特别是像"水天闲话天家事，传与人间总泪零"这种诗，连词语也化用义山诗题《水天闲话旧事》。

清初另一有卓越成就的诗人吴伟业，其主要成就是创作了一大批以感慨兴亡为主题的叙事体七言歌行。朱庭珍《筱园诗话》云："吴梅村祭酒诗，入手不过一艳才耳。迨国变后诸作，缠绵悱恻，凄丽苍凉，可泣可歌，哀感顽艳。以身际沧桑陵谷之变，其题多纪时事，关系兴亡……七古最有名于世，大半以《琵琶》《长恨》之体裁，兼温、李之词藻风韵，故述词比事，浓艳哀婉，沁人心脾……七律佳者，神完气足，殊近玉谿。"分别指出吴伟业在七言歌行与七律的创作中对李商隐诗的继承与吸收。正因为吴氏本有"艳才"的底子，又经历沧桑巨变，故他那些感慨兴亡的叙事长歌才能兼有"温、李之词藻风韵"，表现出"缠绵悱恻""哀感顽艳"的义山式风貌特征。钱谦益还指出吴梅村的艳体诗，"声律妍秀，风怀恻怆，于歌《禾》赋《麦》之时，为题柳看桃之作，窃有义山、致光（尧）之遗感焉。"[2]此外，他的咏史七绝，也明显受到义山咏史诗的影响。如《读史有感》其二：

---

① 吴调公：《李商隐研究》，上海古籍出版社1986年版。

②《梅村诗话》，载《清诗话》上册，上海古籍出版社1978年版。

重璧台前八骏啼，歌残黄竹日轮西。

　　君王纵有长生术，忍向瑶池不并栖。

从题材内容到艺术手法、具体词语，都明显脱胎于李商隐的《瑶池》《华岳下题西王母庙》，而借古喻今、托古讽时的现实针对性①，又显然继承了义山咏史诗的传统。

　　清代中期的著名诗人黄景仁，身世孤寒，怀才不遇，多抑塞牢愁之词，好作幽苦语。其诗风虽有奇肆新警的一面，也有沉挚感伤的一面。后者明显受到义山诗风的影响。七律清词丽句、深情绵邈，颇有义山的韵致。如果说他的《绮怀》十六首还主要是仿义山《无题》，而得其形似，那么其《都门秋思》等作却颇得义山诗悲秋意蕴的神韵。《绮怀》之十五颇有佳联：

　　几回花下坐吹箫，银汉红墙入望遥。

　　似此星辰非昨夜，为谁风露立中宵？

　　缠绵丝尽抽残茧，宛转心伤剥后蕉。

　　三五年时三五月，可怜杯酒不曾消。

次句与五句仍不免有生硬模仿义山诗的痕迹，但颔联却能在融化义山《无题》（"昨夜星辰昨夜风"）诗境的基础上创造出极富情韵的境界，缠绵宛转，风神摇曳，称得上是青出于蓝而胜于蓝。《都门秋思》"全家都在秋风里，九月寒衣未剪裁"一联，虽写穷愁之境却极富美感，神似义山之"秋霖腹疾俱难遣，万里西风夜正长"，都是情韵深长的表现悲秋意绪的白描佳联。尤其值得注意的是他的《癸巳除夕偶成》之一：

　　千家笑语漏迟迟，忧患潜从物外知。

　　悄立市桥人不识，一星如月看多时。

写一种隐约深潜、内涵深广的忧患感，透露出敏感的诗人对封建末世总体危机及由此形成的整个社会氛围既隐约模糊又深刻强烈的感受，一种天下将要发生变故的预感。这种诗在内在精神上和李商隐的《乐游原》五绝可谓一脉相承。

338

　　近代启蒙思想的先驱龚自珍的诗，奇情艳骨，剑雄箫怨，与义山诗风

---

　　① 吴氏《读史有感》八首，每首以一对古代君主及其妃嫔的故事为吟咏对象，借以咏叹清初顺治帝与董鄂妃之恋情。

异中有同。他的诗中所蕴含的极富时代感的伤春悲秋意绪（所谓"四海变秋气，一室难为春"），以及"东云露一鳞，西云露一爪"的朦胧暗示、富于象征色彩的诗风，乃至深沉的历史、人生感慨，都和李商隐的诗风有着内在的联系。《杂诗》其十二：

> 楼阁参差未上灯，菰芦深处有人行。
> 凭君且莫登高望，忽忽中原暮霭生。

如果说黄景仁的《癸巳除夕偶成》之一还只是写一种隐约模糊的忧患感，那么龚自珍的这首诗就更加明确地显示了封建社会日落西山、暮霭沉沉的情景。从构思、意象到象征手法的运用，都明显脱胎于李商隐的《乐游原》五绝。

清代后期，虽也有不少诗人学李商隐，但大都成就不高，倒是清末民初的苏曼殊和现代的鲁迅，其诗风颇受义山影响。苏曼殊在《与高天梅论文学书》中将英国大诗人拜伦、雪莱与中国的屈原及三李（李白、李贺、李商隐）并提媲美，可见其对李商隐诗的赏爱。李商隐诗对苏曼殊的影响，王玉祥有专文论述（刊于《文学评论丛刊》三十一辑），可参看。鲁迅对李商隐的"清词丽句"深表赞赏，而对其用典太多，则表示不满。他的旧体《无题》寄托遥深、词语清丽、文采丰茸，是对义山《无题》诗的创造性发展。

一位杰出的诗人，其诗歌风格与成就常常是多方面的，他对后世的影响也往往是多方面、多层次的。就李商隐来说，他对后世的影响主要表现在以下几个方面：

一是华艳的词藻和繁僻的典故。这是相当一部分义山诗给予读者的主要直观印象。西昆派学李商隐，便主要着眼于词藻与典故。其实，商隐诗本有清词丽句、以白描见长的另一重要侧面，但由于西昆派作者的审美趣向，他们对义山诗的这一侧面却视而不见，《西昆酬唱集》中没有一首这种类型的诗便是明证。这种只注目于商隐诗绮艳典丽一面的审美趣向，从宋至清，一直延续不断。清代对商隐诗思想内容的研究，较前代有很大突破。但谈到其诗风仍不离"沉博绝丽"一类评论。吴仰贤《小匏庵诗话》云："余初学诗，从玉谿生入手。每一握管，不离词藻，童而习之至老，未能摆脱也。然义山实有白描胜境。"可以说明自西昆派以来形成的这种阅读与接受的惯性极端顽强。许多学义山而陷于拮扯的作品便是这种接受惯性的产物。当然，也有吸取其华艳典丽的成分融化到自己创作中的成功例证。

二是商隐三种最有成就的诗体及其艺术手段对后世的影响。义山的咏史诗、咏物诗、《无题》诗是其最富艺术独创性的诗体，后世均有专学其某一体者。咏史诗的以古鉴今、借古喻今、借题托讽的艺术手段，咏物诗、《无题》诗的寄慨身世、比兴象征乃至咏史诗的"翻案法"，对后世均有深远影响。

三是商隐诗"深情绵邈"的内质和感伤情调对后世的深刻影响。这是最深层次的影响。这种影响，不表现为一枝一节、一词一语，不依靠单纯的模仿，而是在时代社会、身世经历、性格气质、审美趣味等多种内外因素交互作用的基础上深受义山诗浸染的自然结果。义山诗对婉约词的影响，对清代钱谦益、吴伟业、黄景仁、龚自珍等大诗人的影响，便带有这种性质。论义山诗的影响，必须深入到这个本质层面。如果说影响的大小深浅取决于某种艺术范型的生命力，那么义山诗的影响便主要依靠这种感伤诗美范型的成功建立上。

第七章　李商隐诗对唐宋婉约词的影响

　　根据现存文献材料，晚唐大诗人李义山并没有填过词，不像跟他同时齐名的杜牧，还留下一首慢词《八六子》（"洞房深"），更不像温庭筠之大力填词，成为花间派乃至整个婉约词风的鼻祖。因此，在很长的时间内，研究义山诗或婉约词的人，往往忽略二者之间的联系。较早从总体上明确提出义山诗与词体关系的，是缪钺先生半个多世纪前写的一篇《论李义山诗》的文章，他说"词之特质，在乎取资于精美之事物，而造成要眇之意境。义山之诗，已有极近于词者……盖中国诗发展之趋势，至晚唐之时，应产生一种细美幽约之作，故李义山以诗表现之，温庭筠则以词表现之。体裁虽异，意味相同，盖有不知其然而然者。长短句之词体，对于表达此种细美幽约之意境尤为适宜，历五代、北宋，日臻发达，此种意境遂几为词体所专有。义山诗与词体意脉相通之一点，研治中国文学史者亦不可不致意也。"（《诗词散论·论李义山诗》）这段精辟的论述指出了探讨义山诗与词体关系的重要门径，但由于它在文中属于"附论"，未能展开详论。最近十余年来，一些研究义山诗的论著虽也间或提及它对词的影响，亦多为片言数语。本章拟对这个问题进行初步探讨。一方面，从比较中说明义山诗的词化特征[①]；另一方面，论述义山诗对唐宋婉约词的影响。这是一个问题的两个方面，它们之间既有密切的因果联系，又有区别。前者主要着眼于义山诗与婉约词在诸方面的相似点，以说明义山诗在由五七言诗向词递嬗演变过程中所处的重要地位；后者主要着眼于义山诗的一些重要质素与特征对婉约词的深远影响。对这个问题的探讨，可能有助于从一个为人忽略的重要方面说明李商隐在文学史上的地位，也有助于说明由诗到词的递嬗过渡和它们之间的传承关系。

　　[①] 这里所说的"词化特征"，特指词在艺术上成熟，并显示出自己特有的体性风格时所具有的那些特征。

第一节　中晚唐绮艳诗风与诗的词化

个别诗篇出现词化特征，早在盛唐时期就已初露端倪。像刘方平的《夜月》：

> 更深月色半人家，北斗阑干南斗斜。
> 今夜偏知春气暖，虫声新透绿窗纱。

《春怨》：

> 纱窗日落渐黄昏，金屋无人见泪痕。
> 寂寞空庭春欲晚，梨花满地不开门。

无论意象、境界、写法，都逼近后来的闺情小令。但作为一种趋向，诗的词化是跟中晚唐绮艳诗风的发展密切联系的。不过，同属绮艳诗风的诗家，他们的诗在词化程度及对词的影响上却有区别。下面提出元稹、李贺、杜牧、温庭筠等诗人与李商隐进行比较讨论。

元稹写艳诗百余首，"其哀感缠绵，不仅在唐人诗中不可多见，而影响于后来之文学者尤巨"（陈寅恪《元白诗笺证稿·艳诗及悼亡诗》）。但他的艳诗，由于多为其青年时代的情人而作，内容不免受到具体对象及情事的拘限，其诗风又特长于铺叙繁详，因此往往注重叙写事件、情节乃至细节，刻画人物妆束情态，带有较强的叙事性和写实性，而不大着重感情、心理的抒写，无论长篇如《梦游春》《会真诗》，短章如《离思》《杂忆》都具有这种特点。这跟长于抒情而短于叙事，注重隐微婉曲、多用比兴象征的婉约词，是很不相同的。因此元稹的绮艳之作词化迹象不很显著，其影响所及，也主要是后世的叙事文学（包括讲唱文学和戏曲小说）及五七言诗领域内的风怀之作，对词的影响仅限于《调笑转踏》及赵令畤的《商调·蝶恋花》一类变体。

李贺的绮艳之作则表现出不同的特征。它以抒写内心感受与渲染氛围为主，而不注重叙事；意象密度大而富于跳跃性，喜用象征暗示和借代，意境往往比较隐晦。这些都非常接近晚唐五代的香艳词风。像《残丝曲》《湖中曲》《屏风曲》《难忘曲》《夜饮朝眠曲》《蝴蝶舞》《美人梳头歌》《将进酒》《江楼曲》等作，在内容、情调上都不同程度地具有词化倾向。花间词"自南朝之宫体"（欧阳炯《花间集序》）的渊源及特征，也不妨直接说成"自长吉之艳体"。不过，李贺的绮艳之作，有时不免流于幽冷诡异、虚荒诞幻，像《苏小小墓》甚至描摹鬼境，这跟词始终抒写现实人间的情思自有显著区别。特别是他追求感官与心理的刺激，喜欢运用浓烈的色调和酸心刺骨的硬语奇字，以造成强烈的刺激性效果，其审美类型近于阴刚型而非阴柔型，刺激型而非滋润型。这跟柔媚婉丽的婉约词风更有明显不同。因此李贺的诗虽对词有很大影响，但在审美类型上却与婉约词异趣。

晚唐绮艳诗风更盛。杜牧是被李商隐推许为"刻意伤春复伤别"的诗人，他的伤春伤别之作中固然有不少是感伤时世身世的，也有相当一部分是像《赠别》《遣怀》一类绮艳之作。不过，他的诗风，偏于豪宕拗峭、疏朗俊爽，与婉约词之偏于隐微含蕴、密丽柔婉者不同，即便是优美，也多表现为一种俊逸风流的男性美，而非婉约词所体现的柔腻婉媚的女性美。因此，他的诗歌意象与语言虽常为后世婉约词家所取资，"青楼""豆蔻""扬州梦"等甚至被用得熟滥，但整个来说，他的绮艳之作所表现的主要是诗境而非词境。

温庭筠是晚唐五代香艳词风、也是整个婉约词风的开拓者，又是晚唐绮艳诗风的代表人物之一。这样一位一身而二任的作家，其词风与诗风之间的联系很值得探讨。温诗中的绮艳之作绝大部分是五七言古体乐府（也有小部分近体律绝），篇幅一般较长，辞藻丽密，色泽秾艳，风格颇近其艳词。如他的《织锦词》《夜宴谣》《郭处士击瓯歌》《锦城曲》《舞衣曲》《张静婉采莲曲》《照影曲》《吴苑行》《晚归曲》《春洲曲》《钱唐曲》《春愁曲》《春晓曲》等，内容、情调与某些写法，都很接近词，举《春愁曲》为例：

> 红丝穿露珠帘冷，百尺哑哑下纤绠。
>
> 远翠愁山入卧屏，两重云屏空烘影。
>
> 凉簪坠发春眠重，玉兔煴香柳如梦。
>
> 锦迭空床委坠红，飔飔扫尾双金凤。
>
> 蜂喧蝶驻俱悠扬，柳拂赤阑纤草长。
>
> 觉后梨花委平绿，春风和雨吹池塘。

写闺中春愁，对女主人公的外貌、心理与行动均不作正面描绘刻画，完全借助于环境气氛的烘托渲染和自然景物的映衬暗示，写法细腻婉曲，俨然花间词境。其中有些诗句，使人自然联想起他的《菩萨蛮》词中的句子。如"远翠"三句与"小山重叠金明灭，鬓云欲度香腮雪"，"玉兔"句与"江上柳如烟，雁飞残月天"，"觉后"二句与"雨后却斜阳，杏花零落香"，取象造境，均极神似。但他的这类作品由于刻意追摹李贺，不仅意境比较隐晦，语言也时有生硬拗涩之处，像"脉脉新蟾如瞪目""碎佩丛铃满烟雨""玉晨冷磬破昏梦""藕肠纤缕抽轻春""蝉衫麟带压愁春""水极晴摇泛滟红""绿湿红鲜水容媚"等诗句，与他的"截取可以调和的诸印象而杂置一处，听其自然融合"（俞平伯《读词偶得》）的词句相比，就显然可见生涩与圆融之别。这种生硬拗涩的字面与句法，在五七言古体中完全可以允许，但如施之于歌唱的曲词，则不但歌者拗口，听者亦难以入耳。而且他的这类"长吉体"绮艳之作，表现手法也稍觉繁尽，不像他的词含蓄蕴藉。倒是他的某些近体律绝，无论意境、情调和语言都更接近于词。例如《碧磎驿晓思》：

香灯伴残梦，楚国在天涯。
月落子规啼，满庭山杏花。

《瑶瑟怨》：

冰簟银床梦不成，碧天如水夜云轻。
雁声远过潇湘去，十二楼中月自明。

前诗以景结情，意境颇似"花落子规啼，绿窗残梦迷"（《菩萨蛮》之六），后诗"作词境论，亦五代冯、韦之先河也"（俞陛云《诗境浅说续编》）。从以上的对照中可以看出，温诗绮艳的内容显然更适宜于用词的形式来表现，而词的语言与表现手法也跟近体诗更为接近。同样或类似的内容，在五七言古诗中语言不免生硬拗涩，表现未免繁尽，在词里却一变而为婉丽纤秾、含蓄蕴藉，这显然由于词是一种配乐歌唱的歌词，语言的圆润乃是自然的要求。这也是温庭筠的"长吉体"绮艳之作未见出色，而他用李贺作诗之法填词却取得很大成功的原因。

从元稹、李贺到杜牧、温庭筠，可以看出，内容风格的绮艳，仅仅是诗歌趋于词化的一个条件或方面。诗的词化程度还跟其他一系列因素（诸如题材、意象、意境、语言、表现手法及审美特点等）相联系。李贺、温庭筠的绮艳之作尽管在内容、情调上已经接近词，但由于感情内质、表现手法及语言风格等诸多因素的影响，在审美类型上与婉约软媚的词仍有区别。词坛鼻祖温庭筠的绮艳诗作未必比没有填过词的李商隐的同类作品更接近于词，因为后者在上述方面具有更突出的词化特征。

第二节　李商隐诗的词化特征

李商隐的绮艳之作约占其全部诗歌的四分之一。这即使在晚唐绮艳诗风炽盛的时期，也是非常突出的。在这些作品中，词化特征比较显著的大体上有三类。一类是经过改造的"长吉体"艳情诗，如《燕台诗四首》《河内诗》等。一类是用近体律绝形式写的无题诗、准无题诗（如《重过圣女祠》《嫦娥》等）、有题的爱情诗（如《春雨》）和风格绮艳的咏物诗。还有一类是吟咏日常生活情思的小诗。后两类作品数量远比第一类多，词化特征也更为显著。以下从几个主要方面对这些作品的词化特征加以说明。

题材的细小化　从盛唐、中唐的锐意功名进取、放眼江山塞漠、关注国计民生到晚唐的醉心男女情爱，这本身便是诗歌在题材领域内趋于词化的标志。李商隐除了大量创作爱情诗和无题诗以外，还写了许多所咏对象具有细小纤柔特点的咏物诗。盛唐人意气风发，咏物诗也以马、鹰、剑等最富刚健的时代精神的事物为主。这种特点，即使在李贺的咏物诗中也仍然有所体现（李贺有《马诗二十三首》《春坊正字剑子歌》）。但到了李商隐，咏物诗的题材发生了显著的变化。在他百来首咏物诗中，绝大部分是柳、槿花、樱桃、燕、蝉、蜂、蝶、细雨、灯、泪、肠、袜这些细小而纤柔的事物，其中柳诗达十五首之多，蝶诗、雨诗也各有四首。这几种事物都是在婉约词中出现得很多的，对词的特殊情调、意境的形成起着重要作用。在晚唐著名诗人中，像他这样大量吟咏细小纤柔事物的，还找不到第二人。

内容的深微化　李商隐的绮艳之作，与元、白之偏于叙事与写实者不同，主要是抒写深细隐微的心灵感受和近乎抽象的精神意绪。李贺已经开始具有这种主观化的色彩，李商隐则进一步使之朝深细隐微的方向发展。像《燕台诗四首》，其中显然包含着一个悲剧性爱情故事，如果让元、白来写，极有可能写成《长恨歌》那样的叙事诗。但在李商隐手里，却以四季相思的抒情线索贯串全诗，通过抒情主人公的回忆、思念、怨叹来表现内心深处那种热烈缠绵、执著痴顽而又迷幻历乱的幽忆怨断的情绪，叙事的成分被消融到几乎不见痕迹，只是在主人公的思忆中偶尔闪现若干难以连缀的片断。这种纯粹抒情，而且着重表现深微意绪的特点在他的无题诗中表现得更为突出。"身无彩凤双飞翼，心有灵犀一点通"，不但写出心虽相通而身不能接的苦闷，而且写出间隔中的契合、苦闷中的欣喜和寂寞中的慰藉。"春蚕到死丝方尽，蜡炬成灰泪始干"，也不仅仅是抒写思之悠长、恨之难已，而且透露出一种即使追求无望也仍然要作执著追求的殉情主义精神。诗人所注意的不是爱情事件本身，而是抒写他对爱情的痛苦而深刻的体验，有时甚至只是表现一种可望而不可即的更加抽象的意绪。他的咏物诗也同样具有这种特点。《霜月》的重点，不在描绘霜、月的外在形态，而是在展示霜天月夜一片空明澄澈的自然美的同时，象征性地表现了一种"耐（宜）冷"的精神美。《落花》所着意表现的，则是一种"伤春"的意绪。这种着重抒写深细隐微的内心感受和精神意绪的特点，恰恰是婉约词的特征。

意境的朦胧化　李商隐诗歌意境的重要特征是朦胧，即用象征性的朦胧境界来表现朦胧的情思。这种特点在他的无题诗、准无题诗和一系列艳情诗中表现得尤为突出。成为千古诗谜的《锦瑟》固不待言，就是像"一春梦雨常飘瓦，尽日灵风不满旗""红楼隔雨相望冷，珠箔飘灯独自归""飒飒东南细雨来，芙蓉塘外有轻雷"等诗句，也都以意境的缥缈朦胧、隐约凄迷著称。纪梦诗和梦的意象频繁出现，对朦胧意境的形成起着重要作用；即使不正面写梦，诗中也常充满朦胧色彩。像《燕台诗》通篇都是抒写一种迷幻历乱的情感，所谓"絮乱丝繁天亦迷"，正可移作这组诗感情境界的形容。推而广之，他的一些抒写日常生活中一时感受、印象或情思之作，如《细雨》《屏风》《日日》等也都具有这种特点。李贺的诗境，是隐晦而不是朦胧。他的有些诗比较难懂主要是由于思路的奇幻和修辞手法的奇特，诗的内容意蕴倒比较实在。李商隐是把朦胧意境作为一种美的诗歌境界来刻意追求，而且他那种缥缈朦胧的情思也确实适宜用这种意境来表现。而意境和情思的朦胧，也正是婉约词的一大特点。温庭筠的"长吉体"古诗近于李贺之隐晦，而他的《菩萨蛮》诸词却具有意境朦胧隐约的特点。这除了词着重表现深细隐微的内心感受这一内容的因素外，跟词作为一种音乐文学也有密切关系。在所有艺术样式中，音乐作为一种"心情的艺术"，它所表现的情感是概括、宽泛的，其形象具有很大的不确定性与朦胧性，可以使欣赏者引起广泛的联想与想像。作为配乐歌唱的词，由于受音乐在表现情感上这种特点的影响，也自然趋向于意境的朦胧隐约。而初期婉约词花间尊前娱宾遣兴的性质，也显然需要曲词本身具有一种与整个享乐氛围相谐调的梦幻式的情调气氛。

意象的纤柔化　从诗到词，意象之趋于纤柔是一个显著标志，这跟题材的细小化有联系也有区别。贺裳说："义山之诗妙于纤细。"（《载酒园诗话》）不仅指其吟咏的生活内容与感情内容趋于细小纤微，而且诗的构成部件——意象也趋于纤细轻柔。在他的绮艳之作中，迷蒙的细雨、飘忽的灵风、婀娜的柳枝、纠结的丁香、啼泪的流莺、凄断的秋蝉成为最富个性特征的意象；红楼珠箔、轻帷翠屏、阑干高阁、纱窗回廊、落花枯荷、夕阳斜照等婉约词中最常见的意象也大量出现在他的诗中。在这方面，他与李贺、温庭筠都有所不同。尤其是长吉诗，其意象每多幽峭奇幻的色彩，动态性意象更显得峭硬而富有力度。

语言的圆润化　语言和意象有密切关联，前者是后者的物质外壳和表现形式。义山的绮丽之作，在语言上跟李贺、温庭筠一样，都具有"丽"的特点，但李贺的"丽"往往跟奇诡、峭硬、生涩联系在一起，有时甚至"奇而入怪"，评家多谓长吉体生涩奇峭，"墨痕不化"（纪昀评语，见《李义山诗集辑评》），确实如此。温庭筠仿"长吉体"的古诗，其语言除了表现出其特有的侧艳、轻艳的个性特点外，如前所举，仍然保留了李贺式的生硬拗涩。只有他的一些近体律绝，语言比较自然流丽，但这并非他在体裁上之所长。李商隐的诗歌语言，则以精丽圆融为特点。他的某些"长吉体"诗，固然还残留着一些拗涩的诗句，但集中体现他诗歌主导风格的近体律绝，其语言则既典丽精工又珠圆玉润，一点没有不和谐、不调匀的痕迹。他的《无题》《锦瑟》诸诗，意境虽朦胧隐约，语言却极清丽圆融，他如《夜雨寄北》、《端居》、《代赠》（"楼上黄昏欲望休"）、《离亭赋得折杨柳二首》等作，无不具有"水精如意玉连环"式的风格。这种珠圆玉润的诗歌语言与象征暗示的表现手法融合起来，造成了一种充分词化的语言风格。

以上所提到的五个方面，归结到一点，就是李商隐的绮艳之作在审美类型上较李贺、温庭筠的同类作品更接近于词。无论是晚唐五代以温庭筠为代表的香艳词风，还是整个唐宋婉约词，从审美类型上看，都属于婉丽纤柔、温润妩媚的优美型、阴柔型，甚至可以说是一种最具女性美的类型。从读者方面来说，他们从婉约词中感受到的也是一种柔美温婉的诗意滋润，而不是尖锐强烈的刺激。这是跟婉约词的内容多表现离情别绪、春愁秋恨，意象纤柔轻细，语言圆融清丽等特点分不开的，也跟词多付女声歌唱密切相关，所谓"非朱唇皓齿无以发要妙之音"（玉炎《双溪诗馀自序》）、"唱歌须是玉人，檀口皓齿冰肤"（李鷹《品令》词），都说明这一点。李贺的绮艳之作，由于往往寄寓其"哀愤孤激之思"，又好用奇幻诡怪的想像和生硬拗涩的语言，因此给予读者的往往是一种带有强烈刺激性的美感，而不是柔美的诗意滋润。即使是那些写得非常华美秾艳的诗篇，也同样带有病态的刺激性。他的《将进酒》，写一个热烈的宴饮场面，这是后来词中常见的题材，但在李贺笔下，却写得极富刺激性效果。在一片以红色为基调的氛围中，透出了对生命行将消逝的深刻恐惧和极端感伤。那红色的酒，红色的杯，乱落如红雨的桃花，以及庖厨中"烹龙炮凤玉脂泣"的声音，罗帏绣幕中的阵阵香气，伴着龙笛鼍鼓的欢歌狂舞，处处都给人以感官上、心理上的强烈刺激，在目眩神迷中唤起一种及时行乐的亢奋与沉醉。这种强烈的刺激正是诗人内心深刻苦闷的一种宣泄与补偿。而色彩同样秾艳的李义山《燕台诗》，所表现的却是抒情主人公对悲剧性爱情的热烈追忆与深情哀挽。尽管情调非常伤感，但对已经消逝的美好人事情景却充满了向往依恋，尽管惘然，也要追忆，而在回味追思中自有一种滋润心田的悲剧性诗美在流动回旋。表面上，这仍然是"长吉体"，但实际上已经变李贺的刺激型美感为滋润型美感，作了脱胎换骨的改造。他的近体，则正如缪钺先生所指出的，是"用李贺古诗象征之法于律诗之中……去其奇诡而变为凄美芳悱"（缪钺《诗词散论·论李义山诗》），可以说是更成功地实现了上述转变。

总之，中晚唐诗坛上以李贺、温庭筠、李商隐为代表的绮艳一派，是五七言诗向成熟的词转化过程中的一座桥梁。如果说，李贺的绮艳诗从内容、情调及某些表现手法上成为由诗向词转化的开端，那么李商隐的绮艳诗则进一步变"长吉体"的意境晦涩为朦胧，变语言的拗涩为圆融，变刺激型美感为滋润型美感，使五七言诗向词靠近了一大步。可以说，李商隐是五七言诗词化过程中一个关键性的人物。

第三节　李商隐诗对唐宋婉约词的影响

每一种新兴的文学体裁，在它的成长发展过程中，总是要继承在它以前的文学体裁，特别是性质相近或有亲缘关系的文学体裁的艺术经验。词，作为一种具有严格音乐形式的抒情诗，它的成熟，本来就跟汲取五七言诗，特别是李贺一派主观化特征突出、内容风格绮艳的诗歌创作的经验密切相关，词在成熟以后，仍然不断地从五七言诗汲取营养。由于多种原因在很长时期内，词的风格一直以婉约绮丽为主，因此，李贺、温庭筠、李商隐等中晚唐绮艳诗风的代表也一直成为婉约词的主要学习继承对象。北宋后期著名词人贺铸说："吾笔端驱使李商隐、温庭筠常奔命不暇。"（《宋史·文苑传》）南宋著名词论家沈义父《乐府指迷》也说："要求字面，当看温飞卿、李长吉、李商隐及唐人诸家诗句中字面好而不俗者、采摘用之。"实际上，这种学习继承远不限于采摘字面，而是涉及许多更重要的方面。在婉约词的发展过程中，作为五七言诗词化趋势的关键性人物，李商隐的诗歌有着特殊而重要的影响。在探讨这个问题时，有两点值得注意：一是后代词家向前代诗人学习时，一般都是把他的整个创作作为对象，在涵咏体味中受到潜移默化的影响，而不大可能像对待类书那样专门撷取其辞藻字面；二是这种汲取或借鉴，固然要适合词在成熟以后形成的特殊体性风格，但并不只局限于上面已经指出的那些词化特征。一个诗人的创作对词的影响，固然与其诗歌的词化特征及程度密切相关，但有时更深刻而内在的影响倒恰恰是其创作的特殊的诗的素质。从这个认识出发，可以看出义山诗对唐宋婉约词的主要影响有以下几个方面。

在绮艳之中融入身世时世之感与人生感慨

这是义山诗最突出的创作特征，所谓"寄托深而措辞婉"（叶燮《原诗》）、"沉博绝丽"（朱鹤龄《李义山诗集笺注序》引钱谦益语）、"意多沉至，语不纤佻"（施补华《岘佣说诗》）等评语，都离不开这个特征。抒写身世之感与人生感慨，本来是诗的内容与素质，跟功能上单纯为了娱宾遣兴、内容上单纯表现艳情绮思的晚唐五代文人词是有显著区别的。因此义山这种绮艳中寓慨的诗风对花间词的影响并不明显。只有韦庄的某些词篇（如《菩萨蛮》五首）"似直而纡，似达而郁"（陈廷焯《白雨斋词话》），颇寓乱离时代的人生感慨，但由于韦词清疏的作风与义山诗之沉博绝丽迥然有别，人们一般不大注意到他们在抒情寓慨方面的相似点。南唐词是词由"伶工之词"向"士大夫之词"、由单纯娱宾遣兴向个人抒情寓慨转变的时期，也是义山诗于绮艳中寓慨的特征对词产生较明显影响的时期。冯延巳和李璟，处于风雨飘摇之危境，其词作虽仍抒写离情别绪，但其中已自然渗透对时世人生的悲凉感受。冯延巳的"河畔青芜堤上柳，为问新愁，何事年年有"，便包蕴着一种由时代氛围所酿成的说不清、排不开的愁绪，而"楼上春山寒四面，过尽征鸿，暮景烟深浅"的景象，更使人联想起义山《夕阳楼》诗的意境。冯煦说冯延巳"俯仰身世，所怀万端……周师南侵，国势岌岌……危苦烦乱之中，郁郁不自达者，一于词发之"（冯煦《四印斋刻〈阳春集〉序》），虽或过当，但他有些词中流露时世之感，则是事实。李璟的"菡萏香销翠叶残，西风愁起绿波间"之句，被王国维称为"大有'众芳芜秽，美人迟暮'之感。（王国维《人间词话》），而另一首《摊破浣溪纱》（"手卷珠帘上玉钩"）则在"春恨"中寄寓着落花无主的身世家国之感，其造语取象明显受到义山《无题》（"相见时难别亦难"）、《落花》《代赠》（"楼上黄昏欲望休"）诸作的影响。李煜后期词，"眼界始大，感慨遂深，遂变伶工之词为士大夫之词"（王国维《人间词话》），从"无限江山，别时容易见时难""自是人生长恨水长东""流水落花春去也，天上人间"的深沉感慨中，仿佛可以听到李商隐"相见时难别亦难""深知身在情长在""人世死前唯有别""天荒地变心虽折，若比伤春意未"的声音在回响。从表面看，义山诗与李煜词，一婉曲，一直抒；一彩绘，一白描；一密丽，一清疏；一朦胧，一明朗，风貌似乎迥异。但就感情的真挚与感慨的深沉而言，却有着本质的一致。他们的创作正分别代表了诗、词领域内抒写人生感慨的最高成就。词里本来没有抒写人生感慨的传统，李煜在这方面的成就，决定的因素当然是生活，但也是词在扩大抒情功能的过程中向诗歌学习继承的结果。而且李煜在抒写人生感慨时，也并没有脱离"雕阑玉砌"、花月春风的绮艳生活和繁华旧梦，这与义山诗于绮艳中寓慨的特征也是一致的。北宋前期承平日久，上层社会享乐之风甚盛，但词风却主要继承南唐的抒情遗风。刘熙载说："冯延巳词，晏同叔得其俊，欧阳永叔得其深。"（《艺概·词曲概》）晏殊的诗歌，深受李商隐的影响，他的《无题》（"油壁香车不再逢"）风格清丽，极近词境；他的词也每于流连光景、伤感时序中寓有轻淡的人生感喟。"无可奈何花落去，似曾相识燕归来"，"昨夜西风凋碧树，独上高楼，望尽天涯路"，或因其含蕴的丰厚，或因其境界的高远，每能给人以哲理的启迪与人生境界的联想。欧词亦每于时序风物的怅触中融入人生感慨，"人生自是有情痴，此恨不关风与月"，更由眼前的离别扩展到对整个人生的悲慨。晏几道的落拓身世与缠绵感情都类似义山，其词每抒写其旧梦前尘、如幻如电之感。在吟咏歌伎境遇的词篇中，亦常寓有天涯沦落、同命相怜的身世之慨。在北宋前期的词家中，柳永特长铺叙，词风发露，但他那些最有代表性的羁旅行役之作，同样在凄清景色的描绘中渗透身世之悲。北宋后期的秦观，年少丧父，仕途抑塞，于新旧党迭为消长之际，一再受到排抑，身世遭遇颇似义山，前人说他的词"将身世之感，打并入艳情"（周济《宋四家词选》）、"寄慨身世……一往而深。（冯煦《宋六十一家词选例言》）。贺铸词用义山诗语最多，其词亦秾密深隐，有类义山。《踏莎行》（"杨柳回塘"）隐然将荷花比作幽洁贞静、身世飘零的女子，借以寄寓骚人迟暮的感慨，设色秾丽，意蕴多重，与义山寓托身世的咏物诗一脉相承。李商隐"借托物寄兴的手法披露政治上受打击和仕途不得意的心曲……直接影响了周邦彦的词作风格"（沈家庄《清真词风格论》）。叶嘉莹女士还详细分析论证了其《渡江云》（"晴岚低楚甸"）于绮丽春光的描绘中"分明漏泄了其中政治托喻之消息"（《论周邦彦词》）。陈廷焯也说："美成词极其感慨，而无处不郁。"（《白雨斋词话》）此外，如李清照后期词融身世、家国之慨为一体，姜夔咏物词"寄意题外，包蕴无穷"（周济《介存斋论词杂著》），吴文英于秾丽中时见沉郁之思，都或隐或显地可以看出义山诗绮艳中寓慨特征的影响。《四库全书总目》甚至说："词家之有吴文英，犹诗家之有李商隐。"从相提并论中正可见他们间的承传关系。

比兴寄托，是中国古代诗歌的老传统。但李商隐诗歌的寓托，却与传统的托物寓志有着明显的区别。一是它所寄托的不是偏于理性的"志"，而是融合着生命血肉的"情"，是对悲剧性身世和人生的深沉悲慨。二是它并非从理念出发，为了表达某种概念化的"志"去刻意寻找一个托志之物，使物成为概念的图解，而是往往因事、因物甚至因情而起情，自然联及人生际遇，融入人生感慨。从创作过程来说，这种寓托往往是一种触着式的联想，而不是"志"与"物"的明确比附。正因为这样，李商隐诗的寄托往往带有不自觉的性质和寄兴深微的特点，他的一部分托寓似有若无的无题诗，以及《嫦娥》《霜月》《重过圣女祠》《落花》《梦泽》《楚吟》诸篇，都具有这种"令人知其意而不敢指其事以实之"（冯浩《玉谿生诗笺注》卷五《楚吟》笺语）的共同点。而这种自然触发、自然流露的纯感性的寄托，对词的影响比传统的托物寓志方式要大得多。况周颐《蕙风词话》论词之寄托说：

> 词贵有寄托。所贵者流露于不自知，触发于弗克自已。身世之感，通于性灵，即性灵，即寄托，非二物相比附也。横亘一寄托于搁管之先，此物此志，千首一律，则是门面语耳，略无变化之陈言耳。

况氏所斥的"此物此志，千首一律"的寄托，实即托物寓志之末流，也就是那种根据教条化的理论、程式化的手法、类型化的喻物、公式化的语言所拼凑出来的主题先行的寄托。而"身世之感，通于性灵"的寄托，则无疑是一种更重视艺术创作规律和诗歌感发力量的更高级的寄托。义山诗的深层意蕴多因触事（物、情）而兴慨，表现得比较隐微，词中成功的寄托也多是这种类型的。从这里可以看出义山诗的寄托与词的寄托一脉相承的关系，也可以窥见由诗到词的演变中，寄托由志到情、由显到隐、由有意向无意转化的趋势。词的这种流露于不自知的寄托，跟词的自我抒情化的自然进程是一致的。尽管词在相当长的时间内，其创作的直接目的是娱宾遣兴，但一些优秀的词人在创作过程中总是"触发于弗克自已"，在表现春愁秋恨、离情别绪时不同程度地融入个人身世与人生感慨，在发展着个人抒情倾向的同时，也发展着这种无寄托的寄托。

表现感伤情调和感伤美

这是义山诗贯串一切的审美特征，既纵贯其整个创作历程，又横贯其一切题材、体裁的诗歌。他虽以"刻意伤春复伤别"推许杜牧，实际上在晚唐主流派诗人中，最能体现"伤春伤别"特征的正是他自己。小杜生性豪迈俊爽，诗中每逸出一股豪宕奇峭之气，多少冲淡了因时代与身世而引起的感伤；有时他又以旷达来淡化伤感，像"尘世难逢开口笑，菊花须插满头归。但将酩酊酬佳节，不用登临恨落晖"就是显例。而温庭筠的诗，却很少流露伤春悲秋意绪，相反倒往往充溢着一种春天的色彩与情调。像"裂管萦弦共繁曲，芳尊细浪倾春酽"（《夜宴谣》）、"晴碧烟滋重叠山，罗屏半掩桃花月"（《郭处士击瓯歌》）、"珂马珧玱度春陌，掌中无力舞衣轻"（《张静婉采莲曲》）、"参差绿蒲短，摇艳云塘满。红潋荡融融，鹦翁鸂鶒暖"（《黄昙子歌》）、"桥上衣多抱彩云，金鲜不动春塘满"（《照影曲》）、"锦雉双飞梅结子，平春远绿窗中起"（《吴苑行》），以浓墨重彩描绘春色之美、游冶之盛，与义山诗之充满伤春悲秋意绪显然异趣，前人多谓温诗侧艳，当与这类描写之多有关。温词与整个花间词，虽也有伤离的情绪，但基本上也是这种秾艳的风格。因此，义山诗的感伤情调对花间词的影响并不显著，它的影响主要是在南唐词及以后，与上一方面的影响基本同步。南唐词即使写到春天，也常常充满深刻的伤春情绪，像"绿树青苔半夕阳""砌下落花风起，罗衣特地春寒""青鸟不传云外信，丁香空结雨中愁""林花谢了春红，太匆匆""帘外雨潺潺，春意阑珊"等句，都与以秾艳色调渲染春色春意的花间词作风迥异，更不用说"菡萏香销翠叶残，西风愁起绿波间""昨夜风兼雨，帘帏飒飒秋声"等充满悲秋意绪的词句了。可以说词的成熟虽在晚唐，但词的典型审美音调的形成却是在南唐。从此以后，伤春悲秋，不但成为婉约词的基本主题，也成为它的主调，一直贯串到南宋末。柳永词在内容、体制、手法、语言等方面，对传统词风都有明显革新，但他词中所着意表现的悲秋意绪和羁旅凄凉况味，却是遥承宋玉，近祧玉谿，一脉相传。晏殊是所谓太平宰相，以善写富贵景象著称，但在安恬旷达的外表下仍然时露时序流逝的伤感与惆怅；欧阳修词风比较清疏明快，而《蝶恋花》（"庭院深深深几许"）、《玉楼春》（"尊前拟把归期说"）等阕，同样表现了深刻的伤春伤别之情。小晏与秦观，被词论家称为"古之伤心人"（冯煦《宋六十一家词选例言》），他们的词也最具感伤主义特征。夏敬观说："叔原以贵人暮子，落拓一生，华室山丘，身亲经历，哀丝豪竹，寓其微痛纤悲。"（《夏评〈小山词〉跋尾》）秦观词亦特擅言愁，善于描绘凄惋的境界。贺铸词颇秾丽，且有壮词，但真正使他获得声誉的却是"江南断肠句"，而这首秾丽中含有幽凄情绪的《青玉案》无论遣词造境，都明显受到义山诗的影响。李清照也是工于言愁的作家，其词虽多白描与直抒，近李煜，但无论前期的《醉花阴》（"薄雾浓云愁永昼"），还是后期的《声声慢》《永遇乐》《武陵春》，其感伤情绪之深刻都超过前人，《声声慢》直是一篇悲秋。姜夔以健笔抒柔情，与香艳软媚的传统词风固然异趣，但其感伤的内质却无二致。《扬州慢》感时伤世，于清峭中寓无限感怆；《鹧鸪天》（"肥水东流无尽期"）感念旧情，于"人间别久不成悲"的淡语中含深沉悲慨。逮及南宋末期，国运日颓，王沂孙、周密、张炎等人的词作中，更充满了以秋蝉、斜阳、啼鹃等凄凉意象组成的秋声秋境。"病翼惊秋，枯形阅世，消得斜阳几度？余音更苦。"正是这一时期的典型音调。

文学作品中表现感伤情调源远流长，从宋玉《九辩》以来，历代诗赋中一直不绝如缕地在发展。但在李商隐之前，不但未能成为一个时代的文学主潮，也未能在一种文学体裁上成为一种主调。李商隐可以说是五七言诗领域内感伤主义的集中体现者。尤为重要的是，他把感伤情调作为一种美来自觉地加以追求。无论是"秋阴不散霜飞晚，留得枯荷听雨声"，还是"何当共剪西窗烛，却话巴山夜雨时"，都可以看出，表现感伤情绪，在他不只是感情的宣泄，更是自觉的审美追求。由于他的感伤气质和悲剧心态，他在表现感伤情调时完全是自写性灵，毫无造作，再加上绮艳的文采，遂使感伤情绪的内蕴成为一种诗美。经过他的自觉努力，这种感伤美终于在文学领域内取得了可与其他类型的诗美并驾齐驱的地位。由于这种感伤美相当典型地反映了封建社会向后期转变阶段许多失意知识分子的审美心理，因此它在词这种纯粹抒情的文学样式中，特别是在婉约词这种以抒写伤春悲秋、离愁别绪为主的作品中，便得到了极大的发展。婉约词内部尽管还可以分出更细的派别（如花间、南唐、柳永、秦周、易安、白石、梦窗等体），但在情调感伤这一点上，几乎没有多少例外，只存在程度的差别和具体内涵的差异。婉约词最主要的审美特征，就是内涵及情调的感伤；感伤，是婉约词最典型的审美音调。"少年不识愁滋味……为赋新词强说愁"，正说明传统婉约词的特性就是"说愁"。从这一点上看，义山诗的感伤主义特征对伤春伤别的婉约词的影响是十分深远的。

时空交错与跳跃的章法结构

这一特点，在李贺诗中已表现得相当突出，"忽起忽结，忽转忽断，复出傍生"（钱锺书《谈艺录》）。但长吉诗这种兔起鹘突式的结构章法是跟他的"如崇岩峭壁，万仞崛起"（《旧唐书·文苑传》）的文思体势相联系的，给人一种峭急奇险的美感。义山诗对此加以继承与改造，变峭急奇险为缥缈变幻、回环往复。他的"长吉体"古诗《燕台诗》《河阳诗》等，在抒情过程中常常凭感情意念的活动将不同时间、空间的情景交错地加以映现，而略去其间的过渡联系，使人眼花缭乱，难寻端绪；就是他的近体律绝，如《锦瑟》《无题》《夜雨寄北》等，也呈现出这种特点。词的章法结构，由于韵律的多变与音乐上的分片，较五七言诗更明显地呈现出时空交错跳跃的特点，特别是长调，更多采取这种抒情手段和章法结构。其中最有代表性的莫过于周邦彦与吴文英。周词的结构，"主要是今昔的回环和彼此的往复……今昔是纵向的，彼此是横向的。今昔与彼此的交错造成一种立体感"（袁行霈《中国诗歌艺术研究·清真词的艺术特色》）。他的一系列名作如《瑞龙吟》（"章台路"）、《兰陵王·柳》、《玉楼春》（"桃溪不作从容住"）等都普遍采用这种章法结构，《兰陵王·柳》更将现境与昔境融成一片，在同一空间融合不同时间的情事，甚至把将来的情事也融入现境之中。李义山的《夜雨寄北》身在巴山夜雨之现境，而诗思飞到故国的故人西窗之下，剪烛夜话的内容又是今夕的巴山夜雨，时空跳跃，现境与将来之境交融，极富回环变化的结构之美，这种手段在美成词中就常常运用。吴文英词在这方面有更进一步的发展。他之所以被称为"犹诗家之有李商隐"，之所以被讥为"七宝楼台，碎拆下来不成片段"，都跟运用这种结构手段的得失有密切关系。其实，这种手段在小令中也常有运用，晏几道的《临江仙》（"梦后楼台高锁"）便是典型的例证。

此外，如象征暗示的手法和朦胧隐约的诗境，像清丽柔婉的语言，对婉约词都产生过相当重要的影响，由于在义山诗的词化特征中已分别提及，词在这些方面的特性又为人所习知，就不再一一展开论述了。